Robert Cohen

Exil der frechen Frauen

Zu diesem Buch

Es beginnt im Berlin der Goldenen Zwanzigerjahre. Die junge Olga Benario befreit ihren Liebhaber aus dem Gefängnis, mit einer ungeladenen Pistole. Hingerissen von dem Schneid ihrer Altersgenossin, gründen zwei Schriftstellerinnen, Maria Osten und Ruth Rewald, einen Verein frecher Frauen.
Keine fünfzehn Jahre später sind die drei Frauen tot. Dazwischen liegen drei Leben, gelebt in Brasilien, Frankreich, Russland, gewidmet dem Widerstand gegen den Faschismus. Zahlreiche berühmte Zeitgenossen kreuzen ihren Weg: Bertolt Brecht, Anna Seghers, Tina Modotti, Claude Lévi-Strauss.
Robert Cohen verfolgt die Lebenswege der drei Frauen, die die Geschichte vergessen hat. Er schöpft aus zahllosen historischen Quellen und verarbeitet sie zu einem monumentalen Epochenroman, der die ganze Welt umspannt.

»Robert Cohen zeigt mit diesem Roman, was Literatur sein kann: Der Stachel, der einem taub gewordenen Bewusstsein den Schmerz zufügt, der den Kontakt mit einer schon abgetan geglaubten, der Wahrnehmung entzogenen Vergangenheit wieder herstellt. Es ist unmöglich, diesen Roman zu lesen und nicht Partei zu ergreifen. Er führt vor, was engagiertes Schreiben heute bedeuten kann und gehört zum Besten, was in den letzten zwanzig Jahren geschrieben wurde.« *junge Welt*

»Auf über sechshundert Seiten entfaltet Robert Cohen die Leben seiner drei Protagonistinnen, die alle tatsächlich existiert haben, und bewegt sich dabei zwischen Fakten und Fiktion. Die Namen ihrer Gesprächspartnerinnen und -partner sind ein Who's who der modernen Geistesgeschichte: Bertolt Brecht, Lion Feuchtwanger, Anna Seghers, Ernst Busch, Isaak Babel, Alfred Kantorowicz, Claude Lévi-Strauss, Annemarie Schwarzenbach, Tina Modotti. Mit den politischen und ästhetischen Diskursen des 20. Jahrhunderts setzt sich der Germanistikprofessor Robert Cohen seit Jahrzehnten auseinander; hier konnte er für seinen Roman ›aus dem Vollen schöpfen‹.« *Neue Zürcher Zeitung*

Der Autor

Robert Cohen, geboren 1941 in Zürich, lebt seit 1980 in den USA. Vor der Hinwendung zur Germanistik studierte er an der staatlichen Filmhochschule in Paris, bis 2012 lehrte er deutsche Literatur an der New York University. Er verfasste zahlreiche wissenschaftliche Arbeiten zur deutschen Literatur des 20. Jahrhunderts, gab Werke von Peter Weiss und Anna Seghers sowie den Gefängnis- und KZ-Briefwechsel von Olga Benario heraus.

Mehr über den Autor und sein Werk auf *www.unionsverlag.com*

Robert Cohen

Exil der frechen Frauen

Roman

Unionsverlag

Die Erstausgabe erschien im Rotbuch Verlag, Berlin.

Im Internet
Aktuelle Informationen, Dokumente und Materialien
zu Robert Cohen und diesem Buch
www.unionsverlag.com

Unionsverlag Taschenbuch 874
© by BEBUG mbH / Rotbuch Verlag, Berlin 2009
© by Unionsverlag 2020
Neptunstrasse 20, CH-8032 Zürich
Telefon +41 44 283 20 00
mail@unionsverlag.ch
Alle Rechte vorbehalten
Der Verlag behält sich das Recht des Text- und Data-Minings an diesem Werk vor,
was hiermit Dritten ohne Zustimmung des Verlags untersagt ist.
Reihengestaltung: Heinz Unternährer
Umschlagfoto: Vyntage Visuals (Alamy Stock Photo)
Umschlaggestaltung: Sven Schrape
Druck und Bindung: CPI – Clausen & Bosse, Leck
www.unionsverlag.com/produktsicherheit
ISBN 978-3-293-20874-2
3. Auflage, August 2025

Der Unionsverlag wird vom Bundesamt für Kultur mit einem
Verlagsförderungs-Strukturbeitrag für die Jahre 2021–2025 unterstützt.

Wenn die Wunde
Nicht mehr schmerzt
Schmerzt die Narbe

Bertolt Brecht

1

Angefangen sei mit dem elften April neunzehnhundertachtundzwanzig, einem Mittwoch, in der damaligen Reichshauptstadt Berlin, wenige Jahre später Hauptstadt des sogenannten
Dritten Reiches, am Kriegsende zerstört, geteilt, der östliche
Teil Hauptstadt der Deutschen Demokratischen Republik, der
westliche Teil Frontstadt, Schaufenster der freien Welt und so
weiter, inzwischen längst wieder gesamtdeutsche Hauptstadt.
Maria Greßhöner, eine junge Frau von zwanzig Jahren, läuft
mit lebhaften Schritten auf der Leipziger Straße in Richtung
Potsdamer Platz. Den schmalen Körper vorgeneigt, den Kopf
in den Frühlingswind gereckt, das kurze Haar zerzaust, drängt
sie ungestüm an der Fassade des Kaufhauses Wertheim entlang,
in den ersten Jahren des neuen Jahrhunderts nach Plänen des
jüdischen Architekten Alfred Messel errichtet, neunzehnhundertsiebenunddreißig arisiert, im Zweiten Weltkrieg zerbombt,
die Ruine in der Deutschen Demokratischen Republik abgerissen, nach der Vereinigung der beiden deutschen Staaten erwirbt
Karstadt das Grundstück, einem jüdischen Herrn Wortham in
Florida wird eine Abfindungssumme ausbezahlt. Ungeduldig
ausschreitend, die Ellbogen vom Körper weggestreckt, wie
um sich einen Weg zu bahnen durch die Flanierer, die ihr ausweichen, strebt Maria Greßhöner unaufhaltsam voran. Schon
als kleines Mädchen, hergereist in der Vorweihnachtszeit aus
der westpreußischen Provinz, hatte sie es eilig, an der endlosen Kaufhausfassade vorbeizukommen, eine Geduldsprobe,
die jedes Jahr neu zu bestehen war. Die Mutter hinter sich
herziehend durch die Menschentrauben, ließ sie Schaufenster
um Schaufenster hinter sich, in denen auf weiß überpuderten
Tannenzweigen die köstlichsten Dinge der Welt sich stapelten,

umwunden von Girlanden und Lamettabändern, umtanzt von an weißem Zwirn aufgehängten Schneeflocken, die hier über einem Jesuskind in der Krippe, dort über Ochse und Esel und den drei Weisen aus dem Morgenland baumelten. Durch das von Steinbögen überwölbte Portal drang sie ein in den Prunk des Marmorlichthofs. Eingeklemmt zwischen Weihnachtsbesuchern, den verschwitzten Kopf mit den Zöpfen emporgedreht, um einen Blick zu erhaschen auf die Rundgänge, wo die Weihnachtsausstellung wartete, vorbeigeschoben an der steinernen Riesin, die mit herrischer Hand auf sie zeigte. Geblendet hatte sie die Augen geschlossen vor der gleißenden Sonne aus Blech, tausendmal heller als das matte Tageslicht, das durch das Glasdach sickerte. Viel zu langsam gelangte sie die Treppen hoch, benommen von den Ausdünstungen der Kinder und Erwachsenen in ihren Wintermänteln, betäubt vom Gewirr der kleinen scharfen und der beschwichtigenden erwachsenen Stimmen, umflutet von *O Tannenbaum, O Tannenbaum.* Dann stand sie endlich vor den Puppenstuben, Lebkuchenhäuschen, elektrischen Eisenbahnen und mechanisch zuckelnden Spielsachen, all dem glitzernden Glanz. Damit ist sie fertig. Für den kapitalistischen Plunder hat sie nur noch Verachtung übrig. Die Waren machen die Menschen blöd. Sie lenken ab vom Endkampf gegen die Ausbeuter, der unvermeidlich bevorsteht. Maria Greßhöner hat ihr Leben mit der Arbeiterbewegung verbunden. Ihre Tätigkeit im Verlag ist Teil eines großen Ringens. An dessen Ende steht der Sturz der herrschenden Verhältnisse. Der Malik-Verlag wolle dazu beitragen, dass die Proletarier zum Erkennen ihrer eigenen Interessen geführt würden, hatte Herzfelde geschrieben. Diese Formulierung hat sich ihr eingeprägt. Einverstanden mit der politischen Richtung des Verlags, ist sie begeistert von seinem literarischen Programm. Hier, das steht fest, werden eines Tages auch ihre Bücher erscheinen.

Mit raschen Schritten erreicht sie den Leipziger Platz. Die Blumenfrauen mit ihren Kopftüchern haben trotz der noch frischen Jahreszeit Sonnenschirme aufgespannt. Elegant gekleidete Herren lassen sich Sträuße zusammenstellen, Arbeiterfrauen gehen achtlos vorbei. Maria Greßhöner reiht sich unter die Wartenden ein. Vor ihr ein specknackiger Mann mit Monokel, den Schmiss im rosigen Gesicht. Die Blumenfrau bindet für sie einen Strauß Osterglocken. Die Blumen mit beiden Händen umklammernd, im Rücken die Blicke der vornehmen Herren, eilt Maria Greßhöner unbekümmert davon.

Über den Potsdamer Platz geht ein unendlicher Verkehr. Vorbei an Automobilen, Radfahrern, Straßenbahnen, Pferdefuhrwerken und doppelstöckigen Autobussen drängt Maria Greßhöner, das Girl, der Flapper mit Bubikopf, über die Königgrätzer Straße. Hier ist das Zentrum der Welt, und sie ist aufgeladen mit seiner Hektik und Energie. Aus der ostelbischen Ödnis ist sie hergekommen, nachdem sie mit kaum fünfzehn Jahren ihre Jugend abrupt beendet hat, eine Landpomeranze, eine von Zehntausenden jungen Frauen, angezogen vom protzigen Reichtum und Glitzer der Hauptstadt. Aber dann stand sie fassungslos am Straßenrand. An ihr vorbei zogen schweigend graue Gestalten mit grauen Gesichtern und grauer Haut. Blicke, die nichts mehr hielten, schlurfende Schritte, Proleten, Frauen mit Säuglingen auf dem Arm, Kindern an der Hand, Gören aus Lumpen und Knochen, rachitisch, schmutzig, barfüßig. Später war Polizei da, Berittene teilten Hiebe aus, ritten nieder, nahmen fest, führten ab. Es wurde geschrien und geflucht, aber nicht besonders laut, auch die Kinder schrien nicht laut, oder es schien der fünfzehnjährigen Zuschauerin aus der Provinz so, weil das eigene Herz laut im Hals schlug. Fünf Jahre ist das her. Der Zorn dauert so lange, bis er vergeht. Der Zorn von Maria Greßhöner vergeht nicht. Sie wird Mitglied der kommunistischen Jugend, vor einem Jahr ist sie in die Partei eingetreten, vierzehn Jahre und ein paar Monate von jetzt wird sie in Saratow an der Wolga von den eigenen Genossen erschossen werden. Jetzt aber stürmt sie unaufhaltsam über den Potsdamer Platz, die skandierenden Stimmen der Kolporteure im Ohr. Linker Hand die hundertjährigen Schinkelschen Torhäuser und der Verkehrsturm auf stählernen Beinen. Die Normaluhr zeigt nachmittags zwei Uhr, zwölf Minuten, neununddreißig Sekunden und eine nicht feststellbare Anzahl Zehntelsekunden. Maria Greßhöner ist in Eile, immer ist sie in Eile, getrieben von Neugier auf das, was kommt, sie darf es nicht verpassen. Flott bringt sie die Fassade zwischen Bellevue und Potsdamer Straße

hinter sich. HILDEBRAND SCHOKOLADE KAKAO, CHLO-
RODONT WEISSE ZÄHNE, JOSTYS CONDITOREI & CAFÉ,
das mehrstöckige Haus mitsamt seinen Werbeaufschriften im
Zweiten Weltkrieg zertätscht, wie die angrenzenden Gebäude
auch, kein Stein mehr auf dem anderen, der Potsdamer Platz
Brachland, zwanzig Jahre später die Mauer querdurch, der beste Aussichtspunkt für einen Blick auf den östlichen Stadtteil,
am Ende des Jahrhunderts Großbaustelle, DAIMLER-BENZ,
DEBIS IMMOBILIENMANAGEMENT, SONY, A & T. Unter
der Markise beim Aufgang zum Café Josty bleibt sie heftig
atmend stehen. Die Rufe der Kolporteure sind endlich in ihr
Bewusstsein gedrungen. *BZ am Mittag – Extraausgabe – Wild-
westüberfall auf Kriminalgericht Moabit – Kommunistische
Befreiungsaktion – Beispiellose Frechheit einer jugendlichen
Terroristin – Die Polizei verfolgt eine Spur.* Sie reißt dem Verkäufer die Zeitung aus der Hand.

In dem überfüllten und verrauchten Café sitzt Herzfelde mit
Heartfield und Ottwalt an einem Fenstertisch, die Terrasse ist
noch geschlossen. Sie küsst Herzfelde und gibt ihm die Blumen. Ist das nicht verkehrt? grinst Ottwalt. Heartfield erklärt,
sein kleiner Bruder habe heute Geburtstag. Herzfelde ist zwölf
Jahre älter als Maria Greßhöner. Seine Frau und den Jungen
hat er verlassen, um mit ihr zusammenzuziehen, in die Dach-
wohnung am Kurfürstendamm, das ist kein Geheimnis. Aber
Privatleben und Geschäft will er sauber getrennt. Dass sie ihm
vor aller Augen Blumen schenkt, macht ihn verlegen, sie stellt
es belustigt fest. Sie blickt auf sein schönes, jungenhaftes Gesicht, auf den kleinen Mund und die geschwungenen Lippen.
Er deutet auf die Zeitung unter ihrem Arm. Was sagst du dazu?
Eine junge Genossin hat Otto Braun aus dem Gefängnis befreit.
Toll, sagt sie, großartig. Dahinter steckt die Partei, meint Ottwalt, im Mai hätte der Prozess gegen Braun beginnen sollen.
Die Komintern hat sich … Obacht, unterbricht ihn Herzfelde,
wir sind hier nicht allein. Das steht doch alles in der Zeitung,
sagt Heartfield. Vermutungen, antwortet Herzfelde, da steht ja
auch, Otto Braun sei Redakteur und Olga Benario Stenotypistin, die haben keinen blauen Dunst. Wieland hat recht, sagt
Ottwalt, stets bereit, Herzfeldes Überlegenheit in Parteisachen

anzuerkennen. Dass Herzfelde sein Parteibuch noch von Rosa Luxemburg persönlich empfangen hat, daran erinnert Ottwalt Maria Greßhöner immer aufs neue, in einem Ton, als spreche er von einem nicht ganz irdischen Vorgang. Sie mag Ottwalt, in der Begeisterung ihres westpreußischen Landsmannes erkennt sie sich selbst. So ist das bei den Neuen, sie selbst ist noch kein Jahr bei der Partei. An Ottwalts Namen muss sie sich allerdings erst gewöhnen. Im vergangenen Februar war ein junger Mann namens Ernst Gottwald Nicolas im Verlag erschienen und hatte Herzfelde eine jener Lebensgeschichten erzählt, die in dieser Zeit nicht eben selten sind: Pfarrerssohn, Mitglied einer studentischen Korporation, dann im Freikorps, Hatz auf Kommunisten, die Kommunistenweiber ein besonderer Spaß. Abgebrochenes Jurastudium, häufig die Stelle gewechselt, es habe ihn zum Journalismus gezogen. Allmählich ging ihm auf, was da mit ihm getrieben wurde. Heute werde ihm kotzübel, wenn er an das Pack denke, an das er geraten war, verhetzte Gymnasiasten, völkische Akademiker, monarchistische Offiziere, antisemitische Haufen, die alles Linke und Fremde ausmerzen wollten. Auf den Rat von Genossen hin, zu denen er Verbindung bekam, habe er begonnen, seine Erlebnisse aufzuschreiben. Ob Herzfelde das veröffentlichen wolle? Der Verleger war freundlich und zurückhaltend. Der Malik-Verlag sei an der jungen Literatur interessiert. In letzter Zeit habe man fast nur Russen gebracht, Gorki, Fedin, Ehrenburg, Figner, Kollontai und eben jetzt die große Tolstoi-Ausgabe. Daneben wolle man aber die deutsche revolutionäre Literatur nicht vernachlässigen. Nicolas solle ihm das Manuskript bringen. Von da an erschien der untersetzte junge Mann mit dem starken Schädel von Zeit zu Zeit im Verlag. Wenn Herzfelde nicht da war, ging er in Maria Greßhöners Büro auf und ab und redete über den politischen Kampf und die neue Literatur. Schließlich, es ist keine zwei Wochen her, brachte er die ersten fünfzig Seiten seines Manuskripts in die Passauer Straße, der Titel sei *Ruhe und Ordnung*, übrigens habe er seinen Namen geändert, statt Ernst Gottwald Nicolas nenne er sich jetzt Ernst Ottwalt. Einen Augenblick lang hatte Maria Greßhöner die Verknappung des weichen, klangvollen Namens bedauert, dann sagte sie sich, dass ihr eigener Name am allerwenigsten geeignet sei, dereinst auf einem Bucheinband zu erscheinen. Herzfelde hatte sie gebeten, Ottwalts Manuskript zu lesen. Ihrem Urteil, um große Kunst handle es sich nicht, aber bringen solle man das, denn es sei wichtig, stimmte er zu. Dass sie sich für sein Manuskript einsetzte, hat sie Ottwalt nie gesagt, und es hätte wohl nichts daran geändert, dass er sie in einer jetzt noch unvorstellbaren Zukunft denunzieren würde. Vielleicht hatte er nur den eigenen Kopf retten wollen, wer kann das nach all den Jahren noch sagen?

Ottwalt fragt, was sie über Olga Benario wüssten. Herzfelde sagt, sie sei Mitglied der Bezirksleitung des Jugendverbands, verantwortlich für Agitation und Propaganda. Keine zwanzig Jahre alt. Das höre sich nicht nach Pistolenweib an, meint Heartfield, wieso die Partei eine so Junge für diese Aktion ausgewählt habe. Ich habe sie ein paarmal gesehen, sagt Maria Greßhöner. Im vergangenen Jahr war sie noch in der Bezirksleitung Neukölln. Dann wurde sie in den Gesamtberliner Vorstand geholt, sie war neunzehn. Ich erinnere mich an ein Verbandstreffen, da hat sie geflucht, dass ältere Genossen rote Köpfe bekommen haben. Vielleicht doch ein Pistolenweib, meint Heartfield. Sie hat ein Gesicht wie von Modigliani, sagt Maria Greßhöner, lang und melancholisch, mit blauen Augen. Wenn man den Zeitungsberichten glauben könne, sagt Ottwalt, habe Olga Benario den Genossen Braun direkt aus dem Büro des Untersuchungsrichters herausgeholt. Das müssten sie sich einmal vorstellen, in den Gängen bewaffnete Bewacher, Justizbeamte, es wimmelt von Polizisten. Der ganze Betrieb von einer Zwanzigjährigen mit einer ungeladenen Pistole lächerlich gemacht. Sie werden, sagt Herzfelde, alles daransetzen, sie zu erwischen. Es sollten dann aber noch Jahre vergehen, bis sie Olga Benario erwischten und im Konzentrationslager Bernburg vergasten.

Heartfield bespricht mit Ottwalt den Einband von *Ruhe und Ordnung*. Herzfelde und Maria Greßhöner brechen auf. Eine junge Frau, die allein an einem runden Marmortischchen sitzt, auf dem sie neben der Kaffeetasse und dem Sahnekännchen Papiere ausgebreitet hat, nickt ihnen zu. Bei der Treppe fragt Herzfelde, wer das gewesen sei. Ruth Rewald, sagt Maria Greßhöner, sie ist vor kurzem im Verlag gewesen und hat dir von einem Jugendbuchprojekt erzählt. Herzfelde kann sich nicht erinnern. Ich will ein paar Worte mit ihr sprechen, ich komme gleich nach. Maria Greßhöner geht zurück ins Café. Ruth Rewald lädt sie erfreut ein, sich zu setzen. Maria Greßhöner fragt, ob sie das Extrablatt gesehen habe. Großartig, sagt Ruth Rewald. Phantastisch, sagt Maria Greßhöner. Wahnsinnig, sagt Ruth Rewald. Sie lachen, Ruth Rewald hat ein Grübchen im Kinn. Duzen wir uns? fragt Maria Greßhöner. Klar. Was ich wissen möchte, sagt Ruth Rewald, wo hat Olga Benario ihre Frechheit her? So frech möchte ich auch sein. Ich auch, wo lernen wir das? Ruth Rewald schlägt die Gründung eines Vereins frecher Frauen vor, mit Olga Benario als Trainerin. Die wird sich eine Weile nicht zeigen dürfen, sagt Maria Greßhöner. Was macht dein Buchprojekt? Zu wenig Zeit, Ruth Rewald weist auf die ausgebreiteten Papiere, mein Jurastudium. Daneben ist sie in der Jugendwohlfahrt tätig, das habe sie überhaupt erst auf den Gedanken gebracht, Jugendbücher zu schreiben. Ich arbeite da vor allem mit Jungs. Die haben eine Wut auf alles, auf die Republik, die Plutokraten, die Kommunistenschweine. Sie lesen das Buch von Hitler, oder wenigstens die ersten zehn Seiten, halten sich für eine Rasse, wollen Juden verhauen und Frauen aufs Kreuz legen. Die meisten kommen aus miesen Verhältnissen. Völlig verstockt, mit denen kannst du nicht reden. Ob die dazu gebracht werden konnten, etwas anderes zu lesen als den Nazischund? Im Gymnasium habe sie als zukünftige Schriftstellerin gegolten. Warum nicht ein Jugendbuch schreiben? Ein Gegenbild aufstellen – Jungs, die gemeinsam Abenteuer bestehen, Solidarität lernen und den friedlichen Umgang mit Fremden und Andersartigen. Jetzt, wo sie es beschreibe, scheine ihr das Konzept abstrakt und bieder. Du bist zu streng, sagt Maria Greßhöner, wir dürfen uns nicht selbst entmutigen, noch bevor wir angefangen haben. Du schreibst auch? Maria Greßhöner nickt. Eine ihrer Kurzgeschichten liegt bei Kiepenheuer. Ein Lektor, Hermann Kesten, stellt dort eine Anthologie mit Arbeiten neuer Schriftstellerinnen und Schriftsteller zusammen. Ruth Rewald findet das toll: Wer ist noch dabei? Ernst

Toller, Anna Seghers, Joseph Roth, Kästner, Marieluise Fleißer, Horváth. Ich bin die Jüngste, ich habe Frechheitstraining nötig. Ruth Rewald will wissen, was sie geschrieben hat. Maria Greßhöner zögert, holt einen zerknitterten Umschlag hervor, der mehrere eng beschriebene Seiten enthält. Habe ich immer dabei, sagt sie, falls die Wohnung abbrennt. Ruth Rewald beginnt zu lesen. Maria Greßhöner bestellt noch einen Kaffee und zündet sich eine Camel an. Sie betrachtet das ebenmäßige Oval von Ruth Rewalds Gesicht, eingerahmt von braunem Haar, das über die linke Stirnseite fällt, die schmalen Striche der Augenbrauen, darunter große Augen, die Nasenlinie, die Lippen, das Grübchen im Kinn. Ein mädchenhaftes Gesicht, in dem das Leben noch kaum Spuren hinterlassen hat.

Nach zwanzig Minuten blickt Ruth Rewald auf. Wo hast du das her? Was meinst du? Diesen Ton, diese Atmosphäre von Ekel, das Landleben als Hölle. Wie findest du es? Ich weiß nicht, sagt Ruth Rewald, es ist bitter und böse, die Figuren sind grotesk. Sie liest aus dem Manuskript vor: Mehlgast ist wach. Er sieht wie ein Epileptiker aus. Seine Backen sind gedunsen. Nur bis an die Schenkel zugedeckt, den dicken Kopf leicht gehoben, stiert er schon eine Viertelstunde lang auf die gewundene Holzverzierung am Fußende. Seine Augen stehen parallel. Er denkt nach. – Wie eine Zeichnung von Grosz, sagt Ruth Rewald. Maria Greßhöner nickt. Wenn das von einem Mann wäre, sagt Ruth Rewald, wäre ich weniger überrascht. Genau das ist es, sagt Maria Greßhöner heftig, ich will schreiben wie ein Mann, wieso sollen Frauen anders schreiben? Bei der Kunst, fragt Ruth Rewald, hören die Unterschiede zwischen Männern und Frauen auf? Welche Unterschiede, gut geschrieben ist gut geschrieben. Mag sein, sagt Ruth Rewald, aber wer entscheidet, was gut geschrieben ist, du oder Herzfelde? Heute? fragt Maria Greßhöner, oder in zehn Jahren? Sie lachen. Bei der Jugendliteratur, sagt Ruth Rewald, kann ich schreiben, wie ich will, die Herren Kritiker interessiert das nicht. Maria Greßhöner nickt, Jugendliteratur gilt als Frauenliteratur, sie kann noch so gut geschrieben sein. Auch darüber, sagt Ruth Rewald, sprechen wir in zehn Jahren nochmals. Ich sehe vor uns zwei große literarische Karrieren, sagt Maria Greßhöner, wir schaffen das, wir werden berühmt. Ruth Rewald, deren literarische Karriere in Auschwitz ebenso vorzeitig enden wird wie die von Maria Greßhöner in der Sowjetunion, nickt heiter. Ich muss gehen, sagt Maria Greßhöner, ich wollte eigentlich nur mit dir über das Pistolenweib sprechen, sie tippt auf das Extrablatt. Bis bald, sagt Ruth Rewald, morgen fahre ich zurück nach Heidelberg, zur Uni. Falls du Olga Benario begegnest, erzähl ihr vom Verein frecher Frauen.

2

Hinter Warschau war sie erneut eingeschlafen. Die dünnen Sandalen hatte sie abgestreift, die langen Beine auf der Sitzbank ausgestreckt. Unablässig glitten Masten am Abteilfenster vorüber, hoben und senkten sich elektrische Leitungen und Telefonkabel, hämmerten die Räder gegen die Schienenfugen. Otto Braun rauchte. Er sah mitgenommen aus, seine Augen glänzten in dem gemeißelten Gesicht. Er sprach nur wenig, er sparte seine Kräfte.

Die Stunden in der Eisenbahn hatten die Dinge vereinfacht. Ohnehin war alles gesagt, die Taktik endlos analysiert, die Durchführung kritisiert, das glückliche Zusammenspiel von Plan und Zufall. Der Streich war gelungen. Ihre beiden Gesichter wochenlang auf den Berliner Litfaßsäulen und in den Kinotheatern. Die Zeitungen hatten berichtet, wie die Kinozuschauer ihren Gesichtern auf der Leinwand applaudierten. Darauf ließ der Polizeipräsident die Lichtbilder wieder verschwinden und die Plakate entfernen. Olga Benario war berühmt, die ganze Republik sprach von ihr. Eine junge Frau von gerade zwanzig Jahren. Das war unwichtig. Wichtig war die Aktion. Die Pistole am Hals des Gerichtsschreibers. Die Schiss in seinen Augen. Der Kampf konnte geführt und gewonnen werden, immer schon war sie davon überzeugt gewesen. Während Monaten hatte sie die Partei gedrängt, sie und ihre Kameradinnen und Kameraden aus dem Jugendverband nur machen zu lassen. Nichts leichter, als Braun herauszuholen. Die Genossen hatten ihr bedeutet, dass sie an verwegenen Einzelaktionen nicht interessiert seien. Sie hatte herausgehört, sie solle ihr Liebesleben aus den Plänen der Partei heraushalten. War sie überhaupt in Braun verliebt? Liebst du mich noch? hatte er sie im Fluchtauto als erstes gefragt. Sie war noch keine sechzehn gewesen, als sie zum erstenmal mit ihm geschlafen hatte, er zweiundzwanzig. Er war verdrossen, weil er nicht der erste war, hatte wissen wollen, wann es bei ihr das erste Mal gewesen sei. Er hatte ihr nicht geglaubt, als sie sagte, sie wisse es nicht und verstehe auch nicht, warum das wichtig sei. Den Genossen sagte sie, mit ihrem Liebesleben habe ihr Antrag einen Dreck zu tun. Sie wies darauf hin, dass sie nach ihrer Freilassung – zwei Monate nachdem sie zusammen mit Braun verhaftet worden war – ein Jahr gewartet habe. Die Partei dürfe sich von der bürgerlichen Justiz nicht verarschen lassen. Tausende Genossen im Gefängnis, die Partei ohne Schwung, die Mitgliederzahlen fallend. Wie lange die Genossen noch zuschauen wollten. Beim nächsten Treffen ihrer Jugendgruppe schlug sie vor, die Aktion mit ungeladenen Pistolen durchzuführen, um die Propagandawirkung zu erhöhen.

Als Brauns Gerichtstermin heranrückte und er in den Zeitungen als mutmaßlicher Sowjetspion bezeichnet wurde, hatte die Parteileitung der Aktion schließlich zugestimmt. Einer der Genossen, Kippenberger, gab ihr ein paar Ratschläge. Er kannte die Anlage des Gerichtsgebäudes in allen Einzelheiten, wusste, wie die Gänge, Treppen und Räume angeordnet waren und wo die Diensträume der Wachmannschaft lagen, er zählte alle Ein- und Ausgänge auf, die bewachten und die unbewachten, und beschrieb ihr das Gelände um das Gebäude. Olga Benario wurde stutzig. Hinter Kippenbergers Hinweisen glaubte sie einen Plan zu erkennen. Wurde sie für dumm verkauft? Kippenberger war freundlich, ging auf ihre Einwände ein. Ihr wurde bewusst, wie untergeordnet ihre Arbeit bisher gewesen war. Sie wollte zu den Zentren vordringen, wo die entscheidenden Aktionen ihren Ausgang nahmen.

Im Jugendverband entstand eine heftige Diskussion, als sie im letzten Augenblick anordnete, die Gerichtsbeamten dürften nicht daran gehindert werden, die Alarmanlage auszulösen. Das erwies sich als taktisch klug, im Lärm und Durcheinander waren sie alle entkommen. Uneinig sind sich die Quellen über manche Einzelheiten. Nach Ruth Werner, der ersten Biographin von Olga Benario, hat sich Braun noch im Gerichtsgebäude von der Genossin getrennt. Da er das Fluchtauto nicht vorfand, habe er sich ohne einen Pfennig zum vereinbarten Geheimquartier durchschlagen müssen. In der Monographie des brasilianischen Journalisten Fernando Morais fliehen Olga Benario und Braun, dieser immer noch in Handschellen, gemeinsam über das Gelände des Poststadions zur Lehrter Straße, wo das Fluchtauto wartet, ein kleiner grüner Lieferwagen. Bei William Waack, einem anderen brasilianischen Journalisten, finden sich keine Einzelheiten zum Fluchtweg; ebensowenig in der knappen Passage über die Befreiung Otto Brauns in Alfred Döblins berühmtem Roman *Berlin Alexanderplatz*. Aber ein Roman ist ja nicht verpflichtet, sich an die Fakten zu halten.

Sie fuhren der Morgenröte entgegen. Die aufgehende Sonne warf keine Schatten, denn da war nichts, was Schatten hätte werfen können. Das Land war flach, ohne Kontur und ohne Ende. Unablässig schlugen die Räder gegen die Schienenfugen, tadägg tadagg, tadägg tadagg. Von Zeit zu Zeit trieben Bauernhütten und kleine Siedlungen in der endlosen Weite Ostpolens vorüber. Allmählich verebbte jede Bewegung. Die Zeit selbst fuhr im Zug mit, Stunde um Stunde in Richtung Sowjetunion. Braun las die neueste Nummer von *Der junge Bolschewik*. Er hatte es aufgegeben, sie zu dieser Lektüre anzuhalten. Unlesbares Zeug, hatte sie gesagt, aneinandergereihte Formeln. Trocken, langweilig. Dagegen: Die Bourgeoisie hat die heiligen Schauer der frommen Schwärmerei, der ritterlichen Begeisterung, der spießbürgerlichen Wehmut in dem eiskalten Wasser egoistischer Berechnung ertränkt. Marx, sagte Braun, hat für das gebildete Bürgertum geschrieben, um ihm den Kommunismus zu erklären. Wir dagegen schreiben für Arbeiter. Aber wenn wir zu ihnen sprechen, auf den Bauerndörfern, sagte Olga Benario, tun wir es nicht in trockenen Formeln, du auch nicht.

Schreiben, hatte er geantwortet, sei etwas anderes, die Leser könnten nicht zurückfragen, alles müsse klar sein bis ins Letzte. Sie hatten sich nicht einigen können, und als Olga Benario mit ihren Auftritten in der kommunistischen Jugend zunehmend Erfolg hatte, kam er nicht mehr darauf zurück. Dabei war er keineswegs ein trockener Theoretiker. Als Achtzehnjähriger, im April neunzehnhundertneunzehn, hatte er in München gegen die Noske-Truppen gekämpft. Als die Räterepublik bereits verloren war und die Genossen an die Hauswände gestellt wurden und auf den Gehsteigen ausbluteten, hatte er seine letzten Handgranaten in die Unterkünfte der weißen Truppen geschmissen. Auch die Theorie, mit der er sich in den folgenden Jahren beschäftigte, war auf die Praxis gerichtet, vor allem auf die militärische. Immer wieder hatte er mit Olga Benario Fragen von Strategie und Taktik besprochen, bis ihre Kenntnisse den seinen ebenbürtig waren. In den dreißiger Jahren, nachdem sie sich längst getrennt hatten, würde er von der Komintern als Militärberater nach China geschickt werden. Unter dem Namen Li De würde er einer der führenden Strategen des Langen Marsches sein, an dem er als einziger Europäer von Anfang bis Ende teilnahm. Als Vertreter eines bolschewistischen Kommunismus würde er zunehmend in einen Gegensatz zu Mao Zedong geraten. Mit Mao und Zhou Enlai zerstritten, würde er neunzehnhundertneununddreißig nach Moskau zurückkehren und als Offizier in die Rote Armee eintreten. Nach dem Krieg würde er in der Deutschen Demokratischen Republik am Institut für Gesellschaftswissenschaften lehren, ein würdiger Herr mit schönem weißem Haar und einer schwarzrandigen Professorenbrille, unfassbar der Abstand zu der hageren Gestalt mit dem von Zahnfleischschwund entstellten Lachen, auf einem Foto aus der Zeit des Langen Marsches. In den sechziger Jahren würden die Sowjetunion und China sich verfeinden. Er würde sein langes Schweigen über seine Tätigkeit als Berufsrevolutionär in China brechen. Seine *Chinesischen Aufzeichnungen* mit ihrer scharfen Kritik an Mao Zedong würden neunzehnhundertvierundsiebzig erscheinen, wenige Monate vor seinem Tod.

Du warst furchtlos, hatte er nach der Aktion zu ihr gesagt, wild wie eine Löwin. Als sie, die Pistole in der Hand, den Gerichtsbeamten gegenüberstand, spürte sie bei dem Wachtmeister ein Zögern. Mit zwei Schritten hatte sie sich vor Braun gestellt und ihn rückwärts aus der Tür gedrängt. Im nachhinein konnte sie sich diesen Reflex nicht recht erklären. Das einzige, woran sie sich erinnerte, war ein Gefühl der Verachtung für die drei uniformierten Hosenscheißer, die schwankten, ob sie sich ihren Anordnungen fügen sollten. Widerstand machte sie entschlossen, seit jeher. Als sie, fünfzehnjährig, an den Treffen der kommunistischen Jugend teilzunehmen begann, hatte ihr Vater alles unternommen, um sie davon abzubringen. Die Inflation war außer Rand und Band, Unruhen überall im Land, bürgerkriegsähnliche Zustände, wie schon neunzehnhundertneunzehn. Aus seiner Sicht konnte sie die Argumente des Vaters verstehen. Zu den Treffen des Jugendverbands war sie aber weiterhin gegangen, erst recht als die Partei im Herbst neunzehnhundertdreiundzwanzig verboten wurde. Im alten Sägewerk in Schwabing hatten sie die Schriften von Marx, Engels und Lenin studiert, über die Taktik des illegalen Kampfes diskutiert, Plakate und Losungen gemalt. Beim heimlichen Kleben der Plakate hatte sie sich hervorgetan, ebenso beim Körpertraining. Die Kameraden machten sie zur Verantwortlichen für körperliche Ertüchtigung. Wie andere junge Arbeiter zogen sie auf die Wiesen vor der Stadt, trieben Gymnastik und spielten Fußball, bis sie erschöpft ins Gras sanken. Als das Parteiverbot wieder aufgehoben wurde, führte sie neben ihrer offiziellen Tätigkeit im Jugendverband die illegale Arbeit weiter. Sie lebte nun mit Braun zusammen. Auf ihren Wunsch und nachdem der Führungsoffizier seine Zustimmung gegeben hatte, erhielt sie Einblicke in Brauns Arbeit als Agent der Komintern. So begann ihr Leben als Berufsrevolutionärin.

Nach dem Frühstück war sie wieder eingeschlafen. Sie erwachte, weil der Zug stillstand. Es war später Vormittag, die Julisonne heizte das Abteil auf. Sie blickte auf ein rohes einstöckiges Gebäude mit einer Aufschrift in kyrillischen und lateinischen Buchstaben: Negoreloje. Davor Uniformierte, die Gewehre geschultert, den roten Stern an den Mützen. Hinter dem Gebäude Gleisanlagen, Signalmasten, Warenschuppen, Niemandsland. Braun hatte die Gepäckstücke schon aus dem

Abteil gebracht. Sie trat in die Sonne und überquerte hinter den wenigen anderen Reisenden den Schotter. Ihr Körper war steif, die Muskeln hatten ihre Geschmeidigkeit verloren. Aus der Ferne Rangierlärm, sich verschleifende Pfeiftöne. Die Zollabfertigung in den von Machorkarauch verschleierten Räumen dauerte lange. Olga Benario war schläfrig, aber nicht müde. Die sowjetischen Zöllner, nachdem sie mit ihren und Brauns Papieren lange Zeit verschwunden waren, verhielten sich herzlich. Endlich doch ungeduldig, ins Land ihrer Wünsche zu kommen, deutete Olga Benario auf ihre Uhr. Der Zöllner schüttelte den Kopf und nickte in Richtung auf die große Wanduhr. Die hatte sie immer wieder ungeduldig angeschaut. Jetzt erst merkte sie, dass die Wanduhr eine Stunde später zeigte. Osteuropäische Zeit. Sie war verwirrt. Waren sie nun zu früh dran oder zu spät? Unter einem von roten Fahnen eingerahmten Spruchband, die kyrillische Schrift von Olga Benario leicht zu entziffern – DIE SOWJETUNION GRÜSST DIE WERKTÄTIGEN DES WESTENS –, betraten sie endlich den Boden der Union. Der sowjetische Zug stand auf der breiteren Spur zur Abfahrt bereit. Die Waggons waren sauber und geräumig. Auch hier hatten sie ein Abteil für sich.

Minsk, wo sie bald darauf eintrafen, hatte für eine Weile ihr Zeitgefühl wieder hergestellt. Auf dem Bahnhof herrschte Betrieb wie in München oder Berlin. Der erste Schluck Kwass, von einer Verkäuferin durch das Waggonfenster gereicht, machte alles wieder fremd.

Das Gefühl der Fremdheit hielt an, als der Zug erneut durch die merkmallose Landschaft rollte. Und es hielt an, als sie die Eisenbahnbrücke über die Beresina überquerten. Jetzt verstehe ich zum erstenmal Kutusows Strategie, sagte sie zu Braun, jetzt, wo ich dieses Land selber sehe. Bisher habe ich nur im Kopf gewusst, dass Land ohne Ende sein kann. Die Kilometerzahlen sagen nichts. Sie hatte eine Landschaft erwartet wie anderswo, nur weiter. Im Ablauf der Stunden hatte sich etwas geändert. Quantität war in Qualität umgeschlagen. Immer hatte sie geglaubt, Zeit wäre eine Sache und Raum eine andere. Jetzt verschwammen ihr die Begriffe. Ihr war, als sei die Endlosigkeit des Raums unmerklich in sie eingeströmt. Gefühle von Mattigkeit und Melancholie. Kein unangenehmer Zustand, ohne Bedürfnis, sich dagegen zu wehren. Und Kutusows Strategie? fragte Braun. Davon spreche ich, sagte sie. Der alte General verstand, dass die Weite dieses Landes allmählich alles Feste auflöst, bis ins Innerste der Menschen hinein. Er hat das in seine Strategie einbezogen. Eine materialistische Haltung, finde ich. Als die Franzosen Moskau brennen sahen, wussten sie nicht nur, dass sie geschlagen waren. Noch schwerer zu ertragen muss der Gedanke gewesen sein, die Endlosigkeit, aus der sie gekommen waren, ein zweites Mal durchqueren zu müssen. Selbst Napoleon scheint den Mut verloren zu haben, sonst hätte er den Rückzug nach Smolensk und über den Strom taktisch besser organisiert. So aber konnte Kutusow an der Beresina die Grande Armée vernichten, die zwar noch im Vollbesitz ihrer Kräfte, von deren Kampfeswillen aber nichts mehr übrig war.

Braun fand Olga Benarios Analyse ausgezeichnet. Das Lob freute und irritierte sie. Er blieb ihr gegenüber der Lehrer, auch wenn er seit einiger Zeit Gesten der Überlegenheit vermied. In der täglichen Arbeit war sie bereit, ihn als Vorgesetzten anzuerkennen. Aber die Hierarchie wirkte auf schwer fassbare Weise in ihre private Beziehung hinein. Sie fand sich nicht damit ab. Dagegen hielt sie es für seine Sache, dass er mit anderen Frauen schlief. Er war ihr keine Rechenschaft schuldig, sie hatte keine Besitzansprüche. Du bist mein, ich bin dein. Humbug. Dahinter der kapitalistische Eigentumsbegriff, der auch vor den Schlafzimmern nicht Halt machte. Kein Zweifel, wer da wem gehörte. In der Sowjetunion hingegen waren die Frauen dabei, ihre Partnerbeziehungen neu zu gestalten. Die revolutionären Veränderungen griffen tief hinein in das Leben der Frauen, Alexandra Kollontai hatte das beschrieben. Der hellgrüne Leinenband mit dem roten Titelschild *Wege der Liebe*, im Malik-Verlag erschienen, war eines von Olga Benarios wichtigsten Büchern. Die Erzählung *Die Liebe der drei Generationen* hatte sie mehrmals gelesen und jedesmal anders. Erst identifizierte sie sich mit Marja, der alten Frau, die in ihrer Jugend unter dem Zaren den Ehemann verlässt und, dem Gerede der Umwelt standhaltend, zu ihrem Geliebten zieht. Wie Marja wollte auch Olga Benario nach ihren eigenen Moralbegriffen leben und in ihren

Partnerbeziehungen stets ehrlich sein. Dann aber erkannte sie sich, fassungslos die Seiten umblätternd, in allen Einzelheiten und bis hin zum Namen, in Marjas Tochter Olga wieder. Auch die fiktive Olga beginnt schon als Fünfzehnjährige mit der revolutionären Arbeit, auch sie liebt einen mehrere Jahre älteren, mit wichtigen Aufgaben betrauten Parteigenossen. Unter seinem Einfluss wird sie Marxistin und später eine beinharte Bolschewikin, wie es bei Kollontai heißt. Auch die fiktive Olga wird zusammen mit ihrem Lebenspartner verhaftet und geht mit ihm in die Verbannung. Und dieser Olga geschieht es, dass sie einen anderen Mann lieben lernt. Den ersten Partner will sie nicht aufgeben, beiden sagt sie die Wahrheit, sie will ehrlich sein, wie ihre Mutter Marja. Dass die Liebe zu beiden Männern schließlich zu Ende geht, hat weniger mit Olgas Gefühlen zu tun als mit den gewaltigen historischen Umwälzungen, die alles verwandeln. Als sie zur Geschichte Genias kam, der Tochter Olgas und Enkelin Marjas, die nur zwei, drei Jahre älter sein konnte als Olga Benario selbst, fand sie sich bis ins Innerste durchschaut. Auch Genia, Kommunistin wie ihre Mutter, hat gleichzeitig Beziehungen zu zwei Männern, sie aber liebt keinen von beiden. Gefragt, wie sie sich Männern hingeben könne, die sie nicht liebe, antwortet Genia: Ich habe keine Zeit. Wir haben so viel Arbeit, so viele wichtige Fragen sind zu lösen, wann hatten wir denn Zeit, in diesen über uns hinwegrasenden Revolutionsjahren. – So war es. Die Liebe war kein blauer Dunst, der alle Schranken überwindet. Im wirklichen Leben wurden die Pläne und Hoffnungen der Individuen zunichte. Daran allerdings ließ Alexandra Kollontais Erzählung keinen Zweifel: Frauen hatten das gleiche Recht auf geschlechtliche Erfahrungen wie Männer. Es wurde, fand Olga Benario, zuviel Aufhebens gemacht vom Geschlechtlichen.

In Smolensk hatte der Zug zwei Stunden Aufenthalt. Olga Benario zog die Turnschuhe an. Auf dem weiten Platz vor dem Bahnhofsgebäude, zwischen dunkle Abgaswolken ausstoßenden Autobussen, Fahrrädern, Pferdefuhrwerken und Fußgängern, begann sie zu laufen. Nach zwanzig Minuten hatten ihre Muskeln sich gelockert. Sie lief leicht, ihr Atem ging rasch und regelmäßig. Die Sonne, zwei Handbreit über dem Horizont, verlängerte die Schatten ihrer langen Beinen, sie lief auf Stelzen, bei jedem Auftreten berührten die Schattenfüße einen Herzschlag lang ihre Füße. Sie lief eine weitere halbe Stunde, dann hielt sie heftig atmend beim Brunnen unter der Bahnhofsuhr. Schweiß rann ihr in die Augen, das leichte Kleid klebte am Körper. Ein alter Bauer, an sein Fuhrwerk gelehnt, nickte ihr zu und sagte: Bravo, Genossin. Spasibo, antwortete sie. Sie tauchte das Gesicht in den Brunnen und benetzte Arme und Beine. Sie fühlte sich großartig. Im Zug wechselte sie auf dem Abort das Kleid. Braun betrachtete sie, als sie das Abteil wieder betrat. Das Laufen hat dir gutgetan. Und du, wie fühlst du dich? Er zuckte die Achseln. Sie setzte sich zu ihm und bettete seinen Kopf auf ihren Schoß. Nach einer Weile schlief er ein. Sie atmete den Geruch seiner verschwitzten Haare. Anderthalb Jahre war er im Gefängnis gewesen, zeitweise hatten sie ihn in Einzelhaft gesperrt. Immer wieder war er verhört worden. Nach seiner Befreiung hatte er alle paar Tage das Quartier gewechselt, oft mitten in der Nacht. Er war gezeichnet.

Während jener Tage und Wochen in der Illegalität, abgetrennt von den Handlungen, wartend auf den ungewissen Zeitpunkt, zu dem sie aus Deutschland in die Sowjetunion entkommen konnte, hatte sie Stunden damit zugebracht, sich die Richtung ihres Lebens während der vergangenen Jahre bewusstzumachen. Dazu war kaum je Zeit gewesen seit jenem Tag, als Karl Tess und seine junge Frau aus München in Berlin angekommen waren. Sie hatten sich im Arbeiterbezirk Neukölln eingerichtet, die junge Frau Tess erhielt eine Anstellung als Stenotypistin bei der sowjetischen Handelsvertretung, Russisch und Stenographie musste sie erst noch lernen. Wenig später wurde aus dem Ehepaar Tess das Ehepaar Frieda und Arthur Behrendt, hergezogen von Leipzig, es folgten weitere Namen und Identitäten. So kam ihr schon früh jene Selbstverständlichkeit abhanden, mit der in der Bürgerwelt der Name für die Identität bürgt. Unterhalb des Bürgertums verlor die Bürgschaft des Namens an Kraft, für die besseren Leute waren die Proletarier eine namenlose Masse. Indem sie unter ständig wechselnden Namen lebte, empfand Olga Benario, dass sie sich der anonymen Existenz der Arbeiterklasse näherte. Sie war Agitations- und Propagandasekretär ihrer Jugendgruppe in Neukölln, sie schrieb Aufrufe und kurze Artikel für Broschüren und Flugblätter, sie hielt Reden, bald leitete sie Versammlungen, organisierte Solidaritätskundgebungen für Streikende und Gefangene und führte Protestmärsche gegen die Nazis an. Das Gesindel schüchterte sie nicht ein. Immer öfter verrichtete sie für Braun und die Partei geheime Kurierdienste. Das Undurchschaubare und die Gefahr dieser Tätigkeit erregten ihre Nerven. Mitunter kamen Aufträge von Mirow-Abramow, einem sowjetischen Genossen an der Handelsvertretung, über dessen Tätigkeit sie im Unklaren gelassen wurde. Sie hatte den Eindruck, sie werde geprüft, und wartete darauf, verantwortungsvollere Aufgaben zu übernehmen. Am liebsten aber waren ihr die Stunden, die sie auf den Neuköllner Wiesen verbrachte. In einem engen, ärmellosen Turnerleibchen und knappen Turnhosen, an den schmalen Hüften von einem Gürtel gehalten, lief sie barfuß vor den Genossinnen und Genossen der Jugendgruppe her, Runde um Runde, oder sie spielten Fußball im Treptower Park. War Braun abends zu Hause, erledigte sie für ihn noch Sekretärinnenarbeit. Sie bereitete das Essen, wusch Wäsche und führte das Ausgabenbuch. An den Wochenenden fuhr ihre Gruppe auf Pferdewagen in die Dörfer. Auf Rummelplätzen und in Kneipen verwickelten sie die Bauern und Kleinhandwerker und deren Frauen in Gespräche. Die Bauern hörten interessiert oder gelangweilt zu, witzelten über sie oder auch nicht. Olga Benario lernte ein Elend kennen, das sie hilflos machte. Sie sagte zu den Bauern, die Kommunisten würden die Junker zum Teufel jagen, das Land werde für die dasein, die es bebauen. Fragten die Bauern nach, verwirrten sich ihre Erklärungen. Sie sagte, das Land werde dem Kollektiv gehören. Wer war das Kollektiv? Die Bauern? Die Partei? Der Staat? Die Bauern verstanden nur, dass ihnen das Stück Land, um dessen Besitz sie seit jeher kämpften und sich schindeten, weiterhin vorenthalten werden sollte. Wenn Olga Benario von Braun Klarheit erfragen wollte über die Stellung der Partei zur Bauernfrage, wies er darauf hin, dass selbst Lenin geschwankt hatte. Lenins widersprüchliche Taktik zeige, das Problem sei nur in der Praxis zu lösen. Schön und recht, sagte Olga Benario, aber was sage ich den Bauern? Mit noch nicht achtzehn Jahren wurde sie Propagandasekretär der kommunistischen Jugend für ganz Berlin. Sie war eine beinharte Kommunistin, wie jene Olga in der Erzählung von Kollontai. Im Gefängnis war sie noch härter geworden. Aber auch geduldiger. Sie zweifelte nicht, dass sie beides würde brauchen können.

Sie bettete Brauns Kopf auf ihre Tasche und erhob sich. Ihre Glieder waren eingeschlafen. Es war kurz nach drei Uhr früh. Sie trat in den Gang. Abgestandene, rauchige Luft. Das matte Licht der Waggonbeleuchtung fiel auf die Böschung, dahinter Schwärze. Sie öffnete ein Fenster. Kalte Nachtluft schlug ihr ins Gesicht, lärmend hämmerten die Räder gegen die Schienenfugen, tadägg tadagg, tadägg tadagg. Sie massierte sich die Schultern, machte ein paar Streckübungen. Eine verschlafene Frau im Morgenrock drängte sich an ihr vorbei zum Abort. Nach einer Weile trat Olga Benario wieder ins Abteil, legte sich auf die andere Sitzbank und schlief ein.

Als sie am Morgen erwachte, regnete es, aber am Horizont zeigte sich blauer Himmel. Braun fühlte sich besser. Sie aßen das süße Gebäck, das im Kiosk am Ende des Waggons feilgeboten wurde, und tranken heißen Tee. Olga Benario überkam zum erstenmal, seit sie die Reise begonnen hatte, eine ungewisse Spannung. Unmerklich hatte die Zeit sich wieder zu bewegen begonnen. Unter dem immer kräftiger herandrängenden Neuen verlor die Vergangenheit an Gewicht. Eben noch war ihr das bisherige Leben intensiv und reich an Handlungen und Erfahrungen erschienen, jetzt sah sie es nur noch wie eine Vorstufe zum eigentlichen Leben, das in wenigen Stunden beginnen würde. Ihre Kindheit war ein einziger Irrtum gewesen. Die Mutter eine Gesellschaftsdame, deren größter Kummer darin bestand, dass man ihr in den höchsten Kreisen Münchens mit einer Höflichkeit begegnete, die sie als eisig empfand. Die Schuld dafür hatte sie dem Vater zugeschoben. Wie konnte ein glänzender Anwalt mit Büroräumen am Stachus seine Karriere einfach wegwerfen. Die Einsicht, dass sie als Frau eines Sozialdemokraten von den Spitzen der Gesellschaft nie akzeptiert werden würde, hatte sie bitter gemacht. Aber sie ahnte, da war noch etwas anderes. Darüber sprach sie nie, sie verbot sich, es auch nur zu denken. Aus ihren Handlungen aber konnte sie das Verdrängte nicht heraushalten. Als sich in den zwanziger Jahren immer mehr armselige Ostjuden in München niederließen, schickte sie Geld an den Keren Hajessod, der ihnen die Weiterreise nach Palästina finanzierte. Sie tat es im Interesse der Ostjuden selbst, die mit ihrer Sprache, ihren Gebärden, ihren Kaftanen und Peies nun wirklich nicht nach München passten. Einige Monate später stellte sie diese Spenden unvermittelt wieder ein. Wenn in ihrer Gegenwart in leicht angewidertem Ton über die Ostjuden gesprochen wurde, nickte sie. Meist betonte dann irgend jemand, ohne sie anzublicken, dass diese Charakterisierungen natürlich für die assimilierten deutschen Juden nicht gälten. Zu Hause weinte sie vor Erniedrigung. Aber ob sie ihr Judentum verschleierte oder sich dazu bekannte, zuletzt war es alles eins. Im dritten Kriegsjahr würde sie mit einem Judentransport nach Piaski bei Lublin verschickt werden. Sie haben mitzunehmen. Nicht mitgenommen werden dürfen. Der Ehering sowie eine einfache Uhr können. Ebenso dürfen mitgenommen werden. Sie selbst haben sich ein Schild um den Hals zu hängen mit der Aufschrift. In Ruth Werners Buch, neunzehnhunderteinundsechzig in der Deutschen Demokratischen Republik erschienen, finden sich kaum Hinweise auf Olga Benarios jüdische Herkunft. Ruth Werner hat für den sowjetischen Geheimdienst und die OMS gearbeitet, das geheime Verbindungsbüro der Komintern, dem auch Olga Benario für die Brasilien-Aktion zugeteilt werden wird. Zweifellos hat Ruth Werner noch manches andere im Leben von Olga Benario im Ungewissen gelassen. Das erklärt jedoch nicht, warum sie Olga Benarios jüdische Herkunft verschwieg. Auch der Hinweis, dass Ruth Werner selber Jüdin war, hilft nicht weiter.

Als seine Frau ihn und die Tochter verließ, tat der Vater alles, damit Olga nicht der Mutter nachschlug. Soweit Olga Benario sich erinnern konnte, hatte er mit ihr über seine Arbeit gesprochen, über die amtliche Verteidigung von Arbeitern und Proleten, die er meist ohne Bezahlung und oft genug auch ohne Hoffnung auf Erfolg führte. Abends verhandelten Dr. Leo Benario und seine Tochter im Wohnzimmer an der Haydnstraße eine endlose Folge von immer gleichen Gerichtsfällen. Es ging um Tagelöhner und arbeitslose Proleten, die in einem Laden ein

Brot oder in eisigen Nächten von einer Droschke eine Pferdedecke gestohlen hatten und deswegen für Monate ins Gefängnis geworfen wurden. Am Beispiel des arbeitslosen Maurers Höcherl ließ sich das immer gleiche Muster aufzeigen, das sich hinter diesen Fällen verbarg. Höcherl hat aus Hunger eine Wurst gestohlen, ein klarer Fall von Rechtsbruch. Der Angeklagte ist geständig. Er wird vom Richter gefragt, ob er denn keine Arbeitslosenunterstützung erhalte. Die werde ihm wegen der Notverordnungen vorenthalten, gibt Höcherl zu Protokoll. Wohlfahrtsunterstützung? Werde zur Zeit geprüft. Der Richter fragt Höcherl, wieso er denn nicht wenigstens bettle? Betteln sei gesetzlich verboten, ob der Herr Richter das nicht wisse? Der Angeklagte habe keine Fragen zu stellen. Höcherl wird zu sieben Monaten Gefängnis verurteilt. Eine Spirale aus Absurditäten nannte Leo Benario das, die Menschlichkeit bleibt auf der Strecke. Später, als er seine Tochter vom Umgang mit der kommunistischen Jugendgruppe abzuhalten versuchte, warf sie ihm vor, seine Erwartung, mit seiner Arbeit die Weimarer Justiz oder gar die kapitalistische Gesellschaft verändern zu können, sei bernsteinscher Reformismus. Aber die abendlichen Gerichtsverhandlungen im Wohnzimmer an der Haydnstraße blieben ihr im Gedächtnis.

Sie hatte längere Zeit keinen Umgang mehr mit ihrem Vater gehabt, als sie im Herbst neunzehnhundertsechsundzwanzig von ihm hörte. Zwei Wochen zuvor war sie verhaftet und tagelang verhört worden. Der Mitgliedschaft in einer geheimen und staatsfeindlichen Verbindung nach §§ 128, 129 St.G.B. verdächtig, kam sie in Isoliergewahrsam. Sie hatte diese Möglichkeit vorausgesehen und sich in langen Gesprächen mit Otto Braun darauf vorbereitet. Ihr Exemplar der *Gefängnisbriefe* Rosa Luxemburgs war vom vielen Lesen zerfleddert, jedesmal fiel das Foto von Rosa Luxemburg heraus, wenn sie die Broschüre zur Hand nahm. Sie bewunderte die Gelassenheit, mit der die Genossin das Unabänderliche auf sich nahm, und sie war hingerissen von der Unverfrorenheit, mit der Rosa Luxemburg Lenin vom Gefängnis aus kritisierte. Dagegen erschienen ihr die Briefstellen über Tiere und Pflanzen, über eine Wespe oder ein Pfauenauge, die Rosa Luxemburg aus ihrer Zelle ins

Freie gerettet hatte, oder über ihre Solidarität mit geprügelten Büffeln, als sentimentale Marotte. So traf es sie unvorbereitet, als sie, nach Verhören und wiederholter Androhung langjähriger Gefängnisstrafen, in der Zelle vom Weinen geschüttelt wurde. Sie war nahe daran gewesen, auf das Angebot ihres Vaters einzugehen, ihre Verteidigung zu übernehmen. In Gesprächen mit Genossinnen und Genossen, die sie im Gefängnis besuchten, stellte sich ihre innere Festigkeit wieder ein. Zwei Monate nach der Verhaftung wurde sie ohne Erklärung aus dem Gefängnis entlassen. Die Ermittlungen gegen sie liefen weiter, die Polizei wusste inzwischen, dass Frieda Behrendt mit Olga Benario identisch war. Sie hatte das erwartet. Unbekannt blieb ihr dagegen, dass ihr Vater noch ein letztes Mal versuchte, schützend in ihr Leben einzugreifen. Als ihm zugetragen wurde, der Verdacht gegen seine Tochter wegen Hochverrats sei nicht erledigt, schrieb er der Leipziger Oberreichsanwaltschaft einen Brief, worin er auf Olgas Minderjährigkeit hinwies und argumentierte, ihr fehle das Bewusstsein für die juristische Tragweite ihres Tuns. Aus einer Art romantischer Hilfsbereitschaft habe seine Tochter, ein im politischen und wirtschaftlichen Leben unerfahrenes Mädchen, den Armen – und namentlich armen Jugendlichen – helfen wollen. Olga Benario hätte diese Erklärung von sich gewiesen. Trotzdem dürfte sie Wahres enthalten. Warum sollte eine bürgerliche junge Frau sich an die Seite des Proletariats stellen, wenn nicht aus einem Gefühl romantischer Hilfsbereitschaft. Was Leo Benario in seinem Brief verschwieg, obwohl er es geahnt haben musste: Seine Tochter hatte das Stadium romantischer Hilfsbereitschaft längst hinter sich gelassen.

Die Anzeichen, dass der Zug einem gewaltigen städtischen Ballungsgebiet entgegenfuhr, mehrten sich. Unter den Reisenden machte sich eine ausgelassene Stimmung breit, einige brachten bereits ihre Abteile und sich selber in Ordnung. Ländliches ging über in Industriegebiete, Datschen und Dörfer wuchsen hinein in Vororte. Fabriken, Wohnblöcke und Verwaltungsgebäude säumten weite Boulevards, über die der Verkehr flutete. Olga Benario hatte das Abteil aufgeräumt, war im Gang auf und ab gegangen, hatte sich hingesetzt und war wieder aufgestanden.

Braun verfolgte ihre Geschäftigkeit mit fieberglänzenden Augen. Das Gefühl von Fremdheit löste sich auf in den Wellen erregter Erwartung. Als der Zug seine Fahrt verlangsamte, erinnerte Braun sie nochmals daran, dass sie von nun an Olga Sinek hieß. Dann fuhren sie in den Belorussischen Bahnhof ein.

3

Unterdessen wurden Trotzki und seine Familie nach Alma Ata verbannt, und die Sozialdemokraten gewannen die deutschen Reichstagswahlen, und in China wurde der VI. Kongress der kommunistischen Partei abgehalten. Der Kellogg-Pakt wurde unterzeichnet, Brasilien produzierte zuviel Kaffee, und in Deutschland tanzten die Tiller Girls. Walter Gropius und László Moholy-Nagy verließen das Bauhaus in Dessau, die Überlebenden von Umberto Nobiles Arktisexpedition wurden vom sowjetischen Eisbrecher Krassin gerettet, im Ruhreisenstreit sperrte die deutsche Schwerindustrie zweihundertdreißigtausend Arbeiter aus. Die *Dreigroschenoper* wurde uraufgeführt, und der Film *Sturm über Asien* machte den sowjetischen Regisseur Wsewolod Pudowkin berühmt, und Le Corbusier schrieb ein Buch über Städtebau. In der Sowjetunion breitete sich die Kollektivierung immer schneller und gewalttätiger aus, die Kulaken leisteten Widerstand, verbrannten ihr Getreide und schlachteten Millionen von Pferden, Kühen, Schafen, Ziegen. Eine Hungersnot überzog das Land, in dem Olga Benario umherreiste und vor Komsomolzen über die waghalsige Befreiung Otto Brauns sprach. Sie wurde ins Zentralkomitee des Kommunistischen Deutschen Jugendverbands gewählt, wenig später war sie Mitglied des Präsidiums der Jugendorganisation der Komintern. Beim sowjetischen Sportverband lernte sie Reiten, Schießen und Lastwagenfahren. Im Sommer schwamm sie und lief durch die Parks, im Winter lief sie auf Schlittschuhen, daneben lernte sie Russisch, Französisch und Englisch.

Der deutsche Außenminister Gustav Stresemann starb, und demonstrierende Arbeiter starben auch (der sozialdemokratische Berliner Polizeipräsident Zörgiebel hatte auf sie schießen lassen). In Paris wurde der Young-Plan unterzeichnet, der von Deutschland Reparationszahlungen bis ins Jahr neunzehnhundertachtundachtzig verlangte. Erich Kästner schrieb *Emil und die Detektive*, der Geflügelzüchter Heinrich Himmler wurde Reichsführer der SS, und Alexander Fleming entdeckte das Penizillin. Olga Benario verbrachte die Sommerferien am Schwarzen Meer. Anschließend, vielleicht auch erst im folgenden Jahr, besuchte sie die Militärschule in Borissoglebsk an der Eisenbahnlinie Moskau-Stalingrad, vormals Zarizyn, seit neunzehnhunderteinundsechzig Wolgograd, mit dem neuen Namen ist auch die Erinnerung an jene Schlacht getilgt, die sich mit den Namen Stalingrad verbindet.

Wieder in Moskau, erfuhr Olga Benario von Otto Braun, er habe eine Beziehung zu einer anderen Frau, was für sie beide aber ohne Bedeutung sei. Sie trennte sich von ihm. Dieser Schritt kam für Braun unerwartet, konnte er doch annehmen, dass Olga Benario sich ebenso modern verhalten werde wie die Figur der Genia in Alexandra Kollontais Erzählung. Unterdessen lernte Maria Greßhöner, Sekretärin im Berliner Malik-Verlag, den sowjetischen Filmregisseur Jewgenij Stscherbjakow kennen, der eben seinen ersten Film, *Das Mädchen vom fernen Fluss*, fertiggestellt hatte. Sie trennte sich vom Verlagsleiter Herzfelde und heiratete Stscherbjakow, einen attraktiven Mann mit sinnlich trägem Gesicht, der sie in die Sowjetunion entführte. Die Ehe wurde im folgenden Jahr geschieden, und Maria Greßhöner kehrte nach Berlin zurück, wo sie ihre Arbeit im Malik-Verlag wieder aufnahm, allerdings nicht ihre Liebesbeziehung zum Verlagsleiter. In der Sowjetunion wurden Alexej Rykow und Nikolai Bucharin aus der Partei ausgeschlossen, und am vierundzwanzigsten Oktober neunzehnhundertneunundzwanzig brachen an der New Yorker Wall Street die Börsenkurse zusammen. Eine Wirtschaftskrise überzog den Planeten gleich einem Hurrikan einem Erdbeben einer Heuschreckenplage und so weiter. Deutschland war von der Krise besonders stark betroffen, die amerikanischen Kredite blieben aus, bereits gewährte Anleihen wurden gekündigt, und aus Millionen von Frauen und Männern wurden Empfänger von Arbeitslosenunterstützung, Wohlfahrtserwerbslose und Hauptunterstützungsempfänger der Krisenfürsorge. Albert Einstein veröffentlichte seine Allgemeine Feldtheorie, und Kodak erwarb ein Patent für den Sechzehnmillimeter-Umkehrfarbfilm. In der Sowjetunion wurden immer mehr Menschen wegen Sabotage am Fünfjahresplan erschossen, und in Berlin heiratete die angehende Jugendbuchautorin Ruth Rewald kurz vor Jahresende den Rechtsanwalt Hans Schaul aus Hohensalza. Die beiden ließen sich am Bechstedter Weg sechzehn in Berlin-Wilmersdorf nieder.

Im Februar des neuen Jahres wurde Horst Wessel *Die Fahne hoch! / Die Reihen fest geschlossen / SA marschiert / Mit ruhig festem Schritt* in Berlin vom Zuhälter Ali Höhler erschossen. In dieser Zeit baute Frankreich die Maginotlinie, in Moskau fand der sechzehnte Parteitag statt, Majakowski brachte sich um, der Planet Pluto wurde entdeckt, Dauerwellen sind die neueste Damenfrisur. Hans Günther, *Kleine Rassenkunde des deutschen Volkes*, erhielt die Berufung auf den ersten Lehrstuhl für Rassenkunde, die Aktien verloren allen Wert, und die Spur von Olga Benario verlor sich ebenfalls im Chaos der Zeit. Sie soll zu illegaler Tätigkeit nach London gesandt und dort nach wenigen Monaten ausgewiesen worden sein. Sie soll sich längere Zeit in Frankreich aufgehalten und in Paris als Ehefrau eines gewissen B.P. Nikitin im Sekretariat der Komintern gearbeitet haben. Im Sommer neunzehnhunderteinunddreißig soll die von der deutschen Polizei wegen eines frechen Überfalls auf das Kriminalgericht Moabit seit Jahren gesuchte Kommunistin und Jüdin vom deutschen Konsulat in Moskau einen neuen Pass erhalten haben, wer's glaubt bezahlt einen Taler. Anderen Quellen zufolge ist sie damals in Frankreich verhaftet und wochenlang festgehalten worden und hat erst im Verlauf des folgenden Jahres Moskau wieder erreicht. Da soll sie an der Twerskaja, die gerade in Gorkistraße umbenannt worden war und inzwischen längst wieder Twerskaja heißt, im Hotel Lux, der Absteige für Mitarbeiterinnen und Mitarbeiter der Komintern, das Zimmer dreihundertfünfunddreißig bewohnt haben. Unterdessen besetzten japanische Truppen die Mandschurei, und der Young-Plan, Nachfolger des Dawes-Plans, wurde suspendiert, und der schwedische Zündholzkonzern Kreuger brach zusammen. In Spanien wurde die Republik ausgerufen, in Deutschland gab es sechs Millionen Arbeitslose, Wassily Kandinsky reiste nach Ägypten und Fernand Léger in die USA. Auch der brasilianische Offizier Luiz Carlos Prestes begab sich auf Reisen. In Montevideo schiffte er sich auf der *Eubée* zur Fahrt in die Sowjetunion ein. Das Neuneinhalbtausend-Tonnen-Passagierschiff der Compagnie des Chargeurs Réunies würde wenige Jahre später, unterwegs von Santos nach Montevideo, im Nebel mit dem englischen Dampfer *Corinaldo* zusammenstoßen und sinken, Fotos des Havaristen auf Bestellung oder gegen Nachnahme. Im deutschen Reich wurden die Renten für Invaliden, Kriegsversehrte, Arbeits- und Erwerbslose gekürzt, und Adolf Hitler erschien zum Empfang bei Hindenburg *Wer Hindenburg wählt, wählt Hitler. / Wer Hitler wählt, wählt den Krieg.* Olga Benario absolvierte an der Militärflugakademie Schukowski in Moskau einen Kurs für Fallschirmspringer und Piloten. In der Sowjetunion verhungerten Millionen Menschen. In Deutschland kamen die Nazis an die Macht.

4

Nach dem Start vom Berliner Flugfeld Tempelhof, die Welt lag noch im Dunkeln, hatte sie eine Weile geschlafen. Als sie erwachte, war der Himmel hell, das flache Land unter ihr schimmerte rötlich in den Strahlen der aufgehenden Sonne. Die dreimotorige Maschine der Deutsch-Russischen Luftverkehrs A.G. überflog eben den westpreußischen Landkreis Deutsch Krone, oder hatte ihn vor kurzem überflogen oder würde ihn alsbald überfliegen, Hauptsache, Maria Greßhöner schwebte mindestens dreitausend Meter über diesem Landstrich. Eine Weile versuchte sie zu lesen, aber ihre Konzentration wich allmählich einer angenehmen Teilnahmslosigkeit. Durch das Rechteck des Seitenfensters blickte sie auf das Trapez der Tragfläche mit dem groß aufgemalten Kennzeichen URSS-D309, daran der Kreis des rotierenden Propellers. Jenseits von Rechteck, Trapez und Kreis ein merkmalloser Raum, in dem Zeit und Gegenwart ineinanderflossen. Schläfrig überließ sie sich den Gedanken an ihr zukünftiges und vergangenes Leben in der Stadt Moskau, die sie vor drei Jahren mit Stscherbjakow kennengelernt hatte. Noch nahm sie die Umwelt kaum wahr. Sie war erfüllt von dem gerade Erlebten. Für die Oper hatte sie sich nie besonders interessiert, sie war mitgegangen, weil Stscherbjakow sie darum gebeten hatte und weil sie das Bolschoi-Theater sehen wollte. Der massige Körper der russischen Madame Butterfly hatte keine lyrische Stimmung in ihr aufkommen lassen. Nein, das Neue spielte sich an jenem Abend nicht auf der Bühne ab, sondern im Saal. Während Stscherbjakow aufmerksam der Vorstellung folgte, blickte sie immer wieder verstohlen auf die vom Bühnenlicht schwach erhellte Hand ihres Sitznachbarn zur Rechten, die neben der ihren auf der Armlehne lag. Schwielige, zerklüftete Haut, Schmutzspuren in den Furchen, brüchige Fingernägel, eine Narbe quer über den fleckigen Handrücken. Eine solche Hand in einem der mehr als zweitausend weinroten Plüschsessel, unter einem Kronleuchter, der einst einem sehr anderen Publikum geschmeichelt hatte, erschien ihr viel exotischer als das Japan aus Papiermaché auf der Bühne. Daran dachte sie immer noch, als sie und Stscherbjakow im Strom der Besucher wieder ins Freie traten. Beinahe hätte sie das kleine Feuer übersehen, das auf der anderen Straßenseite im Dunkeln glimmte. Stscherbjakow hinter sich herziehend, überquerte sie die Straße, wo am Tag der Belag ausgebessert worden war. Gedeckte Teerkessel standen herum, die in der kühlen Nachtluft immer noch Wärme abstrahlten. Zwischen den Kesseln das kleine Feuer. Um das Feuer, an die Teerkessel geschmiegt, aneinandergedrängt, ineinander verknäuelt, in verdreckten, zerlumpten Fetzen, durch die magere, von Schmutz verkrustete Arme und Beine und dünne weiße Hinterbacken zu sehen waren, ein Dutzend schlafender Kinder. Sie hielt sich an Stscherbjakow fest. Besprisorniki, sagte er halblaut. Sie nickte. Warum weinte sie? Davon hatte sie doch gewusst. Krieg, Bürgerkrieg, Hungersnot. Kinderbanden, die durch das verwüstete Land ziehen, sich auf Eisenbahnzügen verstecken, stehlen, hungern. Eine Plage. Sie wurden in Waisenhäuser und Gefängnisse gesteckt, aber es waren ihrer viel zu viele. Sie wurden misshandelt. Es soll vorgekommen sein, dass sie aus fahrenden Eisenbahnzügen geworfen wurden und unter die Räder gerieten. Einmal, sagte sie sich, schutzlos dem Anblick der Kinder ausgesetzt, einmal wird es dieses Elend nicht mehr geben. Zwei Polizisten waren zu ihnen getreten. Sie sprachen halblaut ein paar Worte mit Stscherbjakow, dann gingen sie weiter. Er zog sie mit sich fort. Der Anblick der Kinder hatte an den Punkt des größten Schmerzes gerührt.

Sie sah bald ein, dass die Ehe mit Stscherbjakow ein Irrtum war. Sie hatte den sowjetischen Filmregisseur geheiratet, weil er sie heiraten wollte. Herzfelde würde sie nie heiraten, er würde sich nicht von seiner Frau scheiden lassen, darüber ließ er sie nicht im Zweifel. Aber er würde sofort zu ihr zurückkehren, falls sie es wollte. Das Leben mit ihm und seinen Freunden war aufregend. Sie war hingerissen von seinem Wissen und seinem Enthusiasmus, sie bewunderte ihn noch immer (und er war ein schöner Mann). Aber von nun an wollte sie ihre Beziehungen klar und einfach und ohne Verpflichtung. Für die Liebe hatte sie keine Zeit, ganz wie Genia in Alexandra Kollontais Erzählung von den drei Generationen. Kollontais Buch war einer der großen Verkaufserfolge des Verlags. Die beiden anderen Frauen in der Erzählung, Genias Mutter Olga und ihre Großmutter Marja, passten nicht mehr in diese Zeit, sie waren in komplizierte Beziehungen verstrickt und litten Weiberqualen, wie es bei Kollontai hieß. Das sollte ihr nicht passieren. Als es dann aber Stscherbjakow war, der Qualen zu leiden begann, fühlte sie sich schuldig. Sie trennte sich von ihm und beschloss, Moskau zu verlassen, sobald die Scheidung vollzogen war.

Wenige Tage bevor sie in den Zug stieg, der sie nach Berlin zurückbringen sollte, war sie im Zirkus gewesen. Im gedrängt

vollen Zelt, in einer der Logen am Manegenrand, glaubte sie
Olga Benario zu erkennen, deren Bild zwei Jahre zuvor in Berlin auf allen Litfaßsäulen zu sehen gewesen war und von der
es hieß, sie sei nach Moskau entkommen. Nach dem Ende der
Vorstellung hatte sie sich durch die Menge gedrängt, aber es
war aussichtslos gewesen. Sie hatte Olga Benario vom Verein
frecher Frauen erzählen wollen.

Zweieinhalb Stunden nach dem Start landete die Deruluft-
Maschine auf dem Flugfeld von Königsberg. Maria Greßhöner
vertrat sich die Beine, während die drei Triebwerke aufgetankt
wurden. Das Flugzeug schimmerte in der Morgensonne, sie ent-
zifferte die kyrillischen Worte unter dem Seitenfenster der Pilotenkanzel: Schwingen der Sowjets. Ich habe Schwingen. Ich bin
beschwingt. Ich schwinge mich in die Lüfte. Kurz vor elf Uhr
vormittags nahmen die zwölf Passagiere wieder in der Kabine
Platz. Die URSS-D309 stieg in den Himmel über Königsberg,
die Geschwindigkeit nahm zu, die Erde drehte sich immer langsamer, bis alle Bewegung verebbte. Während das Dröhnen der
Motoren in sie einsickerte, verlor sich ihr Blick erneut in der
Geometrie aus Rechteck, Trapez und Kreis. Für die nächsten
Stunden war sie Maria Namenlos, eine Passagierin ohne Identität, unterwegs in einer merkmallosen Gegenwart. Unablässig
in Richtung Osten. Osten, wie Russland, Sowjetunion, Sozialismus, Morgenröte der Menschheit, *Schwestern zur Sonne, zur
Freiheit.* Sie war der neue Mensch, den das Zeitalter hervor-
brachte, sie bekannte sich zum heroischen Unternehmen der
Bolschewiki. Kolzow hatte ihr geschrieben, dass ihm der neue
Name gefalle und er die Namensänderung in Moskau arrangie-
ren werde. Mit jener Mischung aus Ironie und Feinfühligkeit,
die ihr so sehr an ihm gefiel, hatte er hinzugefügt, dass sich der
neue Name auch auf einem Bucheinband vorteilhaft ausneh-
men werde. Die Ironie galt zuerst ihm selbst, der keine seiner
Arbeiten je mit Michail Friedland zeichnete. Als sie ihn danach
fragte, hatte er geantwortet, er habe es schon als junger Mann
mit den Bolschewiki gehalten, von denen viele einen nom de
guerre angenommen hätten. Später hatte sie ihm ein völki-
sches Hetzblatt gezeigt, in dem hämisch gefragt wurde, warum
Trotzki in der Heimat des Proletariats nicht seinen wirklichen

Namen Löw Bronstein benutze, Kamenew sich nicht länger Rosenfeld nenne, Sinowjew nicht Radomilsky und Radek nicht Sobelsohn. Sie schließen von ihrem Antisemitismus auf andere, hatte Kolzow geantwortet, und sie verschweigen, dass auch viele nichtjüdische Revolutionäre ihre Namen geändert haben, dass Lenin ursprünglich Uljanow hieß und Stalin Dschugaschwili. All diese Genossen hatten mit ihren neuen Namen ein Zeichen gesetzt für den Bruch mit allem Bisherigen. Und sie, Maria, ehemals Greßhöner, tat das auch.

Schreib ein paar Zeilen über deine Herkunft, hatte Herzfelde sie gebeten. In der Anthologie mit neuen Erzählern, die er im Verlag vorbereitete, sollten sich die Autorinnen und Autoren selbst vorstellen. Sie hatte es geschafft. Zum erstenmal würde eine ihrer Arbeiten im Malik-Verlag erscheinen. Nach Stunden der Qual, die zu der von Herzfelde geforderten Kürze in keinem Verhältnis standen, hatte sie ein paar Zeilen über sich zustande gebracht. Maria Greßhöner, geboren neunzehnhundertacht in Muckum in Westfalen. Eltern Gutsbesitzer. Aufgewachsen in Westpreußen, in Neugolz, Landkreis Deutsch Krone. Mit fünfzehn Jahren aus dem Lyzeum ausgekniffen. Zeichenstunden bei Meidner und Jäckel. Gehilfin in einer Lungenheilstätte, dann Verlagsangestellte bei Malik. Vertreten in der von Hermann Kesten herausgegebenen Anthologie *Vierundzwanzig deutsche Erzähler*. Beendet soeben den Roman *Kartoffelschnaps*. – Das bin nicht ich. Der Gedanke, Wochen später, beim Lesen der Druckfahnen. Geboren dann und dann, gewohnt da und da, zur Schule gegangen, alles stimmt, aber was sagt das schon? Nur in dem einen Wort ausgekniffen wird deutlich, dass von einem wirklichen Menschen die Rede ist. Neugolz, Landkreis Deutsch Krone, was sagt das schon. Von irgendwoher kommt jede. Aber nicht jede kommt von Neugolz. Nicht jede kennt die Ödnis, den Schmutz, die Dummheit und Bosheit dieser Gegend oder die Langeweile. Nicht jede kennt die Borniertheit, die deutschtümelnde Gemütlichkeit, den Weiberhass, den Polenhass, den Judenhass dort. Schon gar nicht jede kennt die bewaffneten Haufen der Freikorpsmänner und Balten, die seit Kriegsende auf den umliegenden Adelsgütern herumlungern, saufen, Jagden veranstalten, besonders auf streikende Landarbeiter, sie erschießen und erschlagen. Und bis heute kennt niemand die beiden besoffenen Freischärler, die eines Tages auf dem kleinen Gut in Neugolz erscheinen. Vater, Mutter und die beiden älteren Schwestern sind für den Tag ins nahe Städtchen Deutsch Krone gefahren, der Knecht ist auf dem Feld, die beiden Mägde verbergen sich im Keller. Vorgefunden wird ein vierzehnjähriges Mädchen, die jüngste Tochter des Hauses. Ein Foto aus jenen Tagen zeigt sie im Garten, mit einer Freundin sitzt sie auf einer im Gras ausgebreiteten Decke, vor den beiden auf der Decke steht auf dünnen Beinen ein Rehkitz, das Tierlein und die beiden Mädchen blicken ernst und etwas unsicher in die Kamera. Was geschieht, nachdem die beiden besoffenen Freikorpsmänner auf dem Gut erscheinen, ist nicht bekannt. Auch das junge Mädchen erinnert sich später an nichts. In seiner Erinnerung aufbewahrt aber hat es, was seinem Körper einige Zeit danach angetan wurde, weil solche Schmerzen von einer allmählichen Milderung durch Verdrängen und Vergessen nichts wissen. Und nicht vergessen, weil in jedem Augenblick gegenwärtig, sind die Folgen dieses Ereignisses, genauer, die Folge, Einzahl, die darin besteht, dass es ihrem Körper nicht mehr möglich ist, ein Kind zu empfangen, auszutragen, zu gebären, zu säugen. Da versteht man auch den Ausdruck Ausgekniffen, obwohl es besser geheißen hätte, ums Leben gelaufen, oder wie vom Teufel gehetzt.

Die Schwingen der Sowjets tragen mich zu meinem Geliebten. Ich bin Nils Holgersson auf seiner wundersamen Reise, ich kann mit den Wildgänsen sprechen. Ich fliege hinweg über das russische Land, über die weiten Ebenen, die Birkenwälder, über Seen und Täler nach Moskau, ins Zentrum der Welt. Was ist dagegen der Potsdamer Platz! Gleichmäßig dröhnten die Motoren, erst allmählich wurde darunter das Quietschen der Straßenbahnen hörbar, das Grollen der Autobusse, die rhythmischen Rufe der Kolporteure. Der Verkehrslärm brandete gegen die Terrasse des Cafés Josty, wo sie, wie so oft in den vergangenen Jahren, mit Ottwalt saß. Aus dem Landkreis Deutsch Krone waren sie beide hergekommen, er, der Pfarrerssohn aus Zippnow, und sie, die Gutsbesitzerstochter aus Neugolz. Jetzt gehörten Herzfelde und Heartfield, Brecht, Tucholsky, Tretjakow, Ehrenburg, Seghers, Becher, Grosz und Döblin zu ihren

Freunden und Bekannten. Ottwalt war Brechts Mitarbeiter geworden, im Josty berichtete er von der Arbeit, Maria Greßhöner hörte erstaunt zu. Du weißt wirklich nicht, welche Teile des Drehbuchs von dir sind? Ottwalt schüttelte den Kopf, nicht einmal Brecht könne mit Bestimmtheit sagen, was er selbst geschrieben habe. Schon in der *Dreigroschenoper* stamme ein Teil der Songs von anderen. Ist er denn nicht stolz auf seine Sachen, freut er sich nicht an einer gelungenen Formulierung? Selbstverständlich, antwortete Ottwalt, aber es ist ihm gleichgültig, von wem sie stammt. Er hat eine unverwechselbare Sprache, sagte Maria Greßhöner, oft weißt du schon nach wenigen Worten, dass ein Gedicht oder ein Dialog vom ihm ist. Brecht suche den eigenen Ton nicht, sagte Ottwalt, es gehe ihm nicht darum, sein Innerstes auszudrücken. Die Vorstellung von einem Innersten gebe es bei ihm nicht. Er sage, sein Publikum sei nicht mehr das bürgerliche Individuum, sondern die anonyme Masse. Wer für diesen neuen Publikumstyp schreibe, müsse selber anonym werden. Brecht suche die Arbeit im Kollektiv, wie eben jetzt beim Drehbuch zu *Kuhle Wampe*. Sein Arbeitsraum gleiche einer Werkstatt, es gebe eine Wandtafel, auf die wichtige Gedanken und Formulierungen geschrieben würden, damit alle sie begutachten und kritisieren konnten. Ottwalts Berichte waren aufregend. Da begann etwas Neues. Sie hatte Fragen. An wen sollen die Tantiemen gehen, wenn die Werke keine Urheber mehr haben? Wovon sollen Brechts Mitarbeiterinnen und Mitarbeiter leben? Ottwalt sagte, das sei vorläufig eine abstrakte Frage. Ohne den Glücksfall der *Dreigroschenoper* hätte Brecht selbst kaum etwas zu beißen. Die sogenannten Lehrstücke, an denen er zur Zeit arbeite, seien für ein Publikum bestimmt, das es noch gar nicht gebe. Diese Widersprüche, sagte er, würden erst unter nichtkapitalistischen Verhältnissen verschwinden. Ihr blieben Zweifel. Richteten sich nicht alle ihre schriftstellerischen Anstrengungen darauf, eine eigene Stimme zu finden? Brechts Konzept eines gemeinsamen Produzierens würde ihr diese Möglichkeit nehmen, noch bevor sie sie erkundet hatte. Sie war Brecht ein paarmal im Verlag begegnet. Ein unterernährter, mickriger Kerl, halb Stutzer, halb Prolet, mit kurzen Haaren und einer hohen, etwas quengelnden Stimme. Sie hatte den Eindruck, dass er sie gar nicht wahrnahm, bis sie einmal seinen Blick auf sich fühlte, in einer Art und Weise, die sie nicht missverstehen konnte. Sie wurde aber wieder unsicher, als er beim Weggehen, schon unter der Tür, zu ihr sagte, sie habe eine ausgesprochen gestische Sprache, sie solle mehr schreiben, in der Art dieser Erzählung aus dem Sammelband von Kesten.

Nicht nur Schriftsteller und Künstler hatte sie in den hektischen Jahren in Berlin kennengelernt, sondern auch führende Genossen. Einige von ihnen, Arthur Ewert, Lex Ende, Karl Volk und Gerhart Eisler, bildeten einen losen Zirkel, mit dem Herzfelde besonders eng verbunden war. Oft trafen sie sich in seinem Büro, auch Heartfield war dabei und einige Male Ottwalt. Besonders Ewert blieb ihr im Gedächtnis, obwohl er bald wieder aus ihrem Gesichtskreis verschwand. Er gehörte dem Zentralkomitee der Partei an und dem Exekutivkomitee der Komintern, außerdem war er Reichstagsabgeordneter. Wenige Monate nachdem Maria Greßhöner in die Partei eingetreten war, hatte er sich mit Thälmann zerstritten. Auf den Parteiversammlungen, die sie regelmäßig besuchte, wurde ihm vorgeworfen, er und seine Freunde seien zu wenig revolutionär, sie arrangierten sich mit den Sozialdemokraten, sie seien Versöhnler, die sich nicht an die von Stalin vertretene Linie hielten. Diese Attacken wurden in einem scharfen Ton vorgetragen, der sie verstörte. Sie war überrascht, als Ewert furchtlos in einem noch gröberen Ton antwortete. Seine Kritiker nannte er Sektierer, deren ultralinken Kurs man wie eine Kinderkrankheit kurieren müsse. Sie fand sich in diesem Disput nicht zurecht. In Parteiangelegenheiten pflegte sie sich mit Herzfelde zu besprechen. Da er diesmal auf der Seite von Genossen stand, die Thälmann und Stalin kritisierten, schien es ihr klüger, ihre Unsicherheit für sich zu behalten. Zu den Gesprächen in Herzfeldes Büro wurde sie nicht mehr eingeladen, das war ihr recht. Als die Attacken gegen Ewert im folgenden Jahr nachließen, forderte er selbst die Genossin Maria mit einer lustigen Gebärde auf, wieder an den Diskussionen teilzunehmen. Ewert war ein gelernter Sattler, sein Körper war breit und schwer, er hatte ein rundes, festes Gesicht, schmale Lippen und ein Glitzern in den Augen. Oftmals hörte sie sein lautes Lachen durch die

Tür. An Bier durfte es bei seinen Besuchen nie fehlen, ebensowenig an Zigarren. Als junger Mann hatte er mit seiner Frau in
Kanada und in den Vereinigten Staaten gelebt, war dort sogar
verhaftet worden. Einmal, kurz nachdem er in den Reichstag
gewählt worden war, hatte er die Frau mitgebracht. Sie hieß
Elisabeth, er nannte sie Sabo. Sie schien älter als er, hatte schon
graue Haare, mausgrau. Im Verlauf des Gesprächs war Sabo
aus Herzfeldes Büro getreten, um zur Toilette zu gehen. Bevor
sie wieder zur Gesprächsrunde zurückkehrte, hatte sie sich mit
Maria Greßhöner unterhalten. Sie waren auf Olga Benarios Aktion zu sprechen gekommen, die erst wenige Wochen zurücklag.
Was sie davon halte? Begeistert sei sie gewesen, sagte Maria
Greßhöner, sie erzählte, wie sie mit einer Kollegin einen Verein frecher Frauen gegründet hatte. Ob sie da auch mitmachen
könne? fragte Sabo. Nein, sie ist keine freche Frau, ging es Maria Greßhöner durch den Kopf, als Sabo wieder in Herzfeldes
Büro verschwunden war. Und doch schien ihr, als gehe von der
mausigen Sabo etwas Festes, Unzerstörbares aus, etwas, das allem, was ihr noch beschieden sein mochte, standhalten würde.
Arthur Ewert hingegen gehörte zum Schlag der Haudegen und
Drachentöter. Sie war nicht überrascht, als einige Zeit später
das Gerücht im Unlauf war, Ewert sei von der Komintern nach
Brasilien geschickt worden. Er würde mit jeder Situation fertig
werden.

Sie befand sich im Zentrum der Welt. Ihr Gesicht, auf dem
Einband von Ehrenburgs Roman *Die Liebe der Jeanne Ney*, in
einer von Heartfield gestalteten Fotomontage, war wochenlang
in Berliner Schaufenstern zu sehen gewesen. Demnächst würde
ihre zweite Erzählung *Zigelski hatte Glück* bei Malik erscheinen, in einem Band mit Kurzgeschichten von Oskar Maria
Graf, Elisabeth Hauptmann, Veza Magd, Friedrich Wolf, Ernst
Fischer, Richard Huelsenbeck und ihrem Landsmann Ottwalt.
In der neuen Anthologie, wie zuvor im Band von Kesten, war
sie die Jüngste. Eine dieser neuen Frauen, kurzröckig und kurz-
haarig, sportlich und frech, lustig und leichtfertig, von denen
es in Berlin Zehntausende gab, aber diese hier schrieb Sätze
wie: Er zerbricht die Zigarre und fängt an, sie stückweise zu
zerkauen. Bitterer Saft zieht seinen Mund zusammen, aber er

wird die Schmerzen im zahnlosen Kiefer wegbeißen. Der Alte schließt die Augen und saugt mit einwärts gebogenen Lippen die braune Flüssigkeit, die ihm aus dem Munde läuft, gierig zurück. Gaumen und Zahnfleisch brennen wie Feuer. – Das ist stark, sagte Ottwalt bei dieser Passage, als sie sich gegenseitig aus ihren Arbeiten vorlasen. Er selbst hatte seit *Ruhe und Ordnung* schon zwei weitere Werke veröffentlicht. In *Deutschland erwache!* analysierte er die Ideologie der Nazis, eine der Bewegungen, die mit wachsender Unverschämtheit ihre hasserfüllten Parolen verbreiteten. Sein Roman *Denn sie wissen was sie tun* ging bereits in die zweite Auflage. Tucholsky hatte das Buch in der *Weltbühne* gelobt, und sogar Nobelpreisträger Thomas Mann ließ verlauten, dieser Roman habe ihm die Augen geöffnet über die Justiz der Weimarer Republik. Die Genossen allerdings hatten das Buch heftig kritisiert. In der *Linkskurve* warf Georg Lukács Ottwalt vor, er habe Etikettenschwindel betrieben, sein Buch sei gar kein Roman, sondern eine Reportage. Wirklichkeit statt Wahrheit, Fakten statt Literatur. Die Vertreter der jungen proletarischen Literatur sollten erst einmal bei den großen Romanciers des neunzehnten Jahrhunderts erzählen lernen, bei Balzac, Tolstoi und Dostojewski. Maria Greßhöner fand Lukács' Kritik nicht ganz unberechtigt, aber sie war einmal mehr abgestoßen von dem Ton, der unter den Genossen herrschte. Konnten die ihre Meinungsverschiedenheiten nicht maßvoller austragen? Hatte auch sie sich auf solche Attacken gefasst zu machen? Schon an Marx, dessen Schriften sie doch gerade wegen ihrer Sprache bewunderte, hatte sie dieser rüde Ton gestört. Als sie darüber eine Bemerkung zu Ottwalt machte, zuckte er die Schultern. Wo es um die Sache gehe, dürfe man nicht zimperlich sein. Er hatte Lukács im gleichen Ton geantwortet. Sie betrachtete Ottwalts schweren Schädel, die scharfen Augen hinter der schwarzen Brille. Sie mochte ihn, aber es war etwas Ungehobeltes an ihm, es fehlte ihm an Feinfühligkeit.

Einige Tage nach diesem Gespräch mit Ottwalt war der rüde Lukács im Verlag erschienen. Ein kleiner, hagerer Mann von etwa fünfzig Jahren, mit scharfen Gesichtszügen, einer langen Nase, großen, abstehenden Ohren und einer breiten, fleischigen Unterlippe trat auf sie zu. Er sah ausgesprochen jüdisch aus, dieser Gedanke war geformt, bevor sie sich dagegen wehren konnte. Sie schämte sich. War auch sie von den Völkischen angesteckt? Konnte niemand sich diesem Schmutz entziehen? Lukács begrüßte sie mit der umständlichen Höflichkeit eines ungarischen Edlen aus der Kaiserzeit. Nach der Besprechung mit Herzfelde hatte er sie in ein Gespräch verwickelt. Er sprach ein wienerisches Deutsch mit ungarischem Akzent. Seine Stimme war sanft, fast zögernd, seine Worte hatten Witz und Charme. Als er von Herzfelde erfuhr, dass demnächst ihre zweite Kurzgeschichte erscheinen werde, erkundigte er sich nach den Themen und Motiven. Er sprach über die junge deutsche Literatur, kannte alle Namen, hatte alles gelesen und wollte ihre Ansicht zu Werken und Autoren wissen. Dann entschuldigte er sich, er sei leider in Eile, sie solle ihm ihre Erzählungen schicken. Als er aus der Tür war, fiel ihr ein, dass sie nicht mit ihm über den Ton seiner Kritik an Ottwalt gesprochen hatte, der Straßenlärm hatte sie abgelenkt, das Hupen der Automobile, das Kreischen der Straßenbahn, das Dröhnen der Motoren im merkmallosen Blau hinter Rechteck, Trapez und Kreis, sie, Maria Ohnenamen, in der Maschine der Deruluft, die sie umschloss wie ein Kokon. Maria, die Puppe. Bald schon ein Schmetterling. War sie also eine Raupe? Dann doch eher eine Puppe. Aber ohne Raupe keine Puppe, andernfalls gerät die Dialektik durcheinander, die Engels so anschaulich erklärt hat: Die Raupe ist das Erste, die Position. Folgt die Puppe, sie ist die Negation der Raupe. Als Drittes schließlich der Schmetterling, die Negation der Puppe, die Negation der Negation. Etwas Positives also. Der Schmetterling ist das Neue, in dem das Alte aufgehoben ist, im doppelten Sinn: verschwunden und aufbewahrt. Nichts am Schmetterling erinnert daran, dass er einmal eine Raupe war, und doch ist sein einstiges Raupentum, falls es dieses Wort gibt, weiterhin in ihm vorhanden. Raupe, Puppe, Schmetterling. Raupe, Puppe, Schmetterling, ein Liedchen im Lärm der Triebwerke, die mit der verpuppten Maria (Nachname ungewiss) mehrere Tausend Meter über dem Erdboden der Stadt Moskau entgegenrasten.

Die Literaturgespräche mit Ottwalt würden ihr fehlen. Im Umgang mit den Großen, die im Verlag ein und aus gingen, empfand sie die eigene Unterlegenheit. Sie sagte sich, das habe seine Richtigkeit und sei der Preis für die Anregungen, die sie erhielt. Die Gespräche mit Ottwalt dagegen ließen keine Gefühle von Hierarchie aufkommen. Er sprach mit ihr von gleich zu gleich, sie argumentierten und stritten und waren stets bereit, aufeinander zu hören. Lange hatten sie über Ottwalts ersten Roman *Ruhe und Ordnung* diskutiert. Auf der Terrasse des Josty las sie ihm sein eigenes Vorwort vor: Dieser Roman ist ein wahrheitsgetreues Protokoll eigener Erlebnisse; keine Seite beruht auf freier Erfindung. Von diesem Satz, sagte sie, verstehe ich kein Wort. Erstens ist ein Roman kein Protokoll, zweitens gibt ein Protokoll die Wirklichkeit wieder, aber deshalb noch nicht die Wahrheit, und drittens ist Erfindung nicht frei, sondern abhängig von den gesellschaftlichen Erfahrungen des Autors. Worauf willst du hinaus? fragte Ottwalt. Du hast einen Roman geschrieben, das sagst du hier selbst. Warum bestehst du darauf, das alles seien wirkliche Erlebnisse? Weil es so ist. Die Leser sollen das wissen. Keiner soll sagen können, das ist übertrieben, diese Scheußlichkeiten, das hat der sich so ausgedacht. Die Leserinnen und Leser, sagte sie, können das nicht nachprüfen, und es ist ihnen wurscht, ob du das beweisen kannst. Sie wollen nur spüren, dass in deinem Buch die Wahrheit steht. Dass das alles wörtlich wahr ist, in der Art eines Protokolls, stimmt ohnehin nicht. Doch, es stimmt. Wenn du, sagte sie, das Innere deiner Figuren schilderst, wenn du Dialoge schreibst, ist das Erfindung, wie in jedem Roman. Ottwalt entgegnete, sie sortiere die literarischen Gattungen nach ein für allemal feststehenden Kategorien, ihn dagegen interessiere gerade jene Grauzone, wo Tatsachen und Phantasie nicht mehr sauber zu trennen seien. Das Vermischen von fiktionalen Erzählformen mit dokumentarischem Material in seinem Roman sei neu, jedenfalls in diesem Ausmaß. Die Neue Sachlichkeit, auch wenn er sie als kleinbürgerlich ablehne, habe deutlich gemacht, dass man dem heutigen Publikum rational kommen müsse, mit Zahlen, Daten, Fakten. Da helfen Balzac, Tolstoi und Dostojewski wenig, das habe er auch in seiner Entgegnung an Lukács geschrieben. Sie steckte sich eine Camel an. Meine Schwierigkeiten mit deinem Roman haben weniger mit der

Frage der richtigen Vorbilder zu tun als mit deiner Erzählweise. Es ist ein technisches Problem. Du tust, als gäbe es zwischen dem Erzähler und dir selbst, Ernst Ottwalt, keinen Unterschied. Den gibt es auch nicht. Natürlich gibt es den, das hast du selbst gespürt, denn du hast deinem Erzähler, als einziger Romanfigur, keinen Namen gegeben. Warum heißt der junge Mann nicht Ernst Ottwalt oder Ernst Gottwald Nicolas, wenn er doch mit dir identisch ist? Ottwalt entgegnete, das seien Lappalien, entscheidend seien die großen Themen, die Enthüllungen über die Freikorps und die nationale Jugend, über die Misere der westpreußischen Provinz, das seien ja auch ihre Themen. Aber wir arbeiten mit den Mitteln der Kunst, sagte sie, auch wenn wir die bürgerliche Kunst nicht mehr wollen. Er blieb dabei, Leser läsen eine Geschichte anders, wenn sie wüssten, dass sie sich wirklich zugetragen habe. Zwischen wirklichen und erfundenen Ereignissen bestehe immerhin ein Unterschied. Jawohl, sagte sie, und ebenso zwischen Literatur und Leben. Diese Unterschiede werden in deinem Roman leichtsinnig verwischt. Ottwalt schwieg. Nach einer Weile sagte er, er werde über diese Erzählprobleme weiter nachdenken. Er lachte, wie Lukács sagt, ich bin nicht Tolstoi. Lass dich dadurch nicht beeindrukken, deine Sachen sind wichtig. Er fragte, warum sie eben sein Verwischen der Grenzen zwischen Wirklichkeit und Phantasie leichtsinnig genannt habe. Sie schob mit dem Fingernagel die Tabakkrümel neben der Kaffeetasse zu einem Häufchen zusammen. Ob er dabei bleibe, dass er bei allen Ereignissen, die er schildere, selbst mitgetan habe? Er nickte. Bei den Saufereien, bei den Bordellbesuchen, beim Bespitzeln und Verprügeln und sogar bei der Ermordung von Arbeitern und Kommunisten? Ich war dabei. Sie blickte auf das Tabakhäufchen, auch bei den Vergewaltigungen? Er nickte. Wo war das, in Westpreußen? Nein, in Halle, ich war beim Freikorps Halle, das steht doch im Buch. Weiß das die Waltraut? Natürlich, ich habe ihr genauso reinen Wein eingeschenkt wie den Genossen. Maria Greßhöner schwieg. Unmerklich rückte sie von ihm ab.

Ihre Knie stießen hart gegen den Vordersitz. Die Schwingen der Sowjets wippten, der Flugapparat wurde heftig durchgerüttelt. Die Tiefe des Raums hatte sich mit dunklen Wolken gefüllt, die von den Propellern zerfetzt wurden. Zum erstenmal seit dem Start in Königsberg hatte Maria, kein Nachname, wieder den Eindruck von Bewegung. Der Flug, von kurzen Zwischenlandungen in Danzig und Kaunas unterbrochen, dauerte schon mehr als fünf Stunden. Kolzow war vielleicht bereits auf dem Weg zum Flugfeld. Sie stellte sich vor, wie er ging, leicht, fast elegant. So wie er ging keiner. Es war zuallererst dieses Gehen, die kleine Gestalt aufrecht, fast zurückgelehnt, das sie an ihm wahrgenommen hatte, als er im Josty an der Seite von Herzfelde auf sie zugekommen war. Er war keine besonders einnehmende Erscheinung, bis auf dieses Gehen, dem sie vom ersten Augenblick an verfallen war. Mitunter blieb sie, ohne dass er es merkte, ein paar Schritte zurück, um ihm beim Gehen zuzusehen. Seinen Schriftstellerkolleginnen und Kollegen war er Gegenstand von Reflexionen, die ans Mythische heranreichen. Oskar Maria Graf, der Bayer in Moskau, beschreibt ihn als klein von Wuchs, mit lässigen Bewegungen und einem runden, leidenschaftslosen, glattrasierten Gesicht, mit winzigen, schlauen Augen. Bei Ilja Ehrenburg heißt es, er war so klug, dass es ihm selbst zur Last wurde. Im Spanienteil von Claud Cockburns Autobiographie wird er als untersetzter kleiner Jude aus Odessa beschrieben, mit riesigem Kopf und einem der ausdrucksfähigsten Gesichter, die Cockburn je gesehen habe. Cockburn, der sich, in der Zeit, als er für den *Daily Worker* aus Spanien über den Bürgerkrieg berichtete, mit Kolzow angefreundet hatte, fährt fort, manche hielten ihn für unerträglich zynisch, aber sein uferloser Enthusiasmus für alle starken Erscheinungen des Lebens, von Panzerschlachten über die elisabethanische Literatur bis zum Zirkus, passten nicht zum Bild eines Zynikers. In *Wem die Stunde schlägt* erscheint er unter dem Namen Karkow. Hemingway schreibt: Er hatte kleine Hände und Füße, sein Gesicht und sein Körper waren auf leicht gedunsene Weise zerbrechlich, und er spuckte beim Sprechen durch seine schlechten Zähne. Aber er war gescheiter und hatte mehr innere Würde und gegen außen mehr Unverschämtheit und Witz als irgendein Mann, den Robert Jordan je gesehen hatte. Das ätzendste Porträt gibt Louis Aragon, bei dem Kolzow und Maria (jetzt noch namenlos) oft in Paris zu Besuch weilten: Michel war eher hässlich, die Arme ein wenig kurz geraten, nicht groß – wodurch sein Gesicht mit der Brille und den vorstehenden Zähnen noch länger schien. Aber, schreibt Aragon, ich hatte wohl unrecht, denn er gefiel den Frauen sehr. Annemarie Schwarzenbach schließlich, die ihn, wie Oskar Maria Graf, neunzehnhundertvierunddreißig beim Schriftstellerkongress in Moskau kennenlernte, notierte in ihrem Tagebuch: Er verfügt über so viel Witz und muntere Geistigkeit und ist seiner Situation so sehr gewachsen, dass man geneigt ist, ihm alles Mögliche zuzutrauen. Er sei warmherzig und freundlich. Dann fällt Annemarie Schwarzenbachs Blick auf Kolzows Begleiterin Maria, sie liebt ihn mit einer ihrem sonstigen aggressiven Charakter wenig entsprechenden werbenden Sanftmut. Sie ist in seiner Gegenwart klein und ein wenig stiller als gewöhnlich. – All das lag an jenem Nachmittag im Café Josty, als Kolzow an der Seite von Wieland Herzfelde an Maria Greßhöners Tisch trat, noch in der Zukunft. Zweiunddreißig Jahre vor der Begegnung im Josty war er als Michail Jefimowitsch Friedland oder Fridljand, Sohn eines Juden deutscher Abstammung, in Kiew geboren worden. Er hatte Psychoneurologie studiert, in der Roten Armee als politischer Kommissar gedient, war Pilot, Redakteur mehrerer satirischer Zeitschriften, Leiter der Verlagsvereinigung Jourgaz, Auslandskorrespondent der *Prawda*, ein Kenner der Weltliteratur, deren Werke er in sechs verschiedenen Sprachen las. Für die Zeitgenossen war er der erste Journalist seiner Epoche, ein Meister der Glosse, des bildhaften, knappen, spannenden Stils, der seine politischen Anliegen durch Ironie, Paradoxa und Hyperbeln glänzend zu verstärken wusste (*Lexikon der russischen Literatur ab 1917*, Kröner Verlag 1976). In jener Zukunft, die damals noch in weiter Ferne lag, würde er die Auslandskommission des sowjetischen Schriftstellerverbands leiten, er würde als Abgeordneter im Obersten Sowjet der Russischen Republik sitzen und als korrespondierendes Mitglied in der Akademie der Wissenschaften, und Stalin würde ihn als Gesprächspartner schätzen. Zuletzt würde ihm das alles nichts nützen, er würde vom NKWD verhaftet und gefoltert und durch Genickschuss ermordet werden. Maria Greßhöner hatte Kolzow im Josty erwartet. Sie war von der Partei gebeten worden, dem sowjetischen Gast während seines Aufenthalts in Berlin behilflich zu sein. Aber sie hatte immer nur schöne Männer geliebt.

Die Wolken hatten sich aufgelöst. Die URSS-D309 dröhnte einem fast schon schwarzen Himmel entgegen. Wenn Maria (Nachname?) ihr Gesicht gegen die Scheibe presste, konnte sie unter sich das starre Fahrgestell des Flugapparats sehen, das Rad drehte sich langsam im Wind. Tief unten vereinzelte Lichter, die allmählich näher kamen. Die magische Geometrie, die sie während der vergangenen Stunden in einem angenehmen Dämmerzustand gehalten hatte, war weggewischt. Raum, Zeit, Gedanken und Gefühle hatten wieder feste Konturen. Die Vergangenheit lag abgeschlossen in ihr, ihre Vergangenheit, aber auch die Vergangenheit der deutschen Republik. Das Andere hatte bereits angefangen, sie hatte es gesehen, in den Wochen vor dem Abflug. Aufmärsche, Straßenschlachten, Morde, Judenhatz. Brüning Papen Schleicher Hitler. Der Kampf gegen die Reaktion war verloren, die Nazis konnten sich bei den Sozialdemokraten bedanken, bei den Sozialfaschisten, wie viele Genossen sie nannten. Ihr werdet sehen, hatten die Genossen trotzig wiederholt, die Nazis werden sich nicht lange halten. Sie werden an ihren eigenen Widersprüchen scheitern, und dann kommen wir. Jetzt aber kamen erst einmal die Nazis.

Der Flügel zeigte steil auf das erleuchtete Flugfeld Zentralny. Der Flugapparat zog eine Schleife und setzte hart auf dem Gras auf. In wenigen Augenblicken begann die Zukunft, das Leben mit Kolzow, das eins sein würde mit ihrer Laufbahn als Schriftstellerin, mit dem Kampf gegen den Faschismus und mit dem Aufbau dieses Landes, das von nun an auch ihr Land war. Vor dem beleuchteten Hangar kam das Flugzeug zum Stehen. Die Propeller ratterten und standen still. Von innen wurde die Kabinentür geöffnet. Am Ausgang erschien Maria Osten.

5

Die beiden Uniformierten legten die Hände an die Mützen, traten in den Gang hinaus und schlossen die Schiebetür hinter sich. Ruth Rewald blieb reglos im matt erleuchteten Abteil sitzen. Die Schritte der deutschen Zöllner entfernten sich. Es dauerte Minuten, bis ihre Erregung nachließ und Angst, Hass und Scham aus ihr heraussickerten. Sie blickte in ihr Gesicht im kleinen Spiegel an der gegenüberliegenden Wand. Ein mädchenhaftes Oval, volle Lippen, das Grübchen im Kinn, dunkles Haar, auf der rechten Seite gescheitelt, dunkle aufgerissene Augen. Allmählich kehrte die Farbe in ihr Gesicht zurück. Wieder wurde ihr deutlich, dass sie Deutschland verließ, weil sie die Scham nicht länger ertragen konnte. Als Sympathisantin der kommunistischen Partei verfolgt, vielleicht eingesperrt, sogar gefoltert zu werden, diese Möglichkeiten hatte sie akzeptiert, wenn auch beim Gedanken an Folter die Vorstellungskraft versagte. Nicht zu ertragen aber waren die öffentlichen Erniedrigungen. Warum wurde sie rot, wenn sie auf die Plakate mit jüdischen Fratzen sah? Wessen schämte sie sich, sie, das Opfer? Schämte sie sich für die Täter? Für die Mitmenschen, die an den Plakaten vorübergingen, Deutsche, wie sie selbst? Sahen sie die Plakate nicht? Billigten sie die Niedertracht? Schämten sie sich auch? Und sie selbst, schämte sie sich als Jüdin? Als sie aus dem Judentum austrat, war ihr das als aufklärerischer, zukunftsweisender Schritt erschienen. Jetzt kam es ihr beinahe wie Feigheit vor. Wie konnte sie weiterhin darauf bestehen, sie sei keine Jüdin mehr? Sie hatte das Judentum verlassen, um an der entscheidenden Auseinandersetzung der Epoche teilzunehmen. Nicht als Jüdin widersetzte sie sich den Nazis, sondern als Kommunistin. Seit dem dreißigsten Januar aber gehörten auch die Juden zu den Erniedrigten, mit denen sie sich zu solidarisieren hatte, auch die reichen Juden, auch die ausbeuterischen. Die Nazis zwangen ihr einen Kampf auf, der nicht der ihre war. Zunehmend beherrschte die heillose Einsicht ihr Leben, dass die Nazis ihr Selbstgefühl vernichteten, indem sie sie auf einen einzigen Zug ihres Wesens reduzierten. Sie hatte viele Identitäten, sie war Juristin, Schriftstellerin, Ehefrau, Kommunistin, Tochter, Atheistin – jüdischer Abstammung, wie sie nun hinzufügte –, Intellektuelle, Deutsche. Das war sie alles gleichzeitig. Gerade die Mischung all dieser Identitäten machte sie zu einem unverwechselbaren Individuum und verband sie gleichzeitig mit den anderen Menschen. Dieses Gewebe hatten die Nazis zerfetzt. Sie wollte so nicht leben.

Der Zug ruckte an. Vor dem Abteilfenster zogen Lichter vorbei, die auf der nassen Scheibe zerperlten. Dahinter Dunkelheit. Schon nach wenigen Metern stand der Zug wieder still. Zwanzig Minuten vergingen, dann erschienen abermals Uniformierte. In elsässischem Deutsch wurde sie gefragt, ob sie etwas zu verzollen habe. Sie schüttelte steif den Kopf. Sie möge den Koffer öffnen. Was das für ein Paket sei zwischen den Kleidern? Ein Manuskript. Sie sind Schriftstellerin? Sie nickte. Der Pass wurde gestempelt: einundzwanzigster Mai neunzehnhundertdreiunddreißig. Gleichgültiger Gruß, die Zöllner verschwanden. Stille. Ein Ruck, diesmal hielt der Zug nicht mehr an, sie war in Frankreich.

Sie liebte lange Eisenbahnfahrten. Als kleines Mädchen, vor dem Krieg, war sie mit der Mutter mehrmals von Berlin nach Wien gereist, um bei den Großeltern Pessach zu feiern. Die Mutter schlief oder unterhielt sich mit den Abteilnachbarinnen. Für das Kind waren Puppen dabei, aber sie schaute lieber aus dem Fenster, besonders an den Bahnhöfen. Sie war gebannt von den unablässig sich verzweigenden Geleisen, von den Rangierarbeiten der emsigen kleinen Lokomotiven, sie winkte den Lokführern zu und verfolgte gespannt das An- und Abhängen der Waggons, das Gegeneinanderprallen der Puffer, das Pfeifen und Winken der Bahnhofsvorsteher und Schaffner. Sie wollte Lokführer werden, und sie empfand noch nach Jahren Achtung vor ihrer Mutter, von der sie nie die üblichen Floskeln gehört hatte, das gehe nicht, das schicke sich nicht für Mädchen. Am rechten Türpfosten des Eingangs zur Wohnung der Wiener Großeltern war ein Röhrchen befestigt, eine Mesusa, wie sie inzwischen wusste, obwohl sie sich nicht erinnern konnte, dass ihr das je erklärt worden war. Jedesmal von neuem freute sie sich auf den ersten Sederabend, den sie als jüngstes Kind mit jenem Satz eröffnen durfte, der ins Reich der Märchen und Legenden führt: *Ma nischtanah haleilah haze mikol haleilot?* Mit den Erwachsenen aß sie das ungesäuerte Brot und das bittere Kraut, und sie feierte den Auszug der Geknechteten und die Bestrafung des Herrenvolks. Ein- oder zweimal hatten die Großeltern sie in die Synagoge mitgenommen, die Mutter war zu Hause geblieben. An den Tod ihrer Großmutter erinnerte sie sich nicht, aber an die *Jahrzeit*, als sie mit den Eltern und engen Verwandten in der sengenden Sonne auf dem Friedhof stand und zusah, wie die Mutter den mit vier Stecklein in der Erde befestigten Schleier von der Grabplatte nahm, bevor der Kantor das Kaddisch sprach. Andere Erinnerungen an ihr Judentum hatte sie nicht. Die Eltern waren Freidenker, sie war ohne Religion erzogen worden. Der Vater, konservativ und national, ein Kaufmann mit Standesbewusstsein, bewunderte Hindenburg. Die Mutter war nach der Heirat Mitglied der österreichischen Sozialdemokratie geblieben und stritt sich oft mit dem Vater, obwohl Ruth Rewald fand, dass ihre Ansichten gar nicht so verschieden waren. Im Laufe der Zeit waren diese bissigen Dispute einer höflichen Gleichgültigkeit gewichen.

Sie hatte ihr Studium in Berlin begonnen, aber schon nach wenigen Monaten wechselte sie nach Heidelberg. Nicht dass die Studienverhältnisse dort besser waren, aber sie wollte weg von der Trautenaustraße in Wilmersdorf, wo sie seit ihrer Geburt im Jahr neunzehnhundertsechs gelebt hatte. Während ihres Jurastudiums ließen die Eltern sich scheiden, der Vater vermählte sich wenig später mit einer jüngeren Frau aus den Vereinigten Staaten. Sie selber heiratete in Heidelberg den Kommilitonen Hans Schaul, einen kleinen, schmächtigen, zarten Mann mit schönem schwarzem Haar, leiser Stimme und selbstsicherem, fast arrogantem Auftreten. Als Hans sein Studium abschloss, war sie Referendarin ohne jedes Verlangen, es bis zum Assessor zu bringen. Sie zogen zurück nach Berlin, am Bechstedter Weg in Wilmersdorf fanden sie eine Wohnung, nicht weit von ihrem Elternhaus und der lauten und leutseligen amerikanischen Stiefmutter. Die Mutter war nach Wien zurückgekehrt, Ruth Rewald vermisste sie. Hans arbeitete in einer Anwaltspraxis, sie selbst in der Jugendwohlfahrt, daneben verbrachte sie mehr und mehr Zeit mit literarischen Arbeiten. Abends spazierten sie und Hans manchmal zum Laubenheimer Platz, wo seit mehreren Jahren gebaut wurde. Hier am Stadtrand, im Südwesten von Berlin, errichteten die Gewerkschaft der Bühnenangehörigen und der Schutzverband deutscher Schriftsteller eine Künstlerkolonie, drei Wohnblocks mit achthundert billigen Wohnungen, der dritte Block wurde eben fertig. In den Innenhöfen waren Birken gepflanzt worden, Gehwege durchquerten den frischen Rasen. In die Wohnungen waren Schauspieler und Tänzerinnen, Journalisten, Maler, Sänger, Musikerinnen und Schriftsteller eingezogen. Die meisten hatten wenig Geld und waren froh, hier untergekommen zu sein. Sie verstanden sich nicht nur als künstlerische, sondern auch als politische Avantgarde. Gustav Regler, Ernst Bloch, Kurt Kläber und Lisa Tetzner wohnten hier, und Alfred Kantorowicz, Susanne Leonhard, Arthur Koestler, Hedda Zinner und Fritz Erpenbeck, Erich Weinert, Johannes R. Becher, Erich Engel, Jo Mihaly und Leonhard Steckel, Ernst Busch, Peter Huchel und viele andere, deren Namen nie bekannt wurden oder längst wieder vergessen sind. Manche waren Mitglieder der Partei, andere waren Sozialdemokraten oder parteilose Linke, alle widersetzten sich den Nazis. Aus jedem Anlass hängten sie rote Fahnen vor die Fenster, bald hieß die Künstlerkolonie nicht mehr Tintenburg Stempelburg Hungerburg, sondern Der Rote Block. Jahrzehnte später, im Kalten Krieg, würden manche der einstigen Bewohnerinnen und Bewohner noch einmal von sich reden machen. Die einen, weil sie die kommunistische Ideologie, der sie einst nahestanden, heftig bekämpften, die anderen, weil sie kritisch oder unkritisch zur Deutschen Demokratischen Republik hielten. Aber auch der Kalte Krieg ist längst vorbei, der Rote Block ebenso vergessen wie der Laubenheimer Platz, der seit Jahren Ludwig-Barnay-Platz heißt.

Alfred Kantorowicz, ein Studienkollege von Hans, führte sie in die Künstlerkolonie ein. Wie Hans hatte auch Kantor sein Jurastudium mit der Promotion abgeschlossen, aber wie Ruth Rewald wandte er sich der Literatur zu. Er arbeitete als Kulturredakteur für die *Vossische Zeitung*, daneben schrieb er Romane, von denen noch keiner veröffentlicht worden war. Bei ihm und Friedel, einer Schauspielerin, verbrachten Ruth Rewald und Hans manchen Sonntag. Die Diskussionen, an denen meist noch weitere Bewohnerinnen und Bewohner des Roten Blocks teilnahmen, dauerten oft bis in die Nacht. Umbrandet vom Lärm der Arbeiterzüge, die gegen die Rechtsextremen demonstrierten, fasziniert und abgestoßen von den Massenaufläufen des Uniform tragenden Gesindels, sprachen sie über das veränderte Verhältnis von Individuum und Masse. Engel, Busch und Steckel, Theaterleute, die Brecht nahestanden, aber auch Walter Benjamin, der hin und wieder vorbeikam, waren der Ansicht, das bürgerliche Individuum sei ein aufgeblasener Popanz. Es müsse abgebaut und in einzelne Teile zerlegt werden, um in einer sozialistischen Gesellschaft neu montiert zu werden. Nicht das Unverwechselbare sei entscheidend, sagte Benjamin, sondern das Verwechselbare, der Zusammenhang mit anderen Menschen. Von dieser neuen Grundlage aus, darin stimme er mit seinem Freund Bloch überein, müsse der sozialistische Mensch konzipiert werden, für den Solidarität wichtiger sei als Individualität. Als jemand meinte, diese Überlegungen gälten auch für die Nazis, entgegnete Bloch schroff, deren zentrales Paradigma sei nicht Solidarität, sondern Subalternität.

Die Überlegungen zum Zustand des Subjekts nutzte Ruth Rewald für ihre schriftstellerischen Arbeiten. An den Abenden nach der Arbeit schrieb sie an einem Jugendbuch, *Rudi und sein Radio*. Der Kinderbuchverlag Gundert in Stuttgart brachte das schmale Buch heraus, mit feinen Federzeichnungen illustriert. Zunächst fand Ruth Rewald diese Arbeit gelungen. Sie hatte ein Buch über Jungen geschrieben, und Jungen, das wusste sie von ihrer Tätigkeit bei der Jugendwohlfahrt, begeisterten sich für Technik. In der Titelgeschichte ging es um ein Radio, in der zweiten Geschichte stand ein Flugapparat im Mittelpunkt. Das nötige technische Wissen hatte sie sich angeeignet, ihre eigene Technikbegeisterung war dem Buch anzumerken. Beim Wiederlesen der beiden Erzählungen wurde ihr deutlich, dass sie die Jungen, deren Geschichte sie erzählte, von der Alltagswirklichkeit abgetrennt hatte. Das Vorbild Kästners, dem Kinderfiguren glänzend gelangen, der aber die Klassenwirklichkeit verharmloste, war zu mächtig gewesen. In ihrem zweiten Buch hielt sie sich stärker an ihre Erfahrungen mit verwahrlosten Jugendlichen. Sie bezog das Arbeitermilieu der Figuren ein, ohne es zu verniedlichen. Die jugendlichen Leser sollten ihr eigenes Leben wiedererkennen, das schwer war, die Armut, die freudlose Freizeit, weil das Geld fürs Kino fehlte und keiner einen Fußball besaß. Schon der Titel des neuen Buches verwies auf den anonymen Alltag: *Müllerstraße – Jungens von heute*. Von Blochs und Benjamins Theorien über den Zustand des Subjekts, an denen ihr manches dunkel blieb, nahm sie, was sie brauchen konnte. Sie gab ihren Figuren weniger Individualität, im Mittelpunkt stand die Gruppe, das Kollektiv, die Aufmerksamkeit galt den gemeinsamen Unternehmungen.

Die Arbeiten aus dem Brecht-Kreis ermutigten sie, das Didaktische nicht zu verschleiern, sondern es so unterhaltsam wie möglich zu gestalten. Viel Mühe verwandte sie auf eine klare Sprache und auf einfache syntaktische Gliederungen. Ihre Sätze meinten, was sie sagten. Es dauerte eine Weile, bis sie dahinterkam, dass etwas fehlte. Sie nannte es bei sich das Geheimnis. Meine Sprache ist ohne Geheimnis. Das Wort Geheimnis war ungenau, aber sie fand kein besseres. Ihre Sprache machte glauben, alles sei gesagt, die Figuren und ihre Motivation ohne Rest erklärt. Es fehlte das Nichtgesagte. Das war keine Tautologie, die Sprache musste dazu gebracht werden, im Gesagten das Nichtgesagte mitzusagen, eine Forderung, die keiner Logik standhielt, aber die Möglichkeiten der Sprache kamen im Regelgeflecht der Logik nicht unter. Das hatte sie bei den Großen gelernt, bei Büchner, Kleist und Heine, und unter den Neuen bei Brecht und Seghers und Horváth. Einen Kniff gab es da nicht, und Talent war ein Wert für Dilettanten. Wichtig waren die nicht nachlassende Anstrengung und eine Tiefe des Verstehens. Das hing nicht nur vom eigenen Wollen ab, dazu brauchte sie Zeit, Lebenszeit.

So hatte sie bis vor zwei Jahren gedacht. Sie war schön blöd gewesen. Inzwischen hatte sie alle Lebenserfahrung, die sie sich nur wünschen konnte. Ob ihr Schreiben dadurch besser geworden war? Der Zug raste durch die verregnete Nacht, die Räder klopften ohne Unterlass gegen die Schienenfugen, tadägg tadagg, tadägg tadagg. Jeder Kilometer, der sie von Deutschland entfernte, verstärkte das Gefühl der Erleichterung und die Trostlosigkeit. Sie lag im Unterhemd im Schlafwagenabteil, die Koje über ihr war leer. Am Waggonfenster liefen Regentropfen hinunter. Sie rollte sich unter der Decke zusammen. Vor einer halben Sunde hatte der Zug in Metz gehalten. Sie war aufgewacht und seither nicht wieder eingeschlafen. Jetzt fuhr sie irgendwo zwischen Metz und Verdun dahin.

In den Tagen nach dem Erscheinen des Buches hatte sie es immer wieder zur Hand genommen. Die Einbandzeichnung zeigte einen der Jungen aus der Müllerstraße, der einem Automobilisten bei der Reparatur seines Autos hilft. Ein Junge, ein Mann und ein technisches Gerät, dies waren die Elemente, aus denen sie ihre Erzählungen baute. In den beiden Büchern, aber auch in ihren Kurzgeschichten, kamen kaum Mädchen vor. Als Gundert, begeistert vom Erfolg der *Müllerstraße*, sich als nächstes von ihr ein Mädchenbuch wünschte, hatte sie abgewinkt, ihre Neigung gelte nun einmal Geschichten über Jungen. Ein Gespräch fiel ihr ein, das sie vor ein paar Jahren im Café Josty geführt hatte. Maria Greßhöner, die Mitarbeiterin Herzfeldes beim Malik-Verlag, beharrte darauf, dass es zwischen der Literatur von Männern und der Literatur von Frauen keinen Unterschied geben könne. Sie hatte das bestritten. Damals war noch nichts von ihr veröffentlicht. Den Wunsch ihres Verlegers hin und her wendend, fragte sie sich nun, ob sie ein Buch über Mädchen anders schreiben würde. Vor einiger Zeit war unter dem Pseudonym Seghers, keine Vorname, die Erzählung *Aufstand der Fischer von St. Barbara* erschienen. Viele Kritiker hatten den männlichen Ton des Buches hervorgehoben. Zur Verleihung des Kleistpreises war Anna Seghers gekommen. Auch Marieluise Fleißers Stücke galten als männlich. War also der männliche Ton nicht vom Geschlecht des Autors abhängig? Konnte es ein männliches Schreiben geben, wenn es nicht auch ein weibliches Schreiben gab? Gab es Männer, die weiblich schrieben? Diese Fragen waren im Kopf nicht zu beantworten. Sie entschloss sich, ein Buch über Mädchen zu schreiben. Nun lag das Manuskript im Reisekoffer, in der Gepäckablage über ihr. Es war misslungen. Wo und unter welchen Umständen sie es noch einmal schreiben würde, wusste sie nicht.

Der Zug verlangsamte seine Fahrt. Vor dem Waggonfenster ein Geschling von im Regen glänzenden Geleisen, Prellböcke, Signallampen, abgestellte Lokomotiven, die Umrisse eines Stellwerks. Für eine Weile war der Blick von einem Güterzug verstellt, der in die Gegenrichtung rollte. Auf dem Trittbrett des letzten Wagens schwenkte eine Gestalt eine Lampe. Dann kreischten lange die Bremsen, und vor dem Abteilfenster kam mit einem Ruck ein zweistöckiges Stationsgebäude zum Stehen. Châlons-sur-Marne. Die Bahnhofsuhr zeigte kurz nach halb vier. Sie schlüpfte in ihr Kleid, zog die Strickjacke darüber, legte sich den Regenmantel um die Schultern und verließ den Waggon. Die Mainacht war kühl, und es regnete noch immer. Sie ging schräg über die Geleise. Der Kiosk und die Wartesäle waren geschlossen. Sie stellte sich unter das Bahnhofsvordach, wo weitere Reisende schweigend herumstanden. Ein älteres Ehepaar ging mit abgewandten Gesichtern an ihr vorüber. Aus dem Schornstein der Lokomotive zischte Dampf. Geruch von Ruß, Rauch und Eisen. Ein Arbeiter in einer feldgrauen Joppe fegte den Bahnsteig. Sie trat ein paar Schritte zurück und ließ ihn die Zigarettenkippen zusammenkehren. Ein uniformierter Bahnbeamter ging am Zug entlang und klopfte mit einem Hammer gegen die Bremsbeläge. Aus alter Gewohnheit schaute sie ihm zu. Die hellen Schläge verhallten in der Nacht. Ein langgezogener Pfiff, die Passagiere stiegen ein. Sie legte sich in ihre Koje. Noch dreieinhalb Stunden bis Paris.

Die Atmosphäre im Roten Block hatte sich verändert. Debatten über Kunst und Literatur waren selten geworden, das Denken der Bewohnerinnen und Bewohner drehte sich um Fragen der Strategie und Taktik im Kampf gegen die Nazis. Nach dem Vorbild der Arbeiter, die in Straßen- und Betriebszellen organisiert waren, schloss sich die Gruppe der Parteimitglieder zu einer Künstlerzelle zusammen. Kantorowicz war der politische Leiter, Regler für die Organisation verantwortlich. Da sie und Hans ihre Aufnahme in die Partei beantragt hatten, durften sie an den Aktivitäten der Zelle teilnehmen. Es war eine gute Zeit, angefüllt mit Handlungen, deren Notwendigkeit offensichtlich war. Sie half, Demonstrationen und antifaschistische Veranstaltungen zu organisieren, sammelte Geld für die Rote Hilfe, klebte Plakate an Litfaßsäulen und Hauswände und kümmerte sich um arbeitslose und verarmte Genossen. Mitunter nahmen sie und Hans einen Genossen oder eine Genossin für ein paar Tage bei sich auf, dann hatte sie für drei zu kochen und Wäsche zu waschen. Sie verkaufte Parteizeitungen, diskutierte in benachbarten Bezirken mit sozialdemokratischen Arbeitern, sang bei Demonstrationen revolutionäre Lieder und spielte Straßentheater. Nach Straßenkämpfen zwischen Braunhemden und Rotfront half sie, Wunden zu verbinden und Verletzte zu pflegen. Mitunter erschienen zu den Treffen der Parteizelle Genossen, die von den Nazis gefoltert worden waren. Dann lag sie die ganze Nacht wach, und Hans musste sie halten und mit ihr wach bleiben, bis sie am Morgen erschöpft endlich doch einschlief. Ihr Leben war erfüllt von der unverlierbaren Erfahrung der Solidarität. Als die Partei keinen Unterschied mehr machen wollte zwischen Nazis und Sozialdemokraten, lief die Zusammenarbeit im Roten Block weiter, auch Anarchisten und parteilose Antifaschisten blieben als Verbündete willkommen. Aber im Verlauf des Sommers ging der Kampf immer schlechter, und gegen Jahresende wurde es vorstellbar, dass die Nazis an die Macht kommen könnten. Nach dem dreißigsten Januar, Kantorowicz war sofort untergetaucht, begannen sie und Hans ihre Ausreise aus Deutschland vorzubereiten. Sie arbeitete weiterhin an ihrem Mädchenbuch, obwohl ihr das zunehmend sinnlos vorkam. Immer mehr Genossinnen und Genossen verschwanden aus der Künstlerkolonie. Niemand wusste, ob sie das Land verlassen hatten, ob sie in eines der neu eingerichteten Konzentrationslager gebracht worden, ob sie überhaupt noch am Leben waren. Es kam der Reichstagsbrand, und zwei Wochen später erschienen mehr als dreihundert SA-Männer und Polizeibeamte am Laubenheimer Platz. *Berlins bolschewistische Pestbeule aufgestochen – Kommunistische Mörderzentrale ausgehoben – Rote Künstlerkolonie ausgeräuchert – Die Literaten der Kommune verhaftet.* Ein Zeitungsfoto zeigte fünf der verhafteten Schriftsteller, in Mänteln und Hüten sitzen sie auf der Ladefläche eines offenen Lastwagens, davor stehen zwei Polizisten, der eine trägt einen Schupohelm, der andere eine Polizeimütze, bitte recht freundlich. Sie hatte das Foto lange betrachtet. Alle fünf Verhafteten hielten die Köpfe genau gleich, die Hutkrempen bildeten eine Waagerechte im oberen Teil des Fotos. Die beiden Polizisten standen symmetrisch am unteren linken und rechten Bildrand. Verstört starrte sie auf die starre Geometrie des Bildes. Es folgten Judenboykott und Bücherverbrennung. Hans durfte seinen Beruf als Rechtsanwalt nicht mehr ausüben. Auszuhalten war diese Zeit nur während der Stunden, in denen sie, dem Gefühl der Sinnlosigkeit widerstehend, an ihrem Manuskript arbeitete. Auf Vorschlag von Gundert gab sie ihm den Titel *Achtung – Renate!* Hans und sie hatten beschlossen, sie werde zuerst fahren. Sie hatte das Gegröle der Studenten, die in vollem Wichs Bücher in die lodernden Feuer warfen, noch im Ohr, als sie zwei Wochen später den Zug nach Stuttgart bestieg. Hier blieb sie zwei Tage bei ihrem freundlichen Verleger Gundert. Sie ließ ihn in dem Glauben zurück, sie reise nur für kurze Zeit nach Paris.

6

Der Zug fuhr an. Die sowjetischen Grenzpolizisten in ihren schweren Mänteln legten die Hände an die Mützen, ihre zarten Atemwölkchen pufften in den Dezembertag. Der Knabe stand in strammer Haltung am Abteilfenster und grüßte zurück. Nach wenigen Metern glitten draußen die Grenzmarkierungen von Negoreloje vorüber, sie fuhren durch einen hölzernen Torbogen, auf dem der Sowjetstern prangte und die rote Fahne sich im Wind bauschte. DIE SOWJETUNION GRÜSST DIE WERK-TÄTIGEN DES WESTENS. Dann war Hubert im Wunderland. Bald würde er Moskau sehen, den Roten Platz, den Kreml, Stalin. Als Kolzow lächelte, meinte er in etwas quengelndem Ton, der Besuch bei Stalin sei ihm versprochen worden. Kolzow sagte ernst, er werde alles versuchen. Sofort war der Knabe wieder heiter. Er begann, ein deutsches Pionierlied zu singen, dann musste Kolzow ihm ein russisches Pionierlied vorsingen. Maria Osten blickte auf die beiden. Alles kam ihr unwirklich vor. Eine Entscheidung war getroffen worden, aber von wem? Ein zehnjähriger Junge wurde für ein Jahr von seinen Eltern getrennt. War dies eine Zeit, in der sie eine solche Verantwortung auf sich nehmen konnte? Selbst wenn die Eltern und erst recht der Knabe sich die Russlandreise sehnlich gewünscht hatten? Die Ereignisse der letzten Tage hatten an den tiefsitzenden Schmerz gerührt. War es ihr überhaupt möglich gewesen, vernünftig zu entscheiden? Kolzow hatte argumentiert, dem Jungen stehe ein großes Abenteuer bevor und zwölf Monate seien schnell herum. Wem konnte das deutlicher sein als ihr. Wenig mehr als ein Jahr war vergangen, seit Kolzow sie auf dem Moskauer Flugplatz abgeholt hatte. Er hatte eine kleine Wohnung für sie gefunden, aber die meiste Zeit verbrachte sie bei ihm in der geräumigen Vierzimmerwohnung im Dom Prawitelstwa. Der mächtige Wohnblock am Ufer der Moskwa, gegenüber dem Kreml, war erst vor kurzem für die Elite der neuen Gesellschaft erbaut worden. Zum Einkaufen gab es eigene Läden, außerdem eine Sporthalle, einen Kindergarten und sogar ein Theater. Herzfelde hatte ihr manches über Kolzows Stellung in der Union gesagt (Kolzow selbst beharrte darauf, er sei nur ein journalistischer Federfuchser). Jetzt erst wurde ihr klar, welchen Rang er hier einnahm. Sie war beeindruckt, stolz und verunsichert. Sie hatte sich darauf vorbereitet, das schwere Leben der sowjetischen Bevölkerung zu teilen, beim Einkaufen Schlange zu stehen, sich einzuschränken, zu verzichten, wie sie es während des Jahres mit Stscherbjakow getan hatte, der keineswegs zu den Armen gehörte. Es gab noch immer viel Elend in den Straßen, aber das Viertel um das Dom Prawitelstwa war durch Polizei und, wie sie von Kolzow wusste, durch zivile GPU-Beamte davon abgeschirmt. Es schien ihr keineswegs falsch, wenn Genossen wie Kolzow Privilegien besaßen, doch ihr selbst wurde das Leben im Haus an der Moskwa mitunter zur Belastung. Seit sie von Neugolz ausgerissen war, hatte sie ihr Leben selbst gestaltet. Sie verhehlte sich nicht, dass Herzfelde sie gefördert und in kurzer Zeit mit einigen der Großen des Zeitalters zusammengebracht hatte. Aber ihre Arbeit war gut, und wenn Malik in der Weimarer Republik zum wichtigsten linken Verlag wurde, so hatte sie ihren Anteil daran. Diese Leistung, auf die sie stolz war, schien ihr durch die Privilegien, die sie hier genoss, auf schwer fassbare Weise vermindert.

Dass es für sie nicht leicht war, mit einem Schriftsteller seiner Statur zusammenzuleben, brauchte sie ihm nicht zu sagen. Sie empfand es als Zeichen seiner Rücksichtnahme, wenn er für seine Arbeit fast nur Spott übrig hatte. Zeitungsartikel seien Eintagsfliegen, sie wisse ja, was die Menschen mit alten Zeitungen machten. Als sie einwandte, nicht nur Herzfelde, sondern auch Brecht, Tretjakow und Ehrenburg hielten seine Arbeiten für bedeutend, meinte er, der schlechteste Roman halte länger als der beste Zeitungsartikel. Aber sie hatte ihm bei der Arbeit zugeschaut, und als ihr Russisch gut genug war, las sie seine Sachen selbst. Ein Foto aus jener Zeit zeigt sie beim Entziffern eines seiner Aufsätze. Mit dem Finger folgt sie einer Zeile, den Kopf über den Text gebeugt, der Mittelscheitel ist zu sehen, das Gesicht von den Ponyfransen fast verdeckt. Kolzow steht hinter ihr, er trägt Uniform, auf dem linken Oberarm ein Fliegerabzeichen, die linke Hand stützt er auf die Lehne ihres Stuhls, die rechte liegt auf dem Tisch, nahe bei ihrer Hand. Kolzows Gesicht hinter der runden Brille wirkt jungenhaft, er neigt sich über sie, das Neigen ist auch Zuneigung. Begeistert war sie von seinen *Iwan Wadimowitsch*-Geschichten, kleinen Satiren voller Zorn und Galle auf das russische Bürgertum, das in der neuen Funktionärskaste überdauerte. Iwan Wadimowitsch, der anpasserische Kleinbürger, der es stets mit der Macht hält, erinnerte sie an Tucholskys *Herrn Wendriner*. So ist es, sagte Kolzow, ich habe das bei Tucholsky abgekupfert. Sie sagte, auch Tucholsky habe den Typus nicht erfunden, den gebe es schon bei Heinrich Mann, von Gogol ganz zu schweigen. Zugegeben, erwiderte Kolzow spöttisch, dann habe ich eben nur die Form von Tucholsky. Nein, inneren Monolog haben schon Joyce und davor Schnitzler. Kolzow zog ein zerfleddertes Exemplar der *Weltbühne* aus dem Büchergestell, sie solle sich die Form bei Tucholsky genau anschauen. Sie las ein paar Zeilen. Das ist gar nicht innerer Monolog, sagte sie, das fällt mir zum erstenmal auf. Wendriner spricht zu jemandem, aber die Antworten werden nicht mitgeteilt. Man errät sie aus Wendriners Suada. Eine Form, die keiner Erzähllogik standhält. Gerade das hat mich interessiert, sagte Kolzow, wie mit nichtrealistischen Mitteln eine realistische Wirkung erzielt werden kann. Schließlich, fügte er hinzu, wollen wir doch den sozialistischen Realismus. Sie glaubte wieder den spöttischen Unterton zu hören. Sie wusste manchmal nicht, was sie von seiner Ironie zu halten hatte. War sie ein Zug seines Wesens? Oder war sie die Form, in der er Vorbehalte an Vorgängen in seinem Land auszusprechen vermochte? Nie hatte sie ihn direkte Kritik an der Sowjetunion äußern hören. Er war ein überzeugter Kommunist, er bewunderte Stalin und sprach oft von den Gelegenheiten, bei denen er den Parteisekretär getroffen hatte. Trotzdem fragte sie sich beim Lesen dieser Geschichten, ob seine Ironie wirklich nur dem kleinbürgerlichen Funktionär Iwan Wadimowitsch galt. Wieso gab er dem schlechten Alten so viel Gewicht, wo es doch so viel gutes Neues zu berichten gab? Sie sagte sich, dass sie sich gegen seine Skepsis nicht abschotten dürfe. Ihre Überzeugung, die Union sei das Land der Zukunft, würde nicht blind sein.

Bald nach der Ankunft in Moskau ging sie zum erstenmal durch das weißgetünchte Portal, hinter dem die Büros der *Deutschen Zentral-Zeitung* lagen. Sie wurde von Chefredakteur Wladimir Frischbutter empfangen, einem jungen Mann mit rundlichem Gesicht, schläfrigen, vorstehenden Augen und fleischigen Lippen, der sie freundlich begrüßte und der Genossin Annenkowa vorstellte. Frischbutter zog sich bald zurück, wenige Wochen später würde er nicht mehr in der Redaktion erscheinen. Ein paar weitere Monate, und er würde sich dreitausend Kilometer weit weg in Karaganda in Kasachstan wiederfinden, fünf Jahre Arbeitslager wegen eines Artikels, worin er die wirkliche Lage falsch oder die falsche Lage richtig beschrieben hatte, mit der Zeit würden noch Verrat und konterrevolutionäre Tätigkeit dazukommen. Am zweiten Februar neunzehnhundertachtunddreißig würde er erschossen werden. Julia Annenkowa, mit der Maria Osten sich bald anfreundete, wurde seine Nachfolgerin. Sie war aus Riga, eine jüdische Lettin, mit starkem, ausdrucksvollem Gesicht, belesen, gebildet, Anfang Vierzig, eine erfahrene Journalistin. Nach der Erinnerung einer Mitgefangenen, die Ende der dreißiger Jahre mit ihr zusammentraf, soll sie noch in der Butyrka eine überzeugte Anhängerin Stalins gewesen sein, die in ihren Mitgefangenen Volksfeinde gesehen habe. Zu diesem Zeitpunkt hatte Annenkowas Mann, ein Funktionär im Verteidigungsministerium, dem Beteiligung bei, Vorbereitung von und Verrat an vorgeworfen worden war, bereits Selbstmord begangen. Sie selber würde im Lager in Magadan am Stillen Ozean erfahren, dass ihr zehnjähriger Sohn sich selbst überlassen war. Darauf würde sie sich ebenfalls das Leben nehmen. Wie dieses Ende verschweigen, auch wenn es an jenem Vormittag, als Maria Osten zum erstenmal die Redaktion der Zeitung betrat, undenkbar schien. Und wie es sagen, ohne dass der Eindruck entsteht, es hätte nur so und nicht anders kommen können?

Mit ihrer freundlichen Art machte Julia Annenkowa es Maria Osten leicht, sich bei der Redaktion einzuarbeiten. Die *Deutsche Zentral-Zeitung* war in den zwanziger Jahren für die deutschsprachigen Sowjetbürger gegründet worden. Damals trug sie den Untertitel *Unsere Bauernzeitung*, ihre Leserschaft waren vor allem die bäuerlichen Siedlerinnen und Siedler im Rayon von Engels an der unteren Wolga. Bei manchen Schriftstellerkollegen hatte die *DZZ* den Ruf eines Käseblattes. Schon bald nachdem Maria Osten ihre Arbeit aufgenommen hatte, begann sich die Zeitung zu verändern. Immer öfter erschienen aus Deutschland geflohene Schriftstellerinnen und Schriftsteller in der Redaktion. Sie wollten arbeiten, die *DZZ* war ihnen gerade recht. Einer dieser Arbeitsuchenden war Ernst Ottwalt, ihr Gesprächspartner aus dem Café Josty. Er war über Prag in die Sowjetunion gelangt und freute sich, bei der *Deutschen Zentral-Zeitung* Arbeit zu finden. Aber irgendwann musste zwischen ihm und Julia Annenkowa etwas vorgefallen sein, Artikel von ihm erschienen nicht mehr. Auf ihre Frage antwortete Julia Annenkowa, Ottwalt sei unzuverlässig, er habe die Ablieferungstermine nicht eingehalten. Maria Osten hatte keinen Grund, das zu bezweifeln. Unter Julia Annenkowas Leitung wandelte sich das Käseblatt zu einer gut gemachten

Tageszeitung, in der Arbeiten von Becher, Brecht und Seghers erschienen.

Maria Osten wurde Journalistin. Das Manuskript ihres Romans *Kartoffelschnaps* blieb liegen, aber nicht bevor Kolzow die bisher abgeschlossenen Kapitel und mehrere ihrer Erzählungen in einer russischen Übersetzung bei Ogonjok hatte erscheinen lassen, einem der Verlage, für die er verantwortlich war. Als sie mit ihm darüber streiten wollte, sagte er, er hätte seinerzeit nicht gezögert, seine Schwiegermutter zu ermorden, um seine ersten Arbeiten zu veröffentlichen. Wer denn wissen könne, was aus einem wie Isaak Babel geworden wäre, wenn Gorki ihn nicht gefördert hätte. Schreibende junge Männer haben keinerlei Skrupel, Hilfe anzunehmen, und sie solle auch keine haben. Sie hatte sich gefreut, als sie das erste Exemplar von *Die Harke des Hungers* in der Hand hielt, aber sie hatte wieder daran gezweifelt, ob es ein guter Einfall gewesen war, ihr Bild auf den Einband zu setzen, es war bereits das zweite Mal, dass ihr Gesicht auf einem Bucheinband zu sehen war. Auf dem Einband von *Budjonnys Reiterarmee*, sagte sie zu Kolzow, findet sich schließlich auch kein Foto von Babel. Kolzow betrachtete das Einbandfoto, ihr freches Lausbubengesicht, die leuchtenden Augen unter wildem, kurzem Haar. Wenn sie es unbedingt wünsche, sagte er, werde er auf den Einband seines nächsten Buches sein eigenes Bild setzen. Allerdings riskiere er, dass das Kollektiv der Zahnärzte das Buch wegen der schlechten Zähne des Autors ablehne.

Wenn es ihre Arbeit erlaubte, begleitete sie ihn auf seinen Reisen. Sie sah Tadschikistan, das Schwarze Meer und den Ural. Mehrmals reiste sie ohne ihn in die Tschechoslowakei und nach Frankreich, in die Zentren des Exils, wo sie mit exilierten Schriftstellerinnen und Schriftstellern über eine Mitarbeit an sowjetischen Zeitschriften verhandelte. Sie liebte die langen Eisenbahnfahrten, das Gefühl, herausgelöst zu sein aus aller Verantwortung, die freudige Erwartung des Neuen nach endlosen Stunden, in denen die Zeit stillstand. Tadägg tadagg, tadägg tadagg, mehr als dreißig Stunden saß sie jetzt schon in diesem Abteil. Vor dem Fenster dämmerte der Morgen. Kolzow war in den vorderen Waggon gegangen, um am Kiosk Piroggen und

Tee zu besorgen. Hubert schlief noch. Das streng gescheitelte blonde Haar in dem hübschen Jungengesicht war zerzaust. Wie lebte ein zehnjähriger Knabe? Was erwartete er von ihr? Er erinnerte sie an sie selbst und ihre Schwestern in seinem Alter. Aber sie spürte an ihm auch Züge, die ihr ganz unvertraut waren und von denen sie nicht hätte sagen können, ob sie mit seinem individuellen Wesen oder mit seiner noch unentwickelten Männlichkeit zu tun hatten.

Als vor drei Monaten in Leipzig der Prozess gegen Dimitroff eröffnet wurde, waren sie und Kolzow zur Berichterstattung nach Westeuropa gereist. Von Paris aus, wo sie im Hotel Vaneau am linken Seineufer wohnten, berichteten sie über den Prozess, er für die *Prawda*, sie für die *Deutsche Zentral-Zeitung*. In diese Zeit fiel ein für sie undurchschaubares Geschehen. Eines Morgens teilte Kolzow ihr mit, seine Frau werde am Nachmittag eintreffen und einige Tage bei ihm wohnen. Er habe für Maria Osten ein anderes Zimmer gemietet. Sie fragte ihn, wie sie das verstehen solle. Er antwortete, da gebe es nichts zu verstehen, sie wisse, er unterhalte mit seiner Frau rein kameradschaftliche Beziehungen. Wieso Jelisaweta Ratmanowa denn bei ihm wohnen müsse. Er sagte, das könne er ihr nicht erklären, es sei aber ohne Bedeutung. Sie akzeptierte das. Sie hatte auf Kolzow keinen Besitzanspruch, sowenig wie er auf sie. Freie Liebe, eine offene Beziehung, das war es doch, wozu Alexandra Kollontai die Genossinnen ermutigte, die sich von den Beengungen der bürgerlichen Ehe befreiten. Über den Preis, den die Frauen dafür bezahlten, sagte Kollontai wenig. – Sie zog für drei Tage in ein anderes Stockwerk. In dieser Zeit sah sie Kolzow und seine Frau nur einmal kurz in der Hotelhalle, ohne dass die beiden sie bemerkt hätten. Sie sagte sich, er werde zu ihr zurückkehren, aber die Beziehung zwischen Jelisaweta Ratmanowa und Kolzow blieb ihr rätselhaft. Die Quellen mutmaßen, sowohl Kolzow als auch seine Frau hätten für den sowjetischen Geheimdienst gearbeitet. Haben sie damals in Paris Informationen ausgetauscht? Hatte Jelisaweta Ratmanowa den Auftrag, Kolzow zu bespitzeln? Oder er sie? Und gesetzt, sie arbeiteten beide für die GPU, hätten sie das nicht ohnehin voneinander vermutet?

Am sechzehnten Dezember hielt der Angeklagte Georgi Dimitroff vor dem Nazigericht in Leipzig sein Schlusswort. Ich verteidige meine Person als angeklagter Kommunist. Ich verteidige meine kommunistische Ehre. Ich verteidige meine Ideen. Ich verteidige den Sinn und den Inhalt meines Lebens. Als er wenige Tage später von der Anklage wegen der Reichstagsbrandstiftung freigesprochen wurde, befanden sich Maria Osten und Kolzow bereits wieder in Moskau. Sie hatten Paris schon vor dem Ende des Prozesses verlassen und waren für ein paar Tage an die Saar gereist. In einem Jahr würde hier das Mandat des Völkerbundes zu Ende gehen, die Saarländerinnen und Saarländer würden zu entscheiden haben, ob sie sich Nazideutschland anschließen wollten. An der Saar war der Kampf gegen die Nazis noch nicht verloren.

Im Saarland wohnten sie im Dorf Oberlinxweiler bei Maria und Johann L'Hoste. Der Genosse L'Hoste war Bahnhofsvorsteher im nahen St. Wendel. Die L'Hostes hatten eine Tochter und vier Söhne, der jüngste hieß Hubert. Er ging in eine kommunistische Kindergruppe. Die meisten Kinder im Dorf bewunderten Hitler, Göring und Goebbels, Hubert bewunderte Lenin und Stalin. Von den beiden Gästen seiner Eltern wollte Hubert alles über deren Land wissen, er wünschte sich, dorthin zu fahren, nicht nur weil er die Sowjetunion für ein Wunderland hielt, sondern auch, weil er wenigstens für eine Weile den Quälereien entkommen wollte, die er in Oberlinxweiler als Kind eines Kommunisten zu erleiden hatte. Maria Osten und Kolzow wussten später nicht mehr, wer von ihnen den Einfall gehabt hatte. Wir nehmen Hubert mit in die Union. Wir lassen ihn mit seinen Kinderaugen die weite Reise und das Land erleben. Maria Osten beschreibt seine Erlebnisse aus seiner Perspektive. Daraus machen wir ein Buch für die sowjetische Jugend. Wir nennen es *Hubert im Wunderland* und veröffentlichen es bei Ogonjok. Wir illustrieren es mit Fotos, und Kolzows Bruder Boris Jefimow, der Karikaturist, liefert Zeichnungen. Nach einem Jahr fährt Hubert wieder nach Hause. Der Knabe und sein Vater waren begeistert, die Mutter hielt sich zurück. Johann L'Hoste argumentierte, der Ausgang der Wahlen im Saarland sei ungewiss, da sei es besser, Hubert in Stalins Sowjetunion in Sicherheit zu wissen. Schließlich willigte die Mutter ein. Als Maria Osten an diesem Abend mit Kolzow allein war, warf sie ihm vor, er habe sie mit seinem Vorschlag überrumpelt. Er war erstaunt. Hatten sie sich den Plan nicht gemeinsam ausgedacht? Er habe geglaubt, er erfülle ihr einen großen Wunsch. Das tue er auch, sagte sie, aber er hätte ihr mehr Zeit lassen sollen. Ihre Gefühle blieben während der Tage in Oberlinxweiler verwirrt. Als Kolzow sagte, sie könnten das Angebot wieder zurücknehmen, schüttelte sie den Kopf. Es war zu spät, und inzwischen war sie glücklich, dass Hubert mit ihnen kam. Im Dorf liefen bald allerlei Gerüchte um. Johann L'Hoste habe seinen Sohn verkauft, hieß es, oder Hubert werde nach Moskau geschickt, um da ein großer Mann zu werden. Wieder andere meinten, er solle dort ein gutes Handwerk erlernen und mit einer sowjetischen Braut nach Oberlinxweiler zurückkehren.

In Moskau teilte Hubert das privilegierte Leben von Maria Osten und Kolzow. Während sie an dem Buch über ihn arbeitete, wohnte er abwechselnd bei ihr oder mit ihr bei Kolzow im Dom Prawitelstwa. Er besuchte die Karl-Liebknecht-Schule in der Kropotkinstraße, wo die Kinder deutscher Exilantinnen und Exilanten auf Deutsch unterrichtet wurden. Im Sommer reiste er ins Ferienlager Artek auf der Krim. Jeden Morgen stand er, das rote Tüchlein um den Hals, mit den anderen Jungpionieren in Reih und Glied auf dem Appellplatz am Meer und grüßte, von den Strahlen der aufgehenden Sonne geblendet, die sowjetische Fahne, die zu den scheppernden Klängen der Nationalhymne aufgezogen wurde. Alles, was mit ihm geschah, verstärkte seinen Eindruck, er sei in einem Wunderland. Er wurde zu Festveranstaltungen und Banketten eingeladen, er durfte, noch vor deren Eröffnung, die neu erbaute Metro mit ihren Rolltreppen und Marmorsäulen besichtigen. Die Zeitungen veröffentlichten sein Bild und druckten Beiträge über den Arbeiterjungen aus dem Saarland, der gekommen war, um den ersten Arbeiter- und Bauernstaat mit eigenen Augen zu sehen. Er wurde – Kolzow zog alle Register – in den Kreml eingeladen und von Dimitroff und den Marschällen Tuchatschewski und Budjonny empfangen. Ein Foto zeigt ihn mit Budjonny, dem blutigen General der Reiterarmee. Beide lachen, Hubert mit großen Pferdezähnen, Budjonnys Zähne sind von seinem gewaltigen Schnurrbart verdeckt. Das Foto findet sich in *Hubert im Wunderland*, ein anderes Foto im Buch zeigt Stalin, er trägt seine kleine Tochter Swetlana auf den Armen. Die Einleitung zum Buch stammt von Dimitroff. Kolzow hatte ganze Arbeit geleistet. Das Buch war in sehr kurzer Zeit herausgebracht worden, dennoch ist es mit großer Sorgfalt gemacht. Die hochformatigen Seiten sind reich illustriert mit Fotos, Landkarten und den lustigen Zeichnungen von Boris Jefimow. Den Anfang jedes Kapitels ziert ein kunstvoll verschnörkeltes Initial. Seite für Seite ist die Begeisterung Huberts, aber auch Maria Ostens für das sowjetische Wunderland zu spüren. Das Buch erschien in einer hohen Auflage, eine deutsche Ausgabe war geplant. Nichts davon würde bleiben. Nach Kolzows Verhaftung würde *Hubert im Wunderland* aus allen Buchhandlungen und Bibliotheken entfernt und die Exemplare, soweit man ihrer habhaft wurde, würden vernichtet werden. Eines der wenigen erhaltenen Exemplare würde in der Staatsbibliothek zu Berlin Unter den Linden, gleich neben der Humboldt-Universität, die Epoche überdauern. Die Schicksale der Bücher sind keineswegs so von den historischen Vorgängen abgelöst, wie ein lateinischer Gemeinplatz glauben machen möchte.

Hubert L'Hoste, der blonde Arbeiterjunge aus dem Flecken Oberlinxweiler, war ein leeres Blatt, auf dem die Mitmenschen ihre eigenen Wünsche und Vorurteile einzeichneten. Für die Propagandisten war er ein Aushängeschild des Sowjetparadieses, für viele sowjetische Eltern das Wunschbild eines heroischen Jungpioniers, für seine Mitschüler ein Angeber und Streber, der stets der bessere Kommunist sein wollte. Am Ende des sowjetischen Jahres war von einer Rückkehr an die Saar nicht mehr die Rede. Die Bevölkerung des Saarlandes hatte den Anschluss an Nazideutschland gewählt, die kommunistische Familie L'Hoste erhielt Drohbriefe und flüchtete nach Frankreich, das Haus war schnell und billig verkauft worden. Maria Osten würde Hubert immer seltener sehen. Im Sommer neunzehnhundertsechsunddreißig, wenn sie und Kolzow nach Spanien reisten, würde er in ein Kinderheim kommen. Innerhalb eines Jahres würden seine Lehrer an der Karl-Liebknecht-Schule verhaftet, die Schule und auch das Kinderheim geschlossen werden. Er würde eine Lehre als Elektroschlosser beginnen. Im Krieg würde er nach Karaganda in der Sowjetrepublik Kasachstan evakuiert werden. Verschmutzt, zerlumpt, verhungert würde er herumgehen, Viehhirte in einer Kolchose. Nach dem Krieg würde er wegen angeblichen Diebstahls von Volkseigentum und Verunglimpfung Stalins zu neun Jahren in einem Arbeitserziehungslager des NKWD verurteilt werden. Neunzehnhundertfünfundfünfzig entlassen, würde er mit seiner zweiten Frau und der Tochter auf die Krim ziehen, wo er einst als Pionier am Strand des Schwarzen Meeres, von der aufgehenden Sonne geblendet, die rote Fahne gegrüßt hatte. Er würde als Automechaniker auf der Weinbau-Sowchose Sonnental in Moraletschenskoje arbeiten. Vier Jahre später würde er, sechsunddreißigjährig, im Krankenhaus von Simferopol an einem durchbrochenen Blinddarm sterben. Sein ältester Bruder, der nicht hatte in die Sowjetunion reisen dürfen oder wollen, war schon Jahre zuvor von den Nazis ermordet worden.

Ist der Scheitel gerade? fragte Hubert schon wieder, sitzt das Pioniertüchlein richtig? Sie nickte und drehte sein Gesicht in den kleinen Spiegel an der Abteilwand. Sie sah ihr eigenes Gesicht neben seinem. Die Augen unter den Ponyfransen leicht zusammengekniffen, hohe Augenbrauen, die Nase klein, die Lippen ungeschminkt. Ein kühles Gesicht, das nichts preisgab. Wann war das gewesen, als sie der Flapper mit der kecken Seemannsmütze, dem seelenvollen Blick und den zum Kussmündchen geschminkten Lippen gewesen war? Auf dem Nebengleis ein mit gleicher Geschwindigkeit einfahrender Zug. Auf der gegenüberliegenden Seite Signalmasten, Prellböcke, Stellwerke, abgestellte Güterwagen. Kolzow befeuchtete sein Taschentuch mit der Zunge und wischte dem Knaben einen Fleck vom Kinn. Sdrawstvujte, towarischtschi, sagte Hubert halblaut, menja sovut Gubert. Dann kreischten lange die Bremsen, und der Zug kam im Moskauer Belorussischen Bahnhof zum Stehen.

7

Mit einem Ruck setzte sich der Nachtzug in Bewegung. Auf dem hell erleuchteten Bahnsteig, vor dem Abteilfenster, beschleunigten winkende, vermummte Gestalten, deren Lippen tonlos Grüße oder Wünsche formten, ihre Schritte und blieben, Atemwölkchen puffend, immer weiter zurück. Die Halle des Leningrader Bahnhofs in Moskau glitt vorüber, dann Dunkelheit. Der Zug rollte in die eisige Nacht, die sechshundert Kilometer lange Fahrt nach Leningrad hatte begonnen. Zum erstenmal seit sechs Wochen gab es nichts mehr zu tun. Alle Entscheide waren gefällt, alle Vorkehrungen getroffen, auch für den Fall, dass sie nicht zurückkehren sollte. Sie hatte Mirow-Abramow wissen lassen, dass ihre Personalakte beim Ausbildungsinstitut der Luftwaffe lag und das Parteibuch bei Bersins Sekretärin in der IV. Abteilung. Sie gab Anweisung, von ihrem Gehalt jeden Monat den Mitgliedsbeitrag für die Partei abzuheben. Auf Anordnung Manuilskis hatte sie sich von niemandem verabschiedet. Näheres über ihre Pläne teilte sie ohnehin niemandem mit, die Freunde erwarteten es auch nicht. Bis zum letzten Moment überwachte sie alle Vorbereitungen, keine Einzelheit entging ihr. Auf dem Weg zum Bahnhof hatte sie die zivilen Bewacher, die ihnen unauffällig folgten, nie aus den Augen verloren. Ob sie auch noch auf der Fahrt nach Leningrad bewacht wurden, hatte man ihr nicht mitgeteilt, sie vermutete es. In den Minuten seit der Abfahrt wehrte sie sich endlich nicht länger gegen das Gefühl völliger Erschöpfung. Mit körperlichen Strapazen, auch mit jenen äußersten, die sie während der militärischen Ausbildung zu ertragen gehabt hatte, war sie fertig geworden, noch im Leiden stolz darauf, wie kräftig und ausdauernd ihr Körper geworden war. Die vergangenen Wochen aber hatten Strapazen anderer Art gebracht. Erst jetzt, wo die Anspannung sich zu lösen begann, wurde ihr bewusst, wie tief die Entscheidung, die sie in Manuilskis Büro gefällt hatte, in ihr Leben eingriff. Matt, mit geschlossenen Augen, lehnte sie im Sitzpolster. Essayez de dormir, sagte Prestes, ne vous faites pas de soucis pour moi. Sie öffnete die Augen und sagte, c'est pourtant mon devoir. Prestes sagte, er sei nicht schläfrig, außerdem sei man vorläufig noch sicher. Sie schloss wieder die Augen. Treten Sie ein, Genossin Sinek, hörte sie Manuilski sagen, der sie, wie alle Genossinnen und Genossen, stets bei ihrem Tarnnamen nannte.

Aufrecht und stramm, in eng anliegender Fliegeruniform, das Pilotenabzeichen am rechten Oberarm, die bunten Bändchen für die Spezialausbildung als Fallschirmspringerin und die Handhabung leichter Waffen über der Brusttasche des Uniformrocks, trat sie in den hohen Raum. Manuilski stand von seinem mit Papieren, Akten, Ordnern und Zeitungen zugedeckten Arbeitstisch auf und nickte ihr zu. Er wies auf das abgewetzte Sofa unter der Weltkarte, auf dem ein Genosse saß, den sie als Iosif Pjatnitzki, den Leiter des geheimen Verbindungsbüros der Komintern, erkannte. Der Augenblick war da. Manuilski forderte sie auf, sich neben Pjatnitzki zu setzen, und ließ sich den beiden gegenüber in einem breiten Sessel unter den Fotografien von Lenin und Stalin nieder. Der Genosse Pjatnitzki sei, wie sie wisse, für die geheimen Kontakte zu den Auslandssektionen der Komintern verantwortlich. Olga Benario nickte heftig, dann nickte sie noch einmal, ruhiger. Wir haben einen Auftrag für Sie. Was jetzt kam, war ihr vertraut, so oft hatte sie es sich schon ausgemalt. Je nach Weltlage wurde sie nach Frankreich geschickt oder ins faschistische Italien, neuerdings auch nach China, wo seit einigen Wochen Mao Zedong mit einem gewaltigen Menschenstrom unterwegs war und wo sie ihre Zusammenarbeit mit Otto Braun wieder aufnehmen würde, private Gefühle hin oder her. Aber stets waren ihre Gedanken bei Deutschland gelandet. Dort würde sich die Zukunft Europas entscheiden. Wer hatte bessere Voraussetzung als sie, die verstreuten Widerstandszellen zu koordinieren und den entmutigten Genossinnen und Genossen durch Aktionen zu zeigen, dass der Gegner verwundbar war und geschlagen werden konnte? Manchmal schoben sich tausend Litfaßsäulen, auf denen ihr Gesicht neben dem von Otto Braun zu sehen war, vor diesen Wunsch. Dann hielt sie ihre Kenntnis der vielfältigen Formen der Tarnung und Illegalität dagegen, die sie sich während ihrer Ausbildung erworben hatte. Über die neuesten internationalen Erfolge des Faschismus werde sie informiert sein, begann Pjatnitzki. In Deutschland hatte Hitler die Gegner in der eigenen Partei eliminiert, österreichische Faschisten hatten Dollfuß ermordet und durch Schuschnigg ersetzt, die italienischen Faschisten bereiteten einen Krieg in Abessinien vor. Olga Benario nickte. Sie wartete darauf, dass er zur Sache kam. In der Sowjetunion, fuhr Pjatnitzki fort, gälten zur Zeit alle Anstrengungen dem neuen Fünfjahresplan, das Land müsse, mit den Worten des Generalsekretärs, aus der Armut und Rückständigkeit in die Zukunft gerissen werden. Die Mittel für den Kampf gegen den Faschismus seien beschränkt. Und das in einer Zeit, wo sich der Faschismus auch außerhalb Europas ausbreite. Die Sowjetunion müsse abwägen, wo sich der Kampf gegen die antibolschewistischen Diktaturen am wirksamsten würde führen lassen. Eines der Länder, in denen wir unsere Freunde aktiv unterstützen – Pjatnitzki drehte den Kopf zur Weltkarte – ist Brasilien. Olga Benario blickte verdutzt auf Manuilski. Der Sekretär der Komintern sagte, natürlich verwundert Sie das, Genossin Olga. Sie haben erwartet, nach Deutschland geschickt zu werden, aber das ist für Sie zu gefährlich. Hören Sie sich die Brasilien-Aktion erst einmal an.

Am Ende des Jahres neunzehnhunderteinunddreißig war, auf Einladung der Komintern, der brasilianische Offizier und Ingenieur Luiz Carlos Prestes mit seiner Mutter Leocádia und seinen vier Schwestern Lygia, Clotilde, Eloíza und Lúcia nach Moskau gekommen. Der Name Prestes sei ihr zweifellos bekannt, sagte Pjatnitzki, die Zeitungen der ganzen Welt berichteten über ihn, die Sowjetunion feierte ihn als Helden. Als junger Hauptmann von sechsundzwanzig Jahren hatte Prestes eine revoltierende Armee-Einheit von fünfzehnhundert Mann mehr als zwei Jahre lang durch das endlose brasilianische Hinterland geführt. Zu Fuß und zu Pferd, Hunger und Durst leidend, ausgesetzt der Sonne und der unablässigen Hitze, der Trockenheit und der Feuchtigkeit, ausgezehrt von Malaria, Cholera, Typhus und Gelbfieber, immer aufs neue den Regierungstruppen sich entziehend, dezimiert von bewaffneten Banden des Sertão im Sold der Großgrundbesitzer, hatte die Kolonne Prestes fünfundzwanzigtausend Kilometer zurückgelegt. Das muss man sich einmal vorstellen. Während der ganzen Zeit hatten sie unter dem Landproletariat agitiert, eine Neuverteilung des Bodens gefordert und zum bewaffneten Aufstand aufgerufen. Viele Garnisonen im ganzen Land folgten den Aufrufen, aber immer wieder waren die Erhebungen von der Regierung Bernardes niedergeschlagen und die Aufständischen in Strafkolonien verschleppt oder hingerichtet worden. Im Felde unbesiegt, hatte die Kolonne schließlich der Übermacht weichen müssen. Von den fünfzehnhundert Mann überquerten noch sechshundert die Grenze nach Bolivien. Für die Landlosen und Verhungernden, von den Regenwäldern am Amazonas bis zu den Favelas der südlichen Metropolen, gehörte der Marsch der unbesiegbaren Kolonne in den Bereich der Mythen und Visionen. Den jungen Hauptmann, der die Kolonne anführte, nannten sie Ritter der Hoffnung. Er war einer aus dem Geschlecht der Freiheitskämpfer, der erleuchteten Fanatiker und blutigen Banditen, von Zumbí und Tiradentes bis zu Antônio Conselheiro und Lampião, von deren heroischem Widerstand gegen die Verhältnisse und blutigem Ende die Literatura de Cordel, die Groschenbibliothek der Bildungslosen, zu berichten wusste.

Ein Jahr lang lebte Prestes mit den Überlebenden des langen Marsches in ein paar Hütten im Flecken La Gaiba, im Osten Boliviens, nahe der brasilianischen Grenze. Während seine Soldaten einzeln und in kleinen Gruppen illegal über die Grenze nach Brasilien zurückgingen, begann der junge Hauptmann die Schriften der Klassiker zu studieren. Er las die Marxschen Frühschriften und *Das Kapital* und Lenins *Staat und Revolution*. Die folgenden Jahre verbrachte er im Exil in Buenos Aires, umsorgt von seiner Mutter, dem wichtigsten Menschen in seinem Leben, und den vier Schwestern. Den Lebensunterhalt für sich und die Seinen verdiente er als Ingenieur beim Straßenbau. Er erhielt Besuch von führenden Mitgliedern der brasilianischen Partei und lernte den Sekretär der argentinischen Partei, Rodolfo Ghioldi, und weitere südamerikanische Genossen kennen. Als er wegen illegaler politischer Aktivität festgenommen wurde und drei Tage in Haft verbringen musste, verließ er Buenos Aires und ließ sich mit Mutter und Schwestern am gegenüberliegenden Ufer des Rio de la Plata in Montevideo nieder. Hier bekam er Kontakt zu Vertretern des Lateinamerika-Büros der Komintern, besonders zu Arthur Ewert, mit dem er manchen Abend beim Studium der Schriften von Marx und Engels, von Lenin und Stalin verbrachte. Sie kenne den Genossen Ewert als einen ihrer Lehrer an der Militärakademie, sagte Pjatnitzki. Die letzten beiden Jahre habe er als militärischer Berater der chinesischen Genossen in Schanghai verbracht, übrigens zusammen mit Otto Braun, den sie ebenfalls kenne. Zur Zeit sei Ewert auf dem Weg von China nach Südamerika. Er werde seinem Freund Prestes zur Seite stehen bei der Aktion, um die es hier gehe.

Ende der zwanziger Jahre hatte sich ein weiterer Brasilianer aufgemacht, die Verhältnisse in seinem Land umzustoßen. Getúlio Vargas war, wie Prestes, ein Gaúcho aus dem südlichen Bundesstaat Rio Grande do Sul, und wie Prestes wollte er den Viehbaronen und Kaffeemagnaten die Macht entreißen und dem Volk übergeben. Aber während Prestes auf dem langen Marsch eine Lektion darin erhalten hatte, wie die Menschen unterhalb des Bürgertums und der Arbeiterklasse, ja unterhalb aller Klassen lebten, galt für Vargas: das Volk war er selbst. Als er lauthals verkündete, er sei angetreten gegen die Herren der Latifundien und des internationalen Kapitals, schlossen sich ihm mehrere von Prestes' Leutnants an. Bei einem geheimen Treffen in Porto Alegre drängte Vargas auch den Ritter der Hoffnung, sich der neuen großen Sache anzuschließen. Dass sich Prestes dem Marxismus annäherte, ließ er dahingestellt, wichtig war ihm der Mythos der Kolonne und was er sich davon erhoffte: Millionen von Wählerstimmen. Prestes lehnte ab und warnte die Kameraden, Vargas, einmal an der Macht, werde einen Sektor der Oligarchie gegen einen anderen, das amerikanische Kapital gegen das britische ausspielen, das System bleibe unangetastet. Da wandten sich die Kameraden von Prestes ab. Von den Kampfgefährten verlassen, von der brasilianischen Partei, die ihm als Angehörigem des Kleinbürgertums den Beitritt verweigerte, misstrauisch beobachtet, von Vargas als Deserteur verfolgt, verließ Prestes Südamerika auf der *Eubée* und erreichte Moskau in den ersten Novembertagen des Jahres neunzehnhunderteinunddreißig.

Sein Platz ihr gegenüber war leer. Sie richtete sich rasch auf.

Er stand draußen im matt erleuchteten Gang. Sein Mantel war über sie gebreitet. Das ist doch verkehrt, ich bin für ihn verantwortlich, nicht er für mich. Eintönig hämmerten die Räder gegen die Schienenfugen, tadägg tadagg, tadägg tadagg. Sie schloss die Augen und überließ sich dem rhythmischen Hämmern des Zuges, der durch die eisige Nacht voranstürmte.

Brasilien ist das größte Land Südamerikas, sagte Pjatnitzki. Wenn es uns dort gelingt, unsere Verbündeten an die Macht zu bringen, ist die Entwicklung zum Faschismus, von Kuba bis Argentinien, noch aufzuhalten. Vor einigen Wochen waren führende brasilianische Genossen in Moskau zu Besuch gewesen. Sie hatten berichtet, in Brasilien sei eine Volksbewegung im Entstehen begriffen, die das Vargas-Regime hinwegfegen werde. Die brasilianische Partei wolle sich an dieser Bewegung beteiligen und bitte die Komintern um Zustimmung. Die Komintern stellte für ihre Unterstützung zwei Bedingungen. Erstens müsse die brasilianische Partei Prestes endlich aufnehmen. Er wurde Parteimitglied. Die zweite Bedingung war, dass die Partei sich an die Spitze der Bewegung stellen und nach dem Umsturz die Macht übernehmen sollte. Hier unterbrach Manuilski Pjatnitzki. In der Komintern sei es in dieser Frage zu Diskussionen gekommen. Genosse Dimitroff habe für eine Volksfrontregierung votiert, in der alle Gegner von Vargas, ungeachtet ihrer Ideologie, vertreten seien. Er selbst und Pjatnitzki dagegen hätten sich, im Sinne der Politik des Genossen Stalin, dafür eingesetzt, dass die brasilianische Partei die Entscheidungsmacht an sich reiße. Da sei noch nichts entschieden. Olga Benario blickte auf Manuilskis feine Gesichtszüge, auf die weiße Strähne in seinem dunklen Haar. Warum erwähnte er das? Sollte sie gewarnt werden, sich aus diesen Machtkämpfen herauszuhalten? Hier begann eine Gefahrenzone. Zur Zeit sind einige unserer führenden Agenten unterwegs nach Rio, sagte Pjatnitzki, Prestes wird Moskau Ende Dezember verlassen. Wir möchten, dass Sie ihn begleiten.

Für ihre Wahl, fuhr Pjatnitzki fort, bevor sie etwas sagen konnte, gäbe es verschiedene Gründe. Sie sei eine Abwehrspezialistin, sie spreche mehrere Sprachen und habe wiederholt Aufträge im Ausland ausgeführt. Dazu komme, dass eine Frau die Aufgabe übernehmen müsse. Ewert und die übrigen Genossen würden aus Gründen der Tarnung von ihren Frauen begleitet, denen man ebenfalls Aufgaben übertragen habe. Auch Prestes solle mit Ehefrau reisen. Ob dafür nicht jemand mit einer geringeren Ausbildung eingesetzt werden könne, fragte sie. Prestes' Begleiterin werde für die Nachrichtenverbindung zum Büro verantwortlich sein, sagte Pjatnitzki, sie werde direkten Kontakt zu ihm selbst und zu Manuilski halten. Sie habe nicht nur die Lage in Brasilien und die Vorgänge in der brasilianischen Partei zu beurteilen, sondern auch das Verhalten von Prestes. Olga Benario sei militärisch und ideologisch für eine solche Aufgabe geschult, ihre Kaderakte sei beeindruckend. Mirow-Abramow, der sie von Berlin her kenne, habe sie empfohlen, ebenso ihr gegenwärtiger Vorgesetzter, General Bersin. Bersin habe eingewilligt, sie vom Abwehrdienst der Roten Armee freizustellen, von daher stehe ihrer Integration in die OMS nichts im Wege. Den Ausschlag für ihre Wahl aber habe Bersins Urteil gegeben, sie sei für die vordringliche Aufgabe als Prestes' Begleiterin in hohem Maß geeignet. Der Ritter der Hoffnung brauche eine Leibwächterin. Sie hörte Pjatnitzki fortfahren, Prestes sei das entscheidende Element der Aktion, ihm dürfe unter keinen Umständen etwas zustoßen. Seine Begleiterin habe dafür zu sorgen, dass er während der Anreise nach Rio, die auf verschlungenen Wegen durch viele Länder führe, nicht enttarnt werde. Sollte er während der Monate in Rio bis zum Umsturz der brasilianischen Polizei in die Hände fallen, wäre das eine Katastrophe nicht nur für ihn selbst, sondern auch für die Komintern und die Sowjetunion, deren Anteil an der Aktion um jeden Preis geheim zu bleiben habe. Dafür – Manuilski übernahm erneut das Wort – muss Prestes' Begleiterin bereit sein, ihr Leben hinzugeben. Sie sehen, die Aufgabe erfordert ungewöhnlichen Mut. Er schwieg für einen Moment, dann erhob er sich, zum Zeichen, dass die Besprechung zu Ende war. Sie brauchen sich nicht gleich zu entscheiden. Melden sie sich morgen wieder in meinem Büro. Vierundzwanzig Stunden Bedenkzeit müssen genügen, beraten dürfen Sie sich ohnehin mit niemandem. Er erinnerte sie daran, dass sie die Möglichkeit hatte, den Auftrag abzulehnen. Sie wusste, dass sie ihn annehmen würde.

Als sie erwachte, war die Dunkelheit einem dämmrigen Zwielicht gewichen. Hinter den Eisblumen am Abteilfenster stoben Schneewolken vom verschneiten Bahndamm auf, dahinter konturloser weißer Raum. In der Ferne ein graues Band, das plötzlich an den Bahndamm heranschoss, ein verschneiter Birkenwald. Eine Weile verstellte er jede Sicht, dann wich er ebenso plötzlich wieder zurück. Das Dämmerlicht hielt immer noch an, als der Zug gegen neun Uhr vormittags im Moskauer Bahnhof in Leningrad einfuhr.

Den Tag, es war der zweitletzte des Jahres, verbrachten sie in Leningrad, in der Zarenzeit St. Petersburg, seit Beginn des Ersten Weltkriegs Petrograd, nach Lenins Tod Leningrad, am Ende des vergangenen Jahrhunderts wieder St. Petersburg. Sie war immer noch müde, aber das Gefühl der Erschöpfung begann zu weichen. Prestes schlug einen Stadtrundgang vor. Im fahlen Licht, die Sonne blieb den ganzen Tag unterhalb des Horizonts, mischten sie sich unter die Menschenmenge auf dem Newskiprospekt. Sie gingen schnell in der Kälte, blickten von vielen Brücken über zugefrorene Kanäle, auf denen Kinder Schlittschuh liefen. Sie waren im Venedig des Nordens, vor Peter dem Ersten auf seinem sich aufbäumenden Ross legten sie die Köpfe in den Nacken, sie stapften auf dem weiten, schneebedeckten Platz vor dem Winterpalast herum und bewunderten den dreischlotigen Panzerkreuzer *Aurora*, der am Ufer der vereisten Newa vertäut war. Sie redeten Belangloses, sie versuchten sich kennenzulernen, wie macht man das auf Befehl, und was, wenn ich ihn nicht ausstehen kann? Wenige Tage nachdem sie Manuilski und Pjatnitzki ihre Zusage gegeben hatte, war sie abermals an den Sitz der Komintern in der Moskowskaja-Allee gerufen worden. Der Stadtteil war ihr vertraut, hier hatte sie zahllose Stunden auf den Sportanlagen hinter dem Kominterngebäude verbracht. Manuilski erwartete sie in seinem Büro, er war im Gespräch mit Pjatnitzki und einem Funktionär. Ich möchte Ihnen Luiz Carlos Prestes vorstellen, sagte Manuilski. Sie blickte erwartungsvoll auf die Tür. Das Bild des verwegenen Brasilianers war ihr aus der Presse bekannt. Es zeigte einen Räuberhauptmann mit schwarzem Vollbart und großen tiefliegenden Augen. Er saß auf einem umgestürzten Baumstamm, zwischen zwei Kumpanen mit den gleichen wilden Bärten und weit offenen Augen. Die drei trugen helle Blusen, Hosen aus gegerbtem Leder und kniehohe Lederstulpen über festem Schuhwerk. Zu ihren Füßen lagen breitkrempige Hüte auf der von tropischen Blättern bedeckten Erde. So hatten Abenteurer auszusehen. Manuilski wandte sich an den Funktionär, Genosse Prestes, das ist Olga Benario. Vor ihr stand der Ingenieur Prestes. Er war klein, fast zierlich, reichte ihr kaum bis an die Schultern. Sein Haar war sorgfältig in der Mitte gescheitelt, er trug eine modische Brille (aus Fensterglas, wie sie inzwischen wusste), seine Lippen waren voll und ebenmäßig. Er war sauber rasiert. Gestreifte Krawatte, dunkler Anzug. Er sah aus wie jemand, der einen Leibwächter gebrauchen konnte. Die Tarnung als biederer Geschäftsmann ist perfekt. Falls es wirklich eine Tarnung ist.

Kurz vor Mitternacht verließ ihr Zug Leningrad, gegen drei Uhr früh erreichten sie die Grenze. Finnische Zöllner kontrollierten das Gepäck und stempelten die Pässe des spanischen Geschäftsmanns Pedro Fernandez und seiner Begleiterin, der sowjetischen Studentin Olga Sinek, es kann auch die Spanierin Ana Baum de Revidor gewesen sein. Mit den übrigen Fahrgästen trugen sie, da zu dieser Stunde keine Porteure aufzutreiben waren, ihr Gepäck selbst zum finnischen Zug. Im Abteil sagte sie zu Prestes, sie habe die finnischen Zöllner beobachtet, die Papiere genügten nicht. Sie hätten Glück gehabt, aber bis zur Ausreise aus Frankreich müssten sie sich neue Pässe verschaffen. Am frühen Morgen erreichten sie Helsinki, am Abend schifften sie sich auf einem der Fährschiffe ein, die zwischen Helsinki und Stockholm verkehrten. Um nicht aufzufallen, beschlossen sie, an der lärmigen Neujahrsfeier teilzunehmen, auch den Sekt nicht auszuschlagen, und als die Schiffsglocke Mitternacht schlug, fielen sie sich unter fliegenden Luftschlangen und Papiergirlanden zum vielstimmigen Gesang von *Should auld acquaintance be forgot* um den Hals wie die übrigen Passagiere auch, das gehörte zur Tarnung, mit etwas unsicheren Bewegungen, aber auch mit einem Gefühl der Neugier, als sie den Geruch seiner konfettibedeckten Haare einatmete und er den Geruch ihrer Haut. *For auld lang syne.* Unablässig strebte das hell erleuchtete Fährschiff in der eisigen Finsternis Stockholm zu.

In der schwedischen Hauptstadt bestiegen sie erneut die Eisenbahn, nach acht Stunden waren sie in Kopenhagen, wo sie für den Tag ein Hotelzimmer mieteten, aßen, sich wuschen und schliefen, sie auf dem Bett, er auf dem Diwan, wie lange wird dieses Spiel wohl dauern? Sie würde früher oder später mit ihm schlafen; er aber schien auf etwas zu warten, auf den richtigen Augenblick vielleicht, das war ihr auch recht. Für die Weiterreise nach Paris schifften sie sich in Kopenhagen nach Bristol ein, durchfuhren Kattegat und Skagerrak, durchquerten die Nordsee, schifften bei starkem Seegang durch den Ärmelkanal und an der englischen Südküste entlang, bis sie schließlich in den Kanal von Bristol einbogen. Ein unsinniger Umweg für die, die mit ungefälschten Pässen und aus unanfechtbaren Gründen unterwegs sind. Den Geheimdiensten der kapitalistischen Länder aber, die kommunistische Agenten und Berufsrevolutionäre zu überwachen haben, wird durch diese Reiseroute die Arbeit erschwert, erst recht wenn in Bristol ein holländisches Schiff bestiegen wird, so dass als Reiseziel nicht Paris, sondern Rotterdam oder Amsterdam angenommen werden müssen. Sie war in guter Stimmung. Sie liebte das Reisen. Sie liebte die Bewegung, die Ortlosigkeit, die Unrast, das Nomadentum. Dies war eine Epoche, wie die Geschichte viele kannte, wo das Reisen unzähligen Menschen aufgezwungen wurde. Sie reisten aus Not und Angst; Arbeit, Besitz, Pass waren ihnen abhanden gekommen, mit ihrer Heimat hatten sie ihre Identität verloren. Sie waren staatenlos, sie wurden gering geachtet und achteten sich selbst gering. Sie fürchteten das Ankommen nicht weniger, als sie das Fortgehen gefürchtet hatten. Olga Benario aber, die Nomadin der Weltrevolution, reiste nie ab und kam nie an, sie war, so schien ihr, immer schon unterwegs. Ihre Identität war an keinen Ort, keine Landschaft und keine Nationalität gebunden. Sie war eine Kämpferin für die klassenlose Gesellschaft, sie konnte überall kämpfen. Und sie liebte die Bewegung. Auch bei frostiger Kälte, auch bei Seegang lief sie, nachdem sie zuvor in der Kabine, die Füße zur Erschwernis auf dem Sessel, die Hände auf dem Boden, zwanzig oder dreißig Liegestütz gemacht hatte, auf dem Deck Runde um Runde, während sie den Ärmelkanal zum zweiten Mal durchfuhren, diesmal in entgegengesetzter Richtung.

Es folgten Wochen konspirativer Vorsicht, abwechselnd mit öffentlich zur Schau getragener Sorglosigkeit. Als nach vierzehn Tagen in Amsterdam die Verbindung zum Moskauer Büro noch immer nicht zustande gekommen war und keine Aussicht bestand, die Pässe bereits in Holland zu ersetzen, waren sie nach Brüssel weitergereist, aber die Stadt, klein und überschaubar, schien Prestes' Sicherheit nicht günstig. Nach wenigen Tagen entschied sie sich für die Weiterreise nach Paris. Hier wohnten sie im Grand Hôtel du Louvre beim Palais Royal, ein gutaussehender Geschäftsmann im besten Alter, die teuren Anzüge, mit dem Geld der Komintern in Paris gekauft, gaben mehr Sicherheit als der beste Pass, ebenso die langbeinige Sekretärin, vielleicht konnte sie auch noch stenographieren? Sie lief regelmäßig, die Arme leicht angewinkelt, die Schritte locker setzend unter den laublosen Sommereichen im Bois de Boulogne. Manchmal scheuchte sie Vögel auf, die am Boden im dürren Laub nach Würmern suchten, Hunden und ihren Besitzern wich sie aus. Von Zeit zu Zeit kam sie an der Bank vorbei, wo Prestes in der kühlen Märzluft Zeitung las. Zurück im Hotel, warf er die Zeitungen aufs Bett und sagte, sie dürften keinen Tag mehr verlieren. Am Vortag war in Brasilien die Aliança Nacional Libertadora, eine Einheitsfront aus Gewerkschaften, Bauernorganisationen, Studentengruppen und rebellischen Offizieren, gegründet worden. Die Volksbewegung, sagte Prestes, über die wir in Moskau sprachen, hat sich eine organisatorische Form gegeben. Dies sei der Moment, auf den sie gewartet hätten, sie dürften ihn nicht verpassen. Sie teilte Manuilski mit, sie würden sofort nach Südamerika abreisen.

Aber es vergingen dann noch einige Tage, bis die Visa für die Vereinigten Staaten beschafft waren. Die neuen Pässe des Portugiesen Antônio Vilar und seiner deutschen Ehefrau Maria Bergner Vilar, ausgestellt von Israel Abrahão Anahory, dem hilfsbereiten portugiesischen Konsul in Rouen, der, als die Sache herauskam, in Salazars Portugal ins Gefängnis geworfen wurde, erwiesen sich als einwandfrei.

8

Kein Reisebeginn ist zu vergleichen mit dem einer großen Schiffsreise, weder der erste Ruck eines anfahrenden Zuges noch das Erbeben eines mit dröhnenden Propellern startenden Flugzeugs, schon gar nicht ein anfahrendes Automobil, das jeden Augenblick wieder anhalten kann: Ihr Schiff würde für lange Zeit nicht anhalten. Aus der Höhe eines mehrstöckigen Hauses blickte Olga Benario auf den unverändert schmalen Abstand zwischen der Schiffswand und der Kaimauer. Das tonlose Brausen der Schiffssirene in den Eingeweiden, unter den Füßen das erbebende Deck, umdrängt von aufgeregten Mitreisenden, unter sich auf dem Kai Winkende und Weinende, Gepäckträger, Hafenarbeiter, Taschendiebe, Zollbeamte und Angestellte der Compagnie Générale Transatlantique, ließ sie den Zwischenraum nicht aus den Augen. Alles kam darauf an, den Anfang nicht zu verpassen, die Sekunde, den Millimeter, den Herzschlag, mit dem unwiderruflich das Neue beginnt. Als sie merkte, dass sich der Abstand vergrößerte, hatte die Bewegung bereits begonnen. Der Anfang lag davor, immer lag der Anfang einer Sache vor dem wahrnehmbaren Anfang, wahrnehmbar erst im Anwachsen der Distanz, der Zeit, der Empfindung. Schon betrug der Abstand mehrere Meter, in der Lücke wurden Abfälle, Öllachen und tote Fische herumgewirbelt. Taue klatschten ins Wasser, aus den Schornsteinen der *Paris* stieg dunkler Rauch und vermischte sich mit der kleinen weißen Wolke der Schiffssirene, die ihre Eingeweide erneut sich verknoten ließ. Die Hafenanlagen von Le Havre glitten langsam vorüber, Kräne, Werften, Lagerhäuser. Bei der Hafenmole kamen ihnen ein Dutzend Fischerboote entgegen, ihre Decks glitzerten von den Leibern toter Fische. Am Bug des letzten Boots, auf einen Schifferhaken gestützt, stand hoch aufgerichtet eine Gestalt mit breitem Hut, die Silhouette schwarz im Licht der tiefstehenden Nachmittagssonne. Olga Benario bekam eine leichte Gänsehaut. Eine kühle Brise wehte vom offenen Meer her. Als das Schiff die Mole passiert hatte, verlangsamte es seine Fahrt. Es entstand ein Moment der Unsicherheit, alles schien in der Schwebe zu sein, so als ob es noch möglich wäre, dass die Reise nicht beginnen, die Dinge nicht ihren Lauf nehmen würden. Dann wurden die Schlepptaue eingeholt, und die Lotsenboote drehten bei. Erneut erzitterte das Deck der *Paris*, am Heck entstand ein Wirbel, der sich mächtig ausbreitete. Jetzt war jeder Zweifel weggewischt, die Reise hatte an diesem Mittwoch, dem zwanzigsten März neunzehnhundertfünfunddreißig, wirklich begonnen.

Wir haben nicht aufgehört zu reiten und zu marschieren, sagte Prestes, während die Küste Frankreichs in der Dämmerung versank. Die längste Rast, im Verlauf von mehr als zwei Jahren, währte achtundvierzig Stunden. Wir bewegten uns ohne Unterlass. In flachem Gebiet, zum Beispiel im östlichen Mato Grosso und in Goiás, legten wir zu Pferd neun Léguas am Tag zurück, das sind fünfzig Kilometer. Wir brachen um fünf Uhr früh auf. Um elf Uhr machten wir Rast, die Pferde gingen unter der sengenden Tropensonne nicht mehr, auch die Männer konnten die Hitze nicht länger ertragen. Er sagte, die Männer, nicht, wir. Am späten Nachmittag ritten wir weiter. Abends mussten Lebensmittel requiriert und Tiere geschlachtet, das Essen zubereitet und die Schlafstätten hergerichtet werden. In mondhellen Nächten ritten oder marschierten wir auch nachts, es war dann weniger heiß. Im Sertão ritten wir oft nachts. Bei diesem Rhythmus hielten die Pferde etwa zwei Wochen, dann mussten neue beschafft werden. Im nördlichen Goiás waren kaum noch Pferde aufzutreiben, die Bevölkerung war zu arm. Durch Maranhão und Piauí kamen wir zur Regenzeit, im November und Dezember. Es regnete Tag und Nacht ohne Unterlass. Die Pfade in der ganzen Region waren verschlammt oder überschwemmt, die Pferde kamen auch ohne Reiter kaum voran. Als wir den Rio São Francisco überquerten, mussten wir die Reittiere am Ufer von Pernambuco zurücklassen, weil wir keine Schiffe auftreiben konnten, die groß genug waren, um sie aufzunehmen. Von da an gingen wir nur noch zu Fuß, dreieinhalb Léguas, zwanzig Kilometer am Tag. Im Sertão hatte es seit zehn Monaten nicht geregnet, es gab oft den ganzen Tag nichts zu trinken. Aber auch hier durfte die Bewegung nie aufhören. Die Vorhut ritt oder marschierte eine halbe Tagesdistanz vor dem Haupttharst, die Nachhut eine halbe Tagesdistanz dahinter. Nach vierundzwanzig Stunden schloss die Nachhut zur Kolonne auf, eine neue Vorhut wurde bestimmt, die bisherige Vorhut rastete, bis die Kolonne an ihr vorübergezogen war, und bildete die neue Nachhut. Im Staat Bahia haben wir auf diese Weise in vier Monaten fünftausend Kilometer zurückgelegt. Auch in der Caatinga, wo die fingerlangen Dornen der Mandacarus und Xiquexiques dem streunenden Rind das Fell wie mit Messern aufschlitzen, so dass es verblutet, und wo selbst für die in schweres Leder gekleideten Viehhirten und Jagunços kaum ein Durchkommen ist, legten wir, immer noch mehr als tausend Mann, zwanzig Kilometer am Tag zurück. Hätten wir gerastet, so wären wir von den Jagunços und den Regierungstruppen eingeholt worden. Wir waren immer in Bewegung. Das Land ist ohne Ende. Den Norden, die Amazonasebene und den Regenwald, haben wir nicht einmal gestreift. Ich gebe dir ein Beispiel dafür, wie groß das Land ist. Am Ende des Marsches, bei Coxim im Pantanal, als wir nur noch wenige Tagereisen von der bolivianischen Grenze entfernt waren, verlor ein kleines Detachement unter Siqueira Campos den Kontakt zur Kolonne. Während wir uns nahe an der Grenze bewegten, glaubten er und seine Leute uns wieder im Innern von Mato Grosso. Sie haben uns wochenlang gesucht. Als Siqueira Campos drei Monate nach uns mit seiner Abteilung ebenfalls bolivianischen Boden betrat, hatten sie noch einmal neuntausend Kilometer zurückgelegt. Das Land ist ohne Ende. Wir haben nie aufgehört, uns zu bewegen, es war ein Bewegungskrieg.

Le dîner est servi. Mit einer leichten Verbeugung geleitete der Steward Olga Benario im ausgeschnittenen Abendkleid und Prestes im Smoking vom Salon zum Kapitänstisch, an den jeden Abend Gäste aus der Luxusklasse eingeladen wurden. Der Kapitän, in weißer Galauniform, verwickelte Olga Benario in ein Gespräch über den Wiederaufbau der deutschen Kriegsflotte, offenbar hatte er ihren deutschen Akzent erraten. Von Zeit zu Zeit schob er eine graumelierte Haarsträhne aus dem wetterfesten Gesicht, dabei fühlte sie sich gemustert. Er sah gut aus – wenn er nur nicht so einen Scheiß reden würde. Sie sagte, sie sei seit der Heirat mit ihrem portugiesischen Ehemann nicht mehr in Deutschland gewesen. Der Kapitän meinte leichthin, vielleicht sei Madame vom neuen Deutschland nicht restlos begeistert. Sie antwortete, sie interessiere sich nicht für Politik. Er neigte sich unmerklich zu ihr und sagte, nur für sie hörbar, wir werden die Nazis nicht machen lassen, verlassen Sie sich darauf. Sie nickte freundlich. Eine Weile sprach er mit anderen Tischnachbarn. Vor der Nachspeise brachte er einen Trinkspruch auf den Frieden aus. À la paix, sagte am unteren Ende des Tisches ein fetter Herr mit deutschem Akzent, unser Führer ist ein Mann des Friedens. Bei der Nachspeise wandte sich der Kapitän wieder ihr zu. Vous êtes très sportive, madame. Unwillkürlich blickte sie auf ihre Oberarme. Unterhalb der kurzen Ärmel des Abendkleids waren die Muskeln zu sehen. Der Kapitän sagte, er habe von der Brücke aus zugeschaut, wie sie auf dem Promenadendeck ihre Runden lief. Sie sei in der Schule eine gute Turnerin gewesen, sagte sie, davon sei ihr das Bedürfnis geblieben, regelmäßig Sport zu treiben. Während seine Gäste noch Kaffee tranken und rauchten, erhob sich der Kapitän und bat, ihn zu entschuldigen, die Pflicht rufe. Später, in der Kabine, sagte sie zu Prestes, sie müssten aufpassen, dem Kapitän entgehe kaum etwas. Sie frage sich, wieso er sie habe wissen lassen, dass er Antifaschist sei. Während des ganzen Diners sei sie sich lächerlich vorgekommen, wie in einem Kolportageroman, wo der Geheimagent sich dadurch verrate, dass er für die Jakobsmuschel die falsche Gabel benutze. Zum Glück gab es keine Jakobsmuscheln, sagte Prestes. Sie lachte. Seine etwas linkische Leichtigkeit, nach Wochen, in denen er ihr unverändert mit höflicher Distanz begegnet war, machte sie neugierig.

Sie fragte ihn, ob der Begriff Bewegungskrieg der Taktik der Kolonne wirklich angemessen sei. Die Konzepte Bewegungskrieg und Stellungskrieg schlössen die Vorstellung ein, dass um die Besetzung und den Besitz eines Territoriums gekämpft werde. Das sei aber, verstehe sie seinen Bericht richtig, nie das Ziel der Kolonne gewesen.

Die Strategie der Kolonne spiegelte die Lebensform der Gaúchos aus Prestes' Kindheit wider. Die Viehhirten des Südens erledigten alles vom Pferderücken aus und achteten gering, was sich nicht von dort erledigen ließ. Sie fischten und

schöpften Wasser vom Pferderücken aus; um Mörtel herzustellen, ritten sie ihre Pferde auf matschigem Boden hin und
her; sie jagten und kämpften vom Pferderücken aus. Bei ihren
Scharmützeln ritten kleine Trupps laut schreiend und aus Kara-
binern und Pistolen schießend aufeinander los, es gab ein, zwei
Tote oder Verletzte. Meist ließen sie nach kurzer Zeit voneinander ab, um den Waffengang ein anderes Mal fortzusetzen.
Die siegreiche Partei plünderte die gegnerischen Toten aus und
schnitt den Verwundeten die Kehlen durch. Abnutzungskriege,
statt Entscheidungsschlachten. Eine Kampfesweise, bei der
die Pferde wichtiger waren als die Waffen – den Strategien der
großen europäischen Armeen genau entgegengesetzt, die nach
dem Ersten Weltkrieg an der Militärschule in Realengo bei Rio
de Janeiro gelehrt wurden, wo der junge Kadett Luiz Carlos
Prestes den Offizierskurs als Klassenerster abgeschlossen hatte.
Wenige Jahre später, als Anführer der revoltierenden Einheiten,
übertrug er die bewegliche Kampfesweise der kleinen Gaúcho-
trupps auf die tausendfünfhundert Mann seiner Kolonne. Die
brasilianischen Regierungstruppen gruben sich, wie sie es gelernt hatten, beim ersten Kontakt mit den Rebellen ein, sie bauten Wälle, hinter denen sie ihre schweren Geschütze in Stellung
bringen konnten. Die Kolonne umging diese Stellungen, sie
vermied alle heroischen Angriffe auf den zahlenmäßig überlegenen Feind. Ihre Unbesiegbarkeit beruhte auf der Taktik des
Ausweichens und des Rückzugs. Erst wenn die Regierungstruppen sich zum Weitermarsch entschlossen hatten, wurden sie
vom beweglichen Feind in Scharmützel verwickelt, bei denen
jedesmal einige Regierungssoldaten mit aufgeschlitzten Kehlen
auf dem Kampfplatz zurückblieben. (Ja, sagte Prestes auf ihre
Frage, wir haben ihnen die Kehle durchgeschnitten. Sie taten
mit unseren Verwundeten das gleiche.) Die Offiziere der Regierungstruppen hielten es für unmöglich, dass ein Kontingent
von der Größe der Kolonne Prestes mit dieser Partisanentaktik
Erfolg haben könnte. Aber es gelang ihnen nicht, die Kolonne
zu besiegen.
Trotzdem haben sie euch schließlich über die Grenze nach
Bolivien getrieben. Nicht die Regierungstruppen haben das geschafft, sagte Prestes, sondern die Jagunços. Die Banditen ge-

hören zum Sertão wie die Trockenheit. Ohne Trockenheit keine Banditen. Die Trockenheit des Sertão ist wie keine andere Trockenheit. Der Sertão ist geschlagen mit der Ironie des Klimas. Im Norden grenzt er an den Regenwald der Amazonasebene, die wasserreichste Landschaft der Erde. Noch die nördlichen Gebiete der Bundesstaaten Maranhão, Piauí und Ceará ertrinken oft wochenlang im Regen. In ihrem Süden aber beginnt der Sertão, eine endlose Ödnis, die sich unter einem blauschwarzen Himmel bis nach Minas Gerais hinzieht. Graubraune von der Sonne gebackene Erde. Sand und Steinwüste, unterbrochen von Tafelbergen und ausgetrockneten Flussbetten. Das Dorngestrüpp der Caatinga, an dem sich das verhungernde Vieh das Maul blutig beißt. Kleinwüchsige, verkrüppelte Bäume, die keinen Schatten spenden. Schlangen: die Jaracuçu, die Cabeça Platona, die Pico de Jaca. Kakteen, Tierknochen. Alles von einer Staubschicht bedeckt. Der Staub ist überall. Bei jedem Tritt schweben Wolken auf, bleiben in der Luft hängen, nachdem der Mensch oder das Tier, das sie aufgewirbelt hat, lange verschwunden sind. An allem herrscht im Sertão Mangel, nur nicht an Staub. Er dringt unter die Kleider, in Augen, Nase, Mund, Ohren. Und der Staub ist noch das wenigste. Das Leben der Sertanejos ist ein Warten auf die Katastrophe. Wenn es neun oder zehn Monate lang nicht geregnet hat und die Temperatur Tag für Tag auf fünfunddreißig, vierzig Grad steigt, ist für die Menschen im Sertão die Zeit gekommen. Wie ihre Vorgänger müssen auch sie die Hütten verlassen, in denen sie sich Monate, vielleicht auch einige Jahre aufgehalten haben. Aber wohin sollen sie gehen? Das fruchtbare, regenreiche Land nördlich, südlich, westlich und östlich des Sertão ist verteilt, es gibt Latifundien, deren Ausdehnung die Vorstellungskraft übersteigt. Also bleiben sie. Ein weiterer Monat vergeht, dann stirbt die einzige Kuh, die Wasservorräte gehen zur Neige. Auch die Kräfte der Menschen gehen zur Neige. Aber mit jedem Tag, an dem es nicht regnet, steigt die Wahrscheinlichkeit, dass es regnen wird. Noch ein oder zwei Wochen, dann sind auch die beiden Ziegen und der Hund tot. Der Säugling stirbt. Wenn sie ihn begraben haben, beschließen sie wegzugehen. Weil sie aber seit Wochen kaum etwas gegessen und seit Tagen fast nichts getrunken haben, sind sie zu schwach. Sie sterben. Diejenigen, die noch Kraft genug haben, machen sich auf den Weg in den Süden. Zu essen haben sie nichts mehr. Eine Wolke von Gestank umgibt sie, weil ihre ausgemergelten Körper das eigene Gewebe zu verzehren beginnen. Endlich erreichen sie, nachdem sie unterwegs noch ein Töchterlein oder ein Söhnchen (Prestes benutzte die Verkleinerungsformen) begraben und die Großmutter inmitten einer Ansammlung von Erschöpften und Sterbenden zurückgelassen haben, den Oberlauf des São Francisco. Von hier aus gelangen die Glücklichsten mit dem Schiff und später mit der Eisenbahn bis in die Metropolen von Rio und São Paulo. Dort füllen sie die Favelas. Arbeit finden sie nicht, es gibt schon zu viele ihresgleichen. Von denen aber, die im Sertão geblieben sind, überleben einige entgegen aller Wahrscheinlichkeit die Dürre, und endlich setzt der Regen ein, und die Ödnis wird für einige Wochen grün und fruchtbar. Dann erscheint früher oder später einer, der sich für den wirklichen Besitzer dieses Landstrichs ausgibt. Er bringt ein paar Jagunços mit und gibt den Bewohnern zu verstehen, dass, wer das Land nicht sofort verlässt, von seinen Totschlägern umgebracht wird. Und so gehen sie weg, denn immer schon gehört das Land einem anderen, der stärker ist als sie, das ist ein Naturgesetz wie die Trockenheit. Diese aber machen sich nicht auf den Weg in den Süden, in die großen Städte. Sie bleiben im Sertão, gehen vielleicht nur bis zum Rio São Francisco, dem sagenhaften Strom, fast so lang wie die Wolga. In seiner fruchtbaren Uferzone, wo die Babaçú- und Carnaúbapalmen ihre Schatten werfen, bestellen sie ein kleines Anwesen, bis die Malaria, die am feuchten Flussufer gedeiht, sie ermattet, oder bis der Regen kommt und mit ihm die Überschwemmung, die alles zudeckt, das fruchtbare Land wie das unfruchtbare, und Palmen, Vieh und Menschen mit sich reißt. Dann vielleicht machen sie sich auf die Suche nach einem Beato oder einer Beata, denn auch Frauen gibt es unter den Erleuchteten, den charismatischen Führern, Wichtigtuern und wirren Fanatikern, die mit ihren Gefolgschaften Ausgemergelter betend und hungernd den Sertão durchstreifen, oder an unzugänglichen Orten mit ihren Kommunen auf das Jüngste Gericht warten, das nahe ist. Sie weihen ihr Leben dem Gott, der sie vergessen hat, und werden auch von der Erde, mit der sie zeit ihres Lebens nur leicht verbunden waren, bald vergessen. Oder sie gehen ein ins Gedächtnis des Sertão, weil sie sich der herrschenden Ordnung, die für sie nur eine große Unordnung ist, widersetzt haben und untergegangen sind in einem Fanal, wie jene Tausende, die am Ende des neunzehnten Jahrhunderts dem Mystiker Antônio Conselheiro nach Canudos gefolgt sind und von der brasilianischen Armee abgeschlachtet wurden. Einige der Männer aber halten sich bei den Beatos nicht auf, sondern gehen tief in die unwegsame Caatinga hinein, bis sie auf Banden von Jagunços oder Cangaceiros stoßen, denen sie sich anschließen. Jetzt sind sie Banditen. Sie stehlen, morden und vergewaltigen, meist ihresgleichen, denn andere als ihresgleichen gibt es im Sertão kaum, und eines Tages werden sie vielleicht so berüchtigt und gefürchtet sein wie Lampião.

Sie fühlte, wie sie den Boden unter den Füßen verlor. Eine Lektion in Strategie hatte sie erwartet, Einsichten in die Taktik des Partisanenkampfes, von einem genialen Offizier, der die reguläre Armee seines Landes mehr als zwei Jahre lang ausmanövriert hatte. Sie und Prestes hatten eine Aktion vor, die nur mit nüchterner Rationalität zum Erfolg geführt werden konnte. Und er, der Stratege dieser Aktion, führte sie mit jedem seiner Sätze tiefer in die Region der Alpträume und Halluzinationen. Sie zwang sich zur Vernunft, sagte, es scheine ihr zweifelhaft, dass die Armut und der Hunger im Sertão mit dem Klima ausreichend erklärt seien, mit einem Umstand also, der nicht zu ändern sei, unerforschliches, gottgewolltes Schicksal und so weiter. Prestes antwortete, das Wissen über die Geographie und das Klima genügten in der Tat nicht, um den Pauperismus des Nordostens zu verstehen, dennoch sei dieses Wissen nötig. Natürlich müsse, wer eine Änderung der Verhältnisse im Sertão wolle, zuallererst die Änderung der Besitzverhältnisse wollen, das sei es doch, woran sie denke. Aber diese Einsicht bleibe abstrakt, wenn man sich nicht einlasse auf die Wirklichkeit Brasiliens, die schwierig sei und die zu kennen Anstrengung verlange. Tu as raison, sagte sie nach einem kurzen Schweigen, je suis toujours impatiente. Ich will immer gleich die Handlungen. Aber ich will auch, dass du mir von Brasilien erzählst.

Hast du nicht gemerkt, wie gebannt ich dir zuhöre? Die Frage schien ihn verlegen zu machen. Noch nie hatte sie einen Mann so wenig verstanden.

Alles ist im Sertão auf den Kopf gestellt. Der Tod geht dem Leben voraus, die Kinder sterben vor den Eltern, die Armen bestehlen und ermorden die Armen. Die Banditen freunden sich mit den Großgrundbesitzern an, die sie zu Banditen gemacht haben, und kämpfen gegen die, die ihnen einen Weg zeigen könnten aus der Hoffnungslosigkeit. Dafür müsse es Erklärungen geben, meinte Olga Benario, hartnäckig festhaltend an den Spuren des Vertrauten und der Vernunft in seiner Schilderung. Es entzieht sich der Logik, sagte Prestes, jedenfalls einer idealistisch mit Begriffen und Abstraktionen arbeitenden Logik. Selbst der Marxsche Materialismusbegriff ist für eine solche Existenzweise zu eng. Die Logik der Sertanejos ist reduziert auf die Logik der Materie selbst: die Logik der Geographie, der Botanik und Zoologie, die Logik des Klimas, vor allem des Klimas. Die Materie tritt im Sertão gleichsam unverhüllt auf. Auch die Menschen sind eine nur wenig differenzierte Form von Materie. Sie können weder lesen noch schreiben, sie können kaum sprechen. Manche geben ihren Kindern in den ersten Lebensjahren keine Namen, die Namen erscheinen ihnen als Verschwendung. Die Sertanejos verbringen den Tag damit, das Essen zu beschaffen, das sie an diesem Tag verzehren werden. Viel mehr über ihr Leben zu sagen wäre eine Übertreibung. Sie misstrauen jedem, der bewaffnet in ihr Territorium eindringt, und jeder, der in ihr Territorium eindringt, ist bewaffnet: die Polizei, die Armee und die Jagunços, also sie selbst – denn die Sertanejos sind Jagunços und die Jagunços Sertanejos, das ist nur eine Frage des Blickpunkts. Oder des Zeitpunkts. Unsere Kolonne ist mit mehr als tausend Bewaffneten in ihr Territorium eingebrochen. Da brauchten wir ihnen über unsere Pläne und Ziele nichts zu erzählen. Wir haben ihnen ihre Ziegen oder Kühe weggenommen, jedenfalls wenn sie mehr als eine hatten, wir waren selbst am Verhungern. Auf ihre Weise haben sie schließlich über uns gesiegt, denn sie kämpften wie wir und nicht wie die regulären Truppen. Sie haben uns wochenlang verfolgt, in kleinen Gruppen, zu Pferd und zu Fuß, durch die Caatinga, über die

Chapada Diamantina, durch jedes Terrain. Aus dem Hinterhalt haben sie auf unsere Patrouillen der Vorhut oder der Nachhut oder auf verwundete Nachzügler geschossen und sind gleich wieder verschwunden. Sie haben sich kaum Zeit genommen, den Verwundeten die Kehle durchzuschneiden. So verloren wir alle paar Tage ein oder zwei Mann. Nicht der Rede wert, verglichen mit europäischen Kriegen, mit dem Stellungskrieg vor Verdun. Die Jagunços ertrugen Hunger und Durst wie wir, sie litten an Malaria wie wir. Sie waren weder feige noch tapfer, sie haben uns nicht einmal gehasst, jedenfalls nicht mit diesem kalten, rationalen Hass der Offiziere der regulären Armee, die ein System verteidigen. Die Jagunços verteidigen nichts. Ihre Ehre vielleicht. Nichts, wofür zu sterben sich lohnt. Aber etwas Unbesiegbares ging von ihnen aus, sogar von ihren Toten. Ja, sie haben uns besiegt.

Sie stand im Mantel an der Reling. Darunter trug sie das leichte Turnerkostüm. Sie hatte vorgehabt, auf dem Deck ihre Runden zu laufen, aber ihre Gedanken waren so verworren, dass sie den Lauf nach einer Runde abgebrochen hatte. War sie dabei, die Kontrolle über ihr Handeln zu verlieren? Während der Ausbildung, an den Instituten der sowjetischen Abwehr, hatte sie gelernt, die eigenen Unklarheiten, Schwächen und Fehler mit den Genossinnen und Genossen zu besprechen. Einige hatten es als peinlich empfunden, über ihre Liebesbeziehungen öffentlich Rechenschaft abzulegen. Aber wenn es um die Aktion ging, wenn das Leben davon abhing, konnte es keinen privaten Bereich geben. Bei den Aussprachen war es hin und wieder zu Ausbrüchen der Wut oder der Eifersucht gekommen, auch zu Tränen. Das hatte zu Klärungen geführt, welche die Arbeit des Kollektivs erleichterten, und sei es nur, weil alle wussten, woran sie waren. Woran war sie? Prestes hatte sie verführt. Das war lachhaft. Aber da sie den Gedanken seit heute früh nicht loswurde, hatte sie ihm nachzugehen. Prestes, der noch nie mit einer Frau geschlafen hatte, der keine Ahnung davon hatte, was ihr Körper begehrte, was sein eigener Körper begehrte. Nachher hatte er sich bei ihr entschuldigt, weil der Vorgang so offensichtlich unbefriedigend verlaufen war (die Entschuldigung war ihr in unerwarteter Weise nicht unangenehm gewesen). Prestes hatte sie verführt, sie, die nicht hätte sagen können, mit wie vielen Männern sie schon zusammen gewesen war, die sich nicht erinnerte, wann sie zum erstenmal mit einem Mann geschlafen hatte, und die dem Zeitpunkt, wo sie mit Prestes schlafen würde, gleichgültig entgegengesehen hatte. Und er ein siebenunddreißigjähriger – was? Ein Jungmann? Die Sprache hatte dafür keinen Ausdruck, als sei die Sache selbst in der Natur nicht vorgesehen. Jungfrauen dagegen sind in jedem Alter vorstellbar. Aber nicht von mir. Für Frauen soll die Enthaltsamkeit leichter sein? Was machte einen wie ihn zum Asketen im Geschlechtlichen? Die ständige Gegenwart der Mutter und der vier Schwestern, die ihn anhimmelten? Die Askese des Soldatischen? Prestes der Asket hat mich verführt. Vielleicht geschah es, als sie es später noch einmal taten, als er sich ihr überließ und sie seinen Körper erkundete, alles war klein, dicht, fest, auch seine Füße, klein und weiß; oder als er nachher ihren Körper betrachtete, so, wie er die unerforschten Gebiete Brasiliens studiert haben mochte, durch die er mit seiner Kolonne gezogen war: neugierig und aufmerksam. Oder hatte er sie gar nicht im Bett verführt, sondern schon vorher, als er ihr von der Kolonne erzählte? Sein Bericht hatte sie mit einer Heftigkeit ergriffen, die sie sonst nur von Handlungen kannte, vom ersten Fallschirmabsprung, vom ersten Alleinflug, von Augenblicken unmittelbarer Gefahr. Seit den Märchen und Sagen der Kindheit hatte keine Geschichte sie auf vergleichbare Weise in ihren Bann gezogen. Und sowenig wie damals hätte sie sagen können, wovon die Wirkung solchen Erzählens ausging, von dem sie wünschte, dass es nie an ein Ende kommen möge. Sie war nicht einmal sicher, ob die Wirkung von der Erzählung ausging oder vom Erzähler. Während Prestes sprach, hatte sie den Blick nicht abwenden können von seinem starken, dabei zierlichen Gesicht und seinen vollen Lippen. Sie war überzeugt, dass niemand seinen Bericht so wie sie verstand, er war für sie allein bestimmt. Und auch Prestes, der die Geschichte der Kolonne schon hundertmal erzählt hatte, bei Feierlichkeiten und auf Empfängen, in Fabriken, Kolchosen und Militärschulen, vor Journalisten und Radiomikrophonen, schien es, als ob er sie jetzt, auf der *Paris*, in der Gegenwart dieser Genossin, zum erstenmal erzählte.

Die Umwandlung der brasilianischen Monarchie in eine Republik, achtzehnhundertneunundachtzig, war eine Veränderung an der Fassade. Dahinter blieb alles beim alten. Eine kleine Zahl von Oligarchen aus dem Süden, aus Rio Grande do Sul, São Paulo und Minas Gerais, regierte ein Land, das größer war als die Vereinigten Staaten. Die neue Staatsform hatte Brasilien nicht die Demokratie gebracht, und sie schuf kaum Institutionen, die der kleinen, aber wachsenden Mittelklasse europäischer Einwanderer ein Aufsteigen in die Regionen der Macht ermöglicht hätten. Unterhalb dieser Schicht aber befand sich die Masse der Bevölkerung, sie blieb nicht nur für die Oligarchie, sondern auch für die weiße Mittelklasse unsichtbar. Die Neger, die Mestizen, Caboclos, die Sertanejos und die Ureinwohner des Regenwalds lebten, Hunderte oder Tausende von Kilometern von den Zentren der Macht und des Wohlstands entfernt, im Norden des Landes, zum Äquator hin, in einem endlosen Raum, wo zuviel oder zuwenig Wasser, zuviel Hitze, zu viele Krankheiten, zuviel Hunger, zu viele Schulden und zuwenig Wissen den Menschen keine Chancen ließen. Nicht unter diesen Elenden allerdings, sondern im Süden, unter den Söhnen der aus Italien, Deutschland, Spanien und Portugal eingewanderten Arbeiterinnen und Handwerker, die man in Militärschulen gesteckt hatte, die einzigen Institutionen, in denen eine Ausbildung ohne Geld zu haben war, wuchsen Widerwille und Aufruhr. Junge Tenentes, Leutnants, wie Prestes einer war, Grünschnäbel, geübt im Kommandieren einfacher Soldaten, aber ohne jede Aussicht auf höhere militärische Positionen, auf Oberst- und Generalsränge, die mit den Söhnen der Kaffeeproduzenten und Viehbarone besetzt wurden, begannen zu rebellieren. Darauf hatte die Militärschule sie vorbereitet, sie waren ausgebildet im Umgang mit Waffen, sie hatten Kenntnisse in Strategie und Taktik, und sie waren erfüllt von dem Gedanken, dass Mut die höchste Soldatentugend sei.

Sie hatten Mut, sagte Prestes, ich gebe dir ein Beispiel. Zwei Jahre vor Beginn des Marsches der Kolonne erhob sich die Garnison im Fort Copacabana in Rio de Janeiro. Es sollte das Zeichen sein für einen allgemeinen Aufstand, der die alte Ordnung hinwegfegen würde. Das Jahr neunzehnhundertzweiundzwanzig war bereits reich an Signalen, dass es mit der ersten Republik, diesem Staatsgebilde der Kaffeebarone und Großgrundbesitzer, zu Ende ging. Im Februar war auf der Woche der Modernen Kunst in São Paulo der Bruch mit dem kulturellen Kolonialismus, mit allem Traditionellen, Europäischen schrill verkündet worden. Wenige Wochen später wurde die Kommunistische Partei gegründet. Nun also, im Juli, der Aufstand der Tenentes. Wie die Ästheten und die Kommunisten, so wollten auch die jungen Leutnants die bestehenden Strukturen zerschlagen. Wenn ihr Aufstand auch schlecht ausging, hat er sich doch in das kollektive Gedächtnis des brasilianischen Volkes eingegraben. Die Mehrzahl der militärischen Einheiten Rios war von Anfang an gegen den Aufstand, nicht einmal die Offiziersaspiranten der Militärschule in Realengo unterstützten ihre aufständischen Kameraden. Der Wortführer der Offiziersaspiranten, der junge Oberleutnant Luiz Carlos Prestes, lag mit Typhus in der Arbeitervorstadt Méier im Bett, umsorgt von der Mutter und den vier Schwestern. So konnten regierungstreue Truppen das Gelände um das aufrührerische Fort ohne weiteres besetzen, von dem in westlicher Richtung der Strand von Ipanema und in einem weiten, nordöstlichen Bogen der Strand von Copacabana wegführen. Am anderen Morgen ergaben sich die meisten Meuterer. Im Fort blieben siebzehn Mann zurück, unter der Führung des vierundzwanzigjährigen Leutnants Antônio de Siqueira Campos. Der junge Offizier wies das Ansinnen der Regierungstruppen zurück, sich ebenfalls zu ergeben. Er befahl, die brasilianische Fahne einzuholen, und schnitt sie in achtzehn Stücke, die er an seine Soldaten und Offiziere verteilte. Nachmittags um zwei Uhr verließ das kleine Detachement, mit Gewehren und Pistolen bewaffnet, unter den Augen der Regierungstruppen das Fort. Sie wandten sich nach rechts zur Avenida Atlântica, dem breiten, von Palmen flankierten Boulevard, der sich zwischen dem Strand von Copacabana und der langen Häuserfront aus Hotels, Apartmenthäusern, Restaurants und eleganten Geschäften hinzieht. Das Wetter war angenehm, der Strand belebt, trotz des um diese Jahreszeit noch kühlen Wassers. Vorbei an Fahrzeugen und Fuhrwerken, an Ständen mit Kokosnüssen, neben denen Badegäste unter

Sonnenschirmen Kokosnussmilch nippten, marschierten die Rebellen den Boulevard entlang, beobachtet von den Regierungstruppen, die vor der Hotelfront in Stellung gegangen waren. Cariocas, die ihr Leben schwatzend und sonnenbadend am Strand verbrachten, erhoben sich aus den Liegestühlen oder unterbrachen ihr Volleyballspiel und traten an die breite Avenida. Neugierige Flanierer folgten dem Rebellendetachement. Von den Balkons der Hotels, wo sie unter Markisen an kleinen Tischen Caipirinha schlürften, blickten Touristen auf sie herunter. Sie marschierten in offener Formation, einige auf dem Gehsteig, die übrigen auf der Straße, schwitzend in ihren Uniformen und unter dem Gewicht der Waffen. Beim Hotel Londres machten sie Halt und tranken die mitgebrachten Feldflaschen leer. Gebt auf, sagten die Leute entlang der Avenida Atlântica, ihr spinnt. Einer der Meuterer verschwand zwischen den Gaffern, dann noch einer. Nur weiter, sagten andere, zeigt es ihnen. Sie waren noch fünfzehn, als ihnen bei der Rua Barroso – die Straße heißt längst Rua Siqueira Campos – Regierungstruppen den Weg versperrten. Gebt auf, sagten die Offiziere der Regierungstruppen. Auf keinen Fall, antworteten die Rebellen. Angeführt von Siqueira Campos nahm der Trupp den Marsch in Richtung auf den mehrere Kilometer entfernten Regierungspalast wieder auf. Da fiel ein Schuss, die Rebellen suchten Deckung, die Gaffer liefen auseinander, einer der Rebellensoldaten lag verblutend auf der Kreuzung. Es kam zu einem längeren Schusswechsel, dann wurde den Regierungstruppen eine weiße Flagge gezeigt. Als die sich vorsichtig aus der Deckung erhoben, begannen die Aufständischen zu schießen. Ein Missverständnis? Mehrere Regierungssoldaten sackten sterbend auf die Flanierstraße. Es folgte ein immer wieder von längeren Pausen unterbrochener Schusswechsel. Nach mehr als einer Stunde stellten die Rebellen das Feuer ein, ihre Munition war aufgebraucht. Abermals kamen die Regierungssoldaten vorsichtig aus ihren Stellungen, eingedenk des meuchlerischen Verhaltens der Gegner. Als der Feind sich nicht regte, stürmten sie mit aufgepflanzten Bajonetten auf die Stellungen der Rebellen am Sandstrand von Copacabana. Neun lebten noch, sie waren alle verwundet oder lagen im Sterben. Siqueira Campos, durch die Hand geschossen, gelang es, einem anstürmenden Wachtmeister in den Mund zu schießen, bevor ihm der, sterbend, mit dem Bajonett die Leber durchbohrte. Drei Rebellen sollten diesen Nachmittag überleben, einer von ihnen war Siqueira Campos. Sechs Monate lag er im Krankenhaus, zu Beginn des folgenden Jahres wurde er aus der Untersuchungshaft entlassen und floh nach Uruguay. Zwei Jahre später übernahm er das Kommando der dritten Abteilung der Kolonne Prestes.

Sie fand diese Aktion unsinnig. Puerile Romantik. Niemals die geringste Aussicht auf Erfolg. Draufgängertum ohne Sinn und Zweck. Offiziere und Mannschaften, geopfert für nichts und wieder nichts. Aus den sowjetischen Armeeschulen wäre so einer nach wenigen Tagen hinausgeflogen. Aktionismus statt revolutionäre Aktion. Hirnverbrannt. Prestes schwieg. Sie spazierten in Mäntel gehüllt auf der Steuerbordseite der *Paris* auf und ab. In der Ferne ein Frachter, Spinngewebe der Lademasten vor milchigem Horizont. Möwen, zum erstenmal, seit sie den europäischen Kontinent verlassen hatten. Nach einem Moment lächelte Olga Benario. Gut, sagte sie, sie sind Helden. Du weißt, ich finde Mut und Tapferkeit unwiderstehlich. Aber ihr Heldentum bleibt außerhalb aller gesellschaftlichen Zusammenhänge. Auch ein Autorennfahrer hat Mut. Mut ohne Klasseninhalt. Die Herrschenden sind dadurch nicht zu beunruhigen. Prestes sagte, sie beurteile das Verhalten dieser Kameraden mit den Maßstäben einer kommunistischen Revolutionärin. Siqueira Campos und auch er selbst hätten damals vom Marxismus nichts gewusst. Erst der Marsch habe einige unter ihnen zu Sozialisten gemacht. Andere hätten später Vargas unterstützt. Wie Siqueira Campos sich zu Vargas verhalten hätte, könne man nicht wissen, drei Jahre nach dem Ende des Marsches sei er bei einem Flugzeugabsturz ums Leben gekommen. Da war er bereits eine Legende. Sein Heldentum am Strand von Copacabana, das ohne politisches Programm gewesen schien, wurde mit Klasseninhalten gefüllt. Die Oberen priesen seinen Mut als Beispiel für die soldatische Tugend, die sie bei der Verteidigung ihrer Interessen von der Armee erwarteten. Für die Massen trug Siqueira Campos' Aktion dagegen ihren Sinn in sich selbst. Nein sagen im Angesicht eines überlegenen Feindes.

Den Tod nicht fürchten. Die Mächtigen daran erinnern, dass ihre Macht nicht ewig dauert. Über den Sinn eines Heldentums wie das von Siqueira Campos, sagte Prestes, habe er in den vergangenen Jahren oft nachgedacht. Auch wenn es den Massen keinen Weg weise, könne es ihnen Mut machen. Und Mut sei nötig für die große Mehrheit der Einwohner Brasiliens, die sich vom Leben kaum mehr erhofften, als den Tag zu überdauern.

Warum erzählte er ihr Dinge, gegen die die Vernunft sich sperrte? Was war das überhaupt für ein Marxist, der solche Geschichten erzählte? Was wussten Manuilski und Pjatnitzki wirklich über Prestes? Was wussten sie über Brasilien? Will er mich auf eine andere Wirklichkeit vorbereiten? Das Klima, die Banditen, der Fanatismus. Nicht vertrauter wird mir das Land durch seine Berichte, sondern fremder. Und doch sind es die gleichen Kämpfe. Worin unterscheidet sich ein Fazendeiro von einem Kulaken? Oder ein Sertanejo von einem Bauern aus der Ukraine? Ausbeuter und Ausgebeutete. Die Geschichte aller bisherigen Gesellschaft. Klassenkämpfe, hier wie dort. Bis zum Sieg des Vernünftigen. Nein, Prestes ist kein Spinner.

Ihre Eingeweide verknoteten sich im Brausen der Schiffssirene. Langsam glitt die *Paris* an der Freiheitsstatue vorüber und fuhr in den Hudson ein. Wall Street, die Hochhäuser der Hochfinanz. Dann die ersten Kais. Lagerhäuser, Kräne, Hallen, Schuppen, Gleisanlagen, Straßen, Automobile, Busse, Menschen. In der Ferne Wolkenkratzer. Manhattan. Auf der Höhe der fünfzehnten Straße drehte der Dampfer langsam bei. Auf der Steuerbordseite wurden Fender herabgelassen, die *Paris* glitt an ihren Liegeplatz. Matrosen warfen Schnurbälle auf den Kai, Taue klatschten ins Wasser, Hafenarbeiter holten sie ein. Der Lärm der Schiffsmotoren verebbte. In der Stille ertönten silberhelle Knabenstimmen. *Alle Vögel sind schon da.* Sie drängte sich durch die Passagiere, die gegen die Reling pressten, und überquerte das leere Promenadendeck. *Alle Vögel, alle.* Auf der Backbordseite lag mit rauchenden Schornsteinen die *Stuttgart* des Norddeutschen Lloyds. Dahinter auf dem Kai eine winkende Menschenmenge, blitzende Fotoapparate. *Amsel Drossel Fink und Star.* Auf dem Vorderdeck der *Stuttgart*, in drei Reihen vor dem Funkmast gruppiert, in dunklen Män-

teln und mit Borten verzierten blauen Mützen, die sechsund-
sechzig Knaben und jungen Männer des Dresdner Kreuzchors.
Und die ganze Vogelschar. Drei Jahre nach dieser Reise würde
die *Stuttgart* zu einem Kraft-durch-Freude-Dampfer umgebaut
werden. Ein weiteres Jahr (die meisten jener Chorknaben waren nun Männer und dienten in der Wehrmacht) – und aus der
Stuttgart würde ein Lazarettschiff. *Wünschen dir ein frohes
Jahr.* Am neunten Oktober neunzehnhundertdreiundvierzig,
während des ersten alliierten Bombenangriffs auf Gdingen,
polnisch Gdynia, unter den Nazis Gotenhafen, würde das mit
Verwundeten überfüllte Schiff von Explosivbomben getroffen
werden. Schlepper würden die vom Bug bis zum Heck lodernde
Stuttgart auf das offene Meer hinaus ziehen, wo sie mit allen
Verwundeten und Toten untergehen würde. *Lauter Heil und
Segen.*

9

Der Tunnel war zu Ende. Gleißendes Licht schloss Olga Benario die Augen. Schatten huschten vorüber, Stangen, Masten,
Brückenstreben, dann Lagerschuppen, Hochkamine, Fabrik-
gebäude, Kräne, Kanäle, Öltanks, Autofriedhöfe, Müllhalden,
Brachland. Schilf, ein Sumpf, darin stakste mit vorgestrecktem
Schnabel ein weißer Reiher. Die Wolkenkratzer von Manhattan
verblichen im milden Licht des leichten Nachmittags. Der *Florida Special* der Atlantic Coast Line gewann an Geschwindigkeit, durchfuhr flaches Land. Vertrauter Rhythmus der Räder,
die gegen die Schienenfugen schlugen, tadägg tadagg, tadägg
tadagg. Prestes saß steif, sein Rücken berührte kaum das Polster. Ich wette, dass du nicht bis Miami so sitzen kannst, sagte
sie. Er lachte, lehnte sich zurück. Die Zeit, sagte er, wir haben
wenig Zeit. Die Lage verändert sich zu schnell. Er nahm die

zerknitterte Zeitung neben sich auf dem Polster. Special Cable to The New York Times. Rio de Janeiro, Saturday, March 30, 1935. Im Theater João Caetano in Rio fand gestern die konstituierende Versammlung der brasilianischen Nationalen Befreiungsfront ANL (Aliança Nacional Libertadora) statt. In der Abschlussproklamation wurden die Annullierung der brasilianischen Auslandsschulden, die Nationalisierung ausländischer Unternehmen, die Enteignung der Latifundien und ihre Aufteilung unter die Landlosen, die Anerkennung der bürgerlichen Rechte und die Gründung einer Volksregierung gefordert. Die Versammlung wählte den abwesenden Luiz Carlos Prestes zum Ehrenpräsidenten. Der Bericht schloss mit den Worten: Sollte Prestes allerdings in seine Heimat zurückkehren, würde er von der Regierung Vargas als Deserteur verhaftet. Du hast recht gehabt, sagte sie, als du in Paris auf die Weiterreise gedrängt hast. Die Dinge entwickeln sich unkontrolliert. Das Programm der ANL ist konfus. Reformistisch statt revolutionär. Sie tippte mit dem Finger auf die Zeitung: Was heißt Nationalisierung? Die ausländischen Kapitalisten durch brasilianische ersetzen? Die Latifundien unter die Landlosen aufteilen? Ein Rückschritt, im Vergleich zu unseren Kolchosen und Sowchosen. Und was ist mit den bürgerlichen Rechten? Wollen sie eine formale Demokratie oder eine wirkliche, sozialistische? Prestes sagte, er stimme mit der Genossin überein, es sei ein bürgerlich-demokratisches Programm. Er frage sich, ob die Partei unter diesen Umständen die Führung der Bewegung übernehmen solle. Über diese Frage bestehe, wie sie wisse, zwischen Dimitroff und Manuilski keine Einigkeit. In Frankreich laufe die Entwicklung auf eine Volksfront zu. Die Kommunisten begnügten sich mit einer Minderheitsbeteiligung, und die Komintern signalisiere Einverständnis. Wahrscheinlich sei es taktisch geschickt, auch in Brasilien die Volksfronttendenz zu verstärken. Niemand werde sagen können, die ANL sei von der Komintern gesteuert. Sie blickte auf seine schön geschwungenen Lippen. Warum hatte er sie eben Genossin genannt? Seit sie Moskau verlassen hatten, verwendete er die formelhafte Anrede nicht mehr. Wollte er ihr zeigen, dass er sie als Gesprächspartnerin ernst nahm? Oder klang Ironie mit, du sprichst wie eine scharfe Funktio-

närin. Da war er bei ihr an der Falschen. Du bist naiv, sagte
sie. Sie werden das Programm der Allianz so oder so als unbrasilianisch, als sowjetischen Bolschewismus darstellen und
uns, sollten wir ihnen in die Hände fallen, als Puppen, die tanzen, wenn die Moskauer an den Schnüren ziehen. Ich habe in
längeren Zeitläuften gedacht, entgegnete Prestes. Das Elend
der Landlosen, der Sertão-Bewohner, der Caboclos am Amazonas, der Schwarzen, Mestizen, Mulatten und ihrer Frauen
und Kinder in den Staaten des Nordostens und in den Favelas
der südlichen Metropolen widerlegt jeden Tag die Behauptung
der brasilianischen Presse, die Revolution werde dem Land von
außen aufgezwungen. Der Kapitalismus, fügte er hinzu, dessen
Hauptstadt wir eben kennengelernt haben, gilt diesen Leuten
natürlich nicht als unbrasilianisch.

Olga Benarios erster Eindruck von Manhattan, hervorgerufen durch das rationale Gehabe der Wolkenkratzer und das
geometrische Muster der Straßen, hatte sich als Täuschung erwiesen. Sie war, stellte sie bald fest, ins Zentrum der großen
Unordnung geraten. Alles war hier undurchschaubar, sogar die
Luft. Zwei Tage lang hing eine Dunstglocke über der Stadt, die
sich auch in der kräftigen Frühlingssonne nicht auflöste. Von
Westen, über den Hudson, drängten dunkle Wolken gegen Manhattan, in den Straßen herrschte Zwielicht, die Kleider waren
am Abend von feinem Staub bedeckt. Als sie Prestes mit dem
Finger über die Wange fuhr, entstand ein heller Streifen. Der
Staub, so erfuhren sie aus den Zeitungen, war von weit her gekommen, von den Prärien des Westens, von Kansas, Oklahoma,
Texas, Neu Mexiko und Colorado. Tausend Jahre lang, durch
Sommerhitze und Schneestürme, waren jene Ebenen mit robu-
stem Präriegras bewachsen gewesen, das die Tiere nährte und
den Boden zusammenhielt, der den Menschen ein hartes Leben
ermöglichte. Dann war der Erste Weltkrieg gekommen und
mit ihm der großflächige Anbau von Weizen und eine überbor-
dende Viehzucht. Diesem Ansturm hielt der Boden nicht stand.
Seine fruchtbare Humusschicht gab er an Wind und Wetter
ab; was zurückblieb, trocknete aus und zerfiel zu Staub. Eine
Dürreperiode, die nun schon vier Jahre dauerte, hatte die Ero-
sion weiter Landstriche noch beschleunigt. Die einst fruchtbare

Erde war von einer dicken Staubschicht zugedeckt, die alles Lebendige erstickte und die Menschen ermattet und hoffnungslos zurückließ. Das Ende aber kam in der Folge von Ereignissen, die, noch vor der großen Dürre, im zweitausend Kilometer entfernten Manhattan ihren Ausgang genommen hatten. Hier waren an einem Freitag im Oktober neunzehnhundertneunundzwanzig die Börsenkurse ins Bodenlose gestürzt. Banken, Versicherungen, Fabriken mussten schließen. Zahllosen Bankfilialen im ganzen Land ging das Geld aus. Ohne Geld keine Darlehen, und ohne Darlehen konnten die Kleinbauern in der staubgewordenen Prärie den Pachtzins nicht länger zahlen. In mit verschlissenem Hausrat überladenen Lastautomobilen, zu Pferd und zu Fuß verließen Abertausende das Land, das sie selbst zerstört hatten, nach Gesetzen, die ihnen undurchschaubar waren. Zurück blieb der Staub, ein Spiel der Stürme, die über die Prärie hinwegfegten und an manchen Tagen die Kunde von diesem Drama bis nach Manhattan wehten, von wo das Unheil seinen Ausgang genommen hatte.

Die Abteiltür wurde geöffnet, der Schaffner teilte mit, in einer halben Stunde werde man Baltimore erreichen. Auf einem weiten Brückenbogen donnerte der Zug über den Susquehanna, der sich hier in die Chesapeake Bay ergoss. Die Bucht lag im Abendlicht, dahinter, gegen den Atlantik zu, war der Himmel bereits dunkel. Prestes blickte aus dem Fenster, sein ziseliertes Gesicht gab nichts preis. Mit allem geht er haushälterisch um, auch mit seinen Gefühlen. Aber mir macht er nichts vor. Prestes war in sie verliebt. Sie hatte geglaubt, alles im voraus gründlich bedacht zu haben: dass er ihr als Genosse oder Vorgesetzter oder als Bewunderung heischender Volksheld auf die Nerven gehen könnte, dass sein Körper ihr unangenehm sein könnte, dass er am Geschlechtlichen desinteressiert oder ihr im Gegenteil mit seiner Begierde lästig sein könnte. Nichts davon war eingetreten. Stattdessen hatte er sich in sie verliebt, was er noch kaum zu ahnen schien, obwohl es ein Blinder sehen konnte. Nichts in seinem Leben hatte den asketischen Mann auf diese Erfahrung vorbereitet. Er war kein junger Bursche mehr, der über der ersten geschlechtlichen Erfahrung die Welt vergisst. So begierig er war auf ihren Körper, auf ihre Umarmung, ihre

Ausdünstung, auf die Lust, die sie einander bereiteten, den Verstand hatte er nicht verloren. Oder höchstens vorübergehend. Sie war noch nie für einen Mann die erste Frau gewesen. Sie wusste nicht, wie sie sich verhalten sollte.

Stundenlang waren sie durch die Avenues und Streets von Manhattan spaziert, deren Muster sich im Greenwich Village in ein Gewirr von idyllischen baumbestandenen Straßen auflöste. Im Washington Square Park hatten sie sich neben dem niedrigen Brunnenbecken auf eine Parkbank gesetzt. Um sie herum das Treiben der jungen Leute, die in den Vorlesungspausen aus den anliegenden Instituten der New York University in den Park strömten, sich pärchenweise auf den Bänken niederließen und nach kurzem Knutschen und Kichern wieder in die Universitätsgebäude verschwanden, den Park für eine weitere Stunde den fetten Eichhörnchen überlassend und den Tauben, die Garibaldis Statue umflatterten oder sich zu den Höhen des Triumphbogens emporschwangen, auf dem die Fahne mit den achtundvierzig Sternen flatterte. Südlich der Houston Street waren sie in ein Quartier mit kleinen Manufakturbetrieben geraten. Auf offenen Karren wurden Haufen von Schuhen, Kleidern und Wäsche durch die Straßen geschoben oder auf Lastwagen verladen. Aus Kanaldeckeln stieg Dampf. Die Häuser waren hier nur wenige Stockwerke hoch, zur Straße hin zeigten sie schwere, mit Säulen verzierte gusseiserne Fassaden. Durch kahle Fenster blickten Olga Benario und Prestes in schlauchartige Räume, in denen, Ellbogen an Ellbogen, Frauen und Mädchen, manche kaum dreizehn oder vierzehn Jahre alt, an Nähmaschinen saßen oder mit Zuschneidearbeiten beschäftigt waren. Mitunter blickte eine der jungen Frauen von der Arbeit auf zu dem gut gekleideten Paar vor dem Fenster und wandte sich mit einem Lächeln oder mit ausdruckslosem Gesicht wieder der Arbeit zu. Zwischen den Häuserzeilen des Viertels öffnete sich der Blick auf die Wolkenkratzer der Geldinstitute an der Südspitze Manhattans. Auf dem Broadway gelangten sie weiter nach Süden, durchquerten Chinatown, spazierten an den Gebäuden der Stadtverwaltung vorbei und erreichten schließlich das Quartier des Fischgroßhandels. Hier ging der Arbeitstag bereits zu Ende. Männer in weißen, mit Blut und

Schuppen verschmierten Schürzen spritzten das Kopfsteinpflaster ab. Reste von Fischen, Unschlitt, Blut und Eisstücke wurden in den Rinnstein geschwemmt und verschwanden in einem Wirbel schmutzigen Wassers in der Kanalisation. Sie traten an die Kaimauer und blickten über den East River auf die Hafenanlagen von Brooklyn, wo reger Betrieb herrschte.

Später fuhren sie mit einem Taxi zurück ins Hotel, am Abend sahen sie einen Film mit Clark Gable und Claudette Colbert, sie spielte eine verwöhnte Millionärstochter, die von zu Hause ausgerissen ist und vom Journalisten Gable zu ihrem Vater zurückgebracht werden soll. Nachts spannt Gable zwischen den beiden Betten eine Schnur durch das Hotelzimmer und hängt eine Wolldecke darüber, die Mauer von Jericho, damit das Gebot der Keuschheit gewahrt bleibt. Am Ende des Films, wie erwartet, fällt die Mauer von Jericho. Olga Benario und Prestes unterhielten sich ausgezeichnet, wunderten sich allerdings, wie unverhüllt in den Glücksphantasien dieses Landes die Liebe an das Geld geknüpft war.

Und nun musste sie mit diesem neuen Problem fertig werden. In den Jahren in der Union hatte sie teilgehabt an der Erfahrung, wie der Kampf um den Sozialismus die Vorstellungen der Menschen von der Liebe und dem Geschlechtlichen veränderte. Die Aussprachen in ihrem Kollektiv hatten ihr aber auch deutlich gemacht, wie konfus und widersprüchlich die neuen Geschlechterbeziehungen waren, wie durchsetzt von Atavismen, von Eifersuchtsgefühlen und Besitzansprüchen. Die Widersprüche steckten in dem Ausdruck selbst, den die Genossinnen und Genossen für die neue Art von Geschlechterbeziehung verwendeten: Kameradschaft. Der Begriff proklamierte die Gleichberechtigung der Geschlechter, brachte aber das Geschlechtliche selbst zum Verschwinden. An seiner Statt enthielt er einen vagen Appell an Tugenden wie Geradlinigkeit, Treue und Sauberkeit. Sauber sollten im Sozialismus die Beziehungen zwischen Frauen und Männern sein. Es schien ihr, als hätten sich da kleinbürgerliche Moralvorstellungen gleichsam hinterrücks wieder in die Geschlechterbeziehungen eingeschlichen. Nein, das Geschlechtliche war nichts Sauberes, auf keine Weise. Es widerstand allen Vorstellungen von Sauberkeit und Ordnung. Es war die unordentlichste Sache der Welt, auch in der Sowjetgesellschaft. Alexandra Kollontai hatte das beschrieben. In der Erzählung von der Liebe der drei Generationen schlief die junge Kommunistin Genia mit dem Freund ihrer Mutter. So unordentlich ging es zu im Bereich der Triebe und Begierden. Das Geschlechtliche, vom kapitalistischen Besitzdenken befreit, sollte, so hatte sie Kollontais Erzählung verstanden, nicht durch bürgerliche Vorstellungen von Treue und Sauberkeit erneut an die Kandare genommen werden. In der Sowjetunion schien Kollontais Mahnung bereits wieder in Vergessenheit zu geraten. Olga Benario, die unablässig an sich arbeitete, um ihre Überzeugungen mit den von der Partei vertretenen in Übereinstimmung zu bringen, hatte niemandem von ihren Vorbehalten auf diesem Gebiet erzählt, obwohl das eigentlich ihre Pflicht gewesen wäre. Sie hoffte, die Partei fände in den Fragen der Geschlechterbeziehung wieder zu einer fortschrittlichen Haltung. Prestes hatte sie abermals überrascht, indem seine Liebe von allen Ansprüchen frei war. Nichts in seinem Verhalten deutete darauf hin, dass er ihr gegenüber irgendwelche Rechte zu haben glaubte. So gewann sie Zeit, sich mit der neuen Lage auseinanderzusetzen.

Die Sonne war längst untergegangen, als sie sich, nachdem der Zug Washington hinter sich gelassen hatte, auf den Weg zum Speisewagen machten. Im nächsten Waggon saßen gepflegte Zigarrenraucher mit ihren Damen in breiten Sesseln vor mahagoniverkleideten Wänden und unterhielten sich halblaut, oder sie spielten Bridge oder Pferderennspiele, während über ihren Köpfen die goldenen Leuchter sachte hin- und herpendelten. Eine Einsame legte Solitaire. In einer Ecke, neben einer getopften Zwergpalme, Lesende vor einer gut ausgestatteten Bibliothek. Eine Hostess im Cocktailkleid schwebte vorüber. Auf einen nächsten Schlafwagen folgte der Aussichtswagen, wo schwarze Stewards mit weißen Handschuhen weißen Gästen, die durch die verglaste Decke und die dunklen Rauchschwaden versonnen den Sternenhimmel betrachteten, eisgekühlte Getränke servierten. In der Mitte dieses Waggons, auf einem niedrigen Podest, standen von Staubhüllen bedeckte Musikinstrumente. Im Speisewagen wurden sie an einen mit frischgeschnittenen Blumen geschmückten Tisch geführt. Während vor dem Fenster ein endloser Güterzug vorbeidonnerte, studierten sie die Speisekarte. *Aristocrat of Winter Trains* war oben auf der Karte eingraviert. Als der Güterzug längst vorüber war, hatten sie sich noch immer nicht entscheiden können.

Wir haben nie aufgehört zu reiten und zu marschieren, sagte Prestes, während der Zug durch das nächtliche Virginia raste. Das ursprüngliche Ziel, die Regierung zu stürzen, hatten wir längst aufgegeben. An vielen Orten haben wir Gefangene befreit, Gerichts- und Steuerakten und Schuldenlisten verbrannt. In den Straßen und auf Dorfplätzen haben wir mit den Menschen diskutiert. Aber das Wichtigste blieb die Bewegung. Solange die Kolonne marschierte, lebte die Hoffnung. Damals haben sie damit angefangen, mich Ritter der Hoffnung zu nennen. Das waren wir alle, Ritter Reiter Retter der Hoffnung. Solange wir uns bewegten, so dachten wir, hatten wir eine Chance, die versteinerten Verhältnisse zum Tanzen zu bringen. Tausendfünfhundert Mann. Wir waren die Nomaden der Revolution. Wir ernährten uns vom Land. Unsere Grundnahrung war Churrasco. Ein Gaúcho tötet eine Kuh mit einem schnellen Schnitt durch die Kehle. Innerhalb von Minuten ist das Tier gehäutet, und die besten Fleischstücke sind herausgeschnitten. Mit Salzwasser benetzt, werden sie an Spießen über offenem Feuer gebraten. Ist das Fleisch gar, werden die Spieße in die Erde gebohrt. Zwei oder drei Mann hocken sich um einen Spieß und schneiden mit ihren langen Messern Streifen von dem Fleisch herunter. Das eine Ende des Streifens im Mund, das andere in der Hand, trennen sie mit dem Messer nahe bei den Lippen Stück um Stück ab. In den besseren Gegenden teilten sich drei Dutzend Mann eine Kuh, in den armen Landstrichen, besonders in den Dürrezonen des Sertão, waren es oft hundertfünfzig. Meist gab es zum Churrasco Reis, schwarze Bohnen und Maniok. In den besseren Gegenden nahmen sie sich von den Reichen, was sie brauchten. Als die Kolonne im Dezember neunzehnhundertfünfundzwanzig von Maranhão aus in den Bundesstaat Piauí einbrach, ließ Prestes den wohlhabenden Bürgern im nahen Floriano ausrichten, dass sie gegen eine massive Tributzahlung unbehelligt bleiben würden. Anstatt sich auf das Angebot einzulassen, flohen die Spitzen der Gesellschaft auf Schiffen und Flößen, auf denen sich ihr kostbarer Besitz stapelte, den Parnaíba hinunter. Darauf plünderten die Armen der Stadt die Häuser und Geschäfte der Geflohenen. Als Prestes' Truppen Floriano erreichten, fanden sie die Stadt geplündert, die Zollwarenlager aber unberührt. Prestes ließ die Lagerhallen öffnen, die Feldwebel requirierten, was die Kolonne benötigte, der Rest wurde unter der Bevölkerung verteilt. Das war im reichen Floriano. Aber die armen Landstriche überwogen. Die Requisition von Vieh und Pferden wurde zu einer Überlebensfrage. Kleine Gruppen von Furageuren, Potreadas genannt, durchstreiften das Land. In Goiás trieben sie den Kleinbauern oft das letzte Pferd weg. Pilger und Hochzeitsgesellschaften ließen sie auf freiem Feld ohne Esel und Maultiere zurück. Waren die requirierten Tiere für die Reiter zu klein, wurden ihnen Lasten aufgebunden. Auch Schusswaffen wurden requiriert. Die Kolonne war armeemäßig mit modernen Mausergewehren ausgerüstet, für die fand sich im Hinterland kaum Munition. So nahmen die Potreadores den Bauern die alten Winchestergewehre weg, für die leichter Kugeln aufzutreiben waren. Die Hinterwäldler, die ohne Pferde und Waffen ebensowenig überleben konnten wie die Kolonne, wehrten sich, manch ein Potreador bezahlte seinen Mut mit dem Leben. Unsere Potreadores, sagte Prestes, waren die wahren Helden der Kolonne. Sie hatten Weisung, Gewalt gegenüber der Landbevölkerung zu vermeiden und den Menschen, wenn irgend möglich, das Lebensnotwendige zu lassen. Zu Zeiten allerdings verhielten sie sich kaum anders als die Banditen. Da sie in kleinen Gruppen operierten, hatten sie unter der Grausamkeit der Banditen besonders zu leiden. In ihrer Erbitterung machten die Potreadores ihrerseits oft keinen Unterschied zwischen Landarbeitern und Jagunços, immer wieder blieben Kleinbauern vor ihren armseligen Hütten mit aufgeschnittener Kehle zurück. Wo aber die Potreadores den Landarbeitern das Notwendigste ließen, endete das oft in den Händen der Regierungs- und Polizeitruppen. Die folgten der Kolonne in einem Abstand von ein oder zwei Tagen. Sie terrorisierten die Landbevölkerung, vergewaltigten die Frauen, folterten und töteten die Männer, wenn sie über den Durchmarsch der Kolonne keine Auskunft gaben. Die Regierungstruppen waren so verkommen, wie Menschen nur sein können. Sie hatten oft seit Monaten keinen Sold bekommen, sie gingen in Fetzen und hungerten. Sie nahmen den Bauern alles und brannten ihre Hütten nieder. Die Verrohung der Kolonne und selbst die Verrohung der Banditen war nichts im Vergleich zur Verrohung der Polizeitruppen.

Prestes schob den Teller von sich. Von den meisten Speisen hatte er die Hälfte stehenlassen. Die glitzernden Gabeln und Messer waren unberührt. Er blickte auf die dinierenden Gäste im Speisewagen. Pourquoi le bureau nous fait-il faire tout ce voyage en grand luxe? Ob es nicht besser wäre, sie reisten als gewöhnliche Touristen? Weshalb die teuren Schiffs- und Eisenbahnfahrkarten, das Grand Hôtel du Louvre, die Kleider, das Essen, wo sie doch kaum die Speisekarte verstünden und wo beim Gedanken an Jakobsmuscheln, von der Weinkarte wolle er gar nicht reden, die ganze Aktion in Gefahr gerate. Als sie lachte, sagte er, er wisse schon, Geld gebe mehr Sicherheit als der beste Pass. Auf dem Weg zurück in ihr Abteil kamen sie wieder durch den Aussichtswagen. Ein Quartett hawaianisch anmutender Jünglinge, Leis aus buntem Papier um den Hals, spielte Hawaianisches. Sie wollte tanzen, aber als Prestes ihr zuflüsterte, er sei der einzige Brasilianer, der noch nie eine Samba getanzt habe, lenkte sie ein. In ihrem Abteil waren die Betten zurückgeschlagen, ihr seidenes Nachtkleid aus Paris war über die Decke drapiert, daneben lagen die neuesten Ausgaben von *Vanity Fair* und *Town & Country*.

Die verelendete Landbevölkerung, sagte Prestes, bezahlte den Preis für unser Heldentum. Trotzdem haben sie uns geholfen. Von der Kolonne begriffen sie vor allem eines: Wir waren die Feinde der Polizei und der Regierung. Unsere Forderungen nach freien Wahlen, einem Ende der Korruption, Achtung vor der Verfassung, einer stabilen Währung interessierten sie kaum. Sie versprachen sich nichts davon, und sie hatten recht. Was wussten wir von ihnen? Was kümmerten sie uns? Die meisten Mitglieder der Kolonne kamen aus dem städtischen Kleinbürgertum des Südens. Ihre Wünsche und Hoffnungen waren die ihrer Klasse. Ihre natürlichen Verbündeten waren die Kameraden in den Militärschulen, Kasernen und Garnisonen des Landes. Die Armut kannten sie in der Form, wie sie sie von Kindheit an in den Südstaaten zu sehen bekommen hatten. Der lange Marsch durch den tropischen Norden übte eine schockartige Wirkung auf sie aus. Lange Zeit empfanden sie überhaupt nichts, das Leiden, das sie hier kennenlernten, war zu groß. Die verhungerten halt. Die legten ihre toten Kinder eben ohne Sarg in den Boden, Sand und Erde drüber. Sie hatten viel zu lernen. Wer hätte gedacht, dass der Hungertod so viele Ursachen haben konnte. Hier starben die Menschen, weil der Boden ausgetrocknet war. Dort starben sie, weil der Boden fruchtbar war und der Fazendeiro auf jedem Quadratzentimeter Zuckerrohr anpflanzte und die Landarbeiter auspeitschen ließ, die heimlich Maniok oder Bohnen zogen, statt sie bei ihm zu kaufen. Wieder anderswo starben sie, weil der Wald abgeholzt worden war, tausend Meilen von Rio bis zum Amazonasdelta – der tropische Küstenwald, der Pflanzen, Tiere und Menschen ernährt hatte. Die Kolonne immatrikulierte in Geographie des Hungers. Ein Studium von mehr als zwei Jahren, dessen Abschluss mancher nicht erlebte. Als sie schon im Exil in Bolivien waren, führten einige von ihnen ihre Studien weiter, mit verändertem Schwerpunkt: ihr Interesse galt jetzt nicht mehr der Geographie des Hungers, sondern seiner Ökonomie.

Während der Nacht wachte sie in dem engen Schlafwagenbett auf. Prestes schlief an sie geschmiegt, ein Ellbogen in ihrer Flanke. Sie erwog, in das leere obere Bett zu wechseln, ließ es bleiben. Seine Formel für die Ökonomie des Hungers fiel ihr ein. Sie hatte seine Askese für eine Marotte gehalten, Ergebnis einer kleinbürgerlichen oder militärischen Lebensweise, vielleicht auch für eine oberflächliche Form der Solidarität mit den Elenden. Sie hatte sich geirrt: da war nichts Oberflächliches. Keine Ideologie stand hinter dieser Askese, sondern sein wirkliches Leben. Die Tiefe seiner Ekstasen in ihren Nächten war davon nur die andere Seite. Er war ein Asket der Lust, falls es das gab.

Am anderen Morgen, nach dem Frühstück im Speisewagen, der *Florida Special* durchraste flaches, sandiges Land, war sie im Aussichtswagen zurückgeblieben. Die Musikinstrumente waren wieder zugedeckt, es roch nach abgestandenem Rauch, aus einem Lautsprecher erklang Jazzmusik. Ein schwarzer Steward räumte die Tische ab und reinigte die Aschenbecher. Sie begann, sich im Rhythmus der Musik zu wiegen, zuerst zögernd, doch als der Steward ihr zunickte, wurden ihre Bewegungen lebhafter. Allmählich lösten sich die steifen Muskeln. Gäste auf dem Weg zum Speisewagen lachten, einige applaudierten. Eine junge Frau begann mit ihr zu tanzen. Als die junge Frau in den Speisewagen ging, tanzte sie allein weiter. Später kehrte sie verschwitzt in ihren Waggon zurück. Im Abteil war es warm. Draußen weißes Flimmern, Palmen, Kanäle, Lagunen, Golfplätze, Villen, Bootshäfen mit Segeljachten, Motor- und Hausbooten, Hotels, Sandstrände. Seit dem Halt in Jacksonville folgte der Zug der Küstenlinie von Florida. In St. Augustine wurde die Klimaanlage eingeschaltet. Sieben Stunden später waren sie in Miami.

10

Es war eine Reise ohne Ende. Wie viele Wochen, wie viele Tage und Stunden? Schläfrig vom Dröhnen der Motoren, schloss Olga Benario das Fenster, das sie nach dem Start einen Spaltbreit offen gelassen hatte. Über ihr die gewaltige Tragfläche des Sikorsky-Flugboots, daran drehten sich zwei Propeller, die Gehäuse der Motoren (Pratt & Whitney, 575 PS) zitterten leicht im Flugwind. Zwischen den beiden Triebwerken ein Gewebe von Streben, an denen, direkt unter ihrem Fenster, ein Schwimmer befestigt war. Weit unten im Meer der Glitzerstreifen der Nachmittagssonne. Der Steward kam vorbei und teilte mit, in einer Stunde lande man in Guayaquil, wo ein Vertreter von Pan American Airways die Passagiere zum Hotel bringen werde. Für den Weiterflug nach Lima, Arequipa und Santiago de Chile würden sie am anderen Morgen um sechs Uhr auf das Flugfeld gebracht, wo das neue Landflugzeug DC-2 bereitstehe. Guayaquil, Kolumbien? fragte sie. Nein, sagte Prestes, Ecuador. Vor ein paar Stunden hatte das Flugboot den Äquator überquert, an die Passagiere war Champagner ausgeschenkt worden. Die vergangene Nacht hatten sie in Cristóbal in der Panamakanal-Zone verbracht, nachdem sie bei der Zwischenlandung in Baranquilla zum erstenmal den Boden Südamerikas betreten hatte. In der Nacht davor schliefen sie in Kingston, der Hauptstadt von Jamaika, wo sie nach dem Start in Miami und einem kurzen Zwischenhalt in Havanna am Abend des ersten Tages gewassert hatten. Und davor? Wie viele Städte? Wie viele Bahnhöfe, Häfen, Zollgebäude? Wie viele Reisebüros, Wagons-Lits Cook, Schiffahrtsbüros, Fluglinienbüros (ihre Aufgabe, Prestes blieb im Hotel)? Wie viele Formulare an wie vielen Hotelrezeptionen? Name, Vorname, Beruf des Ehemanns, Mädchenname der begleitenden Ehefrau, Dauer des Aufenthalts, Zweck der Reise, Unterschrift des Ehemanns. Wie viele Währungen, Checks, Geldanweisungen, von wie vielen Banken? Wie viele chiffrierte Telegramme von / an / Anzahl der Worte / bitte leserlich schreiben? Wie viele Gesichter auf Konsulaten, Botschaften, Visa-Abteilungen? Wie viele Fragen, Blicke und halbverstandene Gesten? Wie viel Spannung und wie viel endlose Zeit! Es schien ihr immer unwirklicher, dass sie jemals ankommen würden. Wirklich war nur die Bewegung. Die Bewegung hörte niemals auf. Nomaden der Weltrevolution. Lenin und Genossen im plombierten Eisenbahnwagen. Sprich mit mir, sagte sie zu Prestes.

Viele Kameraden waren schon nach den ersten Wochen des endlosen Marschierens und der blutigen Kampagne im Contestado demoralisiert. Die Mannschaften desertierten zu Dutzenden, auch Offiziere verließen die Rebellentruppe. Da er selbst seine Kameraden zur Meuterei angestiftet hatte, war es für Prestes zunächst nicht einfach, seine Entscheidungen durchzusetzen. Die Männer folgten ihm oder folgten ihm nicht, das Wunder bestand darin, dass so viele nicht desertierten. Solange sie ihre Waffen zurückließen, hatte er nichts unternommen, um die Deserteure zurückzuhalten. Später änderte sich das. Einige wurden aus der Kolonne ausgeschlossen, keiner mit mehr Schande als der junge Offizier Filinto Müller. Kurz zuvor war er noch von Miguel Costa, dem Führer des São-Paulo-Kontingents, zum Major befördert worden. Während Costas Truppen bei Foz do Iguaçu, im Länderdreieck von Paraguay, Argentinien und Brasilien, auf die Ankunft von Prestes' Brigade warteten, hatte Müller sich über die Grenze nach Argentinien abgesetzt. Er glaube nicht an den Erfolg der Kolonne, ließ er den zurückbleibenden Kameraden ausrichten. Aber, sagte Prestes, damit war nicht erklärt, warum Müller und seine Kumpane Waffen und Munition und einen großen Geldbetrag mitnahmen, außerdem die Schiffe stahlen, auf denen die Kolonne den Paraná aufwärts schiffen wollte. Auf seinen Druck hin sei Müllers Beförderung rückgängig gemacht und der Feigling aus der Kolonne ausgeschlossen worden. Er erwähne das, weil Müller heute Polizeichef des Bundesdistrikts von Rio de Janeiro und ein enger Mitarbeiter von Getúlio Vargas sei. Einer wie der werde die Erniedrigung, die Prestes ihm zugefügt habe, nicht vergessen. Ein Schwächling. Aber die Mutigen in der Kolonne überwogen, er zählte die Namen seiner Offiziere auf, Miguel Costa, Siqueira Campos, João Alberto, Osvaldo Cordeiro, Djalma Dutra, Juarez Távora, Aristides Leal, Ary Freire, José da Silva, Paulo Kruger, Virgílio dos Santos. Auch die Namen der Mannschaften verdienten, aufgezählt zu werden, ebenso die Namen der selbstlosen Helfer, ohne die die Kolonne nicht hätte durchhalten können. Ein Beispiel: Wenige Tage nach dem Ausschluss Müllers – die Hauptmacht hatte bereits über den Paraná gesetzt – wurde die Nachhut von Regierungstruppen angegriffen. Prestes brauchte ein Ablenkungsmanöver. Da brachten zwei Kameraden einen Unbekannten zu ihm. Die beiden hatten den Kontakt zur Kolonne verloren, Mitglieder einer kleinen von Deutschen und Schweizern gegründeten Siedlung hatten sie vor den Regierungstruppen versteckt. Ihr Begleiter war einer aus der Siedlung, ein Schweizer namens Otto Brunner, ein kräftiger Bursche mit wachen Augen und einem viereckigen Kinn, auf einen seiner muskelbepackten Oberarme war der Kopf eines Indianermädchens tätowiert. Er sagte, die beiden Soldaten hätten ihm die Situation erläutert. Er sei bereit, zur Entlastung der Kolonne mit ein paar Freiwilligen aus der Siedlung einen Scheinangriff gegen die Regierungstruppen zu führen. Einige Zeit später waren in der Ferne Schüsse zu hören. Die Nachhut der Kolonne setzte unbehelligt über den Paraná. Dieser Brunner war einer von den Selbstlosen, die sich mit der Kolonne solidarisierten.

Zu den Selbstlosen gehörten auch die Frauen der Kolonne. Die jüngsten unter Prestes' Soldaten waren zwölf, dreizehn Jahre alte bartlose Bürschchen mit langen Haaren, die von den Hinterwäldlern für junge Frauen gehalten wurden. So entstand die Legende, zur Kolonne gehörten auch viele bewaffnete Frauen. Aber es waren nie mehr als fünfzig, und sie trugen keine Waffen. Die Anwesenheit von Frauen war nicht bei allen Offizieren erwünscht. Siqueira Campos jagte die Frauen aus seiner Einheit davon. Prestes hielt sie für Wesen reinerer Art, denen die Roheit des Kampfes und die zunehmende Verkommenheit der Mannschaften nicht zugemutet werden konnten. Ihre Anwesenheit bei der Truppe behinderte er aber nicht. In Fällen von Gewalt seiner Soldaten gegen Frauen konnte er, was sonst nie vorkam, die Fassung verlieren. Die Frauen zogen mit der Kolonne als Marketenderinnen, Geliebte, Huren, Köchinnen, Krankenpflegerinnen, die Rolle ebensosehr bestimmt von Ort, Zeit, Gelegenheit und Notwendigkeit wie vom Geschlecht. Die einfache und naive Seele der Frauen des Volkes besteht aus Opfern und Martyrien für die Ihrigen, schrieb später der redliche Moreira Lima, Sekretär und Chronist der Kolonne. Für ihn waren die Frauen Heldinnen. Jorge Amado steigerte Moreira Limas Bericht in seinem zu Beginn der vierziger Jahre verfassten Epos *O Cavaleiro da Esperança* zu einem Hohelied auf die Frauen der Kolonne. Die Passage gipfelt in der Schilderung vom Ende der schönen Albertina, der von einem geilen Regierungssoldaten, dem sie sich verweigert hat, der Kopf abgeschlagen wird. Eine Schauermär aus Blut, Gewalt, Sex und weiblichem Heroismus. Bleiben wir auf dem Boden der Wirklichkeit, sagte Olga Benario. Prestes entgegnete, er halte es nicht für falsch, die Frauen der Kolonne heroisch zu nennen, allen voran die Krankenpflegerinnen. Der einzige Arzt hatte die Kolonne schon bald nach Beginn des Marsches verlassen. Von da an bestand der Sanitätsdienst aus einem Apotheker und der blonden österreichischen Krankenschwester Hermínia mit ihren Helferinnen und Helfern. Es gab kaum Arzneien, die Pflege der Verwundeten und Kranken ging über in die Pflege der Sterbenden. Hermínia sah Malaria, Typhus, Lepra, Cholera, Gelbfieber, sie sah Krankheiten, von denen sie noch nie gehört hatte, wie das Chagasfieber. Sie hielt das aus. Eine starke, mutige Frau. Ja, meinte Olga Benario, sie hat ihre weibliche Pflicht getan. Ich bin noch nicht fertig, sagte Prestes. In Anápolis im Bundesstaat Goiás war Hermínia bei einem Trupp, der in einen Hinterhalt geriet. Da kein Bewaffneter entbehrlich war, ritt sie allein zwischen den Feuerlinien zurück, um die Maschinengewehrabteilung der Kolonne zu alarmieren. Sechs Monate später, in Piauí, während der Belagerung von Teresina, begab sie sich erneut zwischen die Linien, um Verwundeten zu helfen. Die Polizeitruppen schossen auf sie. Sie hatte Mut.

Abends, Stunden nach der Landung, im Hotelzimmer in Guayaquil, in der nächtlich feuchten Hitze, beim Sirren der Grillen und kleinen Frösche, unter dem Moskitonetz, unter dem langsam sich drehenden Ventilator, der bei jeder Umdrehung ein schabendes Geräusch von sich gab, fragte sie ihn, ob er Frauen immer noch für Wesen reinerer Art halte. Er antwortete, das Wort rein würde er heute nicht mehr verwenden. Welches Wort denn sonst? Prestes schwieg verlegen. Sie sagte, sie wolle ihm ein paar unreine Sachen zeigen.

Und wieder ein ganzer Tag in der Luft, unterbrochen alle ein bis zwei Stunden von einer wenige Minuten dauernden Zwischenlandung. Am frühen Nachmittag ein halbstündiger Aufenthalt in Lima, wo die DC-2 aufgetankt wurde. Die Passagiere standen schwitzend herum. Olga Benario und Prestes spazierten um das Flugzeug. Sie las die Beschriftung auf dem Motorengehäuse, Wright Cyclone 770 hp. Das ist die Zukunft, sagte sie, fast achthundert Pferdestärken, eine Reisegeschwindigkeit von mehr als zweihundertfünfzig Stundenkilometern, ein Landflugzeug mit Platz für vierzehn Passagiere. Auch wir werden bald solche Flugzeuge haben, wir werden sie überflügeln.

Prestes wies auf die Schrift unter dem Seitenfenster der Pilotenkanzel, der Name des Flugzeugs war Santa Lucia. So heißt meine jüngste Schwester, Lúcia. In Moskau taut jetzt der Schnee. Sie blickten auf das weiße Flugplatzgebäude mit der Aufschrift Limatambo, auf dessen Giebel eine leichte Brise die peruanische Flagge aufwehte. Vor dem türenlosen Eingang unterhielten sich zwei Uniformierte in lässiger Haltung, ein paar Gestalten hockten im schmalen Schatten an der Gebäudewand und schauten zu ihnen herüber. Prestes sprach selten über die Mutter und seine vier Schwestern, die er in Moskau zurückgelassen hatte. Diese Familienbande lagen jenseits von Olga Benarios Lebenserfahrung. Die fünf Frauen hatten ihr Leben dem seinen untergeordnet, hatten ihn gehätschelt, seit er ein kleiner Junge war. Sie zogen mit ihm nach Rio, als er in die Militärschule in Realengo aufgenommen wurde, sie pflegten ihn, als er in der Arbeitervorstadt Méier mit Typhus im Bett lag, und sie folgten ihm nach dem Ende des Marsches der Kolonne ins Exil nach Buenos Aires und bis nach Moskau. So wurden Muttersöhnchen und Weichlinge herangezogen, selbstverliebte Gekken, denen keine Frau gut genug war. Kurz vor der Abreise aus Moskau hatte er sie zum Abendessen zu sich nach Hause, in die Pankratjewski-Gasse, eingeladen und ihr die fünf Frauen vorgestellt. Die Verlegenheiten dauerten nur kurz. Es war ein Haushalt ohne Mief und Gefühlsduselei. Leocádia Prestes war eine kleine Frau mit hoher Stirn und grauen, straff zurückgekämmten Haaren. Sie und ihre Töchter sprachen gut Russisch. Die jungen Frauen arbeiteten oder studierten. Um Prestes machten sie kein Getue. Nach dem Essen half er beim Abräumen. Olga Benario blieb zurückhaltend. Sie war überrascht, als Dona Leocádia sie bat, die Geschichte von der Befreiung Otto Brauns aus dem Berliner Gefängnis zu erzählen. Prestes wusste also über ihre Beziehung zu Braun Bescheid. Sie schilderte die Aktion, so wie sie es seit der Ankunft in der Sowjetunion oft getan hatte. Später lenkte Dona Leocádia das Gespräch auf die militärische Ausbildung der Besucherin. Olga Benario blieb beim Privaten, schilderte die Empfindung beim ersten Fallschirmabsprung, beim ersten Alleinflug. Als sie bedauerte, über Einzelheiten der Waffenausbildung keine Auskunft geben zu dürfen, sagte Dona Leocádia freundlich, von technischen Dingen verstehe sie ohnehin nichts. Später erfuhr sie von Prestes, dass seine

Mutter mit der Wahl für die Leibwächterin ihres Sohnes zufrieden sei.

Abends um halb sechs erreichten sie Arequipa, am folgenden Tag, es war ein Samstag, landeten sie um halb vier Uhr nachmittags auf dem Flugplatz Los Cerrillos in Santiago de Chile. Sie ließ Prestes im Hotel zurück und begab sich zum Reisebüro der Pan American-Grace Airways, wo zwei auf den folgenden Tag ausgestellte Flugkarten nach Buenos Aires für sie bereitlagen. Es war herbstlich kühl, der Vertreter der Fluggesellschaft servierte ihr einen heißen Tee und verwickelte sie in ein Gespräch, er hatte lange keine so blauen Augen mehr gesehen. Sie lobte die Flugreise von Miami, erkundigte sich nach der morgigen Etappe, erhielt zur Antwort, die Route über die Anden sei ganz ungefährlich, seiner Frau sei nicht einmal schlecht geworden. Ohnehin habe sie Glück, der Flug werde seit wenigen Wochen mit der neuen DC-2 durchgeführt, weshalb keine Sauerstoffflaschen mehr an die Passagiere ausgeteilt werden müssten, was besonders für weibliche Fluggäste beschwerlich gewesen sei. Da sie sicher von der langen Reise ermüdet sei, wünschte er ihr eine angenehme Weiterreise und erinnerte sie beim Hinausgehen daran, dass Fotoapparate vor dem Flug versiegelt werden müssten. Sie hatte den Weg zurück ins Hotel laufen wollen, aber es wurde bereits dunkel, so nahm sie ein Taxi, der Trottel aus dem Reisebüro winkte ihr grüßend nach.

Eine Dreiviertelstunde war seit dem Start in Santiago vergangen, und immer noch stieg das Flugzeug unaufhörlich in nordöstlicher Richtung. Schneefelder, Felswände, daran klebte zu ihrem Erstaunen ein Eisenbahndamm. Die Panagra-Maschine folgte der Bahnlinie. Der Steward trat zu ihnen und sagte zu Prestes, der Pilot erlaube auf dieser Strecke jeweils einem Passagier den Aufenthalt in der Pilotenkanzel. Prestes schüttelte den Kopf, meinte, vielleicht sei seine Frau interessiert. Sie folgte dem Steward. Der Pilot nickte ihr zu, deutete hinauf zu einem Einschnitt zwischen den verschneiten Gipfeln, der Uspallata-Pass. In wenigen Minuten war die Passhöhe erreicht, beinahe viertausend Meter, auf der Backbordseite ragte der Aconcagua gewaltig in den Himmel, Schneefahnen wehten von seiner Westflanke. Nahe unter dem Flugzeug glitt eine Christusstatue hinweg, dann drei hohe Antennenmasten und ein Steinhaus, davor, zwischen den Nebelfetzen deutlich sichtbar, ein bärtiger Mann, der ihnen zuwinkte. Der Pilot grüßte mit den Flügeln, dann begann bereits der Sinkflug in Richtung Mendoza. Der Kopilot fragte, ob sie sich für die Instrumente interessiere, und als sie nickte, erklärte er ihr das Armaturenbrett. Sie bedankte sich und wollte eben zu ihrem Sitz zurückkehren, als ein schwerer Gegenstand außen gegen die Bordwand krachte. Sie zuckte zusammen. Der Funker neben ihr lachte, es folgten weitere heftige Schläge gegen den Rumpf der DC-2. Sie blickte auf die Instrumente, auf die Tragflächen und die beiden Propeller. Die Propeller waren beim Überqueren des Passes teilweise vereist, während des Sinkflugs lösten sich Eisbrocken und knallten auf der Höhe des Bordfunkers gegen den Flugzeugrumpf. Sie ließ es sich vom Piloten erklären.

Im Grunde, sagte Prestes – Mendoza lag seit einer Stunde hinter ihnen –, war der Marsch ein Anachronismus. Was konnten wir in einer Zeit, wo schon das Automobil und sogar das Flugzeug alltäglich geworden waren, mit einem Protestmarsch durch das brasilianische Hinterland erreichen? Trotzdem hatte das Unternehmen seine Logik: die Logik der Unterentwicklung. Als wir uns im Herbst neunzehnhundertvierundzwanzig aufmachten, waren die großen Metropolen Rio und São Paulo für uns die brasilianische Wirklichkeit. Banken, Börsen, Fabriken, moderne Technik, Reichtum und Luxus, aber auch das Industrieproletariat und sogar das Lumpenproletariat der Favelas. Das war die Moderne, wie wir sie verstanden und für unser rückständiges Land wollten, wenn auch in einer demokratischeren Form. Auch die brasilianischen Intellektuellen und Künstler haben damals die Moderne gefeiert. Sie verstanden sie als Bruch mit Europa. Das Land brauche eine brasilianische Moderne, verkündeten sie in São Paulo. Über die Widersprüche in dieser Forderung machten sie sich wenig Gedanken. Die Moderne war ohne Kapitalismus und Fordismus nicht zu haben. Je länger die Kolonne marschierte, sagte Prestes, desto unausweichlicher wurde für uns die Einsicht, dass außerhalb der Metropolen eine vorkapitalistische Ökonomie herrschte, Geldwirtschaft kaum bekannt und Lohnarbeit selten war. Wenn die Potreadores den

Landarbeitern für das requirierte Gut Geld anboten, lehnten sie ab – was sollten sie damit? Die Zustände waren feudalistisch, Formen von Leibeigentum dauerten an, das System der Latifundien verhinderte den modernen Kapitalismus. Die Führer der Kolonne hatten keine Vorstellung von der Richtung, welche unter diesen Gegebenheiten die wirtschaftliche Entwicklung zu nehmen hätte. Unsere Hoffnungen auf eine Demokratisierung der brasilianischen Gesellschaft zerfielen, die von der Moderne hervorgebrachten Kategorien schienen angesichts der Zustände im Hinterland absurd. Später, in der Sowjetunion, sei ihm die Ökonomie Brasiliens als mit dem zaristischen Russland vergleichbar erschienen. Inzwischen dünke ihn der Vergleich mit China angemessener. Der Marsch der chinesischen Roten Armee, der vor ein paar Monaten begonnen habe und dessen Ende nicht abzusehen sei, wiederhole auf andere Weise den Marsch seiner Kolonne. Auch China sei ein riesiges Land, in welchem agrarische und vorkapitalistische Weisen der Produktion überwiegten. Ein mit Brasilien vergleichbares Stadium der Unterentwicklung habe dort zu einer vergleichbaren Form revolutionärer Aktion geführt. Anders als er und seine Kameraden seien die Führer der chinesischen Roten Armee allerdings klassenbewusste Kommunisten. Sollten in China tatsächlich gegen hunderttausend Menschen unterwegs sein, wie sogar die bürgerlichen Zeitungen schrieben, könne der Marsch der Chinesen sehr anders ausgehen als der Marsch seiner Kolonne. Um auf Brasilien zurückzukommen, so müsse eine Analyse der Gesamtentwicklung gerade von der Tatsache der Ungleichzeitigkeit ausgehen. Die Bewohner Brasiliens lebten in derselben Gegenwart, aber sie lebten in verschiedenen wirtschaftlichen Epochen. Zwischen dem Bewusstsein der großstädtischen Offiziere der Kolonne, ihn selbst eingeschlossen, und den Sertão-Bewohnern lagen Welten. Dennoch, sagte er, war es logisch, dass der Widerstand gegen die gesellschaftlichen Zustände von den kleinbürgerlichen Kadern der brasilianischen Armee ausging. Welche andere Gruppe, die von den herrschenden Kreisen niedergehalten wurde, hätte das nötige Wissen gehabt und über die nötige Organisation verfügt? So waren die Grenzen dessen, was wir erreichen konnten oder auch nur wollten, von Anfang an gezogen.

Wenn deine Analyse stimmt, sagte Olga Benario, frage ich mich, wie unsere Aktion erfolgreich sein kann. Was hat sich in den acht Jahren seit dem Ende eures Marsches geändert? In deinen Plänen sind noch immer rebellierende Militäreinheiten der entscheidende Faktor. Auch in der Aliança Nacional Libertadora fällt, nach deinen eigenen Worten, keine maßgebliche Entscheidung ohne die Unterstützung rebellischer Offiziere. Wo bleibt das Proletariat? Du sagst, die Industriearbeiterinnen und Industriearbeiter seien in Brasilien kein Machtfaktor. Aber ohne Proletariat keine sozialistische Revolution. Lenin hat im Sommer neunzehnhundertsiebzehn untätig gewartet. Er wollte sehen, ob das Proletariat stark genug war, um die Revolution weiterzutreiben. Erst dann hat er die Führung übernommen. Wenn der militärische Teil unserer Aktion erfolgreich ist, wie soll es dann weitergehen? Ohne Arbeiter keine Arbeiterräte, und ohne Arbeiterräte bekommen wir im besten Fall eine bürgerliche Demokratie. Sie übersehe, entgegnete Prestes, dass der Widerstand gegen das Vargas-Regime immer weitere Kreise ergreife, die Allianz sei der sichtbarste Ausdruck davon. Unter den Landlosen des Nordostens verstärkten sich anarchische Formen der Auflehnung. Wie sie wisse, habe die Komintern den brasilianischen Genossen sogar empfohlen, Kontakt zu den Banditen aufzunehmen. In den Metropolen hätten sich Studenten, Intellektuelle, Künstler, die Frauenbewegung, Armenpriester und Gewerkschaftsmitglieder der ANL angeschlossen. Und da sollten die Kommunisten abseits stehen? Die Zusammenarbeit mit diesen Gruppen, sagte sie, leuchtet mir ein. Auch die Zusammenarbeit mit gewissen Militäreinheiten. Aber gerade hier stecken wir in einer Zwickmühle. Das Militär verkörpert, ich wiederhole nur, was du selbst sagst, für die Bevölkerung Willkür und Gewalt. Wie soll da solidarisches Handeln entstehen? Die Kameraden in den Streitkräften, sagte Prestes, werden lernen müssen, dass die Probleme des Landes größer sind als die ihrer eigenen Klasse, er habe es ebenfalls gelernt, auch viele bürgerliche Intellektuelle lernten es. Seit wenigen Jahren erschienen im Nordosten literarische Werke eines neuen Typs. In den Büchern von Raquel de Queiroz aus Ceará und Jorge Amado aus Bahia gehe es nicht mehr um das Individuum, das dem Bürgertum so sehr am Herzen liege, sondern um die gesellschaftlichen Verhältnisse. Nicht Ästheten seien die Anreger dieser neuen Literatur, sondern ein Soziologe aus Pernambuco, Gilberto Freyre. Mit Intellektuellen wie Freyre, Queiroz und Amado müsse die ANL ebenso zusammenarbeiten wie mit den oppositionellen Militäreinheiten. Im Grunde, sagte Olga Benario, denkst du immer mehr an eine Volksfront, wie sie Dimitroff gegen Manuilski vertritt. Prestes antwortete, zwischen diesen beiden könne er nicht Stellung beziehen. Sie stutzte. Glaubte er, sie wolle ihn prüfen? Gab er ihr zu verstehen, dass er sich über ihre Informationspflicht gegenüber dem Büro im klaren sei? Er würde nicht zögern, Manuilski oder Pjatnitzki zu verständigen, wenn er sie für unzuverlässig hielte. Zweifelte sie daran, hätte sie es Pjatnitzki zu melden. Einmal mehr empfand sie das Undurchschaubare, das allen Vorgängen anhaftete. Wer, selbst unter den Genossinnen und Genossen, würde später einmal ihre Lebensweise verstehen können, das Bodenlose ihrer Existenz? Prestes meinte abschließend, sie müssten die Lage in Rio und die Gespräche mit Ewert abwarten, bevor sie sich ein Bild von den möglichen Verbündeten machen könnten.

Sie hielt Buenos Aires für wenig sicher. Hier war Prestes vor Jahren verhaftet worden, es gab Dossiers, Spitzel. Sie drängte auf Weiterreise. Auf einem der großen Fährschiffe durchfuhren sie die Mündung des Rio de la Plata, sechs Stunden später waren sie in Montevideo. Während der Tage in der Hauptstadt Uruguays nahm Prestes Kontakt zu brasilianischen Genossen und Vertretern der Komintern auf, die hier in der Illegalität lebten. Sie begleitete ihn, wartete an Orten, von denen aus sie seine Treffpunkte sichern konnte, die Hand in der Tasche am Pistolengriff. Blieb Prestes im Hotelzimmer, kümmerte sie sich um die Weiterreise. Pan American Airways bot auch an der Ostküste Südamerikas die meisten Flüge an, aber es schien ihr geraten, die Fluglinie zu wechseln. Sie erhielt zwei Plätze in einem Flugboot der Air France. Sie hatte sich gewundert, als sie erfuhr, dass hier eine französische Fluglinie verkehrte. Seit der Pionierzeit der Fliegerei, so las sie beim Dröhnen der Motoren in der Broschüre, die nach dem Start in Montevideo an die Fluggäste verteilt worden war, hatte Frankreich sich um eine

Flugverbindung zwischen Europa und Südamerika bemüht. Es war eine Französin gewesen, Adrienne Bolland, die als erster Pilot der Welt die Anden überquerte. Eine Abbildung zeigte den Flugapparat der Pilotin, eine Caudron G3, einen zweisitzigen Doppeldecker aus dem Ersten Weltkrieg, Höchstgeschwindigkeit 108 km/h, maximale Flughöhe 4000 m, Reichweite 400 km, Höchstgewicht 710 kg. Antriebsquelle war ein 80-PS-Motor von Le Rhône. Eine fliegende Badewanne, viel zu zerbrechlich, Adrienne. Und der Uspallata-Pass 3810 Meter hoch, das wird nicht gutgehen. Den Techniker, der sie auf ihrem Flug begleiten sollte, hatte sie in Mendoza zurückgelassen (Gewichtsersparnis: 78 kg). In den Schluchten der Kordilleren unerwartet kräftige Aufwinde an diesem ersten April neunzehnhunderteinundzwanzig. Kälte. Sie schob sich zusammengefaltete Zeitungen unter die Jacke, ein alter Pilotentrick. Das Gesicht ungeschützt. Die Luft wird dünn. Sauerstoffmaske. Die Finger in den Handschuhen ohne Gefühl. Ich halte das aus. Das tue ich, ich halte das aus. Als erste Frau den Ärmelkanal überflogen. Der Schiss damals. Aber nicht diese Kälte. Wir halten das aus. Niemand hält das aus. Die Gesichtszüge eingefroren. Gib auf, kehr um. Aber die Bewegung, sie hört nimmer auf hört nimmer auf hört nimmer auf. Wieso Tränen? Das ist die Kälte. Hinter der Fliegerbrille frieren die Tränen auf den Wangen fest. Die Tränen sind rot von Blut, Schwester. Adern geplatzt, Blut in der Nase, im Mund. Ein Schmerz wie dieser. Da, die Passhöhe, die Christusstatue, beinahe gestreift, unseren Herrn Jesus. Vorüber, vorbei, Sinkflug. Wir sinken, Adrienne, wir lassen uns sinken, die Tränen schmelzen, der Schmerz schmilzt, das Leiden ausgehalten, durchgestanden. Endlich die Landepiste von Santiago. Der französische Konsul war nicht zum Empfang auf das Flugfeld gekommen, eine Frau, die die Anden überfliegt, das war wohl ein Aprilscherz. Fünfundzwanzig Jahre war Adrienne Bolland alt. Später, las Olga Benario in der Broschüre, habe Adrienne Bolland in dreiundsiebzig Minuten zweihundertzwölf Loopings gedreht. Ihren Namen an den Himmel geschrieben.

Sie blickte aus dem Seitenfenster. Über ihr die Tragfläche des viermotorigen Flugboots Blériot 5190, Kennzeichen F-ANLE, Name Santos-Dumont, zehn Monate später würde es über dem

Südatlantik für immer verschwinden. Sie blinzelte, kniff die Augen zusammen. Vor Stunden hatten sie die Grenze von Uruguay nach Brasilien überflogen. Das Flugzeug folgte in geringer Höhe dem Strand von Rio Grande do Sul, Prestes' Heimat. Er hatte sich in den Sitz vor ihr gesetzt und starrte unentwegt auf das Land. Wir nähern uns der Grenze zu Santa Catarina, sagte er über dem Dröhnen der Propeller. Zwischen den Streben, mit denen der Schwimmer am Flügel verankert war, sah Olga Benario den Sandstrand und die Palmen und das Grün der hügeligen Küste. Ihre Augen schlossen sich. Tränen liefen ihr über die Wangen. Es war das Licht. Noch nie hatte sie ein solches Licht gesehen. Wie Samt. Die Dinge überklar, übernah, sie konnte einzelne Palmenblätter unterscheiden, die Rillen und Risse in den Blättern, Käfer und Wanzen darauf. Sie setzte sich zu Prestes. Auch ihm schmerzten die Augen, lange hatte er dieses Licht nicht mehr gesehen. Wir haben Zeit, sagte er, bis Praia Grande und São Paulo dauert es noch Stunden.

Erfolg, Misserfolg, darüber habe er mit seinen Kameraden während der Monate in Bolivien endlos diskutiert. Beurteile man den Marsch der Kolonne nach den Maßstäben positivistischer Historiker – Fakten, Intentionen, Resultate –, so werde man ihn als folgenlos bezeichnen müssen. Der Marsch sei aber – davon habe er bereits gesprochen – noch bevor er zu Ende war, für Millionen von Landlosen und Elenden im Hinterland zu einem Mythos geworden. Die unbesiegbare Kolonne. Der Hauptmann des Volkes. Der Ritter der Hoffnung. Allem, was die Kolonne tat, wurden übernatürliche Kräfte zugesprochen. Zum Beispiel dem Marschtempo. Prestes und seine Kameraden verzehrten, nach Gaúchomanier, vom Schlachtvieh meist nur das Fleisch der Vorderläufe, das besonders nahrhaft ist, die Hinterläufe verschmähten sie. Die Sertanejos, denen eine solche Verschwendung unfassbar war, glaubten, das Fleisch der Vorderläufe verleihe der Rebellenkolonne magische Geschwindigkeit. Heute, sagte Prestes, stelle sich ihm die Frage, wie er mit dem Nichtrationalen, Mythischen umgehen solle, das dem Marsch der Kolonne anhafte. Dass er sich hier auf schwankendem Boden befinde, sei ihm bewusst. Als Offizier und Ingenieur hatte er sein Denken auf das Faktische, Rationale gestellt. Als er Marx zu lesen begann, wurde ihm klar, welche Funktion Mythen in der Gesellschaft erfüllen. Sie verschleiern die gesellschaftlichen Vorgänge. Sie lassen die Herrschaftsverhältnisse als ewig und unabänderlich erscheinen. Sie verwandeln Geschichte, also etwas von Menschen Gemachtes, in Natur. Diese Mythenkritik entsprach Prestes' eigenem Bedürfnis, das Rückständige, in der Unterentwicklung Brasiliens Wurzelnde seines Denken zu überwinden. Aber die Wirkung des Mythos der Kolonne ließ sich auf Dauer nicht verleugnen. Prestes erkannte, dass der Tendenz der Mythen zum Zeitlosen, Unabänderlichen auch das gegenteilige Potential innewohnte, die Verhältnisse zu destabilisieren. Indem sie die Herrschaftsinteressen verschleierten, lenkten die Mythen die Aufmerksamkeit auf das, was da verschleiert wurde. Ihre Mahnung an die Menschen, die historischen Verläufe als Schicksal hinzunehmen, enthielt eine Ahnung davon, dass Widerstand möglich sei. So gelangte er zu einer dialektischen Rettung der ihm seit seiner Kindheit vertrauten Mythen. Die Kultur Brasiliens, seine eigene Kultur, eine Kultur der Niedrigen, die in indianischen und afrikanischen Welterfahrungen wurzelte, war dem Entstehen von Mythen des Widerstands in hohem Maß förderlich. Einer der ältesten berichtete von einer Gemeinschaft entflohener Sklaven, die im siebzehnten Jahrhundert in Palmares, im Hinterland des späteren Bundesstaats Alagoas, mehrere Siedlungen gegründet hatten. Unter ihren Führern Ganga-Zumba und Zumbí hatte die schwarze Kommune fast hundert Jahre den Angriffen der Kolonisatoren widerstanden, bis sie mit allen ihren Bewohnern ausgelöscht worden war. Vergleichbares hatte sich am Ende des neunzehnten Jahrhunderts im Hinterland von Bahia ereignet. Dreißigtausend Landlose, Männer, Frauen und Kinder, waren dem religiösen Ekstatiker Antônio Conselheiro, dem Ratgeber, in den Sertão gefolgt, auf der Suche nach dem Neuen Jerusalem. In unwegsamer Ödnis, im Flecken Canudos, ließen sie sich nieder. Mit der jungen brasilianischen Republik hatten sie nichts zu tun, sie sehnten sich zurück in die hierarchische Ordnung der Monarchie. Für die Republik war dies eine Provokation, sie sah die Konterrevolution am Werk. Auch die katholische Kirche war nicht gesonnen, diesen plebejischen Chiliasmus zu dulden, die Pfaffen empfanden die mystische Sehnsucht nach dem Kommunismus der christlichen Urgemeinde als widerwärtig. Die Latifundisten ihrerseits sahen ihre Ländereien sich von Menschen entleeren, ohne deren Arbeitskraft ihr Besitz wertlos war. Die Armee wurde ausgesandt. Ein Jahr lang führte die Republik Krieg gegen die Fundamentalisten von Canudos, dann lag das Städtchen in Schutt und Asche, die dreißigtausend waren hingemacht. Darüber verfasste der Offizier Euclides da Cunha, der an der Kampagne teilgenommen hatte, einen viele hundert Seiten langen Bericht. Ein Werk außerhalb aller Kategorien, sagte Prestes, das er nur noch mit Tolstois *Krieg und Frieden* vergleichen könne. Das Buch sei in der Fakten referierenden Sprache der Wissenschaft verfasst, habe vielleicht gerade dadurch den Mythos von der Unbesiegbarkeit des Lumpenvolks von Canudos gestiftet. Ein Paradox, denn der Ratgeber und seine Anhänger seien ja, wie zuvor schon die Sklaven von Palmares, geschlagen und ausgelöscht worden und also alles andere als unbesiegbar gewesen. Die Taten des blutigen Lampião, um auf die Gegenwart zu kommen, gehörten schon heute in den Bereich der Mythen und Volkslegenden, obwohl der Räuberhauptmann die bestehende Ordnung keineswegs in Frage stelle, er am allerwenigsten. In dieser Genealogie stehe auch der Marsch der Kolonne. Eigenartigerweise werde die Kraft dieser Legenden dadurch, dass sie mit Niederlagen endeten, nicht gemindert. Ebensowenig spiele es eine Rolle, dass der Conselheiro ein reaktionärer Narr gewesen sei und Lampiãos Grausamkeit zwischen Reichen und Armen keinen Unterschied mache, während Zumbí ein echter Freiheitskämpfer gewesen sei und die Kolonne eine allgemeine Veränderung der Verhältnisse angestrebt habe. Nicht aus Kategorien wie Moral oder Ideologie gewännen die Volksmythen ihre Kraft, sondern aus ihrem Potential für Auflehnung, Kampf und Rache.

Zehn Jahre nachdem Prestes Olga Benario die Geschichte der unbesiegbaren Kolonne erzählt hatte, würden hunderttausend im Fußballstadion Pacaembú in São Paulo die Kraft des Mythos zu spüren bekommen, in den Versen, mit denen Pablo Neruda den Ritter der Hoffnung, den Hauptmann des Volkes begrüßte:

Heut erbitt ich von Vulkanen und Strömen
ein großes Schweigen.
Ein großes Schweigen erbitt ich von Ländern und
Menschen.
Ich bitte Amerika um Schweigen vom ewigen Schnee
herab bis zur Pampa.
Stille: Das Wort hat der Hauptmann des Volkes.
Stille: Möge Brasilien reden durch seinen Mund.

Der Kopilot hatte die Kabine betreten und teilte den Fluggästen mit, das Flugboot nehme in zwanzig Minuten am Strand von Florianópolis, der Hauptstadt des Bundesstaats Santa Catarina, eine nicht vorgesehene Wasserung vor, um zusätzliche Fracht zu laden. Man werde die verlorene Zeit bis Praia Grande wieder aufholen. Sie ließ sich von Prestes die geographische Lage erklären. Von Florianópolis bis São Paulo waren es sechshundert Kilometer auf einer ungepflasterten Straße, ein Automobil konnte die Strecke an einem Tag nicht bewältigen. Etwa auf halbem Weg lag Curitiba, die Hauptstadt des Bundesstaats Paraná. Ein Mietauto für die Fahrt nach São Paulo war in Florianópolis kaum aufzutreiben. Hingegen war es bei denen, die es sich leisten konnten, üblich, für die Fahrt von Florianópolis nach Curitiba, oder von dort bis São Paulo, ein Taxi zu mieten. Wir steigen in Florianópolis aus, entschied sie. Ich glaube nicht, dass sie uns auf der Spur sind, aber ich rechne mit der Möglichkeit. Wir werden den Zufall der Landung in Florianópolis dazu nutzen, unsere Spuren zu verwischen.

Zwei Tage später waren sie in São Paulo. Prestes nahm Verbindung zu Miranda auf. Nach einer Woche erhielt er Bescheid, sie würden in Rio erwartet. In den letzten Apriltagen trafen sie mit einem Taxi in der brasilianischen Hauptstadt ein.

11

Sie trat ins Licht der Vormittagssonne. Vor dem kleinen Fachwerkhaus mit seiner augenzwinkernden bayerischen Gemütlichkeit setzte sie die Sonnenbrille auf und drückte die Schirmmütze auf ihrem Kopf zurecht. Am Hinterkopf zog sie ein Haarbüschel über das Mützenband. Umtanzt von Principe, der aufgeregt bellend nach ihren Knöcheln schnappte, ging sie die paar Schritte durch den verwilderten Garten mit den Bougainvilleen, Hibisken und Pointsettien und dem klobigen Baum, der trotz seiner fleischigen Blätter nackt aussah. Sie schloss das Gartentor hinter sich, der kleine Hund blieb winselnd zurück. Sie begann zu laufen. An der nahen Kreuzung bog sie von der Rua Barão da Torre in die Avenida Henrique Dumont. Nach wenigen Minuten hatte sie den Strandboulevard erreicht. Auf der Stelle tretend, ließ sie mehrere Automobile und einen hoch mit Bananen beladenen Lastwagen vorbei, von dem drei in Lumpen gekleidete Schwarze zu ihr hin grüßende oder anzügliche Gesten machten. Sie überquerte die Fahrbahn, vor ihr der breite Strand und der Atlantik, weit draußen die beiden kleinen Inseln. Sie wandte sich nach links und begann, den Strand von Ipanema entlangzulaufen. Die neuen Turnschuhe waren gut, sie spürte keine Druckstellen, der leichte Schmerz in den Knien war beim Laufen auf hartem Boden nicht zu vermeiden. Mehrmals hatte sie versucht, im Sand zu laufen, aber sie kam zu langsam voran, der Sand machte den Lauf zum Krafttraining, ihr Ziel waren Ausdauer und Geschmeidigkeit. Sie achtete darauf, dass sie in der Aufwärmphase nicht zu schnell lief. Meist hatte sie gegen den Ehrgeiz zu kämpfen, vor ihr Laufende zu überholen. Sie trug ein leichtes Leibchen, unter dem sich, wie sie wusste, ihre Brustwarzen abzeichneten, und Bermudashorts. Ihre Arme und die langen Beine waren gleichmäßig braun. Nach kurzer Zeit bildeten sich am Halsausschnitt des Leibchens und unter den Armen dunkle Stellen. Es war Anfang Juni, die Zeit der größten Hitze war vorbei. Olga Benario liebte es, zu schwitzen. Der Schweiß ließ sie ihre Haut spüren und ihren gut trainierten Körper, auf den sie so viel Zeit und Anstrengung verwandte. Ihre Schritte waren leicht, die angewinkelten Arme bewegten sich locker, der Atem ging regelmäßig. Aufmerksam überwachte sie ihren Körper, immer wieder Einzelheiten des Bewegungsablaufs regulierend. Das Laufen war keine Zeit zum Träumen, dennoch glitten die Gedanken ab zur Aktion, die sie vollständig in Anspruch nahm.

Ihre Aufgabe, für die Sicherheit von Prestes zu sorgen, war seit der Ankunft der übrigen Mitglieder der Gruppe schwierig geworden. Sie drängte darauf, die Aktion voranzutreiben. Niemand durfte von Prestes' Anwesenheit in Brasilien wissen, aber die unvermeidlichen Kontakte zu brasilianischen Genossen und zur ANL konnten Filinto Müllers Schnüfflern nicht lange verborgen bleiben. Sechs Monate hatte ihnen Manuilski gegeben. Schon nach wenigen Wochen zeichnete sich ab, dass der Aufstand keinesfalls vor Ende des Jahres stattfinden würde. Zwischen Prestes und Ewert hatte das zu heftigen Diskussionen geführt. Ewert und seine Lebensgefährtin Sabo waren bereits mehrere Wochen zuvor in Rio angekommen. Sie wohnten als Ehepaar Berger um die Ecke, in der Rua Paul Redfern. Ebenfalls ganz in der Nähe, in der Rua Prudente de Morais, hatte das gepflegte belgische Ehepaar Léon-Jules Vallée und seine leicht hinkende Frau Alphonsine (Pawel Wladimirowitsch Stuchowski und Sofia Semjonova Morguljan aus der Ukraine) eine Wohnung gefunden. Vallée gehörte, wie Olga Benario, der OMS an, dem geheimen Verbindungsbüro der Komintern. Er war für die Finanzen verantwortlich. Im Stadtteil Leblon, der an Ipanema angrenzte, wohnte der argentinische Genosse Rodolfo Ghioldi mit seiner Frau Carmen de Alfaya unter dem Decknamen Luciano Busteros, gelegentlich benutzte er auch den Namen Altobelli. Seine Freundschaft mit Prestes ging auf die Jahre zurück, als der Ritter der Hoffnung in Argentinien im Exil gelebt hatte.

Die beiden Stadtteile Ipanema und Leblon lagen abseits vom Stadtzentrum. Sie waren durch einen Kanal getrennt, der vom Meer zur Lagune Rodrigo de Freitas führte, und verbunden durch eine Brücke über diesen Kanal sowie durch den endlosen Sandstrand, den an beiden Enden steile, von tropischer Vegetation überwucherte Felskuppen abriegelten. Auf dem wenige hundert Meter breiten Landstreifen zwischen dem Strandboulevard und der Lagune drängten sich Villen, Wohnhäuser, Restaurants und Hotels. Außer Touristen gab es hier viele vom Faschismus aus Europa Vertriebene, die sich erst vor kurzem an diesen idyllischen Stränden niedergelassen hatten, dazu jene besondere Gattung von Menschen jeden Alters, die ihr Leben am Strand verbringen. In dieser Umgebung fielen die Komintern-Agenten ebensowenig auf wie im östlich an Ipanema angrenzenden Strandbezirk Copacabana. Hier hatte sich, wenige Schritte von der Kreuzung Avenida Nossa Senhora de Copacabana und Rua Sá Ferreira entfernt, das Ehepaar Franz und Erna Gruber eingerichtet. In einer früheren Wirklichkeit hatte Gruber de Graaf geheißen, Vorname Johann, seine Freunde nannten ihn Jonny. Er war Sprengstoff- und Sabotagespezialist, ein Mann der Aktion. In Rio bestand seine erste Aufgabe darin, die Aktentaschen und den kleinen Tresor in Prestes' Haus mit Sprengsätzen zu versehen. Sowenig wie Prestes selbst durfte dieses Material dem Gegner in die Hände fallen. Olga Benario hielt Jonny für unberechenbar, es fehlte ihm an Ernsthaftigkeit. Das war vielleicht ungerecht, sie hatte keinen Grund, ihm zu misstrauen. Sie hatte sich gefragt, ob ihr Argwohn etwas mit Erna zu tun habe. Einmal mehr stellte sie fest, wie schwer es ihr in diesem Land fiel, vernünftig zu bleiben. Erna arbeitete als Schreibkraft für Ewert und als Fahrerin für Prestes. Während der Autofahrten, zu denen Olga Benario als Leibwächterin stets mitkam, wandte sie den Blick immer wieder auf Ernas langen Hals, ihre hohen Brüste, ihre ebenmäßigen Glieder. Erna spürte das, und es machte sie keineswegs verlegen. Sie richtete ihren schlanken Körper, den eine Aura des Begehrens umgab, noch höher auf. Erst als es zu spät war, würde Olga Benario erfahren, dass Jonny de Graaf ein Doppelagent war, der seinem britischen Kontrolloffizier die Aktivitäten der kleinen Gruppe enthüllte. Doch würde ihm für das Scheitern der Aktion keine entscheidende Verantwortung zukommen, denn was ein undurchsichtiger Abenteurer seines Typs seinen Vorgesetzten erzählt und was sie daraus machen, ist zweierlei.

Die Strategiesitzungen fanden jeden Donnerstag und Sonntag nach Sonnenuntergang, wenn die Hitze nachzulassen begann, in der Wohnung von Ewert und Sabo statt. Sie begleitete Prestes, die Hand in der Handtasche um den Pistolengriff. Ein Spaziergang von wenigen Minuten. Stets waren Ghioldi und Carmen und die beiden Vallées dabei, mehrmals auch Jonny und Erna. Sabo hielt sich im Hintergrund. Da Prestes und Ewert sich über den Zeitpunkt des Aufstands nicht einigen konnten, konzentrierten sie sich vorerst auf drängende Fragen der Organisation. Verantwortlichkeiten wurden verteilt, Verbindungen hergestellt: zur brasilianischen Partei, zu den in der ANL mitarbeitenden Gruppen und Organisationen, besonders zu den Gewerkschaften, und zu Militäreinheiten im ganzen Land. Dem Vorschlag aus Moskau, Kontakte zu den Banditen des Nordostens und ihrem Hauptmann Lampião aufzunehmen, hatte sich Prestes von Anfang an widersetzt. Beim Marsch der Kolonne durch den Nordosten hätten sich die Cangaceiros mit ein paar schäbigen Versprechungen auf die Seite der Armee ziehen lassen. Zwar hätten sie die Angriffe auf die Kolonne nach ein paar unbedeutenden Scharmützeln eingestellt, aber es sei eine Illusion, zu glauben, die Banditen, mochten sie auch erbitterte Gegner der Regierung, jeder Regierung sein, hielten sich an irgendeine Disziplin. Programmentwürfe für die ANL wurden verfasst und Aufrufe gegen die Regierung Vargas und die Kräfte des Imperialismus und Kolonialismus, die Eigner der Latifundien, die Brasilien für ihren Privatbesitz hielten. Bei den Kundgebungen, zu denen Zehntausende im ganzen Land sich auf Straßen und Plätzen versammelten, wurden diese Aufrufe verlesen. Strategien für den Kampf gegen die Integralisten und ihren Führer Plínio Salgado waren zu erarbeiten, denn die Grünhemden, geformt nach dem Vorbild der italienischen Faschisten GOTT VATERLAND FAMILIE, drängten ihrerseits an die Macht.

Sie saßen auf dem Balkon von Ewerts und Sabos Wohnung, tranken kühle Fruchtsäfte und aßen Pães de Queijo, die von der Hausangestellten, die für diese Stunden freibekommen hatte, bereitgestellt worden waren. Parteisekretär Antônio Maciel Bonfim, Deckname Miranda, war für die Kontakte zur brasilianischen Partei und besonders zu den Mitgliedern des Zentralkomitees Martins (Honório de Freitas Guimarães), Bangú

(Lauro Reginaldo da Rocha) und Tampinha (Adelina Déicola dos Santos) verantwortlich. Wenn Miranda an den Gesprächen teilnahm, brachen in dem kleinen Kollektiv mitunter Risse auf. Die brasilianische Parteiführung misstraute Prestes weiterhin. Sie sahen in ihm den kleinbürgerlichen Offizier, dessen Rebellentum mit der historischen Mission des Proletariats wenig zu tun hatte. Nur auf Druck der Komintern hatten sie ihn in die Partei aufgenommen, weder im Zentralkomitee noch im Politbüro boten sie ihm einen Sitz an. Prestes, sonst meist verbindlich, warf Miranda in scharfem Ton vor, die Partei betone zu sehr die Differenzen zur ANL, Miranda begreife nicht, dass die ANL keine Partei sei, sondern eine Volksbewegung. Deren Unabhängigkeit dürfe nicht in Zweifel geraten. Reiße die Partei zum jetzigen Zeitpunkt die Leitung an sich, wäre das ein schwerer strategischer Fehler.

Die Diskussionen zwischen Prestes und Ewert dagegen, auch wenn sie oft heftig wurden, überschritten nicht die Grenzen der Freundschaft und des Vertrauens. Ewert, alles andere als ein Hasenfuß, plädierte für Geduld. Er betonte die Rolle der Volksmassen und warnte vor übereiltem Aktionismus. Die revolutionäre Tendenz im Land solle unterstützt werden, aber ohne Illusion. Nur die Anstrengung nicht nachlassender Analysearbeit werde erweisen, wann die Lage für einen Umsturz reif sei. Prestes dagegen drängte zum Handeln. Der bewaffnete Umsturz sei absehbar, das Militär schon fast soweit. Mit der Verzögerung wachse das Risiko der Enttarnung. Einmal verpasst, sei der Augenblick des Losschlagens unwiederbringlich verloren. Olga Benario, die Handelnde, fand Prestes' Argumente überzeugend. Allerdings ließen sich Ewerts lebhaft, manchmal polternd vorgetragene Erwägungen nicht ohne weiteres zurückweisen. Sie mochte den extravertierten Genossen mit dem Aussehen eines fülligen Kleinbürgers, der an der Militärakademie in Moskau ihr Lehrer gewesen war. Ewert war, das stand für sie außer Frage, der fähigste Revolutionär der Gruppe. Sie fand es schwierig, Gewissheit zu erlangen in diesen Debatten, es war auch nicht ihre Aufgabe, die Entscheidungen lagen bei anderen. Aber zu den Millionen Menschen, in deren Leben die hier gefällten Beschlüsse eingreifen würden, gehörte sie selbst, sie auf jeden Fall, wie auch immer die Dinge laufen mochten. Sie würde alles versuchen, um ihre Aufgabe zu erfüllen in dem historischen Geschehen, in dessen Zentrum sie sich befand.

Dein Denken, sagte sie nach einer dieser Debatten zu Prestes, bleibt militärischen Kategorien verhaftet. Ewert dagegen verbindet in leninscher Weise militärische, politische und ökonomische Argumente, was stört dich daran? Prestes entgegnete, wenn der Augenblick des Handelns gekommen sei, habe nur noch das militärische Denken zu gelten. Als für seine Truppe verantwortlicher Militärführer könne er sich ein Zögern nicht leisten. Eine Revolution sei keine Sonntagsschule. Was du nicht sagst, sie erhob sich und ging in den Garten. Sie setzte sich unter den kahlen Baum mit den fetten Blättern. Principe brachte ihr den zerkauten Tennisball und blieb schwanzwedelnd vor ihr stehen.

Der Felsvorsprung am östlichen Ende des Strandes kam allmählich näher. Sie lief an einem der weiten Sonnenschirme vorbei, unter denen grüne Kokosnüsse zu einem Haufen gestapelt waren. Sie liebte es, zuzuschauen, wie die Verkäufer mit einem Schlag ihrer Machete der Frucht den Boden abhackten, dann zwei kurze Schläge über Kreuz in die Spitze, ein Deckel entstand, der mit dem Messer aufgespießt wurde, ein Trinkhalm wurde in die Öffnung gesteckt und die Kokosnuss mit dem abgeflachten Boden auf einen der wackligen Holztische unter den Sonnenschirmen gestellt. Der Strand war belebt. In kleinen Gruppen saßen und lagen die Cariocas im Sand. Was tun diese Menschen nur den ganzen Tag? hatte sie ihre Reinemachfrau gefragt. Du bist eben keine Carioca, antwortete Florzinha, sonst müsstest du nicht fragen. Sie stolperte, konzentrierte sich wieder auf ihre Schritte. Ein Läufer überholte sie. Sie folgte ihm. Nach wenigen Minuten begannen die Lungen zu brennen, sie besann sich auf ihr eigenes Tempo. Später sah sie den Läufer unter einem der Sonnenschirme, vor sich eine Kokosnuss. Ein Kurzstreckenläufer. In letzter Zeit hatten die Spannungen zwischen ihr und Prestes zugenommen. Das hatte ihr gerade noch gefehlt. Ihre Aufgabe war vertrackt genug, durch das Andrängen privater Gefühle wurde sie noch gefährlicher. Ihre Unsicherheit in der persönlichen Beziehung machte Prestes ungeduldig. Wenn sie seine Argumente kritisierte, konnte er jetzt ungehalten werden. Dann antwortete auch sie gereizt, fand ihn verwöhnt und warf ihm vor, dass sie wie Principe mit dem Schwanz wedeln müsse, um Herrchen zu versöhnen. Die Auseinandersetzungen endeten meist damit, dass sie sich vornahmen, das Private noch energischer aus der Arbeit herauszuhalten. Frauen hatten es da schwerer. Die Männer wurden dazu erzogen, die Liebe nicht für das Zentrum des Lebens zu halten. Sie hatten Wichtigeres zu tun, auch Prestes, jedenfalls seit sie in Rio angekommen waren. Das wurde ihr bewusst, als sie sich eingestand, dass ihre Gefühle für ihn sie in eine unbekannte Zone führten. Als Berufsrevolutionärin hatte sie sich darauf zu besinnen, wie in einer solchen Situation zu verfahren war. Nichts durfte die Aktion gefährden. Die private Beziehung war abzubrechen. Gelang das nicht, musste einer der beiden Partner aus der Aktion ausscheiden. Nachdem sie das gründlich bedacht hatte, beschloss sie abzureisen. Die sechs Monate, die Manuilski ihr für die Unternehmung in Aussicht gestellt hatte, waren ohnehin bald um. Er würde ihrem Antrag, nach Moskau zurückzukehren, keine besondere Bedeutung zumessen.

Der einzige Mensch, mit dem sie über diese Dinge sprach, war Sabo. Es hatte eine Weile gedauert, bis Olga Benario die mausige Frau neben ihrem geselligen, Bier trinkenden, im Rauch seiner Senadores laut und leidenschaftlich argumentierenden Mann wahrgenommen hatte. In der ersten Zeit ihrer Bekanntschaft hatte Sabo das Gespräch mehrmals auf China und Otto Braun gebracht, den Olga Benario ja kenne. Er habe sich schon bald nach seiner Ankunft in Schanghai mit Arthur in Verbindung gesetzt. Es sei eine gefährliche Zeit gewesen, wer sich dem Regime widersetzte, wurde erschossen, gehenkt, erdrosselt. Die Familien ausgerottet, auch die Kinder. Der Weiße Terror. Kanton, fünf Jahre zuvor, sei das Fanal gewesen, als die Truppen des Guomindang Zehntausende gezwungen hatten, in die Feuer der Hochöfen zu springen. Der Kampf gegen die Kommunisten werde vom Guomindang als Kampf auf den Tod geführt. Sie verstehe das, sagte Sabo, aber warum diese Grausamkeit, die sich allem Begreifen entziehe? Nichts Asiatisches hafte solcher Unmenschlichkeit an. In Deutschland waren die

Noske-Truppen und die bayerischen Freischärler mit den Genossen nicht anders verfahren. Otto Braun habe erzählt, was er nach Kriegsende in München mit ansah. Ein scharfsinniger Militärstratege, auf dem Marsch werden Zhou Enlai und Mao seinen Rat brauchen können. Olga Benario fiel ihr Gespräch über die Strategien Napoleons und Kutusows ein, auf einer endlosen Eisenbahnfahrt. Allerdings, sagte Sabo, sei es für Braun nicht leicht, sich auf die chinesischen Zustände einzulassen. Zu manchen Gedankengängen der chinesischen Genossen hätten er, aber auch Ewert (und sie selbst) keinen Zugang gehabt. Oft seien sie nicht einmal sicher gewesen, ob die von den chinesischen Genossen vorgebrachten Argumente historischen, militärtechnischen oder gar mythologischen Bereichen angehörten. Ewert habe Braun zur Behutsamkeit gemahnt, aber der habe daran festgehalten, Krieg sei Krieg und die strategischen und taktischen Probleme glichen sich überall: Größe der Truppenkontingente, Bewaffnung, Beschaffenheit des Terrains, Organisation des Nachschubs. Ein glänzender Stratege, zweifellos.

Wenige Tage später hatte Sabo lachend zu ihr gesagt, sie komme sich blöd vor. Da habe sie sich bemüht, viel von Otto Braun zu erzählen, ohne zu merken, was mit ihr und Prestes sei. Was ist mit Prestes und mir? fragte Olga Benario, und was ist mit dir und Arthur? Ja, was ist mit uns? fragte Sabo. Sie brachen in Lachen aus. Sie hatte die ältere Freundin um die Schultern gefasst, Sabo war einen Kopf kleiner als sie. Von Principe umtanzt, spazierten sie am Strand entlang auf den Felsvorsprung des Arpoador zu, ihre tägliche Laufstrecke. Hast du gewusst, fragte Sabo, dass Arthur mehrere Jahre jünger ist als ich? Hast du gewusst, sagte Olga Benario, dass Prestes mehrere Jahre älter ist als ich? Einmal, in Kanada, sagte Sabo, haben sie mich wegen unmoralischen Lebenswandels ins Gefängnis gesteckt. Dich? Olga Benario wollte abermals loslachen, aber sie hielt sich zurück. Arthur und ich, sagte Sabo, lebten da, ohne verheiratet zu sein. Wir waren vermutlich nicht das einzige unverheiratete Paar in Kanada, aber wir waren Kommunisten und Ausländer. Wenige Jahre später, zurück in Deutschland, haben wir geheiratet. Es war nach der missglückten Märzaktion der Partei, Arthur saß in Halle im Gefängnis. Mir wurde bedeutet, dass nur Verwandte als Besucher zugelassen seien. Der Gefängnispfarrer hat uns getraut. Mit unseren Gefühlen füreinander hatte das nichts zu tun.

Sie war am Ende des Strandes angelangt. Auf der Stelle tretend zog sie die Mütze vom Kopf, schüttelte die verklebten Haare und wischte sich den Schweiß aus dem Gesicht. Über ihr ragte der Felsvorsprung auf, der Ipanema von Copacabana trennte. Dahinter das Fort. Jedesmal, wenn sie diesen Felsen erreichte, versuchte sie sich vorzustellen, wie Siqueira Campos mit einer Handvoll Soldaten und Offizieren zu seinem selbstmörderischen Spaziergang am Strand von Copacabana aufgebrochen war. Todesverachtend, aber auch die Wirklichkeit verachtend. Ein Held und ein Spinner. Vielleicht hatte Prestes recht damit, dass die Elenden solche wie Siqueira Campos (oder wie Prestes) brauchten, um sich mit deren Mut selbst Mut zu machen. Ihr Atem ging langsamer. Das dünne Leibchen klebte am Körper, die Brustwarzen rieben gegen den nassen Stoff. Morgen würde sie vor dem Lauf Heftpflaster auf die Brustwarzen kleben. Der leichte Schmerz in den Knien. Die Füße waren in Ordnung. Sie wischte sich mit dem Handrücken noch einmal den Schweiß aus dem Gesicht, setzte die Sonnenbrille wieder auf und zog die Haarsträhne am Hinterkopf über das Band der Schirmmütze. Ein paar Cariocas beiderlei Geschlechts, die unter einer der hohen Palmen herumlungerten, schauten ihr zu. Sie begann den Rückweg.

Vieles hat Arthur sich selbst beigebracht, sagte Sabo. Sein Vater war ein ostpreußischer Bauer. Er hätte die Welt besser verstehen wollen, aber die paar Jahre Volksschule reichten dazu nicht aus. Den Brockhaus konnten sie sich nicht leisten. Für Arbeiterinnen und Arbeiter erschien das Wörterbuch damals auch in einer broschierten Fortsetzungsreihe, die hatte der Vater abonniert. Der kleine Arthur hat die dünnen Broschüren gelesen, angefangen beim Buchstaben A. Wenn er durch war, fing er wieder von vorn an. Vieles hat er nicht verstanden. Die Hinterwäldler in Heinrichswalde haben ihm wenig helfen können, am allerwenigsten der Dorfschullehrer, der meist betrunken war. Mit zwölf Jahren hat Arthur für ihn in der Dorfschule unterrichtet. Dabei hat er, wie er sagt, selbst am meisten ge-

lernt. Mit vierzehn Jahren ist er nach Berlin gegangen, hat eine
Sattlerlehre gemacht. Er hat Versammlungen der bürgerlichen
Parteien besucht, evangelische und katholische Zirkel, Gesund-
beter und Sterndeuter und immer öfter die Treffen der Arbei-
terjugendbewegung. Damals begann er, die Klassiker zu lesen,
Marx, mehr noch Engels, den *Anti-Dühring* konnte er verstehen. Er hörte Rosa Luxemburg und Frida Rubiner und trat in
deren Partei, die Sozialdemokratie, ein, seine ältere Schwester
Minna war bereits Mitglied. Bei einer Tanzveranstaltung der
SPD-Jugend haben wir uns kennengelernt. Ich tanze gern. Ich
auch, sagte Olga Benario. Sie hatten sich unter einer Palme in
den Sand gesetzt. Principe war neben ihnen eingeschlafen, die
kurzen Läufe hatte er von sich gestreckt, um sich Kühlung zu
verschaffen. Den Karneval haben wir verpasst, sagte Sabo, aber
in den Favelas gibt es Sambaschulen, da können wir tanzen gehen, wenn du Lust dazu hast. Ich mag nicht die Armut begaffen,
sagte Olga Benario. Wir sind keine Touristen, entgegnete Sabo,
auch keine wohlmeinenden. Das Lumpenproletariat ist nicht
unsere Sache, aber die niedrigste Lebensform, die in dieser Gesellschaft gerade noch möglich ist, sollte uns nicht fremd sein.
Sie schwiegen. Nach einer Weile sagte Sabo, wir haben unser
Leben dieser Sache, dem Sozialismus, gewidmet. Der Preis, den
wir bezahlen, ist hoch. Wir sollten uns von Zeit zu Zeit vor
Augen halten, weshalb wir ihn bezahlen. Von welchem Preis
sprichst du? fragte Olga Benario. Sabo sagte, als Arthur und
ich wenige Monate vor Beginn des Weltkriegs nach Kanada
auswandern wollten, war ich schwanger. Ich habe abgetrieben.
Wir wollten dort drüben, neben unserem normalen Leben, in
der Illegalität mithelfen, die kanadischen Arbeiter zu organisieren. Mit dem Kind wäre das nicht gegangen. Sie blickte Olga
Benario an. Die Entscheidung war richtig, aber der Schmerz ist
nicht kleiner geworden. Sie machte eine ungenaue Handbewe-
gung und verfiel erneut in Schweigen. Dann nahm sie ihre Erzählung wieder auf: Kurz nach Kriegsende hat die kanadische
Polizei uns geschnappt. Arthur wurde nach Deutschland abgeschoben. Er fand eine Stelle bei der AEG. Damals begannen die
Flügelkämpfe innerhalb der deutschen Partei, und sie hörten
bis zum Ende der Weimarer Republik nicht auf. Arthur war un-

erschrocken. Er hat Thälmann heftig kritisiert, mehr als einmal auch Stalin. Principes Flanke hob und senkte sich, manchmal zuckten seine Vorderläufe. Olga Benario war plötzlich auf der Hut vor der Richtung, die das Gespräch nahm. Sabo kannte die Regeln. Oder sollte ihre eigene Verlässlichkeit geprüft werden? Das steht alles in Arthurs Personalakte, sagte Sabo leichthin, auch dass er später Selbstkritik geübt hat. Zu Hause hat er getobt, einen seiner cholerischen Anfälle gehabt. Aber es kam nicht in Frage, dass er sich gegen einen einmal gefällten Parteibeschluss stellte. Auch dann nicht, wenn er den Beschluss für falsch hielt. Einzelkämpfer, sagte er, die nur dem eigenen Gewissen folgen, das sei bürgerlicher Firlefanz. Die Industrie, mit ihren Fabriken und Fließbändern, hat aus uns Massen gemacht, Arbeitermassen, Proletariermassen, hungernde Massen. Gut, dann wehren wir uns auch als Massen.

Sie hatte wieder die Einmündung der Avenida Henrique Dumont erreicht. Leichtes Seitenstechen, Müdigkeit in den Beinen. Vor ihr das kurze, verlassene Stück Niemandsland. Nicht anhalten! Die Bewegung nicht unterbrechen! Im Schritt überquerte sie die Brücke von Ipanema nach Leblon. Unter ihr das Rinnsal des Kanals. Im Dunst am Ende des Strandes, aus der Gischt steil aufsteigend, die Kuppen der Dois Irmãos, der beiden brüderlich aneinandergelehnten Felsenhügel. Sie begann wieder zu laufen.

Erzähl von dir, sagte sie zu Sabo. Sie sei ebenfalls aus Ostpreußen. Vater Dorfschmied, Mutter früh gestorben. Armut. Enge. Sobald sie konnte, ab nach Berlin. Fabrikarbeiterin, Mitglied der Sozialdemokratie, Bekanntschaft mit Arthur. Das ist alles. Du machst dich lustig über mich, sagte Olga Benario. Das ist alles, wiederholte Sabo. Wieso? du hattest doch eine ähnliche Kindheit wie Arthur, bei ihm war das von Belang. Das ist etwas anderes, sagte Sabo, Arthur ist ein führender Genosse, Reichstagsabgeordneter, Mitarbeiter der Komintern. Was Sabo nach der Rückkehr aus Kanada gemacht habe. Sekretärin beim westeuropäischen Frauensekretariat in Berlin. Hast du Clara Zetkin gekannt? Sabo nickte, allerdings sei die Genossin meist unterwegs gewesen. Später habe sie bei verschiedenen Parteiorganisationen Frauenarbeit und Gewerkschaftsarbeit gemacht.

Als Arthur Ende der zwanziger Jahre für die Einheitsfront mit den Sozialdemokraten eintrat, geriet er eine Zeitlang zwischen Hammer und Amboss. Er hatte sie sehr gebraucht. Was hat er von dir gebraucht? Kochen, bügeln, Socken stopfen? Sabo brach in Lachen aus, Olga Benario stimmte ein, Principe erwachte und begann zu bellen. Sabo wischte ihm den Sand von der Schnauze. Wir haben über Taktik gesprochen, über Arthurs Verhalten im Parteivorstand. Sie habe ihm klargemacht, dass er seine Parteilaufbahn aufs Spiel setze. Er sagte, das könne er nicht ändern. Sie wies darauf hin, wie wichtig es sei, dass gerade er im Vorstand bleibe. Was nützten Einsichten, wenn sie nicht durchgesetzt wurden. Sie trafen sich regelmäßig mit anderen Genossinnen und Genossen, die die gleiche Linie vertraten wie er. Mitunter fanden die Gespräche im Malik-Verlag statt, bei Herzfelde. Der die Bücher von Kollontai herausgebracht hat? Sabo nickte. Herzfelde hatte eine junge Mitarbeiterin, Maria Greßhöner. Die hat mir einmal erzählt, wie begeistert sie war, als du Braun aus dem Kriminalgericht Moabit befreit hast. Sie und eine andere junge Genossin wollten einen Verein frecher Frauen gründen, du solltest ihnen Unterricht in Frechheit erteilen. Olga Benario blickte sie belustigt an. Du bist damals für viele junge Frauen eine Heldin gewesen. Das war mir klar, sagte Olga Benario, in der Union haben sie mich als mutige Kommunistin gefeiert, ich habe das über mich ergehen lassen. Gelegentlich, wenn sie mich lobten, hörte ich heraus: als Frau. Arschlöcher. Auch ich habe damals deinen Mut bewundert, sagte Sabo, auch deinen Mut als Frau. Nein, nein, lass mich zu Ende reden. Einem Proletariermädchen wird die Frechheit früh ausgetrieben, zu allem hast du ja und amen zu sagen. Du bist das Niedrigste. Alle haben mehr Macht, mehr Geld oder sind stärker als du. Das geht in dich ein, das wirst du nicht mehr los. Sie richtete ihren gekrümmten Rücken auf. Ich habe Jahre gebraucht, um zu lernen, dass ich mich wehren kann. Du kannst dir nicht vorstellen, wie ich dich um deine Frechheit beneide.

Der Strand war zu Ende. Vor ihr die Felsen der Dois Irmãos. Seit einer Stunde war sie unterwegs. Am Strand, unter Palmen, der kleine Imbissstand: ein Strohdach auf Balken ohne Wände, wo sich die Genossen gelegentlich beim Sonnenuntergang trafen, um bei einem Caipirinha die Anspannung des Auftrags zu vergessen. Dann und wann kam auch Prestes. Sauber rasiert, im leichten Sommeranzug, mit Strohhut und Sonnenbrille, erinnerte er in Nichts an den bärtigen Führer der berühmten Kolonne. Schweißtropfen brannten ihr in den Augen, die Arme und Beine waren nass, das Leibchen schweißgetränkt. Die Wadenmuskeln schmerzten, im rechten Oberschenkel ein Ziehen. Sie musste bald etwas trinken. Nicht stehenbleiben. Im Schatten der Dois Irmãos kehrte sie um und begann die letzte Strecke.

Sie bewunderte Sabos Klugheit und Stärke. Die Freundin hatte die Fähigkeit, das Wesen der Dinge und Vorgänge zu erkennen und dafür die richtigen Worte zu finden. Ihre Darstellung der Atmosphäre in Moskau hatte Olga Benario verschreckt. Im Sommer des vergangenen Jahres waren Sabo und Ewert, von Schanghai kommend, über Wladiwostok nach Moskau gereist. In den Wochen, in denen sie Instruktionen für die Aktion in Brasilien erhielten, hatten sie im Lux gewohnt, dem Hotel für die Mitarbeiterinnen und Mitarbeiter der Komintern. Von der lebhaften Kameradschaft der zwanziger Jahre sei nichts mehr zu spüren gewesen, sagte Sabo. Auf den Gängen Stille. Freunde nickten sich flüchtig zu, flüsterten ein paar Worte und gingen ihrer Wege. Die lauten Nächte mit Samowar und Kaviar und Diskussionen in vielerlei Sprachen aus offenen Türen, mit Singen und Lachen waren nur noch Erinnerung. War es ein Traum gewesen? Wachsamkeit gegenüber Trotzkisten, sagte Sabo, damit bin ich einverstanden, erst recht seit in Deutschland die Nazis regieren. Aber die verstohlenen Blicke, das flüchtige Sichumsehen, der Hut im Gesicht, die Tür, die sich im Vorbeigehen schließt. Etwas bahnt sich an. Olga Benario war verwirrt. Sie hatte vor der Abreise selbst im Lux gewohnt. War ihr nichts aufgefallen? Sie war mit ihren Brasilien-Plänen beschäftigt gewesen, die Gespräche mit Manuilski und Pjatnitzki, die Begegnung mit Prestes, der Portugiesischunterricht, all die Vorbereitungen auf die Aktion hatten sie in Anspruch genommen. Außerdem fehlte ihr der Vergleich mit früher. Zu den älteren Komintern-Genossinnen und -Genossen im Lux hatte sie keinen Kontakt gehabt. Hatten die sie gemieden? Vielleicht, fuhr Sabo fort, wisse Stalin nicht, wie schlecht die Stimmung unter den Genossen geworden sei. Das jedenfalls glaubte Arthur. Er hatte mit Manuilski gesprochen. Anschließend war er gedrückt ins Lux zurückgekommen. Von da an tat er alles, um die Abreise aus Moskau zu beschleunigen. Du verstehst, sagte Sabo zu Olga Benario, während sie mit Principe am Strand zurückspazierten, wir hatten keine Gewissheiten. Manches haben wir uns vielleicht nur eingebildet, wir hatten eben diese Erinnerungen an früher. Als Kirow ermordet wurde, waren wir bereits in Montevideo. Der Mord beweise, dass die Trotzkisten vor nichts zurückschreckten, sagte Arthur. Stalin weiß, was er tut, das Misstrauen aller gegen alle, das uns in Moskau so verunsichert hat, ist notwendig. Aber die Verhaftung von Sinowjew und Kamenew und anderen Bolschewiki habe Arthur dann doch wieder zu schaffen gemacht. Und was glaubst du? fragte Olga Benario. Sabo zögerte. Als Kommunistin glaube ich, dass zur Befreiung der Menschen jedes Mittel recht ist. Als Mensch glaube ich, dass man seinen Weggenossen vertrauen soll. Als Lebensgefährtin von Arthur bin ich bereit, mein Leben für ihn hinzugeben. Und als Proletarierin, fügte sie hinzu, hasse ich pathetisches Geschwafel. Du solltest die Menschen nicht nach ihrem Glauben fragen, dabei kommt selten etwas Gescheites heraus.

In kurzen Schlucken, zwischen heftigen Atemzügen, saugte sie die Kokosmilch durch den Strohhalm. Allmählich beruhigte sich ihr Atem. Sie hatte die Turnschuhe und Socken ausgezogen und die langen Beine unter den wackligen Holztisch gestreckt. Das Muskelbrennen ließ nach. Im Schatten des breiten Sonnenschirms trocknete der Schweiß auf der Haut. Mit einer gleichmäßigen Bewegung massierte sie die harte Stelle hinten am Oberschenkel. Sie gab sich dem Wohlgefühl hin, das sich nach körperlichen Anstrengungen einzustellen pflegte. In der Nähe hatten zwei Paare im Sand ein Volleyballnetz aufgespannt. In der Version des Spiels, die sie hier schon oft bewundert hatte, wurde der Ball nicht mit den Händen, sondern mit den Füßen über das Netz befördert. Dagegen kamen ihr die Fußballspiele ihrer Neuköllner Jugendgruppe plump vor. Eine Weile versuchte sie, an nichts zu denken, aber das Schwierige, das ihr bevorstand, ließ sich nicht verdrängen. Ich werde abreisen, hatte sie vor ein paar Tagen zu Sabo gesagt. Mit Prestes geht es nicht mehr. Ich habe gedacht, ihr liebt euch, sagte Sabo. Er geht mir auf die Nerven, der Volksheld. Benimmt er sich denn wie ein Volksheld? Keineswegs, sagte Olga Benario, aber natürlich ist er einer. Mutig. Unbeirrbar. Alles für die Sache. Und er liebt mich und bewundert mich. Du ihn anscheinend auch. Ich will nicht die Gefärtin eines Helden sein. Du willst nicht kochen, bügeln, Socken stopfen? Olga Benario lächelte. Ich weiß vielleicht am besten, wie außergewöhnlich er ist, sagte sie. Er ist der Mann, mit dem ich leben will, aber ich kann es nicht. Gib mir einen Rat. Von Liebe verstehe ich nichts, sagte Sabo. Was die Menschen zueinanderzieht, warum eine Beziehung glückt oder missglückt, ist mir ein Rätsel. Mit Kameradschaft, wie die Genossen das jetzt nennen, ist das nicht erklärt. Falls es da Regeln gibt, kenne ich sie sowenig wie du. Wie ist das denn zwischen dir und Ewert? fragte Olga Benario. Das hast du mich schon mehrmals gefragt. Weil es mir ganz ungewöhnlich vorkommt. Unsere Beziehung, sagte Sabo, verstehe ich am allerwenigsten. Sie schob sich eine graue Haarsträhne aus der Stirn. Mitunter denke ich, Liebe ist dafür nicht das richtige Wort. Unsere Beziehung ist tiefer. Aber Liebe soll ja das Tiefste sein.

Es gab keine andere Lösung. Die Aktion durfte nicht gefährdet werden, und ihre sechs Monate waren um. Sie formulierte im Kopf die Depesche, die sie am folgenden Tag an Manuilski senden würde. Samstag, zweiundzwanzigster Juni neunzehnhundertfünfunddreißig. Meine Verpflichtungen hier abgelaufen. Bitte zurückkehren zu dürfen. Grüße an alle. Maria Bergner Vilar.

Sie hörte einen leichten Aufschrei. Eine der beiden Volleyballspielerinnen lag im Sand und hielt sich das Fußgelenk. Die andere Spielerin und die beiden Männer richteten sie auf, halfen ihr zum Spielfeldrand, wo sie sich niederließ. Einer der Männer betastete ihr Fußgelenk. Nach einer Weile nahmen die drei übrigen das Spiel wieder auf, zwei gegen einen. Olga Benario erhob sich und trat zu ihnen. Die drei unterbrachen ihr Spiel. Der Spieler, der seine Partnerin verloren hatte, nickte ihr zu. Sie stellte die Turnschuhe in den Sand und betrat das Spielfeld. Der Spieler gab ihr den Ball. Sie balancierte ihn zuerst auf dem einen Fuß, dann auf dem anderen, die drei sahen ihr zu. Sie versuchte, den Ball über das Netz zu spielen. Er fiel auf ihre Seite zurück. Outra vez, sagte ihr Partner. Nach mehreren Versuchen gelang es. Tudo bem? Olga Benario nickte. Sie begannen zu spielen.

12

I

Engel mit offenen Flügeln blickten auf sie herab. Würdige Häupter mit Walrosschnauzern und Vollbärten starrten von hohen Säulen und aus in den Stein eingelassenen Nischen. Edle Frauen, das Haar von Schleiern bedeckt, reichten Becher und Blüten dar, Jungfrauen streuten Samen in den Wind oder blickten fromm oder ausdruckslos. Ein Held in wehendem Uniformmantel schritt mit offener Stirn einher, sein Blick ging ins Weite, über Zinnen und Giebel hinweg, über steinerne Quader und tönerne Blumentöpfe, über Grabplatten und Grabsteine und herrschaftliche Totenhäuser mit säulengetragenen Vordächern, über Ionisches, Dorisches und Korinthisches. Ein Löwe setzte seine Pranke auf Marmor, Tauben gurrten unter der sengenden Sonne auf den Zinnen und Dächern der Grabstätten, und im engen Durchgang zwischen zwei Gräberreihen kauerte eine rostbraun, schwarz und weiß gesprenkelte Katze und blickte sie fluchtbereit an. Ruth Rewald zögerte. Sie hatte hier vor der Sonne Schutz suchen wollen, aber nun war die Katze vor ihr da, und Schatten gab es auch anderswo. Sie überquerte die Rue Émile Richard, durch die sie seit einem halben Jahr jeden Morgen zur Arbeit ging und die den Friedhof in zwei Teile schnitt. Es gab an diesem Samstagnachmittag nur wenige Besucher; wer nicht arbeiten musste, hielt Siesta oder ging baden. Auf beiden Seiten der Allee ein Wirrwarr von ineinander verschachtelten Grabmälern, Triumphbögen, Tempeln und Mausoleen. César Franck lag hier und Camille Saint-Saëns (als Schwänchen hatte sie in lange zurückliegenden Ballettstunden das Sterben in Schönheit geübt). Wenige Schritte weiter begann das Quartier der Verleger und Buchhändler, Louis Hachette und Pierre Larousse und Henri Plon. Die konnten ihr noch weniger helfen als die lebenden Verleger, die andere Sorgen hatten, als die Bücher einer unbekannten deutschen Jugendbuchautorin herauszubringen, wo selbst die Bücher der Großen unter den Emigranten keine Leser mehr fanden. Sie hatte keine Beziehung zu den Toten. Von den Monumenten ging keine Aura aus, unter ihnen lagen Skelette. Als sie und Hans im Januar in die Rue Daguerre gezogen waren, hatten sie der tägliche Gang durch den Cimetière du Montparnasse, der Anblick der unzähligen Gräber unter einem frostigen Himmel bedrückt. Dann war der Frühling gekommen, und Hunderte von Linden, Eschen und Zypressen waren ergrünt und erblüht. Der Friedhof hatte sich in einen Park verwandelt, den die Lebenden bevölkerten. An Samstagnachmittagen, nachdem sie das Biblion geschlossen hatte, liebte sie es, auf dem Heimweg hier zu verweilen.

Nach einem kurzen Wegstück erreichte sie eine Linde, in deren Schatten sie sich gern niederließ. Heute herrschte hier Betrieb. Drei Totengräber waren dabei, ein Grab auszuheben, das Geviert war großzügig abgesperrt, ein paar Neugierige standen schwitzend herum, ein Polizist lehnte im Schatten gegen den Baumstamm. Sie erkundigte sich bei ihm nach dem frischen Grab. On va enterrer le capitaine Dreyfus. Sie blickte ihn verständnislos an. Il est mort hier, sagte der Flic, ob sie die Zeitungen nicht gelesen habe? Die Nachricht erreichte sie wie aus einer anderen Zeit. Nein, sie hatte nicht gewusst, dass Dreyfus gestorben war. Sie hatte nicht einmal gewusst, dass er noch lebte. Dreyfus, Zola, *J'accuse*, das war eine alte Geschichte, neunzehntes Jahrhundert, lange vergessen. Allerdings nicht der Kampf gegen den französischen Antisemitismus. Die Februarereignisse des vergangenen Jahres hatten sie aufgestört. Nicht vom Hochstapler Stavisky war in vielen französischen Zeitungen die Rede gewesen, sondern vom jüdischen

Hochstapler oder vom russischen Juden (er war seit zwanzig Jahren französischer Staatsbürger). Die Aufmärsche der Feuerkreuzler, der Putschversuch der Rechten nach Staviskys Tod, hatten ihr vor Augen geführt, wie stark der Faschismus auch in Frankreich war. Und morgen, ausgerechnet am französischen Nationalfeiertag, wurde Dreyfus beerdigt. Würde es erneut zu antisemitischen Pöbeleien kommen, zur Hatz auf Fremde, auf Asylantinnen und Asylanten? Sie hatte ohnehin nicht vorgehabt, sich unter die Menge zu mischen, stattdessen würde sie ein paar Stunden allein hier auf dem Friedhof verbringen. Ihr Bedürfnis nach Stille hielt an. Vor zwei Wochen war der Kongress zu Ende gegangen, aber ihre Nerven waren noch immer überreizt. Bilder und Töne wirbelten in ihrem Kopf herum, Gesichter und Gesten tauchten auf aus Schwaden von Zigarettenrauch, Satzfetzen in vielen Sprachen drangen an ihr Ohr, wortgewaltige Reden und Klatsch. Sie war erregt von der Gegenwart so vieler Großer und niedergedrückt von dem Gedanken, dass sie niemand war, ungekannt, unberühmt, eine kleine Schreiberin von Jugendbüchern, die ihre Tage in einer Leihbibliothek verbrachte. Isoliert inmitten der aufgeregten, erwartungsvollen Menge, die im Schein der Straßenlaternen durch die Rue Monge zur Ecke Rue Saint-Victor und Rue de Pontoise strömte. Vor dem Eingang zur Maison de la Mutualité, unter der säulenverzierten Rundfassade, staute sich die Menge auf die Straße hinaus und versperrte den hupenden Automobilen und Autobussen den Weg. Menschen begrüßten und umarmten einander, alle schienen sich zu kennen, sie kannte niemanden, sie gehörte nicht dazu; aber das war töricht, die meisten hier gehörten nicht dazu, waren aus Neugier gekommen und aus Sympathie. Antifaschisten, Kulturfreunde, Journalisten und Schöngeister, Intellektuelle, Gewerkschafter und Arbeiterinnen, Vertreter von Parteien und Hilfsorganisationen, Jugend und ältere Menschen, viele von ihnen Flüchtlinge wie sie selbst. Aber sie war eine Schriftstellerin, und auf einem Schriftstellerkongress zur Verteidigung der Kultur hätte sie nicht zu den Besuchern gehören sollen, sondern zu den Teilnehmern.

Mit der Menge gelangte sie durch den überdachten Eingang ins Innere. Sie sah bekannte und berühmte Gesichter, Egon

Erwin Kisch war da, André Gide, Brecht sah sie mit einer älteren Frau, das würdige Haupt Heinrich Manns, flüchtig erhaschte sie Blicke auf Anna Seghers, auf Feuchtwanger und Barbusse, auf Ehrenburg und Tristan Tzara und Malraux und Leonhard Frank und Aragon und Hans Becher, auf Musil und Max Brod. Sie erkannte sie alle von Dichterlesungen, literarischen und antifaschistischen Veranstaltungen, die sie in Berlin und Paris besucht hatte. Jemand tippte sie an, sie blickte in das lange, kantige Gesicht von Ernst Bloch, Karola neben ihm, mit beiden hatte sie manchen Abend bei Friedel und Alfred Kantorowicz verbracht, im Roten Block am Laubenheimer Platz. Seither hatte sie die beiden von Zeit zu Zeit in Paris gesehen. Wir planen unsere Übersiedlung nach Prag, sagte Karola, da wurden sie schon weitergeschoben, und Bloch rief, sie würden später Kaffee mit ihr trinken. Dann saß sie unter den Tausenden im riesigen Saal der Mutualité, die Sitzreihen und der weit geschwungene Balkon waren bis auf den letzten Platz gefüllt, viele standen in den Gängen oder saßen auf dem Boden. Stimmengewirr umbrandete sie, Zurufe Winkender. Sie war müde von der Arbeit, die sie nicht befriedigte und wenig einbrachte, sie fühlte sich zurückgeworfen auf ihre Erfolglosigkeit, auf die Aussichtslosigkeit einer Existenz als Emigrantin. Neben der Bühne sah sie Hans mit seiner Leica. Sie hoffte, dass die Bilder gut würden, die Büchergilde Gutenberg in Zürich war an Kongressfotos interessiert. Sie würden das Geld brauchen können und Hans das Selbstvertrauen. Die Luft im Saal war heiß und stickig, sie schwitzte in dem leichten, ärmellosen Kleid. Die Bühne füllte sich mit Menschen. Malraux, Gide und Heinrich Mann saßen am langen Tisch an der Rampe, Kolzow und Barbusse und Jean-Richard Bloch gesellten sich zu ihnen. Hinter dem Tisch standen oder saßen Ilja Ehrenburg, Alexej Tolstoi, Kisch, Aragon, Paul Nizan und Aldous Huxley. Immer neue Figuren erschienen auf der Bühne, andere erhoben sich und verschwanden seitlich in den Kulissen, sie folgten einer undurchschaubaren Regie. Einige rauchten, andere blätterten in Manuskripten oder unterhielten sich. Im Bühnenhintergrund entdeckte sie Gustav Regler. Auch ihn kannte sie seit den Tagen am Laubenheimer Platz, wo er, gemeinsam mit Kantorowicz, die antifaschistischen Aktionen der Roten Zelle geleitet hatte. In Paris hatte sie ihn hin und wieder bei Kantor getroffen, beide hatten an der Vorbereitung des Kongresses mitgearbeitet. Vom ständigen Kommen und Gehen, vom Unordentlichen und Zufälligen der Vorgänge auf der Bühne gefesselt, hatte sie gar nicht bemerkt, dass die Veranstaltung bereits begonnen hatte. Gide redete gerade. Er sprach langsam, sie verstand jedes Wort seiner in klassischem Französisch formulierten Rede. Que la culture soit menacée, l'applaudissement intellectuel de certains pays nous le laisse tristement entendre. Sie mochte die Sprache und lernte sie leichter als Hans. André Malraux verlas ein Grußtelegramm von Romain Rolland, der von Moskau aus vor den Kräften der Reaktion und des Obskurantismus warnte. Es folgte die Rede eines mausgesichtigen Engländers namens Forster, er nannte den Kommunismus einen Hoffnungsstrahl und Britannia eine Hure, seine Rede wurde von den Lautsprechern als Echo in den Saal zurückgeworfen. Nachdem er geschlossen hatte, wurde der Vortrag noch einmal auf Französisch verlesen. Sie versuchte, die Worte für sich ins Englische zurückzuübersetzen, verhaspelte sich, verlor den Faden, den roten Faden, der allem einen Sinn und eine Ordnung gab.

Aber es gab keine Ordnung, es gab nur Orte, Zufallsadressen, die unordentliche Topographie der Exilexistenz. Rue Delambre fünfunddreißig, ein kleines Hotel im vierzehnten Arrondissement. Ihre erste Absteige, als sie vor mehr als zwei Jahren an einem frühen Morgen im Mai allein am Gare de l'Est angekommen war. Eine deutsche Genossin hatte ihr das Hotel empfohlen. Dann hatte sie während Wochen eine billige Wohnung gesucht. Ermüdende Gänge durch unbekannte Straßen, mühsame Gespräche mit Concierges und Vermieterinnen, misstrauische Blicke und Gesten, die sie nicht verstand, gelegentlich die Frage, ob sie verheiratet sei. Wen sahen die Menschen in ihr? Die Deutsche? Die Jüdin? Die Asylantin? Die Rote? Wenige Tage bevor Hans in Paris eintraf, hatte sie in der Nähe, am Boulevard Raspail, eine Dachkammer gefunden. Das Zimmer war schon im Juni tagsüber unerträglich heiß, aber sobald sie Arbeit fanden, würden sie während der heißesten Stunden ohnehin nicht zu Hause sein. Ein halbes Jahr später waren sie in die Rue Notre Dame des Champs umgezogen, nahe dem Jardin du Luxembourg, wenige Gehminuten vom Biblion entfernt. Die Miete erwies sich schon bald als zu teuer, die Durststrecke für Hans war länger, als sie gehofft hatten. Die französischen Zeitungen hatten keinen Bedarf an deutschen Fotografen, die kaum Veröffentlichungen vorzuweisen hatten, und die deutschen Exilzeitungen hatten nicht genug Geld, um Fotografien zu bringen. So zogen sie nach wenigen Monaten abermals um, in die Villa des Camélias, im fünfzehnten Arrondissement, weiter weg vom Stadtzentrum, wo die Miete billiger war. Wieder war sie es gewesen, die die Wohnung hatte suchen müssen, viele Samstagnachmittage und Sonntage hatte sie damit zugebracht. Nicht dass Hans faul gewesen wäre, neben seinen fotografischen Unternehmungen besuchte er mit seiner Arbeitsmappe Presse- und Fotoagenturen, stellte sich bei den Redaktionen von Zeitungen und Zeitschriften vor, auch bei obskuren jüdischen und katholischen Blättchen. Viele Nächte verbrachte er in der Entwicklungskammer eines französischen Kollegen. Schließlich hatte er das Atelier in der Rue Daguerre gefunden. So zogen sie Anfang neunzehnhundertfünfunddreißig wieder zurück ins vierzehnte Arrondissement. Es war ein großer, kahler Raum, schlecht geheizt, aber als Fotoatelier geeignet. Hans hatte eine Dunkelkammer eingerichtet, Möbel hatten sie keine, nur das Bett. In den ersten Wochen wusste sie beim Aufwachen oft nicht, wo sie sich befand. Sie war eine Großstadtnomadin, ihr Leben spielte sich in anonymen, austauschbaren Räumen ab, die Aufenthalte waren von begrenzter Dauer.

Erniedrigender als die Wohnungssuche war die Arbeitssuche, demütigend die Bettelei um Geld. Bei den Vorsprachen gab es Unterschiede im Grad der Demütigung. Am wenigsten schwer fielen ihr die Besuche bei den kommunistischen Organisationen. Beim Secours rouge international und beim Comité d'aide aux victimes du fascisme hitlérien wurde sie von den französischen Genossinnen und Genossen freundlich empfangen, obwohl sie und Hans nicht Parteimitglied waren. Aber es gab wenig Geld, und das war zuerst für die Arbeiterinnen und Arbeiter unter den deutschen Exilierten da, was sie und ihr Ehemann, immerhin promovierte Rechtsanwälte, sicherlich verstünden.

Sie wandte sich an das Comité national d'aide et d'accueil aux réfugiés und an die Ligue des droits de l'homme. Sie nahm, was man ihr geben konnte, die Beträge waren befristet und unterlagen der Bedingung, dass sie und Hans bald Arbeit fänden. Kinderzulagen kamen in ihrem Fall nicht in Betracht. Als sich die Gelegenheit bot, erteilte sie Mitarbeitern einer Großbank stundenweise Deutschunterricht und fertigte deutsche Übersetzungen von Aktennotizen und Geschäftskorrespondenz an. Als sie schließlich im Biblion arbeiten konnte, acht Stunden jeden Wochentag und am Samstag den ganzen Vormittag, verlegte sie die Deutschlektionen auf die Abende und die Übersetzungsarbeit auf die Wochenenden. Die Hausarbeit erledigte sie, wann immer es ging.

Er habe sich zeitlebens von der Politik ferngehalten, sagte eben der elegant gekleidete Herr mit der hohen Stirn, der in steifer Offiziershaltung hinter dem Mikrophon seine Rede verlas, und er habe auch jetzt nichts dazu zu sagen. Hörte sie recht? Auch die Hygiene, fuhr der Redner fort, gehe jeden an, und doch habe er sich niemals öffentlich über sie geäußert. Was war das für ein Schwachsinn? Die Tausende im Saal hörten höflich zu und warteten auf die Übersetzung. Sie hatte diesen Musil in Berlin lesen hören, gebannt von der kühlen Intelligenz und den bösartigen Metaphern seiner Sprache. Als wenig später der erste Band seines Romans *Der Mann ohne Eigenschaften* erschienen war, hatte sie das Buch gelesen, langsam, sorgfältig, ohne Sympathie, aber im Bewusstsein, dass die bürgerliche Literatur hier noch einmal Großes hervorgebracht hatte. Als der Redner Nietzsche zitierte, kam da und dort Unruhe im Saal auf. Wer hatte den eingeladen? Auf der Bühne hatte Kisch Regler zu sich gewinkt und sprach auf ihn ein, während Musil mit leiser Stimme, ohne von seinen Notizen aufzublicken, auf seinem Recht insistierte, sich aus der Politik herauszuhalten.

Ihren siebenundzwanzigsten Geburtstag hatte sie allein verbracht. Sie hatte sich auf die Ankunft von Hans gefreut, sie brauchte Aufmunterung, aber als er wenige Wochen nach ihr in Paris eintraf, war er so schlecht dran wie sie selbst, ein Rechtsanwalt ohne Aussicht auf Arbeit, sein Wissen wertlos.

Und doch ging es ihnen besser als den meisten Emigrantinnen und Emigranten, die auf die Zuweisungen und Essensgutscheine der Hilfsorganisationen angewiesen waren, von Gelegenheitsarbeit oder Schwarzarbeit lebten, vom Hausieren, Schnorren und Betteln. Sie und Hans aber hatten noch etwas Geld, das half ihnen, über die erste Zeit hinwegzukommen. Hans überraschte sie mit seinem Plan, Fotoreporter zu werden. Seit dem Gymnasium hatte er in der Freizeit fotografiert, außerdem brauchte er nicht erst Französisch zu lernen, und es war ein Beruf mit Zukunft. Ihre eigenen Tage und Wochen zerrannen mit unproduktiven, zermürbenden Erkundungen. War sie nicht auf Wohnungs- oder Arbeitssuche, dann stand sie mit anderen Exilierten in ungelüfteten Hallen und hallenden Korridoren, auf Ämtern und in Büros Schlange. Sie hörte sich fremde Lebensgeschichten an, füllte Fragebogen aus (Pourquoi avez-vous quitté l'Allemagne?) und führte demütigende Gespräche mit Beamten, die sie warten ließen oder zur Eile aufforderten, ihr ungenügende oder falsche Auskünfte gaben, sie zu Adressen schickten, die es nicht gab, zu Stunden, in denen die Ämter geschlossen waren, und waren sie geöffnet, so waren es die falschen. Innerhalb von zwanzig Tagen waren die Sauf-conduits, mit denen sie und Hans eingereist waren, in Aufenthaltserlaubnisse umzuwandeln, aber deren Bearbeitung konnte Monate oder Jahre dauern. Für diese Zwischenzeit mussten sie ein Récépissé erwerben, mit dem sie sich um Arbeitserlaubnis bemühen durften, die auch erteilt wurde, sofern sie Arbeitsvertrag, Gesundheitszeugnisse und Identitätskarten vorweisen konnten. Aber um Identitätskarten zu erhalten, waren Arbeitsverträge vorzulegen, und inzwischen waren die Récépissés abgelaufen und mussten erneuert werden. Profession écrivain schrieb sie auf die Formulare, aber die Wörter Schriftstellerin und Ruth Rewald bezeichneten niemanden mehr. Umstandsloser, als sie es selbst hätte formulieren können, erfasste die Amtssprache ihre veränderte Existenz: Ruth Gustava Schaul, Ehefrau des Antragstellers. Und sie hatte Glück. Auf einer Literaturveranstaltung lernte sie Käthe Hirsch kennen, die gleich ihr bei Gundert in Stuttgart ein Kinderbuch veröffentlicht hatte. Käthe war, zusammen mit zwei weiteren Exilantinnen, Mitinhaberin der Buchhandlung Biblion in der Rue Bréa, zu der auch ein Verleih von deutschsprachigen Büchern gehörte. Sie bot Ruth Rewald eine Stelle als Buchhändlerin an, unter der Voraussetzung, dass sie ihre umfangreiche Büchersammlung, die ihr die Eltern nach Paris nachgeschickt hatten, in den Verleih einbrachte. Wenige Monate später schlug Käthe ihr vor, sich nach ihren Möglichkeiten an dem unterkapitalisierten Büchergeschäft zu beteiligen. So wurde sie Mitinhaberin des Biblion. Der Verdienst war gering, sie blieb auf Nebeneinkünfte angewiesen, aber als Hans im folgenden Jahr Fotos zu verkaufen begann, wurde das Leben etwas leichter. Sie gab nur noch wenig Deutschunterricht, an den freien Abenden und an den Wochenenden arbeitete sie, sofern sie nicht zu müde war, an einem neuen Jugendbuch.

Kantorowicz kannte alle und jeden. In seinem verrauchten Hotelzimmer in der Rue de Tournon trafen sich Exilierte mit französischen Kollegen und ausländischen Besuchern. Kantor besorgte die organisatorische Arbeit für eine Vielzahl von Exilgruppen und Veranstaltungen, abends half ihm Friedel bei den Schreibarbeiten, nachdem sie den ganzen Tag in wechselnden Büros verbracht hatte, da für sie keine Aussicht bestand, im Exil ihren Schauspielerberuf ausüben zu können. Zusammen mit Kantor und Friedel besuchte Ruth Rewald die Solidaritätsveranstaltungen für Thälmann und Gramsci, für Mühsam, Ossietzky, Bredel und Renn. Bredel war die Flucht aus Fuhlsbüttel gelungen, Renn saß noch immer in Bautzen, Ossietzky wurde langsam zu Tode gequält. Auf der Gedenkfeier für Mühsam hatte sie Einzelheiten über sein Ende in Oranienburg erfahren, die sie noch mehrere Nächte am eigenen Stöhnen erwachen ließen. Ebenfalls mit Kantor besuchte sie den ersten Autorenabend der Emigranten. Seghers, Kisch und Plievier lasen aus neuen Werken. In den folgenden Wochen und Monaten hörte sie Döblin und Oskar Maria Graf, Arnold Zweig, Klaus Mann, Alfred Kerr, Bodo Uhse und Adam Scharrer, Walter Mehring, Hans Marchwitza und Kisch und Ernst Toller und Joseph Roth; aber auch Gide und Malraux, Nizan, Aragon, Romain Rolland und Ehrenburg, Tristan Tzara und einen jungen chilenischen Lyriker namens Pablo Neruda. Sie ging mit Unlustgefühlen zu diesen Veranstaltungen, folgte dann angeregt den Lesungen und Debatten, umgeben von außergewöhnlichen Menschen.

Dies war das Leben in der Hauptstadt der europäischen Kultur, von dem sie während des Studiums geträumt hatte. Nach den Veranstaltungen standen die Exilanten diskutierend herum, sie hörte Klagen, Tratsch, Bosheiten, Kleinmütiges und Arrogantes, aber auch manch kluges und mutiges Wort. Meist ging sie bald weg, sie hatte kein Bedürfnis, sich mit ihren Leidensgefährtinnen und Leidensgefährten zu unterhalten, und sie vermutete, dass es vielen ebenso ging.

Sie hörte Berichte über Konzentrationslager von Wolfgang Langhoff und Heinz Liepmann und einen Vortrag von Piscator über das politische Theater. Sie war dabei, als Antikriegslyrik von Toller, Tucholsky, Hasek und Scholem Aleichem vorgelesen wurde. Sie ging zur Aufführung von Arnold Zweigs Schauspiel über einen Prozess gegen ungarische Juden, die angeklagt waren, einen Ritualmord an einem christlichen Knaben begangen zu haben, und im Théâtre de l'Œuvre sah sie Raymond Rouleaus Inszenierung von Bruckners Stück *Die Rassen*. Sie hielt es für falsch, dass jüdische Exilanten sich nun jüdischen Themen zuwandten. Die Nazis hatten die Rassenfrage erfunden, um vom Klassenkampf abzulenken, ihre Konzentrationslager aber füllten sie mit Arbeitern und Kommunisten, sogenannten Ariern. Allerdings war nicht länger zu übersehen, dass mehr und mehr Arbeiter zu den Nazis übergingen und dass die antisemitischen Hetzereien immer schriller wurden. War der Judenhass vielleicht doch mehr als eine ekelhafte Finte? Begeistert war sie von einem Abend mit Ernst Busch, auch er einer ihrer Bekannten aus der Künstlerkolonie. Zu Musik von Eisler und Weill trug er Lieder von Tucholsky und Brecht vor. Brechts *Solidaritätslied*, mit dem Busch die Veranstaltung beschloss, hatte sie, wie alle anderen im Saal, stehend mitgesungen.

Auch an der Saarkundgebung – der wievielten schon? – in der Mutualité hatte sie teilgenommen. Wenige Tage später war das Wahlresultat bekannt geworden, die Lichtspieltheater zeigten den Einmarsch der Naziverbände und die Rede des Führers, dazwischen Nahaufnahmen von frischen Knabengesichtern, eingerahmt von den Kragen und Mützen der Hitlerjugend. Die Berichte aus Deutschland von Verhaftungen und Folterungen nahmen zu, jede Woche veröffentlichte der *Gegen-Angriff* Listen von Arbeitern, die mit dem Beil hingerichtet worden waren. Am ersten Jahrestag der Bücherverbrennung wurde am Boulevard Arago, wenige Gehminuten von ihrer Wohnung entfernt, die Deutsche Freiheitsbibliothek eröffnet. Die Büchergestelle waren nicht fertig geworden und die Bücher noch in Kisten verpackt. Es herrschte Gedränge, viele Besucher saßen oder standen auf den Bücherkisten, vorn hielt Kisch vor einer Fotografie Ernst Thälmanns die Eröffnungsrede. Dort wo man Bücher verbrennt, sagte er, verbrennt man am Ende auch Menschen. Sie alle kennen diese Worte, sie stammen von Heinrich Heine ... Sein Vortrag ging unter im Grölen der Menge, im Knattern lodernder Feuer. Farben tragende Studenten traten vor, Bücher in den Händen. Gegen volksfremden Journalismus demokratisch-jüdischer Prägung, ich übergebe den Flammen. Gegen Dekadenz und moralischen Verfall, ich übergebe den Flammen. Gegen Klassenkampf und Materialismus. Für Volksgemeinschaft, ich übergebe den Flammen. Für Zucht und Sitte. Für Hingabe an Volk und Staat. Für den Adel der menschlichen Seele, ich übergebe den Flammen ich übergebe den Flammen ich übergebe den Flammen. Die Wahrheit, sagte Kisch, er hatte sich wieder Gehör verschafft, nichts ist erregender als die Wahrheit. Der Anspruch auf überprüfbare Wahrheit sei es, der die Arbeit des Reporters für die Herrschenden gefährlich mache. Anhaltender Beifall hatte seinen Vortrag bei der Eröffnung der Deutschen Freiheitsbibliothek begrüßt, und auch jetzt erhielt Kisch viel Applaus, als er seine Rede auf der Bühne der Mutualité beschloss. Es war bereits elf Uhr nachts, und noch immer war der Saal bis auf den letzten Platz gefüllt.

Auf der Bühne wurde ein Grußtelegramm von Dimitroff verlesen, dann sprach ein französischer Genosse. Kisch erhob sich und verschwand in den Seitenkulissen, wenig später erschien von derselben Seite eine junge Frau und trat zu Kolzow an den Rednertisch. Ruth Rewald erkannte sie, es war Maria Greßhöner, die einstige Mitarbeiterin Herzfeldes im Malik-Verlag. Sie sprach ein paar Worte mit Kolzow, dabei stützte sie den Arm auf die Lehne seines Stuhls. Sie war die einzige Frau auf der Bühne, und nach wenigen Augenblicken war sie wieder verschwunden. Es sprach ein weiterer Franzose, dann war der erste Kongresstag endlich zu Ende. Während Ruth Rewald in der Menge zum Ausgang geschoben wurde, überlegte sie, ob sie Maria Greßhöner suchen sollte, aber sie fühlte sich wie ausgeleert, sie mochte mit niemandem reden. Hans sah sie nicht, er würde spät nach Hause kommen. Bei der Station Maubert Mutualité stieg sie in die Metro hinunter. An der nächsten Haltestelle musste sie umsteigen. Sie ging durch den hallenden, mit verschmutzten weißen Fliesen ausgelegten Gang. Von weitem hörte sie eine Valse musette, nach einer Biegung kam sie an einem Einbeinigen vorbei, der, auf dem Boden sitzend, Ziehharmonika spielte, neben sich die Krücken und eine Kartontafel mit der ungelenken Aufschrift Mutilé de guerre. Dann saß sie wieder in der Metro, die durch den Schacht lärmte, an den Wänden flitzten immer die gleichen drei Worte vorbei, Dubo Dubon Dubonnet. An der Place Denfert Rochereau stieg sie aus, wenige Minuten später war sie zu Hause.

Am anderen Morgen fühlte sie sich besser. Wie jeden Samstag hatte sie das Biblion um ein Uhr nachmittags geschlossen. Es war wenig los gewesen, Käthe Hirsch war schon früher nach Hause gegangen. Sie spazierte in der schwülen Mittagshitze durch den Jardin du Luxembourg, vorbei an lärmenden Kindern und an Müttern und Großmüttern und Gouvernanten, die sich, Kinderwagen schaukelnd, auf Parkbänken unterhielten, vorbei an schweigsamen Alten unter Statuen verstummter Dichter. Über den Baumkronen erblickte sie den Dom des Panthéons, der Himmel darüber war bewölkt, sie spürte ein paar Regentropfen. Am Boulevard Saint-Michel setzte sie sich unter eine Markise vor einem Café. Später sah sie auf der anderen Straßenseite Joseph Roth und Andrea Manga Bell den Boulevard hinauf spazieren. Sie hatte Roths Lebensgefährtin bei einem Gespräch mit dem Verfasser von *Radetzkymarsch* kennengelernt, zu dem sie Kantorowicz ins Hôtel Foyot begleitet hatte. Die fremdartige Frau sprach fließend Deutsch. Sie erzählte Ruth Rewald eine dieser Lebensgeschichten, die viel zu unwahrscheinlich waren, als dass sie erfunden sein konnten. Sie wurde als Tochter einer Deutschen und eines schwarzen Kubaners, der in Leipzig Musik studiert hatte, in Hamburg geboren. Vor der Emigration arbeitete sie als Zeitschriftenredakteurin bei Ullstein. Als die Nazis an die Macht kamen, sei sie, wie sie sagte, eine arbeitslose Negerin geworden. Sie war eine Mulattin mit einer hellen Haut und einem mädchenhaften Gesicht. Mit achtzehn Jahren hatte sie Alexandre Manga Bell, den Sohn eines Negerfürsten der ehemaligen deutschen Kolonie Kamerun, geheiratet. Dessen Vater hatten die deutschen Kolonialherren hingerichtet, Alexandre selbst war am kaiserlichen Hof in Berlin erzogen worden. Als Andrea ihn kennenlernte, studierte er in Hamburg Medizin. Er schrieb ihr Liebesgedichte auf griechisch und schlug sie. Zu Beginn der zwanziger Jahre wurde der größte Teil der deutschen Kolonie Kamerun französisches Mandatsgebiet. Alexandre ging in seine Heimat zurück, die Frau ließ er mit zwei kleinen Kindern in Deutschland. Sie hatte Joseph Roth in Berlin getroffen, als sie für die Verlagszeitschrift ein Gespräch mit ihm führte, später waren sie zusammengezogen. Andrea Manga Bell hielt die weiße Rasse für hässlich und Roth für am allerhässlichsten. Ruth Rewald hatte mehrmals beobachtet, wie sie ihn heimlich stützte, wenn er besoffen vom Kaffeetisch aufstand. Auch jetzt klammerte er sich an ihren Arm, während sie auf der anderen Straßenseite langsam die Straße hinaufgingen und Andrea Manga Bell den Regenschirm über ihn hielt.

Sie dachte immer noch an das Paar, als sie durch die Rue Soufflot am Panthéon vorbei zur Mutualité ging. Die Wolken hatten sich aufgelöst, das Straßenpflaster trocknete ab, und es war warm. An Roths frühen Romanen liebte sie das Unfertige, Wirre, die Brüche und Ungereimtheiten, die unsaubere Mischung aus expressionistischer Emphase und Sachlichkeit, das Figurenensemble von Kriegsheimkehrern und Zuhältern, Bettlern und Dirnen, amerikanischen Millionären und grauen Proletariermassen, aus Invertierten und Lesbierinnen, rechtsextremen Offizieren, jüdischen Schwarzhändlern, Hochstaplern und Versagern. In Roths Büchern schien die chaotische Weimarer Zeit sich selbst zu erzählen. Den kunstvollen Roman *Hiob* dagegen, den die Kritik als Roths Eintrittskarte in die hohe Literatur gefeiert hatte, hielt sie für jüdischen Kitsch. Inzwischen war Roth Katholik geworden, und es gab Gerüchte, dass er die Rückkehr Ottos von Habsburg auf den österreichischen Thron ersehnte. Vor drei Jahren hatte er den Roman *Radetzkymarsch* veröffentlicht. Das Kapitel über den k.u.k. Fronleichnamszug hatte sie mehrmals gelesen, sie versuchte dahinterzukommen, was Roths Sprache diesen unvergleichlichen Glanz verlieh. Sie hielt *Radetzkymarsch* für ebenso bedeutend wie Musils *Mann ohne Eigenschaften*, aber Roths Roman war ihr näher. Dass politisch und ideologisch verworrene Schriftsteller wie Roth und Musil das Wesen einer Epoche auf so großartige Weise zu gestalten vermochten, hatte bei den Montagstreffen der literarisch interessierten Genossen im kleinen Raum über dem Café Méphisto Stoff zum Reden gegeben. Einige wollten die Qualität literarischer Werke am richtigen Denken festmachen, die beiden Romane seien literarisch bedeutend, aber ideologisch rückwärtsgewandt. Ihr schien, dass bei solchen Urteilen der Zusammenhang zwischen literarischer Qualität und politischer Tendenz undialektisch zerrissen werde. Sie gehörte zu denen, die glaubten, die Verhältnisse in der Literatur seien kompliziert und einfache Antworten nicht zu haben.

Vor der Mutualité staute sich bereits wieder eine Menschenmenge. Im Gedränge der Eingangshalle erblickte sie Maria Greßhöner und rief ihren Namen. Sie musste zweimal rufen, bis die Kollegin sich umdrehte und sie erkannte. Sie umarmten sich, und Maria Greßhöner sagte, sie nenne sich seit einiger Zeit Maria Osten, deshalb habe sie nicht sofort reagiert. Sie beschlossen, das Nachmittagsprogramm zu schwänzen. In der verrauchten Cafébar der Mutualité fanden sie eine ruhige Ecke. An einem Tisch in der Nähe waren Brecht, seine ältere Begleiterin und ein Mann mit einer Nickelbrille, wirren Haaren und einem Schnurrbart, der Ruth Rewald bekannt vorkam, gerade dabei, aufzubrechen. Maria Osten trat zu ihnen, die drei begrüßten sie herzlich und verließen das Café. Brechts Begleiterin sei die dänische Schriftstellerin Karin Michaelis, sagte Maria Osten, sie sei mit ihrer Rede dran. Brecht wohne bei ihr in Dänemark. Der Mann mit der Nickelbrille war Walter Benjamin. Ruth Rewald erinnerte sich, dass er von Zeit zu Zeit an den Diskussionen im Roten Block teilgenommen hatte. Maria Osten bat sie, von sich zu erzählen.

Während Ruth Rewald sprach, betrachtete Maria Osten sie. Das braune Haar fiel weich über die linke Stirnseite, die großen Augen blickten hierhin und dorthin, es fiel ihr nicht leicht, über die vergangenen Jahre zu sprechen. Sie hat immer noch dieses kindliche Gesicht, eine pfirsichfarbene Haut, mädchenhafte volle Lippen, darunter das Grübchen im Kinn. Ein inniges Gesicht. Maria Osten konnte sich nicht erinnern, das Wort innig je gebraucht zu haben.

Genug von meinen Niederlagen, schloss Ruth Rewald. Wieso Niederlagen, sagte Maria Osten, du hast, seit du hier bist, ein Jugendbuch geschrieben und veröffentlicht, du hast dafür gute Rezensionen bekommen, ist das nichts? Doch, sagte Ruth Rewald, aber wer soll das lesen außer ein paar Kindern von Exilierten? Wozu die ganze Mühe? Die Großen werden diese Zeit überdauern, die Brüder Mann, Brecht, Seghers, Döblin, Musil, vielleicht auch Arnold Zweig, Feuchtwanger, Else Lasker-Schüler, Roth, Horváth. Aber Irmgard Keun? Mascha Kaléko? Maria Leitner? Hermynia Zur Mühlen? Die Jugendbuchautorin Ruth Rewald? Erinnerst du dich an Olga Benario, fuhr sie nach kurzem Schweigen fort, und an unsere Pläne für einen Verein frecher Frauen? Maria Osten nickte. Die Emigration, sagte Ruth Rewald, hat mir die Frechheit ausgetrieben. Mir nicht, sagte Maria Osten. Sie steckte sich eine Camel an und begann zu berichten, was sich seit der Berliner Zeit mit ihr zugetragen hatte. Sie sprach lebhaft, ließ sich von der eigenen Erzählung mitreißen, brachte die Chronologie durcheinander, hielt sich bei Männergeschichten auf, beschrieb das Leben im Dom Prawitelstwa, verglich Kolzows Iwan Wadimowitsch mit Tucholskys Herrn Wendriner, erwähnte die Besprisorniki und gleich darauf den großen Aufbau in der Sowjetunion. Sie erzählte wirr und unordentlich, aber es war eine unordentliche Geschichte, ihre Ehe mit Stscherbjakow und die erste Reise in die Union, die Scheidung, Kolzow, die Verwandlung in Maria Osten, die Arbeit bei der *Deutschen Zentral-Zeitung*, das privilegierte Leben in Moskau, die Freundschaft mit Feuchtwanger, Tretjakow, Ehrenburg, Piscator, Carola Neher, Becher, Bredel, Asja Lacis und Bernhard Reich, mit Brecht und Grete Steffin, die Reise ins Saarland, die Geschichte mit dem blonden Knaben Hubert und schließlich das Buch über Hubert, das in diesen Tagen erscheinen sollte.

Entschuldige den verworrenen Bericht, schloss sie, es gelingt mir nicht, die Dinge schön der Reihe nach zu erzählen. Auch beim Schreiben ist das ein ständiger Kampf. Du erzählst lebendig, sagte Ruth Rewald, pfeif auf die Regeln. Pfeifst du darauf? Ich nicht, sagte Ruth Rewald, aber ich kann nicht so erzählen wie du, bei mir fließt das nicht. Ich muss an jedem Satz lange und mühsam arbeiten. Kolzow und Ehrenburg waren an ihren Tisch getreten, und Maria Osten stellte sie Ruth Rewald vor. Kolzow fragte sie in fließendem Deutsch, ob sie vom Umgang mit den Schriftstellerkolleginnen und Kollegen hier beim Kongress ebenfalls begeistert sei. Er jedenfalls, fuhr er fort, bevor sie antworten konnte, habe schon lange nicht mehr eine so tiefe Liebe gespürt wie die Liebe der anwesenden Schriftsteller zu sich selbst. Schade nur, dass nicht jeder der Beste sein könne; er werde vorschlagen, Rangabzeichen einzuführen, von den Kollegen im Knopfloch zu tragen, von Ihre Begabtheit! über Dero Hochwohlgereimtheit! bis zu Ihre Genialität! – letzterer Titel sei ihm und Ehrenburg vorbehalten. Ruth Rewald hörte sich lachen. Das Pomphafte des Kongresses, das sie mit dem Gefühl ihrer eigenen Bedeutungslosigkeit erfüllt hatte, war wie weggefegt. Brecht, Klaus Mann, Benjamin und Karin Michaelis traten zu ihnen. Mit allen machte Maria Osten sie bekannt. Benjamin erklärte zu ihrer Überraschung, er erinnere sich an sie, sie schreibe Jugendbücher und habe Jura studiert. Brecht hatte Klaus Mann zur Seite genommen und sagte, er habe für die freundschaftliche Rezension des Bandes *Lieder Gedichte Chöre* in Manns Zeitschrift zu danken. Ihn habe beeindruckt, antwortete Klaus Mann, wie radikal Brecht in den neuen Gedichten auf den subjektiven Ausdruck und die lyrische Fülle verzichtet habe, die die Stärke seiner frühen Lyrik ausgemacht hätten. Nicht aus dem Vollen, sondern gleichsam aus der Armut seien hier Gedichte entstanden, die mit den großen deutschen Kirchenliedern konkurrieren könnten, als Beispiel nannte Klaus Mann das Abschlussgedicht *O Deutschland, bleiche Mutter!* Brecht hörte aufmerksam zu. Einige seiner Freunde, sagte er, hätten in den neuen Gedichten nur diese Verarmung festgestellt. Es freue ihn, dass Klaus Mann im Abstieg auch einen Gewinn sehe. Wenn er, fügte Brecht hinzu, hier noch ein Wort für seinen Freund Benjamin einlegen dürfe: Er habe nicht verstanden, wieso *Die Sammlung* Benjamins Rezension des *Dreigroschenromans* nicht gebracht habe. Benjamin, ein empfindlicher Mensch, habe das als Mangel an Respekt empfunden. Klaus Mann antwortete, das sei eine Geldfrage. Benjamins Vorstellung davon, was eine Exilzeitschrift wie *Die Sammlung* bezahlen könne, sei unrealistisch, sein Drängeln unnötig. Die finanzielle Lage der Zeitschrift sei mies. Wenn nicht noch ein Wunder geschehe, stehe *Die Sammlung* vor dem Aus.

Immer mehr Konferenzteilnehmer drängten sich in die Cafébar der Mutualité. Sie standen in Gruppen beisammen, die sich fortwährend auflösten und neu bildeten, nach geheimnisvollen Regeln von Anziehung und Abstoßung, von Kollegialität und Futterneid. Herzliche Bruderküsse und steifes Kopfnicken wurden ausgetauscht, Stimmen in vielen Sprachen und Gelächter vermischten sich mit dem Zigarettendunst, der alles durchdrang, das Denken anregte und die Luft ungenießbar machte.

Kolzow unterhielt sich mit Karin Michaelis. Ehrenburg hatte sich zu Maria Osten, Ruth Rewald und Benjamin gesetzt. Benjamin verwickelte ihn in eine Debatte über die Surrealisten, über den Selbstmord von René Crevel und die Sache mit Breton. Was ist zwischen Ehrenburg und Breton? fragte Maria Osten halblaut Ruth Rewald. Davon hätten hier alle Zeitungen berichtet, antwortete Ruth Rewald. Ein paar Tage vor Kongressbeginn habe Breton in einem Café am Boulevard Montparnasse dem Ehrenburg eine runtergehauen. Ehrenburg hatte eine Aufsatzsammlung über die französische Literatur veröffentlicht, in der er den Surrealisten elitäres Getue vorwarf, es gehe ihnen nur darum, das Bürgertum zu schockieren, ihr Programm laute Onanie Päderastie Fetischismus Exhibitionismus Sodomie. Als Breton Ehrenburg zufällig in dem Café traf, habe es eine Ohrfeige gesetzt. Ein interessantes Programm, kicherte Maria Osten. Benjamin fragte Ehrenburg, ob es denn nötig sei, den Surrealisten wegen dieser Lappalie den Kongress zu verbieten? Sie als Antifaschist, entgegnete Ehrenburg in akzentfreiem Französisch, werden zugeben, Leute, die Differenzen mit Gewalt lösen, sind Faschisten. Als Benjamin schwieg, fuhr Ehrenburg fort, der Selbstmord Crevels habe ihm zugesetzt, das sei eine schlimme Sache. Aber Benjamin wisse auch, dass der Genosse Crevel schwer krank gewesen sei und an Depressionen gelitten habe. Wer Crevels Selbstmord in einen Zusammenhang mit seinem, Ehrenburgs, Streit mit Breton bringe, sei ein Verleumder. Als Benjamin weiterhin schwieg, fügte Ehrenburg hinzu, persönlich hätte er den Vermittlungsversuchen des armen Crevel nachgegeben, Ohrfeige hin oder her. Aber da Breton und die Surrealisten sich weiterhin öffentlich für Trotzki stark machten, habe ihre Teilnahme der sowjetischen Delegation nicht zugemutet werden können.

Die Strahlen der Nachmittagssonne fielen durch die Rauchschwaden auf die Diskutierenden, streiften hier ein Profil, dort einen Haarschopf oder eine Hand, die eine brennende Zigarette hielt, oder eine unter den Arm geklemmte Aktentasche. Das Gedränge ließ nicht nach. Becher und Malraux waren an ihren Tisch getreten und wurden Ruth Rewald und Karin Michaelis vorgestellt. Becher betrachtete Ruth Rewald aufmerksam, dann sagte er, ach ja, die Hungerburg, der Rote Block am Laubenheimer Platz, die Sonntagnachmittage beim Genossen Kantorowicz. Benjamin erhob sich und ging zum Nebentisch, wo Musil allein beim Kaffee saß. Karin Michaelis und Brecht verließen die Cafébar. Im Vorbeigehen sagte Brecht zu Becher, er habe mit ihm über Kantorowicz zu sprechen. Kolzow und Ehrenburg traten zu Malraux und Becher. Malraux sagte zu Kolzow, es sei unakzeptabel, dass Gorki nicht zum Kongress komme. Außer Ehrenburg, Kolzow und Alexej Tolstoi bestehe die sowjetische Delegation aus Mittelmäßigen und Bürokraten. Den französischen Organisatoren sei anderes versprochen worden. Auch gute Freunde der Sowjetunion fragten sich, warum Stalin ausgerechnet den im Westen bekanntesten Schriftstellern die Ausreise verweigere. Becher entgegnete, von Verweigern könne keine Rede sein, der alte Gorki sei krank, aber Malraux meinte barsch, das genüge nicht, Gide sei aufgebracht und wolle bei der sowjetischen Botschaft Protest anmelden. Ehrenburg besänftigte, die Entrüstung der französischen Gastgeber sei verständlich. Er und Kolzow seien bereit, als Ersatz für Gorki in Moskau Pasternak und Babel anzufordern, falls Malraux und Gide damit einverstanden seien. Malraux nickte zustimmend, verlangte aber, die beiden müssten gleich morgen mit dem Flugzeug anreisen.

Ruth Rewald sah Hans im Gedränge und winkte ihn zu sich. Er machte Aufnahmen von der Gruppe mit Ehrenburg, Kolzow, Malraux und Becher, die später in mehreren Zeitungen veröffentlicht wurden. Sie stellte ihn Maria Osten vor. Bevor sie mit Hans zum Nachtessen ging, vereinbarte sie mit Maria Osten, dass sie sich morgen, Sonntag, nach der Nachmittagsveranstaltung wieder hier im Café treffen würden.

Als sie kurz vor neun Uhr abends die Eingangshalle der Mutualité wieder betrat, kam ihr Klaus Mann entgegen. Er entschuldigte sich, weil er im Café keine Gelegenheit gefunden hatte, sich mit ihr zu unterhalten. Von Maria Osten habe er erfahren, sie schreibe Jugendbücher. Das interessiere ihn, ein Beitrag von ihr in der *Sammlung* wäre willkommen. Allerdings sei die Situation der Zeitschrift zur Zeit schwierig, aber sobald eine Lösung gefunden sei, werde er sich bei ihr melden. Dann saß sie wieder im überfüllten Saal und hörte dem Sitzungsleiter Aragon zu, der die Rede des toten René Crevel verlas. Keine fünfunddreißig Jahre alt war Crevel gewesen. Sie hatte ihn ein einziges Mal gesehen, bei einer Lesung Klaus Manns, der ein Kapitel aus seinem neuen Roman über Tschaikowsky vortrug. Die beiden waren vermutlich ein Paar, falls man das unter Invertierten so nannte. Klaus Mann war ein Naiver, der Privates und Öffentliches nicht auseinanderzuhalten wusste und sich schutzlos den Gifteleien und Neidereien anderer Literaten aussetzte. Sein Leben war überbestimmt. Ein weltberühmter Vater, ein von den Großen ganz Europas verehrter Onkel, eine freche und begabte Schwester. Das Bekenntnis zur Homosexualität und das erste Buch, noch bevor er zwanzig Jahre alt war, das ihm höhnische und verletzende Verrisse eingetragen hatte. Gründet eine Exilzeitschrift, kämpft gegen die Nazis und für den Sozialismus, obwohl ihm viele Genossen misstrauen, Klaus Mann, wir wissen Bescheid, aber wir sind tolerant. Er war gleich alt wie sie, und dass er Beschützerinstinkte in ihr weckte, belustigte sie. Wie am Vorabend verfolgte sie das Kommen und

Gehen auf der Bühne. Sie fühlte sich nicht länger isoliert. Es war möglich, mit Kolzow und Ehrenburg und Malraux und Klaus Mann zu sprechen. Dass diese Kollegen Bedeutenderes leisteten als sie, hatte nichts Bedrängendes mehr. Kolzow hatte mit seinem Spott die Dinge zurechtgerückt. Für die Satire, sagte er eben, brauche es Zorn und Galle. Er saß neben Aragon am langen Tisch vorn an der Rampe, an seiner anderen Seite Heinrich Mann und Jean-Richard Bloch; auf Stühlen im Hintergrund Gide, Ehrenburg und Malraux, alte Bekannte der Jugendbuchautorin Ruth Rewald. Der Satiriker, fuhr Kolzow fort, gebe Gedanken, welche sein Missfallen, sein Entsetzen, seine Angst oder seine Ironie erregten, dem Gelächter preis. Er schloss mit den Worten, das letzte Gelächter aber wird die Arbeiterklasse anstimmen. Lachen im Saal und anhaltender Applaus, in den Ruth Rewald begeistert einstimmte. Nach Kolzow sprachen Gide und Ehrenburg, den Abend beschloss André Malraux. Kurz vor Mitternacht gingen sie und Hans durch die Rue Monge zur Station Maubert Mutualité und ließen sich schläfrig durch den Metroschacht donnern, Dubo Dubon Dubonnet, Dubo Dubon Dubonnet, Dubo Dubon Dubonnet.

II

Die Konferenz war zu einer Lebensform geworden. Ihr Anfang lag in einer grauen Vorzeit, ihr Ende war nicht abzusehen. In dem Stück, das auf der Bühne der Mutualité gespielt wurde, folgte Akt auf Akt in epischer Breite. Manchmal trat eine überraschende Wendung ein, die Erkenntnis aufblitzen ließ. Eingeklemmt zwischen Heinrich Mann und Max Brod, was leicht komisch aussah, mit halblauter und doch scharfer Stimme, den bayerischen Dialekt absichtlich herzeigend, gleichmäßig und ohne Emphase, sprach am Sonntag nachmittag Brecht. Kameraden, begann er, ich möchte, ohne besonders Neues sagen zu wollen, etwas über die Bekämpfung jener Mächte sagen ... Ohne besonders Neues sagen zu wollen? Alle wollten Neues sagen, Originelles, noch nie Gehörtes, und er nicht? Brecht verzichtete auf große Worte und Superlative, durch die mancher Beitrag sich den Anschein des Neuen zu geben suchte. Er sprach zu Schriftstellerinnen und Schriftstellern, also redete er über die Sprache. Er kritisierte jene, die glaubten, angesichts des Ausmaßes der faschistischen Bedrohung müsse ihre Sprache zum Größten und Letzten greifen. Sein Vortrag vermied die Signalwörter des Kongresses: Menschheit, Wahrheit, Freiheitsliebe, Humanismus. Seine Sprache war lapidar und genau. Wenn die Verbrechen sich häufen, sagte er, werden sie unsichtbar. Wenn die Leiden unerträglich werden, hört man die Schreie nicht mehr. Seine Sätze sagten, was nötig war, um das Denken in Gang zu bringen, aber nicht mehr, damit es nicht gegängelt wurde. Er mischte Bilder aus der Wissenschaft mit Alltagssprache. Er sagte, der Zorn über die Peiniger und das Mitleid mit den Gepeinigten ist etwas Mengenartiges, etwas, das in der und der Menge vorhanden ist und ausgehen kann. Er sagte Vertrautes, aber er sagte es so, dass es nicht länger vertraut erschien. Er sagte, erbarmen wir uns der Kultur, aber erbarmen wir uns zuerst der Menschen. Er sagte, die Kultur, um die es an unserem Kongress geht, ist gerettet, wenn die Menschen gerettet sind. Er forderte die Anwesenden auf, über die Wurzel der Übel nachzudenken, die er in seinem Schlusssatz bezeichnete: Kameraden, sprechen wir von den Eigentumsverhältnissen. Eine Sprache, wie in Stein gemeißelt. Nein, Ruth Rewald korrigierte für sich, wie in ein Fließendes gemeißelt, aber das gibt es natürlich nicht.

Brecht vermasselt den Kongress, sagte Kantorowicz. Sie standen am Rand der Menschenmenge, die sich nach dem Ende der Nachmittagsveranstaltung auf der Rue Saint-Victor ausbreitete. Die Partei setze sich für die Volksfront ein, und Brecht provoziere mit der Parole von den Eigentumsverhältnissen die bürgerlichen Kollegen. Das sei Linksradikalismus, von dem Lenin gesagt habe, dass er eine Kinderkrankheit vieler Kommunisten sei. Sie hörte nicht richtig hin. Kantor war seit Wochen überarbeitet. Seine Nerven hatten sich vom Zusammenbruch, wenige Tage vor Beginn des Kongresses, noch nicht erholt. Ohnehin hatte er Brecht nie gemocht. Sie wollte sich den großen Augenblick, den sie eben erlebt hatte, nicht kleinmachen lassen. Maria Osten, Kolzow und Becher gesellten sich zu ihnen. Becher nahm Kantorowicz ein paar Schritte zur Seite und sagte, Brecht habe sich wegen Kantors Rezension des *Dreigroschenromans* bei ihm beschwert. Als Kantorowicz antworten wollte, schnitt ihm Becher das Wort ab. Es komme nicht in Frage, sagte er, dass Parteimitglieder Brecht öffentlich schurigelten. Da entstehe bei Brecht der Eindruck, man lasse ihn spüren, dass er nicht Parteimitglied sei. Kantorowicz fragte, ob die Partei Schönrednerei wolle oder Kritik. Was die Partei nicht will, sagte Becher, sind private Meinungen, die sich als Haltung der Partei ausgeben. Kantorowicz' Formulierung, Brechts Roman entspreche nicht den Forderungen des sozialistischen Realismus, gehe zu weit. Das Konzept des sozialistischen Realismus sei neu, die Debatten darüber seien kaum angelaufen. Dies sei nicht der Moment, um der Partei verbundenen Schriftstellern banausenhafte Vorschriften zu machen. Außerdem widerspreche es dem Geist der Volksfront. Soweit er sehe, entgegnete Kantorowicz, stimme seine Position mit der des Genossen Lukács … Die Partei, schnitt ihm Becher abermals das Wort ab, wünscht, dass du dich bei Brecht entschuldigst. Es steht dir frei, das schriftlich zu tun.

Um Ruth Rewald hatte sich eine Gruppe mit Brecht, Döblin, Lion Feuchtwanger, Kisch, Maria Osten und Kolzow gebildet. Döblin gratulierte Kisch zu den *Geschichten aus sieben Ghettos*. Kisch sagte, der Gedanke zu diesem Buch sei ihm schon vor zehn Jahren gekommen, als er Döblins Bericht über dessen Polenreise gelesen habe. Das Polenbuch, erwiderte Döblin, habe er damals als Antwort auf Arnold Zweigs idealisierende Darstellung des Ostjudentums verfasst. Dass die Ostjuden besonders edle Menschen seien, diesen Vorwand, um sie zu akzeptieren, habe er nicht gelten lassen wollen. Auch Roth, der einzige unter ihnen, der aus Galizien stamme, habe in seinem Buch *Juden auf Wanderschaft* darauf beharrt, dass die Ostjuden in all ihrer Armseligkeit, ihrer Borniertheit und ihrem Schmutz geschildert werden müssten. Heute allerdings kämen ihm ihre damaligen Versuche, aufklärend zwischen Deutschen und Juden zu vermitteln, naiv vor. Kischs Buch dagegen sei frei von Didaktik, es sei für Leser geschrieben, die bereit waren, sich auf das Fremde, Ungewohnte einzulassen. Kisch sagte, auch er habe früher argumentiert, dass die Unterschiede zwischen den Menschen gering seien im Vergleich mit dem, was sie verbinde. Heute sehe er das anders. Der Rassismus der Nazis könne nicht länger mit dem blassen Hinweis auf ein allgemeines Menschentum widerlegt werden. Klaus Mann war zu Maria Osten getreten. Er habe ihr Grüße von Annemarie Schwarzenbach zu bestellen. Maria Osten fragte, wie es der Schweizerin gehe, ob sie sich zwischen Fotografieren und Schreiben entschieden habe. Sie betreibe weiterhin beides, sagte Klaus Mann, sie lebe in Persien und habe geheiratet. Geheiratet? fragte Maria Osten verdutzt. Einen französischen Diplomaten, Klaus Mann hob mit einem ironischen Lächeln die Schultern. Die Heirat sollte sie mit ihrer Familie aussöhnen; diesen großtuerischen Schweizer Familien sei nichts wichtiger, als den Anschein bürgerlicher Wohlanständigkeit zu wahren. Er erkundigte sich nach Maria Ostens Roman *Kartoffelschnaps*, aus dem sie Annemarie und ihm in Moskau vorgelesen hatte. Sie sei ein starkes Talent, das habe er ihr damals schon gesagt. Den Fortgang des Buches, den sie ihnen so lebendig skizziert habe, müsse sie unbedingt schreiben. Immer war Klaus Mann höflich, immer ermutigend, obwohl er selbst Ermutigung brauchte. Er ist ein Gefährdeter, ging es Maria Osten durch den Kopf, auch Annemarie Schwarzenbach ist eine Gefährdete. Vielleicht ist es das Geschlechtliche? Oder es sind die Drogen? Oder das Talent? Aber im Grunde sind wir alle Gefährdete, wir Exilierten.

Becher hatte sich zu Kolzow und Brecht gesellt. Er sprach begeistert von Brechts Vortrag, er hoffe allerdings, dass Brechts Kritik an den Eigentumsverhältnissen die bürgerlichen Kollegen nicht vor den Kopf stoße. Ich weiß auch gar nicht, sagte Kolzow, was an den kapitalistischen Eigentumsverhältnissen zu kritisieren wäre. Alle lachten. Brecht sagte, er habe Vorbehalte gegenüber Veranstaltungen, wo jeder dem anderen versichere, dass er gleicher Meinung sei, und alle beruhigt nach Hause gingen, weil sie wieder einmal die Kultur gerettet hätten. Wichtiger als Reden sei, die Leute in Arbeit zu verwickeln. Er denke seit einiger Zeit über eine kollektiv zu verfassende Enzyklopädie nach, ein Wörterbuch des Antifaschismus. Becher sagte, Kolzow und er hätten ihrerseits überlegt, wie die vom Exil niedergedrückten Kollegen zur Produktion ermutigt werden könnten. Sie erwögen das Projekt einer literarischen Zeitschrift im Geist der Volksfront. Darin sollten möglichst viele Antifaschisten zu Wort kommen, ohne Ansehen ihrer Parteizugehörigkeit. Kolzow sei bereit, den Jourgaz-Verlag zur Verfügung zu stellen. Kolzow sagte, auf dem Kongress gehe das Gerücht um, Klaus Manns Zeitschrift sei in die Bredouille geraten. Falls *Die Sammlung* eingehe, werde das Bedürfnis nach einer deutschsprachigen Exilzeitschrift noch zunehmen. Döblin warnte, Klaus Mann dürfe nicht den Eindruck erhalten, dass man das Ende seiner Zeitschrift wünsche. Feuchtwanger, Brecht und er selbst hätten in der *Sammlung* veröffentlicht und seien dem Herausgeber zu Dank verpflichtet. Kolzow meinte, er werde mit Klaus Mann sprechen. Die Kameraden, die in der *Sammlung* publiziert hatten, müssten zur Mitarbeit an der neuen Zeitschrift gewonnen werden, selbstverständlich auch Klaus Mann selbst. Finde das Projekt genügend Unterstützung, könne die erste Nummer bereits im nächsten Jahr erscheinen. Ein Name für die Zeitschrift müsse noch gefunden werden. Da wir alle zu Wort kommen sollen, sagte Feuchtwanger, wie wäre es mit *Das Wort*?

Ruth Rewald und Maria Osten spazierten in dem hellen Juniabend die Rue Descartes hinauf zur Place de la Contrescarpe und von dort die enge, steile Rue Mouffetard hinab. Du müsstest an einem Wochentag herkommen, früh am Morgen, sagte Ruth Rewald, während sie an den geschlossenen, dicht aneinandergedrängten kleinen Fleischwarenläden, Bäckereien, Kolonialwarenläden, an leeren Früchte- und Gemüseständen vorbeispazierten. Die Stände mit den Fischen und Meeresfrüchten müsstest du sehen. Haufen von winzigen getrockneten Fischlein, die sie mit einem Löffel in Tüten füllen. Mit zerhackten Eisstücken gefüllte Wannen, darin Fischleiber in jeder Größe. Aale, Plattfische, Rochen, Barsche mit wulstigen Mäulern und rosafarbenen Kiemen, kleine Haie, kiloschwere Thunfische, Garnelen, Langusten, Seespinnen, die Zangen mit Schnüren zugebunden, Krebse, Muscheln, Seeigel, deren Stacheln sich noch bewegen. Dazu der Fischgeruch, das Gedränge, Klatsch und Tratsch, Ratschläge, wie dieser Krebs oder jener Fisch am besten zubereitet werde. Fruchtstände mit Mangos,

Limonen, Papayas, Guaven, Passionsfrüchten, Ananas, Bananen, Kokosnüssen, von Martinique und Guadeloupe importiert, die Verkäuferinnen und ihr kreolisches Französisch ebenfalls. Aus Radios scheppert kreolische Musik, die Verkäuferinnen singen mit, manchmal auch die Käuferinnen. Sie sang halblaut ein paar Worte. Das gefällt mir, sagte Maria Osten, sing weiter. Ba moin en ti bo, sang Ruth Rewald, bemüht, das kreolische Patois nachzuahmen:

Ba moin en ti bo
Deux ti bo, trois ti bo, doudou,
Ba moin en ti bo
Deux ti bo, trois ti bo l'amou
Ba moin en ti bo
Deux ti bo, trois ti bo,
Ba moin tout ça ou lé
Pou soulagé cœu a moin.

Als sie geendet hatte, sagte Maria Osten, ich versuche mir die paradiesische Insel vorzustellen, wo Verliebte einander Doudou nennen. Wie nennst du Kolzow? fragte Ruth Rewald. Mischa, wie nennst du deinen Hans? Hans. Als ob das der Erklärung bedürfte, fügte Ruth Rewald hinzu, er ist ein guter Mann. Kolzow, sagte Maria Osten, ist aufregend, aber er ist kein guter Mann. Wie meinst du das? Sie hatten sich am unteren Ende der Rue Mouffetard vor ein Bistro gesetzt und tranken Pastis. Wer dieses Getränk nicht kenne, hatte Ruth Rewald erklärt, könne die Franzosen nicht verstehen. Der Anisgeschmack erinnerte Maria Osten an ihre Kindheit. Sie habe nicht sagen wollen, dass Kolzow kein guter Mann sei, sondern kein guter Partner; auf ihn sei kein Verlass. Oder doch Verlass, er würde unter allen Umständen zu ihr halten, dessen sei sie gewiss. Trotzdem sei die Beziehung nicht so, wie sie sich das vorgestellt habe, auch wenn sie andererseits nicht daran zweifle, dass sie haltbar sei. Sie lachte, ich rede Stuss. Ich bin mir selber nicht im klaren, was ich von unserer Beziehung erwarte. Die Zeit mit Herzfelde und selbst die Ehe mit Stscherbjakow habe sie nie als dauerhaft angesehen, auch wenn beide das geglaubt hätten. Die Beziehung zu Kolzow dagegen habe Bestand. Scheiden lasse er sich allerdings sowenig wie Herzfelde, an diese Spielregel habe sie sich gewöhnt. Dass sie sich ebenfalls ihre Freiheit vorbehalte, sei ihre Sache, mit Kolzow habe das nichts zu tun. Was ihr missfalle, sei das Undurchschaubare, Unordentliche ihres Lebens mit ihm. Aber das liege auch an ihr, jedenfalls zum Teil.

Wenn sie auf ihr Leben blickte, sah Maria Osten überall Unordnung. Allem, was sie unternahm, haftete etwas Chaotisches an. Auch der Geschichte mit Hubert. Sein Jahr in der Union war längst um, aber er war immer noch dort. Die Saar war verloren, und so war es für den Jungen wohl die beste Lösung. Aber wer hatte das entschieden? Waren seine Eltern gefragt worden? Oder er selbst? Sie sah ihn immer seltener, das war doch nicht richtig. Die Verantwortung für sein Schicksal war ihr entglitten. Er selbst war ihr entglitten, ihre fürsorglichen Gefühle fielen ins Leere. Sie musste einen Fehler begangen haben, aber sie wusste nicht, welchen. So ging es ihr oft. Zum Beispiel auch, als Losey abgereist war. Dabei hatte sie sich nichts vorzuwerfen. Kolzow hatte kein Wort über die Angelegenheit verloren, dazu war er zu klug. Einer wie Losey, sagte sie zu Ruth Rewald, während sie Salat mit Thunfisch, Zwiebeln, Kapern und Oliven aßen, das war für mich neu. Ein großer, stämmiger Bursche aus dem Mittleren Westen der Vereinigten Staaten, aus Wisconsin. Sah aus wie ein Holzfäller und hieß auch noch Joe. Ernst Ottwalt, den du kennst und der ebenfalls in Moskau lebt, hat ihn eines Abends zu uns in das Dom Prawitelstwa gebracht. Die beiden kamen von einer Reise nach Charkow und Kiew, die sie mit einer Gruppe ausländischer Künstler gemacht hatten. An jenem Abend hatten wir Brecht und Grete Steffin zu Besuch. Es stellte sich heraus, dass dieser Bauernbursche an den besten Universitäten der Vereinigten Staaten Theaterwissenschaft studiert hatte. Er sprach begeistert über das sowjetische Theater, verwickelte Brecht in Analysen der Darstellungstechniken bei Ochlopkow, Meyerhold und am Wachtangow-Theater, die er mit der Montagetechnik bei Eisenstein verglich. Brecht war an dem jungen Enthusiasten interessiert, fragte ihn über die Theatervorstellungen aus, die er in Moskau und auf der Reise gesehen hatte. Am meisten zu reden gab es über die Theaterarbeit Ochlopkows, der in einigen seiner Inszenierungen Zuschauer auf die Bühne gesetzt hatte. Ochlopkow, sagte Brecht, benutze für den Effekt, den er auf diese Weise erziele, den Begriff der Verfremdung. Er, Brecht, habe sich diesen Begriff zu eigen gemacht. Losey sagte, er habe viel von Brechts Aufführungen gehört, aber noch keine gesehen. Brecht ließ sich Loseys Adresse in New York geben. Er plane, im Herbst dorthin zu reisen, falls eine Inszenierung seines Stücks *Die Mutter* zustande käme. Losey hatte eine ganze Liste mit Inszenierungen, die er in Moskau noch sehen, und von Theaterleuten, mit denen er zusammenkommen wollte. Auch in den Zirkus wollte er. Diese Dinge nähmen viel Zeit in Anspruch, wenn einer die Sprache nicht könne. Kolzow hatte sie gefragt, ob sie Losey beim Beschaffen der Theaterkarten behilflich sein könnte. Seit ihr Russisch dazu ausreichte, betreute sie hin und wieder ausländische Künstler, die in Moskau zu Besuch weilten, wie sie einst in Berlin ausländische Besucher auf Wunsch der Partei betreut hatte (so hatte sie Kolzow kennengelernt). Sie half Joe Losey beim Beschaffen der Karten und ging mit ihm ins Theater, in die Oper und in den Zirkus.

Und? fragte Ruth Rewald. Wieso und? Sie schauten einander an, begannen zu kichern. Ich will dich nicht mit Dingen langweilen, die du ohnehin kennst. Liebst du ihn? fragte Ruth Rewald. Wen? Losey, sagte Ruth Rewald, oder Kolzow, oder beide. Nein, Losey liebe sie nicht. Und auf ihre Beziehung zu Kolzow passe das Wort Liebe nicht. Kolzow war der Mann ihres Leben, das stand fest. Sie erzählte Ruth Rewald von einer anderen Moskauer Begegnung. Eine knabenhafte Erscheinung in Männerkleidung. Schmales Gesicht, dunkle Augen, ein dichter Schopf brauner Haare, jungenhaft kurz geschnitten und gescheitelt, eine Haarwelle fiel ihr in die Stirn. Feingliedrige Finger, die gleichzeitig die zweiäugige Rolleiflex und die Zigarette hielten. Ein aufmerksamer Blick, dem, wenn er auf Maria Osten fiel, etwas sanft Begehrendes anhaftete, aber das habe sie sich vielleicht nur eingebildet. Annemarie Schwarzenbach war mit Klaus Mann nach Moskau gekommen, um den von Kolzow organisierten Kongress der Sowjetschriftsteller zu fotografieren. Am Vorabend des Kongresses war sie mit Klaus Mann und weiteren Kongressteilnehmern bei ihr und Kolzow zu Besuch gewesen. Jedesmal, wenn die dunklen Augen der Fotografin sie anschauten, geriet sie in Verwirrung, das war sonst nicht ihre Art. Später, am Rand des Kongresses, hatte ihr Annemarie Schwarzenbach Fotos von einer Reise durch die Türkei und den Irak bis nach Persien gezeigt und ihr ein Reisebuch geschenkt, das vor kurzem in ihrer Heimatstadt Zürich erschienen war. Noch in der Nacht hatte sie den schmalen Band gelesen, bezaubert und beunruhigt von der Fremdheit der Menschen und Tiere und Landschaften, die Annemarie Schwarzenbachs Schilderungen vor sie hinstellten, und angerührt von der Sanftheit des Tons, wenn der Blick der Erzählerin auf die irakischen Kinder fiel. Im Verlauf des Moskauer Kongresses hatte sie sich noch mehrmals mit Annemarie Schwarzenbach und Klaus Mann getroffen, sie hatte ihnen bei Besorgungen geholfen, sie zum Jourgaz-Verlag begleitet und ins Kulturhaus der Roten Armee. Einmal lud Kolzow die Kongressteilnehmer zu einem Stadtrundflug mit dem Großflugzeug *Prawda* ein. Auf dem Flugfeld empfing er die Gäste in Fliegeruniform und stellte ihnen die Piloten und eine Pilotin des Geschwaders vor. Maria Osten hatte Hubert mitgenommen, während des Fluges durfte er in der Pilotenkanzel sitzen. Später fuhr sie mit Annemarie Schwarzenbach in die Stadt zurück. Die Fotografin sprach begeistert von diesem Land, in dem ein Schriftsteller ein Fluggeschwader kommandierte und Arbeiter Bücher schrieben. Sie hatte sich konzentrieren müssen, um dem Gespräch zu folgen, während sie den Blick der sinneverwirrenden jungen Frau auf sich spürte.

Dabei ist es geblieben, sagte Maria Osten. Vielleicht sind Lust und Liebe weniger eine Frage des Geschlechts als des Zeitpunkts. Ihre Sinne und Gefühle, soweit sie nicht ihrer Arbeit galten, waren von der Beziehung zu Kolzow in Anspruch genommen. So würde es Annemarie Schwarzenbach vorbehalten bleiben, die Erinnerung an jene Begegnung aufzubewahren. Mehr als fünfzig Jahre später würde Annemarie Schwarzenbachs graziles und spitzes Porträt von Maria Osten schließlich an die Öffentlichkeit gelangen. Übrigens ist Maria ein außergewöhnliches Mädchen, heißt es in ihrem Tagebuch, von einer sehr weiblichen, nämlich nicht ganz bewussten Klugheit, einer sprunghaften und katzenhaften Zärtlichkeit, auf die beileibe kein Verlass ist, von großer Unbefangenheit und Offenheit und kleiner, kalter Verschlagenheit. Kurz, es würde gefährlich und quälend sein, sie zu lieben, da man ihrer nicht habhaft werden noch sie jemals für irgend etwas zur Rede stellen kann.

Sie waren wieder bei der Place de la Contrescarpe angelangt. Hier standen kleine Gruppen von Schwatzenden herum oder saßen auf Bänken unter den Linden. Ein paar Jungen kickten einen Ball. Es war ein warmer Sommerabend, die Dämmerung ging in Nacht über. Als sie den Saal der Mutualité betraten, hatte die Abendsitzung bereits begonnen, Alexej Tolstoi sprach, andere folgten. Eine halbe Stunde verstrich mit der Wahl einer Kommission, welche die Kongressresolution ausarbeiten sollte. Noch zwei Reden, dann ging Ruth Rewald mit Hans zur Metrostation. Hallende Schritte in leeren Gängen, Geruch von abgestandenem Rauch und Urin, lärmendes Rattern durch den Schacht, Dubo Dubon Dubonnet.

Am Montag nachmittag blieb sie der Mutualité fern, sie hatte im Biblion zu sein, im Grunde war ihr das recht. Abends nach der Arbeit machte sie Einkäufe, spülte das Geschirr und putzte die Atelierwohnung, die Hausarbeit war seit Tagen liegengeblieben. Hans hatte Schnüre durch den Raum gespannt und die Kongressfotos mit Wäscheklammern zum Trocknen aufgehängt. Auf einem der Bilder war sie mit Maria Osten und Kolzow zu sehen, auf einem anderen mit Brecht und Becher, auf einem dritten war sie allein, sie blickte aufmerksam zu jemandem hin. Ihr mädchenhaftes Gesicht, das Grübchen im Kinn, die Rundungen ihrer Brüste im Ausschnitt des leichten Kleidchens. Das Bild war wie eine Botschaft von Hans, sie freute sich darüber. Beim Eingang zur Mutualité, kurz vor neun Uhr nachts, traf sie auf Feuchtwanger, Anna Seghers und deren Ehemann Lorenz Schmidt und einen weiteren Mann, der ihr von Schmidt als Ernst Weiß vorgestellt wurde. Schmidt (an seinen wirklichen Namen erinnerte sie sich nicht) kannte sie aus Berlin, wo er die Marxistische Arbeiterschule geleitet hatte, deren Vorlesungen sie und Hans gelegentlich besuchten. In Paris hatte er ein Institut gegründet, das die Arbeit der Schule weiterführte. Der südländisch aussehende Professor mit dem schwarzen

Haarschopf und den dichten Augenbrauen über runden Brillengläsern war stets freundlich und gesprächig. Neben der Leitung des Instituts, sagte er in seiner melodischen ungarischen Aussprache zu ihr, sei er mit der Gründung einer Volkshochschule beschäftigt, an der Kulturkritik von antifaschistischen Positionen aus betrieben werden solle. Mit ihrer akademischen Ausbildung sei sie als Dozentin geeignet, er würde sich freuen, wenn sie über deutsche Literatur sprechen könnte. Ob das nicht der Bezirk von Anna Seghers sei? Tschibi – er unterbrach sich lächelnd, das sei der Kosenamen seiner Frau –, also die Anna werde eine allgemeine Einführung in die Literatur des neunzehnten und zwanzigsten Jahrhunderts geben. Ruth Rewald und weitere Dozenten könnten beliebige Einzelthemen wählen, zum Beispiel eine bestimmte Periode, eine Gattung, ein Werk. Ausgehend von Eigenem, sagte sie, könnte sie sich ein Referat über die Situation von Kinder- und Jugendbuchautorinnen im Exil vorstellen, vielleicht verbunden mit einer Umfrage bei Kolleginnen wie Irmgard von Faber du Faur, Anna Maria Jokl, Hermynia Zur Mühlen, Adrienne Thomas, Alex Wedding und Lisa Tetzner. Eine Art Inventur ihrer künstlerischen, psychischen und ökonomischen Probleme. Schmidt fand den Vorschlag ausgezeichnet. Später, während er sich mit Ernst Weiß unterhielt, betrachtete sie Weiß verstohlen. Er hatte eine blasse, fast durchsichtige Haut und ein feines, melancholisches Gesicht. Er sprach leise und genau, mit einem tschechischen Akzent. Ruth Rewald hatte seinen Roman *Georg Letham, Arzt und Mörder* gelesen, eine Ärzte- und Abenteuergeschichte aus einer Strafkolonie in den Tropen, ein Buch von unerträglicher Kälte. Mehrmals hatte sie die Lektüre abbrechen wollen, sie konnte die grauenerregenden Passagen über Tiere, die im Namen der Wissenschaft gequält wurden, nicht ertragen. Sie las das Buch schließlich doch zu Ende, es übte einen Sog auf sie aus, ähnlich wie die Erzählungen Kafkas, mit dem Weiß in Prag aufgewachsen war.

Die Abendveranstaltung wurde von Martin Andersen Nexö und Jean Guéhenno geleitet. Das Bühnenbild war unverändert, einige Darsteller waren ausgewechselt worden, eine anonyme Regie mischte weiterhin Plan und Zufall. Anna Seghers sprach

als Dritte. Ruhig und selbstsicher betrat sie die Bühne, auf der
sonst nur Männer zu sehen waren. Sie trug ein biederes, trotz
der Hitze hochgeschlossenes Kleid und niedrige Absätze und
sah aus wie eine Hausfrau und Mutter, und das war sie ja auch.
Sie analysierte den Begriff Vaterland. Er führe eine Doppelexi-
stenz: Für die einen bezeichne er eine Gemeinschaft im Kampf
um Selbstbefreiung, für die anderen die Heiligkeit der Besitzverhältnisse. Das war fast so deutlich wie Brechts Rede von den
Eigentumsverhältnissen. Ruth Rewald dachte an den Namen,
den Lorenz Schmidt für seine Frau gebraucht hatte: Tschibi.
Es klang wie das Zwitschern eines Vögelchens. Aber die Frau,
die da vorn sprach, hatte nichts von einem scheuen Vögelchen.
Für die Nazis, sagte sie, gelte, der Mensch ist verwertbar. Ruth
Rewald schauderte. Von einem erlegten Tier sagte man, es sei
verwertbar. Gemeint war, dass alles an ihm irgendeinem für den
Menschen nützlichen Zweck zugeführt werden konnte. Sogar
die Knochen sind verwertbar, sagt der Metzger. Wie konnte ein
Mensch verwertbar sein? In der Vokabel verwertbar steckte die
Vorstellung von Wert. Die Nazis schienen dem Menschen Wert
zuzugestehen, aber bei genauem Hinsehen war es der Wert ei-
ner Sache, der Mensch also weniger als ein Mensch. Sie nahm
sich vor, Anna Seghers darauf anzusprechen. Nach einer Pause,
während der sie vor der Hitze im Saal ins Freie floh, sprachen
Heinrich Mann und Lion Feuchtwanger, dann, hinter einer
Maske (es fehlte der Kothurn) ein deutscher Schriftsteller, der
illegal nach Paris gereist war und, wie Seghers, Feuchtwanger
und Heinrich Mann, langen Applaus erhielt. Es folgte Tristan
Tzara, und zum Abschluss des Abends verlas Paul Éluard die
Rede André Bretons, der wegen der Ohrfeige an Ehrenburg vom
Kongress ausgeschlossen blieb. Sie war zu müde, um der Polemik Bretons gegen den sowjetisch-französischen Beistandspakt
zu folgen. Auf dem Weg zur Metro hängte sie sich bei Hans
ein. Ein Gedanke, den sie bisher von sich weggeschoben hatte,
drängte sich in ihr schläfriges Gehirn. Die meisten Exilierten
und auch sie selbst lebten, seit sie Deutschland verlassen hatten,
wie in einem Wartesaal. Es war ein Warten voller Hoffnung auf
den Zug, der sie in die Heimat zurückbringen würde. Nun hatten Becher und Kolzow von einer neuen Zeitschrift gesprochen,

Brecht hatte Pläne zu einer Enzyklopädie entworfen, allenthalben war über neue Exilverlage, Exilzeitschriften, Exilorganisationen und Exilveranstaltungen diskutiert worden. Die Kongressteilnehmer mochten soviel Zuversicht verbreiten, wie sie wollten, ihre Handlungen zeigten, dass sie sich auf eine lange Dauer des Exils einrichteten. Dubo Dubon Dubonnet, Dubo Dubon Dubonnet.

Auch am Dienstag, dem letzten Kongresstag, arbeitete sie im Biblion. Es schien keinen Unterschied zu machen. Was immer sie tat oder unterließ, sie war ein Teil des Kongresses. Sie war eine Statistin, sie gehörte zum Chor, der austauschbar war, aber ohne ihn konnte das Stück nicht aufgeführt werden. Nicht dass sie sein Ende ersehnt hätte, sowenig wie seine Fortdauer. Der Kongress lag außerhalb der Dinge, die sie wollen oder nicht wollen konnte. Sie war keine von denen, über die Brecht gehöhnt hatte, dass sie mit dem Gefühl nach Hause gingen, die Kultur gerettet zu haben. Wie konnte sie die Kultur retten, wenn sie alle Kraft darauf verwenden musste, Hans und sich selbst zu retten und zu bewahren? Wer aber, wenn nicht sie, konnte die Kultur retten? Die Menschen machen ihre Geschichte selbst. So stand es bei Marx, und darüber konnte niemand hinweg. Wie aber sollte sie in den Gang der Geschichte eingreifen, wenn ihr alle Möglichkeiten dazu genommen wurden? Nach Geschäftsschluss ging sie direkt zur Mutualité. Die Nachmittagsveranstaltung war noch nicht zu Ende. Sie setzte sich ins Café. Nach wenigen Minuten trat Walter Benjamin zu ihr und fragte, ob er sich setzen dürfe. Er berichtete erregt, im Saal sei ein Streit ausgebrochen. Ein paar trotzkistische Chaoten, angeführt von Magdeleine Paz, hatten wegen des russischen Schriftstellers Victor Serge, der in den Ural verbannt worden war, die Sowjetunion und Stalin angegriffen. Als aus dem Publikum Pfiffe ertönten, fragte Paz, ob die Haft eines Kollegen etwa nicht zum Thema Gedankenfreiheit gehöre, das hier am Kongress so viel zu reden gebe. Weitere Pfiffe, vereinzelte Rufe: Aufhören! Darauf war in der vordersten Reihe Gaetano Salvemini aufgestanden und hatte gerufen, wer von der Gestapo spreche, dürfe über die GPU nicht schweigen. Beifall, der von Buhen und Pfiffen übertönt wurde. Jemand rief, es heißt nicht GPU, sondern NKWD.

Gelächter. Es entstand eine Art Wechselgesang zwischen Bühne und Saal. Auf der Bühne donnerte Ehrenburg ins Mikrophon, Serge sitze wegen seiner Mitverantwortung an der Ermordung Kirows. Da sprang aus der Seitenkulisse Charles Plisnier herbei und riss Ehrenburg das Mikrophon aus der Hand. Victor Serge, kreischte Plisnier, sei bereits zwei Jahre vor der Ermordung Kirows verhaftet worden, alles andere sei Verleumdung. Kolzow nahm Plisnier das Mikrophon weg, wie man einem Kind ein Spielzeug wegnimmt. Gide plädierte für eine ordentliche Diskussion. Im Saal hatte sich ein Unbekannter erhoben und begonnen, eine Resolution zu verlesen, worin ein öffentlicher Prozess gegen Serge gefordert wurde, anderenfalls sei er freizulassen. Aufhören! riefen Stimmen aus dem Saal und von der Bühne, andere hielten dagegen, der Rest der Resolution ging in Lärm unter. Aragon war im Saal auf seinen Sessel gestiegen und schrie, Salvemini und Paz sollten den Mund halten, allein schon die Erwähnung von Serge sei zuviel der Ehre für einen Konterrevolutionär. Eine kleine Gruppe im Hintergrund des Saals begann zu skandieren: Vic Tor Serge, Vic Tor Serge. Kisch, Regler, Guéhenno und andere drängten sie aus dem Saal, sie lärmten in der Eingangshalle weiter. Darauf trat Anna Seghers ans Mikrophon und sagte mit ruhiger Stimme, sie könne verstehen, dass das Schicksal von Victor Serge einigen der Anwesenden am Herzen liege, aber zum Zeitpunkt des Kampfes gegen den Faschismus seien die hier verbreiteten Übertreibungen und die Hetze gegen die Sowjetunion objektiv konterrevolutionär. Applaus, Pfiffe, Buhrufe. Eine Stimme aus dem Saal schrie, wenn hier Kritik an der Sowjetunion mit Sympathie für den Faschismus gleichgesetzt wird, kann der Kongress abstinken. Johlen, Pfiffe, Rufe: Trotzkist! Schließlich ergriff Malraux das Mikrophon und erklärte im Namen der Gastgeber, wer weiterhin den Ablauf störe, werde vom Kongress ausgeschlossen. Danach kehrte allmählich Ruhe ein, und Bodo Uhse konnte den letzten Vortrag des Nachmittags halten. Benjamin war noch immer erregt. Magdeleine Paz sei ein böser Dämon, sagte er, sie habe die Konferenz in die Krise getrieben, es sei bedauerlich, dass dieses Umschlagen der Stimmung nicht habe vermieden werden können. Ruth Rewald fragte ihn nach seiner Meinung zu Serge. Benjamins Antwort war verworren. Er redete von Schauder und Jammer, die im Publikum ausgebrochen seien, und schimpfte auf die Veranstalter, die das Ziegengeblöke einer Magdeleine Paz zuließen, während maßgebliche Stimmen von der Wortmeldung ausgeschlossen blieben. Damit meinte er vermutlich sich selbst. Sie verstand seine Bitterkeit und empfand Sympathie für ihn.

Die Nachmittagsveranstaltung war zu Ende, das Café begann sich zu füllen. Benjamin entschuldigte sich, er müsse noch mit Brod reden. Der Qualm trieb sie ins Freie. Hier traf sie Maria Osten und einen etwa vierzigjährigen untersetzten, rundlichen Mann mit einer hohen Stirn und großen Augen hinter dicken Brillengläsern, den Maria Osten ihr als Isaak Babel vorstellte. Zu dritt gingen sie in ein nahegelegenes Restaurant in der Rue Monge, wo Kolzow und Boris Pasternak sie erwarteten. Die beiden unterhielten sich erregt auf russisch. Sie streiten über die Nachmittagsveranstaltung, sagte Maria Osten. Ruth Rewald fragte, wie sie darüber dächten. Kolzow unterbrach sich und sagte auf deutsch zu ihr, das Problem sei fehlendes Bewusstsein bei einigen sowjetischen Funktionären. Die unbedeutende Angelegenheit des Victor Serge habe die Konferenz beinahe in die Katastrophe geführt. Pasternak fiel Kolzow ins Wort. Maria Osten übersetzte, Pasternak bestreite, dass der Fall unbedeutend sei. Ein Schriftsteller sei seit zwei Jahren ohne Prozess in Haft. Wo da die Solidarität der Kollegen bleibe? Kolzow warf Pasternak Naivität vor. Gerade die Schriftsteller und Intellektuellen unter den Trotzkisten dürften nicht mit Nachsicht behandelt werden. Er, Kolzow, unterstütze die Forderung nach einem öffentlichen Prozess, der den Freunden der Sowjetunion die Augen öffnen werde. Babel hörte aufmerksam zu. Fast zehn Jahre war es her, seit sein Buch über Budjonnys Reiterarmee im Malik-Verlag erschienen war. Scharf, wie an ein großes Glück oder einen großen Schmerz, erinnerte sie sich, wie sie als zwanzigjährige Studentin diese Erzählungen gelesen hatte. Wie eine Folge von Stromstößen bis ins Herz hatten die schrecklichen Szenen sie getroffen. Sie war bestürzt von der Unschuld, mit der der Erzähler von dem Grauenhaften berichtete, zugleich empfand sie, dass dem Erzählen selbst eine Trauer innewohnte jenseits der Sprache. Babels Menschen und Tiere, besonders die Pferde, blieben ihr rätselhaft. Keine anderen Pferde waren wie diese; aber auch keine Juden, weder bei Arnold Zweig noch bei Roth, Döblin oder Kisch, waren wie diese Juden. Und keine Kommunisten. Pferde, Juden und Kosaken vegetierten in Schmutz, Verkommenheit und Aberglauben. Aber jede ihrer Gesten, noch die allerniedrigste Äußerung ihres Lebens hatten sich unauslöschlich in Ruth Rewalds Gedächtnis eingegraben.

Er habe von Maria Osten gehört, sie sei Schriftstellerin, sagte Babel beim Essen auf französisch zu ihr. An der Jugendliteratur interessierten ihn Fragen der Didaktik, es sei das ungelöste Problem des sozialistischen Realismus. Er wollte wissen, wie sie damit umgehe. Er fragte sie, ohne aufdringlich zu sein, über ihr Leben aus. Darüber wollte sie nicht sprechen, aber dann erzählte sie ihm doch alles, sie schilderte das Meer der alltäglichen Misere, darin die kleinen Inseln der Zuversicht und jetzt der große Archipel des Kongresses, der sich allmählich zu einem Kontinent aufwerfe. Noch ein paar Stunden, sagte Babel, und der Kongress verschwindet wie einst Atlantis. Und was geschieht mit uns? fragte sie, während sie zur Mutualité zurückspazierten. Mit Ihnen oder mit mir? fragte Babel. Sie lachte, unsicher.

Zum letzten Mal fand sie sich in dem Stück, das in der Mutualité gespielt wurde. Noch immer fasziniert von der Unordnung auf der Bühne, dem Zufälligen der Gänge und Gruppierungen der Akteure, das in einem grotesken Gegensatz stand zum Absichtsvollen ihrer Worte. Aragon sprach und Regler, Weinert, Rudolf Leonhard und Guéhenno und andere, dann steigerte sich der Abend mit den Beiträgen von Pasternak, Babel und Malraux zu einem Crescendo, das auch während des Verlesens der acht Punkte der Abschlusserklärung und der Vorstellung des Präsidiums der neugeschaffenen Internationalen Schriftstellervereinigung nicht verebbte. Der Abschlussmonolog von Henri Barbusse endete kunstvoll mit dem Wort fin, als ob der Redner dem Publikum bestätigen wollte, dass die Veranstaltung nun auch wirklich zu Ende war. Dann strömten die Tausende aus der Mutualité. Lebhafte Gespräche in vielen Sprachen, Gelächter und Abschiedsworte erfüllten die

Rue Saint-Victor. Darüber erhob sich, zunächst kaum hörbar, dann allmählich lauter werdend, der Triller einer Lerche. Die Rauchschwaden der Zigaretten verwehten im Geruch feuchter Erde. Knirschendes Geräusch von Metall, das auf Stein trifft. Die letzten Schaufeln Erde wurden ausgehoben und sorgfältig neben dem Grab aufgeschichtet. Voila, ça y est, sagte einer der Totengräber, einen Zigarettenstummel an der Unterlippe. Er und seine beiden Kollegen standen ruhig neben dem frischen Grab, die Oberkörper schweißnass. Dann packten sie ihre Gerätschaften zusammen, nickten dem Polizisten zu und gingen weg. Der Nachmittag war fast um. Ruth Rewald erhob sich und trat aus dem Schatten der Linde. Die Julisonne brannte auf ihrer Haut. Zum erstenmal, seit der Kongress vor zwei Wochen zu Ende gegangen war, hatte sie ihr inneres Gleichgewicht wiedergefunden. Von den Leidenschaften, die die fünf Tage in der Mutualité in ihr hervorgerufen hatten, fand sie sich keineswegs gereinigt. Zuviel war unerledigt geblieben. Sie hatte die Gelegenheit verpasst, mit Karola und Ernst Bloch Kaffee zu trinken. Mit Anna Seghers hatte sie über die Formel von der Verwertbarkeit des Menschen sprechen wollen, und von Maria Osten wünschte sie Einzelheiten über ihr sowjetisches Jugendbuch zu hören und ob sie weitere Jugendbücher schreiben werde. Nicht einmal verabschiedet hatte sie sich von ihr und Kolzow, auch nicht von Isaak Babel, der solch einen starken Eindruck auf sie gemacht hatte. In der Angelegenheit um Victor Serge hatte sie ebensowenig Klarheit gewonnen wie im Streit zwischen den Genossen und den Surrealisten. Die Unruhe blieb. Ruhe hatten nur die Toten, hier auf dem Cimetière du Montparnasse. Die Schaulustigen waren längst verschwunden, nur sie und der Polizist standen noch da. Ob er nicht bald Dienstschluss habe, fragte sie ihn. In drei Stunden werde er abgelöst, sagte der Polizist. Das leere Grab des Hauptmanns Dreyfus werde die ganze Nacht bewacht. Sie nickte und brach auf.

13

Und wieder löst sich ein Schiff vom Kai. Brackiges Wasser zwischen Bordwand und Kaimauer, Holzstücke schwappen darin herum, tote Fische und Tropenfrüchte mit aufgeschwemmtem, bleichem Fruchtfleisch. Geruch von süßlicher Gärung, von Tang und Teer und Meer. Auf dem Kai winkende Menschen, Sonnenschirme, leichte Kleidchen, Buntes auf dunkler Haut. Verkaufsstände mit Mangos, Limonen, Papayas, Guaven, Passionsfrüchten, Ananas, Bananen, Kokosnüssen. Die Früchte dieses Landes. Die Stadt Salvador, auf von Tropischem überwucherten Hügeln ausgebreitet, begann zurückzuweichen. Langsam drehte die *Canavieiras* nach Süden ab. Das blaugrüne Wasser der Bucht glitzerte in der Sonne. Baía de Todos os Santos. Gedämpftes Stampfen der Schiffsmotoren, sonst Stille. Dagegen die Ausfahrt aus dieser Stadt, in umgekehrter Richtung, vier Tage zuvor. Gerüttelt und geschüttelt im lärmigen Autobus, in dem die Hitze schon vor Sonnenaufgang kaum zu ertragen war. Vorbei an mit Palmwedeln oder Wellblech gedeckten Hütten. Wände aus Lehmziegeln, in den scheibenlosen Fensteröffnungen mitunter eine Gestalt. Zwischen den Hütten streunende Hunde, Hühner, Ziegen, ein Maultier, an eine Kokospalme gebunden. Auf der Erde achtlos verstreut faulende Kokosnüsse, rostendes Arbeitsgerät, von den Strahlen der aufgehenden Sonne scharf umrissen. Wo die Bucht aufhörte, begann das Zuckerrohr. Die Stauden, höher als der Autobus, verdeckten die Sicht für Stunden. Schon wenige Kilometer hinter Salvador war der Asphalt zu Ende gewesen, danach nur noch staubige Naturstraße. Von Zeit zu Zeit hielt der Autobus unter Carnaúbapalmen, vor einem aus Brettern zusammengenagelten Imbissstand. Süßer Kaffee, süßes Gebäck, Abtritte, die Olga Benario mied. Die Ökonomie des Zuckers, sagte Juvêncio über das Dröhnen des Autobusmotors hinweg, hat, wie das mit Monokulturen zu geschehen pflegt, das Land zuerst reich, dann arm gemacht. Der Zucker brauchte Platz, so wurde der tropische Urwald gerodet und in den Zuckersiedereien verheizt. Für die Rodung und das Zuckerrohr hat man vor vierhundert Jahren die Afrikaner hergebracht. Alle Bahianer haben schwarze Sklavinnen und Sklaven unter ihren Vorfahren, auch ich. Schon gegen Ende des siebzehnten Jahrhunderts ging das Geschäft mit dem Zucker zurück. Da war der Urwald entlang der Küste, von Rio bis Salvador und hinauf nach Natal, auf einer Länge von zweitausend Kilometern abgeholzt. Es folgten die Zyklen des Tabaks, des Goldes, des Kautschuks, des Kaffees, ihre Zentren lagen, mit Ausnahme des Kautschuks, im Süden des Landes. Sie zogen die Sklavenwirtschaft und die Viehzucht an sich. Die weißen Herren übersiedelten nach Rio und São Paulo. Die Schwarzen und Mulatten im Nordosten blieben arm. So ist es bis heute. Sie blickte auf die Zuckerrohrstauden, die unablässig am Fenster vorüberzogen. Ein fruchtbares Land, sagte sie. Alles, was du siehst, sagte Juvêncio, sind Latifundien. Die Besitzer wohnen in den Metropolen am Meer. Die Menschen hier besitzen kein Land. Und das fruchtbare Land ist nur ein Streifen entlang der Küste. Er geht bereits zu Ende, wir nähern uns dem Sertão.

Auf der Steuerbordseite zog die Insel Itaparica vorbei. Die *Canavieiras*, ein Küstendampfer der Lloyd Brasileiro, erreichte offenes Meer, die Fahrt in den Süden hatte begonnen. Das Festland ein milchiger Streifen zwischen Himmel und Meer. Sie hatte sich im Schatten der Aufbauten in einen Liegestuhl gelegt und blätterte in dem dünnen Heftchen, das Juvêncio ihr zum Abschied geschenkt hatte. *Lampião – O Rei do Cangaço*. Sie blickte, ohne es richtig wahrzunehmen, auf das holzschnittartige Abbild des Banditenhauptmanns auf dem Einband. Matt, wie benommen, war sie aus dem Sertão zurückgekehrt. Der Rükken schmerzte, die Oberschenkel, die Arme. Im Hotel in Salvador, gestern Nacht, vor dem Zubettgehen, hatte sie die üblichen Lockerungsübungen gemacht, aber die Muskelschmerzen und das Gefühl der Ermattung hielten an. Seit den Gewaltmärschen an der Militärschule in Borissoglebsk hatte sie sich nicht mehr so zerschlagen gefühlt. Acht Stunden im Sattel, in einer Landschaft und unter einer Sonne, die sich der Beschreibung entzogen. Eindrücke und Vorgänge, für die ihr die Begriffe fehlten. Und noch immer dieser Geruch in der Nase. Sie war froh über die zwei Tage Schiffsreise nach Rio. Sie brauchte die Zeit, um zu sich selbst zu kommen.

Prestes' Haltung, wenige Wochen zuvor, war klar gewesen: ein Treffen mit Lampião ist Zeitvergeudung. Ewert hatte behutsam widersprochen. Er kenne die Verhältnisse im brasilianischen Hinterland nicht, argumentiere hier nur als Sprecher der Komintern. Allerdings empfahlen nicht nur Manuilski und Pjatnitzki den Kontakt zu dem Banditenhauptmann, sondern auch brasilianische Genossen, darunter Parteisekretär Miranda. Auf eine Debatte über Miranda wollte Prestes sich nicht einlassen. Ohne Namen zu nennen, sagte er, er verstehe nicht, wie Kommunisten an ein Zusammengehen mit Banditen denken könnten. Die Cangaceiros verkörperten jenen individuellen Terror, vor dem Lenin ausdrücklich gewarnt habe. Sie hatten kein Programm, sie bekämpften den Bau von Straßen und Eisenbahnlinien, durchschnitten Telefonleitungen und versuchten den Anschluss des Nordostens an die kapitalistische Produktionsweise zu verhindern. Ohne jedes Klassenbewusstsein. Vom Industrieproletariat keine Ahnung. Es sei ein Irrtum, zu glauben, dass die Aktionen der Cangaceiros der Überwindung der bestehenden Verhältnisse dienten. Raubrittertum, eine vormoderne Welt. Dass sie moderne Partisanentaktiken entwickelt hatten, die denen seiner Kolonne glichen, stehe dazu nur in einem oberflächlichen Widerspruch. Das Cangaço habe sich einzig deshalb bis heute halten können, weil die Cangaceiros sich mit den Landbesitzern verständigten, statt sie zu bekämpfen. Die Banditen seien selber Teil des Machtgefüges des Nordostens, dieses Filzes aus Großgrundbesitzern, Polizei, Armee und Politikern. Ewert, eingenebelt in den Rauch seiner Senadores-Zigarren, erinnerte Prestes an seine eigenen Worte, dass im Banditentum, was immer die Banditen selbst glauben mochten, ein Element des Protestes gegen die schlechte Wirklichkeit stecke. Dass die Form dieses Protestes reaktionär sei, darüber brauchten sie nicht zu streiten. Brasilien befand sich in einer Periode des Umbruchs, die Industrialisierung und ein aus Europa importierter Faschismus zersetzten die alte Ordnung. Im Nordosten, mit seinen schwach verankerten staatlichen Institutionen, waren Lampião und seine Cangaceiros zu einem Machtfaktor geworden, ähnlich wie zwanzig Jahre zuvor Pancho Villa und seine Banditen in Mexiko. Und wie Pancho Villa umgab auch Lampião bei der verarmten Landbevölkerung der Mythos eines Rächers der Unterdrückten. Die Cangaceiros, abermals erinnerte er Prestes an seine eigenen Worte, schwammen in der Bevölkerung des Sertão wie die Fische im Wasser. Der Versuch, sie auf die Seite der Volksbewegung zu ziehen, lohne sich, auch wenn der Erfolg wenig wahrscheinlich sei.

Das Gespräch hatte auf dem Balkon der Wohnung von Ewert und Sabo in Ipanema stattgefunden. Olga Benario hatte ihren Stuhl in die Ecke geschoben, von wo aus sie die Rua Paul Redfern überblicken konnte. Auf dem kleinen Tisch waren Fruchtsäfte und Pães de Queijo bereitgestellt. Auf seine Weise, sagte Prestes widerwillig, sei Lampião ein militärisches Genie, seit einem Dutzend Jahren entziehe er sich nun schon der Verfolgung durch Polizei und Armee. Für eine großangelegte militärische Aktion allerdings fehle es den Cangaceiros an der Kenntnis moderner Waffen und an Disziplin. Das Hauptproblem aber bleibe ihr Opportunismus, er gebe ein Beispiel. Als er mit seiner Kolonne durch Ceará gekommen sei, habe sich die Kirche, wie nicht anders zu erwarten, auf die Seite der Regierung gestellt. Die Cangaceiros hielten sich zunächst aus dem Händel heraus, ließen sich dann aber von Padre Cícero ins Regierungslager ziehen. Dafür habe ihnen der alte Pfaffe, dieser Speichellecker der Macht, einen glänzenden Empfang bereitet. Als die Banditen in Juazeiro do Norte eintrafen, zu Fuß, wie üblich, läuteten die Kirchenglocken, eine unabsehbare Menschenmenge säumte die Hauptstraße, Journalisten und Fotografen warteten auf Lampião. In einer lächerlichen Zeremonie, die dem eitlen Banditen schmeicheln musste, erhielt er das Offizierspatent. Allerdings habe Hauptmann Virgulino, wie er sich nun nannte, die Kolonne nie angegriffen, vielleicht habe er das Spiel durchschaut, das mit ihm getrieben wurde. Ein Revoltierter sei er, kein Revolutionär. Die Herrschenden, schloss Prestes, haben noch nie gezögert, die übelsten Totschläger zu bewaffnen, wenn es gegen die Volksmassen ging. Wir sollten nicht unsererseits auf diese Strategie verfallen.

Sie lehnte an der Reling der *Canavieiras* und blickte auf die winzigen Fischerboote, die auf der Steuerbordseite in geringer Entfernung in der meterhohen Dünung trieben. Einfache, aus

Baumstämmen gezimmerte Flöße, in der Mitte ein dreieckiges Segel, vor dem Mast ein kleiner Aufbau. In den Behältern, die am Mast festgezurrt waren, glitzerten Fischleiber. Auf einem der Flöße war ein Junge damit beschäftigt, die Fische zu säubern. Er hielt inne und winkte. Neben dem Jungen, auf ein Ruder oder einen Fischhaken gestützt, bewegungslos in der mächtigen Dünung, eine hohe Gestalt, die Silhouette schwarz im Licht der tiefstehenden Nachmittagssonne. Sie bekam eine leichte Gänsehaut. Als das Floß bereits achtern zurückblieb, hockte sich die Gestalt zu dem Jungen nieder und half ihm bei der Arbeit. In der Ferne zeichneten sich auf dem Festland die Umrisse einer Stadt ab. Das ist Ilhéus, die Hauptstadt der Kakaoregion von Bahia, sagte ein älterer, elegant gekleideter Herr neben ihr, der sie seit einer Weile beobachtet hatte. Sie nickte höflich. Woher wusste er, dass sie das nicht wusste? Eine Stunde lang spazierte sie auf dem Oberdeck hin und her. Laufen wäre aufgefallen. Die Hitze der von der Sonne aufgeheizten Planken drang durch die Sohlen der Sandalen, eine Brise kühlte ihren Schweiß. Allmählich begann sich die Verspannung der Muskeln zu lösen.

Die grüne Wand aus Zuckerrohrstauden war zu Ende, alles Farbige hatte aufgehört. Ausgedörrtes Land unter einem Himmel aus substanzlosem Blau. Sonne. Steppe, baumlos. Erde in allen Schattierungen von Braun und Grau. Felsenhügel. Ausgetrocknete steinige Flussläufe. Kakteen, Abschnitte mit ausgedörrtem Strauchwerk, Fußpfade, die sich darin verloren. Gestrüpp mit fingerlangen Dornen: Caatinga. Dann und wann in der Nähe der Piste Kadaver toter Rinder oder Pferde, ohne Anzeichen von Verwesung. Geier, die darauf einhackten, aber die vertrockneten Tierleichen schienen den Attacken zu widerstehen. Die Szenen verschwanden in der Staubwolke, die hinter dem Autobus in der Luft stehenblieb. In der Ferne hin und wieder menschliche Figuren, zu Fuß oder zu Pferd. Für eine Weile war plötzlich Gewölk da. Scharf umrissene weiße Gebilde türmten sich auf, übermütige füllige Rundungen, aufquellende Formen, eine phantastische Pracht über der armseligen Erde. Unablässig dröhnte der Motor in ihrem Kopf. Juvêncio döste in der Hitze. Er hatte sich ein Tuch um die Nase gebunden, um sich vor dem Staub zu schützen (sie hatte, seinem Rat folgend, das gleiche getan), seine krausen schwarzen Haare waren von rötlichem Mehl bedeckt. Er habe einen Genossen gefunden, der Olga begleiten werde, hatte Miranda vor drei Wochen mitgeteilt. Juvêncio sei mit Lampião seit Jahren bekannt und habe das Vertrauen des Banditenhauptmanns. Damit war Prestes' letztes Argument, es sei unverantwortlich, Olga Benario allein zu Lampião zu schicken, entkräftet. Dass sie in ihrem Kollektiv die für diesen Auftrag Geeignetste war, hatte er nicht bestritten. Sie hatte die körperlichen Voraussetzungen und das soldatische Können, sie war mit der geplanten Aktion in allen Einzelheiten vertraut, und sie besaß die strategischen und taktischen Kenntnisse, um sich über den Wert einer Zusammenarbeit mit den Cangaceiros ein Urteil zu bilden. Sie würde Anfang Juli nach Salvador, der Hauptstadt Bahias fliegen und fünf Tage später mit dem Schiff zurückkreisen. Olga Benario ordnete an, dass während ihrer Abwesenheit Franz Gruber bei Prestes wohnen und für seine Sicherheit verantwortlich sein würde.

Immer in Sichtweite der Küste fuhr die *Canavieiras* in Richtung Süden, Rio entgegen. Im Laufe der vergehenden Stunden wurde Olga Benario ihrer Sinne wieder mächtig. Die Reise zu Lampião hatte sie in Gefilde geführt, wo jede Orientierung fehlte. Mit jedem Kilometer, den sie tiefer in den Sertão eindrang, wuchs das Gefühl, sie verlöre ihr inneres Gleichgewicht und mit ihm die Gewissheit, dass die Welt nach erkennbaren Regeln eingerichtet war. Alles Feste verdampfte in dieser höllischen Landschaft. Würden sich die Erfahrungen der vergangenen Tage überhaupt in eine erzählbare Form bringen lassen? Und würden, falls dies gelänge, die Vorgänge nicht gerade jenen Anschein von Sinnfälligkeit bekommen, der ihnen fehlte?

Am besten verstehst du das Cangaço als eine Art Kleingewerbe des Sertão, sagte Juvêncio. Sie saßen mit anderen Fahrgästen unter dem Vordach eines Gasthauses im Flecken Olindina, den sie nach sechsstündiger Autobusfahrt am frühen Nachmittag erreicht hatten. Vor ihnen Teller mit Reis, Bohnen und Trockenfleisch, dazu lauwarmes Flaschenbier, zum Nachtisch gab es Guavengelee mit weißem Käse. Der Fahrer war ans andere Ende des Dorfes gefahren, um den Autobus aufzutanken. Die Ökonomie des Banditentums bietet Hunderten, zeitweise auch Tausenden von Menschen, Banditen, Polizisten, Soldaten und Offizieren, Verwaltungsbeamten und Gefängnisaufsehern und ihren Familien ein armseliges, aber einigermaßen stetiges Auskommen. Das Cangaço fördert den Handel, vor allem den Waffenhandel, aber auch den Handel mit Nahrungsmitteln, Kleidern, Pferden oder Maultieren. Zwischen den Cangaceiros und den Großgrundbesitzern besteht ein Geflecht von Abhängigkeiten. Die Fazendeiros besorgen gegen Bezahlung den Nachschub der Banditen, die lassen dafür den Besitz ihrer Lieferanten und Beschützer unangetastet. Die Polizei lässt die Großen unter jenen Landbesitzern, die sich mit den Cangaceiros arrangiert haben, in Ruhe. Die Kleinpächter werden gefoltert, wenn sie bestreiten, mit den Banditen in Verbindung zu stehen, und geben sie die Beziehung zu, werden sie ins Gefängnis geworfen. Kommen sie aus dem Gefängnis, werden sie von den Banditen, die sie an die Polizei verraten haben, umgebracht. Die Kleinpächter fürchten die Polizei und die Armee, aber mehr noch Lampião, denn die Polizisten lassen sich bestechen, Lampião nicht.

Matt war sie. Orte fielen ihr ein, an denen sie unter der Hitze gelitten hatte, aber kein Vergleich hielt stand. Die Glut presste ihren Körper auf die kleinste mögliche Ausdehnung zusammen. Ihr war, als hätte sie eine Dichte erreicht, in die nichts mehr einzudringen vermochte. Dabei schwitzte sie kaum. Als der Autobus zurückkam und sie in die Sonne trat, fiel ihr ein Bleigewicht auf den Kopf. Du gewöhnst dich daran, sagte Juvêncio, als sie wieder im Autobus saßen. Ich stelle mir das Leben in dieser Hitze vor, sagte sie, ich stelle mir vor, wie die Cangaceiros durch diese Hitze reiten. Sie gehen zu Fuß, sagte Juvêncio, die Pferde halten die Strapazen nicht aus. In dieser Hitze sind sie weniger ausdauernd als die Menschen. Nur gelegentlich, in offenem Gelände, benutzen die Cangaceiros Pferde, die sie bald wieder zurücklassen. Meistens gehen sie zu Fuß –

hat nichts auf sich, die Knallerei vorhin, Senhor. Paar Burschen vom Dorf, ballern in der Gegend herum, halten sich für Banditen. So'n Blödsinn. Dagegen die Cangaceiros. Allmächtiger. Beim Angreifen Radau gemacht, inne Luft gesprungen, Flüche herhausgestoßen, gekreischt wie die Affen, gebrüllt wie die Jaguare, gekrächzt wie die Papageien, gezischt wie die Cobras. Du weißt, was ich meine. Den Padre Cícero hochleben lassen, den heiligen Mann. Mulher Rendeira *gegrölt. Losgefeuert wie die Teufel. Wie die Teufel, sag ich. Die Kugeln der Polizei sind an ihnen abgeprallt. Du lachst, Senhor? Da scheiß ich drauf. Ende Juli war das, keine drei Leguas von hier. Im Sertão? Klar, im Sertão. Der Sertão ist überall. Allerhöchstens vier Leguas. Beim Gehöft von Mandacarú, in der Gegend von Olindina. Die Polizisten auf und davon, ihren Hauptmann und drei zusammengeschossene Kameraden zurückgelassen, die Hosenscheißer. Lebten die noch. Haben die ihnen die Messer reingestoßen, die Herren Cangaceiros. Reingestoßen, sag ich. Blut und Wunden. Wie der Herr und Jesus, bei uns inner Kirche, wo's Blut rausläuft. Kennste nicht, Senhor? Glaubst vielleicht nicht an Gott, bist du so einer? Bleib ruhig, Senhor, ich mein ja bloß. Dem Wachtmeister die Augen ausgestochen, dem Leutnant den Kopf abgeschnitten. Der Allmächtige ist mein Zeuge –*

Sie hatte sich auf dem Oberdeck der *Canavieiras* in einem der Liegestühle für die Nacht eingerichtet. Nach dem Nachtessen war sie zunächst in ihre Kabine gegangen. Obwohl sie das Bullauge und die Tür geöffnet hatte, konnte sie in der Hitze nicht einschlafen. So war sie mit der leichten Bettdecke auf das Oberdeck zurückgekehrt. Auch andere Passagiere hatten es sich hier bequem gemacht. Am Horizont Lichter, die kaum von der Stelle kamen. Nur am Vibrieren des Decks, am sanften Schlingern des Schiffsrumpfes spürte sie die unaufhörliche Bewegung des Schiffes. Über ihr der sternenübersäte Himmel, der zum Träumen einlud. Die ANL war verboten worden, sie hatte es heute morgen, wenige Stunden vor der Abfahrt des Schiffes, im Hotel in Salvador erfahren. Prestes hatte das vorausgesehen. In den vergangenen Wochen war es in Rio und im nahegelegenen Petropolis zu Zusammenstößen zwischen der Nationalen Befreiungsfront und den Grünhemden Plínio Salgados gekommen. Daraufhin rief die ANL zum Generalstreik auf. Prestes verfasste ein Manifest, das bei den Streikversammlungen verlesen wurde (es hieß, der Ritter der Hoffnung halte sich zur Zeit in Madrid auf). Das Manifest enthielt eine Liste mit Forderungen. Verstaatlichung der öffentlichen Dienste. Unterstellen der Großunternehmen unter eine revolutionäre Volksregierung. Achtstundentag und allgemeine Besserstellung des Industrieproletariats. Aufteilung der Latifundien unter die Landlosen, die Ureinwohner Brasiliens sollten die ihnen gestohlenen Gebiete zurückerhalten. Die Privilegien der Rasse, der Hautfarbe und der Herkunft waren abzuschaffen. Alle Macht der Nationalen Befreiungsfront! Als Olga Benario die Forderungen lobte, meinte Prestes, Vargas werde dieses Manifest nicht hinnehmen. Sollte er die ANL, immerhin eine breite Volksbewegung, verbieten, reiße er damit den demokratischen Schleier von seinem Regime. Dadurch würden wir zu raschem Handeln gezwungen, sagte sie, aber das ist es anscheinend, was du willst. Er nickte. Die Gefahr für dich nimmt zu. Für dich ebenfalls.

Die Hündin mit der langen Schnauze und den hohen Beinen stand leicht schwankend im Licht der Straßenlaterne, mitten auf der Straße. Sie glich den Tierkadavern, die Olga Benario auf der Fahrt am Pistenrand gesehen hatte. Ihre hervortretenden Rippen erinnerten an anatomische Darstellungen, das staubbedeckte Fell dazwischen war nach innen gebogen und matt wie Leder. Nur die großen Zitzen am Unterleib deuteten auf Leben. Olga Benario und Juvêncio saßen in geflochtenen Sesseln vor der Pousada Vila Paraíso, der einzigen Schenke am Ort. Es war still, und allmählich verdröhnte in ihrem Kopf der Motorenlärm, als hörte die Fahrbewegung erst jetzt auf. Vor zwei Stunden, kurz nach Sonnenuntergang, hatte der Autobus Cícero Dantas erreicht. In der einfachen Herberge, unter dem Wasserfaden, der aus der Dusche rann, hatte sie sich lange die Kruste aus rötlichem Staub und Schweiß von der Haut gewaschen. Beim Abendessen unterhielten sie und Juvêncio sich mit Reisenden, die ebenfalls am nächsten Tag noch tiefer in den Sertão hineinfahren wollten. Sie konnte den Gesprächen folgen, wenn nötig übersetzte Juvêncio in gebrochenes Französisch. Er gab sie als eine entfernte Verwandte aus Frankreich aus, die den Sertão kennenlernen wollte, eine verrückte Idee, wie sie selbst lachend bestätigte. Ein unbeleuchtetes Automobil näherte sich hupend. Die Hündin ging mit steifen Schritten an den Straßenrand und legte sich nieder. Olga Benario trank einen Schluck Cachaça. Brennen in Hals und Magen. Seine Freundschaft mit Lampião, sagte Juvêncio auf ihre Frage, gehe zurück auf eine Aktion der Cangaceiros. Die Banditen hatten die Siedlung Maraíra im Südwesten des Bundesstaats Paraíba überfallen. Nachdem sie zuerst die Telefondrähte durchgeschnitten hatten, marschierten etwa ein Dutzend Cangaceiros unter einem blauschwarzen Mittagshimmel die Dorfstraße hinunter. Die ledernen Cangaceiro-Hüte mit den hinten und vorn hochgebogenen Krempen waren mit Silberwerk geschmückt, das in der Sonne aufblitzte, an den Krempen baumelten mit Goldmünzen verzierte Lederbänder, ihre schulterlangen Haare flatterten im Wind. Um den Hals trugen sie bunte Tücher, Amulette und Bilder von Padre Cícero, volle Patronengurte kreuzten sich über ihrer Brust, verzierte Ledertaschen und Beutel hingen an ihren Seiten, die Beine steckten in Bundhosen, die von den Oberschenkeln seitwärts wegstanden. An den Griffen der langen Messer blitzten Edelsteine, die Läufe der Mausergewehre gleißten in der Sonne. Sie gingen stetig, ohne Hast. Lampião, unverwechselbar die dürre Gestalt mit der runden Nickelbrille, in der sich die Sonne spiegelte, und einer seiner Leutnants begaben sich zum Polizeiposten. Die beiden Ortspolizisten ließen sich widerstandslos in der Zelle einschließen. Die Banditen plünderten Läden und Warenlager. Die Einwohner wurden aufgefordert, Geld, Schmuck, Waffen und Munition abzugeben. Wer gab, wurde in Ruhe gelassen. Wer behauptete, nichts geben zu können, wurde in sein Haus begleitet und, wenn etwas gefunden wurde, verprügelt. Die Dorfbewohner, besonders die Kinder und die jungen Leute, schauten dem Treiben der Banditen zu, einige brachten ihnen Essen und Wasser. Mehrere Banditen ließen sich gegen Bezahlung die Haare schneiden, andere gingen in das rohe Bordell am Ende der einzigen Straße von Maraíra, auch hier bezahlten sie. Nach ein paar Stunden verließen sie den Ort. Einen vierzehnjährigen Jungen, der die ganze Zeit in ihrer Nähe herumgelungert hatte und nichts sehnlicher wünschte, als sein elendes Leben hinter sich zu lassen, nahmen sie mit, damit er ihnen beim Tragen der Diebesware helfe. Und deine Eltern? fragte Olga Benario. Meine Mutter war seit langem tot, sagte Juvêncio. Mein Vater hatte mich bei einem Onkel zurückgelassen und war in den Süden von Bahia gegangen, um in einer Diamantenmine zu arbeiten. Ich hatte seit Jahren nichts mehr von ihm gehört. Der Onkel prügelte mich fast jeden Tag.

Lampião entwickelte eine besondere Zuneigung zu dem Jungen. Nach zwei Jahren im Cangaço brachte er ihn zu einem befreundeten Priester in Floresta, im Sertão von Pernambuco. Der Junge sei klug, er solle nicht Cangaceiro werden. Ob der Padre ihn zur Schule schicken könne. Er ließ einen Beutel mit Geld zurück. Wenige Monate später reiste der Priester mit dem Jungen nach Salvador und gab ihn auf das Jesuitenkolleg. Die Jesuiten waren genauso unmenschlich wie mein Onkel, sagte Juvêncio, bis auf einen. Der hat mit mir Bücher gelesen und gesagt, es sei unchristlich, zu glauben, die Armut komme von Gott und Gerechtigkeit gäbe es erst im Himmel. Ich bin Journalist geworden. Ich habe geholfen, Gewerkschaften zu organisieren. Meine Gewerkschaft hat mich für ein halbes Jahr nach Frankreich geschickt, damit ich bei den französischen Genossen Organisationsfragen studierte. Zurück in Salvador, bin ich in die Partei eingetreten. Und dein Verhältnis zu den Cangaceiros? Als Kommunist, sagte Juvêncio, bin ich gegen Terrorismus und individuelle Aktionen. Sie schwieg eine Weile, dann fragte sie ihn, wieso er mit einem Mal förmlich werde. Er antwortete, einige Genossen hielten es für falsch, wenn er auf seiner Beziehung zu Lampião bestehe. Aber das Cangaço sei nicht nur Teil seines eigenen Schicksals, sondern der Wirklichkeit Brasiliens. Die meisten Genossen interessierten sich nur für das Industrieproletariat. Sie wollten nicht sehen, dass es in der brasilianischen Gesellschaft Bereiche gebe, die von den neuen sowjetischen Analysen nicht erfasst würden. Er verspreche sich viel von der Rückkehr des Genossen Prestes, der die brasilianische Wirklichkeit besser verstehe als jeder andere. Sie zuckte zusammen, ein Schatten sauste an ihrem Gesicht vorüber. Juvêncio lachte, eine Fledermaus. Sie strich sich die Haare aus dem Gesicht, lachte ebenfalls. Juvêncio trank sein Glas aus und erhob sich. Wir werden morgen nachmittag mehrere Stunden reiten müssen. Ich gehe schlafen.

Sie blieb sitzen. Die Nacht war heiß und trocken und erfüllt vom Zirpen der Grillen. Die Straße lag verlassen im Schein der Laterne. Immer wieder sauste die Fledermaus nahe an ihrem Gesicht vorbei. Sie versuchte, sie wegzuscheuchen, schließlich ließ sie es bleiben. Nach einiger Zeit erschienen ein alter Mann und ein mit Kleinholz beladener Esel im Lichtkegel. Die Hufe klackten auf der festgestampften Erde. Die beiden gingen nebeneinander, ohne sie zu beachten. Welche neuen sowjetischen Analysen hatte Juvêncio in Zweifel gezogen? Wie sollte sie sich dazu verhalten? In Moskau hätte das Kollektiv sich mit ihm auseinandergesetzt. Er wäre aufgefordert worden, über seine Zweifel zu diskutieren, bis er zur Einsicht in seine Fehler gebracht worden war. Aber welche Fehler? Je tiefer sie in den vergangenen zwölf Stunden in den Sertão eingedrungen war, desto undurchschaubarer war ihr alles geworden. Sie konnte die Zeichen, die von diesem Land ausgingen, nicht entziffern. Die Analysen der Komintern, die sie in den Wochen vor ihrer Abreise in Moskau studiert hatte, erwiesen sich, da gab sie Juvêncio recht, als nutzlos. Nein, das stimmte nicht. Die Analysen waren richtig, die Gesetze der politischen Ökonomie galten auch in Brasilien. Gebrauchswert, Tauschwert, Mehrwert. Aber das Brasilien, von dem sie sprachen, war nichts als ein Schemen. Eine Blaupause wurde auf das Original gelegt, und es zeigte sich, der Maßstab war verrückt. Alles hatte seine Richtigkeit, aber nichts passte zusammen. Verworrene Gedanken. Einmal mehr hatte sie das Gefühl, dass sich ihre Fähigkeit verwirrte, vernünftig, und das hieß marxistisch, zu denken. Davor hätte die militärische Zucht sie schützen können. Aber es wäre ihr wie Feigheit vorgekommen, ihre Zweifel einfach wegzuwischen. Sie war nicht hier, um sich als Touristin an Exotischem zu ergötzen. Reisen bildet. Das war beruhigend für die Sesshaften, die Beheimateten, für die, denen das Land gehörte und die glaubten, über die Welt verfügen zu können. Für die anderen aber, für die Verjagbaren und Verfolgten, für die Ausgewanderten und Eingewanderten, die vor Verfolgung und Verhungern flüchtenden Nomaden dieses Jahrhunderts, brachte das Reisen Beunruhigung und Verstörung und den Verlust aller Gewissheiten. Sie stand auf. Die Hündin hob leicht den Kopf. Sie hatte nicht gewusst, was sie von der Fremden mit dem fremden Geruch zu erwarten hatte, die ihr von Zeit zu Zeit einen Blick zuwarf. Die Hündin war es nicht gewohnt, dass man viel von ihr hermachte, außer gelegentlichen Flüchen oder Fußtritten. Aber die Fremde hatte den ganzen Abend ruhig an ihrem Tisch gesessen, und wenn die jetzt aufstand, bedeutete das wohl nicht, dass sie weggescheucht werden sollte. Die Hündin ließ den Kopf wieder in den Straßengraben sinken. Ihre Rippen hoben und senkten sich. Olga Benario fielen die Gefängnisbriefe Rosa Luxemburgs ein, die sie vor Jahren gelesen hatte. Damals war ihr Luxemburgs Solidarität mit den geprügelten Büffeln als sentimentale Marotte erschienen. Aber da war wohl mehr. Wo man Tiere schindet, schindet man auch Menschen. Die Schinder sind selbst Geschundene. Der Kreislauf des Schindens musste durchbrochen werden.

Im Zimmer schaltete sie den Deckenventilator ein. Die Bedienungsschnur beschrieb im Luftzug einen Kegel. Sie zog sich aus und wusch nochmals Gesicht und Achselhöhlen. Dann löschte sie das Licht und legte sich nackt aufs Bett. Heiße Luft wehte über sie hin. Der Ventilator machte bei jeder Umdrehung ein schabendes Geräusch. Von fern her drang das Sirren von Grillen und kleinen Fröschen an ihr Ohr. Die Luft war feucht und schwer vom Geruch tropischer Vegetation. Ihr Fuß stieß gegen das Moskitonetz. Guayaquil, eine andere Tropennacht. Prestes neben ihr in ihr. Feuchte Haut auf feuchter Haut. Lust. Nässe und Trockenheit. Fruchtbarkeit und Dürre, Buntes und gebleichte Erde, Garten Eden und Wüste. Schinder und Geschundene. Liebe und ihre Abwesenheit.

Irgendwann im Laufe der Nacht musste sie den Liegestuhl auf dem Oberdeck verlassen haben. Am Morgen erwachte sie in der heißen Kabine der *Canavieiras*. Nach dem Frühstück begab sie sich wieder auf das Oberdeck. Die Muskeln schmerzten kaum mehr, aber ihr Körper war ohne Geschmeidigkeit. Sie brauchte Bewegung, Laufen am Strand von Ipanema und Leblon. Die *Canavieiras* fuhr stetig in Richtung Süden. Es war weniger heiß als am Vortag. Der tropische Winter –

weiß hier jeder, was die in Queimadas angerichtet haben. Queimadas? Nichts ist dort. Ende der Welt. Schluss. Punkt. Haben die Cangaceiros sieben Soldaten und einen Wachtmei-

*ster eingesperrt. Dann zuerst mal anständig gefuttert, sich
vollgefressen, die Herren Banditen. Bezahlt? Allmächtiger, ob
die bezahlt haben? Natürlich, alles bezahlt. Vornehm. Zurück
zur Kaserne, Lampião voran, die anderen hinterher, auch die
Dörfler. Wollten was erleben. Wusste jeder, was da ablief. Den
ersten Soldaten rausgeholt, sticht der Lampião dem das Messer innen Hals, da, wo's weich ist, keine Knochen. Rein wie
inne reife Mango. Aus. Hatte der Übung mit. Dann der nächste, der nächste, am Ende waren alle sieben hin. Abgestochen
wie Hammel. Wie die Hammel, sag ich. Oder acht. Haben die
gemerkt, dass mit dem Herrn Lampião nicht zu spaßen ist.
Was sagst du, Senhor? Erschossen wären die worden? Nein,
erstochen, nehm ich Gift drauf, alle acht. Oder sieben. In
Queimadas war das –*

Lampiãos Vater hieß José, die Mutter Maria, sagte Juvêncio,
als sie am anderen Morgen wieder im Autobus saßen, eingehüllt in Staub und Hitze und Motorenlärm, immer weiter in
den Norden fahrend, in Richtung Jeremoabo. Lampiãos Eltern
besaßen in Pernambuco eine kleine Farm, sie waren Viehzüch-
ter, Maultierzüchter. Von den neun Kindern halfen die vier
Mädchen der Mutter. Die Jungen arbeiteten mit dem Vater,
verdingten sich mit ihm als Maultiertreiber. Von Kindheit an
durchstreiften sie zu Fuß den Sertão. Virgulino war der Dritt-
älteste, geboren achtzehnhundertachtundneunzig. Prestes ebenfalls, sagte Olga Benario, sie sind gleich alt. Du kennst den Genossen Prestes gut? Sie nickte. Als sie nichts weiter sagte, fuhr
Juvêncio in seiner Erzählung fort. Es war eine Jugend wie viele
andere im Sertão. Vielleicht etwas besser, Virgulino lernte lesen
und schreiben. Im Sertão folgen sich die Zyklen von Gewalt
und Gegengewalt wie Trockenheit und Regen. José Ferreira
hatte versucht, seine Söhne aus den Händeln herauszuhalten.
Mehrmals war er mit seiner Familie in andere Gegenden gezogen. Er fiel im Kugelhagel der Polizei, die zufällig gerade auf
der Seite seiner Gegner stand. Da war der junge Virgulino bereits ein rüder Raufbold und Totschläger. Der Mord an seinem
Vater musste gerächt werden, das war keine Frage. Er schloss
sich einer Bande von Cangaceiros an, machte Jagd auf Polizisten, nicht nur auf diejenigen, die seinen Vater getötet hatten.

Er konnte so schnell schießen, dass das Mündungsfeuer seines Gewehrs die Nacht erhellte wie eine Straßenlaterne. So bekam er seinen Übernamen Lampião. Nach wenigen Jahren war er im ganzen Sertão bekannter als Antônio Silvino, sein berühmter Vorgänger –

fällt mir gleich ein, der Name, Manuel Salinas hieß der. Hat den Lampião verraten. Verließ der seinen Hof, weil die Cangaceiros ihn sonst erledigt hätten, ein armseliger Hof war das, bei Jeremoabo. War ohnehin erledigt, der Mann. Kam der wieder zurück, die paar Stück Vieh schrien vor Hunger, der Maniok musste gepresst werden, verstehste, Senhor? Die Cangaceiros auf ihn gewartet, haben ihn erwischt und drei vonne Söhne. Den an seinen ältesten Sohn angebunden, rechter Arm an linken Arm, rechtes Bein an linkes Bein. Der Lampião die Pistole raus, peng, war der Sohn hin, riss den Alten mit zu Boden. Dann der nächste Sohn und der dritte, anbinden, peng. Dann schleppten die den Alten ins Haus. Dachte der, hoppla, jetzt kommen die Frau und Töchter dran, ließen die die gehen. Dem alten Verräter die Ohren abgeschnitten, ein Auge raus, zerbrachen ihm die Zähne. Wie ist dir, Senhor? Der Cachaça zu stark? Ach so, du willst noch einen. Aber aufpassen bei der Hitze. War die Sache noch nicht erledigt. Den Alten aufs Pferd gebunden, musste der sie zu seinem verheirateten Sohn führen. Ruft er den heraus, peng, war der erledigt. Wer das glaubt? Allmächtiger. So was gibt's bei euch nicht? Kommt bei euch nicht vor, Senhor? Gut. Zogen sie mit dem Alten weiter, zur Fazenda Bandeira. Dort haben sie ihn erledigt, Herz herausgerissen, wollten die sehen, wie das Herz eines Verräters aussieht. Dich schüttelt's? Das ist der Cachaça, Senhor –

Ob das Gerücht von dem Mündungsfeuer stimme, fragte Olga Benario. Juvêncio zögerte. Sie standen im Schatten eines mächtigen Joazeirobaums und warteten auf die Weiterfahrt. Die Vormittagssonne brachte die Luft zum Glühen. Im Dunst am Ende der Straße flimmerte wie eine Luftspiegelung ein braunvioletter Bergrücken, dahinter lag Jeremoabo. Lampião sei ein ausgezeichneter Schütze, obwohl er nur auf dem linken Auge gut sehe. Ich selbst, sagte Juvêncio, habe nie bemerkt, dass sein Mündungsfeuer die Nacht erhellt, wenn du das meinst. Aber was heißt das schon. Soll ich mich im Sertão auf einen Jahrmarkt stellen und den Sertanejos verkünden, dass sie sich über Lampião täuschen? Wer besitzt denn die Wahrheit über Lampião? Vor einiger Zeit hat sich ein Journalist in Salvador vor Ekel geschüttelt über die Gewohnheit der Cangaceiros, den getöteten Polizisten die Köpfe abzuschneiden. Ich antwortete in der Gewerkschaftszeitung, das Kopfabschneiden habe begonnen, als dem getöteten Banditen Gavião im Namen der Wissenschaft der Kopf abgehackt wurde. Im gerichtsmedizinischen Institut in Salvador wurde der Kopf vermessen und klassifiziert, die Taxonomie trug Blüten, die Wissenschaft glänzte. Später wurde Gaviãos Kopf in einem mit Formalin gefüllten Glasbehälter ausgestellt. Im Sommer neunzehnhundertachtunddreißig, Juvêncio war tot und Olga Benario im Frauengefängnis in der Barnimstraße in Berlin, würden auch die Köpfe von Lampião, Maria Bonita und die ihrer Kumpane Enedina, Luiz Pedro, Caixa de Fósforos, Elétrico, Mergulhão, Sextafeira, Diferente und Cajarana in Salvador eintreffen. Von nah und fern würden Anfragen kommen, ob man die Köpfe zu Forschungszwecken ausleihen könne, eine sogar aus Berlin. Worauf ein brasilianischer Journalist fragen würde, ob Deutschland nicht selbst genug Köpfe habe, die für eine Studie krimineller Typen in Frage kämen. Im gerichtsmedizinischen Institut in Salvador würden die Köpfe während vieler Jahre den Besucherinnen und Besuchern vor Augen führen, wohin es mit den Bösen dieser Welt kommen musste. Neunzehnhundertneunundsechzig würden die Köpfe schließlich aus dem Formalin genommen und begraben werden. Noch einmal dreißig Jahre später, das zwanzigste Jahrhundert kam an sein Ende, würde Brasília dem Banditenhauptmann eine Ausstellung widmen. Hinter Glas, wie es sich für Reliquien gehört, würden Lampiãos Kleider und Ausrüstung ausgestellt werden, Hüte, Stiefel, Taschen, Trinkgefäße, Gewehre, Pistolen, Patronengurte, auch das berüchtigte achtundsiebzig Zentimeter lange Messer. Ebenso die Kleider Maria Bonitas und allerlei Kleidungsstücke, die sie für die Bandenmitglieder genäht hatte. Dazu vergilbte Fotos, Zeitungsartikel und Folhetos, jene billigen Heftchen, die, an Schnüren aufgehängt, auf den Jahrmärkten des Sertão zum Verkauf angeboten werden und von denen Juvêncio einst Olga Benario eines geschenkt hatte. Sogar ein paar zerkratzte Filmbilder würden zu sehen sein, die man im Sertão von Lampião gedreht hatte. Damit würden der blutige Bandit und seine Cangaceiros, die im kollektiven Gedächtnis der Hinterwäldler überdauert hatten, in aller Form in den Mythos Brasiliens eintreten –

von Pedra Branca nie gehört, was? Kennt auch hier kaum einer. Ein Palmenwäldchen beim Flusspfad der Zahmen-Kuh-von-Santa-Rita. Ein paar Hütten. Am Ende der Straße ein Bordell. Ein Nest wie ein anderes. Die Cangaceiros zu Fuß die Dorfstraße runter. In der Mittagssonne. Finden die in 'nem Haus vier Mädchen. Ham sie gefeiert, ein Ball, warum nicht? Warum nicht ein Ball für die Herren Cangaceiros? Ritsch, die Mädchen nackt ausgezogen, mussten die tanzen. Lampião spielt Gitarre, singt das Lied von der Spitzenklöpplerin:

Olé mulher rendeira,
Olé mulher rendá
Tu me ensina a fazer renda,
Que eu te ensino a namorá.

Eine schöne Stimme hat der. Dann alle vier Mädchen rangenommen, eine nach der andern. Glaubste nicht, Senhor? Mehrmals. So einer ist das. Allmächtiger. Machen mit den Weibern, was sie wollen, die Herren Banditen. An derselben Örtlichkeit noch den Unterwachtmeister der Polizei festgenommen. Kleider runter, brennende Kerze innen Arsch, auf allen vieren durch Pedra Branca getrieben. Hat sich die Arschbacken verbrannt, der Herr Unterwachtmeister. Was heißt, dabei gewesen? Da sei Gott vor. Hat mir der junge João Felix erzählt, der hat's von seinem Onkel, der alles selbst gesehen hat. Vergehn ein paar Tage, nimmt die Polizei den Onkel fest. Ladestock hintenrein, weil der dem Unterwachtmeister nicht geholfen hat. Ist der Onkel hin gewesen. So ist die Polizei im Sertão, Senhor –

Ihr Pferd stieg stetig. Der Nacken unter der kurzen Mähne ging auf und nieder, die sparsame Bewegung schien dem Tier das Vorankommen zu erleichtern. Sie atmete die Ausdünstung des Pferdes, vermischt mit dem Geruch ihres eigenen Schweißes und mit dem roten Staub, der bei jedem Tritt aufwolkte. Dem Beispiel Juvêncios und des alten Mannes folgend, hatte sie wieder ihr Halstuch über die Nase hochgezogen. An den Schenkeln spürte sie die Muskeln des Pferdes, seine gewaltige Kraft, sie fühlte sich als Teil dieser Kraft, als gäbe es keine deutliche Grenze zwischen ihr und dem Pferd. Beim Fliegen war das anders. Nie hatte sie sich als Teil der Motorenkraft gefühlt. Als Pilotin betätigte sie Hebel und Pedale, drückte auf Schalter und drehte an Knöpfen. Dass die Ingenieure von Pferdestärken sprachen, war ihr stets als Anachronismus erschienen. Flugzeugtriebwerke hatten nichts gemeinsam mit der Sphäre des Lebendigen, sie waren nicht einmal seelenlos, wie Schöngeister klagten. Die Pilotin war mit sich allein, sie entschied, wieviel sie dem Gerät zumuten wollte. Darin lag das Hochgefühl, das sich beim Fliegen einstellen konnte. Das Reiten dagegen war eine Form von Zusammenarbeit, ein kleines Kollektiv. Beide Mitglieder brachten ihre Fähigkeiten ein. Damit die Gemeinschaft funktionierte, brauchte es gegenseitige Aufmerksamkeit für Stimmungen und Gefühle. Das Pferd schnaubte leise. Olga Benario klopfte ihm auf den von milchigem Schweiß befleckten Hals. Vor ihnen ging das Maultier mit Virgílio. Er saß schief und zusammengekrümmt im Sattel und schien eingeschlafen zu sein. Sie hatte befürchtet, dass er aus dem Sattel rutschen könnte. Plötzlich stand das Maultier still. Sie wollte den alten Mann aufwecken, da glitt er von seinem Reittier, ergriff einen Stein und warf ihn ein paar Meter vor sich auf den Pfad. Eine rötlich gefärbte Schlange, vom Boden kaum zu unterscheiden, verschwand zwischen den ausgedörrten Sträuchern. Dann ritt der Alte wieder voran, schief und schlapp. Er hatte noch kein Wort mit ihr gesprochen. Ein-, zweimal hatte er sich nach ihr umgedreht. Beim ersten Halt, als sie die Sattelriemen kontrollierte, das Pferd in den Schatten der dürren Sträucher führte, seine Fesseln prüfte, fühlte sie sich beobachtet. Bevor sie weiterritten, war er zu ihrem Pferd getreten und hatte ihm mit der Hand, an der zwei Finger fehlten, den Hals getätschelt. Sie war unsicher, was das zu bedeuten hatte. Prüfte er sie wie ein

Schulmädchen? Da war er bei ihr an der Falschen. Aber sie wusste, der alte Mann war für Juvêncio wichtig. Virgílio war einst selbst Cangaceiro gewesen, in der Bande von Antônio Silvino, Jahre vor Lampião. Die Polizei hatte ihn erwischt und gefoltert, aber er hatte den Aufenthaltsort von Antônio Silvino nicht verraten. Darauf hatten die Polizisten seine Frau und die beiden Töchter vor seinen Augen vergewaltigt und erstochen. Seither lebte er in Jeremoabo. Er sprach wenig, und manche behaupteten, er sei nicht mehr richtig im Kopf, aber Juvêncio hielt das für Geschwätz. Dann und wann führte er Touristen in die Gegend von Canudos, wo vor bald vierzig Jahren die brasilianische Armee ein nach Zehntausenden zählendes Volk, das dem Mystiker Antônio Conselheiro ins Herz des Sertão gefolgt war, hingeschlachtet hatte. An dieser Stätte des Grauens pflegte Virgílio die Touristen mit lebhaften Schilderungen von Canudos und dem heldischen Aufstand der Hinterwäldler zu unterhalten. Der Alte sei ein echter Epiker, sagte Juvêncio, obwohl er weder lesen noch schreiben könne. Durch solche wie ihn blieben die Mythen des Widerstands im Volk lebendig. Wer sie beide mit ihm sehe, werde sie für Touristen halten –

Wie bitte? Was? In dieser Gegend? Klar, in dieser Gegend. Hat der bei einem Vetter meiner Schwägerin ihrer Tante übernachtet. Lampião selbst, sag ich doch, Hauptmann Virgulino, der König des Sertão, genau dieser feine Herr. War noch Blut an seinem Messer, hatte er einen mit umgelegt. Messer abgewaschen, 'nen Hammel geschlachtet. Wo? Wenige Stunden von hier. Waren noch paar andere Cangaceiros mit und natürlich Maria Bonita. Hat sich mit der Frau von meinem Verwandten unterhalten, die schöne Maria, mit dem Kleinen gespielt. Artig, sag ich. Hat sie am anderen Morgen dem Lampião gesagt, bezahl den Leuten den Hammel. Hat der bezahlt. Was die Maria Bonita sagt, tut der. Windelweich. Dann die Dorfstraße hinuntermarschiert, die Herren Banditen und die schöne Maria. Die Dörfler haben ihnen nachgeschaut. In der hellen Sonne. Du kennst das Licht in dieser Gegend, Senhor. Waren die plötzlich verschwunden. Verschwunden. Weg, in Luft aufgelöst. Glaubste auch nicht? Was glaubste denn? Dreieinigkeit?

Speisung der Tausende mit einem Laib Brot? In Luft aufgelöst,
der Lampião. Und die Herren Cangaceiros. So ist der Sertão,
Senhor. Der Sertão ist überall –

Lampião sei ein Meister im Beseitigen der Spuren, sagte Juvêncio. Er hatte sein Pferd neben ihres gelenkt, der Alte ritt
schlapp vor ihnen her. Seit dem zweiten Stundenhalt wurde das
Gelände allmählich flacher. Der Boden war nicht mehr so ausgedörrt, die Sträucher trugen Blätter, da und dort etwas Grün.
Die Glut hatte nachgelassen, die Sonne stand längst nicht mehr
im Zenith. Wenn die Cangaceiros verfolgt wurden, suchten
sie felsiges Gelände auf. Dann sprang, in Abständen von mehreren Minuten, einer nach dem anderen vom erdigen Boden
auf die Felsen oder Steine. Bis die Verfolger merkten, dass die
Bande immer kleiner wurde, hatten die Cangaceiros sich an
einem vorher vereinbarten Ort getroffen und griffen die Feinde
von hinten an. Oder sie verwischten ihre Spuren mit Zweigen,
oder indem sie Schaffell mit der Fellseite nach unten um die
Sandalen wickelten, oder indem sie in ihren eigenen Spuren
rückwärts gingen, bis zu einer Stelle, von der aus sie mit einem
Sprung harten Boden erreichen konnten. Mitunter zogen sie
ihre Sandalen auch verkehrt herum an. Olga Benario fand das
großartig. Allerdings, sagte Juvêncio, ist damit noch nicht erklärt, wie sich Lampião und seine Cangaceiros in Luft auflösen
können. Du machst dich lustig über mich. Keineswegs, sagte
Juvêncio. Natürlich können Menschen sich nicht in Luft auflösen, das wissen auch die Sertanejos. Sie sind Realisten. Das
Klima, der Boden, die Sonne, der Regen bestimmen ihr Denken
und Handeln. Ihre Phantastereien sind davon nur die Kehrseite.
Das leuchtet mir ein, dachte sie, fange ich an, dieses Land zu
verstehen? Oder verliere ich den Verstand?

Noch immer brannte die Nachmittagssonne, aber die Brise
hatte sich merklich abgekühlt. Die *Canavieiras* hatte Bahia hinter sich gelassen und fuhr an den Stränden von Espirito Santo
entlang. Die brasilianische Küste war ohne Ende, wie die See
ohne Ende war, nur ihre Zeit auf der *Canavieiras*, der Zustand
der Untätigkeit, des Wartens zwischen Aktion und Aktion,
neigte sich allmählich dem Ende zu. Eine Weile hatte sie ihren
Spaziergang auf dem Oberdeck unterbrochen, um beim Ton-

taubenschießen zuzuschauen. Die Schützen trafen oder trafen nicht, ihre Frauen applaudierten, die Aufforderungen des Stewards, es ebenfalls zu versuchen, wiesen sie kichernd zurück. Als der Blick des Stewards auf Olga Benario fiel, schüttelte sie den Kopf und nahm ihren Spaziergang wieder auf. Auf dem Unterdeck wurde Tischtennis gespielt. Ein verbissener Spieler, der schon mehrere Gegner vom Platz gefegt hatte, nickte ihr ohne jede Freundlichkeit zu. Sie spielte zwei Partien, verlor beide, die Bewegung tat ihr gut.

Olga Benario staunte. Beim dritten Stundenhalt bedeckte spärliches Gras die Erde. Das sei ungewöhnlich, sagte Juvêncio, aber einer wie Lampião oder dieser dort, er nickte in Richtung Virgílios, der neben dem Maultier auf den Fersen hockte, wüsste, wo im Sertão auch um diese Jahreszeit Wasser zu finden sei. Sie hatten französisch gesprochen, Juvêncio übersetzte für den Alten. Bevor sie wieder aufsaß, ging Olga Benario prüfend um das Pferd herum, das mit dem Schweif Fliegen verjagte. Unten in Jeremoabo hatte es keine Fliegen gegeben. Als sie schon im Sattel saß, trat der alte Mann zu ihr und sagte, daqui a uma hora, Olga. Dann ritt er wieder auf seinem Maultier voran. Das Gras wurde allmählich kräftiger und höher, vereinzelt gab es Babaçúpalmen und Bäume mit tiefroten Blüten. Damals, als er mit Lampião ging, sagte Juvêncio neben ihr reitend, gehörten keine Frauen zu der Bande. Wenn sie Frauen brauchten, gingen die Cangaceiros in Bordelle, die es noch im hintersten Nest gab. Vergewaltigungen waren selten. Die Cangaceiros fanden stets willige Mädchen und auch verheiratete Frauen, die durch ein paar flüchtige Augenblicke mit einem der berühmten Banditen ihrem Leben etwas Glanz verleihen wollten. Lampião war in Gegenwart von Frauen befangen. Einige behaupteten, er käme ohne Frauen aus. Ein Asket. Das änderte sich, als er Maria Bonita kennenlernte. Sie war damals neunzehn und lebte mit einem Schuster in Santa Brígida, nördlich von Jeremoabo. Sie liebte Lampião, lange bevor sie ihn traf. Seit sie ein kleines Mädchen war, hatte sie den Erzählungen über den König des Cangaço gelauscht, Zeitungsartikel über ihn gesammelt, auf den Jahrmärkten die billigen Heftchen über ihn gekauft oder gestohlen. Als er durch Santa Brígida kam, zog sie mit ihm. Der

Schuster hatte sie behandelt, wie die Männer im Sertão ihre Frauen behandelten, sie zögerte keinen Augenblick, dieses Leben hinter sich zu lassen. Sie verachtete das Leiden und Dulden der Hinterwäldler, bei Lampião fand sie die Handlung, die Aktion. Körperliche Anstrengungen war sie gewohnt. Solange die Männer marschierten, marschierte sie auch. Wenn die Ausrüstung der Männer mit Gewehr, Pistole, Patronengurten, Messer, Gefechtstaschen und der Hängematte gegen vierzig Kilogramm wog, so war ihre Last kaum geringer. Außer dem Messer trug sie keine Waffen, dafür eine Wasserkanne, Beutel mit Maniokmehl und was an Nahrungsmitteln zu finden war, dazu eine Apotheke mit Jod und Alkoholfläschchen, Pfeffer, Watte und Verbandstoff sowie die Hängematte. War der Tagesmarsch zu Ende, pflegte sie Verletzungen, bereitete das Essen aus Dörrfleisch, Maniokmehl und Rohzucker, flickte Kleider und Ausrüstungsgegenstände. Auf ihren Wunsch und wenn die Bande sich in einem Versteck längere Zeit aufhielt, beschaffte Lampião ihr mitunter eine Nähmaschine. Ihr Leben war nicht schwerer als das Leben der meisten Frauen im Sertão, und manchmal war es lustig, abends, wenn Lampião Gitarre spielte und das Lied von der Spitzenklöpplerin sang und die Banditen miteinander tanzten. Sie las, was ihr über sie und Lampião in die Hände kam. Die Passagen über ihre Schönheit und den besänftigenden Einfluss, den sie auf den berühmten Banditen habe, machten sie lachen –

'ne kleine rundliche. Braune Haut, braune Haare, lang und weich. Weich, sag ich. Gute Zähne, fehlte keiner, gibt's hier nicht oft, Senhor. Klein, neben dem Lampião, dem langen Lulatsch. Schön? Wieso schön? Wie die Frauen eben sind im Sertão. Vielleicht etwas schöner. Aber dass die den Lampião weich gemacht hat, kannste glatt vergessen. Zartes Geschlecht, Frömmigkeit und Tugend, edles Herz. Wo haste das her? Von den Herrschaften an der Küste? Einen Scheiß wissen die über den Sertão. Denk mal nach. Die Männer ungehobelte Grobiane, die Frauen sanft? Humbug. Wachs du mal im Sertão auf. Im Sertão, sag ich. Sagt die Dadá zu Corisco, dem Leutnant vom Lampião, mach den oder diesen fertig, macht der den fertig. Wieso, wann und wo? Hab ich von einem, der es *persönlich von seinem Kumpel hat. So eine ist das. Blickste die mal schräg an, hin biste. Hin. Das ist die Dadá. Die Maria Bonita ist genauso. Die Frauen von den Cangaceiros. So'n Blödsinn –*

Lampião, zehn Jahre älter als Maria Bonita, war ein ungeschickter Liebhaber, aber er war Hals über Kopf in sie verliebt. Er nannte sie Santinha, kleine Heilige, ein im Sertão gebräuchlicher Kosename. Was sie nicht erwartet hatte: er war freundlich zu ihr, achtete sie und ließ sich von ihr raten. Mit der Zeit brachten auch andere Banditen ihre Frauen mit in das Cangaço. Corisco, der Wüsteste von allen, vor dem es selbst Lampião grauste, war mit Dadá gesetzlich verheiratet. Gato (Katze) wurde von Inacinha begleitet, Joanna Gomez lebte mit einem der Brüder Engracia, nach seinem Tod wurde sie die Gefährtin von Jacaré (Alligator). Schwangerschaften waren nichts besonderes, die meisten Frauen hatten ihre Mütter acht- oder zehnmal gebären sehen. Die Frauen halfen einander, auch Lampião kümmerte sich um die Gebärenden; seit er ein kleiner Junge war, hatte er mitgeholfen, wenn das Vieh geworfen hatte. Sechs oder sieben Kinder soll Maria Bonita von Lampião gehabt haben, nur eines überlebte, ein Töchterchen, Expedita. Die Cangaceiros übergaben es bald nach der Geburt einem befreundeten Fazendeiro. Das gleiche geschah mit dem Kind von Dadá und Corisco. Das Cangaço war kein Ort, wo Kleinkinder lange überlebten.

Gegen vier Stunden waren vergangen, seit sie Jeremoabo verlassen hatten. Unterhalb einer Anhöhe erreichten sie eine feste Piste, in der sich Reifenspuren abzeichneten. Von der Anhöhe führte die Piste in eine Ebene hinunter. Auf beiden Seiten der abfallenden Straße, von der tiefstehenden Sonne beschienen, waren unter Bäumen und hohen Palmen die Umrisse mehrerer Hütten auszumachen. Ein paar Pferde oder Maultiere weideten in der grasbestandenen Ebene. Erstaunt blickte Olga Benario auf diese Idylle im Herzen des Sertão. Virgílio wechselte ein paar Worte mit Juvêncio. Dann ritt er allein zur Siedlung hinab. Bei der ersten Hütte stand das Maultier still. Zwei Silhouetten traten aus dem Schatten, die Cangaceiro-Hüte mit den hochgebogenen Krempen deutlich zu erkennen und die Gewehrläufe,

die darüber in die Luft ragten. Flankiert von den beiden Cangaceiros, ritt der Alte weiter. Ein paar kleinere Tiere, Ziegen
oder Hunde, wichen vor ihnen zur Seite. Etwa in der Mitte der
Ansiedlung blieb die kleine Gruppe stehen. Eine einzelne Gestalt löste sich, schwarz, von einer der Hütten. Der alte Mann
stieg vom Maultier. Die schwarze Gestalt verschmolz mit der
Gruppe. Für eine Weile waren keine Einzelheiten auszumachen.
Dann ertönte ein lauter Pfiff. Gehen wir, sagte Juvêncio. Sie
ritten die Anhöhe hinunter.

Unaufhörlich vibrierten die Schiffsmotoren. Vor dem offe-
nen Bullauge schimmerte die Mondspur in der Wasserfläche.
Meeresrauschen. Leiser Gesang. Sanftes Wiegen, eine Brise
füllte den Raum, ließ die Hängematte schaukeln. Undeutliche
Gesprächsfetzen. Vor der kahlen Fensteröffnung, auf der vom
Mondlicht erleuchteten Piste, die Silhouetten zweier Cangaceiros, die sich halblaut unterhielten. Sie versuchte, einzelne
Wörter zu erhaschen. Glitt zurück in unruhige Phantasien.
Wieder der Gesang, eine hohe, brüchige Männerstimme, begleitet von einer Gitarre, *Olé mulher rendeira*. Eine kleine, feste
Gestalt neigte sich über sie, auf dem Kopf einen melonenarti-
gen Hut. Nahe vor ihr, vom Mondlicht gestreift, das schwere,
mit Borten verzierte Kleid mit den aufgenähten Seitentaschen,
dem Ledergurt, darin das lange Messer, funkelnde Steine im
Knauf. Olga Benarios Muskeln spannten sich, sie gab vor, zu
schlafen. Oder träumte, dass sie schlief. Die eingemummte Gestalt betrachtete sie lange, dann streckte sie die Hand aus, als
wolle sie Olga Benario berühren. Sie spannte sich. Die Erscheinung wandte sich ab und war verschwunden. Zurück blieb
ihre Ausdünstung. Der Singsang begann von vorne, *Olé mulher rendeira*. Auf alles war Olga Benario gefasst gewesen, nur
nicht auf diesen Geruch. Umnebelt hatte sie die Ausdünstung
der Cangaceiros, übel war ihr geworden von den Wolken aus
Schweiß, Parfüm, Leder, Brillantine, Gewehröl und Schwefel,
die sie, sie konnte sich nicht helfen, gierig einsog. Als sie mit
Lampião sprach, hatte sie all ihre Anstrengungen darauf verwenden müssen, sich von dem Gestank nicht überwältigen zu
lassen. Er redete in einer Mischung aus militärischer Knappheit, geschraubter Inbrunst und gehäuften Obszönitäten. Das

Lagerfeuer flackerte in seinen Brillengläsern, sein Gesichtsausdruck war nicht auszumachen. Von dem, was er sagte, hatte sie, obwohl Juvêncio übersetzte, kaum etwas mitbekommen. Ihre Frage, ob es stimme, dass er sich einst von der Armee gegen die Kolonne Prestes habe anwerben lassen, kam ihr selber sinnlos vor. Seine Forderung, im Fall, dass er sich mit Prestes und der ANL verbünde, zum Gouverneur von Pernambuco ernannt zu werden, war so komisch, dass sie beinahe herausgelacht hätte. Als Lampião die Taktik der Cangaceiros beschrieb, wurde ihr Kopf für kurze Zeit klar. Über den ganzen Sertão verstreut, operierten die Banditen in kleinen Gruppen, ihre Ziele bestimmten sie selbst. Häufiger Kontakt unter den Gruppen verhinderte, dass sie einander in die Quere kamen. Die Polizei und die Armee konnten nie zu einer Gesamtstrategie gegen einen Gegner kommen, der so spontan und dezentralisiert operierte. Es wäre leicht, sagte Lampião, die einzelnen Banden für eine Aktion, wie Olga Benario sie beschreibe, unter sein zentrales Kommando zu stellen. Ihre Zusammenfassung der Ziele der ANL war luzide gewesen, da war sie sicher. Aber die Ausdünstung der Cangaceiros hatte sie überwältigt, die Sinne begannen ihr zu schwinden, indes die flackernden Schatten der Banditen, von denen einige ihre Haare zu Pferdeschwänzen zusammengebunden hatten, ins Riesenhafte wuchsen. Das Gespräch war in zusammenhanglose Sätze und Wörter auseinandergebrochen, einzelne Gesten brannten sich in ihre Netzhaut ein. Als Lampião heftig aufgestampft hatte, war sein Pferdefuß zu sehen gewesen, der Fleischspiess in seiner Hand verformte sich zu einem Dreizack, gelber Rauch wallte um ihn her. Sie versuchte, sich des Ansturms der Bilder zu erwehren, schloss die Augen, aber die Vorgänge liefen auf der Netzhaut weiter. Maria Bonita hatte ihr einen Napf mit Reis, schwarzen Bohnen, Farofa und fettigen Fleischstücken in die Hände gedrückt, und sie hatte gierig gegessen. Vielleicht hatte das schwere Essen das Gefühl von Übelkeit verstärkt. Oder der Cachaça, der in einer Flasche herumgereicht wurde, hatte sie schwindlig gemacht oder das affenartige Kreischen, das aus dem undurchdringlichen Dunkel an ihre Ohren drang. Erst viel später hatte der kühle Wind, der zuerst kaum wahrnehmbar, dann allmählich stärker über ihr verschwitztes Gesicht strich, während die *Canavieiras* durch die im Mondlicht schimmernde Wasserfläche ihre Spur zog, sie ihrer Sinne wieder mächtig werden lassen.

Die Reise war zu Ende. In einem weiten Bogen umrundete die *Canavieiras* die Landzunge von Niteroi und glitt in verlangsamter Fahrt in die Bucht von Guanabara, an diesem Sonntag, dem vierzehnten Juli neunzehnhundertfünfunddreißig. Die Passagiere drängten sich auf der Backbordseite und bestaunten den Zuckerhut und die von der Vormittagssonne beschienene heroische Christusstatue auf dem Corcovado. Natürlich umgebe die Cangaceiros dieser starke Geruch, hatte Juvêncio am folgenden Nachmittag, der Autobus hatte Jeremoabo längst wieder hinter sich gelassen, zu ihr gesagt, aber von einer Überwältigung der Sinne, wie sie sie beschreibe, habe er nichts gespürt. Vielleicht sei diese Exkursion für sie doch etwas viel gewesen. Rasch hatte er hinzugefügt, er meine das nicht körperlich, im Gegenteil glaube er, von den Reiseanstrengungen erschöpfter zu sein als sie. Es falle ihm nicht leicht, das zuzugeben, schließlich sei er auch noch jünger als sie. Sie hatte gelacht. Sie mochte diesen brasilianischen Genossen, der ihr ein guter Reisegefährte gewesen war. Zurück in Salvador, hatte er ihr zum Abschied das Heftchen über Lampião ins Hotel gebracht. Sie würde Juvêncio Prestes empfehlen. Mit Genossen wie diesem musste die Aktion gelingen. Was das Treffen mit Lampião betraf, hatte Prestes recht gehabt, es war sinnlos gewesen. Sinnlos, aber keine Zeitvergeudung. Nie in ihrem Leben hatte sie weniger das Gefühl gehabt, ihre Zeit vergeudet zu haben, als während der vergangenen Tage. Während sie wartete, bis die *Canavieiras* vertäut war, summte sie das Lied von der Spitzenklöpplerin vor sich hin.

In Ipanema, im Haus in der Rua Barão da Torre, erwartete sie die verschlüsselte Depesche von Manuilski. Er hatte ihrem Wunsch stattgegeben und ihre Rückkehr nach Moskau angeordnet. Ihre Antwort hatte sie längst formuliert. Die Sicherheit von Prestes erlaube es vorläufig nicht, dass sie ihren Posten verlasse, sie bitte den Genossen Manuilski, ihrer weiteren Anwesenheit in Rio zuzustimmen.

Hier endet, liebe Freunde
Die Geschichte von Lampião
Wenn ich auch nicht sagen kann
Was aus ihm geworden ist
In der Hölle blieb er nicht
In den Himmel kam er nicht
Er ist bestimmt im Sertão.

14

Sie lief leicht, im gewohnten Rhythmus, die Arme angewinkelt,
die Hände zu lockeren Fäusten geballt. Keine Druckstellen an
den Füßen. Die Turnschuhe, die sie im Juni gekauft hatte und
in denen sie in den vergangenen vier Monaten fast jeden Tag
am Strand von Ipanema und Leblon gelaufen war, waren in
den Nähten ausgefranst. Schweiß rann ihr in die Augen. Seit
einer Viertelstunde war sie unterwegs. Nach der kurzen Morgendämmerung stieg die Sonne rot aus dem Atlantik, und wie
wenn auf einem Herd die Gasflamme angezündet wird, breitete
sich eine Hitzewelle aus. Jetzt, wo die weniger heiße Jahreszeit
zu Ende war, begann sie ihren Lauf meist vor Sonnenaufgang.
Der Strand lag verlassen. Da und dort eine reglose Gestalt, die
die Nacht im warmen Sand verschlafen hatte. Dunkelhäutige
in zerschlissenen Badehosen reinigten den Strand und richteten die buntgestrichenen Turngeräte und die Volleyballnetze
für den neuen Tag her. Sie kam schnell voran, reihte zwischen
den grobgezimmerten Imbissständen, die den Strandboulevard
säumten, Streckenabschnitt um Streckenabschnitt aneinander.
An den Buden wurden die Verschläge geöffnet, Holztische ins
Freie getragen und Sonnenschirme aufgespannt. Kokosnüsse
wurden von Eselkarren abgeladen und an den Wänden gestapelt. Die Esel schnaubten leise und stampften mit den Hufen.

Der Sonnenaufgang erfüllte Olga Benario mit der Ungeduld des Beginnens. Der Zeitpunkt der Aktion war nah.

Die Wochen seit der Rückkehr aus dem Sertão waren angefüllt gewesen mit Handlungen. Nach dem Verbot der ANL hatte die Organisation in der Illegalität wieder aufgebaut werden müssen. Prestes und Ewert sahen das voraus. Die geheimen Zellen der Partei wurden aktiviert. Die Kameraden in der Armee hatten ohnehin nie in der Öffentlichkeit operiert, ihnen war das Verbot der Allianz willkommen, das die Vorgänge beschleunigte und eine militärische Lösung herbeizwang, bei der sie die entscheidende Rolle spielen würden. Auf dem Balkon in der Rua Paul Redfern mussten Prestes und Ewert immer wieder die Rolle der Streitkräfte bei der Aktion verteidigen, diesmal gegen den Einwand von Vallée. Wo denn die Armee des Proletariats bleibe, wo die bewährten Kampfmittel, Generalstreik und Massenaufstand in den Straßen? Ewert wurde ungeduldig. Ob dieses Thema noch immer nicht erledigt sei? In einem halbkolonialen, wenig industrialisierten Land wie Brasilien sei die Rede von der Armee des Proletariats ohne Inhalt. Er saugte an seiner Zigarre. Die Arbeiterbewegung noch zu schwach. Die einzige Armee, die zähle, sei das Militär. Alles andere Revolutionsromantik. Ohnehin, fügte er hinzu, stütze sich die Aktion nicht auf Armeeführer, sondern auf rangniedere Offiziere, auf Unteroffiziere und Mannschaften.

Prestes verbrachte endlose Stunden mit dem Verfassen von Anweisungen, Briefen, Erklärungen und Aufrufen und in Gesprächen mit Ewert, dem erfahrenen Revolutionär. Die Sache kam voran. Die Entscheidung über den Zeitpunkt der Aktion überlassen wir euch, hatte Manuilski telegrafiert. Ende des Jahres oder Anfang neunzehnhundertsechsunddreißig sollte der Aufstand stattfinden. Prestes, der schwankende Haltungen verachtete, Mehrdeutigkeiten in Eindeutigkeiten verwandelte und Widersprüche als Herausforderung ansah, sie aus der Welt zu schaffen, ließ sich auch durch die Einwände seines Militärkameraden Miguel Costa, mit dem zusammen er die Kolonne durch das brasilianische Hinterland geführt hatte, nicht abbringen von seiner Überzeugung, der Zeitpunkt sei günstig. Die ANL, hatte Costa im August an Prestes geschrieben, hat auf ihre Abschaffung kaum reagiert. Viele Kameraden in der Armee und in der Marine, die in der Bewegung mitgearbeitet haben, sind verhaftet oder in entlegene Provinzen versetzt worden. In dieser Situation zum Aufstand aufzurufen sei Voluntarismus. Prestes möge bedenken, dass die Volksmassen dem Aufruf des Ritters der Hoffnung selbst dann folgen würden, wenn, wie jetzt, keine Hoffnung auf Erfolg bestünde. Ebensogut könne man ein unbewaffnetes Kind gegen einen Elefanten hetzen. Prestes, mit der Vorbereitung des Aufstands beschäftigt, hob seine Antwort für später auf.

Die Nachrichten aus der Sowjetunion ließen in der kleinen Gruppe eine Zeitlang Verunsicherung aufkommen. Ende Juli hatte in Moskau der siebente Weltkongress der Komintern begonnen. Vor Delegierten aus vielen Ländern hatte Dimitroff eine Rede über die wachsende Gefahr des Faschismus und die Aufgaben der Komintern gehalten. Damit, meinte Ewert, seien die Weichen für eine breite Volksfront gestellt. Dimitroff habe den Disput mit Manuilski zu seinen Gunsten entschieden. Für die Verschwörer in Ipanema kam diese Wendung zu spät. Hätte der Kongress einige Wochen früher stattgefunden, sagte Ghioldi, so hätte Prestes sein Manifest von Anfang Juli noch entschärfen können, und Vargas hätte keinen Vorwand gehabt, die ANL zu verbieten. Wir hätten genau jene Volksfrontsituation, die jetzt von der Komintern gefordert wird. Stattdessen seien sie nun zur entgegengesetzten Strategie gezwungen: straffe Führung durch eine kleine Gruppe, die ihre Entscheide im Geheimen fälle. Keine Kontrolle durch die Volksmassen. Prestes erwiderte, sie sollten ihre Zeit nicht mit Wenn und Aber vergeuden. Unter den Bedingungen der Illegalität gebe es keine Alternative zu einer straff zentralisierten Führung. Folgenschwerer für die Aktion war das Verschwinden von Pjatnitzki und Mirow-Abramow aus der Leitung der OMS. Der Vorgang war aus der Ferne nicht zu entziffern. Ob sie vom neuen Mann, Trilisser, die gleiche Unterstützung erhalten würden, sagte Ewert, müsse sich erweisen. In diesen Tagen erschien Olga Benario das kleine Kollektiv wie abgetrennt von den realen Vorgängen, eine Vorhut, deren Verbindung zur Hauptmacht gekappt worden war. Nachdem die anderen gegangen waren, sagte Ewert zu Prestes, er kenne diesen Trilisser. Ein Geheimdienstmann, hohe Posten in der GPU und, nach deren Auflösung, im NKWD. Nähe zu Stalin. Wenn die Leitung der OMS diesem Mann übergeben worden sei, könne das bedeuten, Stalin habe das Interesse am Kampf der ausländischen Bruderparteien verloren und wandle die OMS in ein Spionagebüro für die Sowjetunion um. In diesem Fall hätten sie von Moskau nichts mehr zu erwarten. Diese Vorstellung, hatte Prestes geantwortet, schrecke ihn nicht. Davon sei er in Situationen eines nahe bevorstehenden Kampfes noch stets ausgegangen. Bei der Nennung Mirow-Abramows hatte Olga Benario jene wilde Siebzehnjährige vor sich gesehen, die sie selbst gewesen war, als sie in der sowjetischen Handelsvertretung in Berlin für den hohen Genossen Kurierdienste verrichtete. In Moskau war es abermals Mirow-Abramow gewesen, der sie, inzwischen eine erfahrene Berufsrevolutionärin, für die brasilianische Aktion instruierte. Zwei Tage vor der Abreise hatte sie ihm noch Regelungen für die Zeit ihrer Abwesenheit zukommen lassen. Sie wolle ihre Angelegenheiten ordnen, hatte sie ihm geschrieben, für den Fall, dass sie nicht zurückkehre.

Die gedrückte Stimmung vom August ging vorüber. Prestes' Unbeirrbarkeit hatte alle Zweifel hinweggefegt. Die Anforderungen an jedes Mitglied des Kollektivs, die täglichen Handlungen auf das große Ziel hin, stellten den Optimismus wieder her. Als er endlich Zeit fand, den Brief seines Freundes Miguel Costa zu beantworten, schrieb Prestes dem Militärkameraden, die Debatte sei hinfällig. Es dauere nicht mehr lange, bis die theoretische Frage der Machtübernahme durch die Praxis beantwortet werde. Die Revolutionäre in Ipanema waren sich darüber im klaren, dass die Frist, während der sie sich Filinto Müllers Polizei entziehen konnten, knapp wurde. Olga Benario würde Prestes' Leben um jeden Preis schützen. Über ihre Chancen, falls sie enttarnt werden sollten, machte sie sich keine Illusionen. Sie, mehr als alle anderen, war erleichtert, als Prestes den Termin für die Erhebung festlegte.

Sie begann ihre Tage hochgestimmt. Der Strandboulevard zwischen Arpoador und Dois Irmãos war ihre Heimstrecke, der Lauf ein tägliches Ritual, vom Schließen des Gartentors, hinter dem Principe bellend zurückblieb, bis zum Schlürfen der Kokosmilch eineinhalb Stunden später, nassgeschwitzt unter einem weiten Strandschirm, die langen Beine von sich gestreckt. Dann und wann noch ein Fußvolleyballspiel, wenn ein Partner gebraucht wurde. Einige der Spielerinnen und Spieler kannte sie beim Vornamen. Ein Ritual waren auch die Spaziergänge mit Sabo, mehrmals in der Woche, am späten Nachmittag. Das war die Zeit der Freundschaft. Sie spazierten den Strandboulevard entlang, nach einer Weile setzten sie sich irgendwo in den Sand. Meer und Himmel liefen ineinander, in ihrem Rücken versank die Sonne hinter Christus dem Erlöser, der auf dem Corcovado seine Arme ausbreitete in einer versteinerten Geste der Versöhnung. Von den steilen Bergwänden waren seit kurzem Samba-Trommeln zu hören. Das Volk der Favelas hatte mit den Monate dauernden Vorbereitungen für den Karneval begonnen. Principe grub im Sand nach Krebsen. Nichts sei vorgefallen auf ihrer Exkursion in den Sertão, sagte sie zu Sabo. Sie füllte eine Hand mit warmem Sand und ließ ihn sich über die Zehen rieseln. Jedenfalls nichts, was mit ihr und Prestes zu tun habe. Ob Lampião ein schöner Mann sei, wollte Sabo wissen. Dünn wie eine Bohnenstange, sagte Olga Benario. Schielt auf einem Auge, trägt eine Drahtbrille. Gestunken hat er. Ohne die Aufmachung würdest du den berüchtigten Banditen für einen Schulmeister halten. Ist Ewert ein schöner Mann? Das ist etwas anderes. Wieso? Du bist eine schöne Frau, sagte Sabo. Olga Benario lachte. Doch, sagte Sabo, und Prestes ist ein schöner Mann. Er ist einen Kopf kleiner als ich, sagte Olga Benario. Er hat kleine weiße Füße. Außerdem ist er ein verwöhntes Muttersöhnchen. Und ein Volksheld, sagte Sabo. Ja, ein Held. Ich hatte ihn mir anders vorgestellt. Männlicher, draufgängerischer, mehr wie Johnny Weissmüller. Und wie du selbst? Olga Benario nickte. Sie habe, sagte sie, Mut stets mit einer gewissen Vorstellung von Männlichkeit verbunden. Seit sie Prestes kenne, beginne sie ihre Auffassung zu revidieren. Von Mut? Auch von Männlichkeit. Und Prestes? fragte Sabo, revidiert er seine Meinung über Weiblichkeit? Wir arbeiten daran, sagte Olga Benario. Wir sind wie das allererste Paar, wir tun, als wüssten wir nicht, wie das geht. (Prestes hat es wirklich nicht gewusst.) Wir probieren aus. Und das Ergebnis? Wenn wir soweit sind, sagte Olga Benario, werde ich dich unterrichten. Sabo kicherte.

Es hatte leichte Momente gegeben, Ablenkung von der Spannung, die ihre Tage ausfüllte, Stunden, in denen die Hermetik der konspirativen Existenz aufgehoben schien. Im Auftrag von Prestes, der das Haus in Ipanema nur selten verließ, besuchte sie brasilianische Genossen, um ihnen seine Überlegungen zu Taktik und Strategie zu erläutern. Eine Tätigkeit, die sie an die Zeit in Berlin erinnerte, als sie zu Diskussionen mit den Genossinnen und Genossen in alle Bezirke Berlins und in die Dörfer der Umgebung gefahren war. Wiederholt begab sie sich in die Avenida Paulo de Frontin. Hier wohnte im Apartmenthaus sechshundertsechs Miranda, der Sekretär der brasilianischen Partei, mit dem Prestes sich nicht verstand. War Miranda gerade nicht da, unterhielt sie sich mit Elza Fernandes, Mirandas junger Freundin. Das waren heitere Stunden, in denen sie brasilianische Volkslieder sang, obszöne Redensarten und Gesten lernte und mehr über brasilianische Männer erfuhr, als sie wissen wollte. Elza war zwanzig Jahre alt, eine knabenhafte junge Frau mit einem Schopf kurzer Locken und großen dunklen Augen. Ihren wirklichen Namen, Elvira Cupelo Colônio (oder Elvira Copello Coloni oder Elvira Cupello Calônio) kannte Olga Benario nicht, sie wurde a Garota genannt, das Mädchen. Elza erzählte ihr, dass sie als Fünfzehnjährige zu Fuß nach Rio gekommen sei, aus Sorocaba, einer Provinzstadt in der Nähe von São Paulo. Olga Benario hörte ungläubig zu, das war ein Weg von mehreren hundert Kilometern. In Rio arbeitete das Mädchen als Hausangestellte, die Freizeit verbrachte sie am Strand, mit den Cariocas. Dort habe Miranda sie aufgegabelt. Olga Benario hielt das für wenig wahrscheinlich, es hätte gegen die ersten Regeln der Konspiration verstoßen. Vermutlich war auch der Rest von Elzas Geschichte der Phantasie näher als der Wahrheit. Das Mädchen schien es nicht zu scheren, ob man ihr glaubte oder nicht. Sie hatte Olga Benario erzählt, in ihrem Haus wohne ein schöner junger Mann, der Bücher schreibe und ein Genosse sei. Da sie nicht lesen könne, lese er ihr mitunter aus seinen Sachen vor. Geschichten von Kakaoarbeitern aus Bahia. Da sei viel von Liebe die Rede, der junge Mann sei wohl in sie verknallt. Olga Benario hatte das Mädchen ausgelacht, da gehe wieder einmal die Phantasie mit ihr durch, aber Elza hatte sie bei der Hand genommen und war mit ihr in den oberen Stock gegangen. Ein magerer junger Mann mit gewellten Haaren und einem schmalen Oberlippenbart öffnete die Tür. Elza hüpfte unbekümmert an ihm vorbei in die Wohnung, so hatte er sich selbst vorgestellt: Jorge Amado. Olga Benario fiel ein, dass sie diesen Namen von Prestes gehört hatte. Er war dreiundzwanzig Jahre alt und hatte, wie sie später erfuhr, bereits drei Romane veröffentlicht. Als sie sich ein paar Minuten unterhalten hatten, war aus einem Nebenzimmer eine junge Frau mit einem wenige Wochen alten Säugling getreten. Mädchen, wieso hast du mir nicht gesagt, dass er verheiratet ist und ein Töchterchen hat? fragte Olga Benario nach dem Besuch. Daran habe ich nicht gedacht, sagte Elza, hast du gesehen, wie er mir Augen gemacht hat?

Sie war noch mehrmals zusammen mit dem Mädchen bei dem jungen Schriftsteller zu Besuch gewesen. Über sich selbst hatte sie ihm erzählt, sie sei eine deutsche Jüdin und Kommunistin, die vor den Nazis nach Brasilien geflohen sei. Da sie die Sprache etwas beherrsche, hätten sie deutsche und österreichische Genossinnen und Genossen, Exilierte wie sie selbst, gebeten, Verbindung mit der brasilianischen Partei aufzunehmen. Amado war Mitglied des kommunistischen Jugendverbands und agitierte an der Universität. Auf ihre Frage sagte er, nein, Marx habe er noch nicht gelesen, dazu habe er bisher keine Zeit gehabt. Er habe gerade ein Jurastudium abgeschlossen, er sei noch nicht einmal dazu gekommen, sein Diplom abzuholen. Die Universität interessiere ihn nicht. Seine Universität sei das Leben, wie für Gorki. Immer hatte er unter dem Volk gelebt, schon als Knabe, unter den Kakaoarbeitern von Ilhéus im Süden von Bahia. Als Vierzehnjähriger in Salvador verbrachte er seine Zeit unter schwarzen Hafenarbeitern, Arbeitslosen, Säufern, Dirnen und Zuhältern. Er studierte die synkretistischen Religionen der ehemaligen Sklaven, besuchte Terreiros und lernte schwarze Candomblé-Priesterinnen kennen. Als angehender Journalist war er dabei, als die Neger in Salvador gegen das Verbot ihrer religiösen Zeremonien demonstrierten, mit ihnen hatte er sich den Schädel blutig schlagen lassen. Er hatte sich in Capoeira geübt, dem Kampfsport der Negersklaven aus Angola. Auf Saveiros, den kleinen Frachtenseglern der bahianischen Fischer, hatte er die Baía de Todos os Santos nach allen Richtungen durchsegelt, war die Flüsse des Recôncavo hinauf- und hinuntergeschippert. In den Hafenkneipen von Jaguaripe bis Nazaré, von Maragojipe bis Cachoeira lauschte er den Geschichten der Saveirofahrer. Wochenlang durchstreifte er auf Pferderücken den Sertão von Bahia. Er hörte den Straßensängern zu und lernte die Literatura de Cordel kennen, dünne billige Heftchen, die auf Jahrmärkten an Schnüren zum Kauf ausgehängt waren. Sie erzählten schauerliche Moritaten, von Tiradentes, der am Ende des achtzehnten Jahrhunderts zum Aufstand gegen die Portugiesen aufgerufen hatte, von dem Gottsucher und Armenpriester Antônio Conselheiro und von den Banditen Antônio Silvino und Lampião, den Rächern der Unterdrückten. Dies war die Literatur des Volkes, sie bestärkte ihn in seinem Entschluss, Schriftsteller zu werden. Es war die Bilderbuchbiographie eines proletarischen Schriftstellers. Sie wusste wieder einmal nicht, wieviel sie von den Geschichten glauben sollte, die ihr erzählt wurden. Wurden die Geschichten hier anders erzählt? Oder anders verstanden? Machte sie zuviel her von ihrem Gefühl der Fremdheit in diesem Land? Die Menschen sind überall gleich? Lampião ein Rächer der Unterdrückten? Das war lachhaft, aber es kam nicht in Frage, dass sie dem jungen Schriftsteller von ihrer Reise zu dem Banditenhäuptling erzählte.

Amado hatte ihr einen seiner Romane mit dem Titel *Cacau* geschenkt. Das Buch, sagte er, sei nach dem Erscheinen mehrere Wochen verboten gewesen. Das habe ihm unerwartete Aufmerksamkeit gebracht. Sie hatte das Portugiesisch der knappen, einfachen Sätze lesen können. Es war eine geradlinige, fast kunstlos erzählte Geschichte vom Leben der schwarzen Kakaoarbeiter und ihrer Frauen im Süden von Bahia, niedergehalten in einer von der Sklaverei nur wenig entfernten Form vorindustrieller Ausbeutung. Sie lobte das Buch, das ihr viel über die Wirklichkeit Brasiliens zeigte. In der Erzählweise scheine es den Konzepten des sozialistischen Realismus zu folgen, wie er seit kurzem in der Sowjetunion propagiert würde. Der junge Schriftsteller reagierte unerwartet heftig. Er halte sich an keine Vorschriften. Zwar seien ihm die Formulierungen Shdanows bekannt, aber bisher sei keineswegs klar, was unter sozialistischem Realismus zu verstehen sei. Seine Vorbilder waren die französischen Erzähler des vergangenen Jahrhunderts, Balzac, Maupassant, Zola, Flaubert, Daudet, aber auch die neueren Amerikaner, Dreiser, Sinclair, Faulkner, Dos Passos und Hemingway, vor allem aber die revolutionäre sowjetische Literatur, Fadejew, Babel, Serafimowitsch. Auch ein deutscher proletarischer Roman, der mit einem Vorwort von Thomas Mann in São Paulo erschienen sei, habe einen starken Eindruck auf ihn gemacht. Der Verfasser heiße Kurt Kläber, das Buch trage den Titel *Passagiere der III. Klasse*. Vielleicht kenne sie es? Sie nickte, Kläbers Roman hatte damals in ihrer Jugendgruppe heftige Debatten ausgelöst. Bürgerliche Kritiker, sagte Amado, hätten die Meinung in Umlauf gebracht, die proletarische Literatur sei technisch und ästhetisch primitiv. Auf manche Werke treffe das zu, ganz wie in der bürgerlichen Literatur. Lernen könne man bei vielen, und keineswegs nur bei den Besten, bei denen vielleicht am allerwenigsten. Um auf die Frage des Realismus zurückzukommen: Falls sie alle von ihm genannten Schriftsteller und deren Schreibweisen als realistisch gelten lasse, verstehe auch er, Amado, sich als Realist. Sie bedauerte, dass sie sich da wenig auskenne, und bat ihn, begeistert von der Intensität seiner Rede, fortzufahren.

In Brasilien, sagte Amado, fänden seit mehr als zehn Jahren heftige literarische Auseinandersetzungen statt, die auf ihre Weise die politischen Kämpfe spiegelten. Neunzehnhundertzweiundzwanzig hätten ein paar Ästheten in São Paulo eine Woche der modernen Kunst durchgeführt, die bis heute viel zu reden gebe. Parteigänger und esoterische Lobhudler der Macht hätten damals den letzten Schrei der europäischen Avantgarde als vorbildlich für Brasilien erklärt. Sie hatten sich an Cocteau, Marinetti und Blaise Cendrars berauscht und den Futurismus gepriesen, der in Wahrheit nichts anderes sei als die totale Revolution der Form, gepaart mit dem reaktionärsten Inhalt. In Italien habe diese Bewegung sich inzwischen mit dem Faschismus verbündet. Die brasilianische Variante dieser Moderne lasse sich auf eine einfache Formel bringen: rechte europäische Avantgarde plus Ästhetik der Kaffeebarone. Ihre Verkünder stammten aus dem reichen Süden, aus dem paulistanischen Großbürgertum. In dessen Zeitschriften veröffentlichten sie ihre psychologischen und introvertierten Romane, in denen es um blutlose Kreaturen gehe, wie schon in den Werken Prousts. Sie hätten nie unterm Volk gelebt und wüssten weder, wie es rede, noch, was es denke. Der Modernismo drittrangiger Schriftsteller wie Plínio Salgado, der ihn an den drittrangigen Schriftsteller Joseph Goebbels erinnere, sei in einen reaktionären Nationalismus und schließlich in den Integralismus gemündet. Allerdings, räumte er ein, gebe es unter den Modernisten auch einige, die er gelten lasse. Er nannte mehrere Namen und fügte hinzu, der Modernismo, als eine Bewegung des reichen Südens, sei jedenfalls über São Paulo und Rio kaum hinausgekommen.

Dagegen setzte er den neuen Regionalismus des riesigen verarmten, von Negern, Mulatten und Caboclos bewohnten Nordostens. Eine brasilianische Identität, die nicht von der Großstadtkultur des reichen Südens her definiert werde, sondern vom ländlichen Proletariat des Nordostens, von den Kleinbauern, Landlosen, von den auf Zuckerrohr- und Kakaoplantagen in Knechtschaft Vegetierenden. Vor zwei Jahren hatte Gilberto Freyre sein Buch *Herrenhaus und Sklavenhütte* veröffentlicht, eine großangelegte Untersuchung über Familienstruktur und Sklavenwirtschaft auf den Zuckerrohrplantagen. In diesem Werk habe der Soziologe aus Pernambuco den Brasilianerinnen und Brasilianern ihre eigene Geschichte neu erzählt. Für eine Anzahl junger Intellektueller des Nordostens, die sich für das Leben des Volkes interessierten, war das eine aufregende Lektüre. Raquel de Queiroz, Graciliano Ramos, José Lins do Rêgo und Amado selbst hatten damit begonnen, in ihren Romanen die Wirklichkeit ihrer Region zu gestalteten, das Drama des Zuckerrohrs, des Kakaos, der Dürre, der Zyklen des Bodens und der Natur. Und, alles überwölbend, die Ausbeutung des Menschen durch den Menschen. Mit unseren Romanen, sagte Amado, wollen wir teilhaben an den Anstrengungen, die Verhältnisse umzustürzen, in denen der Mensch ein erniedrigtes, ein geknechtetes, ein verlassenes, ein verachtetes Wesen ist. Er und seine Freunde hätten sich mit progressiven Gruppen verbündet, mit den aufrührerischen Leutnants, mit den Gewerkschaften, mit der Frauenbewegung, mit den Sozialisten, einige, darunter er selbst, auch mit den Kommunisten. Sie unterstützten die ANL und betrachteten Prestes als ihren Führer. Olga Benario sagte, die Formulierung vom Menschen als einem erniedrigten und geknechteten Wesen komme ihr bekannt vor, ob das nicht bei Marx stehe, den er nicht gelesen habe. Amado grinste. Er habe *Das Kapital* gemeint, die großen ökonomischen Studien, zu deren Verständnis ein Wissen nötig sei, das ihm noch fehle. *Das Kommunistische Manifest* habe er natürlich gelesen, auch andere Frühschriften. Als Schriftsteller könne er sich die Lektüre eines Stilisten wie Marx nicht entgehen lassen, dessen Formulierungen sich einem ins Gehirn brennen.

Ihm sei bewusst, fügte er hinzu, dass in seinen Ausführungen wenig von Ästhetik die Rede sei. Das sei kein Zufall. Soweit der Vorwurf der formalen Armut, von dem er vorhin gesprochen habe, auf seine eigenen Werke und auf die seiner Freunde ziele, bestehe er nicht ganz zu Unrecht. Die Armut, von der die Romane des neuen Regionalismus erzählten, erlaubten keine opulente Form. Man könne, das Formale in eine Parallele zum Inhaltlichen setzend, bei diesen Werken geradezu von einer Ästhetik des Mangels sprechen. Allerdings dürften solche Erklärungen nicht dazu führen, formale Unzulänglichkeiten zu entschuldigen. Manchmal denke er – und da widerspreche er sich selbst –, dass von Werken, die es unternehmen, gesellschaftliche Verhältnisse wahrheitsgetreu darzustellen, ein besonders hohes Maß an formalem Können verlangt werde. Die vergangenen hektischen Jahre hätten ihm für das Studium neuer literarischer Techniken, wie der Montage, des inneren Monologs, des nichtlinearen Erzählens und der Mischformen aus Tatsachen und Fiktion, wenig Zeit gelassen. In seinen nächsten Büchern wolle er formale Aspekte, soweit sie sich überhaupt vom Inhalt trennen ließen, stärker beachten. Bereits im neuen Roman, *Jubiabá*, der demnächst erscheine, sei er da einen Schritt vorangekommen. Er werde ihr ein Exemplar geben.

Sie stoppte brüsk. Vor ihr auf dem Gehsteig wurde ein Fuhrwerk gewendet. Ungeduldig trat sie auf der Stelle, bis der Weg wieder frei war. Mehr und mehr Läuferinnen und Läufer belebten das Trottoir. Ungestüm drängte sie voran, sie überholte alle, sie war unaufhaltbar, unbesiegbar. Die Sonne hatte sich vom Meer gelöst, sirrende Hitze lastete auf den Stränden von Rio.

Einmal, als sie mit Elza bei den Amados saß, waren zwei junge Männer zu Besuch gekommen, ein langer dünner mit scharfgeschnittenen, ernsten Gesichtszügen und einer großen Brille und ein kleiner, feingliedriger mit olivenfarbener Haut und einem Gesicht von betörender Sinnlichkeit. Sie hatte sich nicht helfen können, sie hatte ihn angestarrt. Er schien das gewohnt zu sein, er blickte sie mit aufmerksamen Augen ohne Eitelkeit an. Sie wollte sich mit ihm unterhalten, aber der Professorenhafte verwickelte sie in ein Gespräch. Er sprach Portugiesisch mit einem vertrauten Akzent, und als sie ihm vorschlug, sie könnten auf französisch weitersprechen, willigte er überrascht ein. Sein Name, den sie beim Vorstellen nicht verstanden hatte, war Claude Lévi-Strauss. Er kam aus Paris und war Soziologe. Seit Anfang des Jahres lehrte er an der neuen Universität von São Paulo. Die Universität, sagte er, sei eine Gründung des paulistanischen Großbürgertums und der Kaffeebarone, die ihren Nachkommen eine gediegene europäische Erziehung geben wollten und zu diesem Zweck französische Wissenschaftler ins Land holten. Es habe sich jedoch gezeigt, dass die Mehrzahl der Studenten keineswegs aus dem Großbürgertum stammten, sondern aus jenem unzufriedenen paulistanischen Kleinbürgertum, aus dem vor mehr als zehn Jahren eine Bewegung rebellischer junger Offiziere hervorgegangen sei, von der sie vielleicht gehört habe. Diese Studenten misstrauten ihren Lehrern – auch ihm –, die sie für gekaufte Intellektuelle der herrschenden Klasse hielten. Die Soziologie verdächtigten sie, unkritische Bürger eines Staats aus ihnen machen zu wollen, der sich Auguste Comtes autoritäres Motto *Ordnung und Fortschritt* auf die Fahne geschrieben hatte. Aber wenn sie ihm auch das Lehren schwermachten, habe er doch Sympathie für seine Studenten. Ohnehin habe er begonnen, sich von der Soziologie, besonders von der französischen Tradition der Comte und Durkheim, abzusetzen, sein Forschungsinteresse gelte zunehmend der Ethnologie. Zum Jahresende, sagte er, plane er mit seiner Frau eine Exkursion ins Pantanal, wo er die letzten Überlebenden der von den Kolonisatoren vernichteten Völker der Caduveo und Bororo aufsuchen wolle.

Der junge Professor bat Olga Benario, von sich zu erzählen. Sie wiederholte die Version, die sie sich für Amado zurechtgelegt hatte und die der Wahrheit nahe genug kam, und fragte ihn, von sich ablenkend, welches der Unterschied zwischen Soziologie und Ethnologie sei. Die beiden Bereiche seien bisher nicht klar getrennt, sagte Lévi-Strauss. In Frankreich werde die Ethnologie erst seit kurzem als akademische Disziplin anerkannt. Lasse man den ideologischen Nebel, in den bürgerliche Forscher diese Fachbereiche gehüllt hätten, beiseite, so könne gesagt werden, die Soziologie untersuche die industriell entwickelten kapitalistischen Gesellschaftsformen Europas und der Vereinigten Staaten, die Ethnologie dagegen die sogenannten primitiven Gesellschaften. Die Soziologie befasse sich mit dem Eigenen, die Ethnologie mit dem Fremden. Die Soziologie erkläre ihren Gegenstand, statt ihn zu kritisieren, die Ethnologie kritisiere ihren Gegenstand in der Weise, dass sie die Differenzen zu den westlichen Industriegesellschaften herausarbeite. Diese Methode reproduziere eine verborgene Hierarchie: Wir sind voraus, die anderen sind zurück. Was seine eigene Konzeption betreffe, so erwarte er von der Ethnologie einen Beitrag zu einem wirklichen Humanismus, der die wirtschaftlichen Schranken aufhebe, die die Menschen daran hinderten, ihr Potential zu entfalten. Er formulierte knapp und mit dialektischer Schärfe, allerdings auch abstrakt und allgemein. Da habe sie recht, sagte er leicht errötend auf ihre Bemerkung, deshalb dränge es ihn zur praktischen Feldforschung.

Die Theorie war sein Gebiet. Bereits mit siebzehn Jahren hatte er, ein Enkel des Großrabbiners von Versailles, *Das Kapital* gelesen. An der philosophischen Fakultät der Universität von Paris hatte er über *Die philosophischen Postulate des historischen Materialismus* promoviert. Geschult in klassischer Philosophie und idealistischem Denken hatte ihn Marx' Praxisbegriff aus den *Thesen über Feuerbach* und dessen Insistieren auf der Diesseitigkeit des Denkens zu einer Überprüfung seiner wissenschaftlichen Methode geführt. Von Stendhal, sagte Lévi-Strauss, werde berichtet, er habe jeden Morgen, bevor er mit dem Schreiben begann, im Code Napoléon gelesen. In derselben Absicht lese er, Lévi-Strauss, jeweils ein paar Seiten aus dem *18. Brumaire des Louis Bonaparte* oder aus der *Kritik der Hegelschen Rechtsphilosophie*, bevor er sich seinen soziologischen oder ethnologischen Aufsätzen zuwende. Diese Marx-Lektüren seien ein geistiges Aufwärmtraining, mit dem er sich auf das dialektische Denken und die Klarheit des Stils einstelle, die er für seine Arbeit brauche. Sie war verwirrt. Was sollte sie von diesen Genossen halten? Der eine gab vor, Marx nicht gelesen zu haben, der andere haute ihr eine philosophische Vorlesung um die Ohren (der dritte war von betörendem Äußerem). Lévi-Strauss redete von Training, dabei sah er nicht aus, als ob er am Strand von Ipanema länger als fünf Minuten mit ihr mithalten könnte. Sie brachte die Atmosphäre bei Amado nicht zusammen mit den Marxismusdebatten, die sie mit zahllosen Genossinnen und Genossen in Deutschland und in der Union geführt hatte. Es kam ihr vor, als ob hier über Marx und den Kommunismus mit einem gewissen Mangel an Ernst gesprochen würde. Gleichzeitig war sie hingerissen von der Leidenschaft, mit der diese jungen Männer von ihrer Arbeit und ihren Plänen berichteten. Sie erkannte darin ihre eigene Durchdrungenheit von der Größe dessen, was sie sich als Lebensaufgabe gestellt hatte.

Als er vor sechs Monaten in Brasilien von Bord gegangen sei, sagte Lévi-Strauss, habe die erste Begegnung mit diesem Land eine Art Schock in ihm ausgelöst. Ein Gefühl von Fremdheit habe ihn erfasst, das er eigentlich nur als euphorisch bezeichnen könne. Sie solle das nicht als Schwärmerei verstehen, als Exotismus, Phantasie von Tropenparadiesen und edlen Wilden. Er spreche von einer geistigen Euphorie, einer intellektuellen Erregung. Das Fremde sei ihm in einer unerwarteten Form entgegengetreten: als Fremdheit des Eigenen. Ohne jede Vorwarnung hätten sich unumstößliche Gewissheiten in nichts aufgelöst. Die Gegensätze und Grenzen zwischen den Dingen hätten ihre Gültigkeit verloren. So sei zum Beispiel in den brasilianischen Straßen und Gebäuden der Übergang von außen und innen fließend. Das Leben flute über diese in Europa so deutlich markierte Schwelle hinweg und lasse sie verschwinden. Sogar der Unterschied zwischen Wasser und Land, in Europa jedem Kind selbstverständlich, werde hier gegenstandslos. Das Pantanal, ein Gebiet von der Größe halb Frankreichs, das er auf einer ersten mehrtägigen Reise ins Landesinnere erreicht habe, sei mit aus europäischen Verhältnissen gewonnenen Begriffen nicht zu beschreiben. Sechs Monate stehe die Landschaft unter Wasser, die Sträucher würden von Fischen abgeweidet. Die übrigen sechs Monate sei das Pantanal ausgetrocknet. Auf dem staubbedeckten Boden, unter laublosen Bäumen, finde man haufenweise Schalen von Seetieren, die die Vögel hinterlassen hätten, denen die Süßwasserkrebse und Garnelen während der Wasserperiode als Nahrung dienten. Das Wesen dieser Landschaft sei unentscheidbar. War es ein Trockengebiet, das sechs Monate unter Wasser stand, oder eine gewaltige Strom- und Seenlandschaft, die sechs Monate ausgetrocknet war? Vor solchen Seinsweisen der Natur habe die alte Metaphysik nicht länger Bestand. Dieses Land lehre Dialektik. Es forme die Menschen in einer Weise, von der er noch kaum eine Vorstellung habe. Von den Ureinwohnern, den Caduveo und Bororo, hoffe er die Begriffe für einige dieser Erscheinungen zu erfahren. Von den Begriffen verspreche er sich Erkenntnis über die Dinge, die sie bezeichneten. Er unterbrach sich und meinte entschuldigend, nun sei er erneut bei der Theorie gelandet. Vielleicht habe er, sagte Olga Benario, Marx' Schrift über den 18. Brumaire noch nicht oft genug gelesen. Ein Lächeln zeigte sich im langen Gesicht des jungen Professors.

Wie sie denn dieses Land erlebe, wollte er von ihr wissen. Ihre Erfahrungen, sagte Olga Benario, hätten sie selbst überrascht. Zunächst habe ich mich so verhalten, wie man das in der Fremde tut, um nicht überwältigt zu werden von all dem Neuen und Fremden, ich machte es mir möglichst schnell zu eigen. Bald schon hatte ich mein Quartier, mein Straßencafé, meinen Strand, die pães de queijo kaufte ich immer vom selben Straßenverkäufer, das Treiben der Menschen schien mir vertraut. Ihre Gesten, ihre Kleidung, die Art, wie sie sich begrüßten oder beschimpften, war, bis auf Unterschiede an der Oberfläche, nicht anders als in München. Je länger ich hier bin, desto fremder wird mir alles. Ich frage mich, ob mein erster Eindruck – oder war es nur ein Wunsch? –, dass diese Welt mir im Grunde vertraut sei, gerade das zum Verschwinden bringt, worauf es ankommt. Ich hatte diesem Land meine Maßstäbe aufdrängen wollen, das sah ich nun ein. Ich begann zu verstehen, dass die Unterschiede der Oberfläche noch lange nicht oberflächlich sind. Manchmal scheint mir, dass ich dem Verstehen näherkomme, wenn ich mir die Dinge so lange wie möglich fremd halte. Der junge Professor hatte sie mit wachsender Aufmerksamkeit angeschaut. Es war nicht der übliche Blick auf ihre Beine, wie sie ihn von Männern gewohnt war. Sie hätte es lieber gehabt, wenn er auf ihre Beine geschaut hätte. In leichtem Ton fügte sie hinzu, jetzt habe sie wiederholt, was er vorhin schon gesagt habe, sie sei eine gute Schülerin. Lévi-Strauss nickte. Ohne auf ihren Ton einzugehen, sagte er, so treffend wie sie habe er den Umgang mit dem Eigenen und dem Fremden bisher nicht formulieren können.

Er erzählte ihr noch ein Beispiel dafür, wie fremd ihn dieses Land anmute, fremd bis zur Euphorie, wie er das eben schon genannt habe. Ein Kollege an der Universität von São Paulo, Marcio, ein Zoologe, habe ihm ein Geschehen aus seinem Forschungsgebiet beschrieben. Für Marcio sei es eine alltägliche Geschichte gewesen, ihn selber lasse sie nicht los. Im Flutwald von Mamirauá, einem Gebiet am Oberlauf des Amazonas, gibt es eine Feigenwespe, Agaonida, nicht größer als der Kopf einer Stecknadel, die im Leben des Waldes eine Rolle spielt, die in keinem Verhältnis zu ihrer Winzigkeit steht. Die Früchte des Feigenbaums Ficus, aus der Familie der Moraceae (ob er sie mit seiner wissenschaftlichen Genauigkeit langweile? Sie schüttelte den Kopf), sind eines der Grundnahrungsmittel im Flutwald, sie ernähren manche Vogelarten, aber auch die Primaten, die Brüllaffen, die Kapuzineräffchen und die weißen Uakari, und sogar einige Fischarten. Aber bevor die Fressorgie im Flutwald beginnen kann, müssen die Feigen befruchtet werden. Dazu zwängen sich die weiblichen Feigenwespen durch eine Öffnung in der Frucht, die so eng ist, dass ihnen beim Eindringen die Flügel abgerissen werden. Im Innern der Frucht befinden sich die männlichen und weiblichen Blüten. Die winzigen Wespen legen ihre Eier in die weiblichen Blüten, die dabei befruchtet werden, denn die Weibchen haben nach dem Schlüpfen die männlichen Blüten ihres vorherigen Wirtes abgeweidet und sind von Pollen bedeckt. Haben die Wespenweibchen ihre Eier gelegt, sterben sie. Ein Monat vergeht, dann schlüpfen zuerst die männlichen Wespen aus. Sie sind noch winziger als die Weibchen, haben keine Flügel und sind beinahe blind. Sie bohren von außen ein Loch in die weiblichen Blüten, durch das hindurch sie die noch ungeborenen Wespenweibchen befruchten. Zwei Tage später schlüpfen die befruchteten Weibchen aus und beginnen, die männlichen Blüten abzuweiden. Während dieser Zeit bohren die männlichen Wespen für die Weibchen einen Ausgang aus der Frucht, wobei sie, da sie ja keine Flügel haben, auf den Waldboden hinunterfallen, wo sie sterben. Durch den Ausgang verlassen die befruchteten Weibchen die Frucht und suchen einen anderen Feigenbaum. Zurück lassen sie die befruchteten Feigen, die heranreifen und den Vögeln, Primaten und Fischen des Flutwalds als Nahrung dienen. – Beim Nachdenken über diese Geschichte, sagte Lévi-Strauss, verliere er, ein Wissenschaftler, der es gewohnt sei, die Vorgänge in der Natur wie in der menschlichen Gesellschaft rational zu ergründen, den Boden unter den Füßen. Sie höre das mit Erleichterung, sagte Olga Benario, es bestätige ihre eigenen Erfahrungen in der Begegnung mit diesem Land, bei der sie sich manchmal in die Gefilde des Traums und der Halluzination versetzt fühle. Natürlich gebe sie sich solchen Stimmungen nicht hin, es liege ihr fern, das Fremdartige zu einem Fetisch zu machen. Die Welt sei erklärbar, und die Erklärungen seien oft aufregender als alle Mystifikation, das zeige seine Wespengeschichte. Aber um zu verstehen, und sei es noch so vorläufig, seien Geduld und Anstrengung nötig. Erneut spürte sie seinen aufmerksamen Blick auf sich. Machten die Anforderungen der Konspiration sie übervorsichtig? Gern wäre sie, wenigstens für ein paar Stunden, das Gewicht los gewesen, das auf ihr lastete. Lévi-Strauss sagte, er teile ihre Haltung, die man in einem philosophischen Sinn materialistisch nennen könne. Die Geschichte von der Feigenwespe lehre obendrein, nicht allzusehr auf dem von der Aufklärung konstruierten Gegensatz zwischen dem Rationalen und dem Nichtrationalen (vom Irrationalen rede er nicht) zu beharren. Noch so ein Begriffspaar, das ihm in diesen Breitengraden verschwimme. Er sei betört von dem verschwenderischen Aufwand, mit dem die Natur ein scheinbar einfaches Problem wie die Befruchtung eines Feigenbaums löse.

Es entstand ein Gespräch zwischen Lévi-Strauss und dem schönen jungen Mann, dessen Namen sie, bei seinem Eintritt ganz in seine Erscheinung versunken, ebenfalls nicht mitbekommen hatte. Der Schöne sprach von den synthetischen neuen Städten Südbrasiliens, von Londrina, Nova Dantzig, Rolandia und Arapongas. Zur Zeit werde auf einem menschenleeren Hochplateau im Landesinnern Goiânia erbaut, die neue Hauptstadt des Bundesstaats Goiás. Noch so eine Retortenstadt ohne Geschichte, ohne Dauer, ohne Gewohnheiten. Lévi-Strauss sagte, wie er gehört habe, fühle man sich in diesen neuen Städten wie in einem Bahnhof oder in einem Krankenhaus. Nur die Angst vor der Katastrophe könne solche Kasematten hervorbringen. Sein Gesprächspartner nahm den Begriff der Katastrophe auf. Er wies den jungen Professor darauf hin, dass er den Begriff rein negativ fasse. Bei Aristoteles, wenn er sich recht erinnere, werde mit Katastrophe jede Wende bezeichnet, nicht nur die zum Schlechten. Vor einer Katastrophe in diesem noch nicht entschiedenen Sinn stehe Brasilien heute. Wem könne das deutlicher sein als ihnen, die sich bei der ANL engagiert hatten und für den Sturz des Vargas-Regimes kämpften. Sie alle lebten in der Angst vor der Katastrophe, allerdings auch in der Hoffnung auf sie. Von ihrem Ausgang werde es abhängen, in welche Richtung die neuen Metropolen sich entwickelten. Unabdingbar sei allerdings, dass die Urbanistik kühner werde. Das Denken in den traditionellen Bahnen habe sich erschöpft. Eine neue Ästhetik müsse her. Dies wiederum sei nur möglich, wenn das Zusammenleben der Menschen in den Metropolen vom gesellschaftlichen Standpunkt aus neu durchdacht werde. Dazu brauche es ein divergierendes Denken.

Er heißt Oscar Niemeyer und ist Architekt, antwortete Amado auf ihre Frage, nachdem die beiden Besucher gegangen waren. Ursprünglich hieß er Oscar Ribeiro Soares. Das war ihm zu alltäglich, er hat den Namen einer entfernten Verwandten angenommen. Im vergangenen Jahr hat er an der Kunsthochschule in Rio sein Studium abgeschlossen. Seither arbeitet er im Büro des Architekten Lúcio Costa. Er hat noch kein eigenes Projekt verwirklicht. Wir alle, sagte Amado, haben noch wenig geleistet, wir stehen noch am Anfang, aber wir haben uns einiges vorgenommen. Erneut spürte Olga Benario ihre Sympathie für diese jungen Männer, die der Welt einen Vorschein von humaneren Formen des Zusammenlebens geben wollten. Der Kreis derer, die sie als Mitkämpfer gelten ließ, musste erweitert werden. Amado und seine Freunde kämpften nicht mit Waffen, wie sie selbst, aber sie kämpften. Träumer vielleicht, aber keine Phantasten. Sie wollten kein Wolkenkuckucksheim, sondern eine Gesellschaft jenseits des Kapitalismus. Sie wollten die Utopie, aber eine machbare.

Sie näherte sich dem Felsvorsprung des Arpoador. Sie war schnell gelaufen, aber sie war nicht müde. Keine Muskelschmerzen, kein Seitenstechen, kein Hyperventilieren. Sie war groß in Form. Immer weiter lief sie den Strand entlang. Niemeyer hatte seine Jugend am Strand verbracht, in einer Gruppe hedonistischer junger Leute aus der herrschenden Klasse. Sein Studium hatte sich in die Länge gezogen. Dann hatten die Ehe und das Töchterchen sein Leben verändert. Er betrieb nun seine Ausbildung mit Eifer. Er hat sich in der ANL engagiert, sagte Amado, er unterstützt den Kampf der Kommunisten, ohne Mitglied der Partei zu sein. Olga Benario und das Mädchen blickten sich an, platzten heraus. Amado stimmte in ihr Lachen ein. Sie hätten doch nicht geglaubt, dass so ein Schöner noch zu haben sei? Ohnehin seien die Geschichten über die Männer von Rio übertrieben. Und die Geschichten über die Männer von Bahia? fragte Elza. Daran stimmt jedes Wort, sagte Amados Frau Matilde. Die Leichtigkeit jener Stunden.

Ohne Anstrengung lief sie am Strand von Ipanema entlang. Die Bewegung nahm kein Ende. Aber wie der Arpoador, auf den sie eine halbe Stunde zugelaufen war, plötzlich vor ihr lag, so war der Augenblick der Handlung unmittelbar herangerückt. Auf der Stelle tretend, zog sie die Schirmmütze und die

Sonnenbrille ab und schüttelte die Haare, die ihr am Kopf klebten. Arme und Beine waren nassgeschwitzt, das leichte Hemdchen klebte an ihrem schmalen Körper. Ein dunkelhäutiger Bursche, der im Schatten einer Palme döste, zeigte unter seiner Sonnenbrille weiße Zähne und bedeutete ihr mit erhobenem Daumen seine Anerkennung. Sie grinste zurück. Dann nickte sie grüßend gegen das Fort Copacabana, zu Siqueira Campos und seinen Kameraden. Mit dem Handrücken wischte sie sich den Schweiß aus dem Gesicht, setzte die Sonnenbrille wieder auf und zog am Hinterkopf die Haarsträhne über das Band der Schirmmütze. Die tägliche Wiederholung der immer gleichen Gesten, so vergänglich sie waren, gaben ihrer Existenz Halt. Sie machte sich auf den Rückweg, den Strand und das Meer zur Linken.

Lévi-Strauss kam auf den Begriff eines divergierenden Denkens zurück und fragte Niemeyer, was er damit bezeichne. Niemeyer antwortete, er wolle das am Beispiel des Schweizer Architekten Le Corbusier erklären, dessen Schriften über eine kommende Baukunst und über Städtebau ihm als wegweisend gälten. Vor einigen Jahren habe Le Corbusier in Rio de Janeiro eine Vision vorgetragen, die seinen Zuhörern, darunter ihm selbst, den Atem genommen hätte. Zunächst habe Le Corbusier von einem Aufenthalt in Moskau berichtet. Er war begeistert von der Avantgarde der sowjetischen Architekten. Mit den Projekten von Welikowski, Stschusew, den Brüdern Weschnin und anderen, die nach einer längeren Anlaufzeit nun realisiert würden, gebe sich die neue Gesellschaft eine ihr adäquate Architektur. Le Corbusier hatte sein eigenes Projekt für Moskau vorgestellt, einen Bürokomplex, der sich an der Mjasnizkaja über mehrere Häuserblocks erstrecken sollte. Mit den Bauarbeiten war gerade begonnen worden. Diese Arbeiten, sagte Niemeyer in Amados Wohnung in der Avenida Paulo de Frontin, sind heute, mehr als fünf Jahre später, noch immer nicht abgeschlossen. Die Bauzeit sei übermäßig lang. An ihr lasse sich einiges über die sowjetische Wirklichkeit ablesen. Mehrere der von Le Corbusier geforderten Baumaterialien waren entweder gar nicht oder nur nach langwierigen Bemühungen aufzutreiben. Für den Import der Heiz- und Kühlanlagen fehlten bis heute die Devisen. Außerdem fiel fast die gesamte Bauzeit in die Periode des ersten Fünfjahresplans. Dafür wurden jeder Mann, jede Frau und jeder Nagel gebraucht. Die Bauarbeiten an Le Corbusiers Projekt mussten für zwei Jahre eingestellt werden. Als sie wieder aufgenommen wurden, stand die Überbauung nicht mehr an der Mjasnizkaja-Straße, sondern an der Kirow-Straße. Der neue Straßennamen sollte an den ermordeten Leningrader Parteisekretär und Freund Stalins erinnern. Auch anderes hatte sich geändert. Die Avantgarde der zwanziger Jahre war zurückgedrängt worden. Allerdings war der Frontverlauf in den ästhetischen Debatten unübersichtlich. Le Corbusiers Projekt wurde keineswegs nur von Vertretern eines sozialistischen Realismus kritisiert, sondern auch von einigen Konstruktivisten um El Lissitzky. Da spiele die persönliche Abneigung zwischen Lissitzky und Le Corbusier mit. Wichtiger als solche Zänkereien, wichtiger auch als die zeitweilige Begeisterung für diese oder jene ästhetische Richtung sei das Bauwerk selbst. Fotografien zeigten eine Konstruktion aus Glas und Stahlbeton. Der monumentale Baukörper stehe auf einem Pfahlwerk, von Le Corbusier Pilotis genannt. Dadurch entstehe ein bezwingender Eindruck von Leichtigkeit. Die Pilotis seien ein entscheidendes Element. Sie schafften einen Raum zwischen Baukörper und Erde. Halb außen, halb innen, wie Lévi-Strauss das genannt habe. Das Konzept scheine ihm für eine tropische Architektur besonders geeignet. Doch nun komme er zur Vision, die Le Corbusier neunzehnhundertneunundzwanzig in Rio vorgetragen hatte.

Ausgangspunkt war die Kritik des herkömmlichen Denkens, das man konvergierendes Denken nennen könnte. Bisher hatten die Stadtplaner von Rio, um dem wachsenden Verkehr einen Weg durch das steile Auf und Ab der Hauptstadt zu bahnen, zwei sich ergänzende Strategien angewandt. Einerseits hatten sie sich der Natur unterworfen, indem sie die Straßen eng dem Gelände anschmiegten, andererseits bekämpften sie die Zufälle der Natur, indem sie immer neue Tunnels und Brücken bauten. Le Corbusiers Gegenvorschlag war radikal. Wir lösen die Stadt von ihrer Topographie. Wir beginnen hundert Meter über dem Boden. Hier bauen wir eine gewaltige Autobahn, einen riesigen Viadukt, einen Pont du Gard von gigantischen Ausmaßen. Keine Brückenbögen, stattdessen hoch aufragende Stahlbetonpfeiler. Auf ihnen ruht die Autobahn. Von der Autobahn hinunter bis auf eine Höhe von etwa dreißig Metern sind die Pfeiler ausgebaut zu Büroblocks und Wohnmaschinen. Von da bis zum Boden Pilotis. Die Häuserblocks sind keine Wolkenkratzer, sind nicht von unten nach oben gebaut, sondern von oben, von der hundert Meter hohen Autobahn, nach unten: Erdkratzer. Das Leben spielt sich im freien Raum ab. Villenblocks in luftiger Höhe, hängende Gärten, Glaswände, der Blick geht auf die schönsten Buchten der Welt. Das ist die Stadt. Der Talgrund selbst wird nicht überbaut. Sportplätze, Parks, Strand, Natur. Ein Projekt, gleich weit entfernt vom Sichanschmiegen an die Zufälle der Topographie wie vom Kampf gegen sie. Beides habe zur Zerstörung der einmaligen Landschaft Rios geführt. Le Corbusiers asketische Vision aus Horizontalen und Vertikalen dagegen, sagte Niemeyer, dramatisiert die Wahrzeichen der Stadt: Zuckerhut und Corcovado, weite Buchten, geschwungene Strände. Es entstehe, und hier zitiere er Le Corbusier, ein Gedicht aus menschlicher Geometrie und der Phantasie der Natur. Das verstehe er unter divergierendem Denken.

Sie konnte ihren Blick nicht vom Gesicht des jungen Architekten wenden, von seinen Augen, die geweitet waren von der Leidenschaft seiner Gedanken. Sie wollte ihn fragen, wo in dieser gewaltigen Vision der konkrete Mensch bleibe, der Bauarbeiter, die Lehrerin, der Lastwagenfahrer, die Putzfrau, der Kokosnussverkäufer. Sie brachte es nicht über sich, den Redefluss des betörenden jungen Mannes zu unterbrechen. Damals, vor sechs Jahren, sagte er, habe ihn die Kühnheit eines Denkens überwältigt, das in ebenso neue wie gigantische Dimensionen vordrang. Eine Monumentalität, die einen Lyrismus eigener Art produziere, einen Lyrismus der Masse. Den bürgerlichen Vorstellungen von Poesie als etwas Kleinem, Idyllischem als Ausdruck des monadischen Individuums entgegengesetzt. Allerdings sei ihm bewusst, dass den heroischen Gesten dieser Architektur ein antidemokratischer Affekt innewohne. Die monumentalen Bauwerke in Mussolinis Rom verkündeten dem Volk die Macht der Herrschenden, schüchterten es ein und führten dem Einzelnen seine Bedeutungslosigkeit vor Augen. Die fortschrittliche Architektur dürfe sich dadurch nicht beirren lassen. Sie konnte, wo für die Massen gebaut wurde, nicht zu kleinbürgerlicher Enge zurückkehren. Ihre Aufgabe war es, zwischen den großen architektonischen Gesten und dem unheroischen Alltag der Menschen zu vermitteln. Hier, sagte Niemeyer, hat die Kritik an Le Corbusiers Vision für Rio anzusetzen. Le Corbusiers Wohnsegmente sind als Luxuswohnungen konzipiert. Die besitzende Klasse soll den Ausblick auf die See und die Strände, auf die steilen Hügel mit ihrer tropischen Vegetation genießen können. Die Bauarbeiter, die Eisenleger, die Betongießer, die diese lyrische Vision zu realisieren hätten, bleiben bei Le Corbusier außer Betracht. Von ihnen wird anscheinend erwartet, dass sie nach getaner Arbeit in die Favelas zurückkehren. Er schwieg eine Weile, dann sagte er, hier seien die Grenzen dessen erreicht, was Architektur leisten könne. Die grundlegenden Probleme der Gesellschaft könne sie nicht lösen. Dafür sei die Gesellschaft als Ganzes zuständig.

Immer noch fielen ihre Schritte leicht auf den Gehsteig des Strandboulevards. Sie lief seit mehr als einer Stunde. Die Schirmmütze war schweißgetränkt. Auf der Brücke, über dem Kanal vom Meer zur Lagune, hatte sie anhalten müssen, um, auf der Stelle tretend, Schweißtropfen von der Sonnenbrille zu wischen. Sie war nicht müde, das kurze Innehalten machte sie ungeduldig. Vorwärts. Wir schaffen es. Die Kaffeebarone und Vargas-Leute werden hinweggefegt. Die einstigen Sklaven, die Landlosen und Geknechteten werden siegen. Wir verwirklichen die Utopie. Wie in der Sowjetunion, so auch hier. Sie betrachtete es als ein Zeichen, dass Prestes am Vortag bei einem geheimen Treffen der brasilianischen Partei ins Zentralkomitee gewählt worden war. Die Genossen um Miranda, Martins, Tampinha und Bangú hatten sich endlich dem Willen der Komintern gebeugt. Moskau hatte im vergangenen August das Signal zu diesem Schritt gegeben, als Prestes ins Exekutivkomitee der Komintern aufgenommen wurde. Die Nachricht war von der brasilianischen Presse aufgegriffen worden, Léon-Jules Vallée fragte, ob es klug sei, dass die Moskauer gerade jetzt Prestes' Wahl öffentlich machten. Vargas und Filinto Müller konnten nun zu Recht sagen, Prestes sei ein Agent der Kommunistischen Internationale. Das haben sie schon bisher gesagt, hatte Ewert entgegnet, ihr Antikommunismus braucht die Wahrheit nicht. Er pries die Taktik der OMS, die zusammen mit der Nachricht auch ein Bild von Prestes veröffentlicht hatte. Die Welt würde annehmen, dass der Ritter der Hoffnung sich noch immer in der sowjetischen Hauptstadt aufhalte.

Olga Benario lief weiter, ohne müde zu werden. Sie können uns nicht aufhalten. Sie haben die Revolution in Russland nicht aufhalten können, auch Prestes und seine Kolonne konnten sie nicht aufhalten, und die chinesischen Genossen haben ihren langen Marsch siegreich beendet. Niemand kann den Kampf der Menschen um ihre Befreiung aufhalten. Braungebrannt und schlank und unaufhaltbar lief sie am Strand von Leblon entlang, den beiden Felskuppen der Dois Irmãos entgegen, die unter der Tropensonne brüderlich aneinanderlehnten.

15

Die Bewegung war zerschlagen. Jedes Handeln blockiert. Alle Hoffnung aufgebraucht. Sie wollte ins Freie, sich bewegen, laufen, aber es regnete in Strömen, ein tropischer Schauer, der nicht mehr aufhörte und die nächtliche Rua Honório verschlammte. Aguas de Março. Mit den Wassern des März ging der Sommer zu Ende. Feuchte Hitze drang durch das offene Fenster, Geruch von nasser Vegetation. In der Finsternis erkannte Olga Benario die Umrisse der Gartenmauer. Der Zaun auf den waagrechten Stufen der Mauer verlief schräg, der steil abfallenden Straße folgend. In München wäre der Zaun gerade gewesen, das wirkte ordentlicher. Aber auch stur. Ob man von den Zäunen auf Menschen schließen konnte? Oder von den Festen? Oktoberfest gegen Karneval? Vor zwei Wochen, Ende

Februar, war Karneval gewesen, bei brütender Hitze. Für die Bewohnerinnen und Bewohner der Arbeitervorstadt Méier der Höhepunkt des Jahres. Freudlos. Auf der Rua Honório dann und wann ein paar grelle Figuren, nackte, staubbedeckte Haut. Von irgendwoher Sambaklänge. Das war's. Kein Umzug, keine Stimmung. Tausende im Gefängnis, gefoltert, verschwunden. Belagerungszustand. Hatz auf Gewerkschafter und Intellektuelle, auf Genossinnen und Genossen. Das Tragen von Karnevalsmasken verboten. Wer würde es schon wagen, sich unmaskiert über die Obrigkeit lustig zu machen. Verboten waren auch Kostüme, die den sittlichen Anstand verletzten. Witz und Sinnlichkeit, die Feinde der herrschenden Ordnung. Olga Benario und Prestes, abgeschirmt vom unfrohen Karneval, hinter geschlossenen Markisen. Ihre schweißnassen Körper. Umarmung wie beim erstenmal zum letzten Mal. Das Ende war nahe.

Trauer erfasste sie beim Gedanken an das Schicksal der Genossinnen und Genossen. Dabei hatte es nach der misslungenen Erhebung noch viel Hoffnung gegeben. Von den Mitgliedern der Gruppe war wochenlang niemand verhaftet worden. Das änderte sich in den letzten Tagen des Jahres. Zuerst waren Ewert und Sabo, dann Ghioldi und Carmen, etwas später auch Parteisekretär Miranda und Elza, schließlich der junge amerikanische Funkspezialist Victor Allen Barron von den Tomatenköpfen auf den Morro Santo Antônio verschleppt worden. Die Gefilde des Grauens. Léon-Jules Vallée und Alphonsine verschwunden, Jonny de Graaf mit der schönen Erna nach Argentinien entwischt, Jonny, der Abenteurer, der Verräter, Jonny, das Schwein. Und Elza, die lebenslustige Freundin, das einfältige Mädchen. Warum daran denken. Der Fall ist klar wie Wasser. Eins und eins sind zwei. Der Regen fällt von oben nach unten. Bedürfnis nach Eindeutigkeit, in dieser Flut von Ungewissheiten, Vermutungen, Gerüchten, Verdächtigungen, Verleumdungen, Irreführungen und Enthüllungen, die der Schuster Manoel und seine Frau Júlia täglich ins Haus in Méier brachten. Ineinander verschlungen hinter heruntergelassenen Markisen, während um ihren Hals die Schlinge sich schloss. Das war der Karnevalsnachmittag gewesen, vor zwei Wochen.

Prestes sagte, er lege sich eine Weile hin, danach schreibe er den Aufruf zu Ende. Wir sollten die Dokumente vernichten, sagte sie. Das hat Zeit, sagte er, es blieben ihnen noch einige Tage, vielleicht eine Woche. Draußen rauschte der Regen.

Der Aufstand, der am dreiundzwanzigsten November in Natal ausgebrochen war, kam zu früh. Als Soldaten und Unteroffiziere des neunundzwanzigsten Bataillons der Jäger die Garnison der Hauptstadt von Rio Grande do Norte besetzten und im Namen der ANL die Macht an sich rissen, nahm die Aktion ihre schlimmstmögliche Wendung. Die Offiziere in Natal haben uns nicht informiert, sagte Ewert. Wir sind noch nicht soweit, und auch die Volksmassen sind noch nicht bereit. Wir brauchen noch zwei, drei Monate. Aber wir können uns jetzt nicht davonstehlen. Als Kommunisten haben wir uns an die Seite der Aufständischen zu stellen. Sie diskutierten die ganze Nacht, in einer Verwirrung sich widersprechender Nachrichten, die über das Radio und mit den Morgenzeitungen in der Rua Paul Redfern eintrafen. Die Situation, sagte Ewert gegen Morgen, erinnere ihn an München im Frühjahr neunzehnhundertneunzehn. Dilettanten wie Toller, Mühsam und Landauer hatten voreilig die Räterepublik ausgerufen. Nach dem Sieg der Noske-Truppen, als es ans Abrechnen ging, mussten dann aber die Kommunisten ihre Köpfe hinhalten. Prestes meinte, solange seine Militärkameraden kämpften, bestehe Hoffnung. Als am Morgen erste Meldungen eintrafen, dass der Aufstand auch in Recife, der Hauptstadt von Pernambuco, begonnen hatte, schien er recht zu behalten. Auch Olga Benario drängte zum Handeln, ihr Auftrag, Prestes' Leben zu schützen, sei nicht länger erfüllbar. Ghioldi argumentierte, dass sie selbst bei äußerstem Einsatz mindestens eine Woche brauchten, um die Vorbereitungen zu beenden. Sie beschlossen, innerhalb von zweiundsiebzig Stunden in Rio den Aufstand auszulösen. Nach einem vorbereiteten Plan wurden Stunde um Stunde Boten mit Anweisungen zu den kommunistischen Zellen und verbündeten Organisationen geschickt. Zugverbindungen mussten unterbrochen, Tunnels verbarrikadiert, der Flugplatz besetzt werden. In Elektrizitätswerken und Textilfabriken und auf den Schiffen, die in der Bucht von Guanabara ankerten, war der Streik auszurufen. Die Straße von Rio nach Petropolis, der voraussehbare Fluchtweg der Regierung, war abzuriegeln. Radiosender, Zeitungsredaktionen und Druckereien mussten übernommen werden, in den Waffenfabriken waren Waffen zu beschlagnahmen, und aus den Gefängnissen waren die politischen Gefangenen zu befreien. Militäreinheiten mussten die Büros der Integralisten besetzen und die Faschistenführer festnehmen. Es war ein durchdachter Plan, aber die Zeit zu kurz, und während sie mit den letzten Vorbereitungen beschäftigt waren, trafen schon die ersten Meldungen von der Niederlage der Aufständischen in Recife ein.

Der Tropenregen lärmte auf dem Dach und in den fleischigen Blättern der Bäume. Noch waren sie und Prestes frei, aber ihr Spielraum war aufgebraucht. Alle Möglichkeiten tausendmal durchgesprochen, alle Fluchtwege erwogen. Keiner hatte sich als durchführbar erwiesen, sei es, weil die Umstände sich zu schnell änderten, sei es, weil die Zahl der Genossen, denen Prestes noch traute, verschwindend klein geworden war. Die Wirklichkeit, die allem Handeln zugrunde zu liegen hatte, war ihnen, isoliert in dem kleinen Haus in Méier, abhanden gekommen. Nach der Festnahme von Vic Barron hatten sie die letzte Gelegenheit verpasst, ihr Versteck zu wechseln. Der kränkliche junge Genosse hatte sie im Januar noch hierhergefahren. Außer dem Schuster Manoel und seiner Frau Júlia wusste er allein, in welchem Stadtteil sie sich verbargen. Er ist Bürger der Vereinigten Staaten, hatte Prestes gesagt, ihn werden sie nicht foltern. Barron wurde während Tagen von den Tomatenköpfen geprügelt, zuerst mit den Fäusten, dann mit Gürteln und Stöcken, zuletzt mit Stahlpeitschen. Sie versetzten ihm Elektroschocks und zerquetschten seine Hoden. Ein Marinearzt spritzte ihm Alkohol in die Zunge. Der amerikanische Botschafter Gibson ließ in Washington anfragen, was zu tun sei. Staatssekretär Hull informierte ihn, dass Barron in Wirklichkeit Victor Allen George heiße und der Sohn von Harrison George sei, einem Führer der kommunistischen Partei der Vereinigten Staaten. Barron sei in Moskau als Radiotechniker und Funker ausgebildet worden. Es liege im Interesse der Vereinigten Staaten, mehr über seine Verbindungen zur Komintern zu erfahren. Außerdem und angesichts der guten Beziehungen zur Regierung Vargas und in Anbetracht der Zusicherung seitens der brasilianischen Polizei ... So ließ der Botschafter die Sache laufen. Barron versuchte mehrmals, sich zu töten, die Tomatenköpfe hinderten ihn daran. Drei Wochen später, unmittelbar nach dem stimmungslosen Karneval, hatten sie ihn soweit. Mit den Morgenzeitungen brachte Manoel die Nachricht ins Haus, Méier sei von Tomatenköpfen umstellt. Wir haben diese Möglichkeit bedacht, sagte Olga Benario zu Prestes, trotzdem begreife ich nicht, wie es dahin hat kommen können.

Im Januar, in den ersten Tagen im Versteck in Méier, hatte sie Prestes mehrmals an die Depesche aus Moskau gemahnt, worin er angewiesen wurde, das Land sofort zu verlassen. Nach der Katastrophe von Ewerts und Sabos Verhaftung wollte die Komintern unter allen Umständen verhindern, dass auch Prestes der Polizei in die Hände fiel. Seine Anwesenheit in Brasilien, mehr noch als die von Ewert, würde von der brasilianischen Regierung als Beweis hingestellt werden, dass die Sowjetunion hinter dem Umsturzversuch stand. Er verstehe ihr Drängen, hatte Prestes gesagt. Nein, hatte sie geantwortet, du verstehst es nicht. Du glaubst, die Liebe habe mich pflaumenweich gemacht. Das kannst du dir aus dem Kopf schlagen. Sie habe einen Parteiauftrag. Den gedenke sie, solange er nicht widerrufen werde, bis zum Letzten zu erfüllen. Prestes sagte, ihm, mehr als jedem anderen, sei klar, was sie beide erwarte, falls sie erwischt würden. Aber sie würden nicht erwischt. Noch bestehe die Möglichkeit, ins Hinterland zu entkommen, eine neue Kolonne zu formieren. Das glaubst du selber nicht, sagte sie. Nochmals Ritter der Hoffnung? todesmutiger Draufgänger? Volksheld? Du bist längst der Genosse Prestes. Die Revolution fordert Parteidisziplin auch von dir. Er erwiderte, niemand, auch nicht die Moskauer Genossen, könnten ihn dazu bringen, nach einer Niederlage seine Truppen im Stich zu lassen. Du denkst noch immer wie ein Militär, sagte sie, anstatt wie ein Revolutionär. Wenn du das Land jetzt verlässt, kannst du eines Tages zurückkehren und den Kampf wieder aufnehmen. Es war zwecklos. Später sagte Prestes, er würde ihr seinerseits befehlen, abzureisen, wenn er nicht wüsste, dass es zwecklos sei.

Wenige Stunden vor Beginn der Erhebung hatte Miranda in aller Hast in der Rua Correia de Oliveira, im Stadtteil Vila Isabel, ein Generalstabsquartier eingerichtet. Nachdem der Aufstand ausgebrochen war und Vargas den Belagerungszustand ausgerufen hatte, begaben sie sich dorthin. Das war so überlegt und logisch gewesen wie alles, was sie in den folgenden Tagen und Nächten getan hatten. Jede Entscheidung, jede Handlung war auf ein klares Ziel gerichtet. Auch der Ort des Generalstabsquartiers war gut gewählt, nahe bei Vila Militar, der wichtigsten Garnison der Hauptstadt. In wenigen Minuten hätte Prestes in die Kaserne gelangen, sich an die Spitze der rebellierenden Streitkräfte stellen und die Macht im Land übernehmen können. Am Mittwoch morgen, um drei Uhr früh, hatte der Aufstand in Rio begonnen. Um halb zwei Uhr nachmittags war er zu Ende. Es hatte zwanzig Tote gegeben. Noch am Abend war die Nachricht eingetroffen, auch die Revolte im zweieinhalbtausend Kilometer entfernten Natal sei zusammengebrochen. Sie blickte durch das nächtliche Fenster auf den schrägen Zaun, an dem das Wasser in Rinnsalen herunterlief. Pausenlos rumorte der tropische Wolkenbruch auf dem Dach und in den Bäumen. Die Repression hatte sofort begonnen. Tausende von Soldaten und Offizieren waren verhaftet worden. Die Polizei hatte die üblichen Verdächtigen abgeholt, Gewerkschafter, Journalisten, Anwälte, Ärzte, Vertreterinnen der Frauenverbände, aufmüpfige Studenten und Professoren. Mit Autobussen der kanadischen Light & Power wurden die Verhafteten in Gefängnisse gebracht oder auf den Morro Santo Antônio, ins Hauptquartier der Folter. Die Gefängnisse waren überfüllt, selbst die *Dom Pedro I*, ein Linienschiff der Lloyd Brasileiro, war in eine Haftanstalt umgewandelt worden und lag, von einem Kreuzer bewacht, vor dem Stadtteil Glória.

Und doch gab es zu jenem Zeitpunkt noch Hoffnung. Prestes war weiterhin frei, von der konspirativen Zelle noch niemand verhaftet. Olga Benario und Prestes waren von Vila Isabel in ihr kleines Fachwerkhaus in Ipanema zurückgekehrt. Sie hatte ihre Strandläufe wieder aufgenommen und die Spaziergänge mit Sabo und Principe. Besuche in der Avenida Paulo de Frontin, bei Jorge Amado und seinen Freunden, kamen allerdings nicht mehr in Betracht. Trotzdem begann sie an die Möglichkeit zu glauben, dass Prestes und sie unentdeckt bleiben würden. Die Spannung, in der sie während der ersten Tage nach dem misslungenen Aufstand gelebt hatten, ständig den Garten und die Straße überwachend, Nachrichten hörend und lesend, ließ nach. Die Pistole lag nicht mehr in Griffnähe. Was hätte sie gegen die Tomatenköpfe ausgerichtet? Dennoch blieb sie weiterhin entschlossen, jede Möglichkeit zum Widerstand zu nutzen. Prestes hatte die Arbeit an den Umsturzplänen wieder aufgenommen. Der verfrühte Aufstand war eine Episode, der Kampf ging weiter. Aus dem Nordosten, aus Alagoas, Pernambuco und Paraíba, trafen Meldungen ein, dass die Revolte innerhalb von drei Monaten erneut ausbrechen könne. Die maßlose Repression der vergangenen Wochen hatte gezeigt, wie schwach das Regime war. Die Bevölkerung, immer tiefer im Elend, würde diesmal bereit sein. Sie selbst hatte einen tiefen Schmerz erfahren. Aus Natal war zwei Wochen nach der Niederschlagung des Aufstands die Nachricht zu ihr gelangt, dass unter den von den Regierungstruppen Gefolterten und Ermordeten auch Juvêncio gewesen war. Er war so jung, hatte sie zu Sabo gesagt, er hatte Pläne. Er gehörte zu denen, die Großes zustande bringen wollen. Wie die jungen Genossen in der Avenida Paulo de Frontin, Amado und Lévi-Strauss und Niemeyer. Wir werden nie wissen, was aus ihm hätte werden können. Die Welt wird es nicht wissen. Du trauerst auch um dich selbst, sagte Sabo sanft. Wie kannst du das sagen, entgegnete Olga Benario, er ist tot, ich aber, ich lebe.

Als sie am Tag nach Weihnachten, einen Monat nach dem Aufstand, vom Strandlauf zurückkam, benommen von der Hitze, die schon in den Morgenstunden mehr als dreißig Grad erreichte, sah sie vor dem Haus in der Rua Paul Redfern einen Menschenauflauf. Polizeiautomobile, Tomatenköpfe, Polizisten und Zivile. Sabo und Ewert wurden aus dem Haus gebracht. Sabos Gesicht war blutüberströmt, Ewert wurde von zwei Tomatenköpfen geschleppt, einer schlug ihm den Kopf gegen die Karosserie, bevor er ihn in einen der Polizeiwagen stieß. Sie drängte sich an der Menge vorbei. In wenigen Minuten hatte sie das läppische Fachwerkhaus erreicht. Während Prestes ein paar Dokumente in eine Aktentasche packte und die Spreng-sätze für den Tresor aktivierte, zog sie sich ein leichtes Kleid über den schweißnassen Körper. Sie gingen mit den seit langem gepackten Taschen durch den verwilderten Garten und schlossen das Tor hinter sich. Der kleine Principe blieb zurück, der Motor des Taxis übertönte sein Winseln.

Vic Barron hatte sie in die konspirative Wohnung im Arbeiterviertel Méier gebracht. Die von Jonny de Graaf, dem Verräter, dem Schwein, gebauten Sprengsätze in der Rua Barão da Torre und in der Rua Paul Redfern waren nicht explodiert. Alle Papiere waren der Polizei in die Hände gefallen. Am dritten Januar waren Léon-Jules und Alphonsine Vallée verhaftet worden, die einmal Pawel Wladimirowitsch Stuchowski und Sofia Semjonova Morguljan aus der Ukraine gewesen waren. Zwei Tage später wurden Jonny de Graaf und Erna verhaftet, am folgenden Tag waren sie bereits wieder auf freiem Fuß. Auch die Vallées wurden bald wieder freigelassen. Sie waren untergetaucht, es war ihnen gelungen, Kontakt zu Prestes aufzunehmen. Mitte Januar wurden Miranda und Elza festgenommen. Den Gedanken an das Mädchen schob Olga Benario weg. Zwei Tage nachdem sie und Prestes in das Versteck in Méier gezogen waren, hatten sie vom Schuster Manoel erfahren, dass Jonny und Erna über die Grenze nach Argentinien verduftet waren. Auch der argentinische Genosse Ghioldi und seine Frau Carmen wurden erwischt. Elza dagegen war bereits wieder frei. Das musst du dir einmal vorstellen, die Geliebte des Sekretärs der brasilianischen Kommunisten, freigelassen! Klar wie Wasser. Schwamm drüber. Am Tag darauf hatten sie dann Vic Barron geschnappt und auf dem Morro Santo Antônio gefoltert. Die Zelle war erledigt. Später meldete Manoel, auch der junge Schriftsteller, der im selben Haus wie Miranda gewohnt habe, sei verhaftet worden. Sie war bestürzt und zornig. Wie hatte Amado, nach der Verhaftung von Miranda und dem Mädchen, mit seiner Familie in jener Wohnung bleiben können? Keine Ahnung hatten diese unbekümmerten jungen Genossen von der Entschlossenheit des Gegners. Wie mochte es seiner Frau gehen und dem Säugling? Was war aus Lévi-Strauss und Niemeyer geworden?

Die Leichtigkeit der Stunden in der Avenida Paulo de Frontin war ihr nicht mehr nachvollziehbar. Die Gespräche über revolutionäre Literatur und Architektur, die sie begeistert hatten, Lévi-Strauss' Analyse seiner Erfahrungen in Brasilien, all das schien ihr jetzt ohne Verdienst. Nein, der Kampf wurde nicht mit der Feder geführt oder mit geistigen Waffen. Das treffende Wort? Das Wort, das verletzte? Was waren die Worte gegen Fußtritte und Stahlruten? Welche geistigen Waffen hatten die Tomatenköpfe in Schach gehalten, als sie Sabos Gesicht blutig schlugen? Welche Worte hatten sie tödlich getroffen, als sie Vic Barron und Miranda und all die anderen folterten? Mit welchen symbolischen Waffen waren die zum Schweigen gebracht worden, die, aus Einfalt oder aus Angst vor der Folter, ihre Kampfgefährtinnen und -gefährten verraten hatten? Was war die Allmacht von Schriftstellern über erfundene Figuren gegen die Maßnahme, eine Verräterin zu liquidieren. Martins und andere Führer der brasilianischen Partei hatten Elzas Fall bei einem geheimen Treffen diskutiert. Es wurde beschlossen, das Mädchen unter Parteiaufsicht zu stellen. Aber die Meinung der Partei war gemacht. War nicht Elza nach ihrer Freilassung ohne jeden Umweg zum Genossen João Barbosa Melo gegangen? Ein Kind hätte ihr folgen können. (Aber Elza war ja selbst noch ein Kind.) Sie hatte Melo ein Kassiber von Miranda überbracht, worin er gebeten wurde, das Mädchen zu verstecken. Am nächsten Tag war Melo verhaftet worden. (Was bewies das schon? Sie wurden alle verhaftet.) Daraufhin hatte die Parteiführung einen Genossen, den sie Abóbora nannten, angewiesen, Elza in ein Haus im Stadtteil Deodoro zu bringen. Ihr Bewacher dort, der wegen seines großen Schädels den Decknamen Cabeção trug, war ein Schreiner ohne Schulbildung. (Auch Elza konnte weder lesen noch schreiben.) Martins hatte Prestes mitteilen lassen, das Mädchen sei eine Gefahr für die Partei. Sie kenne alle Mitglieder der Gruppe und wisse, wo sie sich aufhielten. Sie sei völlig verstört, erzähle schluchzend, wie die Tomatenköpfe Miranda gefoltert hatten, eine Niere hätten sie ihm zerschlagen. (Was hatten sie ihr selbst angetan?) Es bestehe kein Zweifel, dass Elza mit der Polizei zusammenarbeite, sie glaube wohl, dadurch die Freilassung von Miranda zu erwirken. (Sie liebte ihn.) Sie rede davon, dass sie sich mit Miranda auf ein kleines Stück Land in Bahia, seinem Heimatstaat, zurückziehen werde. Es sei klar, dass so etwas nur mit Einverständnis der Polizei denkbar sei. (Es war ein Wunschtraum, eine harmlose, kindliche Phantasie.) Die Polizei habe dem Mädchen gestattet, Miranda unter vier Augen zu sprechen. Wer wisse schon, was Miranda, der Schwätzer, alles ausgeplappert habe. (Er hatte ihr gesagt, er liebe sie.) Prestes hatte sich schriftlich mit Vallée beraten. Vallée hatte einen Fragebogen verfasst und an Martins geschickt. Die Fragen wurden Elza vorgelesen. Wer schrieb den Kassiber an Melo? Wo? In wessen Gegenwart? Wer schrieb die Adresse? Welche Farbe hatte der Briefumschlag? Wie oft trafst du Miranda bei der Polizei? Wo? Auf welcher Etage? Beschreibe die Zelle. Waren noch andere Genossen anwesend? Polizisten? Miranda hat dir einen Betrag für die Partei zugesteckt. Wie hoch war dieser Betrag? Hat die Polizei dieses Geld bei dir gefunden? Hast du uns verraten, weil sie dich verprügelt haben?

Umstanden von den führenden Männern der Partei, antwortete das Mädchen ausweichend, widersprach sich, brach in Tränen aus. Martins ließ Prestes mitteilen, die Befragung habe ergeben, dass Elza mit der Polizei zusammenarbeite. Es bleibe, schrieb er, nur die Maßnahme. Prestes war einverstanden. Er fragte Olga Benario nach ihrer Meinung. Einverstanden, sagte sie. Martins und die Parteiführung wurden schwankend. Sie meldeten Prestes, sie machten ihren Entscheid von seinem abhängig. Prestes reagierte ungehalten. So kann man die Partei nicht leiten. Warum zieht ihr euren eigenen Beschluss wieder in Zweifel? Hat das Mädchen Verrat begangen, ja oder nein? Ist sie, oder ist sie nicht eine Gefahr für die Partei? Entweder ihr seid mit der Maßnahme einverstanden, dann hättet ihr sie bereits durchführen sollen, oder ihr seid nicht einverstanden, dann müsst ihr zu eurer Meinung stehen. Prestes' Festigkeit beeindruckte Olga Benario. Hier war der radikale Bruch mit dem Humanismus des Bürgertums. Das Gerede von Mitleid verfing nicht. Die Besitzer der Menschen und der Erde predigten Erbarmen mit dem Elend und den Zerstörungen, die ihr System produzierte. Ihr Kapitalismus war unmenschlich, aber die Ausgebeuteten sollten menschlich bleiben. Nein, in diesem Kampf konnte es für Kommunistinnen und Kommunisten kein Erbarmen geben, auch nicht mit sich selbst. Das Töten ist furchtbar, aber auch uns selbst töten wir, wenn es sein muss. Es gab nichts, was sie in diesem Kampf nicht tun oder auf sich nehmen würde. Die brasilianische Aktion mochte verloren sein, sie selbst untergehen. Die eigenen Genossen würden ihren Namen vergessen, damit musste sie rechnen. Aber einmal, das stand fest, würde der Kampf überall auf der Welt gewonnen sein, wie er in der Sowjetunion gewonnen war.

Sie lag auf dem Bett und lauschte. Der Regen hatte in den vergangenen Minuten etwas nachgelassen. Ihr Blick glitt über die kleine Kammer, die ihnen seit sechs Wochen als Schlafzimmer diente. Neben den Holzstäben, am Kopfende des Bettes, war ein Nagel in die Wand geschlagen, darüber hing die Schnur, mit der das Deckenlicht betätigt werden konnte. Das einzige Möbelstück war die schwere Kommode aus dunklem Holz. Auf Hüfthöhe waren zwei Regale aus Marmor eingelassen. Auf dem unteren befanden sich die Waschschüssel und eine Wasserflasche, auf dem oberen ein Glas mit ihren Zahnbürsten und mehrere Fläschchen. Daneben, in Griffnähe, lag ihre Handtasche mit der Pistole. Neben der Handtasche die gläserne Vase, darin Stauden von Bougainvilleen, die der Regen geknickt und die sie vor ein paar Stunden im Garten aufgesammelt hatte. Die Kommode setzte sich nach oben fort in einem großen, rechteckigen Spiegel, der auf beiden Seiten von schlanken gedrechselten Holzsäulen eingefasst war. Die Holzsäulen liefen in Zapfen aus, die aussahen wie auf dem Kopf stehende Kreisel. In die Abschlussleiste über dem Spiegel war ein Ornament eingelassen, das an eine kleine Krone erinnerte oder an die obere Hälfte eines Holzsteuerrads, wie man es auf Segeljachten findet. Im Spiegel sah sie Prestes durch die halboffene Tür, der an seinem Schreibpult arbeitete. Über seinem Kopf an der kahlen Wand, vom matten Strahl der Glühbirne gestreift, ein Christus am Kreuz, die Dornenkrone in die Stirn gepresst, Rotes lief ihm über das Gesicht. O Haupt voll Blut und Wunden.

Mitternacht war vorbei. Prestes hatte ihr den Entwurf eines Aufsatzes mit dem Titel *Anweisungen für Guerillakämpfer* zu lesen gegeben, an dem er in den vergangenen Tagen gearbeitet hatte. Es fiel ihr schwer, sich zu konzentrieren. Ihr Körper war steif, ihre Muskeln hatten die Geschmeidigkeit verloren. Sie erhob sich, machte ein paar Lockerungsübungen. Sie ertappte sich dabei, dass sie, nach einem Dutzend Liegestütz, auf dem Boden liegen blieb. Nicht einmal für diese Übung, die sie mechanisch auszuführen pflegte, reichte die Konzentration. War alles falsch gewesen? Die Aktion ein Irrsinn, völliges Verkennen der Wirklichkeit? Waren Manuilski, Pjatnitzki, Ewert, Ghioldi, die brasilianische Parteiführung und Prestes selbst den eigenen Wunschträumen auf den Leim gegangen? Die Tausende von Verhafteten, die Gefolterten, die Zerschlagung der ANL und der Partei auf Jahre hinaus, umsonst? Oder gar von den führenden Genossen selbst verschuldet? Endlos hatte sie mit Prestes über diese Fragen diskutiert. Unbeirrbar war er jedesmal zu dem gleichen Schluss gekommen: sie hatten nicht anders handeln können. Olga Benario sei bei jeder Entscheidung dabei gewesen. Sie habe die Logik jedes Schritts prüfen können. Spätere Generationen, sagte er, die die unentwirrbare Verschlingung von Umständen, Argumenten, Entscheidungen und Zufällen nicht mehr kannten, würden die Aktion allein von ihrem Ausgang her beurteilen. Sie würde ihnen als absurd erscheinen und ihr Tod, falls sie umkommen sollten, als sinnlos. Aber wenn der Sozialismus gesiegt haben werde, erhalte auch ihre Aktion wieder einen Sinn. Ihr fielen die Legenden dieses Landes ein. Zumbí und seine Kommune entlaufener Sklaven, die in Palmares den Angriffen der weißen Kolonisten fast hundert Jahre widerstanden hatten. Der Aufstand in Minas Gerais und ihr Anführer Tiradentes, den die Portugiesen geviertelt hatten. Der Mystiker Antônio Conselheiro und sein fanatisiertes Lumpenproletariat in Canudos. Lampião, der blutige Bandit, eingehüllt in eine Wolke aus Gestank. Der junge Offizier Luiz Carlos Prestes mit seiner Rebellenkolonne, fünfundzwanzigtausend Kilometer zu Fuß durch das brasilianische Hinterland. Sie mochten Spinner gewesen sein, Phantasten und Utopisten, die keinen blauen Dunst hatten von den Gesetzen, nach denen sich laut Marx die Geschichte der Menschen entfaltete. Aber was immer sie gewollt oder auch wirklich getan hatten und was immer sie voneinander trennte, sie hatten sich der bestehenden Ordnung widersetzt. Jede und jeder konnten das verstehen. Die Menschen im Sertão erzählten sich ihre Geschichte, sie wurden besungen, Heftchen über ihre Taten wurden auf den Märkten feilgeboten, volkstümliche und wissenschaftliche Bücher über sie geschrieben. Sie lebten in der kollektiven Erinnerung des Volkes. Ihre Mythen trugen und hielten die Menschen, bis sie ihre Befreiung erkämpft haben würden. Der Gedanke daran, dass auch ihre Aktion sich in diese Genealogie einreihen würde, ließ sie allmählich ruhig werden.

Dann fiel ihr Genny Gleizer ein, und alle Ruhe wich von ihr. In ihren Gedanken an das Kommende hatte sie ihr eigenes Ende stets auf dieselbe Weise bedacht. Wenn sie sie erwischten, würden sie sie foltern und töten. Ihr Denken und Fühlen war vom Heroischen dieses Endes erfüllt gewesen. Sie, die deutsche Kommunistin und kommunistische Internationalistin, würde eingehen in die Mythen des brasilianischen Volkes. Diese Vorstellung war stärker als alle Gedanken, die ihre Kraft erlahmen ließen. Was aber, wenn Filinto Müller ein solches Ende verhindern würde, so wie er es bei Genny Gleizer verhindert hatte? Im vergangenen Herbst waren die Zeitungen voll gewesen von Klatsch und Sensationsberichten. *Kommunistisches Pistolenweib kaltgestellt – Schöne jüdische Agentin enttarnt – Beispiellose Frechheit einer jugendlichen Terroristin – Siebzehnjährige Mata Hari* und so weiter. Die Schlagzeilen hatten an Eigenstes gerührt. Wenn sie mehr über Genny wissen wolle, hatte Elza damals zu ihr gesagt, solle sie mit Amado reden, der habe mit der Sache zu tun gehabt. Amado hatte Genny im Juli kennengelernt, kurz nachdem die ANL verboten worden war. Er hatte damals mit anderen Genossinnen und Genossen in São Paulo einen Kongress der kommunistischen Jugend vorbereitet. Sie hatten ein Mädchen im Schulalter zu ihm gebracht, das den Genossen in einem fremdländischen Akzent Ratschläge erteilen zu müssen glaubte. Die Genossen gaben zu, dass die Ratschläge gut waren. Das Mädchen hieß Genny Gleizer und war zwei Jahre zuvor mit dem Vater und der Schwester aus Rumänien eingewandert. Um seine Töchter vor den Pogromen der Legion Erzengel Michael und der Eisernen Garden zu bewahren, hatte

Motel Gleizer sie auf die andere Seite des Globus gebracht. Was wusste er schon vom brasilianischen Antisemitismus und Antikommunismus? Gleich zu Beginn des Kongresses hatten Tomatenköpfe die Veranstalter verhaftet, darunter auch das freche Mädchen. Sie habe, erzählte Amado, eine Pistole bei sich getragen und, was besonders verdächtig gewirkt habe, Notizen auf jiddisch. Genny kam ins Untersuchungsgefängnis von São Paulo. Dort wurde sie verprügelt und vergewaltigt. Sie sollte unauffällig verschwinden, aber die Presse blieb ihr auf der Spur. Darauf gab die Polizei Genny Gelegenheit, ihre neue Heimat kennenzulernen. Sie wurde heimlich nach Paraíso gebracht, von dort zum Polizeiposten von Jardim Chapadão und darauf ins Stadtgefängnis von Campinas. Als sie abermals von der Presse aufgestöbert wurde und der Vater in schlechtem Portugiesisch darauf hinwies, das Mädchen sei noch immer keinem Richter vorgeführt worden, folgte die Verlegung ins Gefängnis von Mogi-Mirim, darauf in eine Zelle in Arthur Nogeira. Um die Presse loszuwerden, wurde das Gerücht ausgestreut, Genny sei freigelassen worden. Schließlich spürten Journalisten sie in einem Gefängnis in Rio auf, und so kam sie wieder zurück nach São Paulo, ins Stadtgefängnis in der Avenida Tiradentes. Die wachsenden Proteste gegen Gennys Haft und die brasilianische Justiz, aber auch die Sensationsberichte in der Presse, hielten die kommunistische Schülerin am Leben. Auf das Gerücht hin, die Heirat mit einem Brasilianer könne Genny vor der Deportation bewahren, meldeten sich Heiratswillige. Es war zu spät, die Regierung hatte genug von dem Zirkus. Ein Auslieferungsverfahren wurde eingeleitet. Am elften Oktober brachte man das Mädchen im Hafen von Santos auf den französischen Dampfer *Aurigny*. Bei einem Zwischenhalt in Recife demonstrierten Tausende. Journalisten, die zu einem Gespräch mit Genny an Bord gelassen wurden, sagte sie, die Verantwortlichen würden zur Rechenschaft gezogen, wenn erst Prestes die Macht übernommen habe. Die Tomatenköpfe bedachte das Mädchen mit Ausdrücken, die zeigten, wie gut sie inzwischen die Landessprache beherrschte, und die später von der Presse durch Auslassungszeichen gekennzeichnet wurden. Als die Demonstrierenden drohten, Genny vom Schiff zu holen, legte die *Aurigny* überstürzt ab. Heiraten hätte nicht genügt, sagte Amado, etwas anderes wäre es gewesen, wenn sie schwanger gewesen wäre. Beim ersten Halt in Frankreich half die Schiffsbesatzung Genny zu fliehen. So wurde ihre Rückführung nach Rumänien doch noch vereitelt. Sie aber, Olga Benario, falls man sie deportieren sollte, würde nicht nach Frankreich entkommen, diesen Fehler würde Filinto Müller nicht ein zweites Mal machen. An dem aber, was sie in Deutschland erwartete, müssten alle ihre Hoffnungen auf ein heroisches Ende zuschanden werden.

Wolken zerbarsten. Schnellzüge donnerten durch den Garten. Der Regen hämmerte auf das Dach, das kleine Haus dröhnte und bebte. Die Natur wütete und trotzte und schlug um sich. Sie wollte ein Ende machen, zerfetzen, weg damit. Vor drei Tagen hatten sie Elza erwürgt. Während die übrigen Genossen sie im Wohnraum des Hauses in Deodoro umstanden, legte Cabeção ihr von hinten ein Stück Wäscheschnur, das er vorher im Garten geholt hatte, um den Hals. Das Mädchen versuchte, sich zu wehren. Martins, Tampinha und Abóbora kamen dem vierschrötigen Cabeção zu Hilfe. Nach wenigen Augenblicken heftiger Erregung war alles vorbei. Damit die Leiche in den Sack passte, falteten sie sie in der Mitte. Beim Geräusch brechender Knochen übergab sich Abóbora. Sie wurde im Garten des Hauses, am Fuß eines Mangobaumes, begraben. Einer der Männer schnitt zwei Äste vom Baum ab, um daraus ein Kreuz zu machen.

Olga Benario summte, unhörbar unter dem Prasseln der Regenschauer, eines der Volkslieder, die Elza ihr beigebracht hatte. Zwischen den Strophen sagte sie halblaut Elzas obszöne Redensarten auf. Sie bemühte sich, Elzas Tonfall und Aussprache zu treffen. Hast du etwas gesagt? rief Prestes durch die halboffene Tür. Sie griff nach der Schnur und löschte das Licht. Dann drehte sie sich gegen die Wand. Im Dunkeln summte sie leise weiter.

Die Tomatenköpfe hatten es aufgegeben, Vic Barron zu schlagen. Es gab an seinem Körper keine Stelle mehr, die nicht blutunterlaufen war. Unter Aufsicht des Marinearztes fuhren sie mit den Elektroschocks fort. Es dauerte eine Weile, bis sie merkten, dass sich in seinem Stöhnen immer dieselbe Lautfolge wiederholte, es klang wie Norio oder Orion. Kurz nach Mitternacht, am Morgen des fünften März, erhielt ein Detachement der Tomatenköpfe den Auftrag, in der Rua Honório Haus um Haus zu durchsuchen. Es war noch dunkel, als ein Dutzend Polizisten im strömenden Regen das Haus Nummer zweihundertneunundsiebzig erreichten. Júlia, die Frau des Schusters Manoel, öffnete die Tür. Sie knallten sie gegen die Wand und drangen mit gezogenen Waffen ins Haus. Ein kleiner, schlanker Mann im Schlafanzug trat in die Schlafzimmertür. Der kommandierende Offizier, Josué Torres Galvão, rief, er ist es, Feuer frei. Im selben Augenblick drängte sich eine große, schlanke Frau im Unterhemd durch die Türe und stellte sich vor den Mann im Pyjama. In einem fremdländischen Akzent, aber gut verständlich, rief sie, nicht schießen, er ist unbewaffnet. Furcht soll sie keine gezeigt haben. Einige der bis an die Zähne bewaffneten Polizisten wollen in ihrem Gesicht einen Ausdruck von Verachtung gesehen haben. Sie zögerten. Galvão musste erkennen, dass der entscheidende Augenblick vorüber war. Er ließ die beiden, den Mann noch immer im Pyjama, die Frau im Unterhemd, im strömenden Regen die verschlammte Straße hinunterführen. Nachbarn, in der nächtlichen Hitze kaum bekleidet, die Knaben und Männer mit nackten Oberkörpern, die im Regen glänzten, traten aus den Häusern und folgten ihnen. Als sie am unteren Ende der spärlich erleuchteten Rua Honório ankamen, wurde die Türe eines der wartenden Polizeiautomobile geöffnet, und ein kleiner Hund sprang heraus. Er blickte verwirrt um sich und lief dann zu der Frau im Unterhemd. Bellend sprang er an ihr hoch. Einigen der Zuschauenden schien es, als ob die Frau, deren Haare an ihrem Kopf klebten, schwanke. Der Mann wurde zu einem der Automobile gezerrt, die Frau zu einem anderen. Mit einer Kraft, die die Augenzeugen überraschte, zwei Polizisten, die sie zurückzuhalten versuchten, mit sich zerrend, drängte die Frau sich zu dem Mann und umklammerte ihn mit beiden Armen. Dabei rief sie gellend Luiz Carlos Prestes und O cavaleiro da esperança und wieder Luiz Carlos Prestes. Sie soll mit einem Gewehrkolben einen Schlag auf die Schulter erhalten haben und dann noch einen auf den Kopf, aber sie wehrte sich wie eine Löwin. Dabei schrie sie immer wieder den Namen und O cavaleiro da esperança. Die Umstehenden wiederholten den Namen und den berühmten Übernamen, und es wurden ihrer immer mehr. Leutnant Galvão fluchte. Er nickte den Polizisten zu, die Prestes und die Frau zu trennen versuchten, und die beiden wurden in dasselbe Automobil gestoßen. Damit war die Möglichkeit vereitelt, dass die Tomatenköpfe Prestes auf einer Fahrt ohne Zeugen erschossen, wie es einst in Berlin mit Rosa Luxemburg geschehen war.

Mit heulenden Sirenen verließen die Polizeiwagen das Arbeiterquartier Méier. Sie fuhren mit hoher Geschwindigkeit, Wasserfontänen hochschleudernd, durch die Straßen von Rio, aber Olga Benario schien es, als sei alle Bewegung erstorben.

16

Wir bewegen uns, sagte Olga Benario. Ausgestreckt auf dem Kajütenbett, die Augen vor Erschöpfung geschlossen, hatte sie mehrmals im Verlauf der vergangenen Stunden geglaubt, es sei soweit; aber jedesmal hatte der schwere Druck der Fender gegen die Schiffswand sie darüber belehrt, dass *La Coruña* noch am Kai lag. Diesmal aber stoppte kein Widerstand das sanfte Rollen des Schiffs. Und wieder der Augenblick, da die Lücke zwischen Kai und Schiffswand unaufhaltsam wächst, das schmutzige Wasser Öllachen und Abfälle hochwirbelt, auch wenn sie es nicht sehen konnte. Zu allen Zeiten, in allen Häfen der Welt, hatte es diesen Augenblick gegeben, diese Lücke, die wuchs und alles bisher Gewesene abtrennte von allem, was die Reisenden am Ende ihrer Fahrt erwarten mochte, dem Guten wie dem Schlimmen. Sie legte die Hände auf den Bauch und versuchte, sich zu entspannen. Das Ende war schnell gekommen. In den frühen Morgenstunden hatten die Tomatenköpfe die Haftanstalt in der Rua Frei Caneca umstellt. Als ein Polizeioffizier und mehrere mit Maschinenpistolen bewaffnete Polizisten vor der Zellentür des Frauensaals erschienen und nach Olga Prestes fragten, hatten die Frauen mit ihren Blechgeschirren gegen die Gitterstäbe gehämmert. Die männlichen Gefangenen im unteren Stockwerk, seit Wochen im heimlichen Besitz von Dietrichen, hatten ihre Zellentüren geöffnet und die Polizisten eingekreist, immer mehr Gefangene waren dazugestoßen, Rufe waren laut geworden, Faschistenhunde. Der Offizier hatte zu beschwichtigen versucht. Olga Prestes werde ins Krankenhaus verlegt, wo sie besser versorgt werden könne. Da müsst ihr uns alle zuerst töten, ihr Schweine, rief einer der Gefangenen, andere stimmten ein, aber sie wussten, sie hatten gegen die Tomatenköpfe keine Chance. Ein Genosse, der Arzt Valerio Konder, hatte im Namen der Häftlinge mit den Polizisten verhandelt. Sie versicherten ihm, unten in der Straße stehe ein Krankenwagen bereit, Olga Prestes komme direkt auf die Wöchnerinnenstation. Die Genossinnen und Genossen glaubten kein Wort. Da ertönte laut Olga Benarios Stimme, sie wünsche, ins Krankenhaus gebracht zu werden, was zähle, sei einzig, dass sie ihr Kind in Brasilien gebären könne. Hatte sie den Polizisten geglaubt? Hatte sie verhindern wollen, dass ihre Mitgefangenen niedergemetzelt wurden? Konder verlangte im Namen der Gefangenen, dass fünf Häftlinge die Schwangere begleiteten. Sie hatten ihm zwei zugestanden. Es war eine Scharade gewesen. Als sie den Krankenwagen erreichten, schleuderten die Tomatenköpfe Olga Benarios Begleiter zur Seite und stießen sie selbst in den Krankenwagen. Hatte sie etwas anderes erwartet? Was hätte sie tun können, schwanger im siebten Monat? Die Fahrt hatte ein halbe Stunde gedauert. Als die Wagentür geöffnet wurde, befand sie sich auf einer verlassenen Hafenmole. Sie sah den wolkenverhangenen Himmel über der Bucht von Guanabara und spürte die Hitze, mit der sich Ende September der Frühling ankündigte. Ihr war übel. An der Kaimauer ein Hochseefrachter. Langgezogener, dunkler Schiffsrumpf, auf dem Hinterdeck und dem Vorderdeck je ein hoher Ladebaum, dazwischen die Kommandobrücke und der Schornstein, aus dem dunkle Rauchschwaden stiegen. Während sie sich, von den Polizisten halb getragen, dem Fallreep näherte, las sie den Namenszug am Heck des Schiffes, *La Coruña*, ein Spanier. Ihr Herz schlug schneller. Dann ging ihr Blick am Mast hinauf bis ganz oben, dort flatterte die rote Fahne mit dem hackenden schwarzen Kreuz. Alle Hoffnung wich von ihr. Seeleute stießen sie das Fallreep hinauf.

Eine halbe Stunde mochte seit der ersten Bewegung von *La Coruña* vergangen sein, als mit einem Schlag schwerer, schleifender Maschinenlärm das leichte Vibrieren der Kajütenwand übertönte. Sabo, die mit dem Gesicht zur Wand gelegen hatte, drehte sich zu ihr. Wir fahren, sagte Olga Benario. Die Kajüte befindet sich im Heck. Sabo nickte. Olga Benario betrachtete das Gesicht der Freundin. Die Haare weiß. Die Augen weit. Die Lippen ein blutleerer Strich. Die Haut wie Asche. Als Sabo kurz nach ihr in die Kajüte gebracht worden war, hatten sie sich umarmt. Sie habe gehofft, sagte Sabo, dass Olga Benario vielleicht doch ins Krankenhaus gebracht worden sei. Und ich, sagte Olga Benario, hatte gehofft, sie lassen dich im Gefängnis. Wenigstens sind wir beisammen. Sabo hatte genickt, freundlich, wie stets. Sie hatte sich ausgezogen und sich ein Unterhemd übergestreift. Dabei hatte Olga Benario ihren Körper gesehen, zum ersten Mal, seit Sabo neun Monate zuvor verhaftet worden war. Im Gefängnis hatte Sabo es stets so eingerichtet, dass ihr Körper den anderen Frauen verborgen blieb. Sie sah die Schrunden und Flecken und Narben auf der gelblich grauen Haut des Rückens und des Gesäßes. Der magere Körper war aufgebraucht, erledigt. Als Sabo sich ihr zudrehte und im matten Licht der Kajütenbeleuchtung ihre schlaffen Brüste sichtbar wurden, stockte Olga Benario der Atem. Sabo drehte sich rasch weg. Was hast du da? fragte Olga Benario. Nichts, sagte Sabo, du weißt ja. Ja, ich weiß, sagte Olga Benario. Nichts wusste sie.

Die ersten Tage nach der Verhaftung hatte Olga Benario auf dem Polizeipräsidium verbracht. Sie hatte darauf gewartet, dass sie gefoltert würde. Als ihr nichts geschah, begriff sie, dass sie es nicht wagten, die Gefährtin des Ritters der Hoffnung zu misshandeln. Offenbar war auch Prestes nicht gefoltert worden. Sie wurde jeden Tag verhört. Immer sagte sie dasselbe, ihr

Name sei Olga Prestes, sie sei Brasilianerin. Mit diesem Akzent? Durch Heirat mit Luiz Carlos Prestes. Mehr habe sie nicht zu sagen. Die konnten sie am Arsch lecken. Am fünften Tag hatte ein großgewachsener, militärischer Typ in Zivilkleidung die Befragung übernommen. Grauer Anzug, weißes Hemd mit Fliege, in der Hand eine Zigarette. Kurze, sauber geschorene Haare, Geheimratsecken, ein dünnes Oberlippenbärtchen, wie der Führer, die Fresse freundlich. Sie erkannte ihn, noch bevor er sich als Filinto Müller vorstellte. War sie Kommunistin? Arbeitete sie für die Komintern? Erhielt sie Befehle aus Moskau? Sie sei Hausfrau, sagte sie. Sie verlangte, sofort freigelassen zu werden. Ob sie gewusst habe, dass Prestes Mitglied des Exekutivkomitees der Kommunistischen Internationale sei? Das stand in der Zeitung, antwortete sie verächtlich. Wo ihre Heiratsurkunde sei? Müllers Fragen zeigten, dass er bisher wenig über sie in Erfahrung gebracht hatte. Das machte ihn nicht weniger gefährlich. Ein paar Tage nachdem er Ewert und Sabo gefasst hatte, meldete die Presse aus dem Polizeipräsidium: Sohn Israels und Agent Moskaus verhaftet. Jude war anscheinend, wen Müller dafür hielt, Kommunist desgleichen. Allmählich hatten Müllers Schnüffler Informationen über Ewert und Sabo zusammengetragen. Sie würden auch die Wahrheit über Olga Benario herausbekommen, wenn sie erst einmal die Gestapo daransetzten.

Nach zehn Tagen war sie vom Polizeipräsidium ins Untersuchungsgefängnis in der Rua Frei Caneca verlegt worden. Sie kam in die große Gemeinschaftszelle im zweiten Stock, wo die Frauen untergebracht waren. In den ersten Tagen verhielt sie sich vorsichtig, sagte Unverbindliches, blieb für sich. Als sie sah, dass die Frauen sich ihr gegenüber ebenso verhielten, fasste sie Vertrauen. Die erste, mit der sie sich anfreundete, war die Anwältin Maria Werneck de Castro, die Leiterin der União Feminina Brasileira. Olga Benario hatte Marias Namen nennen hören, die Frauenbewegung hatte in der ANL mitgearbeitet. Sie gab sich als Genossin Olga Prestes, Ehefrau des Ritters der Hoffnung und Anführers des Novemberaufstands, zu erkennen. Mehr gab sie nicht preis, und den Mitgefangenen genügte das. Maria Werneck stellte sie den übrigen Frauen vor. Einige wurden ihre täglichen Gesprächspartnerinnen, mit denen sie sich auf portugiesisch, englisch, französisch und in gebrochenem Italienisch unterhielt, oft auch in einem Gemisch aus all diesen Sprachen. Sie erfuhr manches über das Leben dieser Frauen, über die Kämpfe, in die sie verwickelt waren, über ihre Wünsche und Zukunftsvorstellungen. Eneida de Morais, eine Schriftstellerin aus dem Bundesstaat Pará, beschrieb ihr das Leben in den Favelas. Jahre später würde Eneida ein Buch über die Geschichte des Karnevals von Rio schreiben, der von den Favelas seinen Ausgang genommen hatte. Müllers Handlanger würden sie weiterhin als Kommunistenhure verleumden, aber ihrem Ruhm als Schriftstellerin würde das nichts mehr anhaben. Eugênia Álvaro Moreyra, die junge Frau mit dem Pagenschnitt, den großen dunklen Augen und dem kleinen Mund mit den vollen Lippen, kam aus Minas Gerais. Sie war Schauspielerin und hatte in den zwanziger Jahren mit ihrem Ehemann eine Avantgardetruppe gegründet. In kollektiver Arbeit, sagte Eugênia, versuche die Truppe, Elemente aus Pantomime und Zirkus in die Bühnenvorgänge zu integrieren. Sie fragte Olga Benario über Brecht aus. Ein paar Stücke habe sie gesehen, sagte Olga Benario, *Baal* und ein Stück über einen Kriegsheimkehrer. In *Mann ist Mann* würden bürgerliche Vorstellungen vom einmaligen, unverwechselbaren Individuum demontiert, das habe sie besonders interessiert. Freches, böses Theater. Die *Dreigroschenoper* habe sie nicht mehr sehen können, da hatte sie Deutschland bereits verlassen. Seine Sachen, seit er Kommunist geworden sei, kenne sie nicht. Die siebenundzwanzigjährige Lyrikerin Beatriz Bandeira, auch sie Mitglied der Frauenbewegung, leitete mit ihrer tiefen, schönen Stimme die Gesangsstunden der Gefangenen. Von ihr lernte Olga Benario den Text zu Lampiãos Lied von der Spitzenklöpplerin. Am längsten im Frauensaal war Rosa Meirelles. Sie hatten sie unmittelbar nach dem Aufstand verhaftet, und außer der Tatsache, dass sie Mitglied der Partei war, konnten sie ihr nichts vorwerfen. Sie war Mutter von drei kleinen Jungen, die sie, als Strafverschärfung (Strafe wofür?), nicht sehen durfte. Am allerwenigsten wusste Valentina Barbosa Bastos, warum sie hier war. Filinto Müller bezichtigte ihren Mann, den Millionär Adolfo Barbosa Bastos, die Kommunisten mit großen Summen unterstützt zu haben. Falls das zutraf, hatte Valentina nie etwas davon gewusst. Sie hatte sich nicht um Politik gekümmert, nun aber verpasste sie keine Gelegenheit, an den politischen Diskussionen teilzunehmen. Nise da Silveira aus Maceió im Bundesstaat Alagoas hatte bereits mit einundzwanzig Jahren ein Medizinstudium abgeschlossen und sich anschließend zur Psychiaterin ausgebildet. Später, nachdem sie aus der Haft entlassen worden war, würde sie wegen Kommunismusverdacht vom öffentlichen Dienst ferngehalten werden. Sie würde in einer psychiatrischen Anstalt Arbeit finden und, was nach ihren Erfahrungen nicht verwundert, eine landesweite Kampagne gegen die Anwendung von Elektroschocks in der Psychiatrie führen. Nach dem Krieg würde sie sich die Theorie C. G. Jungs aneignen, auch einige Zeit an seinem Institut in Küsnacht bei Zürich arbeiten, in der schönen Villa am See. Sie würde bei ihrem Tod im Jahre neunzehnhundertneunundneunzig als große Vertreterin der brasilianischen Psychiatrie gelten, Verfasserin zahlreicher Bücher, darunter eine Monographie über Jung und ein Buch über Katzen. Die Schicksale der Frauen vom Untersuchungsgefängnis in der Rua Frei Caneca gehören längst der Geschichte an. Die Geschichte weiß, wie alles ausgegangen ist. Dass es auch anders hätte ausgehen können, gilt ihr nichts. Aber die Lebenden wissen das nicht, sie haben die Wahl und wählen, umstellt von Anforderungen und Zwängen, aber sie wählen, und die Summe aller Entscheidungen ist dann die Geschichte, aus der alle Alternativen verschwunden sind.

Als bekannt wurde, dass Olga Benario schwanger war, übernahm Nise ihre medizinische Betreuung, wobei es, da manche der gefangenen Frauen Kinder geboren hatten, an guten Ratschlägen nicht mangelte. Nise hatte sie gefragt, seit wann die Blutungen ausgeblieben seien. Seit drei Wochen. Ich kann dir genau sagen, seit wann ich schwanger bin, seit dem dreiundzwanzigsten Februar. Seit dem Karneval? Olga Benario nickte, ferne Sambaklänge drangen an ihr Ohr, Lachen, vereinzelte Zurufe, feuchte Mittagshitze hüllte sie ein, ihre schweißnassen Körper im abgedunkelten Zimmer, an der staubigen, steil abfallenden Rua Honório. Und da haben sie geglaubt, sagte Nise lächelnd, sie hätten uns die Freude am Karneval verdorben. Prestes und ich, sagte Olga Benario, haben einen Teufelsbraten gezeugt, der wird ihnen das Leben noch heiß machen.

Sie hatte nur wenig geschlafen. Die Antriebswelle der Schiffsschraube verlief direkt unter der Kajüte. Der Lärm, der ölige Gestank, die Hitze und das Schlingern des Schiffs verursachten ihr Übelkeit. Dazu die Ahnung, was sie am Ende der Reise erwartete. Es war leicht, mutig zu sein, solange sie gesund war, ihr Körper stark und geschmeidig, solange sie sich bewegen und Widerstand leisten konnte, solange es Hoffnung gab, so gering sie auch sein mochte. Du darfst nicht aufgeben, sagte Sabo, die Genossin, die Schwester, wo bleibt deine Frechheit? Du musst über Bord springen, beim ersten Zwischenhalt. Nein, sagte Olga Benario. Fühlst du dich zu schwach? Ich schaffe das, aber ich verliere das Kind, aus zehn oder zwölf Metern Höhe. Wenn du nicht springst, sagte Sabo, seid ihr beide hin. Olga Benario schüttelte den Kopf, ich bin keine Imstichlasserin. Du denkst nicht klar, sagte Sabo, mir kannst du nicht helfen. Olga Benario sagte, ich bleibe. Sie schloss die Augen. Schrunden auf gelblich grauer Haut, von Narben entstellte Brüste im matten Licht der Kajütenlampe. Das ist heldisch, hörte sie Sabo sagen, aber sinnlos. Sie blickte Sabo ins Gesicht. Heldisch, sagte sie, wäre es, das Kind zu opfern um der Sache willen. Sabo wandte den Kopf ab. Verzeih, sagte Olga Benario, jetzt habe ich dir weh getan. Eine Weile war nur das schleifende Kreischen der Antriebswelle zu hören. Ja, sagte Sabo mit abgewandtem Kopf, ich habe damals das Kind der Sache geopfert. Man kann es so nennen, auch wenn mir scheint, dass diese Worte meine Erfahrung entstellen. Viele von uns, von uns Frauen, haben sich entschieden, das Kind, mit dem sie schwanger waren, nicht zu bekommen. Andere haben es in Kinderheime oder zur Adoption gegeben. Nur die Genossinnen selbst wissen, wie das ist und ob es richtig ist. Sie verfiel in Schweigen. Am Strand von Ipanema, sagte Olga Benario, haben wir einmal über Heldentum gesprochen, erinnerst du dich? In der Union hatte ich nichts dagegen, als Heldin gefeiert zu werden, ich hatte ja diese Dinge wirklich getan, für die sie mich lobten. Ich war eine freche Frau. Aber, fügte sie hinzu, ich werde nicht vom Schiff springen. Ich verstehe, sagte Sabo leise. Verstehst du wirklich? fragte Olga Benario, oder glaubst du, sie haben mich kleingekriegt? Glaub das nicht, ich bin immer noch frech. Aber die Umstände haben sich geändert. Was gestern mutig war, kann heute töricht sein. Und was jetzt wie Feigheit aussieht, braucht auch Mut, aber einen anderen. Der Schiffsmotor rumorte. Sabo wischte sich Schweißtropfen aus der Stirn, das Gespräch strengte sie an. Nein, sagte sie, du bist nicht feige, du zuallerletzt. Ich hatte unrecht vorhin mit dem, was ich sagte. Ich nehme es zurück. Ich will nicht, dass du dein Kind opferst. Für keine Sache der Welt. Was du vorhin gesagt hast, sagte Olga Benario, dass das Kind in Deutschland sowieso umkommen wird, wenn ich nicht springe ... das stimmt nicht, führte Sabo den Satz zu Ende, ich hatte unrecht. Wir können nicht wissen, wie das ausgehen wird. Du bist eine Kämpferin, du wirst einen Weg finden, das Kind zu retten und dich selbst auch. Und dich auch, sagte Olga Benario. Sabo antwortete nicht. Sie sackte langsam auf das Kajütenbett. Sie legte den Kopf an Olga Benarios Bauch, wie sie es im Frauensaal in der Rua Frei Caneca manchmal getan hatte.

Es dauerte noch eine Stunde, bis die Kajütentür geöffnet wurde. Ein Mann in Zivil brachte das Frühstück. Er sagte auf portugiesisch, er und sein Kollege seien von der Sonderpolizei zu ihrer Bewachung während der Überfahrt abkommandiert. Einige Zeit später öffnete sich die Tür abermals, und ein untersetzter Uniformierter trat ein. Sabo presste sich gegen die Hinterwand der Kajüte, die Augen weit offen. Er stellte sich vor, Heinrich von Appen, Kapitän. Sie befänden sich an Bord der *La Coruña*, eines Passagierfrachters der Hamburg-Südamerikanischen Dampfschiffahrts-Gesellschaft, mit Kurs auf Hamburg, wo man in dreieinhalb Wochen eintreffen werde. Gegenüber ihrer Kajüte liege die Kajüte der beiden brasilianischen Polizisten. Einer der Polizisten habe sich ständig vor ihrer Kajüte aufzuhalten. Der Gang sei an einem Ende gegen die übrigen Passagiere abgeschlossen. Am anderen Ende befinde sich ein Bullauge. Während des Tages sei es ihnen gestattet, sich im Gang aufzuhalten. Wenn sie etwas brauchten, er blickte auf Olga Benario, sollten sie sich bei einem der Polizisten melden. Da man Zwischenfälle, wie sie sich bei Zwischenhalten mit anderen Gefangenen abgespielt hätten, zu vermeiden wünsche, werde *La Coruña* nirgends Halt machen. Der Kapitän schwieg einen Moment, dann sagte er, als er erfahren habe, eine der beiden Frauen sei im siebten Monat schwanger, habe er den Transport abgelehnt. Darauf habe man ihm von höchster Stelle bedeutet, der Entscheid liege nicht bei ihm. Er salutierte, dann ging er hinaus und schloss die Kajütentür hinter sich. Ich brauche also nicht zu wählen, sagte Olga Benario zu Sabo. Du wirst sehen, ich werde einen Teufelsbraten in die Welt setzen. Sie sind noch lange nicht fertig mit uns.

Seit sie die Überzeugung gewonnen hatte, Prestes werde nicht gefoltert, war sie ruhig. Der Aufenthalt in der Casa de Detenção bildete eine Phase des Kampfes, mit eigenen Regeln und strategischen Zielen. Zehn Jahre war es her, seit sie zum erstenmal im Gefängnis gesessen hatte, in der Untersuchungshaft in Berlin. Achtzehn Jahre war sie damals alt gewesen, Jahrzehnte des revolutionären Kampfes lagen vor ihr, was waren da schon zwei Monate. Damals war sie den größten Teil der Tage allein gewesen, hatte viel gelesen, geturnt und nur beim Essen und auf den Rundgängen im Hof Kontakt zu den übrigen Untersuchungshäftlingen gehabt, von denen keine aus politischen Gründen saß. Jetzt aber war sie ständig umgeben von Mitgefangenen, der Frauensaal war überfüllt, das Private existierte nicht mehr, alles Verhalten, jede Stimmung, jedes Bedürfnis waren der Gemeinschaft preisgegeben. Während ihrer Ausbildung in der Sowjetunion hatte sie Monate in engen Gemeinschaften verbracht. Sie hatte gelernt, sich als Teil eines Kollektivs zu verstehen, sich einzuordnen, mit Spannungen und Zwist umzugehen. Aufregend, als ein Abenteuer ohne Umkehr, war es ihr erschienen, ihre bürgerliche Individualität auszulöschen, diesen falschen Alleinherrscher, diesen Popanz, der alles aus eigener Kraft schaffen wollte und für sein Schicksal allein verantwortlich zu sein glaubte. Erst seit sie anonym geworden war, eine unbekannte Revolutionärin, unter vielen Decknamen namenlos, hatte sie das Gefühl, eine wirkliche Identität zu haben. Das einzige, was ihr in den ersten Tagen im Frauensaal schwerfiel, war die Trennung von Prestes. So, wie ihre Kindheit in München ihre bürgerliche und die Jahre in der Union ihre sozialistische Identität geformt hatten, so hatten die Monate mit Prestes ihr Wesen auf abermals neue Weise hervorgebracht. Sie hatte dafür noch keinen Begriff, die Zeit war zu kurz gewesen, die Sache selbst erst im Werden. Nun musste sie dieses Neue in sich zurückdrängen und sich einstellen auf die Notwendigkeiten des Tages.

Die meisten von uns, sagte Maria Werneck de Castro, stehen der Partei nahe, einige sind Mitglieder. Wir kommen aus dem Bürgertum, einige gehören, wie ich selbst, prominenten Familien an. Deshalb zögert Müller, uns zu misshandeln. Gegenüber Ausländerinnen und Ausländern dagegen hat er, wie du weißt, keine Hemmungen. Aber auch Elza, die Freundin von Miranda, haben die Tomatenköpfe gequält. Es heißt, sie hätten sie umgebracht, hast du sie gekannt? Olga Benario nickte. Sie war kurz bei uns in der Zelle, sagte Maria. Ein Proletariermädchen, sie konnte weder lesen noch schreiben. Von den Verhören wurde sie mit zerschlagenem Gesicht zurückgebracht. Bei ihr brauchte Müller sich keinen Zwang anzutun. Wen kümmert es in diesem Land, wenn sie eine Proletarierin kaputtschlagen? Was hat sich Genosse Miranda eigentlich gedacht, als er dieses unbedarfte Mädchen in sein Leben zog? Sie soll Genossinnen und Genossen verraten haben, sagte Olga Benario. Das haben wir gehört, sagte Maria, bei dem Gedanken wird mir übel. Aber was hätten wir tun sollen? Sie umbringen, bevor sie redet? Vielleicht, sagte Olga Benario. Ja, vielleicht, aber das sind Worte. Ich hätte das nicht tun können, unter keinen Umständen. Auch wenn dadurch Genossinnen und Genossen gerettet worden wären? Elza, antwortete Maria de Castro, war eine Törin. Sie war nicht imstande, die Aktion zu begreifen. Sie hielt das alles für ein Abenteuer und Miranda für ihren Helden hoch auf dem weißen Ross. Von allen auf unserer Seite, die Fehler gemacht haben, die gefoltert wurden und verraten haben, war sie die Unbedeutendste. Darum, fuhr sie fort, halte ich die Gerüchte für infam, wonach es die Unsrigen gewesen sein sollen, die sie umgebracht haben. Olga Benario lenkte das Gespräch auf ein anderes Thema. Was immer sie sagen konnte, Maria würde es nicht verstehen. Nicht durch Reden, nur durch die Notwendigkeit von Handlungen konnte die Logik der Maßnahme gegen das Mädchen ermessen werden. Vielleicht würde auch sie selbst dereinst an der Richtigkeit des Entscheids zu zweifeln beginnen. Was einmal richtig gewesen war, konnte unter veränderten Umständen als falsch erscheinen. Das war nicht zu ändern.

Die meisten Frauen befanden sich schon seit Dezember in Haft. Sie hatten sich in einem Kollektiv organisiert und gemeinsam Hafterleichterungen durchgesetzt. Man hatte ihnen Decken gegeben, mit denen sie die Latrine gegen die Gemeinschaftszelle abschirmen konnten. Das Essen war etwas weniger ungenießbar geworden, die Regelung der Besuchszeiten wurde verbessert. Sie kümmerten sich um die Kranken, redeten mit den Niedergeschlagenen. Sie hatten, worüber Olga Benario sich zunächst wunderte, niemanden zur Sprecherin bestimmt. Gefolgt wurde denen, die in jeder Situation am besten Bescheid wussten. Sie führten politische Schulungen durch. Olga Benario wurde eingeladen, einige dieser Gesprächsrunden zu leiten, in anderen war sie Schülerin. Sie verbesserte ihr Portugiesisch, mit der Zeit sprach sie es fast fließend. Einmal hatte Sabo, die meistens nur etwas sagte, wenn sie angesprochen wurde, gefragt, ob sie bemerkt habe, dass einige Frauen sich weder an den Diskussionen noch an den übrigen Aktivitäten beteiligten. Sie hatte geantwortet, es stehe jeder frei, ob sie sich ins Kollektiv fügen wolle oder nicht. Ist das ein Grund, fragte Sabo, sie zu ächten? Das musst du nicht mich fragen, entgegnete Olga Benario unwillig, frag die Individualistinnen. Mich interessiert das Verhalten der Genossinnen, sagte Sabo. Die, die abseits bleiben, mögen unsere Überzeugungen nicht teilen. Vielleicht sind sie sogar gegen den Sozialismus. Vielleicht haben sie sich aus religiösen Gründen gegen Vargas gestellt. Aber sie sitzen mit uns in der Zelle, irgend etwas haben sie getan, weshalb man sie für Feinde der Regierung hält. Es geht ihnen nicht besser als uns. Wir dürfen unter den Opfern keine Hierarchie aufkommen lassen. Du solltest mit ihnen sprechen, von mir aus über ihre Kinder und Familien. Sabo schwieg. Es war die längste Rede, die sie seit ihrer Einlieferung in den Frauensaal gehalten hatte. Die üblichen Weiberthemen? fragte Olga Benario, kochen, bügeln, Socken stopfen? Ja, die Weiberthemen, antwortete Sabo, die Spur eines Lächelns in ihrem blassen Gesicht.

Die Frauen veranstalteten Gesangsstunden. Angeführt von der schönen Stimme Beatriz Bandeiras, sangen sie brasilianische Volkslieder und Kinderlieder, einige hatte Olga Benario von Elza gelernt. In gebrochenem Italienisch sangen sie *Avanti o popolo*. Sie sangen das Lied, das Eugène Pottier nach der Niederlage der Pariser Kommune verfasst und das der Drechsler Pierre De Geyter, Chormeister eines Arbeitergesangvereins in Lille, vertont hatte. Bisher hatten sie es auf portugiesisch gesungen, Olga Benario lehrte sie den Originaltext:

Debout! les damnés de la terre!
Debout! les forçats de la faim!
La raison tonne en son cratère,
C'est l'éruption de la fin.
C'est la lutte finale
Groupons-nous, et demain,
L'Internationale
Sera le genre humain.

Meist fielen aus dem unteren Stockwerk Männerstimmen ein, und für die Dauer des Gesangs waren alle Häftlinge miteinander verbunden gegen die Erniedrigungen und den Schrecken, deren sie jeden Augenblick gewärtig sein mussten. Nicht nur die Männer stimmten ein, auch die eine oder andere jener Frauen, die sich abseits hielten. Und wenn sie *Die Internationale* auch nur mitsangen, weil sie gern sangen, was machte das schon. Als einige dieser Frauen an Olga Benarios Turnstunden teilzunehmen begannen, kam es zu Gesprächen. Eine der Frauen erzählte, dass sie am Strand von Ipanema Fußvolleyball zu spielen pflege, lachend kickten sie und Olga Benario sich Papierklumpen zu, die sie mit Wasser zu einem Ball geknetet hatten. Andere der unpolitischen Frauen begannen, mit ihr über Persönliches zu sprechen, über Kinder und Männer, sogar über den Hund oder die Katze, die sie vermissten. Sie versagte es sich, ihre privaten Gefühle mitzuteilen. Aber sie ließ sich auf die Gespräche mit diesen Frauen ein, und allmählich wurde ihr bewusst, dass sie daraus ebensoviel Kraft zog wie aus den politischen Diskussionen. Als genügend Zeit verstrichen war, konnte sie zu der Fußvolleyballspielerin sagen, sie habe einen kleinen Hund namens Principe und müsse jeden Tag an ihn denken.

Die Überfahrt dauerte schon mehr als eine Woche, im Lärm der Antriebswelle, im Geruch des Schmieröls, in der Hitze und Langeweile. Dennoch hatte sich ihre Übelkeit gelegt. Jeden Tag verbrachte sie Stunden mit Sabo im Gang, sie gingen vor den beiden Bewachern auf und ab, zogen am Bullauge frische Meeresluft in die Lungen, zeigten sich Schwärme fliegender Fische, einmal sahen sie Delphine. Die Möwen, die mitten im Meer über dem Schiff kreischten, kamen, wie sie von einem der Bewacher erfuhren, von der nahen brasilianischen Insel Fernando de Noronha, auf die viele Genossen nach dem misslungenen Aufstand verbannt worden waren. Ihre Gespräche waren wie einst. Sabo war ruhig und stets um Olga Benario besorgt. Sie mahnte sie, genügend zu essen, das Turnen nicht zu übertreiben, und legte die Hände auf ihren Bauch, um die Bewegungen des Teufelsbratens zu spüren. Olga Benario bemühte sich, die Freundin aufzuheitern, und Sabo ließ sich darauf ein. Sabo fragte sie über das Ende an der Rua Honório aus, über den Augenblick beim Erscheinen der schussbereiten Sonderpolizisten, als sie sich vor Prestes gestellt hatte. Willst du wissen, ob ich das als Liebende getan habe oder als Berufsrevolutionärin? Keineswegs, sagte Sabo, ich käme ja auch nicht auf den Gedanken, einen männlichen Leibwächter zu fragen, ob er den Mann liebt, dessen Leben er zu schützen hat. Obwohl es das geben soll, sagte Olga Benario kichernd. Das ist das zweite Mal, sagte Sabo, dass du in einer solchen Situation dein Leben einsetzt. Mich interessiert dein Mut. Was ist das, woher hast du das? Olga Benario zögerte, dann sagte sie sanft, Sabo könne diese Frage besser beantworten als sie. Sabo schwieg, und Olga Benario fragte sich einmal mehr, was das für Erfahrungen sein mussten, für die es keine Sprache gab. *La Coruña*, unauffindbar in der Weite des Atlantiks, überquerte den Äquator. Vom Oberdeck her ertönte aus diesem Anlass gedämpftes Lachen und Musik, seit jeher wurden auf Schiffen Feste gefeiert, mit Sektkorkenknallen und Papiergirlanden und Konfetti im Haar, auch Neujahr war einmal so gefeiert worden, bei eisiger Kälte über der Baltischen See und einer Liebe, die da vielleicht gerade begonnen hatte.

Miranda war gefoltert worden und mit ihm viele Genossinnen und Genossen, rebellische Offiziere und Soldaten. Über die Misshandlung von Vic Barron hatte sie immer neue Einzelheiten erfahren. Am Tag, als sie und Prestes verhaftet wurden, war er schließlich im Polizeipräsidium an der Rua da Relação erschlagen und seine Leiche aus dem Fenster geworfen worden. Nicht nur die brasilianische Presse, auch der Botschafter der USA sprachen bedauernd von Selbstmord. Da wurde das ganze Ausmaß der Repression sichtbar. Die Gerüchte über die Folterungen von Sabo und Ewert hatten nie aufgehört. Als man, wenige Tage nach ihr, auch Sabo in den Frauensaal brachte, war Olga Benario auf das Schlimmste vorbereitet. Sabo war bleich, ihr Haar schütter, die Augen weit aufgerissen, die Lippen zu einem Strich gepresst. Sie war schlaff, als hätte sie keine Knochen mehr im Körper. Aber ihre Kleidung war sauber, Gesicht, Arme und Beine, soweit sie zu sehen waren, zeigten außer einigen dunkel verfärbten Stellen keine Spuren von Misshandlungen. Sabo nickte Olga Benario freundlich zu. Sie ließ sich langsam auf das ihr zugewiesene Lager gleiten, ihr Körper schien zu zerlaufen, breitete sich auf der Liege aus, wurde mit dem Gesicht zur Wand still. Auf ihre leisen Fragen gab Sabo keine Antwort. Olga Benario setzte sich zu ihr und betrachtete die dunklen Flecken auf ihrer Haut. Was immer sie ihr angetan hatten, die Spuren davon schienen verheilt. Stunden später, als es ihr gelungen war, Sabo zum Essen und schließlich auch zum Sprechen zu bringen, hatte die Freundin auf ihre Frage geantwortet, ja, sie sei gefoltert worden. Es sei schlimm gewesen, aber das liege mehrere Wochen zurück. Sie habe es fast schon vergessen. Als sie wissen wollte, wie es Arthur ergangen sei, öffnete Sabo die Augen weit. Sie sagte nichts, dann sagte sie, auch er sei gefoltert worden. Sie sagte, es sei unnütz, darüber zu sprechen. Ihr Körper glitt langsam wieder in das Liegen mit dem Gesicht zur Wand. Um drei Uhr früh wurde sie von lautem Schreien geweckt. Sabo, neben ihr, schrie und schlug um sich. Die übrigen Frauen waren aufgewacht, einige traten herbei. Sie legte die Arme um die Freundin, Sabo wachte auf und fragte, was geschehen sei. Olga Benario sagte, sie habe im Schlaf geschrien. Sabo bat die sie umstehenden Frauen um Verzeihung, es werde nicht wieder vorkommen. Sie schrie jede Nacht um drei Uhr. Nise da Silveira forderte vom Gefängnisaufseher ein Beruhigungsmittel an, und da man dort Sabos nächtliches Schreien offenbar als peinlich empfand, erhielt sie es auch. Mit der Zeit wurden die Schreikrämpfe seltener, und nach einigen Wochen hörten sie auf. Wenn sie gelegentlich nach den Misshandlungen fragte, antwortete Sabo jedesmal, sie seien zum Aushalten gewesen, und als sie nachts nicht mehr schrie, hielt Olga Benario es für am besten, keine weiteren Fragen zu stellen. Ihre Schwangerschaft war nun das wichtigste Thema im Frauensaal, auch Sabo lenkte das Gespräch immer wieder auf Olga Benarios Zustand, der alle Frauen mit Hoffnung erfüllte.

Olga Benario war immer noch frech, als sie, nachdem sie erst wenige Tage in der Casa de Detenção verbracht hatte, zu einem weiteren Verhör ins Polizeipräsidium gebracht wurde. Dort stellte man sie drei Zeugen gegenüber, als Zivile verkleidete Polizisten, die ihre Aussagen wie Schüler herunterleierten, ein lächerlicher Mummenschanz. Der erste Zeuge gab zu Protokoll, Olga Prestes habe bei ihrer Verhaftung ausgerufen, sie teile Prestes' marxistisch-kommunistische Überzeugung. Der Zeuge schließe daraus, dass sie eine ernste Gefahr für die brasilianische Gesellschaftsordnung darstelle. Zeuge Nummer zwei sagte, es sei bekannt, dass die Verhaftete verschiedene Inkognitien benutzt habe und in mehreren europäischen Ländern von der Polizei gesucht werde. Sie sei ein Mensch, der für die Interessen Brasiliens eine Gefahr darstelle. Der dritte Zeuge wollte aus Europa erfahren haben, dass die Gefangene fortschrittliche Ideen vertrete und dem Kommunismus anhänge, einer dem brasilianischen Volk fremden Ideologie, deren Vertreter hier nichts zu suchen hätten. Ihre Entgegnung war kurz und bündig. Zum ersten Zeugen sagte sie, falls sie, wie der Zeuge behaupte, bei der Verhaftung lauthals eine marxistisch-kommunistische Überzeugung verkündet habe, sei sie zu blöd, um eine Gefahr für das Land darzustellen. Dem zweiten Zeugen lächelte sie zu und sagte, sie freue sich, dass er sie als Mensch bezeichnet habe. Was den dritten Zeugen betreffe, so habe sie zur Kenntnis genommen, dass er fortschrittliche Ideen mit Kommunismus gleichsetze. Zu der Formel schließlich, sie sei für das Land eine

Gefahr, erlaube sie sich die Frage, wessen Interessen gemeint seien, wenn von den Interessen des Landes die Rede sei.

Es war eine Farce. Die wussten noch immer nichts über sie. Trotzdem war sie beunruhigt. Beim Verlassen des Verhörraums hatte Filinto Müller sie ruhig, fast nachdenklich gemustert. Da hatte sie verstanden, worauf alles hinauslief: sie sollte aus Brasilien ausgewiesen werden.

Siebentausendvierhundertvierzehn Bruttoregistertonnen. Geschwindigkeit vierzehn Knoten. Besatzung vierundsiebzig Mann. Internationales Rufzeichen R C D K. Im September neunzehnhundertsechsunddreißig im Nordatlantik unterwegs in Richtung Hamburg, an Bord zwei weibliche Gefangene. Unentwegt dreht sich die Antriebswelle, vibrieren die Kabinenwände, rollt *La Coruña* langsam von Backbord nach Steuerbord, vom Bug zum Heck. Die monotone Wiederholung der Bewegungen könnte glauben machen, das Schiff komme nicht vom Fleck.

Mitte Mai verpasste ihr die Gestapo eine Identität. Der brasilianische Botschafter in Berlin hatte nach Rio weitergeleitet, was die Nazis für das Leben Olga Benarios hielten. Geburtsdatum, Geburtsort, Angehörige der israelitischen Rasse, Jungkommunistin. Gewaltsame Befreiung des Sowjetspions Otto Braun aus einem Berliner Gefängnis, Flucht in die Sowjetunion, Agentin der Dritten Internationale. Was hat diese Fremde in Brasilien zu suchen? Als die Zeitungsberichte in den Frauensaal an der Rua Frei Caneca gelangten, gab es kaum merkliche Veränderungen im Umgang der Frauen mit ihr. Einige rückten von ihr ab. Zu anderen wurde die Freundschaft enger. Auch unter den Unpolitischen gab es dieses gegensätzliche Verhalten. Sie wurde angewiesen, ihre Heiratsurkunde beizubringen, anderenfalls werde sie abgeschoben. Sie schrieb Prestes, das Auslieferungsverfahren sei eingeleitet, ob er einen Anwalt wisse. Sie fügte hinzu, sie habe mehrere Kilo abgenommen, da sie kaum essen möge. Zu der ständigen Sorge um ihn nun noch die Sorge um das Kind. Sie habe ein unstillbares Bedürfnis, Prestes zu sehen und mit ihm zu sprechen, aber sie erlaubten es nicht. Prestes antwortete, unter allen Umständen müsse verhindert werden, dass mit ihr verfahren werde wie mit Genny Gleizer. Er empfahl ihr den Anwalt Heitor Ferreira Lima. Dieser argumentierte, Olga Prestes trage ein mit ihrem brasilianischen Ehemann gezeugtes Kind unter dem Herzen. Nach der Verfassung stehe ihr das Recht zu, dieses Kind in Brasilien zur Welt zu bringen. Man gab ihm zu verstehen, das Land werde von internationalen Verschwörern bedroht, der Kampf gegen sie mache Einschränkungen der verfassungsmäßigen Rechte unumgänglich. Ferreira Lima stellte ein Habeaskorpusgesuch. Es wurde abgewiesen.

Unterdessen stürmten in Melilla, im Nordosten Marokkos, Fremdenlegionäre die örtliche Garnison, maurische Truppen besetzten Tetuán und Larache an der marokkanischen Atlantikküste, und in den Arbeitervierteln der marokkanischen Städte begann eine Menschenjagd. Zwei Tage später stellte sich der spanische General Franco an die Spitze der Putschisten und brachte den Aufstand über die Meerenge von Gibraltar und über das spanische Mutterland. Wenige Tage vergingen, und in Berlin eröffnete der Führer der Deutschen die Olympischen Spiele. Deutsche Athletinnen und Athleten, darunter auch ein sogenannter Halbjude und eine sogenannte Halbjüdin, erkämpften dreiunddreißig Gold-, sechsundzwanzig Silber- und dreißig Bronzemedaillen, und Jesse Owens aus den Vereinigten Staaten, ein sogenannter Farbiger, der allein vier Goldmedaillen gewann, wurde zum Liebling des deutschen Publikums. Die Olympischen Spiele gingen zu Ende, und an Bord des Luftschiffs Graf Zeppelin traf, nach einer vier Tage dauernden Atlantiküberquerung, der Architekt Le Corbusier zum zweiten Mal in Rio de Janeiro ein. Sein Besuch erfolgte auf Einladung seines brasilianischen Kollegen Lucio Costa, mit dem der berühmte Besucher den Plan für das neue Erziehungsministerium erarbeitete, des ersten großen Bauwerks der brasilianischen Moderne. Zu den jungen Architekten, die Costa um sich versammelte, gehörte auch Oscar Niemeyer. Olga Benario, die das in der Frauenabteilung der Casa de Detenção aus der Zeitung erfuhr, war für Stunden in ausgelassener Stimmung. Drei, vier Wochen vergingen, und in Moskau eröffnete das Volkskommissariat für Justizwesen ein öffentliches Verfahren gegen das sogenannte trotzkistisch-sinowjewistische terroristische Zentrum, folgen die Namen der Angeklagten, Sinowjew, Kamenew, Jewdokimow, Smirnow, Bakajew, Ter-Waganjan, Mratschkowski, Drejzer, Golzmann, Rejngold, Pikel, Olberg, Krugljanski, Berman-Jurin, Moisej und Nathan Lurje. Das Gericht verurteilte die Angeklagten wegen der Vorbereitung von und als Teilnehmer an und wegen der Ermordung von und der Verbrechen gegen zum Tod durch Erschießen sowie zur Beschlagnahme ihres persönlichen Eigentums. Der Schauprozess war noch nicht abgeschlossen, als auf dem britischen Passagierdampfer *Alcantara* der Großschriftsteller Stefan Zweig, auf der Flucht vor dem Antisemitismus seines heimatlichen Österreichs, in Rio de Janeiro eintraf und eine Suite im eben fertiggestellten Hotel Copacabana Palace bezog. Er wurde von Getúlio Vargas und dessen Töchtern mit großen Ehren empfangen und gab vor zweitausend Anwesenden seinem Dank und seiner Rührung Ausdruck. In ihrer Zelle in der Rua Frei Caneca las Olga Benario seine Ansprache. Hatte der sich überhaupt gefragt, wie viele Integralisten im Saal saßen, wie viele Faschisten und Antisemiten? Flieht vor Hitler und umarmt Vargas, dieser heruntergekommene österreichische Friedensapostel. Drei Tage vergingen, und Vargas unterzeichnete das Dekret, durch das Olga Benario aus Brasilien ausgewiesen wurde. Der unwissende Großschriftsteller reiste wieder ab und schrieb ein hymnisches Buch über Brasilien. Vier Jahre später würde er abermals in Rio eintreffen, mit seiner Frau würde er sich in der nahegelegenen Stadt Petropolis niederlassen, wo sich beide einige Zeit später, aus Verzweiflung über den Gang der Welt, das Leben nehmen würden.

Zum ersten Mal, seit sie vor eineinhalb Jahren, in einem Flugboot der Air France, die Küste Brasiliens erreicht hatte, spürte sie kühle Luft. *La Coruña* hatte Madeira passiert und näherte sich Europa. Sie und Sabo saßen im Gang und strickten Kindersachen. Die Stricksachen hatte ihnen die Frau des Kapitäns schicken lassen. Beide waren ungeübt in solcher Tätigkeit, mussten heruntergefallene Maschen aufnehmen, fertige Stücke wieder auftrennen. Sie müssen schuldig gewesen sein, sagte Sabo, auch wenn uns das unglaubhaft erscheint. Dass sie einmal die engsten Kampfgefährten Lenins waren, zeigt nur, wie sehr sie seither verkommen sind. Sie haben sich mit Trotzki verbündet, sagte Olga Benario, einmal waren sie unsere Vorbilder, aber sie sind keine Kommunisten mehr. Einst haben sie den Elenden, den vom Zarismus Niedergedrückten den Weg in eine menschenwürdige Zukunft gezeigt, sagte Sabo, jetzt haben sie sich vor Gericht nicht einmal verteidigt, und keine Stimme hat sich zu ihren Gunsten erhoben. Ich nehme das als Beweis ihrer Schuld. Sie haben mit großem Mut gegen die Feinde des Proletariats gekämpft, sagte Olga Benario, jetzt aber kämpfen sie gegen die Sowjetunion. Sabo sagte, es sei nicht nur Stalin, der das Urteil gesprochen habe, sondern das ganze sowjetische Volk, das den Angeklagten doch so viel zu verdanken hat. Die Genossinnen und Genossen bereiteten sich auf einen Kampf auf Leben und Tod gegen den Faschismus vor. Dazu gehöre, dass sie die Verräter in den eigenen Reihen ausmerzten. Wir müssen, sagte Olga Benario, die Zweifel in uns niederkämpfen. Wenn wir nicht einig sind, haben wir gegen den Faschismus keine Chance. Das Wir war ihr herausgerutscht. Würde sie an diesem Kampf noch einmal teilnehmen? Und das Kind? Daran wollte sie nicht denken. An nichts, was über den Augenblick hinausging, wollte sie denken.

Mitte September hatten ihre Anwälte ein weiteres Habeaskorpusgesuch eingereicht. Sie wiesen darauf hin, dass die Untersuchungsgefangene hochschwanger war und ihr eine lange Schiffsreise nicht zugemutet werden konnte. Der Oberste Gerichtshof nahm das Gesuch nicht zur Kenntnis. Acht Tage später war sie im Frauensaal abgeholt und zur Hafenmole gebracht worden.

Am letzten sonnigen Tag der Reise fuhr *La Coruña* in den Ärmelkanal ein. Die Strahlen der niedergehenden Sonne streiften die nahe Küste Englands, als Sabo zu reden begann. Die erste Zeit ließen sie mich allein. Meine Zelle befand sich in einem teilweise abgerissenen Flügel des Gefängnisses. Zwischen Ziegelhaufen und Zementsäcken bereitete ich mir ein Lager aus Sackleinwand. Niemand kam, niemand sprach mit mir. Einmal am Tag erhielt ich ein ungenießbares Essen. Nach etwa einer Woche holten sie mich um drei Uhr früh aus der Zelle und brachten mich in einen Verhörraum. Arthur stand da, er war nackt, und blutete aus Nase und Ohren. Seine Fingerspitzen bluteten. Sein Körper war von Blutergüssen bedeckt. Das Glied dunkel verfärbt, auch die Hinterbacken. Sie zwangen mich zuzusehen. Sie schlugen ihm ins Gesicht. Dann schlugen sie seinen Körper, zuerst mit den Fäusten, dann mit Schlagstökken. Sie traten ihn in den Bauch und in die Hoden. Er stieß gurgelnde Laute aus. Nach einer Weile wurde er ohnmächtig. Und sie standen herum und rauchten und unterhielten sich halblaut. Einige gingen hinaus, andere kamen herein. Als er aber zu sich kam, schlugen sie ihn erneut. Sie quetschten seine Hoden, bis er schrie. Sie drückten brennende Zigarren auf seiner Haut aus. Einer zeigte mir die Zigarren, es waren Arthurs Senadores. Auch in der nächsten Nacht holten sie mich um drei Uhr. Arthur war nackt, und sie schlugen ihn auf den Kopf und auf den Körper. Sie prügelten ihn mit Stahlruten auf das Gesäß, es war dunkelblau und eiterte. Einer stieß ihm den Schlagstock in den After. Da wurde er ohnmächtig. Als er aber erneut zu sich kam, befestigten sie ein elektrisches Kabel an seinem Glied und versetzten ihm Stromstöße. Da wurde er wiederum ohnmächtig. Hierauf gingen sie hinaus. Ich musste mit gespreizten Beinen dastehen und durfte mich nicht bewegen. Ich weiß nicht, wie lange ich so dastand. Meine Schenkel begannen zu glühen, und ich zitterte. Da fiel ich um. Sie kamen zurück und traten mich in den Bauch und befahlen mir, aufzustehen. Sie schlugen Arthur mit Fäusten auf die Ohren und traten ihn in den Hintern. Einige lachten. Manchmal fluchten sie. Manchmal taten sie es, ohne ein Wort zu sagen. Nach einer Weile wurde er erneut ohnmächtig, und sie schlugen ihn noch, als er reglos am Boden lag. Wieder holten sie mich um drei Uhr früh. Arthur stand nackt da. Sein Gesicht war geschwollen, die Augenlider blau und blutig. Sein linkes Ohr dick wie ein Boxerohr, aus dem Gehörgang trat eine Blase. Ich musste mich nackt ausziehen. Sie standen um mich herum und lachten und betatschten mich und kniffen mich in die Brüste. Arthur schloss die Augen. Da schlugen sie ihn und traten ihn, bis er zusammenbrach. Er lag röchelnd auf dem Steinboden. Er blutete aus den Augen. Sie stellten ihn auf und lehnten ihn gegen die Wand. Einer brachte eine Schreibmaschine und hängte sie ihm an einer Schnur um den Hals. Nach einer Weile brach er erneut zusammen. Da schütteten sie den Eimer, in den er sich erbrochen und uriniert hatte, über ihn aus. Sie richteten ihn auf und hielten sich dabei die Nase zu. Sie lehnten ihn mit der Schreibmaschine um den Hals gegen die Wand. Und sie stellten sich neben ihn und ließen sich mit ihm fotografieren. Das verstehe ich bis heute nicht. Nach einer Weile nahmen sie ihm die Schreibmaschine wieder ab und prügelten ihn, bis er die Besinnung verlor. Sie holten mich jede Nacht um drei Uhr. Einmal schleppten sie mich nach den Misshandlungen dorthin, wo er untergebracht war. Es war eine Besenkammer ohne Licht, in der er nicht aufrecht stehen und nicht ausgestreckt liegen konnte. Wegen des Gestanks machten sie die Tür gleich wieder zu. Die Kammer befand sich unter der Treppe, über die die Tomatenköpfe Tag und Nacht mit ihren genagelten Schuhen hinauf- und hinunterpolterten. Immer holten sie mich um drei Uhr früh und zwangen mich, zuzuschauen. Sie drückten Zigaretten und Zigarren auf seinen Händen und auf seinen Füßen aus. Der Zigarrenrauch erinnerte mich an unsere abendlichen Gespräche auf dem Balkon der Rua Paul Redfern, mit dem Blick aufs Meer, während in unserem Rücken die Sonne hinter den Bergen versank. Da führten sie einen glühenden Draht in sein Glied ein. Er schrie und wurde ohnmächtig. Er war, wie du weißt, ein großer, schwerer Mann. Sein Körper war aber zusammengeschrumpft, er war am Verhungern. Als er nichts sagte, begannen sie mit mir. Sie zogen mich nackt aus und gaben mir Ohrfeigen und traten mich in den Bauch. Sie prügelten mich mit Schlagstöcken. Er aber musste zuschauen. Da verlor ich die Besinnung. Als sie mich wieder wach hatten, traten sie mich in die Scham. Sie drückten Arthurs Zigarren auf meinen Brüsten und auf meinen Brustwarzen aus. Sie verbrannten meine Brustwarzen. Ich wachte in meiner Zelle wieder auf. Abermals holten sie mich um drei Uhr früh und zogen mich nackt aus. Arthur war ebenfalls nackt und schwankte leicht hin und her. Sie schlugen mich und traten mir in den Hintern. Er schaute zu. Irgendwo zwitscherten Vögel. Da fragte ich mich, was das für Vögel sein mochten. Unablässig ging mir dieses Lied durch den Kopf *Alle Vögel sind schon da*. Stets holten sie mich um drei Uhr früh. Nie haben sie mich am Vormittag geholt, oder am Nachmittag, oder am Abend. Sie befestigten elektrische Kabel an meinen Fingerspitzen und versetzten mir Stromstöße. Da wurde ich ohnmächtig. Als sie mich wieder wach hatten, stieß einer eine brennende Zigarre in meine Scheide. Da stöhnte Arthur und schloss die Augen. Sie schlugen ihn mit beiden Händen auf die Ohren. Er begann zu schreien. Sie wollten wissen, wo Prestes sich aufhielt, aber wir wussten es ja nicht. Als sie ihn zum erstenmal in meiner Gegenwart fragten, wer unsere Auftraggeber seien, antwortete er, wir seien hier als Freunde des brasilianischen Volkes. Sie sagten aber, wir seien Agenten der Komintern und sollten die Namen der übrigen Agenten nennen. Er antwortete, wir seien deutsche Kommunisten und seien allein gekommen. Mehr sagte er nie, und auch ich sagte nie mehr. Wir hatten das im voraus vereinbart, und er sagte es, damit ich wusste, dass sie nicht mehr aus ihm herausgeholt hatten. Während sie uns quälten, sagten sie, da seht ihr, wie euer Stalin euch hilft. Was seid ihr schon für ihn? Er lässt euch verrecken. Niemand wird je wissen, dass ihr hier die Helden gespielt habt. Sie hatten recht. Aber es war mir nicht vorstellbar, dass wir unsere Sache verrieten. Nicht wegen des Ruhmes hatten wir unser Leben lang gekämpft. Wir hatten diesen Traum von einer Sache, den wollten wir verwirklichen, um jeden Preis. Wir mussten damit rechnen, dass wir, einmal in den Händen des Feindes, vergessen würden. Damit waren wir einverstanden. Manchmal, wenn ich in meiner Zelle war, ließen sie mich nicht aufs Klo. Der Druck in der Blase wurde unerträglich und auch der Druck im Darm. Ich schrie, aber niemand kam. Da pisste ich auf den Zellenboden und entleerte den Darm. Ich fühlte mich so erniedrigt, dass ich weinte, obwohl ich mir vorgenommen hatte, nicht zu weinen. Schreien, aber nicht weinen. Und sie kamen in die Zelle und traten mich in den Hintern, bis das Blut an meinen Schenkeln herunterlief. Hierauf musste ich ihre blutigen Stiefel putzen. Einer brachte aus einer anderen Zelle einen Bottich, der war halb voll mit Urin und Kot. In den haben sie meinen Kopf gedrückt. Ich war sicher, dass ich ersticken würde, ich wollte es. Sie hatten es darauf angelegt, das an mir zu zerstören, was mich in ihren Augen zur Frau machte. Das war nicht nur mein Körper. Etwas war noch in ihnen, eine Vorstellung von Weiblichkeit, die sie wohl mit Achtung, Galanterie und Sauberkeit verbanden. Darauf hatten sie es abgesehen. Ich wurde zu einem

Dreck ohne Geschlecht, und nach einer Weile war es mir recht. Ich wollte keine Frau mehr sein. Aber um mich als Frau auszulöschen, mussten sie mich als Frau quälen, und hierdurch erinnerten sie mich wieder daran, dass ich eine Frau bin. Da habe ich das doch wieder akzeptiert. Sie konnten mich weder als Frau noch als Kommunistin besiegen. Jede Nacht holten sie mich um drei Uhr, während Wochen. Manchmal aber kamen sie nicht. Ich wachte trotzdem um drei Uhr auf und schrie, und auch wenn sie nicht kamen, war ich so fertig, als wenn sie gekommen wären, und ich konnte bis zum Morgengrauen nicht wieder einschlafen. Ich hatte Halluzinationen, ich lag im Wasser, sauberes, laues Wasser, die Zelle war mit Wasser gefüllt, und ich wusch mich, ein Schaumbad, duftender weißer Schaum, der immer höher stieg und über mir zusammenschlug. Immer kamen sie um drei Uhr früh. Sie schleppten mich an den Haaren zum Verhörraum. Einer stieß mir einen Besenstiel hinein. Ich musste dastehen, mit dem Besen zwischen den Beinen. Sie aber lachten und fassten sich an die Hosen und machten Witze. Sie zwangen Arthur, zuzuschauen. Ich versuchte, die Witze zu verstehen, aber mein Portugiesisch reichte nicht aus. Manchmal hatte ich einen solchen Hass, dass ich nichts mehr spürte. Dann war alles leicht. Aber das stimmt wohl nicht. Wahrscheinlich habe ich geschrien. Oder war es Arthur, der schrie? Ich weiß es nicht mehr. Ich beginne es zu vergessen. Sie drückten Zigaretten auf meinen Händen und auf meinen Füßen aus. Dazu rezitierte einer laut, *Pai Nosso que estais nos céus, santificado seja o vosso nome*, andere stimmten ein, während sie Löcher in meine Hände und Füße brannten, *venha a nós o vosso reino, seja feita a vossa vontade, assim na terra como nos céus*. Ich schrie, aber ich sagte nichts, und Arthur schaute zu und sagte nichts. Ich dachte, wenn ich nichts sage, bin ich schneller tot. Aber sie haben mich gar nichts gefragt, sondern haben ihre Uniformhosen heruntergelassen. Dann haben sie mich offenbar vergewaltigt. Ich sage, offenbar, denn daran erinnere ich mich nicht, obwohl es so gewesen sein muss. Ich blickte die ganze Zeit in Arthurs Gesicht. Sie haben, Sabo sagte es mit Verwunderung in der Stimme, den Körper einer alten Frau vergewaltigt, einen zerstörten Körper mit offenen, eiternden Wunden, der seit Wochen nicht gewaschen und von Blut, Urin und Kot besudelt war. Auch in der folgenden Nacht haben sie mich vergewaltigt und in der folgenden. Und sie haben Arthur gezwungen, zuzuschauen. Er hat nichts gesagt, keinen Ton. Aber er hat den Verstand verloren. Als sie es schließlich gemerkt haben, haben sie mit dem Foltern aufgehört. Ein Arzt, der dafür zu sorgen hatte, dass wir am Leben blieben, hat zu mir gesagt, er verstehe nicht, wie Arthur das habe zulassen können, er sei fassungslos von so viel Roheit. Ich selbst, sagte Sabo, hätte alles ertragen. Was sie ihm antaten. Was sie mir antaten. Aber Arthurs Gesicht, während sie mich quälten, das habe ich nicht ertragen.

La Coruña fuhr in der Abenddämmerung vor der belgischen Küste Richtung Norden. Sabo und Olga Benario standen vor dem Bullauge und blickten auf den Küstenstreifen, wo erste Lichter brannten. Sabo hatte der Freundin den Arm um die Hüfte gelegt. Ich wollte nicht, dass du weinst, sagte sie. Meine Trauer reicht nicht aus, sagte Olga Benario, es ist lächerlich. Ich habe einen solchen Hass in mir und weiß nicht, wohin damit. Ich möchte mich bewegen, sie haben mir die Bewegung genommen. Kannst du dir vorstellen, sie wischte sich die Tränen weg, wie ich mit diesem Bauch am Strand von Ipanema laufe? Komm, sagte Sabo, wir gehen im Gang auf und ab, die Bewegung tut auch dem Teufelsbraten gut.

Nach einer halben Stunde setzten sie sich. Wieso hast du mir das nicht schon früher erzählt? fragte Olga Benario, wieso erzählst du es mir jetzt? Ich wollte Zeugnis ablegen, sagte Sabo. Olga Benario blickte sie verständnislos an, du glaubst doch nicht, dass wir noch mal rauskommen? Ich nicht, sagte Sabo. Ich auch nicht. Mag sein, Sabo nickte. Warum hast du es mir dann erzählt? Es vergingen mehrere Minuten, bis Sabo antwortete. Als ich noch im Gefängnis der Sonderpolizei war, sagte sie, bevor sie mich aufpäppelten und zu euch in den Frauensaal verlegten, ist es mir mehrmals gelungen, mich mit Zellennachbarinnen und -nachbarn zu unterhalten. Einer von ihnen war ein junger Mann, Mauricio, er war Schriftsteller. Sie hatten ihn schwer misshandelt, er schilderte es mir ruhig und in allen Einzelheiten.

Er wusste, dass sie mich ebenfalls gequält hatten, und sagte, ich solle ihm alles erzählen. Ich sagte ihm das gleiche, was du eben zu mir gesagt hast, dass das sinnlos sei, da wir nicht mehr lebendig herauskämen. Darauf erzählte er mir eine Geschichte. In der Zeit, bevor er verhaftet worden war, hatte er einmal das öffentliche Irrenhaus besucht. Dort herrschten schlimme Zustände, die Insassen lebten in unmenschlichen Verhältnissen, ohne Medikamente, der Roheit der Pfleger ausgeliefert. Als Mauricio in einem langen Gang auf einer Bank warten musste, näherte sich ihm einer der Irren. Er machte, ängstlich um sich blickend, einige Schritte auf Mauricio zu, wich wieder zurück, machte erneut ein paar Schritte. Dabei pendelte sein Oberkörper sinnlos hin und her. Schließlich stand er vor Mauricio, übergab ihm hastig ein gefaltetes Blatt und stammelte, Brief für meinen Bruder, Brief für meinen Bruder. Darauf zog er sich schnell und unter heftigen Pendelbewegungen zurück. Mauricio steckte das Blatt weg und zog es erst, als der Besuch in der Anstalt mehrere Tage zurücklag, wieder hervor. Es war leer. Und? fragte Olga Benario. Das ist alles, antwortete Sabo. Was bedeutet es? Sabo sagte, bald nachdem Mauricio seine Geschichte beendet habe, seien Tomatenköpfe erschienen und hätten mehrere Gefangene abgeholt, darunter auch ihn. Sie brachten ihn nicht zurück, so habe sie ihn nicht mehr fragen können. Ich habe, sagte sie, seither oft über diese Geschichte nachgedacht. Vielleicht ist sie ohne Sinn, wie die Bewegungen des Irren. Oder das leere Blatt weist auf etwas Fehlendes hin, auf Wörter, die es nicht gibt, auf eine Qual, für die die Sprache nicht ausreicht. Vielleicht geht es überhaupt nur um die Geste des Übergebens des Blattes, von Bruder zu Bruder. Oder die Geschichte ist ein Bild für den Vorgang des Schreibens oder des Lesens. Das leere Blatt, das für jede Bedeutung offen ist, das interessierte natürlich einen Schriftsteller wie Mauricio. Sie verfiel in Schweigen. Ich selbst, sagte sie schließlich, glaube, dass die Geschichte all diese Bedeutungen hat. Vielleicht hatte Mauricio sie schon vielen erzählt und ihre Auslegungen gesammelt, vielleicht wollte er auch mich fragen. Ich hätte keine Antwort gewusst. Erst jetzt, wo die Überfahrt beinahe zu Ende ist, verstehe ich, dass es nicht nur darum gehen kann, diese Geschichte immer neu auszulegen. Sie enthält einen Auftrag. Nämlich, unter allen Umständen Zeugnis abzulegen über das, was uns widerfahren ist. Wir brauchen die Erinnerung an unsere Kämpfe. Wer, wenn nicht wir, kann unsere Erfahrungen weitergeben, und wem können wir sie weitergeben, wenn nicht unseresgleichen? Ich will Zeugin bleiben, auch wenn es niemanden mehr geben wird, der mir mein Zeugnis abverlangt. Sie schwieg, die Augen fielen ihr zu, der Kopf sank vornüber. Olga Benario glaubte, Sabo sei eingeschlafen, als sie, ohne die Augen zu öffnen, sagte, Mauricio hat mir seine Geschichte erzählt, obwohl wir damit rechneten, dass wir nicht lebend herauskämen, und ich erzähle dir meine. Ich habe meinen Auftrag erfüllt.

La Coruña hatte die Nordsee erreicht. An Steuerbord zogen die ostfriesischen Inseln vorbei. Das Schiff fuhr in die Elbe ein und legte im Hamburger Hafen an. Es dauerte lange, bis das Landemanöver abgeschlossen war und der Lärm der Schiffsmotoren erstarb. Die Gangway wurde heruntergelassen. Noch einmal verging viel Zeit, dann wurden Olga Benario und Sabo von Bord gebracht. Gestapobeamte erwarteten sie.

ANLAGE

Anlage zu B.Nr. 1/Skl.IIa 13458/44 g
Auszugsweise Abschrift. G E H E I M
OKW/Amt Abwehr B.Nr. 21106/44 g IM WN v. 5.April 44
Anlage zu Ast Hamburg B.Nr. 495/44 I M gKdos
vom 25.März 44

Bericht des Wachoffiziers Dietrich Balke über die Selbstversenkung des Dampfers *La Coruña* der HSDG, 7414 BRT., Kpt. Rogge, am 13.April 1940 unter der Isländischen Küste

Am 16.Juni 1939 verließ ich, Dietrich Balke, Rückwanderer aus Argentinien, der bei der Reederei August Bolten, Hamburg, als Schiffsoffizier angeheuert hatte, auf dem Dampfer *Bollwerk* den Norden Brasiliens. Am 29.Oktober liefen wir den brasilianischen Hafen Salvador an, wo die *Bollwerk* liegenblieb. Da ich um eine Gelegenheit gebeten hatte, nach Deutschland zu kommen, wurde ich als Wachoffizier dem Dampfer *La Coruña* zugewiesen. *La Coruña* verließ am 3. Februar 1940 abends gegen 20.00 Uhr den Hafen von Rio. Die Ladung war so gestaut, daß das eindringende Wasser bei einer eventuellen Versenkung sich schneller in den Laderäumen ausbreiten konnte. Da wir den Befehl erhalten hatten, das Schiff auf keinen Fall dem Feind in die Hände fallen zu lassen, wurden Maßnahmen ergriffen, um *La Coruña* bei Kaperungsgefahr schnell zu versenken. Am 13. März 1940 morgens gegen 08.00 Uhr sichtete uns unweit der S.O.-Ecke Islands der englische Hilfskreuzer *Maloja*, 20914 BRT. *La Coruña* war als Japaner getarnt und trug den Namen *Taki Maru*. Es herrschte schweres Wetter, Windstärke 10–11. Nach kurzem Signal Woher Wohin und Was für Ladung bekamen wir die Aufforderung, Kurs 142 zu steuern und volle Kraft zu fahren. Wir sollten in einen englischen Hafen gebracht werden. Sogleich machten wir *La Coruña* klar zur Versenkung. Die Versenkungsstationen wurden besetzt, die Luken wurden geöffnet, die Ladung mit Benzin übergossen. Des schweren Wetters wegen verhielt sich der Kreuzer abwartend. Gegen Mittag flaute der Wind ab. Um 13.00 Uhr befahl uns der Kreuzer, zu stoppen. Ein englischer Offizier sollte an Bord kommen zur Prüfung unserer Dokumente. Das war für uns das Signal zur Versenkung. Sie verlief reibungslos. Trotz des hohen Seegangs brachten wir beide Rettungsboote zu Wasser. Während dieses Manövers fiel der erste Schuß. Der Engländer ließ ein Prisenboot zu Wasser. Es näherte sich uns nur bis auf 200 m, da es wohl sah, daß nichts mehr zu retten war. *La Coruña* legte sich leicht nach Backbord über und brannte aus allen Luken. Unsere Rettungsboote erreichten die Leeseite des Hilfskreuzers. Die Mannschaften wurden übergenommen, alle Mann wurden gerettet. Unsere Rettungsboote wurden losgeworfen, da man sich wegen der U-Boot-Gefahr nicht länger sicher fühlte. Aus einer Entfernung von ca. 1000 m gab der Kreuzer 57 Schuß auf unser Schiff ab. Gegen 17.00 Uhr sank *La Coruña* auf ebenem Kiel (Pos. 62° 35' N u. 14° 30' W). Der englische Kreuzer war mit acht 15-cm-Kanonen und diversen Flak-Geschützen bestückt. Die Behandlung an Bord war korrekt.

17

Der Fotograf rückte seinen Apparat einige Zentimeter nach rechts und prüfte den Bildausschnitt. Er schraubte das dreibeinige Stativ höher. Sie schaute schweigend zu. Dauert es bei Hans auch so lange? fragte er. Sie nickte. Hast du schon Nachrichten von ihm? Eine Postkarte. Er verschob den Apparat um Haaresbreite. Seit wann ist er dort? Seit sechs Wochen. Die Nazis haben Franco anerkannt, sagte der Fotograf, ohne von der Arbeit aufzublicken, gestern haben die Republikaner Primo de Rivera hingerichtet. Willst du mir Angst einjagen? Ich mache mir selbst Sorgen, sagte er, ich habe Freunde dort unten. Lässt du mich mal durchschauen? Der Fotograf trat zur Seite. Er hatte den Bildausschnitt so eingerichtet, dass die Installation mit der Namenliste und den drei halbverkohlten Büchern die linke Seite einnahm. In der Mitte gliederte ein Wandvorsprung, der an der Decke in ein Stuckrelief auslief, den Bildausschnitt in zwei Teile. Auf der rechten Seite war im Hintergrund das Spruchband *La Vérité sur le 3ième Reich* zu sehen. Im Vordergrund der mit einem weißen Tuch bedeckte Tisch mit den Werken der Exilliteratur. Die Rückseite des Tisches wurde von einer dünnen Stellwand abgeschlossen, links das Spruchband mit dem Titel der Ausstellung: *La littérature allemande libre.* Der Bildausschnitt war so gewählt, dass von beiden Spruchbändern nur die ersten beiden Wörter zu lesen waren. Fortlaufend gelesen, ergaben sie die Wortfolge: *La Vérité La Littérature.* Sie nickte anerkennend. Unwillkürlich fragte sie sich, ob auch Hans auf diesen Einfall gekommen wäre. Der Fotograf war nur wenig älter als Hans, und wie Hans hatte er erst vor ein paar Jahren mit der Fotografie begonnen. Aber er hatte noch in Deutschland erste Erfolge gehabt, und als er ins Exil ging, war er bereits kein Anfänger mehr. Schon bald nach der Ankunft in Paris hatte er einige seiner Bilder in einer Gruppenausstellung zeigen können. Ruth Rewald war damals mit Hans zur Vernissage in die Librairie Lipschutz an der Place de l'Odéon gegangen. Er ist gut, hatte Hans bei den Porträtaufnahmen von Karl Valentin, Bassermann und Moissi gesagt. Der Fotograf hieß Josef Breitenbach. Hans hatte sich und Ruth Rewald dem Kollegen vorgestellt und die Fotoporträts gelobt. Seither sahen sie sich dann und wann bei Exilveranstaltungen.

Und wie verhalten sich nun Literatur und Wahrheit zueinander? fragte sie. Das wollte ich dich fragen, antwortete Breitenbach. Hier ist deine Antwort, sie zeigte auf die angekohlten Bücher. Die Nazis behaupten, sie hätten diese Bücher verbrannt, weil sie Lügen enthielten. Aber sie haben sie natürlich verbrannt, weil sie die Wahrheit sagen. Sie las halblaut einige der Namen auf der Liste der verbrannten Bücher: Brecht, Lessing, Ossietzky, Heine, Marx, Börne, Tucholsky, Gina Kaus, Heinrich Mann, Karin Michaelis, Ringelnatz, Anna Seghers. Dann entscheiden also die Nazis darüber, ob die Literatur die Wahrheit sagt? Die Wahrheit, erwiderte sie, ist eine Frage der Praxis, heißt es in den *Feuerbach-Thesen*, so viel Marx wirst du doch wohl gelesen haben? Breitenbach schüttelte grinsend den Kopf. In der Praxis, fuhr sie fort, sind diese Werke verbrannt worden. Offenbar enthalten sie etwas, das für die Nazis gefährlich ist, die Wahrheit eben. Ergo gehören Literatur und Wahrheit zusammen. Und, fügte sie hinzu, natürlich auch Literatur und Lüge. Du hättest Juristin werden sollen, sagte Breitenbach. Sie lachte.

Die Ausstellung *La littérature allemande libre* war vor wenigen Tagen eröffnet worden. Kisch und Heinrich Mann hatten gesprochen. Aus den nahegelegenen Cafés Deux Magots und Flore war die ganze Exilcaféhausgesellschaft zur Eröffnung gekommen, der Raum in der Maison de la Société de Géographie war überfüllt gewesen, die Exponate kaum zu sehen. Wie meistens bei diesen Veranstaltungen war sie widerwillig hingegangen, hatte sich dann aber mitreißen lassen von den Appellen zur Solidarität im Kampf gegen den Faschismus. Als Kisch die Nazis verspottete, weil sie kurz zuvor ganz in der Nähe eine Ausstellung eröffnet hatten, mit der sie den Franzosen den Geist des Dritten Reiches nahebringen wollten, hatte sie eingestimmt in das Gelächter. Nach dem offiziellen Teil hatte Kisch sie freundlich gegrüßt, Anna Seghers hatte sie zu *Janko* beglückwünscht, und Lorenz Schmidt, gesprächig wie stets, hatte bedauert, dass sie seine beiden letzten Vorlesungen an der

Université allemande libre verpasst habe. Sie hatte geantwortet, drei Francs seien für eine arbeitslose Jugendbuchautorin kein Pappenstiel. Er hatte das nicht gelten lassen, *Janko* sei ein Erfolg, Anna schätze das Buch, und er habe die Kritiken gesehen. Er lobte die Anschaulichkeit, mit der sie den Jugendlichen die Problematik der nationalen Identität und ihre Bedeutung für die Konstitution des individuellen Ich nahebringe. Sie hatte sich über das professorale Lob gefreut, dann hatte sie sich entschuldigt, sie musste schon zum dritten Mal aufs Klo.

Als sie zurückkam, sah sie im Gedränge die lange, hagere Gestalt von Kantorowicz. Vor einer Woche war er aus Moskau zurückgekehrt, seine Weiterreise nach Spanien war organisiert. Vorgestern hatte sie sich mit ihm am unteren Ende der Rue Monsieur le Prince in einem Bistro getroffen. Er hatte ihr von der Sowjetunion erzählt, von den Veränderungen seit seinem ersten Besuch zwei Jahre zuvor. Er war begeistert von der Modernität Moskaus, beschrieb ein Verwaltungsgebäude, das der avantgardistische Architekt Le Corbusier gebaut hatte, pries die technische Leistung der neuen Metro und schwärmte von seinem Kuraufenthalt am Schwarzen Meer und von einer zierlichen jungen Lyrikerin aus Aserbaidschan. Seine Andeutungen über Spannungen und Eifersüchteleien zwischen Becher, Ottwalt, Lukács, Schmückle, Wolf und anderen deutschen Schriftstellern in Moskau nahm sie für den üblichen Parteitratsch. Sie hatte ihn nach dem Prozess gefragt, die Debatten in ihrer Parteizelle darüber seien unbefriedigend verlaufen. Die Genossen hier in Paris, antwortete Kantor, seien anscheinend nicht genügend informiert. In Moskau sei die Sache klar. Die Angeklagten seien trotzkistische Lumpen. Dass sie einmal große Verdienste um die Sowjetunion gehabt hatten, mache den Verrat Sinowjews, Kamenews, Jewdokimows und der übrigen nur schlimmer. Ruth Rewald zweifelte nicht an der Schuld der Angeklagten. Sie hatten die Union verraten und sich gegen den Genossen Stalin aufgelehnt. Der Prozess war öffentlich geführt worden, die französischen Zeitungen hatten darüber berichtet. In einigen bürgerlichen Blättern wurde behauptet, die Angeklagten seien misshandelt, ihre Geständnisse erpresst worden, aber das war zu erwarten gewesen. Als sie die Genossen in der Parteigruppe gefragt hatte, wie sie sich das Umfallen der ehemaligen Mitstreiter Lenins erklärten, wurde gesagt, es müsse sich um private Charakterschwächen handeln, um Intrigantentum und Geltungstrieb, die Protokolle aus Moskau müssten abgewartet werden. Sie fand diese Begründungen unbefriedigend. Die Motive, aus denen Menschen handelten, waren schwer durchschaubar, wem konnte das deutlicher sein als einer Schriftstellerin. Aber noch die scheinbar privatesten Entscheidungen enthielten Spuren gesellschaftlicher Kräfte, die rational erklärt werden konnten. Als Kommunistin, aber auch als Schriftstellerin wünschte sie zu verstehen, wie es zu diesem Verrat hatte kommen können.

Die Vernissage war noch im Gange, als sie sich zwischen den Ausstellungsbesuchern zum Ausgang durchdrängte. Hier umstand eine lebhaft diskutierende Gruppe Heinrich Mann. Der alte Herr blickte sie einen Moment lang fragend an, als versuche er sich zu erinnern, wo er sie schon gesehen habe. Dann nickte er ihr zu, was sie, bereits auf der Treppe, zum Erröten brachte. Nein, sie war nicht mehr isoliert. Seit der Konferenz im Juni des vergangenen Jahres, als Maria Osten sie mit so vielen Kolleginnen und Kollegen bekannt gemacht hatte, fühlte sie sich dem Kreis der vertriebenen Schriftstellerinnen und Schriftsteller zugehörig, von denen die meisten so namenlos waren wie sie selbst.

Dabei war sie nicht mehr ganz unbekannt. Lobende Kritiken für *Janko* in mehreren Exilzeitschriften, dazu im *Prager Sonntagsblatt*, im Zürcher *Volksrecht* und in Straßburg in *La République*. Er sei neidisch auf ihren Erfolg, hatte Kantorowicz in den Wochen nach dem Erscheinen des Buches gesagt, und es war ihm ernst gewesen. Er hatte ein Klagelied darüber angestimmt, dass er bereits sechsunddreißig sei und sechs Romanmanuskripte abgeschlossen habe, davon sei kein einziges veröffentlicht, er werde von niemandem beachtet, wie Aschenbrödel. Das war zum Lachen. Kantor kannte Gott und die Welt, unermüdlich organisierte er Autorenlesungen, Diskussionsabende und Solidaritätskundgebungen, die den Exilierten, die zunehmend vereinsamten, wenigstens für ein paar Stunden ein Gefühl des Zusammengehörens gaben. Auch in der Partei war er aktiv, gelegentlich besuchte er die Zusammenkünfte ihrer

Parteigruppe und leitete die Diskussionen, wie er das schon im Roten Block in Wilmersdorf getan hatte. Er hatte Verbindung zu Becher und den Moskauer Genossen, stets war er einer der ersten, die über neue Richtlinien und Beschlüsse Bescheid wussten. Aber seine Bitterkeit saß tief. Das Exil hatte das Schwierige in seinem Wesen verstärkt, er war ein Nörgler geworden, ein ewig zu kurz Gekommener, der bei jeder Gelegenheit darauf hinwies, wie schlecht ihn die Welt behandelte.

Breitenbach hatte, dem Ablauf der Ausstellung folgend, den Fotoapparat mehrere Meter nach rechts verschoben, vor die vier Bücher, die hier in einem Regal standen. Die paar Besucher, die außer Ruth Rewald an diesem späten Samstag nachmittag noch da waren, störten ihn nicht bei der Arbeit. Das Braunbuch über den Reichstagsbrand, das Schwarzbuch über die Verfolgung der deutschen Juden und das Weißbuch über die Ermordung von Röhm und Konsorten bildeten einen Regenbogen der Anklage gegen den Nazistaat. Das vierte Buch enthüllte Einzelheiten über das Spionagenetz der Nazis. Der Einband stammte von Heartfield, er zeigte einen Globus, über den sich ein braunes Spinnennetz ausbreitet, im Zentrum des Netzes die Spinne, klein, schwarz, mit einem Hakenkreuz auf den Rücken und einer Hitlerfratze. Drei der vier Bücher hatte Willi Münzenberg herausgebracht, der auch ihren *Janko* veröffentlicht hatte. Der berühmte Verleger, der mit Lenin an der Zimmerwalder Konferenz teilgenommen hatte, leitete in Paris einen Exilverlag. Sie hatte den vierschrötigen Mann ein paarmal im Verlag gesehen. Stets war er in Eile, gab noch im Weggehen Anweisungen und unterschrieb Korrespondenzen. Wenn er von einer Besprechung zurückkam, vergaß er, den Hut vom Kopf zu nehmen und den Mantel auszuziehen, oder es lohnte sich nicht, weil er bereits zum nächsten Termin hastete. Bei ihrer ersten Begegnung hatte er mit seiner Pranke ihre Hand fast mädchenhaft zart umfasst, als er ihr zu *Janko* gratulierte. Sie kannte die Geschichten, die über seine Jugend erzählt wurden, von dem Säufervater, der die Kinder, wenn sie weinten, in seinem thüringischen Bauernhaus die Treppe hinunterwarf und die Familie jeden Tag schlug, mit der Hand, mit Stöcken, Peitschen, Ketten und Eisenstangen. Immer begann er mit der Frau, dann kamen die vier Kinder dran, der Reihe nach, vom ältesten bis zum jüngsten, das jüngste war Willi. Davon, so wurde gesagt, trage er am ganzen Körper die Narben. Die Mutter starb, als er vier Jahre alt war, mit fünf Jahren arbeitete er in einer Schuhfabrik. In die Dorfschule ging er, wenn die Arbeit es erlaubte, nach einem Jahr Volksschule war es mit der Schulbildung vorbei, allerdings nicht mit den Leiden dieser Kindheit. Münzenbergs Lebensgeschichte erinnerte Ruth Rewald daran, wieviel sie selbst von den Erfahrungen des Proletariats trennte. Als sie erfuhr, dass *Janko* im neugegründeten Sebastian-Brant-Verlag in Straßburg erscheinen werde, hatte sie es als eine Wende in ihrem Leben empfunden, dass ausgerechnet ein von Münzenberg geleiteter Verlag dem Buch das Imprimatur gab.

Dabei war ihr während der Niederschrift keineswegs klar, ob sie das Manuskript überhaupt noch einem europäischen Verlag anbieten konnte. Das Exil in Paris war eine Sackgasse, es hatte eine Weile gedauert, bis sie und Hans das erkannten. Zwar waren die ersten Wochen und Monate schwer gewesen, die Wohnungswechsel, das Anstehen auf Ämtern, in Büros und bei Hilfsorganisationen, die Erniedrigungen bei der Arbeitssuche. Dazu die Niedergeschlagenheit von Hans, weil der Versuch, in der Fremde einen neuen Beruf zu erlernen, aussichtslos schien. Aber ihre Arbeiten als Übersetzerin und Stenotypistin, der Deutschunterricht für die Mitarbeiter einer Bank gaben ihr Hoffnung, auch wenn diese Tätigkeiten meist von kurzer Dauer waren. Ihre Stimmung hatte sich weiter gebessert, als sie ins Biblion eingetreten und dort Mitinhaberin geworden war. Doch sie hatte bald einsehen müssen, dass auch das nur eine Lösung auf Zeit war. Der Buchverkauf stagnierte, und die Verdienstmarge bei der Ausleihe war gering. Dahinter steckte mehr als die Zufälle ihres Schicksals. Die Gespräche mit anderen Exilierten machten ihr deutlich, wie sehr sich alles verschlechterte. Sie hatte immer öfter Zeit, durch die berühmten Quartiere zu flanieren. Davon hatte sie als Studentin geträumt, jetzt verstärkte es ihr Gefühl, sie sei hier überflüssig. Hans sprach häufiger von seinen Verwandten in Palästina, wo es ihm leichtfallen würde, als Fotograf bei einer der neuen Einwandererzeitungen Arbeit zu finden.

Da ihre Tage nicht ausgefüllt waren, begann sie wieder mit dem Schreiben. Die Arbeit an *Janko* gab ihrem Leben jenes Zentrum, das ihr seit der Vertreibung aus Deutschland fehlte. Hoffnung auf eine Veröffentlichung hatte sie nicht. Französische Bekannte, darunter ein Übersetzer, der es wissen musste, hatten ihr gesagt, der französischen Mentalität seien ihre Geschichten fremd. Dagegen hatte ihr eine Freundin, die in den Vereinigten Staaten eine Jugendbibliothek leitete, geschrieben, ihre Sachen seien für amerikanische Jugendliche geeignet. Daran klammerte sie sich. Sie traf immer öfter Exilierte, die sich um ein Visum für die Vereinigten Staaten bemühten oder bemühen wollten oder kurz vor der Ausreise standen, und bald schien es ihr, als sei sie die einzige, die diesen Weg noch nicht beschritten hatte. Als nach dem Tod Staviskys die Feuerkreuzler mit antijüdischem Gebell über die Boulevards marschierten, war sie dazu bereit.

Der Plan war einfach. Sie würde zu ihrem Onkel nach New York reisen, Hans für eine Weile zu seinem Vetter nach Palästina. Für diese beiden Reisen reichte das Geld, wenn sie ihre Einlage im Biblion verkaufte und alles, was sie sonst noch besaßen, außer der Leica. Als Fotojournalist würde Hans in Palästina genügend Geld verdienen, um seine Überfahrt nach New York zu bezahlen. Sie war allein zu Hause, als aus Haifa die Antwort des Vetters eintraf. Nachdem sie den Brief gelesen hatte, zog sie den Wintermantel an und ging langsam von der Rue Notre-Dame des Champs, wo sie damals gerade wohnten, zum Jardin du Luxembourg. Die Bäume waren kahl, die gusseisernen Bänke rosteten unter dem grauen Märzhimmel. Sie war über die Kieswege spaziert und hatte geweint. Sie freuten sich ungemein, hatte der Vetter geschrieben, dass Hans und hoffentlich auch Ruth nach Palästina kommen wollten. Allerdings rate er Hans, nicht als Tourist einzureisen. Zwar sei es einfach, als Tourist herzukommen, sehe man von der Kaution von immerhin sechzig englischen Pfund ab, die vor Betreten des Landes hinterlegt werden müssten. Einmal als Tourist im Land, könne man jedoch keine Aufenthaltsbewilligung bekommen, dazu habe man das Land wieder zu verlassen. Besser wäre es, wenn Hans als Journalist herkäme. In diesem Fall brauchte er die sechzig Pfund vermutlich nicht zu bezahlen (das musste noch geklärt werden) und durfte sich drei Monate in Palästina aufhalten, wonach er allerdings wieder auszureisen hätte. Aber es bestand die Möglichkeit, das Visum um drei Monate zu verlängern und während dieser Zeit weitere Abklärungen zu treffen. Sollten diese Bemühungen scheitern, müsste er nach längstens sechs Monaten ausreisen. Aussichtsreicher als alles, was der Vetter beim Jischuw in Palästina unternehmen könne, sei auf jeden Fall ein Besuch von Hans bei der britischen Mandatsbehörde in Paris. Zwar seien zur Erlangung eines Aufenthaltszertifikats für Palästina, wie Hans wisse, tausend Pfund nötig, aber die müssten in Paris doch aufzutreiben sein. Die Vorstellung dagegen, dass der Vetter ihm dieses Geld zur Verfügung stellen könne, zeuge von der Unkenntnis ihrer persönlichen Situation wie der allgemeinen Lage der jüdischen Einwanderer. Zu diesen Ausführungen hatte die Frau des Vetters hinzugefügt, es gebe zwar hier in Palästina zionistische Organisationen, die den Einwanderern mit dem Papierkram halfen und ihnen sogar die Reise- und Einwanderungskosten ersetzten, aber die Zahl der Einwanderer, die finanzielle Hilfe brauchten, sei derart angewachsen, dass mit einer Wartezeit von Jahren zu rechnen sei. Auch aus diesem Grund sei es besser, wenn Hans sich das Geld in Paris beschaffe. Die für das Einwanderungszertifikat notwendige Bescheinigung, dass er in Palästina eine Anstellung bekommen werde, wolle man ihm gern schicken.

Das ist doch gar nicht so schlimm, sagte Hans, als sie schlotternd vor Kälte nach Hause kaum und ihm den Brief zeigte. Er hatte eine Tasse Tee für sie aufgewärmt und sie daran erinnert, wie abgebrüht sie im Umgang mit Ämtern und Bürokratien geworden waren. Schlimmer als die Franzosen konnten die Engländer nicht sein. Sie würden den aus Deutschland vertriebenen Juden nicht verbieten, nach Palästina auszuwandern. Ich dachte, wir seien aus Deutschland vertriebene Kommunisten. Das hängt davon ab, wer fragt, sagte Hans. Sie hatte sich beruhigt. Hans war ein guter Kamerad, sie nahm seine Fürsorge dankbar an. Ihr war wieder etwas übel, während sie auf der Sitzbank saß, gegenüber dem Tisch mit der Exilliteratur. Breitenbach hatte den Fotoapparat auf ein paar kaum handtellergroße Broschüren eingestellt. *Straßenverzeichnis von Berlin* hieß die eine. Sie enthielt Reden vom VI. Kongress der Kommunistischen Jugendinternationale. Daneben ein Büchlein mit dem Titel *Der praktische Schachspieler*, in dem die Militarisierung der deutschen Jugend dokumentiert wurde. Ein drittes, *Erste Hilfe bei Unglücksfällen*, legte Zeugnis ab von den Misshandlungen Thälmanns im Konzentrationslager, ein viertes, *Deutsche Mythologie*, enthielt Erzählungen von Toller, Marchwitza, Klaus Mann, Bredel, Seghers, Brecht, Ottwalt, Kläber, Feuchtwanger und Weiskopf. Die Tarnschriften waren ihr vertraut, sie hatte sich gefreut, als sie im Büchlein *Deutsche Mythologie* auch eine Erzählung von Maria Osten gefunden hatte. Die Karriere der Kollegin kam voran.

Hans bemühte sich noch immer um die Einreise nach Palästina, als Ruth Rewald ein Antwortschreiben ihres Onkels aus den Vereinigten Staaten erhielt. Sie sollten unter keinen Umständen herkommen, schrieb er. Palästina sei eine viel bessere Sache, schon aus wirtschaftlichen Gründen. Es gebe dort keine Krise, die Konjunktur glänze und so weiter. In den Staaten dagegen werde die Wirtschaft durch die Regierung Roosevelt, deren Maßnahmen dem amerikanischen Wirtschaftsliberalismus zuwiderliefen, ruiniert. Darunter leide am meisten der Mittelstand, das Bürgertum. Ihm selbst zum Beispiel gehe es alles andere als rosig. Dennoch wolle er, sollten sie sich für Palästina entscheiden, tun, was er könne, das sei selbstverständlich. Sie war angewidert. Es war falsch gewesen, dem Onkel zu schreiben, sie sei bereit, als Haushaltshilfe oder Kindermädchen anzufangen. Für den Mittelstandsonkel lag der Status einer Hausangestellten außerhalb der möglichen Erwägungen. Auch von Exilierten und sogar von Genossen hörte sie oft, dafür bin ich mir zu gut, ich bin doch immerhin der und der, ich muss an meinem Werk arbeiten. Auch Hans empfand so, ohne dass er es gesagt hätte. Um ihnen beiden die Auswanderung zu ermöglichen, arbeitete er Tag und Nacht, obwohl er mit dem Fotografieren kaum ein paar Francs verdiente. Er, der den Zionismus für eine besonders antiquierte Form von falschem Bewusstsein hielt, war sogar bereit, nach Palästina zu gehen. Aber Kellner in einem Pariser Café oder Verkäufer in einem Schuhgeschäft, das war undenkbar. Sie dagegen war entschlossen, notfalls auch die niedrigste Arbeit zu verrichten. Natürlich war das bitter, aber es schien ihr unnütz, sich lange zu zieren. Nach den Sitzungen der Parteizelle, wenn sie noch beisammensaßen, die Männer für sich und die Frauen für sich, pflegten die Genossinnen über den Alltag zu sprechen. Sie arbeiteten als Stenotypistinnen oder Verkäuferinnen oder Geschirrwäscherinnen, sie falteten wochenlang Werbeschriften und steckten sie in Umschläge, sie waren Haushalthilfen oder Kindermädchen. Sie hatten keine Wahl, wenn sie sich und ihre Familien durchbringen wollten. Auch über die Hausarbeit sprachen sie und über die sieben Francs Unterstützungsgeld, die sie von der Roten Hilfe erhielten. Das waren nützliche Gespräche, Ruth Rewald erfuhr manches, was ihr das Leben erleichterte. Vor dem Exil war die eine Genossin Journalistin gewesen, eine andere Lehrerin an einem Mädchengymnasium, die Frau eines österreichischen Genossen war Kinderärztin. Jetzt waren sie Asylantinnen und staatenlos, sie taten, was sie tun mussten. Sie hatte ihren Widerwillen gegen den Onkel hinuntergewürgt und ihm nochmals geschrieben, sie brauche kein Geld, sondern nur Hilfe bei der Beschaffung der Papiere. Hier geht es immer weniger gut, hatte sie ihren Brief beschlossen, alles nähert sich der Katastrophe.

Das Gefühl von Panik hatte das ganze Frühjahr neunzehnhundertvierunddreißig angehalten. Trotzdem arbeitete sie weiter an *Janko*. All ihre Erfahrungen der Unzugehörigkeit, des Nomadentums, der Isolierung, der Fremdheit, der Heimat- und Staatenlosigkeit gingen in das Buch ein. Als Hans endlich doch ein paar Fotos verkaufte, als die Société Central Électrique für zwei seiner Bilder sogar achtzig Francs bezahlte, wurden die Anflüge von Panik seltener. Sie suchte weiterhin nach einer Möglichkeit, in die Vereinigten Staaten zu kommen, schrieb an entfernte Verwandte und Geschäftsfreunde des Vaters. Die ablehnenden Antworten glichen sich. Noch im September hatte sie um ein Emigrationsvisum nachgesucht, halbherzig, weil ihr die Aussichtslosigkeit ihrer Bemühungen vor Augen stand. Als sie im Oktober den Vertrag mit Münzenberg unterzeichnete, schien die Angelegenheit nicht mehr dringend. Da die Palästinapläne von Hans nicht vorankamen, hatte er sich ebenfalls an Verwandte in den Staaten erinnert. Einem Hinweis Breitenbachs folgend, bat er das Comité National de Secours aux Réfugiés Allemands Victimes de l'Antisémitisme um Finanzierung der Überfahrt. Ende des Jahres war die Antwort eingetroffen. Die Nachforschungen unseres Mitarbeiters in New York haben ergeben. Ihre Verwandten sind wirtschaftlich nicht in der Lage. Angesichts der fehlenden Voraussetzungen müssen wir leider. Veuillez agréer, cher Monsieur. Hans hatte den Brief zerknüllt. Diese Juden sind ärgere Schnüffler als die Nazis. Seine Bitterkeit kannte keine Grenzen.

Alle Versuche, Frankreich zu verlassen, waren gescheitert. Aber die Katastrophe, von der sie im Brief an den Onkel geschrieben hatte, war nicht eingetreten. Vielleicht würde sie auch in Zukunft ausbleiben. Manche Genossen gaben Hitler höchstens zwei bis drei Jahre.

Im wievielten Monat bist du eigentlich? fragte Breitenbach, während er sich an seinem Fotoapparat zu schaffen machte. Wie kommst du darauf? Du vergisst, sagte er, dass ich mich beruflich mit Gesichtern beschäftige. In deinem Gesicht sehe ich, dass du schwanger bist. Eine Besucherin mit einem etwa zehnjährigen Mädchen war zu der Tafel getreten, vor der Breitenbach sein Stativ aufgestellt hatte. Die Tafel hing vor einem schwarzen Vorhang. Auf der Tafel standen acht Namen: Erich Mühsam, Felix Fechenbach, Joachim Ringelnatz, Theodor Lessing, Kurt Tucholsky, Carl von Ossietzky, Carlo Mierendorff, Ludwig Renn. Neben fünf der Namen befand sich ein Kreuz. Qui sont ces gens, maman? fragte das Mädchen, als die Mutter stehenblieb. Einige kennst du doch, antwortete die Mutter auf deutsch. Tucholsky. Der über die Löcher im Käse geschrieben hat? fragte das Mädchen. Und Ringelnatz. Kuttel Daddeldu, sagte das Mädchen, aber warum stehen die Namen hier? Sie waren gegen die Nazis, sagte die Frau, da haben die Nazis sie bestraft. Sie zog das Kind mit sich weiter. Bist du etwa nicht schwanger? fragte Breitenbach. Doch, sagte sie. Freust du dich? Ich meine, fügte er hinzu, dass nicht jede in dieser Zeit Kinder haben will. Du hast doch auch einen Sohn. Er ist noch in Deutschland geboren, sagte Breitenbach. Die goldenen zwanziger Jahre? fragte sie. Heute machen sie aus diesen Kindern

Hitler-Soldaten und Jungmädel, oder sie treiben sie aus dem Land. Wann war je eine Zeit fürs Kinderkriegen? Breitenbach erwiderte nichts. Sie sagte, sie freue sich auf das Kind. Aber? fragte Breitenbach. Wieso aber? Du willst nicht, dass man es erfährt? Soviel ich weiß, sagte sie, lässt sich das auf die Dauer nicht verbergen. Weiß es Hans? Ich habe es ihm geschrieben. Ich stelle mir vor, sagte Breitenbach, wie er nach dem Exerzieren in die Unterkunft zurückkehrt und liest, dass er Vater werden wird. Sie antwortete nicht. Sie blickte zerstreut auf den Tisch in der Mitte des Raums, mit den im Exil entstandenen Werken. *Janko* fehlte. Sie sagte sich, dass sie gleich bei der Eröffnung darauf hätte dringen sollen, dass auch ihr Buch ausgestellt werde. Jetzt war es zu spät, die Ausstellung dauerte nur eine Woche, übermorgen wurde sie schon wieder geschlossen.

Der Erfolg des Buches hatte sie überrascht. Die Geschichte von Janko, dem Jungen aus Mexiko, den es für ein Jahr nach Deutschland verschlägt und an dessen Schicksal seine deutschen Schulkameraden erfahren, was es heißt, ein Außenseiter, ein Staatenloser zu sein, hatte viel Beifall gefunden. Sie hatte die Titelfigur mit allen Merkmalen des Fremden ausgestattet. *Janko* hat schwarze Augen, schwarze Haare und eine südländische Hautfarbe. Er spricht, als er in die deutsche Klasse eintritt, kein Deutsch. Sein Temperament ist deutlich verschieden von der Mentalität der anderen Kinder. Sogar seine Essgewohnheiten sind andere. Er hat weder Eltern noch ein Vaterland und, da er sowohl Englisch als auch Spanisch spricht, auch keine Muttersprache. Anders und geheimnisvoll erscheint er seiner Umgebung. Es sollte seinen Schulkameraden nicht leicht gemacht werden, ihn zu akzeptieren, und auch den jugendlichen Lesern nicht. Im Grunde sind alle Menschen gleich? Der fromme Spruch hatte seine Wirkungslosigkeit erwiesen, als die Verkünder der Unterschiede zwischen den Menschen an die Macht kamen. Es war töricht, den Nazis gegenüber auf der Gleichheit der Menschen zu bestehen. Gleich waren die Menschen nur durch ihre Unterschiede, diese Dialektik blieb unaufhebbar. Gelehrt und gelernt werden musste, dass die Unterschiede die Menschen bereicherten, auch wenn solche Argumente im Gebrüll der Herrenrasse untergingen.

Von allem Lob für *Janko* hatte sie der Brief von Lisa Tetzner am meisten gefreut. Sie kannte die Kollegin seit den Gesprächsabenden im Roten Block. Mit *Janko* haben Sie einen großen Schritt vorwärts getan, schrieb Lisa Tetzner aus dem Tessin, wohin sie sich zusammen mit Kurt Kläber vor den Nazis gerettet hatte. Ruth Rewald hatte den Brief im Bett gelesen, vor dem Fenster Schneeflocken, die alte Magengeschichte hatte ihr den Jahreswechsel vergällt, in festlicher Stimmung war sie ohnehin nicht. Sie schenken der Erzähltechnik mehr Aufmerksamkeit, schrieb Lisa Tetzner, gehen mit Chronologie und Erzählperspektive freier um. Sie rechnen mit Lesern, die einer Erzählstimme, die nicht vorgibt, über alles Bescheid zu wissen, eher trauen als einem Erzähler, der auf jede Frage eine Antwort weiß. Ruth Rewald hatte diese Briefstelle mehrmals gelesen, sie traf das Zentrum ihrer Überlegungen. Es war wichtig, die jugendlichen Leserinnen und Leser nicht zu bevormunden, nicht von oben nach unten zu sprechen, die Gesten der Erwachsenen zu vermeiden, die alles immer schon wissen. Dazu brauchte es eine Sprache, die die Dinge nicht einengte. Einst hatte sie darüber nachgedacht, dass ihrer Sprache etwas fehlte, sie hatte es das Geheimnis genannt und als Summe aus Wissen und Lebenserfahrung bestimmt. Diese Summe war auf jeder Seite des neuen Buches zu spüren. Halb hatte sie erwartet, dass ihr ein Kritiker auf die Schliche kommen und den Buchtitel als Etikettenschwindel bezeichnen könnte, die Geschichte handle gar nicht von einem mexikanischen Knaben, sondern von der staatenlosen Schriftstellerin Ruth Rewald und ihren eigenen Erfahrungen der Fremdheit und des Ausgestoßenseins.

Das jüdische Volk ist ein Teufelsvolk. Es ist ein Volk von Verbrechern und Mördern. Darum muss das jüdische Volk ausgerottet werden. Die Tafel mit den Zeilen aus dem *Stürmer* hing an einem der säulenartigen Vorsprünge, die die Wände des Ausstellungsraums unterteilten. Um das Zitat herum hatten die Ausstellungsmacher Frontseiten und antijüdische Karikaturen aus dem Naziblatt arrangiert. Breitenbach fotografierte das Arrangement aus verschiedenen Blickwinkeln. Weshalb sind die eigentlich derart besessen von jüdischen Nasen? fragte Ruth Rewald. Habe ich eine jüdische Nase? Keine Ahnung, sagte

Breitenbach, ich bin immer noch bei deinen Beinen. Deine sind auch nicht übel. Das Kompliment, sagte Breitenbach, höre ich oft. Die einen sprachen offen darüber, andere bestritten, dass da überhaupt ein Problem war. Aber ob sie es wollten oder nicht, die jüdischen Emigrantinnen und Emigranten kamen von der Frage nach dem Jüdischen in ihrer Identität nicht los. Breitenbach wich dem Thema durch Witzchen über schöne Beine aus, andere dachten öffentlich über ihr Judentum nach, wieder andere, wie Roth, Werfel und Döblin, wandten sich dem Katholizismus zu. Aber keiner war so bitter wie Kantorowicz. In der Bahn nach Helsingfors, hatte er vor zwei Tagen im Bistro in der Rue Monsieur le Prince zu ihr gesagt, auf seiner Reise in die Sowjetunion sei der Waggon voll gewesen von abscheulichen Judenjungen und -mädels. Sie hatte den Atem eingesogen. Wie im *Stürmer* hätten die ausgesehen, unübertrieben. Geduckt, klein, plump, plattfüßig, watschelnd, lärmend, gemein. Bei jedem Wort zuckte sie zusammen. Er habe das lange Zeit verdrängt, fuhr Kantorowicz heftig fort, er habe den Rassisten nicht recht geben wollen. Aber es sei so. Später hatte er von einer Mutprobe berichtet, die er in der Union bestanden habe, den Sprung von einem Fallschirmturm. Keine Spur von Schiss. Gefühle von Kraft, von Siegesgewissheit. Gegen Ende des Gesprächs, der Kaffee war kalt, der Aschenbecher voll, hatte er von der Besteigung eines Berges im Kaukasus erzählt. Mit dem schweren Rucksack voran war er lange vor den anderen, den Muskelprotzen und erfahrenen Bergsteigern, auf dem Gipfel gewesen. Während er sprach, betrachtete sie sein langes, mageres Gesicht, die hohe Stirn, darunter die starke Nase, die großen Ohren. Er hatte über ein zionistisches Thema promoviert, *Die völkerrechtlichen Grundlagen des nationaljüdischen Heims in Palästina*. Anders als manche Genossen machte Kantor aus seiner jüdischen Herkunft keinen Hehl. Warum sollten ihm ein paar jüdische Zugreisende nicht auf die Nerven gehen. Aber diese ätzenden Karikaturen? Und wie hatte sie selbst ihn eben betrachtet?

Im Juni hatte eine Volksfrontregierung unter dem jüdischen Sozialisten Léon Blum die Regierung übernommen. Sie war erleichtert gewesen. Antisemitische Pöbeleien wurden selten, die Feuerkreuzler waren von den Straßen verschwunden. Die Arbeitsbedingungen für die Arbeiterinnen und Arbeiter begannen sich zu verbessern und auch die Lebensumstände der Asylsuchenden. Zum erstenmal empfand sie Sympathie für eine sozialdemokratische Regierung. So traf es sie unerwartet, als Blum wenige Wochen nach Beginn des Kriegs in Spanien bekanntgab, Frankreich werde sich neutral verhalten. Erbittert sagte sie zu Hans, wenn sie sofort Waffen nach Spanien geschickt hätten, wäre der Putsch niedergeschlagen worden. Dann brauchtest du nicht nach Spanien zu gehen. Die Haltung der Sozialdemokratie bestätigte ihr altes Misstrauen gegen diese sogenannten Genossen, die dem geringsten Druck nicht standhielten. Beim nächsten Treffen der Gruppe sagte sie, sie habe den Eindruck, die Volksfront sei bereits am Ende. Darüber war eine Diskussion entstanden, aber sie hatte nichts gehört, was ihr das Vertrauen in die Regierung Blum zurückgegeben hätte.

Als der Umfall der französischen Regierung in der Spanienfrage noch keineswegs feststand, hatte die Rote Hilfe zur Gründung eines Spanienkomitees ins Hotel Lutetia eingeladen. Hans sollte fotografieren. Zwei Wochen vor Beginn der Veranstaltung war ein Brief des Genossen Rau aus Moskau eingetroffen. Er hatte sich nach dem Befinden von Hans und Ruth erkundigt und mitgeteilt, er werde an der Spanienkonferenz teilnehmen. Er würde sich freuen, die durch die politischen Ereignisse unterbrochenen freundschaftlichen Beziehungen wieder aufzunehmen. Sie kannten Heiner Rau aus Berlin. Das Ende der Weimarer Republik zeichnete sich bereits ab, als er an der Marxistischen Arbeiterschule beim Alexanderplatz einen Vortrag über die Bauernfrage hielt. Das Thema hatte sie nicht besonders interessiert, sie hatte Hans begleitet, der als Anwalt hin und wieder Bauern und Landarbeiter verteidigte. Vielleicht hatte sie einen breiten Bauerntyp erwartet, falls sie überhaupt eine Erwartung gehabt hatte. Jedenfalls trat ein langer, schlanker Mann mit einer kantigen Nase und Geheimratsecken ans Rednerpult. Hans hatte nach der Veranstaltung noch mit Rau gesprochen, sie hatte daneben gestanden, ohne viel zu sagen. Sie hatte keine Fragen, blickte zerstreut auf die Menschen, die den Vortragssaal verließen, lauschte dem schwäbischen Dialekt des Genossen Rau und stellte fest, dass er sie verstohlen betrachtete. Das war ihr nicht unangenehm, solange es nicht die übliche Glotzerei war. Da auch noch andere mit dem Vortragenden sprechen wollten, entschuldigte er sich, ihr Gespräch sei noch nicht zu Ende, vielleicht könne man sich in den nächsten Tagen nochmals treffen. Er war dann einige Male zu ihnen nach Wilmersdorf gekommen. Als er hörte, dass sie Jugendbücher schrieb, nahm er das ohne jenes kaum merkliche Innehalten zur Kenntnis, mit dem Schriftstellerkollegen auf diese literarische Gattung reagierten. Er fragte sie über ihre Arbeit aus, zeigte sich belesen, er, der Bauernsohn, der kein Gymnasium und schon gar keine Universität besucht hatte. Er las *Rudi und sein Radio* und *Müllerstraße* und lobte beide Bücher, kritisierte auch dies und das. Über Lob wie Kritik hatte sie sich gefreut, obwohl er beides in einem etwas oberlehrerhaften Ton vortrug. Diesen Ton kannte sie auch von Hans, aber sie spürte bei ihm wie bei dem Genossen Heiner die Absicht, ihre Arbeit zu fördern, und so nahm sie die Einwände ernst und überhörte den Ton.

Sie war überrascht gewesen, als Rau zu einem seiner ersten Besuche seine Frau mitgebracht hatte. Er hatte nie von ihr gesprochen. Die Frau wirkte kränklich, den ganzen Abend sprach sie wenig. Ruth Rewald sah sie nachher nie mehr, sie war zur Kur in die Sowjetunion gereist. Rau kam weiterhin zu Besuch. Als Hans sie neckte, sie mache sich vor seinen Besuchen zurecht, hatte sie ihn ausgelacht, wenn jemand Grund zur Eifersucht habe, sei sie es, es sei doch nicht zu übersehen, wie gut ihm der Genosse gefalle. Zwischen dem schmächtigen, etwas versponnenen Hans und dem männlichen, fast soldatischen Heiner entstand eine Freundschaft, die ihr auch deshalb gefiel, weil sie sich einbezogen fühlte. Und warum sollte sie den Genossen nicht mögen? Er war so anders als ihre intellektuellen Freunde. Mehr als die Analysen interessierten ihn die Handlungen, wichtiger als die Rapporte und Berichte, die er für Parteizeitungen schrieb, waren ihm die vielen Reisen aufs Land, wo er auf freiem Feld mit Landwirten, Pächtern und Siedlern diskutierte. Nicht von ihm, sondern von anderen Genossen erfuhr sie, dass er in der Partei eine bedeutende Stellung einnahm,

Mitglied des Zentralkomitees war und dem preußischen Land-
tag angehörte. Von alldem machte er wenig her, auch das gefiel
ihr. Dennoch hätte sie nicht sagen können, dass er ein enger
Freund war. Sie kannten sich noch kein halbes Jahr, als die Nazis an die Macht kamen. Wochenlang hörten sie nichts mehr
von ihm. Erst wenige Tage vor der Flucht nach Paris erfuhr sie,
dass er von der Gestapo verhaftet worden war. Das war für sie
und Hans ein Schmerz gewesen, aber in den Wirren des Exils
hatte sie immer seltener an ihn gedacht. Eines Tages berichtete
Kantorowicz, die Nazis hätten einige deutsche Genossen nach
Moskau ausreisen lassen, darunter auch Rau.

Spürst du schon etwas, fragte Breitenbach, strampelt er? Es
ist ein Mädchen, sagte sie. Woher weißt du das? Woher weißt
du, dass es ein Junge ist? Touché. Die Veränderungen in ihrem Körper hatten sie überrascht. Sie hatte sich nicht vorstellen
können, wie die Schwangerschaft den ganzen Körper erfasste.
Veränderungen von den Füßen bis zu den Haaren. Nur wenige
waren unangenehm. Die unerwarteten Anzeichen verblüfften
sie am meisten. Jedesmal, wenn sie etwas Neues zu spüren
glaubte, wie vor kurzem die leichte Atemlosigkeit, schlug sie in
der kleinen Bibliothek von Schwangerschaftsbüchern nach, die
sie sich zusammengeliehen hatte. Sie fand, dass sich zu Beginn
des zweiten Trimesters tatsächlich leichte Atemlosigkeit einstellen konnte. Obwohl sie noch kaum zugenommen hatte, schien
ihr, dass die Kleider zu eng wurden. Sie hatte die Nähsachen
hervorgeholt und begonnen, Kleider auszulassen. Breitenbach
richtete den Fotoapparat auf die abschließende Wand. Hier
war *Mein Kampf* ausgestellt. Von dem Buch führten farbige
Bändchen zu einzelnen Blättern, auf denen daraus zitiert wurde.
Zwei Ausstellungsbesucher in dunklen Mänteln und Hüten
waren herangetreten. Sie neigten sich vor, um die Auszüge zu
lesen, ihre Schatten fielen wie eine Drohung über die Wand und
Hitlers Buch. Breitenbach knipste. Die beiden drehten sich um,
qu'est-ce qui se passe? Der Fotograf sagte, er habe den Auftrag,
die Ausstellung zu dokumentieren, er hoffe, sie hätten nichts
dagegen, dass er sie aufgenommen habe. Nachdem die beiden
weitergegangen waren, sagte sie, du hast den entscheidenden
Augenblick erwischt. Vorausgesetzt, meinte Breitenbach, dass

die Belichtungszeit stimmt. Sie lachte, der Unernst des Fotografen tat ihr gut. Sie sah ihm bei der Arbeit zu, sie hatte nichts anderes zu tun. Hans war in Spanien, Heiner zurück in Moskau, in ihr das Kind.

Als Breitenbach seine Apparatur zerlegt und eingepackt hatte, begleitete sie ihn die Treppe hinunter. Draußen war es schon dunkel, es regnete und war kalt. Vielleicht fiel bald der erste Schnee. Sie verabschiedete sich von ihm und ging den Boulevard Saint-Germain entlang zur nächsten Metrostation. Sie musste lange auf den Zug warten.

Das Herz klopfte ihr im Halse, als sie ihn auf dem Boulevard Raspail erblickte. Er stand in der heißen Vormittagssonne vor dem Eingang zum Hotel Lutetia und sprach mit einem Genossen, den sie von anderen Veranstaltungen her kannte. Seine Gestalt schien noch schlanker, die Geheimratsecken stärker als in der Erinnerung. Die Gesten, mit denen er auf dem Boulevard Raspail seine Gedanken unterstrich, waren lebhaft wie je. Sie wartete, bis sich ihre Erregung legte, aber sie legte sich nicht. Hallo, Ruth, begrüßte sie ihr Bekannter, kennst du den Genossen Heiner? Sie nickte, sagte etwas, sie konnte ja nicht einfach schweigen, und auch er sagte etwas. Er schaute sie an, wie damals in Berlin, er sah das weiche Haar, das ihr in die Stirn fiel, das sanfte, kindliche Gesicht, das Grübchen im Kinn, das leichte Sommerkleid, darunter ihr Körper. Dann saßen sie nebeneinander in der Salle Président, unter Stuck und schweren Lüstern. Sie sprachen wenig. Im Gedränge der Teilnehmerinnen und Teilnehmer, die in den Saal strömten, erblickten sie Hans. Heiner hatte ihn bereits begrüßt. Hans hob die Leica und fotografierte sie beide, eine verschworene Geste. Der erste Redner beschrieb die Lage in Spanien, der zweite äußerte sich zu den Strategien, mit denen die Regierung Blum dazu gebracht werden musste, die Waffenlieferungen wieder aufzunehmen, der dritte erläuterte Art und Umfang der faschistischen Hilfe für die aufständischen Generale. Um elf Uhr vormittags war Kaffeepause. Sie und Heiner verließen die Konferenz und nahmen ein Taxi zu seinem Hotel. Als sie das dünne Kleid ausgezogen hatte, stand er immer noch angekleidet da. Mache ich dich verlegen? Nein, sagte er, oder doch. Komm, hörte sie sich sagen, ich bin nass. Später hörte sie sich stöhnen, Lust wusch über sie. Feuchtigkeit von Schweiß, Samen, Tränen. Liebe hinter dünnen Wänden. Schritte im Flur. Manchmal lagen sie nebeneinander und dösten, im offenen Fenster der Verkehrslärm der erhitzten Stadt. Einmal aßen sie eine trockene halbe Baguette und ein Stück Brie, der verlief, auch ein Rest Rotwein war da. Wie Gott in Frankreich. Einmal gingen sie unter die kühlende Dusche. Auch jetzt sprachen sie nur wenig.

Als sie abends nach Hause kam, war Hans noch nicht da. Sie wusch Gesicht und Hände, putzte die Zähne und ging zu Bett. Hans kam wenig später. Er entkleidete sich leise, um sie nicht zu wecken. Als er neben ihr lag, neigte sie sich über ihn und küsste ihn. Am anderen Morgen war er bereits weg. Sie fuhr in Heiners Hotel und blieb fünf Stunden bei ihm. Um drei Uhr packte er seine wenigen Sachen, der Zug nach Moskau fuhr am Spätnachmittag. Auf der Straße winkte sie ein Taxi herbei und sagte zum Fahrer, Gare de l'Est. Heiner blickte aus dem Rückfenster, bis das Taxi im Verkehr verschwunden war. Sie fuhr mit der Metro nach Hause. An der Tunnelwand, von den Lichtern des vorüberdonnernden Zuges erhellt, Dubo Dubon Dubonnet, Dubo Dubon Dubonnet.

Als ihre Regel ausblieb, wollte sie nicht glauben, dass sie schwanger war. In den vergangenen Jahren hatte sie sich oft gefragt, warum sie nicht schwanger wurde. Vielleicht sollte sie sich untersuchen lassen. Aber das eilte nicht, sie wollte jetzt kein Kind. Am Tag nachdem Hans nach Spanien abgereist war, ging sie zum Arzt. Als er ihre Schwangerschaft bestätigte, wusste sie, wer der Vater war. Den Gedanken an eine Abtreibung hatte sie erwogen, aber nur so, wie man eine entlegene Möglichkeit prüft, die nicht wirklich in Betracht kommt. Was würde Hans sagen? An Heiners Wünsche dachte sie nicht. Sie hatte ihm in ihren Briefen nach Moskau noch nicht einmal mitgeteilt, dass sie schwanger war. Das war eine Sache zwischen ihr und Hans. Was würde Hans von ihr erwarten? Scham? Reue? Schuldgefühle? Was erwartete sie von ihm? Wut? Eifersucht? Kälte? Dass er ihr sagte, er wolle das Kind nicht? Er wolle sie nicht mehr sehen? Nichts von alledem erwartete sie. Sie glaubte, ihn zu kennen, aber wer wusste schon, wie ein Mann sich in einer solchen Situation verhielt? Sie würde das Kind behalten, das stand fest. Aber sie wollte auch Hans behalten. Und Heiner. Wie konnte das gehen, ohne dass daraus eine Boulevardkomödie wurde? Oder eine Boulevardtragödie? Es konnte nicht gehen. Oder höchstens für eine Weile. Solange der eine Geliebte in Spanien war und der andere in Moskau. Solange, bis das Kind da war. Ein Kind mit zwei Vätern? Nicht in dieser Welt. Name und Vorname des Vaters? Schaul? Rau? Hans? Heiner? Hans Heiner? Heiner Hans? Dubo Dubon Dubonnet.

18

In Arles hielt der Zug nur wenige Minuten. Sie hatte Zeitungen kaufen wollen, aber der Aufenthalt war zu kurz. Aus dem offenen Abteilfenster blickte sie auf Bahnsteige und Geleise, dahinter die rußige Bahnhofsfassade. Die wartenden Passagiere hatten sich vor der brütenden Vormittagssonne unter die Perrondächer zurückgezogen. Ein an- und abschwellender gellender Pfeifton. Rauchschwaden sanken auf die Bahnsteige nieder, der Zug ruckte an. Maria Osten schloss das Fenster. Wenige Minuten hinter Arles begann eine flache ausgetrocknete Sumpflandschaft, die sich unter dem wolkenlosen Himmel nach Süden gegen das Mittelmeer hinzog. Dann und wann erhob sich beim Herandonnern des Zugs ein Vogelschwarm aus dem dürren Gras und senkte sich in einiger Entfernung wieder nieder. Sonst bewegte sich kaum etwas. Zweimal zogen in der Ferne, in Staubwolken gehüllt, Rinderherden vorüber. Später stoben von der Signalpfeife der Lokomotive aufgestörte Rinder vom Bahndamm weg zu einer Herde, die sich ganz in der Nähe aufhielt. Hunderte von Tieren standen herum, bewegten sich kaum, nur die Schwänze schlugen um sich. An den Rändern der Herde drei, vier verwegen aussehende Burschen zu Pferd, die auf den vorbeifahrenden Zug blickten. Ein zottiger Hund trottete zwischen den Rindern umher. Dann war die Herde verschwunden, das ausgetrocknete Land lag wieder bewegungslos unter der Augustsonne, die das Eisenbahnabteil aufheizte. Sie öffnete das Fenster einen Spaltbreit. Lieber der Ruß als die Hitze. Sie blinzelte in das flirrende Licht des Midi.

Eva Herrmann hatte von diesem Licht gesprochen, als sie Maria Osten um sechs Uhr früh in Sanary-sur-Mer zur Autobushaltestelle begleitete. Marta Feuchtwanger hatte ihr noch das Frühstück zubereitet. Auch Feuchtwanger war im Morgenrock heruntergekommen, um sich von ihr zu verabschieden. Er sagte, die Zeitschrift befinde sich auf gutem Wege. Er bat sie, ihm das Manuskript zurückzugeben, das sie nach Moskau hatte mitnehmen wollen. Da sie nun in die entgegengesetzte Richtung fahre, werde er es selbst an die Redaktion schicken. Er wünschte ihr eine gute Reise und bat, Kolzow Grüße auszurichten. Die Impressionisten haben von diesem Licht geschwärmt, hatte Eva Herrmann unten am Hafen gesagt, während sie auf den Autobus nach Marseille warteten, keiner habe es so gemalt wie van Gogh, Maria Osten solle darauf achten, wenn sie durch die Camargue fahre. In der Morgendämmerung legten ein paar Kinder in zerrissenen Badehosen und durchlöcherten Leibchen Fischernetze zusammen, die auf dem Kai zum Trocknen ausgebreitet waren. Die Fischer halfen ihnen dabei und verstauten die Netze in den Booten. Das Paradox von van Goghs Technik bestehe darin, sagte Eva Herrmann, dass er, um diese blendende Helligkeit auf die Leinwand zu bekommen, sämtliche Farben der Palette verwendet habe. Während sie sprach, streiften die Strahlen der rot aufgehenden Sonne ihr Profil. Das dunkle, in der Mitte gescheitelte Haar schmiegte sich an das vollendete Oval ihres Kopfes und betonte den Schwung der Stirn und die makellose Anmut ihres Gesichts. Der Pagenschnitt ließ die Ohren frei, sie waren klein und wohlgeformt, und auch sie wollten bewundert werden. Sie trug weder Ohrringe noch anderen Schmuck. Sie braucht keinen Zierat, dachte Maria Osten, er würde von ihrer Schönheit ablenken.

Der Autobus war zu hören, noch bevor er zu sehen war. Pass auf dich auf dort unten, sagte Eva Herrmann, während der Bus vor ihnen zum Stehen kam. In zwei bis drei Wochen ist der Krieg vorbei, sagte Maria Osten. Sie umarmten sich. Der Motor heulte auf, eine schwarze Auspuffwolke hüllte Eva Herrmann ein, sie hustete. Maria Osten zog das Fenster herunter, ballte die Faust und sagte, no pasarán. Der Autobus setzte sich in Bewegung. Ein paar armselige Häuser, dann war das Fischerdorf zu Ende. Eine Weile konnte sie noch die winkende Gestalt Eva Herrmanns sehen. Außerhalb des kleinen Hafens strebten Fischerboote dem offenen Meer zu.

Eine Stunde später war sie in Marseille. Am Bahnhof kaufte sie eine Fahrkarte nach Perpignan. An der Place de la gare setzte sie sich vor ein Café. Ein Garçon, der die taufeuchten Tische und Stühle sauberwischte, brachte ihr einen Kaffee. Sie zündete sich eine Camel an und las noch einmal Kolzows Depesche: Arrive Barcelone, Hôtel Orient, le 8 août. Rejoins-moi le plus tôt possible. K.

Feuchtwanger hatte geraten, nicht gleich zu fahren, die Lage sei undurchsichtig. Die Regierung Blum erwäge, die Grenze zu schließen, dann könne sie in Perpignan wieder umkehren, oder schlimmer, sie werde verhaftet. Ich fahre auf jeden Fall, hatte sie geantwortet, was wäre ich denn für eine Journalistin, wenn ich mir das entgehen ließe. Feuchtwanger meinte, sie solle darauf achten, dass sie sich mit dem Journalismus nicht den Stil verderbe. Sie solle an ihren Erzählungen arbeiten, statt Artikel für dieses wolgadeutsche Käseblatt zu schreiben. Sie wissen, hatte sie geantwortet, wie sehr mich Ihr Lob freut, auch wenn Sie es nur sagen, damit ich hierbleibe und Ihren Harem vergrößere. Frau Marta, Eva Herrmann, Lilo Dammert, Lola Sernau, eine schöner als die andere. Was wollen Sie da noch mit einer preußischen Landpomeranze? Ja, was wohl? sagte Feuchtwanger. Sie lachte. Er war ein lüsterner kleiner Herr, und das passte nicht recht zu seinen Arbeitsgewohnheiten eines Buchhalters, der nach einem genau eingehaltenen Stundenplan jeden Tag seine Werke diktierte und eine Stunde nachdem er einen viele hundert Seiten langen Roman beendet hatte, mit dem nächsten begann. Auch die Liebe war in diesem Tagesablauf eingeplant. Soweit sie während der Tage in der Villa Valmer feststellen konnte, hielten sich die Mitglieder des Haushalts diskret an diesen Plan. Ich stelle mir vor, hatte sie einmal zu Eva Herrmann gesagt, als sie unten am Hafen vor dem Bistro La Marine saßen, ich wäre an seiner Stelle. Ich lebe in einer Villa mit meinem Ehemann und drei Liebhabern, sagen wir, einem Musiker, einem Parteifunktionär und einem Tennislehrer. Und wer macht den Haushalt? fragte Eva Herrmann. Meine Frau, antwortete Maria Osten. Am Vormittag diktiere ich dem Sekretär einen Roman, während er mir schöne Augen macht. Wenn ich in den Garten blicke, sehe ich, wie der Tennislehrer dem Parteifunktionär die Rückhand beibringt. Durch ihre nackten Oberkörper lasse ich mich aber nicht ablenken. In einer Ecke des Gartens sitzt mein Mann, macht den Haushaltsplan und schmollt. Keineswegs, sagte Eva Herrmann, er hat was mit der Haushälterin. Meinetwegen. Wenn ich mit dem Diktieren fertig bin, gebe ich die Seiten dem Musiker, der sie kritisch liest und Änderungsvorschläge macht. Zum Nachtessen versammle ich alle Liebhaber um mich, und wir führen anregende Gespräche. Abends schleiche ich durch die Gänge der Villa und öffne diese oder jene Tür. Und wenn einer der Männer fremdgeht? Inakzeptabel, sagte Maria Osten, abgesehen von der Sache zwischen meinem Mann und der Haushälterin. Soweit die Erotik, sagte Eva Herrmann, und was ist mit der Liebe?

Ja, was war mit der Liebe? Sie blickte aus dem Abteilfenster auf die Ebene der Camargue, die ausgedörrt unter der Sonne lag. Schweißtropfen liefen ihr in die Augen, das Licht blendete. Sie blinzelte, rieb sich die Augen. Nichts bewegte sich in der eintönigen Weite, der Zug schien stillzustehen, während die Räder unablässig gegen die Schienenfugen schlugen. Das Geräusch war gedämpft, wie in Watte verpackt. Sie fröstelte und hüllte sich enger in ihren Mantel. In der Ferne ein Wald, der plötzlich an den Bahndamm heranschoss, schneebedeckte Äste, eine Lichtung, Rehe, die im Schnee nach Nahrung suchten. Dann riss der Wald ab. Konturloses Weiß aus Schnee und Himmel hinter einem Abteilfenster, das vom Frost angelaufen war. Vor bald vierundzwanzig Stunden hatten sie Saratow verlassen, Stunde um Stunde donnerte der Zug durch die Schneewüste, Moskau entgegen. Sie steckte die Hände in die Manteltaschen. Der Waggon war geheizt, aber die Kälte, vermischt mit dem Ruß der Lokomotive, drang durch die Ritzen ins Abteil. Busch hatte sich auf der gegenüberliegenden Sitzbank ausgestreckt und schlief unter seinem dicken Mantel. Die Konzerte und Auftritte der vergangenen acht Tage, die Empfänge bei den örtlichen Parteivorständen, die Lobreden und Trinksprüche hatten ihn ermüdet. Die blonden Haare waren ihm ins Gesicht gefallen, in dieses Gesicht, das seit der Verfilmung der *Dreigroschenoper* in Deutschland jeder kannte, nein, das jede kannte. Ein Schönling, mit seinem leicht amüsierten Gesichtsausdruck, den er auch im Schlaf nicht verlor, oder war es das spöttische Bühnenlächeln, wenn er im applaudierenden Publikum wieder Eine entdeckt hatte? Ein ausgesprochen deutsches Gesicht, ein arisches Gesicht, auch wenn das Pack es ihm zerschlüge, falls es seiner habhaft würde. Durch das Fenster der Abteiltür sah sie Weinert, der rauchend im Gang auf und ab ging. Sie trat, leise die Abteiltür hinter sich schließend, zu ihm hinaus und bat um eine Zigarette. Was ist mit deinen Camels? fragte er. Verschenkt, sagte sie, die Genossen an der Wolga rauchen wie die Schlote. Er grinste, ohne etwas zu sagen. Dichtest du? Weinert nickte und setzte seinen Spaziergang fort. Sie rauchte schweigend ihre Zigarette zu Ende und ging ins Abteil zurück.

Drei Monate zuvor, in der Garderobe des Klubs ausländischer Arbeiter in Moskau, hatte Ottwalt gesagt, darf ich euch bekannt machen. Ernst Busch war vom Schminktisch aufgestanden. Er trug ein einfaches Jackett über einem roten Wollhemd mit offenem Kragen. In seinen blauen Augen der spöttische Ausdruck. Der glaubte wohl, dass er sie mit seinem Lächeln weichmachen konnte. Und der Haifisch, sagte sie zu ihm, der hat Zähne. Und die trägt er, fuhr Busch halblaut singend fort, im Gesicht. Er grinste und sagte, ich muss Sie enttäuschen, Genossin Osten, ich bin kein Haifisch, sondern gelernter Schlosser. Sie lachte. Sie hatte einen wichtigtuerischen Selbstdarsteller erwartet, nun stand ein zu schön geratener Kieler Arbeiterjunge vor ihr. Als die Vorstellung begann, hatte sie sich zwischen Kolzow und Bechers Frau Lilly in die vorderste Reihe gesetzt. Ottwalt sprach vor dem Vorhang einführende Worte. Als sich der Vorhang öffnete, stand Busch neben dem Flügel und blickte neugierig ins Publikum. Schneerson spielte ein paar Takte, dann setzte Busch ein: *Und weil der Mensch ein Mensch ist, / Drum will er was zum Essen, bitte sehr!* Die folgenden Takte gingen im Applaus unter. Im Publikum saßen viele Exilanten, Musiker, Schauspielerinnen und Schriftsteller, die kannten Brechts Worte und Eislers Musik und sangen mit. Busch trug das Lied in einem mitreißenden Parlando vor. Nach zwei weiteren Liedern zog er das Jackett aus und legte es auf den Flügel. Im roten Wollhemd trat er an die Rampe und sang: *Und als der Krieg im fünften Lenz / Keinen Ausblick auf Frieden bot / Da zog der Soldat seine Konsequenz / Und starb den Heldentod.* Er sang: *Wir sind die Moorsoldaten / Und ziehen mit dem Spaten / Ins Moor.* Er sang: *Oh, show us the way to the next whisky bar / Oh, don't ask why, oh, don't ask why.* Er sang das Lied vom SA-Mann: *Als mir der Magen knurrte, schlief ich / Vor Hunger ein. / Da hört ich sie ins Ohr mir / Deutschland erwache! schrein.* Zum Abschluss des Abends kündigte er ein Liebeslied aus dem Mittelalter an, es heiße *Der Tod von Basel.* Er begann:

Als ich ein Junggeselle war,
Nahm ich ein steinalt Weib.
Ich hat' sie kaum drei Tage – Ti-Ta-Tage
Da hat's mich schon gereut.

Applaus und Lachen begrüßten das alte Liebesliedchen. Es schloß mit den Versen:

Das junge Weiberl, das ich nahm,
Das schlug mich nach drei Tag'.
Ach lieber Tod von Basel – Bi-Ba-Basel
Hätt' ich mein' alte Plag!

Applaus und Lachen. Du hast mich damals bei diesem Liedchen so angeschaut, sagte sie. Das war vor acht Tagen gewesen, sie hatten nebeneinander im unteren Bett ihres Schlafwagenabteils gelegen, während der Zug der Wolga entgegenrollte. Ich saß in der vordersten Reihe, alle konnten es sehen. Wie habe ich dich angeschaut? So, sagte sie. Ja, das kann sein, sagte Busch. Soll ich dich nicht mehr so anschauen? Doch, sagte sie, unbedingt.

Nach jenem Konzert hatte sie ihn noch ein paarmal bei Auftritten gesehen. Sie hatte aber nur wenige Worte mit ihm gewechselt, immer war er umdrängt von Verehrerinnen und Bewunderern. Anfang des Jahres hatte ihr die Chefredakteurin Julia Annenkowa mitgeteilt, dass die *Deutsche Zentral-Zeitung* eine kleine Künstlerbrigade zusammenstelle, die Ernst Busch im Februar zu Auftritten in die Wolgadeutsche Republik begleiten werde. Außer Erich Weinert und ihr selbst habe sie an Maria Osten gedacht, die für das Blatt ein paar Berichte über die Wolgadeutschen schreiben könnte. Sie hatte zugesagt, die Reise lockte sie, sie war neugierig darauf, wie die Menschen im Hinterland mit den Veränderungen fertig wurden, die die Revolution gebracht hatte. Am Reisetag war sie die erste gewesen unter dem großen Portal des Kasaner Bahnhofs, am Komsomol-Platz. Es war eisig kalt, sie stampfte mit den Füßen und rieb sich die Arme, während sie zu dem orientalischen Bahnhofsturm mit dem Drachen und dem Kasaner Stadtwappen hinaufblickte. Wenig später trafen Busch, Weinert und Julia Annenkowa ein. Als Künstlerbrigade reisen wir im Sonderwaggon, sagte Julia Annenkowa, jeder von uns hat ein eigenes Abteil.

Sie war noch dabei, sich in ihrem Abteil einzurichten, als sich der Zug mit einem leichten Ruck in Bewegung setzte. Im Schrittempo, eingehüllt in Rauchschwaden, rollte er aus der Halle des Kasaner Bahnhofs, fuhr über ratternde Weichen und verzweigte Gleisanlagen. Stellwerke glitten vorbei, einfahrende Züge und lange Reihen von abgestellten Güterwagen, Verwaltungsbauten, Wohnhäuser und neu aussehende Fabriken, die Dächer von rußigem Schnee bedeckt. Allmählich gewannen sie an Geschwindigkeit, ließen Vororte hinter sich, Städtisches ging über in Ländliches, einstöckige Holzhütten, verschneite Feldwege, nach einer halben Stunde leeres, flaches Land, eintönig weiß. Sie ging zu Julia, Weinert und Busch in den Aufenthaltsraum. Sie plauderten und tranken Tee. Busch und Weinert erzählten von gemeinsamen Auftritten, von der Arbeit mit Brecht und Eisler und Pabst. Brecht hatte Pabsts Verfilmung der *Dreigroschenoper* scharf kritisiert, aber Busch verteidigte den Film. Durch ihn sei die Welt auf Brecht aufmerksam geworden und habe auch gleich die Grundregel des Materialismus kennengelernt: Erst kommt das Fressen, dann kommt die Moral. Die Räder schlugen gegen die Schienenfugen, tadägg tadagg, tadägg tadagg. Während mehr als einer Stunde versperrte ein verschneiter Wald den Blick. Dann wieder konturloses Weiß, gelegentlich ein paar Hütten und Ställe, ein kleines Dorf, Schnee auf den Dächern, Rauch. Dann und wann ein Pferdeschlitten, Pferd und Kutscher stießen Atemwölkchen aus. Sie überließ sich der von vielen Eisenbahnfahrten her vertrauten Stimmung aus Langeweile und Wohlgefühl. Weinert erzählte von den Wochen und Monaten in Berlin, bevor die Nazis an die Macht kamen. Er und Busch und viele andere Genossen im Roten Block hätten rote Fahnen aus den Fenstern gehängt und die vorbeimarschierenden Braunen ausgepfiffen. Am Laubenheimer Platz? fragte Maria Osten. Weinert nickte, hast du die Künstlerkolonie gekannt? Nein, sagte sie, aber ich habe eine Kollegin, die da verkehrte, Ruth Rewald. Kenne ich nicht, sagte Weinert. Doch, sagte Busch, ich erinnere mich, sie war oft bei Kantorowicz. Eine Juristin mit einem Mädchengesicht, die Jugendbücher schrieb. Was ist aus ihr geworden? Sie lebt mit ihrem Mann in Paris, sagte Maria Osten.

Später setzte sie sich zu Julia Annenkowa. Was macht dein Kleiner? Er geht in die erste Schulklasse, sie zeigte Maria Osten ein Foto, auf dem der Knabe mit ihrem Mann zu sehen war. Ich vermisse ihn, wenn ich ihn nicht jeden Tag sehe. Ich vermisse beide, verbesserte sie sich. Sie fragte Maria Osten nach Hubert. Er geht in die Karl-Liebknecht-Schule in der Kropotkinstraße, er spricht schon fließend Russisch. Die Lehrer sagen, er sei ein ausgezeichneter Schüler. Im Moskauer Kindertheater hält Natalja Saz immer einen Platz für ihn frei. Dein Buch, meinte Julia Annenkowa, hat den Jungen berühmt gemacht. Maria Osten sagte, ich bin nicht mehr sicher, ob das gut für ihn war. Er ist privilegiert. Die anderen Kinder sind neidisch auf ihn, das macht ihm zu schaffen. Ich habe den Eindruck, dass er sich vor mir verschließt. Ich habe zuwenig Zeit für ihn, ich lebe ständig mit einem schlechten Gewissen. Vielen Müttern geht das heute so, sagte Julia Annenkowa. Die neuen Kinderkrippen sind gut, auch die kollektive Erziehung. Sie sollen ja nicht mehr diese bürgerlichen Eigenbrötler werden, die nur auf sich selbst schauen. Sie schwieg eine Weile. Und doch, sagte sie schließlich, habe ich mitunter das Gefühl, dass man mich zu sehr von meinem Kind trennt. Aber das ist vielleicht eine Generationsfrage, die neue Generation denkt da schon anders.

Zurück in ihrem Abteil, versuchte Maria Osten zu lesen, aber immer wieder schweifte ihr Blick aus dem Fenster, hinter dem es nichts gab als dieses Weiß. Sie dachte an Busch und Kolzow. Das Nachdenken führte zu keinem Ergebnis, so ließ sie es bleiben. Am Abend trafen sie sich wieder im Aufenthaltsraum. Der Koch brachte warmes Essen aus der Kochnische, die zu dem Sonderwaggon gehörte, dazu heißen Tee und eine Flasche Cognac. Beim Essen erzählte ihnen Julia Annenkowa die Geschichte der Wolgadeutschen, deren Vorfahren die Armut aus Deutschland bis an die untere Wolga vertrieben hatte. Immer weiter raste der Zug durch die frostige Nacht. Später hatte sie es sich in ihrem Abteil unter der schweren Decke bequem gemacht, als es draußen klopfte. Sie öffnete die Abteiltür und sagte, komm rein. Sie schlüpfte schnell wieder unter die Decke und schaute zu, wie Busch sich auszog. Sie hob die Decke hoch.

Am folgenden Nachmittag brachten Pferdeschlitten sie von Saratow über die zugefrorene Wolga. Engels war ein Städtchen von sechzigtausend Einwohnern. Schneebedeckte einstökkige Holzhäuser, aus den Kaminen stieg Rauch. Zugeschneite schnurgerade Straßen, die sich im Nichts verloren. Holzstege, die im Eis endeten. Sie zeigten an, wo das Ufer verlief. Neben den Stegen Schneeverwehungen, aus denen da und dort der hölzerne Bug eines Fischerbootes ragte. Auf dem Eis in weiten Abständen vermummte Gestalten mit Angelruten. Dahinter sank die Sonne gegen den Horizont. Die Zimmer in ihrem zweistöckigen Hotel waren einfach, gut geheizt, die Fenster von einer Eisschicht bedeckt, das WC auf dem Flur. Am Abend wurden sie im nahegelegenen Verwaltungsgebäude von Vertretern der Partei, der Regierung, der Bauernschaft und der Theater- und Künstlerkollektive begrüßt. Sie hörten Ansprachen in altertümlichen hessischen, württembergischen und rheinfränkischen Dialekten. Julia Annenkowa bedankte sich im Namen

der Künstlerbrigade der *Deutschen Zentral-Zeitung*, die von
weit her gekommen sei, um bei den Genossinnen und Genossen ein paar Abende im Geist der Freundschaft zu verbringen.
Dann wurde bei Wodka und Cognac auf die Besucher, auf die
wolgadeutsche Republik und auf den siegreichen Kampf gegen
den Faschismus angestoßen.

Keine Ahnung, was die von mir erwarten, sagte Busch am
anderen Morgen beim Frühstück, als er mit Weinert das Programm durchsprach. Am Nachmittag probte er im Theater
mit dem Staatschor, Maria Osten, Julia Annenkowa und Weinert saßen, in ihre Mäntel gehüllt, im leeren Zuschauerraum.
Abends war der einfache Bau bis auf den letzten Platz gefüllt,
viele saßen und standen in den Gängen. Bäuerliche Gesichter,
Rotarmisten und Milizionäre in Uniform, Studentinnen und
Schüler, alle in dicke Jacken gehüllt. Busch begann mit Volks-
liedern. *Muss i denn, muss i denn zum Städtele 'naus.* Das
Publikum sang sofort mit, auch bei *Am Brunnen vor dem Tore.*
Ich freue mich, wenn ihr mitsingt, sagte Busch, als der Applaus
verklungen war, aber bitte nicht zu laut. Gelächter im Saal. Ver-
suchen wir es mit dem *Lied von der Lorelei*, nach der Musik von Friedrich Silcher, Text von Heinrich Heine. Er begann
mit verhaltener Stimme: *Ich weiß nicht, was soll es bedeuten, /
Dass ich so traurig bin.* Das Publikum sang halblaut mit, auch
Maria Osten, *Ein Märchen aus uralten Zeiten*, wo gab es das
heute, dass deutsche Stimmen dieses Lied sangen, ohne dass der
Name des Dichters verschwiegen wurde? Der Saal applaudierte
und Busch applaudierte zurück. Tempowechsel, sagte er. Der
Chor setzte kräftig ein: *Vorwärts! und nie vergessen, / Worin
unsre Stärke besteht.* Die Menschen im Saal erhoben sich und
sangen im Stehen mit. Musik von Hanns Eisler, rief Busch in
den Applaus hinein, Worte von Bertolt Brecht! Dann stellte
er Erich Weinert vor. Der stämmige Lyriker trat mit schnellen
Schritten an die Rampe, fuhr sich durch das unordentliche ge-
wellte Haar und sagte mit verhaltener Stimme: Genossen, vor
mehr als siebzig Jahren wurde in Deutschland der Allgemeine
Deutsche Arbeiterverein gegründet. Georg Herwegh hat damals ein Lied für den Verein geschrieben. Daraus will ich ein
paar Verse zitieren. Er machte eine Kunstpause, dann rief er

donnernd in den Saal: *Mann der Arbeit, aufgewacht! / Und erkenne deine Macht! / Alle Räder stehen still, / Wenn dein starker Arm es will.* Tosender Beifall. Er hatte das Publikum in der Hand. Seit Kriegsende trat er als Sänger und Rezitator auf, in der Roten Revue hatte er mitgewirkt, auf tausend Arbeiterversammlungen, auf Kundgebungen und Wahlveranstaltungen der Partei seine Gedichte rezitiert, die das Arbeiterpublikum mitrissen und bald wieder vergessen waren. Seine Gedichte waren für den Tag geschrieben, Kunst als Waffe. Die bürgerliche Kritik schüttelte sich vor Widerwillen. Dabei sind seine Verse keineswegs kunstlos, dachte Maria Osten, als er das *Rote Deutsche Wolgalied* sang. Er hatte es am Nachmittag geschrieben, es war auf ehrliche Weise volkstümlich, ohne falsche Gefühle und von lauterer Art, wie er selbst. *Immer nur waren wir Knechte / Hinter der Herren Pflug, / Aber für unsere Rechte / Die große Stunde schlug.* Den Refrain, *In unserer Hand hast du Bestand, / Rotes Deutsches Wolgaland*, sang das Publikum bei der Wiederholung bereits mit. Später war Busch wieder auf der Bühne und sang das *Stempellied: Keenen Sechser in der Tasche, / Bloß 'n Stempelschein. / Durch die Löcher der Kleedasche / Kiekt de Sonne rein.* Zum Abschluss des Abends sang er nach mehreren Zugaben nochmals das *Solidaritätslied*. Zuschauerinnen und Zuschauer drängten an die Rampe. Busch streckte Einzelnen die Hand entgegen und zog sie zu sich auf die Bühne, wo sie mit ihm das Lied zu Ende sangen, *Vorwärts, nicht vergessen / Die Solidarität!* Später, im Bett neben ihm, nach der Liebe, beim Einschlafen, sah Maria Osten noch immer dieses Bild vor sich, wie er die Menschen zu sich auf die Bühne zog, ohne dabei seinen Gesang zu unterbrechen.

Nach drei Tagen verließen sie Engels im Autobus. Die Fahrt ging während Stunden auf einer schneebedeckten Piste die Wolga entlang. Da und dort ragte ein Bootssteg aus dem Schnee. Im Freien herrschten vierzig Grad Kälte, immer wieder wischte Maria Osten die frostbedeckte Scheibe ab. Sie durchquerten kleine Siedlungen mit exotischen Namen wie Stahl, Katharinenstadt, Susannental, Unterwalden, Zürich und Glarus. Am Nachmittag erreichten sie Marxstadt. Auch hier waren die Vorstellungen ausverkauft, drängten sich die Menschen an die Bühne, wollten Buschs und Weinerts Hände schütteln und brachten ihnen Geschenke, eine Flasche Wodka, geschnitzte Tierfiguren, ein rotes Pioniertuch, ein selbstgebackenes Brot.

Die Armut, sagte der junge Rotarmist, mit dem sie sich am folgenden Morgen im Hotel zu einem Gespräch traf, bestimme seit jeher das Leben der Menschen in dieser Gegend. Sein Vater habe als Hirt für einen Kulaken gearbeitet. Die Eltern seien so arm gewesen, dass sie beschlossen, aus dem Russland des Zaren wieder nach Deutschland zurückzukehren, das Land, aus dem sie gekommen waren. Dort wurde der junge Rotarmist geboren, auf einem Adelsgut in Brandenburg, wo der Vater als Tagelöhner und die Mutter als Magd arbeiteten. Das Leben war nicht anders als in Russland, nicht im mindesten. Nach drei Jahren waren die Hoffnungen der Eltern erneut aufgebraucht. Sie packten ihr Bündel und reisten die zweitausend Kilometer zurück an die Wolga. Abermals arbeiteten sie für einen Kulaken, es blieb ihnen nichts anderes übrig. Als die Revolution ausbrach, waren sie unschlüssig. Sie trauten den Bolschewiken nicht, die, nach allem, was sie in Erfahrung bringen konnten, sowenig wie die Kulaken daran dachten, ihnen ein Stück Land zu geben. Lange Zeit war der Bürgerkrieg weit weg. Dann erschien eines Tages Denikin mit seinen weißen Truppen. Tausende wurden hingemacht, die Ernten vernichtet. Es folgte eine Hungersnot, die Mutter des Rotarmisten starb, und zwei Geschwister starben auch. Als der Junge alt genug war, ging er zur Roten Armee. Er kämpfte gegen die Kulaken – wer sein Land nicht hergab, wurde erschossen oder erschlagen. Später ließ er sich auf der Militärmittelschule zum Lehrer ausbilden, was ihm nicht leichtfiel, da er erst spät Lesen und Schreiben gelernt hatte. Die Menschen seien immer noch arm, schloss der junge Leutnant seine Geschichte, das sehe sie selbst. Die Kollektivierung der Landwirtschaft sei nicht leicht durchzuführen unter denen, die nie ein eigenes Stück Land besessen hatten. Sie machte Notizen. Sie würde den Leserinnen und Lesern der *Deutschen Zentral-Zeitung* die Geschichte des jungen Leutnants erzählen. Seinen Namen hatte sie oben auf der Seite notiert, Wilhelm Jakobi.

Immer weiter raste der Zug auf seiner Fahrt nach Moskau durch das schneebedeckte Land. Wir hätten fliegen sollen, hatte

Busch gesagt, als sie in Saratow wieder den Sonderwaggon für die Rückreise bestiegen. Aber sie hatte sich auf die lange Eisenbahnfahrt gefreut, auf die endlosen Stunden, in denen alles zerfloss, bis sie sich selbst abhanden kam. Das Nomadische war die Lebensform dieser Zeit, für Menschen ohne Zahl, die Deutschland verlassen hatten oder irgendein anderes Land, die in Europa unterwegs waren oder sonstwo, auf der Suche nach einem Ort, wo sie bleiben durften, die nirgends bleiben konnten, sowenig wie sie dahin zurückkehren konnten, wo sie hergekommen waren. Busch, unter dem Mantel ausgestreckt auf der Sitzbank, öffnete die Augen und fragte mit heiserer Stimme, wo sie seien. Zwischen Pensa und irgendwo, sagte sie. Er blickte sie schläfrig an, drehte sich auf die andere Seite und schlief wieder ein. Sein Gesicht, in das die langen blonden Haare fielen, hatte den etwas spöttischen Ausdruck, den sie unwiderstehlich fand.

So weit die Erotik, hörte sie wieder Eva Herrmanns Stimme, und was ist mit der Liebe? Hitze umwallte sie. Sie schob die Sonnenbrille auf die Stirn und wischte sich Schweißtropfen aus den Augen. Die Camargue lag hinter ihr, das Land war fest und flach. Dann und wann Reihen von niedrigen Bäumen, vielleicht Olivenbäume. Der Zug verlangsamte die Fahrt, sie fuhren in Nîmes ein. Sie kaufte eine Zeitung, und der Atem stockte ihr, als sie die Schlagzeile las. Frankreich hatte beschlossen, die Grenze mit Spanien zu schließen. Dass sie in Perpignan umkehren würde, kam nicht in Frage. Ihre Papiere waren einwandfrei, sie war eine Journalistin, allerdings eine sowjetische. Sollten die Franzosen sie nicht nach Spanien reisen lassen, so würden sie es doch nicht wagen, sie zu verhaften. Sie würde versuchen, in Perpignan Kontakt zu französischen oder spanischen Genossen aufzunehmen. Aber wie? Sie war nicht vertraut mit den Regeln der Konspiration. Sie steckte sich eine Camel an und ging im Gang vor dem Abteil auf und ab.

Seit sie von der Wolgareise zurückgekommen war, hatte sie ununterbrochen gearbeitet. Kolzow hatte der künftigen Redaktion der neuen Zeitschrift in seinem Verlag mehrere Räume zur Verfügung gestellt. Obwohl sie ihn früher hin und wieder im Verlagshaus besucht hatte, wurde ihr erst jetzt, wo sie selbst hier arbeitete, deutlich, wie groß der Jourgaz-Verlag war, dem er vorstand. Außer Zeitschriftenredaktionen gab es Buchdruckereien, Fotoateliers und graphische Betriebe und eine weitverzweigte Vertriebsorganisation. Was war das für ein journalistischer Federfuchser, der mehr als fünfhundert Mitarbeiterinnen und Mitarbeiter hatte? Warum hast du mir nicht gesagt, dass du ein großes Tier bist? Der Verlag werde von einem Kollektiv geleitet, hatte er geantwortet, sie hätten lediglich einen Dummen gebraucht, der bei Fehlern den Kopf hinhalte, sie solle sich davon nicht beeindrucken lassen. Aber sie war beeindruckt. Seit sie als Siebzehnjährige in Berlin einen Redakteur namens Herzfelde kennengelernt hatte, war sie von Menschen umgeben, die Außergewöhnliches leisteten. Der Umgang mit Brecht, Babel, Tretjakow, Ehrenburg, Seghers, Becher oder Lukács war eine Herausforderung, die sie immer wieder neu zu bestehen hatte. Da wurden Strenge und Genauigkeit des Denkens verlangt und analytische Schärfe noch in der Ironie und im Witz. Belanglosigkeiten, Partygespräche hörte sie kaum, Tratsch allerdings schon, aber der zählte laut Kolzow zur Kunst. Auch der Umgang mit Kolzow war anstrengend, obwohl er seine Überlegenheit ironisch herunterspielte. Wenn sie das merkte, wurde sie scharf, sagte, sie sei keine Landpomeranze, der man die Dinge auf möglichst simple Weise erklären müsse. Das Wort Landpomeranze rührte an einen empfindlichen Punkt. Viele ihrer männlichen Kollegen hatten ein Studium hinter sich, auch Anna Seghers hatte ihren Doktor gemacht, und Ruth Rewald hatte immerhin ein paar Semester Jura studiert. Aristoteles und Hegel und Nietzsche waren ihnen mundgerecht serviert worden, und löffelweise, damit alles in den richtigen Hals kam, hatte man sie mit Walther von der Vogelweide, Goethe, Hölderlin und Kleist gefüttert, oder mit Puschkin und Gogol und Saltykow-Stschedrin. Was hatte es in ihrer Kindheit und Jugend in Neugolz gegeben, das sie auf ein Leben unter solchen Menschen vorbereitet hätte? Sie sagte sich, ihr Weg bis hierher sei keine geringe Leistung, sie habe die Entscheidungen für das Schreiben wie für den Kommunismus, die so tief in ihr Leben eingriffen, aus Eigenem heraus getroffen. Aber das verfing nicht immer. Dann zog sie sich für eine Weile von Kolzow zurück, verzichtete auf den Umgang mit den Großen, pflegte die Freundschaft zu ihren weiblichen Bekannten, den aus Deutschland emigrierten Ehefrauen und Geliebten. Da ging es um Kinder und Küche, um Einkauf und Alltag. Und das waren keineswegs Belanglosigkeiten, sondern die unmittelbaren Anforderungen des Lebens. Die wenigsten dieser Frauen hatten ihre Privilegien, sie lebten in armseligen Wohnungen, die sie mit anderen Flüchtlingsfamilien teilten, sie brauchten Kraft und Weisheit, um standzuhalten. Besonders genoss sie es, mit ihnen über die Männer zu lachen oder zu schimpfen oder auch sie zu loben, ohne dass sie dazwischenreden konnten. In solchen Stunden erschien ihr die Existenz der Großen als abgehoben, eine Männerwelt auch da noch, wo Frauen daran teilhatten. Aber schon nach kurzer Zeit vermisste sie die Herausforderung an das Denken, die von den Gesprächen mit Kolzow und seinem Freundeskreis ausging. So kehrte sie zu ihm zurück, denn seine Klugheit fehlte ihr am allermeisten, ein Leben ohne ihn war ihr nicht vorstellbar.

Im Januar wohnte Grete Steffin einige Tage bei ihr und Kolzow. Nachts hörte Maria Osten sie im Nebenzimmer husten. Wenn sie am Morgen danach fragte, entschuldigte sich Grete, weil sie die Freunde vom Schlaf abgehalten habe. Das werde sich ja nun wieder geben, dank Maria Ostens Hilfe, also Schwamm drüber. Aber ihre Krankheit wischte kein Schwamm weg. Gretes Tuberkulose sei erneut ausgebrochen, hatte Brecht ihr vor ein paar Wochen geschrieben und sie gebeten, der Kranken einen Sanatoriumsplatz zu verschaffen. Er hatte Gretes Zustand mit einem medizinischen Fachbegriff bezeichnet, er kannte sich aus, er hatte ja Medizin studiert. Maria Osten konnte mit dem lateinischen Begriff nichts anfangen, aber der Gedanke an Schwindsucht genügte, um ihr das Grauen einzujagen. In den Stunden und Tagen, bevor Grete Steffin in das Sanatorium am Stadtrand zog, entstand zwischen ihnen eine Freundschaft. Wir sind gleich alt, hatte sie zu Grete gesagt, hast du das gewusst? Keineswegs, hatte Grete geantwortet, mein Alter ist ein eisern gehütetes Geheimnis. Nicht für mich, Brecht hat mir dein Geburtsdatum geschrieben, für das Sanatorium. Wir sind beide siebenundzwanzig, und in wenigen Wochen werden wir achtundzwanzig. Genau betrachtet bin ich allerdings die Ältere, um einen Tag, aber das können wir übersehen. Abgemacht, sagte

Grete Steffin, dann sind wir also Zwillinge, schreibende Zwillinge. Ob das nicht zu Eifersüchteleien führt? fragte Maria Osten, schau dir Thomas und Heinrich Mann an. Die sind zwar Brüder, sagte Grete Steffin, aber nicht Zwillinge. Das Problem liegt anderswo. Wir stehen im Schatten unserer schreibenden Männer, wie kommen wir da heraus? Der Brecht, sagte Maria Osten, ist so ein Mickriger, der wirft kaum Schatten, und mein eigener Schatten ist mindestens ebenso breit wie der von Kolzow, leider. Manchmal sprach Maria Osten mit Grete Steffin über ihre Gefühle der Unzulänglichkeit. Sie erzählte von ihrer Herkunft, von dem geistlosen und bösartigen Landleben in der preußischen Provinz, von ihrer Flucht nach Berlin, von den Anfängen im Malik-Verlag und von dem schönen Wieland. Sie stellte fest, dass sie mit Grete Steffin über Dinge sprechen konnte, über die sie selbst mit Kolzow nicht sprach. Sie bat Grete, von sich zu erzählen. Grete sagte, da gebe es nichts zu erzählen, eine Proletenkindheit sei wie die andere. Dann erzählte sie aber doch, und Maria Osten hörte wieder einmal eine jener Geschichten von Armut, die man in ihrer schnörkellosen Knappheit für schlimme Märchen halten möchte. Es war ein Märchen von Hunger und Unterernährung, von feuchten Kellerwohnungen (den Brutstätten der Schwindsucht), von Arbeitslosigkeit und Kinderarbeit, Suff und Niedertracht, die ein kleines Mädchen nur überlebt, weil die Mutter Tag und Nacht schuftet und sich aufreibt. Der Vater war in der alten SPD gewesen, nach dem Krieg ging er in die USPD, er hatte Sympathien für die Kommunisten, war klassenbewusst und kämpferisch. Aber auch borniert. Arbeiterkinder sind auf der Welt zum Arbeiten. Bildung ist etwas für bürgerliche Nichtstuer. Für Mädchen kommt das zuallerletzt in Frage. Geld dafür hatten die Eltern ohnehin nicht. Dass die ältere Tochter Schauspielerin oder Schriftstellerin werden wollte, hätte sie dem Vater nicht sagen können. Eine Geschichte für die Tränendrüsen, schloss Grete, ich mag das nicht, Schwamm drüber. Lieber sprach sie über ihre Anfänge als Rezitatorin auf Arbeiterbühnen und als Schauspielerin bei Piscator. Sie beschrieb die Arbeit mit Brecht. Die blasse Sonne spiegelte sich im Eis der zugefrorenen Moskwa, auf die von Kolzows Wohnung im Dom Prawitelstwa der Blick ging; dahinter, am Abend, färbten sich die Kremltürme rot.

Die Gespräche fanden stundenweise statt, wenn Grete Steffin sich besser fühlte. Sie musste sich oft hinlegen, sie war schwach und hustete. Ihre Haut war durchsichtig. Maria Osten fragte nach Gretes Arbeiten. Grete hatte mehrere Kurzgeschichten über Nazideutschland geschrieben, eine war vor kurzem in einer von Kolzows Zeitschriften erschienen. Es seien, sagte sie, Versuche, durch Erzählen sich und anderen die Vorgänge verständlich zu machen. Sie kannte das Leben der Proleten, ihre Geradlinigkeit, aber auch ihre Sturheit, die sie davor bewahrten, zu den Nazis überzulaufen. Sie wusste aber auch, wie leicht sie auf einen windigen Rattenfänger hereinfallen konnten, wenn der auf einen Kommunisten oder Juden zeigte und sagte, die sind schuld. Auch Brecht, sagte sie, arbeite jetzt an Szenen aus dem Leben unter den Nazis. Er, der das Leben der Niedrigen nicht aus eigener Erfahrung kannte, war auf Zeitungsberichte angewiesen und auf Schilderungen von Nazigegnern, die dem Terror entkommen waren. Immer wieder fragte er sie über die Haltungen der Arbeiter aus, über ihre Art zu sprechen, in den engen Küchen oder neben den Maschinen. Er wollte das genau wissen. Die Arbeit mit Brecht ließ Grete Steffin wenig Zeit für ihre eigenen Sachen. Am meisten komme ich zum Schreiben, sagte sie, wenn ich mal wieder für ein paar Monate im Krankenhaus oder in einem Sanatorium liege, fern von Brecht, ohne seine Kritik und auch, fügte sie mit einem Lächeln hinzu, ohne sonst noch dies und das, was ich von ihm brauche. Sie hustete heftig, dann verfiel sie in Schweigen. Nach einer Weile sagte sie, die feinsinnigen Ästheten glauben, dass die Kunst dem Leiden abgerungen werden müsse. Bei mir stimmt das leider. Nach der ersten Operation hatte sie mehrere Wochen in einem Sanatorium auf der Krim verbracht, auf die nächste Operation folgte die Kur im Tessin. Die hatte eine Weile vorgehalten, aber anderthalb Jahre später war es wieder soweit. Vier Monate in einem Sanatorium in Arasindo, in den kaukasischen Bergen über Tiflis. Sie hatte sich besser gefühlt als seit Jahren. Aber jetzt saß sie hier in Moskau, und in zwei Tagen würde sie ins Sanatorium Sokolniki am Stadtrand einziehen. Schwamm drüber.

In der Zeit, als Grete Steffin bei ihnen wohnte, hatten Kolzow und Maria Osten mit Becher und Willi Bredel die Zusammensetzung der Redaktion der neuen Zeitschrift besprochen. Namen waren gefallen, Heinrich Mann, Thomas Mann, Feuchtwanger, Brecht. Maria Osten erläuterte ihnen in ausführlichen Briefen das Konzept der Zeitschrift und bat sie um Mitarbeit. Im Februar, nach ihrer Rückkehr von der Wolgareise, hatte Bredel ihr einen Brief von Feuchtwanger gezeigt. Der Romancier hieß das Konzept gut, wonach die Zeitschrift nicht nur linke, sondern möglichst alle antifaschistischen Schriftsteller veröffentlichen würde. Bei der Auswahl der Beiträge, schrieb er, dürfe, bei allem Verständnis für die missliche Lage vieler Exilanten, nur die Qualität entscheiden. Je weniger antifaschistische Polemik, desto besser, dafür gebe es andere Zeitschriften. Was dagegen seit dem Eingehen von Klaus Manns *Sammlung* fehle, sei eine reine Literaturzeitschrift, mit guter Belletristik und einem Rezensionsteil, der mehr bringe als hymnische oder polemische Waschzettel. Was den Namen der neuen Zeitschrift betreffe, so erinnere er an den Vorschlag, den er vor einem dreiviertel Jahr auf der Schriftstellerkonferenz in Paris gemacht habe: *Das Wort*. Abschließend wies er darauf hin, dass er, bei allem Interesse an dem Projekt, mit Arbeit überlastet sei und als Redakteur kaum in Frage komme. Eine Absage, meinte Bredel. Keineswegs, sagte sie. Er ist interessiert. Seine Vorschläge sind gut. Den Schlussabschnitt ignorieren wir. Ich schreibe ihm, wir freuen uns auf seine Mitarbeit. Die folgenden Wochen und Monate waren angefüllt mit Briefeschreiben, Redaktionssitzungen, Besprechungen mit Grafikern und Druckern. Die Zeitschrift sollte monatlich erscheinen, der Umfang wurde auf hundert Seiten festgelegt, neben literarischen Beiträgen und Kritiken sollte *Das Wort* Essays, Notizen, Berichte und Glossen enthalten, die über die Aktivitäten der Exilanten informierten. Um die ersten Nummern zu füllen, wandte sie sich, von ihrem Büro am Strastnoi Boulevard, an Emigrantinnen und Emigranten in vielen Ländern und bat sie um Beiträge. Sie schrieb an Oskar Maria Graf, Ernst Weiß, Max Herrmann-Neiße, Klara Blum, Walter Lesch, Louis Fürnberg, Ernst Toller, Ivan Goll, Alex Wedding, Theodor Plivier, Alfred Kantorowicz, Esther Grenen,

Arthur Koestler, Erich Arendt, Schalom Ben Chorin, Anna Seghers, Bodo Uhse, Klaus Mann und Franz Carl Weiskopf, sie schrieb an ihre Freundin Grete Steffin und an Berta Lask, an Paul Zech, Alfred Kerr, Adam Scharrer, Hans Marchwitza, Egon Erwin Kisch, Hermann Kesten, Jakob Bührer, Friedrich Wolf, Jo Mihaly, Gustav Regler, Arnold Zweig, Maria Arnold, Alfred Wolfenstein und viele andere. Sie beantwortete Rückfragen nach der Länge der Beiträge, den Ablieferungsterminen und dem Honorar und erläuterte, warum zwischen dem Volksfrontkonzept der Zeitschrift und ihrem Erscheinen in einem kommunistischen Verlag kein Widerspruch bestehe. Anna Seghers, zuverlässig und kollegial wie immer, hatte ihr ein Hörspiel über Jeanne d'Arc geschickt. Maria Osten hatte es wie gebannt gelesen. Später hatte sie nicht verstehen können, warum es nicht in der Zeitschrift erschien. Es war einer dieser undurchschaubaren Vorgänge, wie sie in letzter Zeit häufiger wurden. Irgend jemand fällte irgendwo eine Entscheidung, und irgendwann war allen klar, was sie zu tun oder zu lassen hatten, ohne dass es je gesagt worden wäre. Maria Osten hatte auch Ottwalt aufgefordert, bei der neuen Zeitschrift mitzumachen, vielleicht, hatte sie augenzwinkernd zu ihm gesagt, werden unsere Arbeiten sogar im selben Heft erscheinen. Sie traf ihn gelegentlich bei Veranstaltungen für ausländische Kulturschaffende, und obwohl ihr seine ungehobelte Art befremdlich blieb, freute sie sich jedesmal, wenn sie ihren westpreußischen Landsmann sah.

Die Redaktion stand noch immer nicht fest. Feuchtwanger blieb interessiert, auch Brecht war zur Mitarbeit bereit, aber Thomas Mann hatte abgesagt, als Grund nannte er Arbeitsüberlastung. Die Absage kam nicht unerwartet, der Großschriftsteller hielt Distanz zu allem, was seine vorsichtige Haltung beeinträchtigen konnte. Auch sein Bruder Heinrich zögerte. Obwohl er persönlich die kommunistische Demokratie billige, so ließ er durch Feuchtwanger ausrichten, könne er es sich nicht leisten, öffentlich mit einem kommunistischen Blatt in Verbindung gebracht zu werden. Das sei nicht unbedingt eine Absage, hatte Feuchtwanger in seinem Schreiben hinzugefügt, Heinrich Mann habe angedeutet, dass er die Sache nochmals bedenken würde, falls man ihm ein festes Gehalt von dreihundert Rubel im Monat zusage. Ausgeschlossen, hatte sie zurückgeschrieben, weder für Brecht noch für Feuchtwanger sei eine Entschädigung vorgesehen, für Heinrich Mann könne es keine Sonderregelung geben. Feuchtwanger schrieb zurück, er habe das Heinrich Mann mitgeteilt. Er fügte hinzu, man möge in Moskau für den alten Mann Verständnis haben. Vor wenigen Jahren noch Präsident der Sektion Dichtkunst bei der Preußischen Akademie der Künste, jetzt ein erbärmliches Leben in einer kleinen Wohnung in Nizza, ohne Aussicht auf Einkünfte. Sie hörte den leisen Vorwurf und schämte sich, weil sie eingestimmt hatte in den Missmut der Kollegen über die Bedingungen Heinrich Manns.

Ihr Leben wurde nicht einfacher, als Ende März Wieland Herzfelde in Moskau eintraf, um ebenfalls bei der Vorbereitung der Zeitschrift mitzuarbeiten. Er war ihr fremd geworden, sein jungenhaftes Gesicht hatte sich ausgefüllt, das Haar war nicht mehr so dicht. Aber hinter seiner Förmlichkeit spürte sie noch immer die Leidenschaft für das Denken und die verlegerische Arbeit, die sie einst so erregt hatten. Einmal, Ende Mai, beim Abend der Wolgarepublik im Verbandshaus der Sowjetkomponisten, saß sie zwischen Herzfelde und Kolzow, während Ernst Busch auf der Bühne das mittelalterliche Liebesliedchen vom Tod von Basel sang. Da wurde es ihr zuviel. Sie zog sich in ihre eigene Wohnung zurück. Von Busch und Herzfelde hielt sie sich fern, Kolzow sah sie nur noch im Verlag. Einige Zeit später sagte er zu ihr, er werde nicht an der Plenartagung der Schriftstellervereinigung in London teilnehmen können, es wäre aber wichtig, dass jemand dort sei, der über das *Wort* informieren und Mitarbeiterinnen und Mitarbeiter gewinnen könne. Außerdem sei auch Brecht gerade in London, mit ihm wären redaktionelle Fragen zu besprechen. Auch ein Abstecher nach Sanary zu Feuchtwanger wäre nützlich. Ob sie das übernehmen wolle? Sie hatte sich gefragt, ob er wirklich an der Reise verhindert sei. Hinter dem Angebot spürte sie seine Feinfühligkeit, und so nahm sie den Vorschlag an. Sie brauchte Abstand zu Moskau und zu ihrem Leben, das zu kompliziert geworden war.

Sie wachte auf, weil der Zug stand. Durch das Abteilfenster blickte sie auf ein Bahnhofsgebäude, auf der Fassade in großen Lettern der Stationsname Montpellier. Der Zug hatte eine halbe Stunde Aufenthalt. Sie ging durch die Bahnhofshalle, vorbei an Schaltern, Kiosken und Wartesälen. Auf dem Platz vor dem Bahnhof standen Pferdedroschken, die Pferde hielten die Köpfe gesenkt unter der sengenden Sonne, die Kutscher hockten unter dem Vordach im Schatten. Auf der gegenüberliegenden Seite des Platzes kaufte sie eine Baguette und im Laden daneben ein Stück Camembert, eine Scheibe Pâté und eine Flasche Wein. Im Abteil hatte sich inzwischen eine bäuerlich aussehende Frau mit einem kleinen Mädchen niedergelassen, das sich mit seiner Puppe unterhielt. Hinter Montpellier näherte sich der Zug der Küste, ab Frontignan fuhr er eine große Strecke am Meer entlang, immer weiter nach Südwesten. In wenigen Stunden würde sie Perpignan erreichen, sie fragte sich, was sie dort erwartete. Die Sonne hatte den Zenit überschritten, das Abteilfenster lag im Schatten, durch das halboffene Fenster drang etwas weniger heiße Meeresluft. Sie breitete den Proviant vor sich aus, der Camembert war zerlaufen, die Pâté weich. Die Bäuerin kramte in ihrer Tasche und reichte ihr einen Kinderlöffel, prenez, madame, ça ira mieux. Merci, madame, sagte sie. Sie blickte auf das kleine Mädchen und hielt ihm ein Stück Brot hin. Die drei teilten sich das Essen, auch den Wein bot sie der Bäuerin an. Später zeigte das kleine Mädchen auf das Meer. Am Horizont schwamm ein Dampfer, im Dunst waren seine Umrisse nur undeutlich auszumachen, allmählich löste sich der Dunst auf, das Schiff wuchs groß vor ihr empor, am Bug war deutlich der Name *Sibir* in kyrillischer Schrift zu erkennen, als sie in Leningrad an Bord ging. Die Passagierkabinen unter dem Vorderdeck waren eng. Sie teilte ihre Kabine mit einer jungen Irländerin, die nach Hause reiste, um ihre Eltern zu besuchen. Als die Schiffssirene ertönte, gingen sie auf Deck, es war elf Uhr nachts und immer noch hell, die Sonne sank gerade unter den Horizont. Sie schauten dem Ablegemanöver zu. Langsam glitt die *Sibir* aus dem Hafen, und ihre Fahrt nach London begann.

Am folgenden Morgen, beim Frühstück, lernten sie und die Irländerin ihre Tischnachbarn kennen, ein Ehepaar aus den Vereinigten Staaten, der Mann war Professor für Soziologie in Texas und hatte eine tiefe Stimme, die allem, was er sagte,

Gewicht verlieh. So ein Aufenthalt in Russland, sagte er gerade, rege zu Vergleichen an. Zum Beispiel gebe es in Amerika Meinungsfreiheit, die amerikanischen Professoren könnten sagen, was sie wollten. Was sie denn sagen wollten, fragte die Irländerin. Die texanische Aussprache, sagte er, sei für Nichtamerikaner nicht leicht zu verstehen, er wiederholte langsam und jede Silbe deutlich formend: Alles, was sie wollen. Noch ein Beispiel: In Amerika (ob er Südamerika dazurechne, fragte die Irländerin. Nein, sagte er, mit Amerika meine er die Vereinigten Staaten) blühe die Kultur. In der Literatur gebe es Hemingway, Scott Fitzgerald und Dos Passos, von den Älteren wie Upton Sinclair, Dreiser, Sinclair Lewis gar nicht zu reden. Dass Russland da nicht mithalten könne, sei verständlich, es sei schließlich noch ein junges Land. Ein altes Land, sagte die Irländerin und stieß Maria Osten unter dem Tisch an. Da lasse er sich korrigieren, sagte der Professor, er meine natürlich die Sowjetunion. Er werde es ihr hoffentlich nicht als Pedanterie auslegen, schaltete sich Maria Osten ein, wenn sie ihn auf ein paar Schriftsteller aufmerksam mache, deren Namen ihm vielleicht entgangen seien, auf Pasternak und Scholochow zum Beispiel, auf Ehrenburg und Serafimowitsch und Fadejew und Olga Forsch und Fedin und Kolzow, von Tretjakow und Babel und dem alten Gorki gar nicht zu reden. Mit einem Achselzucken fügte sie hinzu, sie sei Schriftstellerin. Da sei er aber ins Fettnäpfchen getreten, meinte der Professor lachend, leichthin fügte er hinzu, wie er höre, habe Scholochow Selbstmord begangen. Das müsse kürzlich gewesen sein, sagte Maria Osten, vor einer Woche sei er noch bei einem Empfang im Kreml gesehen worden. Es war sinnlos. Sie hatte solche einfältigen Diskussionen auch in Moskau mit Besuchern aus dem Westen geführt. Wenn sie dann die Union verteidigte, erschienen ihr die eigenen Argumente nicht weniger borniert als die der Gesprächspartner. Scholochow hatte natürlich nicht Selbstmord begangen, aber Majakowski und Jessenin. Auch wenn sie dem Professor noch weitere Schriftstellernamen genannt hätte, bei sich wusste sie, der künstlerische Aufschwung der frühen Revolutionsjahre war gebremst. Künstlergespräche führte sie inzwischen meist nur noch mit Kolzow. Wo waren die Gesprächspartner geblieben?

Wann war diese neue, schwer fassbare Stimmung aufgekommen? Dass die Gerüchte um Mandelstam und Pasternak und sogar um Babel stets mit der Versicherung vorgebracht wurden, daran sei kein wahres Wort, beunruhigte sie. Victor Serge, über den sich im vergangenen Jahr in Paris so viele ereifert hatten, war immer noch in der Verbannung. Als sie mit Kolzow darüber sprechen wollte, wechselte er das Thema. Das hatte ihre Beunruhigung verstärkt. Sie nahm sich vor, nach ihrer Rückkehr aus London darauf zurückzukommen.

Maria Osten genoss die fünftägige Seereise, die sie mit jeder Seemeile weiter von der Hektik der vergangenen Monate entfernte. Die redaktionelle Arbeit am *Wort* war abgeschlossen, in wenigen Wochen würde die erste Nummer erscheinen. Wenn die Chronik dieser Zeit einmal geschrieben werden sollte, würde darin stehen: Dass die Redaktion des *Worts* trotz aller Schwierigkeiten der Geographie und des Exils funktionierte, war das Verdienst der brillanten Geschäftsführerin, der Schriftstellerin Maria Osten, die mit unermüdlichem Einsatz ihre über ganz Europa verstreuten Kolleginnen und Kollegen für dieses Projekt gewinnen konnte. Nein, so würde es nicht heißen, sondern: Das Sekretariat der Exilzeitschrift *Das Wort* besorgte die Geliebte des Verlagsleiters Michail Kolzow. Sie würde unter die namenlosen Sekretärinnen, Ehefrauen, Geliebten und Töchter der Exilierten eingereiht werden, die Gespräche stenographierten, Briefe und Protokolle schrieben, Übersetzungen anfertigten, Reinschriften tippten und Kaffee kochten. Das war bitter und auch wieder nicht. Sie lebte nicht für die Nachwelt. Die Chronisten konnten schreiben, was sie wollten. Das Leben fand jetzt statt. Reisen, Schreiben, Gespräche, Liebe. Die Sonne über der Ostsee, darin ein sowjetischer Dampfer, auf der Fahrt von Leningrad nach London. In einem der Liegestühle auf Deck eine achtundzwanzigjährige deutsche Schriftstellerin, die sich von der Junisonne bräunen ließ. Manchmal las sie. Manchmal spazierte sie mit ihrer Kabinengenossin auf dem Deck hin und her oder stand mit ihr an der Reling und blickte auf die estländische Küste, die in der Ferne vorüberglitt. Sie sprachen über das Leben in der sowjetischen Hauptstadt, das immer besser wurde, über das Brot, das reichlicher vorhanden war, über die

Neubauten und Häuserinstandsetzungen, über die Straßenerweiterungen und die ersten Privatautos, über die glanzvoll eingeweihte Metro. Manchmal machte sie Notizen über ihre Mitreisenden, über die Irländerin, über den amerikanischen Professor und seine Frau, über einen klugen russischen Jungen, der mit seiner Mutter reiste, über sechs junge Komsomolzinnen, die zum erstenmal ins Ausland fuhren. Mit der gleichen Neugier beobachtete sie die sowjetische Mannschaft des Dampfers, darunter eine Achtzehnjährige, die im Maschinenraum arbeitete, und einen Matrosen, der, wenn er nicht mit Malerarbeiten beschäftigt war, einen Roman von Victor Hugo las. Sie formulierte einzelne Sätze und ganze Abschnitte für einen Bericht über ihre Schiffsreise. Er erschien einen Monat später in der *Deutschen Zentral-Zeitung*.

In der Nacht waren auf der Steuerbordseite die Lichter von Gotland zu sehen gewesen, am folgenden Nachmittag fuhr die *Sibir* an Bornholm vorbei, am dritten Morgen lag das Schiff vor Kiel. Sie ging auf Deck und schaute zu, wie ein Beiboot anlegte. Der Lotse kam an Bord. Als er auf seinem Weg zur Kommandobrücke an ihr vorbeikam, ließ ein Sonnenstrahl das Hakenkreuz an seinem Revers aufblitzen. Die *Sibir* lichtete den Anker und erreichte in langsamer Fahrt Holtenau. Bei der Einfahrt in den Kanal sahen sie die neue Flugzeugfabrik, davor auf dem Rasen ein Dutzend Flugapparate, das hackende Kreuz auf dem Seitenruder deutlich zu erkennen. Auf der Schleuse bei Holtenau junge Burschen in Wehrmachtsuniform, einige auch mit nacktem Oberkörper. Einer winkte zu ihnen herüber, vielleicht meinte er Maria Osten. Fünf Jahre später, im Herbst neunzehnhunderteinundvierzig, würde er in dem kleinen weißrussischen Dorf Brizallowitschi, Rayon Ossipowitschi, Gebiet Mogiljow, Frauen, Kinder und Alte in eine Scheune am Stadtrand treiben, mit ein paar Kameraden würde er die Scheune anzünden, und wenn einer der Eingeschlossenen versuchte, aus den verbarrikadierten Fenstern zu entkommen, würde er ihn zurück ins Feuer stoßen oder, wenn es Kinder waren, werfen, ein paar Monate später würde eine sowjetische Panzergranate seinem Treiben ein Ende setzen, er würde noch lange genug leben, um seinem jungen Sohn, den er nie gesehen hatte, zu schreiben, er habe nur seine Pflicht getan, die schwer gewesen sei, zu Beginn der siebziger Jahre würde der Sohn, der in der Achtundsechziger-Bewegung zu politischem Bewusstsein gekommen ist und mit einem Roman über die Studentenbewegung von sich reden gemacht hat, diesen und weitere Briefe des Vaters, den er nicht gekannt hat, im Nachlass der Mutter finden und ein Buch über den Vater schreiben, für das er als Nestbeschmutzer gescholten werden würde, denn über das, was damals geschah, solle schweigen, wer nicht dabeigewesen sei, jetzt aber winkte sein Vater von der Schleuse herüber, und sein künftiges Schicksal war sowenig unvermeidlich wie das von Maria Osten.

Hinter der Schleuse fuhr die *Sibir* an mehreren Unterseebooten vorüber, die am Ufer vertäut lagen. Gemächlich glitt das sowjetische Schiff durch den Kanal. Die Fahrt dauerte zwölf Stunden. Da lag die deutsche Landschaft, schrieb Maria Osten in ihrem Zeitungsbericht. Wiesen in der Heuernte, dazwischen rote Ziegeldächer, graugrünes Getreide. Ein Bierausschank, daran eine Tafel Winterhuder Märzen. Es war still und heiß.

Die Hitze im Abteil hatte, seit der Zug bei Cap d'Agde die Küste wieder verlassen hatte, stetig zugenommen. In Béziers war die Bauersfrau mit dem kleinen Mädchen ausgestiegen. Ein Mann betrat das Abteil. Braungebrannte nackte Füße in Espadrilles, helle Hosen und ein leichtes Hemd, auf der Brust offen. Das männliche Gesicht von der Sonne gebräunt, dunkle Augen, schwarze Haare, die ihm ins Gesicht fielen. Er hatte den Strand wohl nur verlassen, um in einem französischen Liebesfilm die Hauptrolle zu spielen. Nachdem der Zug sich in Bewegung gesetzt hatte, zog er ein Päckchen Gauloises aus der Brusttasche und fragte, cela ne vous dérange pas, madame? Sie schüttelte den Kopf. Als er ihr eine Zigarette anbot, holte sie ihre Camel hervor. Er sagte ein paar Worte, sie schüttelte den Kopf. Sie wollte ihn gern von Béziers bis Narbonne oder Perpignan anschauen, aber für die Anstrengung einer französischen Konversation war es im Abteil zu heiß. Er versuchte es auf italienisch, was sie freute, obwohl sie erneut den Kopf schüttelte. Da sie sich nicht als Russin ausgeben wollte, sagte sie schließlich, sie sei Deutsche. Er sprach etwas Deutsch, er hatte ein paar Monate in Berlin verbracht, er bewunderte Bismarck und Marlene Dietrich und Oswald Spengler. Ihr Land sei dabei, sich auf interessante Weise zu erneuern. Und die deutschen Frauen seien charmanter als die französischen, wenn sie wisse, was er meine. Sie war nicht mehr sicher, ob sie ihn bis Perpignan anschauen wollte. Später setzte sich ein alter Bauer in verschlissenen Hosen und einem schmutzigen Hemd zu ihnen ins Abteil. Er starrte schweigend an die gegenüberliegende Wand, die zerschundenen Hände teilnahmslos im Schoß. Der Filmschauspieler schwärmte unvermindert vom neuen Deutschland. In Narbonne stieg er endlich aus, zum Abschied schenkte er ihr noch ein Lächeln. Sie blieb mit dem Alten allein, der ihr von Zeit zu Zeit einen feindseligen Blick zuwarf. Das war ihr lieber als die Schmuserei des Braunen. Unablässig hämmerten die Räder gegen die Schienenfugen, tadägg tadagg, tadägg tadagg.

Die Hölle ist eine Stadt, ungefähr wie London, sagte Brecht. Als niemand etwas sagte, fragte er, was an dieser Übersetzung störe. Die Schwierigkeit, meinte Hanns Eisler, liege in der Wendung *much like: Hell is a city* much like *London*. Die Übersetzung mit ungefähr komme dem zwar nahe, aber das Adverb habe selber etwas Ungefähres, Ungenaues. Lou Eisler schlug als Variante vor: *Die Hölle ist eine Stadt, die London sehr gleicht.* Der Sinn ist da, meinte Grete Steffin, aber bei Shelley endet der Vers auf dem Wort London, das sollte beibehalten werden. Sie strich sich eine blonde Haarsträhne hinters Ohr. Sie saßen im kleinen Wohnzimmer der Eislers. Lou hatte das Fenster geöffnet, damit der Rauch von Brechts und Eislers Zigarren und Maria Ostens Zigaretten abziehen konnte. Von der nächtlichen Abbey Road drang Straßenlärm herauf. Der Vers ist voller Überraschungen, sagte Brecht. Zu erwarten wäre, dass Shelley London mit der Hölle vergleicht. Er tut das Umgekehrte, die Hölle wird mit London verglichen. Die Konstruktion legt nahe, dass nicht die Hölle, sondern London der Ort des absolut Bösen ist. Shelleys Bild, sagte Eisler, wird noch fremder durch das Tertium Comparationis. Die Hölle wird nicht mit London gleichgesetzt, sondern verallgemeinernd mit einer Metropole des anbrechenden Industriezeitalters. Die Großstadt als Ort der Entfremdung, sagte Grete Steffin zu Brecht, das ist dein Thema seit *Im Dickicht der Städte* und den Gedichten für

Städtebewohner, und weiter in *Mahagonny* und in der *Dreigroschenoper*. Meine erste Großstadt, sagte Brecht, war München, dann kam Berlin, später Paris und vor wenigen Monaten New York, aber nirgendwo finde ich das Typische der Riesenstädte so herausgestellt wie in London. Hier sitzt der zäheste und verstockteste Kapitalismus der Welt, daran hat sich seit Shelley wenig geändert. Er zog an seiner Zigarre. London, fuhr er fort, ist ein böses und zähes Städtchen. Wieso der Diminutiv? fragte Eisler, als ob es für dich eine Kleinigkeit wäre, mit dieser Stadt fertig zu werden, dabei hauen dich noch die unbedarftesten Filmleute übers Ohr. Brecht kicherte. Es ist schwer, sagte er, in diesem Sumpf der Warenzirkulation oben zu bleiben. Ich habe mir ein paar Verhaltensregeln aufgeschrieben. Er zog einen Zettel aus der Tasche, blickte um sich, als wollte er sich vergewissern, dass kein Unbefugter lauschte, und las vor: Man darf nie Zeit haben, man soll nur Andeutungen machen, man hat Leute zu kaufen, Untergehende muss man meiden. Die Anweisungen sind gut, sagte Lou Eisler, aber hältst du dich auch daran? Ach wo, sagte Brecht, ich suche nur die treffende Formulierung. Sie lachten. Ich hab's, sagte Grete Steffin, wir übersetzen Shelleys Vers mit *Die Hölle ist eine Stadt, sehr ähnlich London*. Einwände? fragte Brecht, gut, dann bleiben wir dabei.

Die ersten Tage in London waren ausgefüllt mit den Kongressveranstaltungen der Schriftstellervereinigung. Toller hatte das Programm mit einer Trauerrede auf Maxim Gorki eröffnet, dann folgten Debatten über das kulturelle Erbe, die am Abend im Restaurant Simpson fortgeführt wurden. Am folgenden Tag hatte Maria Osten an den Kommissionssitzungen über das Projekt einer Enzyklopädie teilgenommen, wie Brecht es vor einem Jahr in Paris vorgeschlagen hatte. Sie hatte ihn bei den Veranstaltern entschuldigen müssen, er war erst wenige Tage vor Kongressbeginn eingeladen worden, er war pikiert, sie solle sagen, er sei unabkömmlich. Das glaubt mir kein Mensch, hatte sie geantwortet. Er hatte mit den Achseln gezuckt, sie wisse, was er von solchen Veranstaltungen halte. Zwischen den Sitzungen hatte sie mit Regler und Toller über deren Mitarbeit beim *Wort* gesprochen, Malraux, Sadoul und

H.G. Wells hatte sie im Namen Kolzows in die Sowjetunion eingeladen. Am Samstag abend war sie mit Toller, Ehrenburg und den Eislers im Gate Theater Club in der englischsprachigen Erstaufführung von Tollers *Nie wieder Friede!* gewesen. Beim anschließenden Abendessen hatte Toller mit Eisler über dessen Komposition für das Stück gesprochen. Als sie auseinandergingen, bat sie Toller, ihr eine Szene des Stücks für das *Wort* zu überlassen. Am nächsten Tag übergab er ihr während einer Konferenzpause das Typoskript des zweiten Bildes. Falls das zu lang sei, sagte er, überlasse er es ihr, eine geeignete Stelle auszuwählen.

Nach Abschluss der Konferenz hatte sie mit Brecht die Redaktionsarbeit der Zeitschrift besprechen können. Er und Feuchtwanger wünschten, dass sich die Herausgeber die Arbeit nach Gattungen aufteilten. Brecht sollte für Lyrik und Dramatik verantwortlich sein, Feuchtwanger für Prosa, Bredel für Essays, Reportagen, Rezensionen und Glossen. Sie argumentierte gegen diese Aufteilung. Das Material nach Gattungen zu trennen sei, wie er wisse, eine heikle Sache. Wenn da eine Arbeit falsch eingeordnet werde, weil nicht klar sei, ob es sich um einen Essay, eine Glosse oder belletristische Prosa handle, sei bei diesem oder jenem Beiträger gleich das Feuer im Dach. Außerdem sei es der Ausgewogenheit der Zeitschrift förderlich, wenn jeder der Herausgeber für das Ganze verantwortlich sei. Brecht gab die Belastung der drei Redakteure zu bedenken, den täglichen Kampf um die Zeit fürs Schreiben, die aufgefressen wurde vom Exilalltag. Schließlich war er aber mit ihrem Vorschlag einverstanden. Viel zu reden gab es über den Arbeitsablauf. Indem immer weitere Länder dem Faschismus verfielen, wurden die Postwege zunehmend komplizierter und die Kommunikation unter den Redakteuren und Mitarbeitern immer schwieriger. Da konnten dem Projekt noch Schwierigkeiten erwachsen.

Als sie endlich die Zeit dazu hatte, spazierte sie durch die Straßen von London. Es war Anfang Juli, ein ungewöhnlich heißer Sommer. Sie war überwältigt von den Gerüchen, dem Lärm und dem Chaos der Stadt. Einst hatte sie den Potsdamer Platz für das Zentrum der Welt gehalten. Was war Berlin gegen

London? Brechts Bemerkung fiel ihr ein, hier herrsche der zäheste und verstockteste Kapitalismus der Welt. Sie war von der unverhüllten Zurschaustellung des Elends wie des Reichtums benommen. Sie notierte, wieviel ein Bett für die Nacht in einem Obdachlosenasyl kostete und wieviel die Mitgliedschaft in einem Klub der oberen Zehntausend, wieviel ein warmes Bad in einer öffentlichen Gasbadeanstalt, wieviel der Einkauf in der vornehmen Old Bond Street und wieviel die Abzahlungsrate für einen Kinderwagen. Tagelang arbeitete sie an einem Artikel über London. Beim Überlesen schwächte sie den ironischen Ton ab. Die Leserinnen und Leser an der Wolga konnten das missverstehen. Ohnehin würde ihnen diese Welt unbegreiflich sein. Nicht die Armut, die kannten sie selbst, aber dieser Reichtum, der jenseits ihrer Erfahrung lag. Brecht, dem sie den Beitrag zeigte, lobte ihre Aufmerksamkeit für den niedrigen Alltag. Er riet ihr, den ironischen Ton zu verstärken. Das machte sie unsicher. Befolgte sie seinen Rat, so verbesserte sie die literarische Qualität der Arbeit, doch sie bezweifelte, dass ihre bäuerlichen Leserinnen und Leser die Ironie heraushören würden. Schließlich schickte sie den Beitrag unverändert nach Moskau. Aber sie blieb unzufrieden mit ihm.

Am wichtigsten waren die Stunden mit Grete Steffin. Meist spazierten sie am späten Nachmittag, wenn es weniger heiß war, bis zum Beginn der Abbey Road, überquerten dort die Straße und gingen auf der anderen Seite wieder zurück. Grete ging leicht, ihre Haut hatte wieder Farbe. Sie ist schön, dachte Maria Osten, eine deutsche Schönheit, wie Busch. Blond, blauäugig. Das klare, offene Gesicht ohne Anbiederung. Ebenmäßige Glieder, der schlanke Körper unter dem Sommerkleidchen. Sie liebte es, Grete anzuschauen, wie sie Busch gern anschaute. Wie geht es dir, Zwilling? Grete Steffin lachte. Grete hatte sowenig eine höhere Schule besucht wie sie. Ihr Wissen hatte sie sich in Arbeiterschulen angeeignet und durch ihre Mitarbeit bei Sprechchören, in Agitproptruppen und Arbeitertheatervereinen. Sie hatte von sich aus Russisch gelernt und Dänisch und Schwedisch und Englisch. Aus all diesen Sprachen übersetzte sie Stücke und Gedichte und Romane, wenn sie neben der Arbeit für Brecht dafür Zeit fand. Über ihre Krankheit mochte sie nicht sprechen. Schwamm drüber, hatte sie gesagt, als Maria Osten sie danach fragte. Das war Anfang des Jahres gewesen, im Dom Prawitelstwa. Ihr habt mich verwöhnt, sagte Grete Steffin und hakte sich bei Maria Osten unter. Keineswegs. Doch, du hast mir von der Wolgareise gedörrtes Obst, Butter und Käse und andere gute Sachen mitgebracht, du bist immer so nett zu mir. Sie blickte Maria Osten listig an, ich wette, du weißt nicht, dass ich dich beneidet habe. Worum? Weil du den Kolzow mit niemandem teilen musst. Nein, sagte Maria Osten, bei uns läuft das umgekehrt. Grete Steffin lachte. Der Brecht, sagte sie, während sie auf der Abbey Road spazierten, glaubt immer noch, dass er mit zwei oder drei oder vier Frauen gleichzeitig leben kann. Er denkt, irgendwann werden die Frauen miteinander zurechtkommen. Ich kann ihm das nicht ausreden. Aber wenn sich die Frauen die gleichen Freiheiten herausnehmen, wird er damit nicht fertig. Manchmal bin ich furchtbar böse auf ihn und beschimpfe ihn und laufe ihm davon. Aber auch dann liebe ich ihn. Und dann ist mir eben auch die Arbeit mit ihm wichtig. Sogar wenn ich böse auf ihn bin, will ich mit ihm arbeiten. Maria Osten sagte, wir leben mit außergewöhnlichen Männern, wir bezahlen den Preis. Es ist unsere Entscheidung, aber wir bezahlen dafür. Sie ermutigen uns, sagte Grete Steffin, sie wollen unsere Meinung, sie lassen unser Urteil gelten, Brecht ist darin nicht anders als Kolzow. Wäre es anders, sagte Maria Osten, könnten sie uns den Buckel runterrutschen.

Bei einem der ersten Spaziergänge mit Grete Steffin war ihnen ein Plakat ins Auge gefallen. Es kündigte eine Veranstaltung im Hyde Park an, zugunsten des brasilianischen Ritters der Hoffnung Luiz Carlos Prestes. Er war in Rio de Janeiro verhaftet worden, zusammen mit der Freiheitskämpferin Olga Benario, einer deutschen Jüdin, die, obwohl sie schwanger sei, an die Nazis ausgeliefert werden solle. Alle Antifaschisten wurden aufgerufen, an der Veranstaltung teilzunehmen, die unter der Schirmherrschaft der Baroness of Hastings stehe und bei der auch Dona Leocádia Prestes, die Mutter von Prestes, sprechen werde. Ich habe Olga Benario gekannt, sagte Maria Osten, obwohl ich sie nicht persönlich gekannt habe. Wir alle haben sie gekannt, sagte Grete, seitdem sie damals den Genossen Braun aus dem Kriminalgericht Moabit befreit hat. Es ist mehr als das, sagte Maria Osten, sie erzählte Grete vom Verein frecher Frauen, den sie mit einer Kollegin, Ruth Rewald, im Café Josty am Potsdamer Platz gegründet hatte. Werden noch Mitglieder aufgenommen? fragte Grete Steffin. Du? Ich hatte bisher nicht den Eindruck, dass es dir an Frechheit fehlt. Ich bin die Tochter eines Tagelöhners und einer Näherin, sagte Grete, ich hatte wenig Gelegenheit zum Frechsein; dagegen du mit deiner Berliner Schnauze, Tochter eines preußischen Grundbesitzers. Es gibt viele Arten, sagte Maria Osten, einem jungen Mädchen die Dreistigkeit auszutreiben. Grete Steffin wartete auf eine Erklärung, aber Maria Osten sagte unvermittelt, ob Olga Benario immer noch so wild ist? Bei den Besten, meinte Grete Steffin, während sie untergehakt weitergingen, verwandelt sich die Frechheit in Mut. Darunter verstehe ich, dass man das Schwere kommen sieht und trotzdem weiterkämpft.

Grete Steffin hatte ihr ein Theaterstück für Kinder gezeigt, an dem sie arbeitete. Die Dialoge sind toll, sagte Maria Osten, die Jugendlichen werden sich selbst darin erkennen. Welche Jugendlichen? fragte Grete Steffin, für welches Publikum schreibe ich denn? Wer wird das im Exil aufführen? Das muss ins Russische übersetzt werden, meinte Maria Osten, *Hubert im Wunderland* ist auch übersetzt worden. Das ist etwas anderes, du hast das für sowjetische Jugendliche geschrieben, von Anfang an. Auf einem der Spaziergänge hatte sie Maria Osten ein Gedicht gezeigt, das sie an Brecht geschrieben hatte, sie sei die einzige, der sie es zu lesen gebe. Sie und Brecht schrieben sich gelegentlich solche Gedichte. Maria Osten stand still und las, dann blickte sie Grete an. Ist es schlimm? fragte Grete. Es ist großartig, sagte Maria Osten, ich staune, wie du mit diesen Wörtern umgehst, ohne Scham. Wer sagt, dass ich mich beim Schreiben nicht schäme? Ich habe mich an diese Sachen heranarbeiten müssen. Brecht hat mich ermutigt, die gemeinen Wörter zu benutzen. Es ist anders als die Männerwitze und Zoten, sagte Maria Osten, nicht nur weil es besser ist, weil du Rhythmen und Reime hast. Sie las das Gedicht noch einmal. Es ist obszön, sagte sie, und ehrlich im Gegensatz zur Pornographie, die verlogen ist. Grete Steffin sagte, zuerst habe sie gedacht, sie sei ein

Blaustrumpf, weil ihr die vulgären Wörter schwerfielen. Während der Arbeit sei ihr klar geworden, was sie störe. Diese Wörter haben etwas von Verachtung für das weibliche Geschlecht an sich, sogar einen Unterton von Drohung. Sie funktionieren nur in einer Richtung, vom Mann zur Frau. Für das, was ich empfinde, gibt es keine Begriffe. Das Sexuelle wird mir fremd, wenn ich auf die übliche Weise darüber schreibe. Aber es wird mir auch fremd, wenn ich die obszönen Wörter benutze. Die Sprache hat da einen Mangel. Es ist eine Herausforderung, solche Gedichte zu schreiben, die Schwierigkeiten sind groß. Aber, fügte sie hinzu, es ist auch erregend. Sie lachte, jetzt bin ich rot geworden. Es steht dir, sagte Maria Osten. Vielleicht ist es gerade das Blaustrümpfische, weshalb du das schreiben kannst. Du schreibst so, dass das Lesen auch für Frauen lustvoll ist. Weder Frauen noch Männer, sagte Grete Steffin, werden diese Sachen je lesen. Sie sind ein privates Zwiegespräch zwischen Brecht und mir in Zeiten, in denen wir getrennt sind. Wenn diese Gedichte nicht veröffentlicht werden sollen, fragte Maria Osten, warum arbeitet ihr dann so lange daran? Warum korrigiert ihr euch gegenseitig? Warum wählt ihr diese vertrackte Sonettform? Wenn das je veröffentlicht würde, sagte Grete Steffin, würde ich im Boden versinken.

Sie hatte Grete nicht gesagt, dass Brecht ihr den Hof machte. Er hatte sie nach Dänemark eingeladen, dort sei es auch im Sommer angenehm kühl, während die Hitze da unten in Sanary, bei Feuchtwanger, nicht auszuhalten sei. Sie hatte sich geschmeichelt gefühlt, zugleich empfand sie ein Unbehagen. Ob es auf seiner Insel nicht schon genug Frauen gebe, hatte sie ihn gefragt. Brecht sagte, er habe auch Benjamin, Korsch und Arnold Zweig nach Fünen eingeladen, mit denen er nichts Anstößiges im Sinn habe. Sie sei eine gute Gesprächspartnerin, mit Erfahrung im Formulieren und Redigieren. Einen Augenblick hatte sie gezögert. Brechts kollektive Arbeitsweise, an der sie in den vergangenen Wochen teilgenommen hatte, war verführerisch. Aber sie wollte nicht Gretes Garten betreten. Außerdem hatte sie Moskau verlassen, weil ihr die Männergeschichten zu kompliziert geworden waren. Das Leben ohne Männer in diesen Wochen war gut für sie gewesen. So verabschiedete sie sich von Brecht und den Eislers, umarmte Grete Steffin und sagte, sie solle auf sich aufpassen. Dann fuhr sie nach Paris, wo die Zeitungen voll waren von Nachrichten über einen Staatsstreich faschistischer Generale in Spanien. Wenige Tage später fuhr sie nach Sanary. Sie sprach mit Feuchtwanger über die Zeitschrift und berichtete von den Gesprächen mit Brecht. Feuchtwanger, immer zur Arbeit bereit, schlug für die einzelnen Hefte Themenschwerpunkte vor und drang darauf, den Kreis der Mitarbeiter zu erweitern, er nannte René Schickele, Rudolf Leonhard, Alfred Wolfenstein, Bruno Frank und Karl Federn, der jederzeit für Rezensionen gut sei. Er hatte ihr einen Beitrag für *Das Wort* nach Moskau mitgeben wollen. Dann war die Depesche von Kolzow gekommen und hatte ihr Kalkül über den Haufen geworfen.

Stunde um Stunde fuhr der Zug der spanischen Grenze entgegen. Sie legte sich einen Plan zurecht. In Perpignan würde sie ein Hotelzimmer nehmen. Den Gedanken, von sich aus Kontakt zu den Genossen zu suchen, verwarf sie, das war zu gefährlich. Stattdessen würde sie sich in Ruhe aus Zeitungen und Radiomeldungen ein Bild von der Lage machen. Sie würde versuchen, Kolzow im Hotel Orient in Barcelona anzurufen, vorausgesetzt, die Telefonverbindung mit Spanien funktionierte noch. Sie stand im Gang vor dem Abteil und blickte auf das flache Land, das vor dem Fenster vorbeizog. In der Ferne erste Hügel. Sie näherten sich den Pyrenäen. Durch das halboffene Fenster blies ihr warme Luft ins Gesicht. Sie zog an ihrer Camel und erwog, was es mit dem Entscheid der französischen Regierung auf sich haben mochte, die Grenze mit Spanien zu schließen. Gab Blum angesichts der Forderungen der Engländer klein bei? Oder bedeutete der Entscheid, dass die französische Regierung der Spanischen Republik keine Chance gab? Ging der Krieg schlecht? Seit Beginn des Putsches hatten die Faschisten in kurzer Zeit Altkastilien, Galizien und im Süden Teile von Andalusien auf ihre Seite gebracht. Aber die Republik hatte den Widerstand zu organisieren begonnen. Die Exilanten in Sanary waren überzeugt gewesen, der Staatsstreich würde in wenigen Wochen niedergeschlagen sein. Nicht nur Barcelona und Madrid, die Zentren der Arbeiterbewegung, hielten stand, sondern der größte Teil des Landes, die zentralen Regionen ebenso wie die Provinzen entlang der Küste. Durch den Gang näherte sich der Schaffner und sagte, dans quinze minutes nous arriverons à Perpignan. Tout le monde descend, madame. Sie drückte die Zigarette aus und trat in ihr Abteil.

In Perpignan wurde sie im Gedränge beim Ausgang von einer jungen Frau in einem schwarzen Kopftuch mit ihrem Namen angesprochen. Sie zuckte zusammen, schaute sich um, niemand anders näherte sich ihnen. Sie blickte die junge Frau an, die ihren Namen wiederholte, Maria Osten? Sie nickte. In gebrochenem Französisch, der spanische Akzent unüberhörbar, sagte die Frau, ein Freund aus Barcelona habe sie geschickt. Sie nahm Maria Osten auf die Seite und sagte, entgegen den Zeitungsmeldungen sei die Grenze noch nicht geschlossen, es sei aber stündlich damit zu rechnen. Sie sei gebeten worden, sie bis zur spanischen Grenze zu begleiten. Durch wen? fragte Maria Osten. Die Frau zuckte die Schultern, Genossen. Jemand hat Sie gut beschrieben, kecke Augen, kurze Haare, ein jungenhaftes Gesicht, eine Reisetasche aus blauem Segeltuch. Jemand hat Sie genau angeschaut. Sie lachte, und Maria Osten lachte ebenfalls. Sie hatten Zeit. Die junge Frau führte sie in ein nahegelegenes Hotel, wo sie sich für ein paar Francs waschen konnte. Dann setzten sie sich vor einem Café in den Schatten einer Markise. Maria Osten bestellte einen Pastis. Wer dieses Getränk nicht kenne, hatte Ruth Rewald vor einem Jahr in Paris zu ihr gesagt, könne die Franzosen nicht verstehen.

Als es soweit war, gingen sie zum Bahnhof zurück. Auf dem Bahnsteig, wo der Zug nach Port Bou wartete, herrschte eine angespannte Stimmung. Reisende kamen und gingen, standen wartend und diskutierend herum. Sie sah viele Frauen in Krankenschwesternuniformen und Männer in schmutzigen blauen Overalls und Leinensandalen. Manche hatten verbundene Glieder und spitze, bleiche Gesichter. Internationalisten, sagte die junge Frau halblaut zu Maria Osten, sie haben bei Irún gegen die Faschisten gekämpft. Nach der Niederlage sind sie nach Frankreich entkommen und kehren jetzt über Port Bou nach Spanien zurück. Der Zug war überfüllt, sie mussten stehen. Neben ihr auf der Sitzbank saß einer der verwundeten

Freiwilligen, die linke Hand bandagiert. Mit der unverletzten Hand zog er einen Tabaksbeutel und Zigarettenpapier hervor. Maria Osten holte ihre Camel heraus und hielt sie ihm hin. Er dankte in gebrochenem Spanisch, mit einem niederländischen Akzent, vielleicht war er auch dänisch. Nach zwanzig Minuten erreichten sie das Fischerdorf Cerbère an der spanischen Grenze. Die Sonne stand nur wenige Fingerbreit über dem Horizont, es war noch immer drückend heiß. Sie stiegen aus und gingen unter dem Perrondach auf und ab. Als die Sonne im Meer versank, schoss ein grüner Blitz hervor, ein Luftphänomen, vielleicht hatte sie es sich auch nur eingebildet, sie hatte wohl zu lange in die untergehende Sonne geschaut. Die Silhouette eines einsamen Hundes trottete am Strand entlang, es war kein Höllenhund. Als die französischen Grenzpolizisten zur Gruppe der Spanienreisenden traten, redeten ihre Begleiterin und einer der verletzten Freiwilligen auf sie ein. Die Zöllner hörten schweigend zu, nickten, einer spuckte aus. Sie schüttelten sich die Hände, und die Polizisten gingen weiter. Die spanische Genossin sagte, die französischen Zöllner seien in der Gewerkschaft, sie sympathisierten mit der Republik. Dann stiegen sie wieder ein. Der Zug donnerte durch einen langen Tunnel. Auf der anderen Seite hielt er in Port Bou. Vor dem Abteilfenster in der Abenddämmerung spanische Zollbeamte. Sie blickten auf den vollen Waggon, einer hob die geballte Faust. Mehrere Reisende grüßten zurück. Alles in Ordnung, sagte die junge Frau, viel Glück, Genossin Maria, dann stieg sie aus. Der Zug ruckte an und fuhr in die dunkler werdende Nacht. Ein paar Stunden später war sie in Barcelona.

19

Geschlossene Parteiversammlung der deutschen Kommission
des sowjetischen Schriftstellerverbandes.

Ort: Redaktion der Zeitschrift Internationale Literatur, Moskau, Kusnjetzki-Most Nr. 12.
Zeit: Sonntag, sechster September 1936. Zweite Sitzung,
zehn Uhr nachts.

Ein getäfelter Raum, kahle Wände, an der Hinterwand Porträts von Lenin und Stalin. Ein langer Tisch, komfortable
Stühle mit abgewetzten Sitzflächen. Auf dem Tisch Wasserkaraffen und Gläser, überfüllte Aschenbecher. Die Luft ist dick
von Machorkarauch. Über dem Tisch ein glanzloser Leuchter, Glühbirnen mit schwach glimmenden Glühfäden, einige
Glühbirnen fehlen. In der Tischmitte ein frischer Strauß bunter Herbstblumen.
Anwesend die zwölf Genossen Johannes R. (Hans) Becher,
Georg Lukács, Ernst Ottwalt, Willi Bredel, Hugo Huppert,
Ernst Fabri, Hans Günther, Julius Hay, Gustav von Wangenheim, Franz Blumenfarb, Friedrich Wolf und Alfred Kurella
sowie der Vorsitzende Genosse Alexander Barta.
In der Ecke, stumm, der Protokollführer.
Die Gesprächsteilnehmer sitzen um den Tisch, einzelne starren
reglos vor sich hin, andere stehen auf und bilden wechselnde
kleine Gruppen, die sich flüsternd unterhalten, den Raum verlassen, wieder eintreten usw. Gegen Schluss nehmen die Bewegungen ab, das Geschehen endet in einem Tableau.

I

GENOSSE BARTA Bevor wir in unserer Selbstkritik fortfahren, will ich fragen, ob noch jemand etwas zum Prozess
gegen Sinowjew, Kamenew und die übrigen trotzkistischen
Halunken sagen möchte?

GENOSSE WANGENHEIM Ich habe gehört, der Prozess komme im Westen schlecht an. Lilo Dammert, die unten in Frankreich bei Feuchtwanger ist, schreibt, es sei unmöglich, mit jemandem darüber zu diskutieren.

GENOSSE BARTA Wie steht Feuchtwanger selbst zu der Sache?

GENOSSE WANGENHEIM Das kann ich nicht genau sagen, da ich den Brief von Lilo Dammert nicht zur Hand habe.
Ich selbst habe keine Vorbehalte gegen den Prozess. Auch nicht gegen Selbstbezichtigungen, wie sie hier von uns verlangt werden. Dass ich die Selbstbezichtigungen zuerst für eine russische Marotte hielt, war ein schwerer Fehler. Während des Prozesses gegen die Trotzkisten habe ich erkannt, dass das bolschewistisch ist. Man muss schonungslos die Wahrheit sagen. Es ist wie ein Zwang. Niemand kann aus der Reihe tanzen. Ich verstehe jetzt, dass das nicht russisch ist, sondern bolschewistisch.

GENOSSE KURELLA Was meinst du mit Zwang?

GENOSSE WANGENHEIM Ich meine einen freiwilligen Zwang, es ist ein geistiger Zwang. Eigentlich ist es gar kein Zwang, ich habe mich schlecht ausgedrückt.

GENOSSE KURELLA Wenn ich dich richtig verstehe, heißt das, dass Sinowjew, Kamenew und die übrigen Halunken, als sie ihre Fehler gestanden, als gute Bolschewiken gehandelt haben?

GENOSSE WANGENHEIM Habe ich das gesagt? Das habe ich nicht gesagt, man dreht mir das Wort im Mund um. Was ich meine, ist, dass die Kraft des Bolschewismus, die geistige Kraft, der innere Zwang, so stark ist, dass er uns zwingt, die Wahrheit zu sagen. Sogar diese Halunken sind gezwungen, die Wahrheit zu sagen. Es ist schwierig, wenn einem jedes Wort auf die Goldwaage gelegt wird.

GENOSSE BLUMENFARB Du sagst, die Angeklagten haben nach bolschewistischer Art Selbstkritik geübt, sie haben die Wahrheit gesagt. Dazu meine Frage: Wieso haben sie die Wahrheit gesagt, da sie doch Lügner und Verräter sind? Ich hoffe, ich kann das fragen, es ist nur eine Frage. Und warum haben ausgerechnet diese verdienten Genossen die Sowjetunion verraten? Die engsten Mitarbeiter von Lenin? Wie konnte es dazu kommen? Es sind die besten Bolschewiken, die wir hier als Staatsfeinde bezeichnen. Kann ich das fragen? Bin ich der einzige, der solche Fragen hat?

GENOSSE KURELLA   Natürlich kannst du das fragen. Du kannst hier alles fragen. Es fragt sich nur, was du mit deinen Fragen willst.

II

GENOSSE BARTA   Wir fahren mit der Selbstkritik fort. Es geht noch immer um die *Deutsche Zentral-Zeitung*. Das Wort hat Genosse Becher.

GENOSSE BECHER   Ich habe im Umgang mit der Redaktion der *Deutschen Zentral-Zeitung* Fehler begangen. Ich habe es an Wachsamkeit fehlen lassen, das stelle ich selbstkritisch fest. Es ist mir allerdings nicht klar, welche Fehler ich gemacht habe. Ich hatte regelmäßigen Kontakt zu Schmückle und Frischbutter, den Vorgängern der Genossin Annenkowa in der Redaktion der *Deutschen Zentral-Zeitung*. Ich weiß nicht, ob Schmückle mit Personen verkehrte, die ich nicht kenne, ob er Verbindungen hatte, von denen ich nichts weiß. Auch Genosse Heckert hat Schmückle geschätzt, und auch Genossin Annenkowa selbst. Wie hätte ich wissen sollen, dass Schmückle und Frischbutter Trotzkisten waren? Wie hätte ich das wissen können, bevor irgend jemand es wusste? Ich sehe hier nicht klar und bitte die Genossen, mir zu helfen, damit ich klar sehe.

GENOSSE BARTA   Du berufst dich auf Genossen Heckert und Genossin Annenkowa. Genosse Heckert ist tot, und Genossin Annenkowa liegt krank im Hotel Lux.

GENOSSE BECHER   Wenn ich hier alles offenlegen soll, kann ich die Haltung eines Genossen oder einer Genossin nicht einfach deshalb unterschlagen, weil sie tot oder sonstwie verhindert sind.

GENOSSE BARTA   Warum hast du dich damals mit Schmückle abgegeben?

GENOSSE BECHER Aus falsch verstandener Solidarität. Aber ich habe weder mit ihm noch mit sonst jemandem politische Gespräche geführt, die gegen die Partei oder die Union gerichtet waren. Das ist eine Erklärung und keine Entschuldigung.

GENOSSE BARTA Ich bitte dich, fortzufahren.

GENOSSE BECHER Ich komme jetzt zu meinem schwersten politischen Fehler. Ich brauche das nicht näher auszuführen, die Genossen hier kennen Einzelheiten. Ich will nichts beschönigen. In dieser bestimmten Situation, bei der bestimmten Lage der Partei, bei der bestimmten Lage der gesamten Ereignisse, war das ein schwerer politischer Fehler.

GENOSSE BLUMENFARB Ich habe den Eindruck, dass Genosse Becher sich eines Fehlers bezichtigt, der ihm damals gar nicht deutlich sein konnte. Wir alle haben gelegentlich Dinge getan, die wir später als Fehler erkannten. Haben wir im Zeitpunkt unseres Handelns gewusst, dass es falsch war? Darauf kommt es an. Nachher ist man klüger.

GENOSSE BECHER Objektiv war es ein Fehler, auch wenn ich es damals nicht wissen konnte.

III

GENOSSE BARTA Noch ein paar Fragen zu Bechers Frau Lilly. Seit wann ist sie hier? Warum ist sie nicht registriert? Billigt sie den gegenwärtigen Kurs der deutschen Partei?

GENOSSE BECHER Das ist alles längst beantwortet. Ich habe am Abend nach Lillys Ankunft in Moskau ihre gesamte Biographie deponiert. Das ist längst deponiert.

GENOSSE OTTWALT Damals, als die Genossin Lilly Berlin verließ, lief das Gerücht um, sie habe den Genossen ausrichten lassen, sie könnten ihr den Buckel runterrutschen.

GENOSSE BECHER Das ist eine Verleumdung. Da kenne ich Lilly genau, sie würde nie sagen, die Genossen könnten ihr den Buckel runterrutschen.

GENOSSE OTTWALT Sie soll das gesagt haben. Rutscht mir den Buckel runter.

GENOSSE BLUMENFARB Müssen wir auf diesem Niveau diskutieren?

GENOSSE BARTA Will Genosse Blumenfarb den Genossen das Maul verbieten? Ist das deine Vorstellung von Parteidemokratie?

GENOSSE KURELLA Weiß der Genosse Becher, dass seine Frau in Paris Vertreterin von Kolzows Jourgaz-Verlag war?

GENOSSE BECHER Selbstverständlich wusste ich das. Kolzow ist ein bedeutender Schriftsteller, der auch von Stalin geschätzt wird. Oder irre ich mich da?

GENOSSE BREDEL Kann uns Genosse Becher sagen, von wem Genossin Lilly das sowjetische Visum bekommen hat?

GENOSSE BECHER Von Kolzow. Sie erhielt das Visum von Kolzow. Ich nahm an, wenn Genosse Kolzow jemandem ein Visum gibt, so ist das mit der Komintern abgesprochen. Irre ich mich da?

IV

GENOSSE FABRI Ich möchte zur Linie der *Deutschen Zentral-Zeitung* unter der Redaktion des Verräters Frischbutter noch etwas sagen. Die trotzkistische Clique hat sich natürlich getarnt. Sie haben die Zeitung genau nach der geltenden politischen Linie gemacht. So hat niemand etwas gemerkt.

GENOSSE HUPPERT Ich kann das bestätigen. Die Zeitung entsprach völlig der Linie der Partei. Auch die Genossin Annenkowa hat Frischbutter und dessen Redaktion unterstützt.

GENOSSE BLUMENFARB Wo ist denn da das Problem, wenn Frischbutter die Zeitung im Sinn der Parteilinie geführt hat?

GENOSSE FABRI Genosse Blumenfarb braucht eine Nachhollektion in Dialektik. Ist es so schwierig zu verstehen, dass das Beharren auf der Parteilinie nichts als Tarnung war?

GENOSSE BREDEL Laut Sitzungsprotokoll der Parteikontrollkommission hat Frischbutter gestanden, dass er die Zeitung auf verschlüsselte Weise zur faschistisch-trotzkistischen Agitation benutzt hat. Er hat sich selbst bezichtigt.

GENOSSE FABRI   Frischbutter ist zu fünf Jahren Haft im Arbeitslager Karaganda verurteilt worden.

GENOSSE WANGENHEIM   Auf der Redaktion der *Deutschen Zentral-Zeitung* fehlte es mitunter an der Kameradschaft. Ich will keine Vorwürfe gegen die Genossin Annenkowa erheben, aber sie redete, als hätte sie die politische Wachsamkeit für sich allein gepachtet.

GENOSSE BARTA   Ich erinnere daran, dass Genossin Annenkowa sich zu diesen Vorwürfen nicht äußern kann.

GENOSSE WANGENHEIM   Das war kein Vorwurf, das habe ich doch gesagt.

GENOSSE OTTWALT   Genossin Annenkowa hat meine Mitarbeit sabotiert. Sie hat mir durch Genossen Günther ausrichten lassen, meine Mitarbeit an der *Deutschen Zentral-Zeitung* sei nicht länger erwünscht. Ich musste hören, ich sei ein Opportunist.

GENOSSE GÜNTHER   Genossin Annenkowa hat zu mir gesagt, wir können keine Mitarbeiter brauchen, die ihre Manuskripte nicht pünktlich abliefern. Ottwalt ist unzuverlässig. Das hat sie wörtlich gesagt. An das Wort Opportunist kann ich mich nicht erinnern.

GENOSSE OTTWALT   Da bin ich überrascht.

GENOSSE GÜNTHER   Sie hat nicht gesagt, dass du nie mehr mitarbeiten kannst, sondern, Ottwalt ist unzuverlässig. Solange er sich nicht ändert, kann er nicht mitarbeiten.

GENOSSE OTTWALT   Ich wiederhole, da bin ich überrascht. Wie kann sie so etwas sagen. Ich habe meine Artikel stets rechtzeitig abgeliefert. Als ich ein einziges Mal einen Artikel zu spät ablieferte, schrie sie Zeter und Mordio. So entstand diese Atmosphäre.

GENOSSE BARTA   Was für eine Atmosphäre?

GENOSSE WOLF   Dazu möchte ich allgemein etwas sagen. Ich habe beobachtet, dass bei einigen Genossen eine Art Panik herrscht. Sie wagen es kaum noch, Genossen die Hand zu geben. Mir ist zugetragen worden, ein gewisser Genosse habe einen anderen Genossen gefragt, ob man mit dem Genossen Wolf noch verkehren dürfe. Ich bin zu dem gewissen Genossen gegangen und habe gesagt, du solltest mich selbst fragen, ob du mit mir noch verkehren kannst. Soviel zur Atmosphäre.

GENOSSE BARTA Was hat Genosse Ottwalt darüber zu sagen, wie diese Atmosphäre entstanden ist?

GENOSSE OTTWALT Es begann, als Genossin Annenkowa aus dem Urlaub zurückkam. Die Atmosphäre war anders. Ich weiß nicht, woher das kam. Es waren nur Kleinigkeiten. Es hatte auch mit Maria Osten zu tun. Kolzow meint dies, Kolzow wünscht das. So ging das. Ich schätze die Genossin Maria, wir sind Landsleute. Aber hier Tratsch und da Tratsch, und plötzlich ist diese Atmosphäre da. Das wisst ihr doch alles schon. Warum schweigt ihr? Warum werde nur ich nach der Atmosphäre gefragt? Wo bleibt Genossin Annenkowa? In welchem Spital liegt sie überhaupt? Ich verlange nicht, dass man mir ein Zeugnis als hundertprozentiger Kommunist ausstellt. Aber wenn man mich politisch isoliert, soll man mir den Grund nennen. Ottwalt soll geschlachtet werden, das ist klar.

GENOSSE BARTA Um Missverständnissen vorzubeugen, wir üben hier freiwillige Selbstkritik. Unsere Zusammenkunft ist keine Säuberung.

V

GENOSSE LUKÁCS Wenn ich mich einmal zum Allgemeinen äußern darf. Das zentrale Problem ist das Versagen unserer Wachsamkeit, Becher hat das bereits angesprochen. Ich rede hier nicht von individuellen Fehlern, die jeder von uns macht. Wir vor den Nazis geflohenen Antifaschisten sind in einer besonderen Lage. Wir sind in ein anderes Land, in ein anderes Milieu gekommen. Daraus haben wir nicht die richtigen Konsequenzen gezogen. Viele von uns sind isoliert, darunter leidet unsere Klassenwachsamkeit. Wir haben den Kontakt zu den lebendigen Massen des Proletariats verloren. Ohne diesen Kontakt nimmt das Exil krankhafte Züge an, es kommt zu einer Emigrationspsychose. Dagegen müssen wir kämpfen.

GENOSSE BLUMENFARB   Genosse Lukács hat recht, wir sind hier fremd, wir sprechen die Sprache nicht. Wir haben gedacht, wir kommen in unser zweites Mutterland. Wir haben die Schwierigkeiten unterschätzt. Das hat sich auch vorhin gezeigt, als Genosse Wangenheim den Unterschied zwischen russisch und bolschewistisch erklärt hat. Unsere deutschen Maßstäbe gelten hier nicht. Wir müssen uns gegenseitig helfen, unsere neue Umgebung zu verstehen.

GENOSSE HUPPERT   Genosse Blumenfarb redet wie ein Tourist. Wir befinden uns hier nicht im Exil, sondern tatsächlich in unserer Heimat. Auch Lukács macht einen Fehler, wenn er von Emigrantenpsychose spricht. Ihr überseht den himmelweiten Unterschied zwischen unserer Situation und der Situation der exilierten Genossen im Westen. In Paris oder Prag kann man von Emigrantenpsychose sprechen. Die meisten Exilanten dort haben keine Arbeit, keine Papiere, keine Wohnung, sie leben in ständiger Angst vor der Polizei und vor der Verhaftung. Wir dagegen stehen unter dem Schutz der Sowjetmacht, wir haben dieselben Rechte und die gleichen Aussichten wie die Sowjetmenschen. Das vergrößert unsere Schuld gegenüber diesem Land und erhöht unsere Pflicht zur Wachsamkeit.

VI

GENOSSE BARTA   Kommen wir zu den Beziehungen von einigen unter uns zur Gruppe der Versöhnler. Zuerst Genosse Becher. Hast du in Berlin im Versöhnlersalon der Gebrüder Herzfelde und Heartfield verkehrt?

GENOSSE BECHER   Nein. Auf diese Gruppe wurde ich zum erstenmal aufmerksam, als Arthur Ewert Attacken gegen den Genossen Thälmann ritt. Ich wusste, dass diese Clique regelmäßig Sitzungen abhielt, aber ich bin nicht dazu eingeladen worden. Dass die Sitzungen bei Herzfelde stattfanden, habe ich erst später erfahren. Ich habe stets an der Parteilinie festgehalten. Thälmann war für mich stets der Führer der Partei.

GENOSSE BARTA   Genosse Ottwalt, was kannst du über die Versöhnlergruppe sagen?

GENOSSE OTTWALT   Neunzehnhundertdreißig hatten Ewert und seine Frau Sabo, Gerhart Eisler, Lex Ende, Karl Volk und andere in Berlin einen politischen Salon. Sie trafen sich bei Wieland Herzfelde, im Redaktionsbüro des Malik-Verlags. Meine ersten Bücher sind bei Malik erschienen. Ich habe zweimal an den Treffen teilgenommen, nicht mehr und nicht weniger. Dann habe ich mich von diesem Kreis zurückgezogen. Ich gebe zu, dass ich damals die Kritik an dieser Clique nicht geteilt habe. Aber ich habe mich zurückgezogen. Als die Nazis an die Macht kamen, hat mich die Partei nach Prag geschickt, sonst wäre ich im KZ gelandet. In Prag habe ich wiederum mit Herzfelde zusammengearbeitet, wir haben die Redaktion der *Neuen deutschen Blätter* gemacht. Eines Tages hat Maria Osten den Volk zu mir gebracht. Ich bin dann mehrmals mit ihm zusammengekommen, er war ja noch Parteimitglied. Ich wiederhole, dass ich die Genossin Osten schätze. Mehr kann ich dazu nicht sagen.

Ich möchte die Genossen daran erinnern, dass ich in Prag von der Partei kein Geld erhielt, keinen Heller. Manchmal musste ich die Geschäftskorrespondenz liegen lassen, weil das Portogeld fehlte, oder die Verabredung mit einem Schriftstellerkollegen absagen, weil ich das Essen nicht bezahlen konnte. Sechzehn Stunden am Tag Korrespondenz, Manuskriptlesen, Parteiarbeit, ohne einen Pfennig dafür zu bekommen. Ich habe gehungert und die Waltraut auch.

Im Bezug auf Versöhnler und Abweichler bin ich inzwischen wachsam. Als ich hier in Moskau den Brustawitzki kennenlernte, wusste ich sofort, was das für einer ist. Drängt sich überall vor, kann einem nicht in die Augen schauen. Einen wie den sollte man liquidieren.

GENOSSE BLUMENFARB   Genosse Ottwalt, weißt du überhaupt, was du sagst?

GENOSSE OTTWALT   Ich kann nicht zimperlich sein, wenn ich Selbstkritik üben soll. Da darf ich keinen schonen, auch mich selbst nicht.

GENOSSE FABRI   Noch eine Frage zu Maria Osten. Ich

kenne ihre politische Vergangenheit nicht, aber Ottwalt hat uns jetzt fünf- oder sechsmal darauf hingewiesen, dass sie bei den Versöhnlern verkehrt hat. Dann hast du gesagt, dass du dazu nicht mehr sagen möchtest. Was wolltest du damit sagen? Wenn du etwas weißt, kannst du nicht einfach nichts sagen, sondern du musst sagen, was du weißt. Das ist deine verdammte Pflicht und Schuldigkeit.

GENOSSE OTTWALT   Ich will so ruhig wie möglich antworten. Fabri behauptet, ich hätte den Namen Maria Osten fünf- bis sechsmal genannt. Es waren aber nur zwei- bis dreimal. Ich sage die Wahrheit. Ich bin durch Maria Osten mit den Versöhnlern zusammengekommen, also sage ich es. Das ist alles protokolliert. Ich sage hier nichts, was nicht schon bekannt ist. Über die Genossin Osten habe ich gesagt, dass sie in Berlin Beziehungen zur Versöhnlerfraktion hatte, zu Ewert und Sabo, und natürlich zu Herzfelde. Sie hat ja bei Malik gearbeitet, den Laden geschmissen. In Prag hat sie mich erneut mit Volk zusammengebracht. Ich bin verpflichtet, das mitzuteilen. Wenn wir hier nicht die Wahrheit sagen, können wir gleich abdanken.

GENOSSE BLUMENFARB   Die Genossin Osten ist der Sowjetunion ergeben, deshalb hat sie den neuen Namen angenommen. Sie schreibt für die *DZZ*, an der Parteiarbeit nimmt sie kaum teil. Das kann man ihr vorwerfen, aber das gehört nicht hierher, wir können die Genossin Maria beseite lassen.

GENOSSE BARTA   Wenn Genosse Blumenfarb glaubt, er müsse die Genossin Osten aus unserer Diskussion heraushalten, zeigt er damit, dass er den Sinn unseres Treffens nicht begreift. Du solltest im Gegenteil verlangen, dass über die Genossin gesprochen wird, so wie wir alle wünschen, dass über uns gesprochen wird.

GENOSSE BLUMENFARB   Du hast mich falsch verstanden. Ich finde unsere Aussprache gut und befürworte sie. Auch dass protokolliert wird, befürworte ich. Später wird man einmal nachlesen können, wie jeder von uns zu unserer Sache stand und wie es um unsere Sache stand.

GENOSSE BARTA   Und wie steht es deiner Meinung nach um unsere Sache?

GENOSSE BLUMENFARB Ihr alle kennt mich als guten Genossen. Ich bin felsenfest davon überzeugt, dass der Sozialismus siegen wird.

VII

GENOSSE BARTA Genossin Osten hatte Beziehungen zu Carola Neher. Ich bitte Genosse Ottwalt, sich zu Carola Neher zu äußern.

GENOSSE OTTWALT Ich kannte sie von der Bühne, in der *Dreigroschenoper* hat sie die Polly gespielt. Helene Weigel hatte mir gesagt, Carola Neher sei in die Partei eingetreten.

GENOSSE FABRI In Berlin war sie nicht in der Partei. Das weiß ich von einem Mittelsmann, der einen Schauspieler gekannt hat, dessen Freundin mit ihr die Garderobe teilte.

GENOSSE WANGENHEIM Ich wiederhole, was ich vor wenigen Tagen über die Neher zu Protokoll gegeben habe, als sie verhaftet wurde. Ich halte sie für eine Abenteurerin. Ihre politische Einstellung ist antisowjetisch. Einmal hat sie in Gegenwart eines zuverlässigen Genossen gesagt: Ich war im Dom Prawitelstwa, bei Kolzow und Maria Osten. Ich habe gesehen, wie die dort leben. Bin ich schlechter als die? Ich will auch so leben. Sie sagte Dinge wie, in der Sowjetunion gebe es eine Bourgeoisie. Solchen Blödsinn soll sie öfter geäußert haben.

GENOSSE OTTWALT Es stimmt, sie konnte ihren Mund nicht halten. Sie lebte in bitteren Verhältnissen. Sie schlief auf dem Boden, in Umständen, wie sie kaum ein Genosse hier kennen dürfte.

GENOSSE WANGENHEIM Ich habe sie einmal besucht, als sie schwanger war. Ich hatte den Eindruck, sie sei mit den Nerven herunter.

GENOSSE HAY Ich habe die Neher bei Kolzow kennengelernt. Ich sollte mit ihr ein Stück schreiben. Sie sagte, Kolzow werde das aufführen lassen. Ich habe gesagt, Kolzow besitzt doch kein Theater. Die Sache hat mir nicht gefallen, da habe ich sie nicht gemacht.

GENOSSE WANGENHEIM   Die Neher hat allen unter die Nase gerieben, dass sie bei Kolzow und Maria Osten verkehrt.

GENOSSE OTTWALT   Maria Osten hat Carola Neher das Leben in Moskau erleichtert. Sie hat für die Neher im Savoy ein Zimmer auf den Namen Kolzow gemietet. Sie hat für die Neher im Torgsin Einkäufe gemacht. Das sind keine Enthüllungen, das ist alles bekannt.

GENOSSE FABRI   Du wiederholst jetzt schon zum dritten Mal, dass du uns über die Osten nur Bekanntes mitteilst.

GENOSSE OTTWALT   Wie kann ich wissen, ob nicht eines Tages einer kommt und sagt, der Ottwalt hat dies und das enthüllt?

GENOSSE BLUMENFARB   Es ist keine Enthüllung, wenn du beschreibst, wie hilfsbereit sich die Genossin Maria verhält.

GENOSSE BARTA   Ich möchte Genossen Ottwalt daran erinnern, dass du dich noch zu Brecht äußern wolltest.

GENOSSE OTTWALT   Ihr wisst, dass ich eng mit Brecht zusammengearbeitet habe. Wir haben gemeinsam das Drehbuch zu *Kuhle Wampe* geschrieben. Eisler und ich waren in diesem Kreis die einzigen Parteikommunisten.

GENOSSE BREDEL   Soviel ich weiß, sind auch Grete Steffin, Elisabeth Hauptmann und Helene Weigel in der Partei.

GENOSSE HAY   Zum Brecht-Kreis gehören aber auch Leute wie Sternberg und Korsch, die einen miesen Defätismus vertreten. Auch Brecht soll solchen Stimmungen unterliegen.

GENOSSE OTTWALT   Brecht ist ein hundertprozentig ehrlicher Antifaschist.

GENOSSE WANGENHEIM   Ich möchte eine Erklärung abgeben. Es gibt Gerüchte über mich und Brecht und die Weigel, Haltlosigkeiten, gegen die ich mich verwahren muss. Für meinen Film über den Reichstagsbrandprozess rief mich Piscator an und fragte, was ich von der Besetzung der Frauenrolle mit Helene Weigel hielte. Ich antwortete, es kommen verschiedene in Frage, nicht nur die Weigel, zum Beispiel auch Lotte Loebinger. Da sagte Piscator, du meinst, die Weigel ist zu jüdisch? Ich sagte, das kann sein. Daraus hat mir Brecht einen Strick gedreht. Ich soll verbreitet haben, Juden dürften in Moskau nicht spielen. Die Steffin hat sogar verlangt, Wangenheim müsse aus der Partei ausgeschlossen werden. Piscator schrieb mir einen Brief, worin ausgerechnet er mir vorwarf, ich hätte das gesagt. Dabei hat er es selbst gesagt, ich habe es nur wiederholt.

GENOSSE KURELLA Wie beurteilst du heute dein Verhalten in dieser Sache?

GENOSSE WANGENHEIM Wie soll ich das jetzt sagen? Ich stocke, weil ich mir nicht durch ungeschickte Formulierungen selbst einen Strick drehen will.

GENOSSE BLUMENFARB Genosse Wangenheim, stört es dich nicht, dass wir hier über das jüdische Aussehen der Weigel diskutieren? Das tun doch die, die uns vertrieben haben. Soviel ich weiß, ist auch Lotte Loebinger jüdischer Herkunft. Mit so etwas sollten wir uns nicht abgeben.

GENOSSE BARTA Ich bitte den Genossen Blumenfarb, die Genossen nicht andauernd zu unterbrechen. Deine Zeit kommt noch.

GENOSSE BLUMENFARB Ist das eine Drohung? Drohst du mir? Droht ihr mir? Was habe ich denn gesagt? Wir sollen doch Selbstkritik üben. Was tue ich anderes? Wenn ich kritisiere, meine ich auch mich selbst. Was mache ich falsch? Was machen wir falsch? Darum geht es doch, oder nicht? Dass wir einen besseren Kommunismus bekommen. Oder nicht?

VIII

GENOSSE BARTA Es ist Mitternacht vorbei, wir sollten für heute Schluss machen.

GENOSSE FABRI Ich möchte zum Fall des Genossen Ottwalt noch etwas sagen.

GENOSSE OTTWALT Zum Fall Ottwalt? Bin ich ein Fall?

GENOSSE BARTA Fabri hat sich schlecht ausgedrückt.

GENOSSE FABRI Genosse Ottwalt hat einen schweren Weg zu uns gehabt. Einst stand er im Lager des Feindes, bei der Reaktion, bei den Kommunistenmördern. Du hast das ja in *Ruhe und Ordnung* selbst beschrieben.

GENOSSE OTTWALT   Das war ein Roman. Die Figur bin nicht ich. Das ist erfunden.

GENOSSE FABRI   Das sagst du jetzt. Im Vorwort hast du geschrieben, das seien eigene Erlebnisse. Ich mache dir deine Irrtümer von damals nicht zum Vorwurf, obwohl sie objektiv nicht entschuldbar sind. Solche leichtfertigen Vorwürfe mache ich nicht, trotz des persönlichen Stunks, den du gegen mich gemacht hast.

GENOSSE OTTWALT   Ich soll Stunk gemacht haben?

GENOSSE WANGENHEIM   Ottwalt hat Stunk gemacht?

GENOSSE BREDEL   Was für Stunk?

GENOSSE FABRI   Es gibt Stunk und Stunk.

GENOSSE WOLF   Ich schlage vor, die letzten Wortmeldungen nicht zu protokollieren.

GENOSSE FABRI   Das war doch nur ein Scherz.

GENOSSE WOLF   Dann bitte ich, meinen Vorschlag, nicht zu protokollieren, ebenfalls nicht zu protokollieren.

GENOSSE OTTWALT   Genossen, ihr kennt mich. Das Leben ging nicht spurlos an mir vorüber, daran braucht mich niemand zu erinnern. Wenn ich hier nicht offen von Genosse zu Genosse sprechen kann, so riskiere ich, irgendwann eine Bemerkung zu machen, die mir oder einem von uns den Hals bricht.

GENOSSE BARTA   Dann brechen wir hier ab.

20

I

Während des kurzen Halts in Mulhouse war das Kind nicht aufgewacht. Sie begann, die Kindersachen zu verstauen, die Windeln, die Flasche, die Einmachgläser mit Kleinkindernahrung, die Rassel und das Holzauto, das ein Milizionär für den Kleinen geschnitzt hatte. Draußen war es noch finster, von Zeit zu Zeit donnerte der Nachtexpress durch eine schwach beleuchtete Station. Allmählich mehrten sich die Lichter, die Umrisse einer Fabrik mit einem Hochkamin glitten vorbei, geschlossene Bahnschranken, Industrieanlagen, Wohnhäuser. Die Gleise verzweigten sich zu einem von elektrischen Lampen beleuchteten Areal. Der Zug verlangsamte seine Fahrt. Reihen von abgestellten Güterwagen, Signalmasten, Stellwerke, Güterschuppen, ein Turm mit der Aufschrift St. Louis, dann fuhren sie in Basel ein. Die große Uhr am Stationsgebäude zeigte wenige Minuten nach sechs Uhr früh. Maria Osten öffnete die Abteiltür. Auf dem matt erleuchteten Gang erblickte sie Sascha, die ihr grüßend zunickte, hinter ihr Ludwig Marcuse, mit aufgequollenen, verschlafenen Gesichtszügen. Eva Herrmann trat ins Abteil, frisch, die dunklen Augen neugierig, hast du gut geschlafen? Ich helfe dir mit dem Kleinen. Lassen wir zuerst die anderen aussteigen, sagte Maria Osten. Im Gang erschien Lilo Dammert, sie sah mitgenommen aus, blasses Gesicht, die Lippen zusammengepresst, sie hielt sich steif aufrecht. Sie schaute ins Abteil, wie geht es José? Der Schnupfen ist vorbei, sagte Maria Osten, er schläft seit Stunden, wie geht es dir? Es geht. Sollen wir dir die Koffer tragen? Feuchtwanger nimmt Gepäckträger, sagte Lilo Dammert. Hast du Schmerzen? fragte Eva Herrmann. Lilo Dammert nickte. Dann erschien Feuchtwanger im frischgebügelten Anzug, die Haare zurückgekämmt, munter hinter der randlosen Doktorbrille. Wie geht's dem spanischen Genossen, soll ich ihn tragen? Nicht nötig, sagte Maria Osten. Wieso nicht nötig? Er trat zu dem schlafenden Kleinen, hob ihn mit einer Behutsamkeit, die sie nicht erwartet hatte, aus dem Bettchen und trug ihn zum Ausgang. Eva Herrmann schnitt hinter seinem Rücken ein Gesicht. Auf dem hell erleuchteten Perron vertraten sich französische Zöllner in der Kälte die Beine. Gelangweilt winkten sie die kleine Reisegruppe an der offenen Zollschranke vorbei auf die schweizerische Seite. Sie waren eines von den vielen Grüppchen, die in dieser Zeit die Grenzen aller Herren Länder überquerten, aus guten Gründen und aus schlechten, mit guten und mit schlechten Papieren. Die

Zöllner interessierte nur die Richtung dieser Wanderung. Verließen die Fremden das Land, so war das nicht der Rede wert. Anders, wenn sie ins Land einreisen wollten, und sei es auch nur zur Durchreise. Die Schweizer Zöllner blätterten lange in ihren Papieren, prüften Stempel und Unterschriften, hielten dieses und jenes Dokument gegen die elektrische Glühbirne, verglichen Fotografien mit Personen, besprachen sich in ihrem alemannischen Dialekt. Sie waren durchdrungen von der Wichtigkeit ihrer Aufgabe, wir sind keine Unmenschen, aber Dienst ist Dienst, und fremde Fötzel lassen wir nicht herein. Als der schweizerische Zug sich in Bewegung setzte, war Maria Osten eingeschlafen, aber das Zappeln des Kleinen, den sie neben sich auf das Polster gebettet hatte, weckte sie bald wieder. Er wollte gefüttert werden, dann strampelte er glücklich, und ein Geruch füllte das Abteil. Lass mich machen, sagte Eva Herrmann, die bei ihr im Abteil geblieben war. Gähnend sah sie zu, wie Eva Herrmann die Windeln wechselte. Gut, sagte sie, du kriegst die Stelle. Die Zeichnerin wickelte die schmutzigen Windeln zu einem Paket zusammen. Die wasche ich nicht, sagte sie unter der Abteiltür, wir kaufen in Zürich neue. Kann ich mir nicht leisten, sagte Maria Osten. Das lass dem Lion seine Sorge sein, wer mit Feuchtwanger reist, reist mit Stil. Mit einem Kopfnicken, das auf den Luxus des Erste-Klasse-Abteils verwies, trat Eva Herrmann in den Gang.

In Zürich stellten sie das Gepäck ein und überquerten den belebten Bahnhofsplatz. Feuchtwanger führte sie zum vornehmen Hotel St. Gotthard an der unteren Bahnhofstraße. Nach dem Frühstück nahm er für Lilo Dammert ein Zimmer. Auch die beiden Marcuses blieben im Hotel. Maria Osten, Eva Herrmann und Feuchtwanger spazierten, in ihre Mäntel gehüllt, die Bahnhofstraße hinauf zum See. Die zierliche Künstlerin und der Schriftsteller schoben abwechselnd den Kinderwagen, in dem, warm zugedeckt, das Kind kaum zu sehen war. Ich denke, ich bin die Mutter, sagte Maria Osten, Atemwölkchen ausstoßend. Das ist noch nicht heraus, meinte Eva Herrmann. Außerdem, fuhr Maria Osten fort, schwört Kolzow, dass er der Vater ist. Eine deutsche Mutter, die nicht die Mutter ist, ein russischer Vater, der nicht der Ehemann ist, und ein spanisches Kind, sagte

Feuchtwanger, ich sehe mit Vergnügen, dass die Familienbande allmählich mit Vernunft geknüpft werden. Auf der Bahnhofstraße verkehrten blau-weiße Trambahnen, dazwischen saubergewaschene Automobile, auf den Bürgersteigen saubergewaschene Menschen in Wintermänteln, wohlerzogene Kinder an der Hand, in den Schaufenstern Modisches für Männer und Frauen, Uhren, Schmuck, Dessous. Eine Konditorei mit Pralinen, Weihnachtsmännern aus Kuchenteig, Torten und Lebkuchenhäuschen. Am Paradeplatz Bankhäuser, in den Schaufenstern Tafeln mit den neuesten Börsenkursen vor Fotografien würdiger Bartträger, von denen Feuchtwanger vermutete, dass sie das Geld erfunden hatten. Unter dem Dach der Tramhaltestelle bot ein fremdländisch und verwegen aussehender Maronibrater heiße Kastanien feil. Feuchtwanger stellte sich zu den Käufern, Maria Osten und Eva Herrmann wärmten sich an dem rauchenden Bratkessel die Hände. Vorsichtig, um sich nicht die Finger zu verbrennen, schälten sie im Weitergehen die Maroni. Eine zweite Tüte hatte Maria Osten unter die Decken zu dem Kind gelegt. Da zeige sich ihr Mutterinstinkt, meinte Eva Herrmann anerkennend, und außerdem blieben die Maroni warm. Am Seeufer, neben der weiten Brücke, ein saubergefegter Park, kahle Bäume, Bänke mit Blick seeaufwärts. In der Ferne, gestochen scharf, die Alpen, die Gipfel schneebedeckt. Einer dieser Berge heiße Vrenelis Gärtli, sagte der enzyklopädisch gebildete Feuchtwanger. Ich habe gedacht, das bedeute etwas anderes, flüsterte Eva Herrmann vernehmlich Maria Osten zu. Maria Osten kicherte. Es war ein kühler, klarer Novembertag, Sonne in einem wolkenlosen Himmel, wenig schützender Schatten, die Hitze zerschmolz alles zu einem zähen Brei aus Farben, Tönen und Gerüchen. Die Straßen waren gefüllt mit einer aufregenden und aufgeregten Menge schwitzender, fröhlicher Menschen in leichten Kleidern, viel nackte, braungebrannte Haut, schmutzige nackte Füße, in Leinensandalen oder schuhlos. Rote und schwarz-rote Fahnen hingen aus den Fenstern entlang der Ramblas, Spruchbänder verkündeten, dass dieses Hotel, jenes Restaurant oder Geschäft von den Angestellten übernommen worden war, aus Lautsprechern dröhnten Nachrichten und Kampflieder, immer wieder erschallte die *Internationale*. Gruppen von Matrosen und von Milizionärinnen und Milizionären in schwarzen Blusen oder blauen Leinenoveralls, die Gewehre nachlässig über den Schultern, manche noch halbe Kinder, flanierten untergehakt vorbei an Barrikaden, auf denen Kinder spielten, vorbei an blumengeschmückten Schaufenstern mit Porträts von Bakunin, Lenin und Jaurès. Zerbeulte Lastwagen mit herausgebrochenen Windschutzscheiben, die Seitenwände beschmiert mit unbeholfenen Buchstabengruppen CNT UGT JCI POUM PCE, bahnten sich hupend einen Weg durch die Menge. Auf den Ladebrücken Bewaffnete mit Strohhüten, Baskenmützen oder Kopftüchern, singend, mit erhobener geballter Faust. Im Gedränge Verlumpte, Erbarmungswürdige, Bettlerinnen und Bettler, Verkrüppelte, ein besonderer Schmerz die verwahrlosten, verschorften Kinder, die sie bettelnd umdrängten. Vor drei Wochen hatte dieses Volk das Faschistenpack besiegt. Die Machtlosen, Waffenlosen, die anarchistischen Hafenarbeiter, die Kommunisten und Gewerkschafter, die Frauen, die Mädchen, die Kinder, das Lumpenproletariat hatten die Militäreinheiten überrannt, nichts hatte sie aufhalten können. Sie hatten den Faschisten die Waffen entrissen, sie hatten es ihnen gegeben, den eitlen jungen Señoritos aus den besseren Familien, die in schneidigen Uniformen Krieg spielen wollten. Sie hatten die aufgeplusterten Gecken erschossen, erstochen und erschlagen, die Zeit der Abrechnung war da. Kolzow zeigte auf die noch frischen Einschusslöcher an den Häusern und auf roh gezimmerte blumengeschmückte Schreine am Fuß von Bäumen und Straßenlaternen. Sie war wie zerschlagen, sie sah alles überdeutlich und verstand nichts, nicht die Sprache, nicht die Gesten, nicht die Töne oder Gerüche und am allerwenigsten die Stimmung in diesem Hexenkessel. Es war ein Traum, aus dem sie noch nicht erwacht war seit der langen Anreise von Sanary, der Aufregung beim Übergang über die Grenze, der sich steigernden Erwartung, während der Zug Barcelona entgegenfuhr. Die Ankunft, um zwei Uhr früh, wie durch einen Schleier. Auf dem Bahnsteig Kolzow, er hatte tatsächlich Blumen in der Hand. Der vertraute Geruch seiner Haut, seiner Haare, die schiefen Zähne, die Zuneigung in seinem spöttischen Blick. In der Bahnhofshalle war sie ein paar Schritte hinter ihm zurückgeblieben, um ihm beim Gehen zuzusehen. So wie er ging keiner, die kleine, kräftige Gestalt aufrecht, fast zurückgelehnt. Auf den Ramblas war auch um diese Stunde noch Hochbetrieb, das Taxi blieb in der Menge stecken. Vor dem Eingang zum Hotel Orient ein Portier in goldbetresstem Rock, in der Hotelhalle Bewaffnete, die Kolzow mit erhobener Faust grüßten, andere Bewaffnete saßen unter den lärmigen Gästen an der Hotelbar. Sie schlief bis gegen Mittag, ein unruhiger Schlaf, durch die zur Kühlung geöffneten Fenster drangen Lautsprecherstimmen herauf, scheppernde Musik, Stimmengewirr, Gelächter, Gesang und vereinzelte Schüsse.

Das Gefühl der Fremdheit hielt in den folgenden Tagen an. Sie wanderte, den Schatten der Hauswände ausnutzend, durch die Straßen von Barcelona. Überall Spuren der Kämpfe, geborstene, auseinandergebrochene Fassaden, niedergebrannte Kirchen, deren Trümmer noch rauchten. Sie versuchte, das Leben in dieser Stadt zu entziffern, als entziffere sie eine fremde Handschrift, von der sie nur einzelne Buchstaben lesen konnte, mitunter ein ganzes Wort, aber die Abfolge der Wörter ergab keinen Sinn. Für manches, was sie sah, fehlten ihr die Begriffe, am meisten für die Armut am Hafen, die alles Gesehene überstieg. Löcher, in denen Menschen lebten, Gestank, Abfall, Schutt. Welche dieser Zerstörungen von den Kämpfen herrührten, war nicht auszumachen. Später ging sie durch bessere Viertel, auch hier Einschläge von Kugeln und Granaten, da und dort ein eingestürztes Haus. Aber die Dinge schienen hier vertrauter, als plötzlich die Linien der Fassaden sich zu bewegen begannen, sich ausbuchteten zu sinnlichen Rundungen und zurückflossen in Höhlungen. Die Hauswände liefen aus den Fugen, verschlangen sich zu Erkern und Türmchen, mündeten in Spitzen oder verschlauften sich zu Lilien und Mäschchen und Girlanden, die ihren Anstrengungen Hohn sprachen, diese Stadt unter Aufwendung aller Vernunft zu verstehen. Ihr war schwindlig, sie lehnte sich gegen einen Baumstamm, hinter geschlossenen Augen sah sie die Fassaden hervorquellen aus der verwundeten Stadt und über sie hinwegschwappen, sie war ihrer Sinne nicht mehr mächtig. Er könne sich Gaudí nur in Barcelona vorstellen, sagte Kolzow beim Abendessen. Dass er ein Phantast gewesen

sei, ein Wahnsinniger, gehöre zur Folklore für Touristen. Seine
Architektur, wie jede schöpferische Leistung, müsse in künstlerische und gesellschaftliche Zusammenhänge gestellt werden. Ohne die Zustände im Barcelona der Jahrhundertwende
sei ein Werk wie dieses nicht denkbar. Natürlich hatte Gaudí
die Bedürfnisse seiner mächtigen Auftraggeber zu befriedigen,
zugleich aber reagierte er auf die unerbittlichen Klassengegen-
sätze in dieser Stadt und auf die Armut, von der sie gesprochen
habe. Sie saßen unter einem der Kristalleuchter im Speisesaal
des Hotels, an der mit Mahagonifurnier verkleideten Decke
drehten sich Ventilatoren, die Draperien dämpften den Lärm
der Ramblas. Kellner mit weißen Handschuhen servierten ein
aus mehreren Gängen bestehendes Abendessen, elegante Gäste unterhielten sich halblaut in verschiedenen Sprachen. Am
Nebentisch eine Gruppe junger Arbeiter in Monos, den blauen
Leinenoveralls der Miliz, einer von ihnen hatte eine Mauser-
pistole unter dem Stuhl liegen. Die Atmosphäre im Speisesaal
war unwirklich, wie alles, was ihr in dieser Stadt begegnete.
Als ich meiner Sinne wieder mächtig war, sagte sie zu Kolzow,
wollte ich über Gaudís Fassaden lachen, so verrückt sind sie,
aber ich empfand ein unbestimmtes Grauen vor dieser Architektur. Ich sagte mir, dass ich mich gegen die Wirkung dieser
Fassaden nicht sperren durfte, dass vielleicht gerade hier, am
Punkt der äußersten Fremdheit, das Verstehen begann.
   Während der ersten Tage in Barcelona hatte sie Kolzow kaum
gesehen. Immer war er unterwegs, er traf sich mit den führen-
den Männern der katalonischen Regierung, der Parteien und
der Streitkräfte. Mehrmals war er bei Felipe Díaz Sandino, dem
Kommandanten der Verteidigung von Barcelona. Im Haus des
Zentralkomitees, an der Passeig de Gràcia, sprach er mit den
Führern der Vereinigten Sozialistischen Parteien, er besuchte
Juan García Oliver, den anarchistischen Kommandeur der Miliz, der sich mit seinem Stab im Gebäude des Meeresmuseums
eingerichtet hatte, und er wurde von Juan Casanovas, dem
Präsidenten der katalonischen Regierung, im Regierungspalast
empfangen, wo während des Gesprächs das Brüllen der Löwen
aus dem nahen Zoo zu hören war. Auch Durruti hatte er in
seinem Hauptquartier in Bujaraloz an der Chaussee nach Sara-

gossa besucht, in unmittelbarer Nähe der Front. Der Anarchistenführer sprach verächtlich über die Bolschewiki und nannte die Sowjetunion eine Diktatur, die spanischen Anarchisten würden den Kommunisten ein Beispiel dafür geben, wie man eine Revolution mache. Durch unseren Tod, hatte er zu Kolzow gesagt, den schönen, leicht angegrauten Kopf gebieterisch vorstreckend, durch unseren Tod werden wir Russland und der Welt zeigen, was Anarchismus ist. Der Tod, hatte Kolzow entgegnet, beweist gar nichts. Der einzige Beweis, der zählt, ist der Sieg. Kolzow versuchte, die Gruppierungen, Gewerkschaften und Parteien zu ermitteln, die als Partner für die sowjetische Regierung in Frage kamen. Die politische Lage in Katalonien war undurchschaubar, nach dem Sieg über die Faschisten war der Zwist unter den linken Parteien und Gewerkschaften sofort wieder ausgebrochen. Linke Flügel rechter Splittergruppen bekämpften rechte Flügel linker Splittergruppen, die Machtverhältnisse verschoben sich von Tag zu Tag. Am meisten misstraute Kolzow der POUM, einem wirren Haufen linksradikaler Provokateure und abtrünniger Kommunisten, die um jeden Preis Revolution machen wollten, von der Diktatur des Proletariats schwafelten und die Volksfront ablehnten, und das in einer Zeit, sagte Kolzow, wo der Kampf gegen den Faschismus den Vorrang haben müsse. Diese Leute mitsamt ihrem Führer Andrés Nin seien Trotzkisten und wütende Gegner Stalins, auf sie sei kein Verlass.

Eine Woche nach ihrer Ankunft hatte Kolzow ein Automobil aufgetrieben. Am folgenden Morgen verließen sie Barcelona in aller Frühe und fuhren über Straßen, verstopft von Kriegsgerät, Lastwagen und Fuhrwerken, nach Lérida und weiter bis Barbastro, immer wieder angehalten von Milizionärinnen und Milizionären, die ihre Pässe und Presseausweise prüften. Am nächsten Tag fuhren sie noch tiefer nach Aragonien hinein bis Angüés, wo schon das ferne Knallen von Gewehrschüssen und der gelegentliche Donner schwerer Geschütze zu hören waren, und weiter bis Tardienta, unmittelbar an der Front, die von Saragossa nach Huesca verlief. Unterhalb einer Anhöhe hielten sie bei einer Truppenansammlung. Milizionäre saßen erschöpft in der sengenden Sonne, reinigten ihre Waffen oder lagen rauchend oder schlafend auf dem ausgedörrten Boden. Als ihr kleiner, wichtigtuerischer Hauptmann erfuhr, woher die Besucher kamen, lobte er ausgiebig die Rote Armee, und Kolzow lobte die spanische und bat, in die vorderste Linie geführt zu werden. Der kleine Hauptmann blickte auf Maria Osten und sagte, für die Frau könne er die Verantwortung nicht übernehmen. Bevor sie antworten konnte, sagte Kolzow rasch, die Genossin schreibe für sowjetische Zeitungen und wünsche, ihren Leserinnen und Lesern von der Tapferkeit des spanischen Brudervolkes zu berichten. Ein Korporal, der nicht mehr als sechzehn oder siebzehn Jahre alt sein konnte, führte sie die Anhöhe hinauf, die letzten hundert Meter gingen sie gebückt. Unterhalb des Kamms lag ein Milizionär mit dem Gesicht nach unten auf einem Erdwall. Seine Haare waren voll Staub, auch der Mono war staubbedeckt, die nackten Füße steckten in Leinensandalen mit hanfgeflochtenen Sohlen, an der linken Sandale war der Bändel zerrissen, das linke Bein war angezogen, die Arme ausgebreitet, als umarme er die Erde. Unter dem linken Arm färbte ein großer dunkler Fleck den Boden. Maria Osten wandte sich ab. Vor ihr lag die Ebene im Abendlicht, in der Ferne die Häuser von Tardienta, es war immer noch heiß und in der Luft dieser Geruch. Wie alt war er? fragte sie den jungen Korporal. Sechzehn, er zuckte die Schultern, wir gingen zusammen zur Schule. Wie hieß er? Eusebio. Und wie heißt du? José. Wie alt bist du? Ebenfalls sechzehn. Begrabt ihr ihn, José? Sobald die Sonne untergegangen ist. Wollt ihr noch hinauf zum Kamm?

Für die Nacht wurden sie wenige Kilometer hinter der Front in eine alte Mühle eingewiesen. Auf dem Boden aus gestampfter Erde lagen schlafende Milizionäre. Neben dem Mühlstein bereiteten sie sich mit den Wolldecken, die sie aus dem Automobil mitgebracht hatten, ein Lager. Die Luft war warm und stickig, erfüllt von vielstimmigem Schnarchen, von Räuspern und Husten, gelegentlichem Flüstern und halblautem Lachen. Dann und wann aus der Ferne Geschützlärm. Vor dem Einschlafen sagte sie leise zu Kolzow: Wie schreiben wir darüber? Sachlich, erwiderte er ebenso leise, genau in den Einzelheiten, das und das habe ich gesehen, ohne Schmus. Je mehr Emotion du hineinbringst, desto erhabener erscheinen die Vorgänge, gottgewollt, Schicksal. Gut, sagte sie, aber wie leben wir damit? Ihre Stimme zitterte, was machen wir mit unserer Empörung, mit unserer Trauer? Kolzow antwortete nicht. Nach einer Weile sagte er, er glaube, es komme bei der Empörung auf die Dauer an. Wer die Zustände ändern wolle, bei dem müssten Wut und Trauer lange anhalten. Darin, dass der Hass auf die Unterdrücker nicht nachlasse, zeige sich der wahre Humanismus. Sie versuchte, im Dunkel sein Gesicht auszumachen. Du hast diese Fähigkeit, sagte er, du kannst dich immer von neuem empören über das Unrecht, am meisten wenn es Kindern angetan wird. Sie legte die Arme um ihn, zog ihn an sich, sie spürte seine Wärme, seinen Atem – die kleinen Hände, die er gegen ihre Brüste presste, waren zu Fäusten geballt, manchmal zuckten sie leicht, vielleicht hatte er Alpträume, was hatte er in seinem kleinen Leben mitbekommen von dem Grauen, das ihn umgab und das seine Eltern in den Tod gerissen hatte? Sie wiegte das Kind im einlullenden Rhythmus der Räder, die gegen die Schienenfugen klopften, tadägg tadagg, tadägg tadagg. Sie hatte es sich im Bett des Erste-Klasse-Abteils bequem gemacht. Eine Weile war der Zug an einer dunkel schimmernden Wasserfläche entlanggerast, hinter der eine Bergwand schwarz aufragte, dann Tunnels. Später fuhren sie durch eine vom Mondlicht schwach erhellte Ebene, darin ein Fluss, Felder, dann war die Sicht von Pappeln versperrt, die am Bahndamm Spalier standen. Irgendwann hielten sie auf einer Station mit der Aufschrift Sargans, wenig später folgte Buchs, danach war sie eingenickt, während der Zug durch die Ostschweiz stürmte. Um Mitternacht wachte sie auf, der Zug stand still, sie waren im Grenzort Feldkirch angekommen. Die Waggons nach Wien wurden abgekoppelt. Eine nahe Signalpfeife ertönte, eine ferne antwortete, ihr Waggon wurde aus der Station geschoben, dann hielten sie lange. Was, wenn der Waggon an den falschen Zug angehängt wurde und sie in Berlin aufwachte? Ein an- und abschwellender Pfiff, ein Ruck, sie wurden in den Bahnhof zurückgeschoben. Bremsen quietschten, Puffer knallten gegeneinander, Zischen, dann Stille, dann helle Hammerschläge. José war aufgewacht und machte ein Gesichtchen, als wollte er weinen.

Sie drehte die Rassel, die über ihm im Gepäcknetz lag. Ohne Übergang war in seinem Gesicht eine Grimasse des Lachens, dann lachte er wirklich. Sie hatte sich erst wieder beruhigt, als die österreichischen Zöllner bestätigten, dass man sich im Zug nach Wien befände. Ihre Angabe, sie sei mit dem Kind auf der Durchfahrt in die Tschechoslowakei und Polen, verkürzte die Formalitäten. Als der Zug anfuhr, legte sie den Kleinen, der wieder eingeschlafen war, sachte ins Polster zwischen sich und der Wand.

Auch in Madrid war es heiß gewesen, als sie mit Kolzow und ein paar weiteren Passagieren in einer überladenen zweimotorigen Draken, aus deren Motoren rauchendes Öl über die Tragflächen rann, von Barcelona heraufgeflogen war. Aber die Atmosphäre war ruhiger, die Stadt weniger bunt, es gab kaum Kriegsspuren. Vom Balkon ihres Zimmers, im sechsten Stock des Hotels Florida an der Plaza de Callao, blickte sie über die ziegelbedeckten, schief ineinander verschobenen Dächer und Türme der Altstadt. Zu ihren Füßen die Gran Via mit ihren Straßenbahnen, Camions und Eselkarren, den sommerlich gekleideten Fußgängern und den vollen Straßencafés. Gegen Osten versperrte die Telefónica den Blick, vierzehn Stockwerke in einem klotzig auftrumpfenden Neubau, zuoberst der mit barockem Schnickschnack verzierte Uhrturm. Kolzow hatte seine Besuche bei den Führenden der Republik gleich wieder aufgenommen. Er hatte eine Unterredung mit Ministerpräsident Giral. In der Calle Serrano, wo sich die Kommunisten im ehemaligen Sitz der katholischen Partei eingerichtet hatten, traf er sich mit Parteisekretär Díaz und den Genossen Uribe, Mije und Pedro Checa; mit der Pasionaria besuchte er die Front bei Guadarrama; er war von Staatspräsident Manuel Azaña empfangen worden und hatte mit Largo Caballero und Prieto gesprochen, die sich auf die Übernahme der Regierung vorbereiteten. Als Largo Caballero wenige Tage später ins Amt eingesetzt wurde, war Kolzow unter den ersten gewesen, die dem neuen Ministerpräsidenten die Glückwünsche ihrer Regierungen überbrachten. Auch mit André Marty hatte er verhandelt, der die nach Spanien strömenden Kriegsfreiwilligen in Albacete militärisch ausbilden sollte. Ein finsterer Machtmensch, hatte er am Abend zu Maria Osten gesagt, er verstehe nicht, wieso die sowjetischen Genossen ausgerechnet dem das Oberkommando übertragen hatten. Bei den Gesprächen über die Lieferung von sowjetischem Kriegsmaterial nutzte Kolzow seine militärische Ausbildung, er verhandelte im Auftrag der höchsten sowjetischen Regierungsstellen. Mehrmals hatte er sich mit Enrique Castro Delgado und dessen Stabschef Vittorio Vidali getroffen, die in einem ehemaligen Salesianerkloster in der Arbeitervorstadt Cuatro Caminos das Fünfte Regiment aufbauten, das kommunistische Musterregiment, das den Volksmilizen das Beispiel dafür geben sollte, wie eine Volksarmee auszubilden war. Vidali, der den Decknamen Carlos Contreras benutzte, war von der Komintern nach Madrid gesandt worden, auch er hatte direkten Kontakt zu den Höchsten der sowjetischen Partei. Sie ging nur selten mit zu diesen Gesprächen. Der Umgang mit den Mächtigen war Kolzows Bezirk, sie hielt sich davon fern. Das Militärische, die Geheimdienstarbeit waren notwendig, aber es gab auch andere Wege, gegen den Faschismus zu kämpfen. Immerhin, ein Besuch bei Contreras war ihr in Erinnerung geblieben. Als sie mit Kolzow die Arbeitsräume in Cuatro Caminos betrat, unterhielt sich Contreras gerade mit einer Frau in verschossenem Kleid von unbestimmter Farbe, das ihr formlos am Körper hing. Bei ihrem Eintritt hatte die Frau das Gespräch abgebrochen, im Hinausgehen grüßte sie Kolzow und nickte Maria Osten kurz zu. Sie war etwa vierzig Jahre alt, ihr dunkles Haar war straff aus der Stirn gekämmt, in den Augenwinkeln und um den Mund hatte sie Falten, ein Gesicht ohne besondere Merkmale. Als sie sich bereits wieder abgewandt hatte, durchfuhr es Maria Osten wie ein Schock. Das Gesicht der Frau war von einer eigentümlichen, beinahe unbegreiflichen Schönheit. Sie drehte sich zur Tür, die sich eben hinter der Frau schloss. Als sie nach der Besprechung über den Hof des ehemaligen Klosters gingen, wo Freiwillige in Gruppen exerzierten, antwortete Kolzow auf ihre Frage, die Frau nenne sich Maria Ruiz oder Carmen Ruiz Sanchez, sie habe in Moskau für die Rote Hilfe wichtige Arbeit gemacht und sei hier beim Socorro Rojo. Sie gelte als Gefährtin von Contreras, das sei alles, was er über sie wisse.

Bis spät in die Nacht verfasste Kolzow Rapporte und Radiogramme über seine Verhandlungen, schrieb Leitartikel für die *Prawda* und arbeitete an seinem Tagebuch, bevor er sich für wenige Stunden schlafen legte. Sie verbrachte die erste Zeit in Madrid damit, Kolzows handgeschriebene Notizen in die Schreibmaschine zu tippen, sie schrieb russisch mit lateinischen Buchstaben, sie machte viele Fehler, die meisten Seiten musste sie nochmals abschreiben. Den Tisch hatte sie ans offene Fenster gerückt, aber die heiße Luft bewegte sich kaum. Sie saß im Unterrock an der Schreibmaschine, die Finger taten ihr weh, Straßenlärm und der Geruch von Abgas füllten das Hotelzimmer. Von Zeit zu Zeit ging sie ins Badezimmer, zog den Unterrock aus und ließ sich in der Badewanne kaltes Wasser über den Körper laufen, bis sie eine Gänsehaut bekam. Dann arbeitete sie weiter. Als das Farbband einmal durchgewetzt war, hatte sie stundenlang vergeblich versucht, in Madrid Ersatz zu finden, schließlich hatte sie nach Paris telegrafiert, man solle ihr Farbbänder schicken.

Im Hotel Florida wohnten ausländische Schriftsteller und Journalisten. Viele waren aus den Exilländern angereist, in die sie von den Nazis vertrieben worden waren. In der Bar neben der Rezeption diskutierten sie mit Piloten des von Malraux aufgestellten Luftgeschwaders, die im offenen Hemd, das Seidentüchlein um den Hals, die Parabellumpistole im Gurt, nachlässig an der Theke lehnten. Regierungsbeamte, Übersetzerinnen, Sekretärinnen, Spione, Vertreterinnen und Vertreter humanitärer Organisationen hasteten durch die palmengeschmückte Hotelhalle, drängten sich vor der Rezeption oder standen schwatzend zwischen Waffenschiebern, Krankenschwestern, Fotografen und sowjetischen Agenten. Milizionäre im verdreckten Mono, das Gewehr über der Schulter, Zapatillos an den bloßen Füßen, bahnten sich einen Weg zum angrenzenden Speisesaal oder zu den Aufzügen, um im Zimmer eines befreundeten Journalisten ein Bad zu nehmen und ein paar Stunden zu schlafen. Das ist bestimmt einer der Unseren, raunte Maria Osten Kolzow zu und deutete mit dem Blick auf einen unauffällig gekleideten Mann, der in einem Korbsessel den *Daily Worker* las. Ach wo, sagte Kolzow, die Unseren lesen doch nicht in der Öffentlichkeit kommunistische Blätter, das ist ein Sprithändler, was glaubst du, warum die Bar so gut ausgestattet ist? Sie kicherte. Nach einer Woche hatte Kolzow eine russische Sekretärin aufgetrieben (so etwas gelang nur ihm), die den größten Teil der Schreibarbeiten übernahm. Im gleißenden Licht der Augustsonne ging Maria Osten durch die Straßen von Madrid, gleichzeitig aufmerksam und zerstreut, offen für alle Eindrücke. Die Stadt überwältigte sie nicht, wie Barcelona es getan hatte. Sie las die Anschläge an den Hauswänden und Plakatsäulen, betrachtete die Auslagen in den Schaufenstern und studierte die Preise. In den Menschentrauben, die sich vor den Straßenlautsprechern ansammelten, lauschte sie den Berichten von der Front. Sie schaute zu, wie Männer, Frauen und Kinder aus Pflastersteinen und Ziegeln Barrikaden bauten, sie verweilte bei den Frauen, die vor einem Lebensmittelgeschäft Schlange standen, und erfuhr, dass an Zucker und Fleisch Mangel herrschte. Sie blickte in die Gesichter der Mädchen, die in den Straßen für die Rote Hilfe sammelten. Sie ging durch das Arbeiterviertel Tetuán oder setzte sich in der Gran Via in ein Café. Sie nahm alles in sich auf, ohne den Versuch, ihre Eindrücke zu ordnen. Aus dem Radio bellten die faschistischen Generale. Der Kommunismus, das Monstrum, die siebenköpfige Hydra. Wer sich uns in den Weg stellt. Auch die Frauen der Roten werden erfahren. Wenn nötig, werden wir halb Spanien. Sie las Berichte über Massenhinrichtungen von republikanischen Soldaten und Offizieren, von Gewerkschaftsführern und Parteifunktionären. Sie las vom Terror gegen die Bevölkerung, von Erschießungen von Frauen und Kindern, und sie dachte an Eusebio, den sechzehnjährigen Schüler, der unterhalb einer Anhöhe bei Tardienta mit dem Gesicht nach unten auf der Erde gelegen hatte. Eine Gruppe bewaffneter Jugendlicher in Monos ging auf der Gran Via vorüber, zuhinterst ein Knabe von zehn oder elf Jahren, er trug kurze Hosen und ein kurzärmliges Leibchen mit großen Knöpfen. Um den Hals hatte er ein Tüchlein geknüpft, auf dem Kopf saß eine Soldatenmütze, die Troddel hing ihm in die Stirn. Über die Schultern trug er ein Koppel, am Gurt baumelten zwei Patronentaschen mit Munition für den uralten Karabiner, der seine Schulter niederdrückte. Der freie Arm schwang im

Rhythmus der Schritte aus, der Knabe lachte nicht, er hatte große Augen, eine kindliche Nase und einen kleinen Mund mit vollen Lippen. Was für ein Gesicht mochte Eusebio gehabt haben, bevor sie es ihm auslöschten? Sie töteten Kinder, das ging über alles hinaus, was sie denken konnte. Aber die spanischen Kinder wehrten sich, sie lernten selber zu töten. Damit bin ich einverstanden. Ja, ich bin einverstanden. Die Abscheu darüber überlasse ich denen, die den Krieg wollen, aber der Anblick kämpfender oder getöteter Kinder verdirbt ihnen den Appetit. Die Kinder lernen töten, das ist ein Gedanke, den ich nicht denken will, aber ich bin einverstanden. Die Jugendlichen hatten eigene Bataillone gegründet, auch Mädchen gehörten dazu. Seit Kriegsbeginn strömten immer mehr Kinder nach Madrid, vor allem Kriegswaisen, sie trieben sich in den Straßen herum, schliefen auf Parkbänken und in Hauseingängen und verlangten, in die Miliz aufgenommen zu werden. Sie nahm sich vor, in der *Deutschen Zentral-Zeitung* darüber zu schreiben.

Den dreiundzwanzigsten November, einen Montag, verbrachten sie in Wien. Es regnete den ganzen Tag. Feuchtwanger hatte mehrere Besprechungen, die Marcuses wollten sich trotz des schlechten Wetters die Stadt ansehen. Lilo Dammert blieb in ihrem Zimmer, sie fühlte sich schlecht. Feuchtwanger hatte einen Arzt kommen lassen, der ihr Schmerzmittel gab und sagte, was sie bereits wussten, je schneller sie sich operieren lasse, desto besser. Bauchhöhlenschwangerschaften, sagte Eva Herrmann, sollen sehr selten sein, es tut mir leid, dass es gerade Lilo erwischt hat. Du bist nicht eifersüchtig? fragte Maria Osten. Nein, sagte Eva Herrmann. Sie saßen in Maria Ostens salonartigem Hotelzimmer. Der Aufenthaltsteil war durch einen Vorhang vom Schlafraum abgetrennt, auch an den Seiten der hohen Fenster waren schwere Samtvorhänge drapiert, an den Festern weißer Tüll, gedämpft drang spärliches Tageslicht herein. Obwohl es erst zwei Uhr nachmittags war, hatte Maria Osten den Kristalleuchter angezündet. Sein weiches Licht wurde von der mit mäandernden Ornamenten verzierten Decke in den Raum gestreut. José hatte auf dem Teppich aus Holzklötzchen eine Landschaft gebaut. Durch die fuhr er mit dem kleinen hölzernen Auto, das der spanische Milizionär für ihn geschnitzt hatte, dazu machte er halblaut brummelnde Motorengeräusche. Es ist ja nicht so, sagte Eva Herrmann, dass ich ohne Feuchtwanger nicht leben kann. Meine Arbeit ist mir zu wichtig. Ich glaube nicht, dass ich je heiraten werde. Ihre Stimme war kühl, als spreche sie von jemand anderem. Was mich an Feuchtwanger anzieht, sind seine Klugheit und sein Witz. Es passt nicht zu ihm, dass er mit unserer Beziehung angibt, auch dir gegenüber. Maria Osten wollte etwas einwenden, aber Eva Herrmann sagte, das sei unwichtig. Sie schüttelte den Kopf, in seinen Büchern ist viel Vernunft, ihm selbst fehlt sie manchmal. Schriftsteller sollten nicht mit ihren Werken verwechselt werden, sagte Maria Osten, oder Karikaturistinnen mit ihren Zeichnungen. Eva Herrmann blickte sie erheitert an, ich sehe nicht aus wie eine Karikaturistin? Wie sehen Karikaturistinnen aus? Wie Georg Grosz? Keine Ahnung, sagte Maria Osten, du bist die einzige Karikaturistin, die ich kenne. Als ich dich in Sanary zum erstenmal sah, wollte ich nicht glauben, dass die spitzen Porträts von Feuchtwanger und Thomas Mann und Brecht von dir stammen. Ende der zwanziger Jahre, sagte Eva Herrmann, als ein Buch mit meinen Karikaturen in New York erschien, wurde es zwar gelobt, aber in den Rezensionen war fast nur von der dunkeläugigen Schönheit die Rede, die diese Porträts geschaffen habe. Das ist ja nicht gelogen, meinte Maria Osten. Es stört mich nicht, sagte Eva Herrmann, dass sie über meine Schönheit schreiben. Aber ist es zuviel verlangt, dass sie sich auch zu meinen Arbeiten äußern? Was hat mein Gesicht mit meinen Zeichnungen zu tun? Gerade du, sagte Maria Osten, wirst nicht bestreiten, dass das Äußere wichtig ist. Wir alle schließen vom Gesicht auf den Charakter – dass wir uns oft täuschen, ändert nichts daran. Aber es lehrt, entgegnete Eva Herrmann, dass der äußere Eindruck nicht genügt. Ich will dir sagen, worauf es bei meiner Arbeit ankommt. Warst du mal in einem dieser vornehmen Spielcasinos, in Cannes oder Nizza oder Monte Carlo? An den Eingängen stehen Typen, die nichts anderes tun, als die Gesichter der Besucher unauffällig zu mustern. Man nennt sie Visagisten. Sie haben ein Gesichtergedächtnis. Sie erinnern sich an Spielerinnen und Spieler, die an den Roulette- oder Baccarat-Tischen die gebotenen Umgangsformen vermissen lassen, die Fassung verlieren, nur weil sie gerade das halbe Vermögen verspielt haben. Die will man von den heiligen Hallen fernhalten. Die Visagisten sollen sie wiedererkennen. Ich bin eine Visagistin, ich verbringe meine Zeit damit, Gesichter zu studieren.

Das genaue Hinsehen hatte sie von ihrem Vater. Frank Herrmann war Maler. Er machte Kunst um der Kunst willen, seine Bilder zu verkaufen war ihm unwichtig, er hatte es nicht nötig. Er war Amerikaner, seine Familie besaß ein paar Kohlebergwerke, eine Brauerei und noch ein paar andere Sachen. Vor der Jahrhundertwende war er nach Deutschland gegangen, in München hatte er Malerei studiert. Im ersten Jahrzehnt des neuen Jahrhunderts freundete er sich mit August Macke an, mit Klee und Kandinsky und Franz Marc. Eva Herrmann wurde in München geboren, sie besaß die amerikanische Staatsbürgerschaft des Vaters. Die Mutter war Deutsche, eine böse Frau, über die sie nicht reden mochte und die sich bald vom Vater trennte. Nach dem Krieg, in der Inflationszeit, zog sie mit dem Vater nach New York, begann ein Kunststudium, veröffentlichte erste Karikaturen, ein Jahr später kehrte sie nach Deutschland zurück. In Berlin lernte sie einen brotlosen und drogensüchtigen jungen Lyriker kennen, der hieß Hans Becher. Noch als Jüngling hatte er beim missglückten Versuch eines Doppelselbstmords seine Freundin erschossen, die Zeitungen waren damals voll davon. Ein Chaot, wer hätte gedacht, dass aus dem einmal ein führender Genosse werden würde. Nach Kriegsende hatte er sich dem Kommunismus zugewandt. Das und die Beziehung zu Eva Herrmann gaben ihm Halt. Mein Vater, sagte Eva Herrmann, hätte mich enterbt, wenn ich den geheiratet hätte. Sie heiratete ihn nicht, obwohl sie ihn liebte, sie wollte schon als Zwanzigjährige ihr eigenes Leben leben. Später blieben sie und Becher Freunde, er sandte ihr seine Gedichte und sie ihm ihre Zeichnungen. Seit er in Moskau im Exil lebte, hatte sie ihn schon zweimal besucht. Er war verheiratet, Lilly hieß die Frau, aber er liebte Eva Herrmann noch immer, sie stellte es sachlich fest, mit ihrer leisen, etwas schleppenden Stimme. Ende der zwanziger Jahre lebte sie in München, sie hatte sich mit Klaus und Erika Mann angefreundet und mit deren Eltern Katja und Thomas. Sie zeichnete Porträts von Klaus und Erika und Thomas und Heinrich Mann. Während eines Aufenthalts in England entstanden Zeichnungen von Shaw, Chesterton, Warwick Deeping, Ford Maddox Ford, sie begann, sich mit ihren Schriftstellerporträts einen Namen zu machen. Als Ricki Hallgarten, ein junger Maler und ihre engster Freund im Kreis der Begabten und Gefährdeten um Erika und Klaus Mann, Selbstmord beging, verließ sie Deutschland – die Zeit, in der die Tochter eines Juden und Freundin eines berüchtigten Kommunisten in diesem Land leben konnte, war ohnehin vorbei. Sie zog in das Fischerdorf Sanary-sur-Mer an der französischen Riviera, wo sie sich von ihrer Apanage ein Haus kaufte. In den Monaten, nachdem die Nazis an die Macht gekommen waren, ließen sich mehrere deutsche Emigranten in dem Nest am Mittelmeer nieder, unter ihnen auch Feuchtwanger.

Eva Herrmann erhob sich, sie habe noch ein paar Briefe zu schreiben. Sie schlug Maria Osten vor, das Gespräch später am Nachmittag in ihrem Hotelzimmer fortzuführen. Maria Osten zog sich und José warm an und ging im Regen mit dem Kind spazieren. An der Rezeption hatte sie sich zwei Schirme geliehen, den einen hatte sie über dem Kinderwagen aufgespannt. Sie hatte das Gefühl, sich in Feindesland aufzuhalten, in jedem Passanten sah sie einen Nazi. Seit der Ermordung von Dollfuß war klar, dass Hitler den hausgemachten österreichischen Faschismus nicht wollte. Auch die Mehrzahl der Österreicher wollte ihn nicht. Sie wollten den deutschen Faschismus, die Forderungen nach einem Anschluss an Deutschland wurden immer schriller.

Ich nenne meine Arbeiten nicht Karikaturen, sagte Eva Herrmann, sondern Porträts oder einfach Zeichnungen. Karikatur ist auf Verzerrung und satirische Übertreibung aus, auf das Hässliche und Groteske. Das findest du in meinen Zeichnungen auch, aber es ist zurückgenommen, sie zeigte auf die Porträts von Werfel, Feuchtwanger, Gide, Huxley, Brecht und Erika Mann, die sie auf dem Teppichboden der Hotelsuite ausgebreitet hatte. Zeichnungen von Eisenstein, Boris Pilnjak, Theodore Dreiser, Upton Sinclair, Thornton Wilder, Arnold Zweig und Marta Feuchtwanger bedeckten den Diwan. Sie hatte die Arbeiten dabei, weil ihr in Moskau eine Ausstellung in Aussicht gestellt worden war. Der runde Rokokotisch war mit Teekännchen und Tassen und süßem Gebäck und mit Josés Spielsachen bedeckt. Sachertorte, sagte Maria Osten, die silberne Gabel ableckend, gehört zu den Dingen, von denen Lenin gesagt hat, wir sollten sie vom Bürgertum erben. Sie nahm José auf den Schoß und schob ihm löffelchenweise Brei in den Mund. Eva Herrmann schaute billigend zu, du machst das jeden Tag besser. Maria Osten nickte, ohne den Blick von dem Kind zu wenden. José lachte und spuckte Brei auf ihre Bluse. Bleib sitzen. Die Zeichnerin wischte das Ausgespuckte mit einem feuchten Handtuch weg. Das gibt Flecken, sagte Maria Osten, jetzt sehe ich aus wie eine richtige Mutter. Aber ich habe dich unterbrochen, sprich weiter. Die Karikatur, wie sie sie betreibe, sagte Eva Herrmann, sei nicht auf Satire aus, jedenfalls nicht in erster Linie. In den Anfängen der Karikatur, im siebzehnten und achtzehnten Jahrhundert, sei es weniger um Satire gegangen als um eine Korrektur der idealisierenden Menschendarstellungen. Die Karikatur habe sich als realistische Kunst verstanden. Bestätigung fand sie unter anderem bei Lavater, für den die Physiognomie der Schlüssel zu den Charaktereigenschaften war. Lessing dagegen habe die Karikatur in seinem Kampf gegen das Hässliche in der Kunst ausdrücklich abgelehnt. Daraus sei bei den bürgerlichen Ästheten eine dürre Hierarchie geworden, wonach die Karikatur eine minderwertige Kunstform sei. Erst mit Daumier habe sich das geändert. Als Baudelaire ihn einen der Großen unter den Künstlern seiner Zeit nannte, fand die Karikatur Eingang in die Moderne. Heute gälten das Groteske und sogar das Hässliche gerade bei der politisch engagierten Avantgarde als aufregendes Terrain. Sie denke an Grosz und Heartfield. Auch die Erzählungen, die Maria Osten ihr zu lesen gegeben habe, gehörten in diesen Bereich. Einige Genossen, sagte Maria Osten, bezeichnen meine Sachen wegen der grotesken und abstoßenden Passagen als nicht realistisch. Sie werfen mir vor, meine Arbeiten seien unappetitlich und obszön. Ich höre heraus, so etwas gehört sich nicht für eine Frau. Aber sie haben nicht meine Erfahrungen. Für mich ist es realistisch, die westpreußische Provinz mit den Mitteln des Grotesken und

Hässlichen und Obszönen darzustellen. Dagegen wirkten die von Eva Herrmann Gezeichneten keineswegs hässlich, schon deshalb nicht, weil die Zeichnungen große formale Schönheiten enthielten. Eva Herrmann sagte, dieser Widerspruch sei für die Porträtkunst entscheidend, das sehe nicht jeder. Sie schwieg eine Weile, dann sagte sie, die Kritiker machen es sich leicht, indem sie meine Porträts, nur weil sie in Zeitungen und Journalen erscheinen, als Gebrauchskunst abtun. Für die sowjetische Avantgarde hatte diese Bezeichnung nichts Herabsetzendes. Die Konstruktivisten um Tatlin, Lissitzky und Rodschenko interessierten sich in hohem Maß für Gebrauchskunst, für Propaganda und Warenwerbung. Und was war das Agitproptheater anderes als Gebrauchskunst, ergänzte Maria Osten, oder die heutigen Versuche unter dem Schlagwort Kunst als Waffe. Das gehe ihr zu weit, sagte Eva Herrmann. Ihre Zeichnungen seien keine Waffen, sie hätten weder eine politische noch eine moralische Tendenz, jedenfalls soweit sie sich dessen bewusst sei. Ihre Probleme bei der Arbeit seien formaler Art: Wie konstruiere ich das Gesicht von André Gide, wieviel kann ich weglassen, bis das Wesentliche an Werfels oder Erika Manns Physiognomie hervortritt. Weiches Licht fiel auf das makellose Oval ihres Gesichts, das von der Intensität, mit der sie über ihre Arbeit sprach, gerötet war.

II

Kurz vor zehn Uhr morgens hatte der Zug Wien verlassen. Der Übergang über die tschechische Grenze, eine Stunde später, war ereignislos verlaufen. Am frühen Nachmittag vertraten sie sich im Eisenbahnknotenpunkt Přerov die Beine, bei Sonnenuntergang war die polnische Grenze erreicht, jetzt raste der Zug irgendwo hinter Kattowitz durch die Nacht. Vor vier Tagen hatten sie Paris verlassen, bis Moskau waren es noch mindestens fünfunddreißig Stunden, vielleicht auch mehr, vielleicht kamen sie überhaupt nie an, sie waren ewig unterwegs, rastlose Nomaden, Unbehauste, Fliegende Holländer, Wilde Jäger, Wandernde Juden aus dem Stamm des Ahasver. Allerdings gehe der

Name Ahasverus auf einen Irrtum aus dem frühen siebzehnten Jahrhundert zurück, sagte Feuchtwanger, er sei damals aus dem Buch Ester übernommen worden, wo er einen Perserkönig bezeichne, der besser bekannt sei unter dem Namen Artaxerxes. Kein Jude also, obendrein trage die Figur des Ahasver Züge von Pindola Bharadvaja, einem der sechzehn Nachfolger Buddhas. Er war ein Polyhistor, es gab nichts, was der kleine Doktor nicht wusste, er erzählte lebendig, mit Witz, seine Rede war gemischt aus Leichtigkeit und Tiefsinn, wie seine Romane, in denen der aufklärerische Geist der Vernunft herrschte. Ich bin kein Kommunist, sagte er zu Maria Osten, während die Waggonräder unablässig gegen die Schienenfugen schlugen, dazu bin ich ein zu bürgerlicher Mensch. Aber ich halte den Sozialismus für vernünftiger als den Kapitalismus. Wenn es den Sowjets genügt, das von mir zu hören, dann bin ich ihr Mann. Er hatte sich gefreut, als sie ihm die von Kolzow unterzeichnete Einladung des sowjetischen Schriftstellerverbands überbrachte, er habe schon seit längerem in die Sowjetunion reisen wollen, gut, dass das endlich klappe. Er wisse natürlich, dass die Sowjets über das Russlandbuch von André Gide verärgert seien und sich von ihm eine Gegendarstellung erhofften. Er sei durchaus bereit, diese zu liefern, vorausgesetzt, dass sie seinen Eindrücken auch wirklich entspreche. Er war ein angenehmer Reisegefährte, großzügig, aufmerksam, geistreich, ohne die Allüren eines Großschriftstellers. Sie verstand, warum seine Frau Marta und Eva Herrmann und Lilo Dammert und Lola Sernau und wohl noch diese und jene ihn so anziehend fanden. Sie sah ihr Gesicht im Abteilfenster, dahinter Nacht. Der Kleine war aufgewacht und begann zu weinen. Sie nahm ihn in die Arme und wiegte ihn und machte beruhigende Geräusche. Er hörte auf zu weinen und blickte sie an, er wartete auf das Signal zum Lachen. Die Abteiltür wurde aufgestoßen, der Schaffner teilte mit, der Zug treffe in einer halben Stunde in Warschau ein. Sie begann, die Kindersachen zusammenzuräumen.

Zum erstenmal wollte Maria Osten nicht nach Moskau zurückkehren. Spanien war in diesem Herbst neunzehnhundertsechsunddreißig ungeheuer aufregend und Madrid Ziel und Zentrum aller Vorgänge. Der Ausgang des Kriegs war klar, es war nur eine Frage von Wochen, bis zum Ende des Jahres würde er nicht dauern. Sie würden es den Faschisten zeigen, auch die deutschen und italienischen Faschisten würden ihre Lektion abbekommen, der Faschismus in Europa war erledigt. Unterhalb dieser Euphorie aber, im Unterbewussten der spanischen Hauptstadt, gab es eine Schicht der Ungewissheit und des Zweifels. Madrid war überschwemmt von Gerüchten, Verdächtigungen und Irreführungen durch den Feind, aber auch durch die Eigenen. Der Bürgerkrieg hatte klare politische Fronten geschaffen, er hatte die Verhältnisse vom Kopf auf die Füße gestellt. Alles war einfach geworden, reduziert auf die einzige Frage, auf welcher Seite stehst du? Doch Antworten zu finden war oft schwierig und das Geschehen in den eigenen Reihen so undurchschaubar wie auf den täglich sich verändernden Kriegsschauplätzen. Die Nachrichten von der Front waren schwer zu überprüfen, zudem gab es viele Fronten – der Begriff bezeichnete ein Kriegsgeschehen nur ungenau, das an jedem Ort plötzlich aufflackern, sich ausbreiten und von der einen oder anderen Seite schnell wieder gelöscht werden konnte. In den letzten Augusttagen war eine Junkers der deutschen Wehrmacht im blauen Himmel über der Hauptstadt erschienen, sie war zu hören gewesen, bevor sie zu sehen war, sie hatte eine Bombe abgeworfen, die nur geringe Zerstörung anrichtete und einen Toten und einen Verletzten forderte. Die Flakgeschütze waren draußen beim Flugplatz aufgestellt, die Milizionäre hatten nur ihre Karabiner, mit denen sie auf das faschistische Flugzeug schossen, das im Abdrehen noch zwei weitere Bomben warf. Zufällig fielen sie auf ein Arbeiterviertel, wo sie mehrere Menschen töteten. Im Trauerzug für die Opfer marschierten Zehntausende mit, aber im Grunde nahm kaum jemand die Bombardierung ernst, außer Kolzow, der zu ihr sagte, wenn Frankreich und England der Spanischen Republik nicht sofort Waffen lieferten, könnten diese drei Bomben schon die Wende bedeuten. Zu dem Schwierigen, das ohne Antwort blieb, gehörten auch die Berichte von dem öffentlichen Prozess, der in diesen Tagen in Moskau stattfand. Sinowjew, Kamenew, Jewdokimow, Smirnow, Bakajew, Ter-Waganjan und andere Bolschewiken aus Lenins engstem Kreis waren als Volksfeinde und trotzkistische Terroristen entlarvt worden. Sie gestanden alles und wurden zum Tode verurteilt. Täglich brachten die Zeitungen lange Auszüge aus dem Prozessgeschehen. In Madrid diskutierten die Genossen heftig über die fernen Vorgänge, sie waren voller Ekel über die Verräter, eine befriedigende Erklärung für ihr Verhalten hatte niemand. Ich weiß auch nur, was in den Zeitungen steht, hatte Kolzow zu ihr gesagt. Sie beharrte darauf, er habe die Angeklagten gekannt, sie gehörten zu den Besten, das sage er selbst. Du verhältst dich naiv, entgegnete er, was ist an Verrat so ungewöhnlich? Die Geschichtsbücher sind voll davon. Das war nicht zu bestreiten, außerdem war ihr der unmutige Ton nicht entgangen, den seine Stimme anzunehmen pflegte, wenn sie ihn zu einer Auskunft drängte, die er nicht geben mochte. Sie sagte sich, dass die Frage nach dem Warum bedeutungslos sei angesichts der Tatsache dieses ungeheuerlichen Verrats.

Als sie später über das Gespräch mit Kolzow nachdachte, wurde alles wieder undurchschaubar. Natürlich wusste er mehr, als in den Zeitungen stand. Im Grunde war sie ihm dankbar, dass er sie in manche Dinge nicht einweihte. Aber die Sphäre dessen, worüber er nicht mit ihr sprach, weitete sich aus und wurde zu einer Belastung. Sie hatte die Nähe zur Macht nie gesucht. Dass sie durch ihre Beziehung zu Kolzow viele neue Freunde und Bekannte gewann, war nicht nur eine Bereicherung. Die häufiger werdenden Bitten, sie möge sich in dieser oder jener Angelegenheit an Kolzow wenden, erfüllte sie so weit wie möglich. Bei sich selbst bestand sie weiterhin darauf, dass er nur ein Schriftsteller war wie sie. Sie waren ein Team, sie arbeiteten zusammen, sie spornten sich an und kritisierten sich gegenseitig, mitunter schrieben sie über die gleichen Themen. Aber er war ein Meister, sie wäre eine schlechte Schriftstellerin gewesen, wenn sie das nicht hätte sehen können. Störte es sie? Wieviel lag ihr daran, ihren eigenen Ehrgeiz als Schriftstellerin zu befriedigen? Das Wichtigste war die Liebe? Aber die Liebe war keine Sache für sich, abgetrennt von den übrigen Umständen des Lebens, im Gegenteil. Sie setzte sich zusammen aus allem, was das Leben ausmachte. Wenn sie sich in letzter Zeit von Kolzow entfernt hatte (sie gestand es sich zum erstenmal ein), dann war ihr eigener Ehrgeiz nur einer der Gründe. Auch mit Jelisaweta Ratmanowa hatte das wenig zu tun. Dass seine Frau nach Spanien kam, aus rein beruflichen Gründen, wie Kolzow betonte, hatte sie hinzunehmen. Ebensowenig hing es mit Busch zusammen. Wenn sie an Busch dachte, den blonden Hallodri, wurde alles einfach. Die Dinge lagen so und so, der Kommunismus war das und das, die Liebe war die Liebe, mach dir keine Gedanken, ich sing dir das alte Liedchen vom Tod von Basel. Ausgesetzt dem ständigen Andrang undurchschaubarer Vorgänge, überwältigt von den Eindrücken an der Front und im Hinterland, die sie nicht loswerden konnte, überflutet von einander widersprechenden Gefühlen, sehnte sie sich mitunter nach diesem Einfachen, das sie mit Busch verband. Es gab nur eine Gewissheit: Kolzow war der Mann ihres Lebens, nichts und niemand konnte das ändern.

Als sich die Gelegenheit ergab, Madrid für ein paar Tage zu verlassen, hatte sie sofort zugesagt. Mit einer Gruppe von Journalistinnen und Journalisten unternahm sie eine Autoreise durch das Hinterland. Über Villarejo de Salvanés, Tarancón und Motilla del Palancar hatten sie Valencia erreicht, nach einem Abstecher zu den Orangenhainen von Sueca fuhren sie die Küste hinauf nach Barcelona, acht Tage später war sie zurück in Madrid. Der Bericht über diese Reise fiel ihr weniger schwer als ihr erster Beitrag aus Spanien. Für den Artikel über die Lage in Madrid hatte sie die Fülle der Eindrücke in einen knapp berichtenden Ablauf zwingen müssen. Ihre Sprache schien ihr wie gefesselt durch die Anforderungen des Faktischen. Die lebendige Unmittelbarkeit des Erlebens ist weg, hatte sie zu Kolzow gesagt, nachdem sie aus Moskau ein Belegexemplar mit dem Artikel erhalten hatte. Er sagte, sie sei zu streng mit sich, sie habe ausgezeichnete Formulierungen. Er hatte den Anfangssatz vorgelesen: Unerwartet früh ist in diesem Jahr in Madrid das Herbstwetter gekommen. Ein stimmungsvoller Satz, er lobte den Rhythmus und meinte, gleich mit dem ersten Wort habe sie die Aufmerksamkeit der Leser gewonnen. Der Unterschied zwischen trockenem Dokumentarismus und lebendiger Schilderung lag oft nur in einer Kleinigkeit, in einem genau gewählten Adjektiv oder Adverb. Im Bericht über die Rundreise nach

Valencia war ihr das Sprachliche besser gelungen. Rot und Grau sind die beiden Farben, die einander ablösen, schrieb sie über das spanische Land. Rot ist die Erde, grau sind die Olivenbäume und die Esel. Bepackt mit Säcken voller Früchte kehren sie vom Feld in die Dörfer heim und beladen mit Wasserkrügen vom Dorf ins Feld zurück. – Das war die Verbindung von Genauigkeit und Leichtigkeit, die sie anstrebte. Einmal mehr wurde ihr deutlich, wieviel Mühe es machte, auch nur einen runden Satz fertigzubringen.

Aber ihr Thema waren die Kinder. Die Scham darüber, dass spanische Kinder von deutschen Kugeln und Bomben getötet wurden, wollte nicht vergehen. Sie schrieb nun den Artikel über die kämpfende spanische Jugend, den sie sich vor einiger Zeit vorgenommen hatte. Sie erläuterte Aufbau und militärische Organisation der Jugendbataillone, darunter eines Mädchenbataillons, das in Asturien gebildet worden war. Sie nannte Zahlen und Daten, sie machte die Vorgänge für die Leserinnen an der unteren Wolga fassbar, indem sie kurze Lebensgeschichten mitteilte. Zum Beispiel die von Lina Odena, die, nachdem sie ihre Munition verschossen hatte, sich mit der letzten Kugel selbst den Tod gab. Für die spanischen Milizionärinnen war Lina Odena in wenigen Wochen zu einem Mythos geworden, der sie trug. Nach Jahrhunderten der Unterdrückung hatten die spanischen Frauen begonnen, sich zu wehren. Und doch schien es Maria Osten wider die Natur, dass Kinder von sechs und sieben Jahren die Einschläge von Kugeln, Schrapnells, Granaten und schweren Geschützen zu unterscheiden vermochten und Bomber von Jagdflugzeugen. Die Finger wollten ihr erlahmen, als sie ihren Leserinnen und Lesern die Geschichte des vierzehnjährigen Domingo Bernabe erzählte, der zuschauen musste, wie sein Vater und seine Mutter erschossen wurden, bevor es ihm gelang, den Kugeln zu entwischen. Zwei Monate war der Junge zu Fuß unterwegs, bis er Madrid erreichte, wo er sich bei den Jugendbataillonen meldete. Indem Maria Osten darüber berichtete, wurde ihr das Bittere etwas weniger schwer. Mitunter fielen ihr beim Anblick der elternlosen Kinder in den Straßen von Madrid die Besprisorniki ein, die Russland nach der Revolution durchstreift hatten. Das würde sich hier nicht wiederholen. Die Verantwortlichen hatten damit begonnen, Tausende von Waisenkindern nach Barcelona, Valencia und in andere Städte zu evakuieren. Dennoch wurden ihrer in der Hauptstadt immer mehr. Heime, Schulen und Militärorganisationen nahmen sie auf. Arbeiterfamilien, die schon mehrere Kinder hatten, adoptierten ein Kind. Und sie, die sich nach einem Kind sehnte? Woran dachte sie? Was fiel ihr ein? Hatte sie aus der Geschichte mit Hubert nichts gelernt? Aber Hubert sollte nie ihr Kind sein. Ein Jahr Sowjetunion, dann Rückkehr zu den Eltern ins Saarland. Das Jahr war längst um, die Eltern vor den Nazis nach Frankreich geflohen. Hubert blieb in Moskau im Kinderheim, ihre Beziehung zu ihm war abgebrochen. Das war eine Schuld. Ich habe mein Versprechen nicht gehalten. Ich habe verantwortungslos gehandelt, mir fehlt der Ernst des Lebens. Gewogen und zu leicht befunden. Aber der Wunsch, für jemanden dazusein, überwältigend. Kolzow brauchte sie nicht (aber er liebte sie). Nicht einmal Hubert brauchte sie. Dagegen ein kleines Kind, ein Waisenkind, das in seinem Leben nur Elend und die Schrecken des Kriegs gekannt hat. Bitte, sag, dass ich übergeschnappt bin, dass ich einen Dachschaden habe. Kolzow lachte nicht. In normalen Zeiten, antwortete er, würde ich das vielleicht sagen. Wir leben inmitten von Krieg und Chaos, wie kann da in unseren Gefühlen Ordnung herrschen? Seit dem Ende des Weltkriegs sind keine zwanzig Jahre vergangen, und alles fängt von neuem an. Alles fängt von neuem an alles fängt von neuem an alles fängt von neuem an, im Rhythmus der Räder, die gegen die Schienenfugen hämmerten, alles fängt von neuem an, während der Zug durch die Nacht donnerte und Maria Osten und José immer weiter von Spanien entfernte.

Unter den Journalisten im Hotel Florida war ihr ein junges Fotografenpaar aufgefallen. Sie wohnten nicht im Hotel. Zwei- oder dreimal hatte sie die beiden in der Hotelhalle oder an der Bar gesehen, jedesmal verweilte sie länger als notwendig, um sie unauffällig zu betrachten. Seit jeher hatte ein anziehendes Äußeres diese Wirkung auf sie. Vielleicht weil sie sich selbst für nicht besonders schön hielt, was immer Kolzow und Busch und noch ein paar andere sagen mochten. Auf das Äußere viel zu geben ist oberflächlich, auf das Innere kommt es an. Was sollte ihr diese dürre Weisheit? Natürlich kam es auf das Äußere an, auf das Fallen einer Locke, den Schwung einer Augenbraue oder eines Lippenpaars, auf den hellen Farbton der Haut oder den dunklen, auf das sanfte Schwellen eines Busens, auf schmale oder breite Schultern, auf feingliedrige Hände und schmächtige Hüften und lange Beine, auf die Haltung des Körpers beim Stehen und beim Gehen (keiner ging wie Kolzow). Die junge Fotografin hatte kastanienbraunes, ins Rötliche schimmerndes Haar, sanft gewellt und aus der Stirn gekämmt. Über leuchtenden Augen zwei hohe Brauenstriche, die dem Gesicht einen hochnäsigen Ausdruck verliehen. Wenn sie lachte, waren ebenmäßige Zahnreihen zu sehen, sie lachte oft. Sie war klein, fast zierlich, ihre Eleganz eine freche Herausforderung an den Krieg, der ihr nichts anhaben konnte. Ihr Begleiter war einen Kopf größer und kaum mehr als zwanzig Jahre alt, ein schlanker, südländisch aussehender Junge in einer abgewetzten Lederjacke. Er hatte schwarzes Haar, dichte Augenbrauen über violettfarbenen Augen und volle, schön geschwungene Lippen. Die beiden hatten stets ihre Apparate dabei, sie eine Rolleiflex und er eine Leica, die sie mit geübten Bewegungen austauschten, als sie in der Hotelhalle einen Regierungsvertreter fotografierten. Als Maria Osten hörte, dass die beiden deutsch sprachen, stellte sie sich als Journalistin vor, die für Exilzeitschriften schreibe. Die Fotografin hieß Gerda Taro, ihr Begleiter Bob Capa, sie arbeiteten für *Vu* und *Regards*. Die beiden französischen Zeitschriften lagen in der Halle des Florida. Vor wenigen Wochen hatte Maria Osten in *Vu* das Bild eines fallenden Milizionärs gesehen. An die Fotografien von Sterbenden und Toten hatte sie sich gewöhnt. Die Fotoreporter hatten mit ihren kleinen, leichten Apparaten die Journalisten als Chronisten dieses Krieges abgelöst. Ihre Bilder hatten die unabweisbare Kraft von Indizien vor einem Gericht, das und das geschah an diesem Ort, zu dieser Stunde, hier ist der Beleg. Gemessen daran war das Bild des fallenden Milizionärs auffallend abstrakt. Kein Ort, keine Zeit, kein Beleg für irgend etwas. Nur ein merkmalloser Himmel über einem Stoppelfeld und diese rückwärts fallende Figur in weißem Hemd und Koppel, am Gurt zwei Patronentaschen, an der rechten Hüfte eine Nachrichtentasche, die wegfliegen will, der rechte Arm weit zur Seite gestreckt, das Gewehr entfällt der offenen Hand. Die Figur so anonym und austauschbar wie der Himmel hinter ihr und das Feld, auf das sie fällt. Das Foto belegte nichts außer den Tod selbst. Ein wuchtiger Schlag hat den Milizionär getroffen und Maria Osten den Atem verschlagen. So ist es, wenn einer erschossen wird. Kein Pathos, kein Märtyrertum, keine Todesekstase. Nichts Erhabenes, nur dieser wuchtige Schlag und ein Körper, der hinfällt. Robert Capa hieß der Fotograf. Von da an hatte sie auf Fotografien mit dem Vermerk *Photo Capa et Taro* geachtet.

Sie freundete sich mit den beiden Fotografen an; mitunter traf sie sich am späten Nachmittag, wenn die Hitze nachzulassen begann und die Finger vom Tippen schmerzten, mit der Fotoreporterin in einem Straßencafé an der Plaza de Callao.

Bob ist Ungar, sagte Gerda Taro, bis vor kurzem hieß er noch Endre Friedmann. Ich bin in Stuttgart geboren, aber ich bin ebenfalls keine Deutsche. Meine Eltern sind Ostjuden, bis vor einem Jahr hieß ich Gerda Pohorylle. Du wunderst dich? Maria Osten schüttelte rasch den Kopf. Doch, du bist überrascht. Ich sehe nicht jüdisch aus, das darfst du ruhig sagen. Ihr sei das schon früh bewusst gewesen, sagte Gerda Taro. In der Schule habe sie ihre jüdische Herkunft vor den Mitschülerinnen und Mitschülern verheimlicht, sie habe sie nie zu sich nach Hause eingeladen. Die Eltern hatten das akzeptiert, sie verstanden die Gründe. Sie wuchs auf ohne jüdische Identität, in ihrem Lebensplan spielte ihr Judentum keine Rolle. Sie wollte etwas machen aus sich – was, würde sich zeigen. In Stuttgart besuchte sie die Handelsschule, verkehrte in den besten Kreisen, war Mitglied eines Tennisklubs, verliebte sich in blonde deutsche Jungs, wie ihre Freundinnen auch. Von Studenten wurde sie zu Tanzabenden in Verbindungshäuser eingeladen, da wurde über jüdische Nasen und jüdische Geldgier gewitzelt. Sie hörte zu, manchmal ging sie weg, an ihrem Plan hielt sie fest. Später, in Leipzig, verkehrte sie im sozialistischen jüdischen Turnverein Bar-Kochba, sie hatte Freundinnen und Freunde in der von linken Sozialdemokraten gegründeten SAP und im kommunistischen Jugendverband. Für die Nazis gehörte sie nun nicht mehr nur zur jüdischen Plage, sondern auch zu den linken Zecken. Sie nahm das nicht hin, sie beteiligte sich an Aktionen gegen das Pack, verteilte Flugblätter, selbst als das, nach dem Januar neunzehnhundertdreiunddreißig, zu gefährlich geworden war. Im März wurde sie von der SA in Schutzhaft genommen, stichhaltige Gründe gab es keine, sie brauchten sie auch nicht. Dank der Intervention des polnischen Konsuls, sie war ja polnische Staatsangehörige, kam sie nach drei Wochen frei. Zielstrebig bereitete sie ihre Ausreise vor. Im Spätherbst verließ sie Deutschland, mittellos kam sie in Paris an, eine junge Frau von dreiundzwanzig Jahren. An ihrem Ziel, etwas besonderes aus sich zu machen, hielt sie fest. Sie nahm jede Arbeit an, verkaufte Zeitungen, war Modell für Unterwäsche, gelegentlich hungerte sie. Wenn sie konnte, ging sie ins Café Capoulade zu den Treffen der Pariser Ortsgruppe der Exil-SAP. Die lehnten sowohl die Kommunisten als auch die Sozialdemokratie ab, den Stalinschen Sozialismus ohnehin, dagegen bewunderten sie Trotzki. Eine wirre Gruppe, die Ansichten der Mitglieder gingen weit auseinander, das war ihr gerade recht. Nach einem Jahr lernte sie den zwanzigjährigen ungarischen Fotografen Endre Friedmann kennen, der sich in Paris André Friedmann nannte, er war noch hungriger als sie. André hatte schon einige Bilder veröffentlicht, davon konnte er nicht leben, seinem Enthusiasmus tat das keinen Abbruch. Seinem Charme ebensowenig, die abenteuerlichen Geschichten und Flunkereien, die er Gerda Pohorylle und den Fotografenfreunden Henri Cartier-Bresson und Chim im Café du Dôme erzählte, wurden durch seinen Charme noch unglaubhafter. Chim, mit seinem kindlich runden Gesicht und seiner dicken Brille, sah aus wie ein Talmudschüler, damals war er noch der polnische Jude David Szymin, neunzehnhundertsechsundfünfzig würde er als weltberühmter Kriegsfotograf Chim Seymour im Suezkrieg von Maschinengewehrfeuer getötet werden, zwei Jahre nachdem sein ebenso berühmter Freund Bob Capa im Indochinakrieg von einer Landmine zerrissen worden war. Beide würden nicht älter werden als fünfundvierzig, immerhin beinahe zwanzig Jahre älter als Gerda Taro. Henri Cartier-Bresson würde sie alle um Jahrzehnte überleben. Bei seinem Tod würde die Fotoreportage, die er und Chim und Bob Capa und Gerda Taro in den Tagen des Café du Dôme begründet hatten, längst aus den Zeitungen und Journalen in die Museen gewandert sein. André hatte Talent, sagte Gerda Taro, das konnte ein Blinder sehen. Gibst du mir eine Zigarette? Maria Osten hatte sich eine Camel angesteckt, sie schob der Fotografin die Packung hin. Die Sonne war untergegangen, die Gran Via begann sich abzukühlen. Straßenbahnen quietschten, der Verkehr hatte nachgelassen, der Boulevard gehörte den Flanierenden.

Als Gerda Taro in Maria Eisners Fotoagentur Alliance Photo eine Beschäftigung fand, nutzte sie, was sie dort lernte, um André Friedmanns Karriere planmäßig zu fördern. Der Junge hatte sich bis über beide Ohren in sie verliebt, sie liebte ihn ebenfalls. Sie studierte den Zeitschriftenmarkt und informierte sich über die Art von Fotografien, die von den verschiedenen Blättern bevorzugt wurden. Sie handelte Andrés Honorare aus, so wurde sie seine Agentin. Sie formulierte Bildunterschriften, half ihm in der Dunkelkammer und begleitete ihn bei der Arbeit. Er unterrichtete sie im Fotografieren, sie lernte rasch. Bald teilten sie sich in die Aufträge. Wenn genug Arbeit da war, kamen auch Chim und Cartier-Bresson dazu, alle brauchten Geld, später wussten sie oft nicht, wer welches Bild gemacht hatte. *Photo Friedmann*, sagte Gerda Taro, das klang zuwenig attraktiv. Ich schlug André vor, seinen Namen zu ändern, er sollte amerikanisch klingen, irgendwann kamen wir auf Robert Capa. Bob Capa, ein berühmter amerikanischer Fotograf? hatte André gefragt, der Herr ist mir unbekannt. Es liegt an dir, hatte sie geantwortet, ob es diesen berühmten Bob Capa geben wird. Sie lachte ihr mitreißendes Lachen, mit glitzernden Zahnreihen zwischen roten Lippen. Ich war ehrgeizig für zwei, sagte sie zu Maria Osten. Ich habe dann meinen Namen ebenfalls geändert, von Pohorylle zu Taro. Immer hatte ich meine jüdische Herkunft verbergen wollen, jetzt hatte ich es geschafft, aber inzwischen bekannte ich mich zu dieser Herkunft. Die Nazis hatten mich zur Jüdin gemacht, die Namensänderung galt nur der Fotografin, die ich geworden war. Ich kenne das, sagte Maria Osten, ich war einmal Maria Greßhöner. Ich habe das nie akzeptieren wollen, nur weil ich zufällig gerade da und von diesen Eltern geboren wurde. Mit dem neuen Namen habe ich mich von meiner Herkunft befreit, die mir verhasst war. Sie zog an ihrer Camel. Gerda Taro sagte, auch für sie und Bob seien die neuen Namen eine Befreiung gewesen. Wir wurden ein Team. *Photo Capa et Taro.* Wie das funktioniere, wollte Maria Osten wissen. Wir gehen an dieselben Orte, sagte Gerda Taro, wir fotografieren dieselben Sujets, wir tauschen unsere Fotoapparate aus, wir entwickeln die Filme gemeinsam, wir ordnen die Kontaktabzüge nicht nach unseren Namen, sondern nach Themen, wir schicken sie mit dem Vermerk *Photo Capa et Taro* an die Zeitungen. Es kümmert uns nicht, welches Bild von wem stammt. Mir fällt ein Gespräch ein, sagte Maria Osten, das ich vor Jahren mit einer Kollegin in Berlin hatte. Es ging darum, ob Frauen anders schreiben als Männer. Die Kollegin war davon überzeugt, ich dagegen fand, gut geschrieben sei gut geschrieben. Wie ist das in der Fotografie? Darüber habe ich noch nie nachgedacht, sagte Gerda Taro. Wenn wir untereinander oder mit Chim oder Cartier-Bresson über unsere Arbeit sprechen, geht es um Begriffe wie Unmittelbarkeit, Konzentration, Komposition, grafische Wirkung. Mit dem Geschlecht des Fotografen hat das wenig zu tun. Sie drückte ihre Zigarette aus und folgte mit den Augen dem Rauchfaden, der aus dem Aschenbecher aufstieg. Das Gemeinsame, die Austauschbarkeit unserer Bilder, entsteht dadurch, dass wir dieselbe Haltung haben, dass wir parteiisch sind. Sie zuckte die Schultern, auf deine Frage gibt es wahrscheinlich keine Antwort, oder erst dann, wenn mehr Frauen fotografieren.

Zwischen Brest und Baranowitschi hatte die Zeit aufgehört. Der Zug war in der Weite Ostpolens verschwunden, in einer frostigen Einöde, in der sich die Menschen und ihre Kriege um den Besitz dieses Landes lachhaft ausnahmen. Das Land scherte sich nicht darum, dass es zu Napoleons Zeiten zu Russland gehört hatte, dass es nach der russischen Revolution an Polen gefallen war und drei Jahre nachdem die kleine Reisegruppe mit Feuchtwanger, der schönen Eva Herrmann, mit Maria Osten, den Marcuses und der leidenden Lilo Dammert sich in ihm verloren hatte, von der Sowjetunion besetzt würde, um, nachdem die Sowjetunion am Ende des zwanzigsten Jahrhunderts aufgehört hatte zu existieren, schließlich und bis auf weiteres Teil von Belarus zu werden – dem Land war das gleichgültig. Maria Osten wurde allmählich ungeduldig. Sie wollte endlich ankommen, sich einrichten mit dem Sohn, dem Wunschkind. Immer neue Spielchen erfand sie, um den Kleinen von der Eintönigkeit der Reise abzulenken, ihr fiel schon nichts mehr ein. Sie freute sich, als Eva Herrmann sich mit ihrem Skizzenblock zu ihnen setzte und mit José zeichnete, krumme Linien, Kritzeleien, heftig in das Blatt gedrückte Punkte, bei denen die Spitze des Bleistifts abbrach. Eva Herrmann hielt das Gemälde neben Maria Ostens Gesicht. Ich bekomme Konkurrenz, sagte sie. Maria Osten blickte auf das Kind. Genau drei Jahre war es her, dass sie mit dem anderen Kind, Hubert, im gleichen Zug nach Moskau gefahren war, vor dem Fenster dieselbe merkmallose Landschaft. Seit jener Reise war so viel geschehen, sie hatte Entscheidungen treffen müssen, die ihrem Leben neue Wendungen gaben, und doch schien es jetzt, als ob alles sich wiederhole.

In Stolbzy zwängten sich polnische Zöllner in Pelzmänteln durch die Waggons. Sie betrachteten die kleine Gruppe, die es für nötig hielt, in die Sowjetunion zu fahren, ohne Sympathie. Die Pässe gaben sie ihnen wortlos zurück. Noch eine kurze Fahrtstrecke, dann endlich Negoreloje. Auf dem Bahnsteig wurden sie von Willi Bredel und zwei sowjetischen Kulturfunktionären erwartet, die aus Moskau hergereist waren, eine Eisenbahnfahrt von fünfzehn Stunden, um den berühmten Gast und seine Entourage zu empfangen. Die Grenzpolizisten waren informiert, die Gruppe wurde ohne viele Umstände zum sowjetischen Zug gebracht, als Künstlerbrigade reisten sie in einem Sonderwaggon. Nachdem sie sich in ihren Abteilen eingerichtet hatten, trafen sie sich im Speiseraum. Bredel ließ Krimsekt auftragen. Vor dem Fenster glitten im Schrittempo Drahtverhaue vorbei, dann fuhr der Zug durch das vertraute hölzerne Tor (Vorderseite: DIE SOWJETUNION GRÜSST DIE WERKTÄTIGEN DES WESTENS, Rückseite: PROLETARIER ALLER LÄNDER, VEREINIGT EUCH) und gewann in der dunkler werdenden Nacht an Geschwindigkeit. Sie stießen auf die Union an und auf José, Maria Ostens kleinen Spanier, dem das Land eine neue Heimat werden würde. Er heißt nicht mehr José, verkün-

363

dete sie, sondern Jusik, er soll in unserem Land kein Fremder sein. Und so stießen sie auch noch auf Jusik an. Alles wiederholte sich. Als sie Berlin verließ, um ihr Leben mit Kolzow zu beginnen, war sie Maria Greßhöner, als sie in Moskau ankam, hatte sie einen neuen Namen. Nun machte sie aus José Jusik. Ob er damit einverstanden war? Das Ändern des Namens war eine Kleinigkeit, verglichen mit dem Entscheid, ein spanisches Waisenkind zu adoptieren und nach Moskau mitzunehmen. Es war, als ob ihr erst jetzt die Schwere des Entschlusses bewusst würde.

Nein, das geht nicht, hatte der Schulleiter des ersten Madrider Bezirks erschrocken gesagt, wir geben keine Kinder her. Sie verstand nicht. Gab es nicht immer mehr Kriegswaisen? Wir haben genügend Anfragen von spanischen Familien, die ein Kind adoptieren wollen, erklärte der Schulleiter. Solange man in der Heimat für die Kinder sorgen könne, sehe er keinen Grund, sie in fremde Länder abzugeben. Sein Büro befand sich in einer ehemaligen Klosterschule, die zu Beginn des Bürgerkriegs geschlossen worden war. Die Frauen des Komitees gegen Krieg und Faschismus hatten das klösterliche Gerümpel weggeschafft, die Wände hell gestrichen, die düstere Kirche zu einem Versammlungsraum umgebaut und den Klostergarten für die Kinder geöffnet. Maria Osten hatte sich die Suche nach einem Kind anders vorgestellt. Man geht in ein Kinderheim oder zu den Frauenorganisationen, trägt seine Bitte vor, am nächsten Tag hat man das Kind. Es ist nicht so einfach, sagte die Genossin vom Institut für Erziehungswesen, gedulden Sie sich. Wochenlang hatte sie, wann immer es die Arbeit erlaubte, Heime, Waisenhäuser und Schulen besucht. Wiederholt hatte sie mit Renales, dem Sekretär der Pionierorganisation in der Calle Los Madrazos, gesprochen. Er sagte, in den ersten Wochen seien sie von der Kinderflut überschwemmt worden, inzwischen hätten sie zu viele Anfragen und zuwenig Kinder. Auch im Provinzwaisenhaus war sie schon ein paarmal gewesen. Bei ihrem ersten Besuch hatte sie im Eingangstor eine Klappe entdeckt. Bis vor wenigen Jahren gaben hier unverheiratete Proletariermädchen, entsprechend den Forderungen der Kirche, ihre unehelichen Kinder ab. Die Nonne, die das Kind auf der anderen Seite in

Empfang nahm, konnte das Gesicht der Mutter nicht sehen. Inzwischen hatten die neuen Benutzer auch hier den alten Muff weggefegt, die Räume frisch gestrichen, Luft und Licht hereingelassen. Wahrscheinlich trifft es zu, sagte die Direktorin, dass die Kinder der Ärmsten bei den frommen Schwestern besser aufgehoben waren, aber das hört jetzt auf. Wir sorgen dafür, dass jede Mutter ihre Kinder großziehen kann. Als sie ihren Wunsch vorbrachte, riet die Direktorin zur Geduld. Nach zwei Monaten war sie ihrem Ziel nicht näher gekommen. Sie bat Kolzow, mit der Pasionaria zu sprechen. Sie hat viel Sympathie für deinen Kinderwunsch, berichtete er, aber sie sagt, Spanien solle seine Kinder nicht hergeben, die Kinder sollen im Land bleiben.

Der Krieg ging schlecht. Die Gewissheit der ersten Kriegswochen, der Aufstand werde in ein paar Wochen niedergeschlagen sein, wich dem Zweifel. Ende September hatten die Putschisten Toledo eingenommen und den Alcázar entsetzt. In den ersten Oktobertagen begannen sie von Westen und Südwesten her den Marsch auf Madrid, am fünfzehnten Oktober war Chapería gefallen, am achtzehnten Navalcarnero, am einundzwanzigsten Illiescas, die Faschisten standen fünfundzwanzig Kilometer vor Madrid. Der Vormarsch ist eine Sache, sagte Kolzow gelassen, die Einnahme von Madrid eine andere. Sie saßen in der Halle des Hotels Capitol, in das sie Anfang Oktober vom Florida umgezogen waren. Mit ihrer Grausamkeit zwingen die Faschisten die Bevölkerung dazu, Widerstand zu leisten bis zum Äußersten. Madrid wird standhalten. Sie vertraute seinen militärischen Kenntnissen. Für die Suche nach dem Kind, meinte Kolzow, sei die Zeit jetzt günstiger, der Gedanke, ein Kind so weit wie möglich aus Madrid wegzubringen, gewinne an Überzeugung. Als sie Ende Oktober wieder einmal im Provinzwaisenhaus vorsprach, führte die Direktorin sie zu ein paar Frauen, die vergnügt einem Büblein zuschauten, das seine ersten Gehversuche machte. Er ist eineinhalb Jahre alt, sagte die Direktorin, wir haben ihn in einem bombardierten Eisenbahnwagen gefunden, die Eltern waren tot. Wir nennen ihn Chemino, er ist der Liebling hier. Sie, Genossin Maria, haben keine Kinder, Sie können ihn haben. Sie hatte sich setzen müssen, Tränen liefen ihr über die Wangen. Wenige Tage später war sie mit Chemino, den sie nun José nannte, nach Paris geflogen. Dort hatte sie mehr als zwei Wochen auf Feuchtwanger und seine Begleitung warten müssen. Jeden Tag telefonierte sie mit Kolzow, er sagte, die Bombardierung Madrids habe begonnen. Während sie in Paris wartete, hatte sie aus Moskau ein Exemplar der *Deutschen Zentral-Zeitung* bekommen, in der ihr Bericht über die Suche nach einem spanischen Kind abgedruckt war.

Wo sind wir? fragte Maria Osten, als sie sich zum Frühstück zu ihren Reisegefährten setzte. Vor kurzem hielten wir in Wjasma, sagte Bredel, in vier Stunden sind wir in Moskau. Nach dem Frühstück versuchte sie, in Feuchtwangers neuem Roman *Der falsche Nero* weiterzulesen, aber sie konnte sich nicht konzentrieren. Sie legte das Buch weg und unterhielt sich mit dem Kind. Sie sagte, er heiße jetzt zwar Jusik, aber er bleibe ein Spanier, wie die Pasionaria es gewünscht habe, er sei eben ein russischer Spanier, das sei heute nicht unüblich, sie selbst sei eine gewesene Deutsche, jetzt Russin. Nicht auf die Nationalität komme es an, sondern darauf, gegen das Unrecht zu kämpfen, da, wo er es finde. Sie erzählte ihm von der Sowjetunion, sie sprach deutsch, dann besann sie sich und sprach russisch weiter. Jusik hörte aufmerksam zu, nach einer Weile schlief er ein, die kleinen Fäuste geballt, nach Art eines Sozialisten. Kurz vor zwölf Uhr mittags verlangsamte der Zug seine Fahrt. Sie räumte zum letzten Mal die Kindersachen auf.

Im Belorussischen Bahnhof wartete ein Empfangskomitee. Tretjakow war da, der Lyriker Abulkasim Lakhuti, Hugo Huppert, Franz Leschnitzer, zwei Literaturprofessoren und Iwan Anissimow, der Leiter des Staatsverlags für ausländische Literatur. Auch der Vorsitzende der Auslandskommission des Verbandes der Sowjetschriftsteller, Michail Apletin, war gekommen, begleitet von Journalisten, Radioreportern und Fotografen. Dies sei sein erster Besuch in der Sowjetunion, sagte Feuchtwanger vor den Mikrophonen, während Blitzlichter klickten. Er könne kaum sagen, wie glücklich er sei, hier zu sein, er fühle sich schon wie zu Hause. Ein Foto der kleinen Gruppe zeigt am linken Bildrand im Profil Eva Herrmann, sie trägt einen modischen Hut mit breiter Krempe, darunter ist die perfekt geformte Ohrmuschel zu sehen, die Lippen sind zu einem Lächeln geöffnet, um den Hals trägt sie ein elegantes Foulard. Neben ihr ein schwarzer Maler aus den Vereinigten Staaten, über seine Schulter blickt Lakhuti in die Kamera, dann die kleine Gestalt Feuchtwangers, er trägt eine ballonartige Schirmmütze und hält einen Blumenstrauß in der Hand, über den hinweg er Eva Herrmann durch seine Doktorenbrille anlächelt. Neben ihm Maria Osten, ihr pfiffiges Gesicht unter dem kecken Hütchen, auch sie im Mantel, sie drückt eine etwas matronenhafte Tasche an sich, und auch sie lächelt Eva Herrmann zu. Unübersehbar in den Gesichtern der Ausdruck aufgeregter Freude, da sie endlich in der Hauptstadt der Sowjetunion angekommen sind.

So ist es gewesen. Bilder lügen nicht (sondern sagen mehr als tausend Worte). (Manchmal auch weniger.) Wer wissen will, wie es wirklich gewesen ist, kann in den Geschichtsbüchern nachlesen. Die Geschichtsbücher sind parteiisch? Die Darstellungen widersprechen sich? Fakten und Zahlen sagen auch nicht alles? So können wir nicht wissen, wie es wirklich gewesen ist? Jedem seine eigene Wahrheit?

Aber die Toten sind tot (außer wir erinnern uns an sie).

21

Das rhythmische Zischen der Dampflokomotive hatte sie einnicken lassen, noch bevor der Zug sich in Bewegung setzte. In der vergangenen Nacht hatte sie nur wenige Stunden geschlafen. Früh um halb sieben war sie aufgestanden, hatte sich das Gesicht gewaschen, die Zähne geputzt und das Lavabo wieder saubergewischt, die aufgeräumte Kochnische hatte sie ohnehin nicht mehr benutzt. Nach einem letzten Blick in die Wohnung, in die noch heute die Untermieter einziehen würden, war sie mit Koffer und Tasche hinuntergegangen. Draußen war es noch dunkel. Sie ging mit dem Koffer und der Tasche durch die Rue Daguerre zum Bistro an der Ecke Rue Gassendi. Das Lokal war geschlossen, aber das Licht eingeschaltet. Durch die Fenster sah sie Léon, den alten Garçon, der die Stühle von den Tischen nahm. Er ließ sie herein und schloss die Tür hinter ihr wieder ab. Sie setzte sich an die Theke. Die Patronne, die auf der Theke Kaffeetassen aufreihte, nickte mürrisch, machte ihr einen Kaffee und schob ihr ein frisches Croissant hin. Ruth Rewald frühstückte schweigend. Nach einer Weile sagte die Patronne, passen Sie auf sich auf dort unten. Ruth Rewald nickte. Das Kind ist bei Louise gut aufgehoben, da machen Sie sich nur keine Sorgen. Sie nickte erneut. No pasarán, sagte die Patronne. No pasarán, sagte Ruth Rewald. Léon schepperte mit den Aschenbechern, viel Glück, Genossin. Sie fuhr mit der Metro zur Gare d'Orsay. Als sie aus dem Metroschacht emporkam, hingen Nebelschwaden über der Seine, die Fassade des Louvre am anderen Ufer war kaum auszumachen. Während sie das Gepäck zum wartenden Zug trug, begann es zu nieseln.

Als sie wieder aufwachte, war es hell im Abteil. Diffuses Morgenlicht sickerte aus tiefen Wolken auf das flache Land. Am Abteilfenster rannen Regentropfen herunter, dahinter Felder, farblos. In der Ferne eine schnurgerade Allee, die plötzlich auf den Zug zuschoss, Wohnhäuser, ein anschwellendes Bimmeln, dann ein Bahnübergang mit blinkendem Licht, hinter der Bahnschranke Fußgänger mit Regenschirmen, ein Pferdefuhrwerk, mehrere Automobile. Der Zug donnerte durch einen Bahnhof, auf dem Stationsgebäude die Aufschrift Angerville. Einige Zeit später fuhren sie in Orléans ein. Der Geschäftsmann mit der randlosen Brille, der in der Ecke unter seinem aufgehängten Mantel gedöst hatte, erhob sich, nickte ihr zu und verließ das Abteil. Sie blickte auf den belebten Bahnsteig. Reisende in Regenmänteln, Gepäckträger, ein Kiosk, unter dem Abteilfenster schob ein Verkäufer einen Handwagen mit Getränken und Verpflegung vorbei. Auf der Gegenseite fuhr ein Zug ein; als er stillstand, ertönte ein Pfiff, die Bahnhofsuhr zeigte eine Minute nach neun. Ihr Zug fuhr an, überquerte auf einer mächtigen Brücke die Loire, dann niedrige Wohnhäuser und wieder das flache Land, abgeerntete Felder, sonntägliche Leere. Sie hatte das Kind zurückgelassen. Sie hatte die Wohnung vermietet. Mit ein paar Francs in der Tasche verließ sie Frankreich, das in dreieinhalb Jahren nicht Heimat geworden war, und eine brüchige Existenz, die durch das Kind zum ersten Mal, seit sie aus Deutschland geflohen war, Halt bekommen hatte. Nun reiste sie nach Spanien, zu Hans und Heiner, den beiden Vätern des Kindes. Seit Heiner Moskau im März verlassen hatte und zwei Wochen später sein erster Brief aus Spanien gekommen war, rechnete sie damit, dass er und Hans einander dort unten begegneten. Sie würden sich umkreisen wie kampfbereite Gockel, Krallen würden gezeigt werden, vielleicht auch Fäuste. So hatte sie gedacht. Stattdessen diese ausgelassene, lausbubenhafte Freundschaft. Die Briefe des einen vom anderen mitunterzeichnet. Übermütige Bemerkungen an den Rand geschrieben. Dein Mutterglück entlockt uns beiden das gleiche Gefühl. Was sollte das heißen? Jetzt trinken wir auf Deine und Anjas Gesundheit eine Flasche Sekt. Machten die sich lustig über sie? Der eine, Hans, geriet in Aufregung, weil er den Namen des Kindes nicht richtig gelesen hatte. Wie sie dazu komme, ihr Töchterchen Aiya zu nennen? Der andere schrieb auf ihre Anfrage, wie ihm der Name gefalle, daran habe er bislang noch gar nicht gedacht. An was dachte der überhaupt? Zwar drängte Heiner sie, ihm Bilder des Töchterchens zu schicken, er freute sich über jede Meldung von der Kleinen, das Schreien deute auf gesunde Lungen hin – aber von Verantwortung kein Hauch. Hans dagegen schrieb: Du musst wissen, dass ich dir nie ein schiefes Wort sagen werde, und denken auch nicht. Am besten, wir sprechen gar nie darüber, es ist unser (unterstrichen) Kind und damit fertig. Sie las die Stelle mehrmals. Die Männlichkeit, die Hans in seinen Briefen an den anderen Interbrigadisten bewunderte, besaß er selbst. Anja hatte zwei Väter, das war unordentlich. Sie liebte Ordnung in ihrem Leben, aber das Unordentliche hatte auch etwas für sich.

Drängender als die privaten Reisegründe waren die politischen. Die Briefe von Hans und Heiner hatten sie teilnehmen lassen am Geschehen in Spanien. Sie hatte die Berichte gelesen und die Bilder angeschaut, in der *Humanité*, in *Ce Soir*, in *Vu* und *Regards*. Manchen Abend hatte sie in Gesprächen mit Genossinnen verbracht, deren Männer ebenfalls in Spanien weilten. Sie hatte mit dem ständigen Auf und Ab gelebt, mit dem Entsetzen nach den ersten Erfolgen der Faschisten in Badajoz, Irún und San Sebastián. Sie hatte die Berichte gelesen von Massenerschießungen, sie hatte die Bilder gesehen von den mit Leichen bedeckten Dorfplätzen, niedergestreckten Flüchtlingskolonnen, entsetzt stierenden Frauen mit geschorenen Köpfen. Auf der Seite der Putschisten kämpften neben den marokkanischen Moros auch Nazi-Einheiten und italienische Faschisten. Sie brachten Kriegsgerät und Flugzeuge mit. Aber die Republik organisierte den Widerstand. Schon in den ersten Tagen nach dem Putsch stellten Kommunisten in Madrid das Fünfte Regiment auf, das Musterregiment. In Barcelona war die Centuria Thälmann gegründet worden, und im Oktober wurde Albacete zum Zentrum der Internationalisten, die aus vielen Ländern nach Spanien kamen. Als im November die ersten Waffen aus der Sowjetunion eintrafen, hielten viele die Wende für gekommen. Barcelona war gehalten worden, und im November wurde auch der Marsch der Franco-Truppen auf Madrid vor dem Universitätsgelände zum Stehen gebracht. In den folgenden Monaten lösten sich gute und schlimme Nachrichten ab. Vieles war widersprüchlich, wurde korrigiert, erwies sich als überholt, weder die Siege noch die Niederlagen hatten Bestand. Ende April erhielt sie einen enthusiastischen Brief von Hans, die Stimmung in der XIII. Brigade sei toll, dank des ungeheuren Kampfesmutes der Freiwilligen habe sich die Lage verbessert, bei Guadalajara und Córdoba hatten sie den Franco-Faschisten und Mussolinis Expeditionskorps ganz schön eingeheizt. Hans' Schrift verschwamm, ihre Tränen fielen darauf, sie legte den Brief auf die aufgeschlagenen Zeitungsberichte mit Fotografien von dem, was nach dem Angriff deutscher Bombenflugzeuge von der Stadt Guernica übrig geblieben war.

Aber nichts, am allerwenigsten die optimistischen Briefe von Hans, hatte sie auf die Bilder und Berichte über die Katastrophe nach dem Fall von Málaga vorbereitet. An fünf Tagen im Februar bewegte sich ein endloser Zug von Flüchtlingen über die zweihundert Kilometer lange Küstenstrasse von Málaga nach Almería. Am Tag wurden die Flüchtenden von der Sonne verbrannt, in der Nacht froren sie, sie litten Hunger und Durst. Die Flugzeuge der Faschisten beschossen sie mit Maschinengewehren, in Küstennähe patrouillierende Kriegsschiffe feuerten Kanonen auf sie ab, sie fanden nirgends Schutz auf dem schmalen Landstreifen zwischen der Küste und den Bergwänden der Sierra Nevada. Ruth Rewald las die Berichte wie unter Zwang, wehrlos dem Grässlichen ausgesetzt. Wo die Straße hätte sein sollen, so begann die Schilderung des kanadischen Chirurgen Norman Bethune, einem Arzt bei den Internationalen Brigaden, schleppen sich auf einer Länge von mehr als dreißig Kilometern menschliche Wesen dahin, ein gigantischer Tausendfüßler, ihr Klagen und Schreien mischt sich mit den grotesken Tönen der leidenden Tiere. Sie sind zu müde zum Reden, schrieb ein junger englischer Ambulanzfahrer, von ihrer Prozession steigt unaufhörlich ein klagendes Stöhnen auf: Aiii! Aiii! Auch Kantorowicz, mit dem sie sich am Tag vor seiner Abreise nach Spanien im Café unten an der Rue Monsieur le Prince getroffen hatte, schilderte den endlosen Strom: Familien auf Eseln, Greise an Krücken schleppen sich auf siechen Füssen vorwärts, bis sie vor Entkräftung an den Wegrändern zurückbleiben. Kinder sterben in den Armen der Mütter, man lässt sie liegen, weiter, nur weiter, lasst die Toten ihre Toten begraben. Und wieder Bethune: Eine schweigende, abgehärmte, gequälte Flut von Menschen und Tieren, die Tiere ihren Schmerz hinausbrüllend wie menschliche Wesen, die Menschen stumm wie Tiere. Und der junge Ambulanzfahrer: Die Straße ist übersät mit verlassenen Besitztümern, mit Pfannen, Matratzen und anderem Hausrat. Ein Maultier stirbt vor Erschöpfung an der Deichsel seines Wagens. Ruth Rewald hatte die Fotografien gesehen von toten Eseln und Maultieren, die Beine gegen den Himmel gestreckt, die Bäuche aufgebläht, daneben Kleiderbündel, aus denen eine Hand oder ein Fuß ragte, sie hatte die Fotografien gesehen. Es ist unfassbar, so der junge Ambulanzfahrer, dass dieser Anblick unserem Jahrhundert entstammt. Der Österreicher Fritz Jensen, auch er Arzt bei den Internationalen Brigaden, schien ein altes Gemälde zu beschreiben: Immer wieder die gleiche Gruppe, eine Frau mit Kind im Arm auf einem Esel, daneben ein Mann, wie in biblischen Zeiten. Aber, schrieb er, es ist kein Gemälde der Heiligen Familie, sondern unerträgliche Wirklichkeit. Die Dörfer sind leer, schrieb Kantorowicz, aus den Bergen steigen sie herab, Bauern mit ihren Familien, immer weiter lassen sie den Flüchtlingsstrom anschwellen. In der *Humanité* wurde berichtet, die Faschisten selber seien von diesem Geschehen überrascht worden. Mit ihren tieffliegenden Flugzeugen hätten sie den Flüchtlingen zunächst nur Angst einjagen wollen, damit sie auf die Felder zurückkehrten, um ihre alten und, wie die Faschisten hofften, demnächst wieder neuen Herren zu ernähren. Erst als diese Taktik nichts nützte, begannen die Junkers und Capronis die Fliehenden zu beschießen, und von der See her feuerten die *Canarias*, die *Baleares* und die *Almirante Cervera* ihre schweren Geschütze auf sie ab. Der junge Ambulanzfahrer schilderte das Resultat: Plötzlich stehen Frauen mitten auf der Straße, die uns ein kleines Mädchen mit blutüberströmtem Gesicht entgegenhalten. Die eine Gesichtshälfte ist zerschmettert, der Kopf hängt an einem gebrochenen Hals. Ruth Rewald hatte den Bericht bei einem Treffen ihrer Frauengruppe gelesen, während sie mit einem leisen Stöhnen ihren schwangeren Leib umfasste.

Sie hatte das Kind zurückgelassen. Bring Anja mit! hatte der eine der beiden Väter geschrieben, der andere hatte am Schluss des Briefes hinzugefügt, das ist richtig, komm mit Anja, dann bist Du alle Sorgen los. Sie werde in einem Kinderheim wohnen, ein Kinderarzt sei vorhanden. Sie hatte noch die Fotografien und Berichte über den Flüchtlingsstrom auf der Straße von Málaga vor Augen. Dann bist Du alle Sorgen los! Diese Gedankenlosigkeit zeigte ihr, dass die beiden ihre Rolle als Väter noch gar nicht übernommen hatten. Wie sollten sie auch? Sie hatten das Kind noch nie gesehen, sie hatten seinen kleinen Körper nicht gespürt, die Finger nicht gesehen, jedes Fingerglied vollendet, aber unbeschreiblich klein, diese Fingerchen, die sie an winzige Spielwürfel erinnerten. Natürlich sei es schwer, hatten die Genossen in Paris gesagt, einen wenige Monate alten Säugling zu verlassen, aber mit dem Buch über die vier spanischen Jungen werde sie der republikanischen Sache einen Dienst erweisen. Sie hatte abgelehnt, die Trennung von dem Kind war ihr nicht vorstellbar. Aber die Lust, das Buch zu schreiben, war unwiderstehlich, ebenso das Bedürfnis nach Anerkennung und Erfolg. Als Hans und Heiner schrieben, der Entscheid dränge, das Projekt werde sonst an eine andere Kollegin vergeben, hatte sie zugesagt. Die Reisevorbereitungen waren begleitet gewesen von Schuldgefühlen. Erst in diesen Stunden, losgelöst von der Existenz der vergangenen Jahre, aufgehoben in einer Bewegung, deren Ende nicht kennbar war, begann Vorfreude aufzukommen. Was blieb, war die leere Stelle im Zentrum ihres Lebens.

Tadägg tadagg hämmerten die Waggonräder, tadägg tadagg. Das Land blieb auch hinter Vierzon flach und menschenleer. Gelegentlich Kühe, nass auf verlassenen Feldern. Dann und wann ein Dorf unter verhangenem Himmel, einmal ganz nah eine Kirche, davor der Dorfplatz, Kirchgänger in sonntäglichem Schwarzweiß unter Regenschirmen. An- und abschwellendes Glockengeläute. Sie teilte ihr Abteil mit einem älteren Ehepaar, beide blickten schweigend ins Leere. Nach der Durchfahrt durch Châteauroux war sie in einen Halbschlaf gefallen, aus dem sie erwachte, als der Zug Limoges erreichte. Sie benutzte den Aufenthalt, um sich am Bahnhofskiosk eine Baguette mit Schinken und Käse zu kaufen. Die Läden am Bahnhofsvorplatz waren geschlossen. Kauend betrachtete sie die Auslagen, Porzellandosen, Porzellanschalen, Aschenbech er aus Porzellan, Eierbecher, Teller und Tassen, Porzellanfingerhüte, Tiere und Früchte aus Porzellan, Schüsseln und Schalen, bemalt mit dekorativen Mustern oder galanten Szenen, Kitsch neben Gediegenem. Was wäre das bürgerliche Interieur ohne Porzellan? Das gute Gedeck, im Glasschrank, im Esszimmer der elterlichen Wohnung, in Berlin-Wilmersdorf. Meißner Porzellan. Wenn es auf dem Tisch stand, bedeutete das, die Eltern bekamen Besuch. Freudige Aufgeregtheit erfüllte das Kind. Sie wurde meist enttäuscht, wenn irgendein langweiliges Kaufmannsehepaar erschien, oder es kam der Bruder des Vaters mit seiner Familie, und sie musste lange Berichte von einer Bar Mizwa mit mehr als zweihundert Gästen anhören, bevor die Mutter ihr mit einer verstohlenen Geste bedeutete, sie könne die Tafel verlassen. Ihre Gedanken waren immer noch bei der Mutter, als der Zug Limoges verließ. Für eine kurze Weile fuhr eine kleine Rangierlok neben dem ausfahrenden Zug her, beinahe hätte sie dem Lokführer zugewinkt, wie sie es als kleines Mädchen getan hatte, auf den langen Eisenbahnfahrten von Berlin nach Wien. Die Mutter hatte ernsthaft genickt, wenn sie erklärte, dass sie Lokführer oder mindestens Stationsvorsteher werden wolle, sie mochte das für eine kindliche Verirrung gehalten haben, aber nie hatte sie gesagt, das kannst du nicht, das schickt sich nicht, wo denkst du hin. Und auch sie würde Anja nie einschränken, sie sollte sich frei entfalten können, auch wenn die Zeitläufte dem entgegenstanden.

Eineinhalb Jahre war es her, seit sie hatte einsehen müssen, dass das Biblion auf die Dauer nicht zu halten war. Einige Monate später war ihre Einlage als Mitinhaberin wertlos. Daran war wenig Bemerkenswertes. Täglich scheiterten in dieser Stadt Asylantinnen und Asylanten, deren Leben sich in der endlosen Suche nach Unterstützung erschöpfte. Sie und Hans waren noch nicht am Ende. Hans verdiente mit der Fotografie in guten Monaten so viel, dass sie davon die Wohnungsmiete bezahlen konnten. Sie nahm, was sich bot, arbeitete in Büros und bei einem Zahnarzt als Sprechstundenhilfe, übersetzte Geschäftsbriefe nach Nazideutschland und gab Sprachunterricht. Dazu kamen gelegentliche Geldanweisungen vom Sebastian-Brant-Verlag in Straßburg für *Janko*, später auch aus Schweden und Norwegen, wo das Buch in Übersetzungen erschien. Waren diese Beträge auch gering, so bewahrten sie sie und Hans doch vor dem größten Elend. Obendrein hatte das Fehlen regelmäßiger Arbeit sein Gutes. Das ganze Frühjahr hindurch hatte sie, meist abends, nachdem Einkauf und Haushalt erledigt waren, an einem neuen Buch geschrieben. Im nachhinein hätte sie nicht sagen können, wann der Entscheid für das China-Buch gefallen war. Wie Millionen auf der ganzen Welt hatte sie den Marsch der chinesischen Genossinnen und Genossen verfolgt. Sie und Hans hatten die Zeitungsberichte diskutiert, sie waren zu Vorträgen gegangen, in denen Augenzeugen und China-Fachleute von dem Geschehen berichteten. Im Biblion hatte sie eine Ausgabe von Kischs *China geheim* gefunden, das Buch war bald nach seinem Erscheinen in Deutschland verbrannt worden. An dem Kapitel über Kinderarbeit in der Seidenindustrie hatte sich ihre Phantasie entfaltet. Sie hatte die Bücher von Agnes Smedley gelesen, die China-Stücke von Friedrich Wolf und die Passagen über China in Anna Seghers' Roman *Die Gefähr-ten*. Sie hatte den abgegriffenen Band von Lisa Tetzners *Hans Urian* hervorgeholt und das China-Kapitel nochmals gelesen, auch Brechts *Maßnahme* studiert. Ohne schon sicher zu sein, dass sie ein Buch über China schreiben wollte, versuchte sie sich darüber klar zu werden, wieviel Atmosphärisches notwendig war, um ohne billige Exotik eine Vorstellung von China hervorzurufen. An Brechts Stück interessierte sie weniger die unerbittliche Zuspitzung der Fabel als das Zurückweisen des bürgerlichen Humanismus, der sich mit Gesten des Mitleids gegenüber dem Einzelnen zufriedengab. Das Motiv der Solidarität in der *Maßnahme* war auch ihr eigenes. Seit *Müllerstraße* hatte sie in ihren Büchern zu zeigen versucht, wie Kinder und Jugendliche durch gemeinsames Handeln ihre Anliegen und Wünsche voranbringen konnten. Im neuen Buch, dessen Fabel ihr allmählich deutlich wurde, sollte Solidarität nicht mehr am Beispiel von Streichen und Abenteuern gelernt werden, sondern am wirklichen Überlebenskampf von Kindern in den Fabriken Chinas, wie sie ihn aus den Quellen kennenlernte.

Das Buch schildere vor- oder jedenfalls frühindustrielle Kämpfe, kritisierte ein Genosse bei einem Treffen ihrer Parteizelle, als auf ihren Wunsch über das Manuskript diskutiert wurde. Es zeige den gewerkschaftlichen Kampf gegen Kinderarbeit und für den Achtstundentag, könne damit für heutige Jugendliche in den hochkapitalistischen Ländern kein Modell abgeben. Eine Genossin entgegnete, von einem Jugendbuch werde Anschaulichkeit verlangt, darin sei *Tsao und Jing Ling* vorbildlich. Das Buch biete jungen Lesern eine Geschichtslektion, am Beispiel Chinas erführen sie, wie ihre eigenen Eltern und Großeltern sich ihre Rechte erstritten hatten. Dagegen wurde eingewendet, das Buch sei ökonomistisch, beschränke sich auf das, was Lenin trade-unionistisches Bewusstsein genannt habe, es fehlten Hinweise auf eine revolutionäre Avantgarde marxistisch-leninistischen Typs. Das sei richtig, meinte ein Genosse, der in der Exilpresse über Wirtschaftsfragen schrieb, doch bilde der Kampf um die wirtschaftliche Existenz, wie ihn das Buch zeige, den Boden, auf dem politisches Bewusstsein wachse. Und da müsse er die Genossin Ruth sehr loben. Wie sie jugendlichen Lesern den Zusammenhang zwischen industrieller Reservearmee und Arbeitslosigkeit klarmache, das sei beispielhaft.

Nach dem Treffen sagte Hans, das Gespräch sei unergiebig gewesen, reine Inhaltsdiskussion, laienhaft. Sie hatte widersprochen, die Diskussion gelobt, auch die Arbeiter unter den Genossen hätten sich lebhaft beteiligt. Wie oft geschah es einem Autor schon, dass er ein so interessiertes Publikum fand? Die Einwände würde sie bedenken. Dass das Formale, der Stil, die Komposition kaum zur Sprache gekommen seien, habe sie nicht gewundert. Laien, darin stimme sie Hans zu, hielten das Literarische für eine Art Festkleid, das dem Inhalt übergezogen wurde. Wie weit diese Vorstellung vom wirklichen Vorgang des Schreibens entfernt war, hatte ihr die Arbeit an *Tsao und Jing Ling* einmal mehr gezeigt. Das Buch enthielt mehr Ökonomie als ihre bisherigen Sachen. Dennoch war es ihr literarischstes Buch. Die Verwandlung von theoretischen Überlegungen in Literatur entsprach keineswegs einem Vorgang des Einkleidens, wo für fertige Gedanken nur noch die passenden Wörter gefunden werden mussten. Dem Schreibvorgang am nächsten kam die Vorstellung des Experimentierens. Sie probierte Formulierungen aus, und die Formulierungen veränderten ihr Denken. Wie oft geschah es, dass sie einen bestimmten Gedanken hatte in Worte bringen wollen, und es war etwas sehr anderes herausgekommen. Die Wörter fassten keineswegs das Denken in Sprache, sondern sie waren selber das Denken, und wenn die Wörter stimmten, die Formulierungen, der Ton, die Komposition, dann stimmte auch das Denken. Theorie und Literatur gemeinsam war die Genauigkeit. Aber die Genauigkeit in der Literatur war eine andere als in der Wissenschaft. Wände fielen nach vorn auf Jing Ling zu. Der lange Metalltisch schoss in die Höhe, die Menschen wuchsen wie Schatten. Schwankend gingen sie an ihre Plätze. Der expressionistische Ton dieser Sätze war der genaueste Ausdruck für die Erschöpfung des Mädchens Jing Ling in der Seidenfabrik in Peking. Anderswo hatte sie, um das Legendenhafte des Geschehens spürbar zu machen, eine an das Alte Testament erinnernde Sprache verwendet. Genauigkeit war an keinen Stil gebunden. Manchmal konnte die Wahrheit in den einfachsten Sätzen gesagt werden: Jing Ling erkannte, wie alle Macht von ihnen ausging, die arbeiteten und Not dabei litten. Oder in vier einfachen Worten, als in Jing Lings Fabrik der Streik ausbricht: Alle Räder standen still. Das hatte die Prägnanz eines Zitats. *Alle Räder stehen still, / Wenn dein starker Arm es will,* hieß es in Herweghs *Bundeslied für den Allgemeinen Deutschen Arbeiterverein,* das er in den sechziger Jahren des neunzehnten Jahrhunderts im Zürcher Exil geschrieben hatte. Er hatte seinem Gedicht ein Zitat vorangestellt, ohne dessen Quelle zu nennen: Eurer sind viele, ihrer sind wenige. Der letzte Vers aus Shelleys Gedicht *Maskenzug der Anarchie.* Shelley hatte sein Gedicht in Italien verfasst, auch er ein Exilant wie Herwegh und wie sie selbst. Indem sie Herwegh zitierte, reihte sie sich ein in diese Tradition, und auch das war eine literarische Form von Genauigkeit.

Ihr alter Verleger Gundert in Stuttgart hätte sich über *Tsao und Jing Ling* gefreut. Zum erstenmal stand in einem ihrer Bücher neben einem Jungen auch ein Mädchen im Zentrum. Seit dem Erfolg von *Müllerstraße* hatte Gundert sich von ihr ein Mädchenbuch gewünscht. Sie hatte abgewinkt, sie schreibe nun einmal lieber Geschichten von Jungen. Als sie seinem Drängen endlich doch nachgegeben und an einem Buch über Mädchen zu arbeiten begonnen hatte, waren die Nazis an die Macht gekommen. Sie hatte sich abgemüht, die Arbeit hatte sie abgelenkt vom Treiben in den Straßen und dem Gebrüll im Radio, aber das Buch war misslungen. Sie hatte das abgebrochene Manuskript von *Achtung – Renate!* nach Paris mitgenommen, seither lag es in der untersten Schublade der Kommode. Im zweiten Jahr des Exils hatte sie mit der Jungengeschichte *Janko* erneut Erfolg gehabt. Irgendwann, während der Monate des Nachdenkens über das nächste Projekt, hatte sich der Gedanke in ihr festgesetzt, die Fabel auf zwei Geschwister zu verteilen. Die Schwierigkeiten mit Mädchenfiguren hatten sich gelöst. Sie folgte der Logik der Fabel, wenn sie Jing Ling mit weiteren Mädchen- und Frauenfiguren umgab. Das hatte sie davor bewahrt, die Mädchenfigur in eine Heldin zu verwandeln. Ja, Gundert hätte sich über *Tsao und Jing Ling* gefreut, aber die

Zeit, wo er in Deutschland ihre Bücher veröffentlichen konnte, war längst vorbei.

Immer weiter fuhr sie in Richtung Süden, dem Mittelmeer entgegen. Hinter Brive gab es erste Löcher in der Wolkendecke, und als der Zug die Dordogne überquerte, brach die Sonne durch die Wolken. In Cahors traf sie kurz nach ein Uhr mittags ein, der Zug hatte eine Stunde Aufenthalt. Sie zog den Mantel an und verließ den Bahnhof. Durch menschenleere Straßen spazierte sie zum Lot, über den hier eine massive Brücke führte. Die Bögen und Türme der Brücke spiegelten sich im stillen Wasser des Flusses. Eine Skulptur am Brückeneingang zeigte den Teufel, der versuchte, einen Stein aus der Brücke zu reißen. Am Sockel gab eine Tafel Auskunft über die Sage, die der mittelalterlichen Brücke zum Namen Pont du Diable verholfen hatte. Es war eine dieser üblichen Geschichten eines Paktes mit dem Teufel, bei dem der Teufel zuletzt der Betrogene ist. Auf der Mitte der Brücke standen ein alter Mann und ein kleines Mädchen. Der Alte fischte, das Mädchen, im Sonntagskleid und schwarzen Lackschuhen, hüpfte auf einem Bein und sang halblaut einen Kindervers. Ein paar kleine Köderfische schwammen in einem Kessel. Als sie sich näherte, blickte das Mädchen sie neugierig an, ohne mit dem Hüpfen und Singen aufzuhören. Sie blieb in der Nähe der beiden stehen und blickte auf das grün dahinströmende Wasser. Noch brauchten sie und Hans nicht zu hungern wie manche anderen Exilantinnen und Exilanten. Walter Benjamin, den sie seit dem Schriftstellerkongress gelegentlich wiedergesehen hatte, nahm sein Mittagessen an einem Freitisch ein, das erinnerte sie an das Elend der Hofmeisterlein vergangen geglaubter Zeiten, an Lenz und Hölderlin, die unter unerträglichen Zuständen Großes geschaffen hatten. Neulich hatte sie von Friedel Kantorowicz gehört, sie und Kantor äßen nur noch einmal am Tag. Die Not naher Freunde hatte sie darauf verwiesen, wie gefährdet ihre eigene Existenz war. Sie war fassungslos gewesen, als eines Tages aus der Sowjetunion eine fünfundzwanzig Pfund schwere Holzkiste mit Lebensmitteln eintraf, der ein Gruß von Isaak Babel beilag. Beim Auspacken heulte sie. Ein Abendessen lang hatte sie dem vierzigjährigen untersetzten, rundlichen Mann mit der hohen Stirn und den von dicken Brillengläsern geweiteten Augen gegenübergesessen. Er hatte sich für ihre Arbeit interessiert und sich nach ihren Lebensverhältnissen in Paris erkundigt. Obwohl sie es sich verboten hatte, erzählte sie ihm von ihrem schweren Leben, vom Kampf um Papiere und Arbeitserlaubnis, von der ständigen Angst vor Ausweisung und von der Geldnot. Die ganze Zeit hatte sie nichts anderes denken können, als dass ihr Gesprächspartner *Budjonnys Reiterarmee* geschrieben hatte, ein Buch, wie es in jeder Epoche nur einmal vorkam. Sie und Hans und ihre Freunde hatten sich Zeit genommen mit dem Schinken und Speck, mit den Würsten, dem russischen Tee, dem Kuchen und der Tüte mit Bonbons. Das Holz, als die Kiste schließlich geleert war, hatte sie zum Anfeuern verwenden wollen. Aber dann entschied sie sich, die Kiste aufzubewahren. Während der Monate, in denen sie an *Tsao und Jing Ling* arbeitete, stand Babels Holzkiste unter dem Fenster, wo sie sie vom Arbeitstisch aus sehen konnte.

Ihre Versuche, für *Tsao und Jing Ling* einen Verleger zu finden, scheiterten. Münzenbergs Verlage hatten die Produktion von Belletristik eingeschränkt, für ein Jugendbuch bestand keine Chance. Gleich nach Abschluss der Arbeit hatte sie das Manuskript an Lisa Tetzner geschickt. Den Juli verbrachte sie bei einer entfernten Verwandten in Südfrankreich, während Hans im heißen Paris arbeitete und in Spanien ein Krieg ausbrach. Dann war der August gekommen, die Spanienkonferenz im Hotel Lutetia und Heiner, ihr Leben war durcheinandergeraten. Wenige Tage nachdem Hans nach Spanien gereist war, hatte sich bestätigt, dass sie schwanger war. Heiner weilte längst wieder in Moskau. Sie war froh, dass die beiden weit weg waren während dieser Herbstmonate, in denen sie so viel zu bedenken hatte. In den ersten Wochen des Exils hatte sie einmal zu Hans gesagt, dies sei keine Zeit fürs Kinderkriegen. Nun beschloss sie, das Kind zu behalten. Dass sich ihre wirtschaftliche Lage verschlechterte, konnte an diesem Entscheid nichts ändern, das hatte sie auch zu Breitenbach gesagt, als sie ihm an einem verregneten Novembernachmittag beim Fotografieren in der Ausstellung am Boulevard Saint-Germain zugeschaut hatte. Unter der Volksfrontregierung hatte sich die politische Situation der Exilanten verbessert, aber ihre materielle Not wurde dadurch nicht kleiner. Es kam nun öfter vor, dass sie am Monatsende nicht wusste, wo sie die zweihundertsiebzig Francs für die Miete hernehmen sollte. Im Frühjahr konnten sie die Dunkelkammer, die Hans eingerichtet hatte, regelmäßig an ein auffallendes junges Paar vermieten. Die junge Frau war eine Exilantin aus Leipzig und hieß Gerda Pohorylle, ihr Partner André Friedmann. Die beiden ließen Hans und sie nicht im Zweifel darüber, dass sie mit ihren Fotografien die Welt erobern würden. Nach ein paar Wochen sagte Gerda zu Ruth Rewald, sie habe ihren Namen in Gerda Taro und Andrés Namen in Bob Capa geändert, ob sie das nicht toll fände? Mitunter gingen ihr die beiden mit ihrem Getue auf die Nerven, aber dann ließ sie sich wieder mitreißen vom Enthusiasmus dieser frechen jungen Frau, die keine Hindernisse zu kennen schien. Dass Hans sich in die hübsche Gerda vergaffte, sah sie mit Heiterkeit, die Fotografin hatte für seine Blicke keine Zeit, sie war damit beschäftigt, ihren Weltruhm vorzubereiten. Vorsicht sei angebracht, hatte Hans sie nach der ersten Begegnung gewarnt, die beiden verkehrten mit den Sektierern der SAP. Aber wenn Gerda in der Rue Daguerre erschien, war bei ihm von Vorsicht nichts zu merken, und Ruth Rewald war froh über das Mietgeld. Wenige Wochen nach Kriegsbeginn war das Paar nach Spanien gereist, damit fiel auch diese Einnahme weg. Sie hatte nicht mehr an die beiden gedacht, als im September in *Vu* ein sensationelles Foto erschien. Es zeigte einen fallenden Milizionär im Augenblick des Todes. Sie hatte rasch umgeblättert, sie wollte das nicht sehen, jetzt schon gar nicht, wo auch Hans nach Spanien gereist war. Das Bild hatte sie verfolgt, sie hatte es dann doch immer wieder anschauen müssen. Es stammte von Bob Capa. Vielleicht weil sie die lebhaften Übertreibungen der beiden kannte, begannen sich in ihrem Kopf Zweifel zu formen. Wer war der Mann auf dem Bild? An welcher Front war es aufgenommen worden? An welchem Tag? Welche gegnerischen Einheiten hatten die tödliche Kugel abgefeuert? Franco-Spanier? Moros? Italiener? Warum fehlten all diese Angaben? Am meisten hatte sie stutzig gemacht, dass der Fallende von vorn zu sehen war. Demnach wäre der Fotograf näher am Feind gewesen als der stürmende Soldat und hätte dem Feind erst noch den Rücken zugewandt. Oder war es denkbar, dass die Wucht der Kugel den Milizionär herumgedreht hatte? Fotografien sind Dokumente, sie zeigen die Wirklichkeit, so wie sie ist. Über diese Laienmeinung hatte der junge ungarische Fotograf, wenn sie spät in der Nacht noch zusammensaßen, oft gespöttelt, und Hans hatte ihm zugestimmt. Der Fotograf wählte einen Standpunkt, eine Fotolinse, oft wartete er auf eine bestimmte Konstellation oder auf eine bestimmte Tageszeit, in jedem Fall fällte er Entscheidungen. Für gute Fotografien, fügte Gerda hinzu, sei außerdem Kunst nötig. Sie hatte recht, das bewies das Bild des fallenden Milizionärs. Wie immer es zustande gekommen sein mochte, es zeigte die Wahrheit über Krieg und Tod. Und doch ließ es Ruth Rewald unbefriedigt. Aller konkreten Umstände entkleidet, wurde hier das Sterben im Krieg in den Rang einer zeitlosen Darstellung erhoben. Das mochte jene befriedigen, denen ewige Gültigkeit als das Ziel aller Kunst erschien. Für die Kämpfenden aber war nichts wichtiger als die Frage: Auf welcher Seite stehst du, für welche Sache bist du bereit, dein Leben hinzugeben? Seither achtete sie bei Fotoreportagen aus Spanien auf die Copyright-Angabe, immer öfter fand sie den Vermerk *Photo Capa* oder *Photo Taro*, oder *Photo Capa et Taro*. Das Bild des Milizionärs war kein Zufall, der Junge war gut, seine freche Partnerin ebenfalls. Die beiden waren auf dem Weg, ihre Prahlereien wahr zu machen.

Als der Zug kurz vor drei Uhr nachmittags in Montauban hielt, las sie hinter dem Stationsschild in Klammern Midi-Pyrénées. Spanien kam näher. Seit sieben Uhr früh war sie unterwegs, bis Perpignan waren es noch mehr als drei Stunden. Sie war wieder das kleine Mädchen, das auf den langen Eisenbahnfahrten nach Wien ungeduldig wurde, sie wollte endlich ankommen, sie brannte auf das Neue, das sie am Ende der Reise erwartete. Die paar Francs, die sie für den Verkauf ihres Anteils am Biblion erhalten hatte, waren aufgebraucht. Und als der Zahnarzt seine Praxis altershalber auflöste, war es auch mit diesem Verdienst vorbei. Sie erledigte nun, wann immer sich Gelegenheit bot, Büroarbeiten für die Partei, tageweise arbeitete sie in einem Kinderheim, dazwischen konnte es geschehen, dass sie keine Arbeit und keinen roten Heller mehr hatte. An ihren Schriftstellerberuf erinnerte nur noch die Schreibmaschine, die nun oft unbenutzt herumstand. Kurz vor Weihnachten traf ein Brief von Lisa Tetzner aus dem Tessin ein. Die Kollegin hatte das Manuskript von *Tsao und Jing Ling* nach Zürich weitergeleitet. Ein Dr. Oprecht, Sekretär der Gewerkschaft der öffentlichen Angestellten (Polizisten, Lok- und Trambahnführer, Schaffner) werde die Chinageschichte in der Gewerkschaftszeitung bringen. Sie schrieb Oprecht noch am selben Tag. Der Abdruck, erfuhr sie aus Zürich, werde erst im nächsten Frühjahr erfolgen, das Honorar von zehn Rappen pro Zeile werde sie nach Veröffentlichung der letzten Folge erhalten. Bis dahin dauerte es noch lange, aber das machte nichts, die Unterschrift unter den Vertrag bestätigte ihr, dass sie noch immer eine Schriftstellerin war.

Der Zug fuhr einen Kanal entlang. Da und dort am Ufer vertäute Lastschiffe. Auf einem der Kähne hängte eine Frau mit Kopftuch Wäsche auf, ein kleiner Junge half ihr dabei, ein weißer Hund rannte zum Bug des Schiffes und bellte den vorüberdonnernden Zug an.

Der Briefwechsel mit Heiner war schwierig. Er nahm die Dinge zu leicht, machte über alles Witzchen, an seine Aufforderungen, sie solle ihm häufiger schreiben, hängte er kleine Zoten an. Als sie ihm schrieb, der Parteisekretär, für den sie in Paris arbeitete, behandle sie wie eine Tippmamsell, hatte er über ihre Empfindlichkeit gewitzelt. Da war ihr der Kragen geplatzt, sie hatte ihm mitgeteilt, er könne ihr in die Schuhe blasen, sie habe eine Wut im Bauch. Die solle sie für später aufsparen, kam die Antwort aus Moskau, daran schloss sich der Satz Ich möchte bei Dir sein, gefolgt von einer scharfsinnigen Analyse der militärischen Lage in Spanien und der Mahnung, sie solle auch Hans öfter schreiben, der brauche das jetzt, wo er an der Front sei. Da war ihre Wut verflogen.

Die Briefe von Hans waren ihr eine große Stütze in diesem Winter, in dem ihr Bauch allmählich dicker wurde. Er war in die XIII. Brigade eingeteilt worden, die weitab von Madrid ihren Dienst tat und in den Berichten über die Internationalen Brigaden nur selten erwähnt wurde. Im ersten Bataillon, das den Namen des russischen Revolutionärs Tschapajew trug, redigierte er die Bataillonszeitung. Die Arbeit gefiel ihm, aber er klagte darüber, dass er sich meist zwei oder drei Kilometer hinter der Front aufhalte. Er beschrieb ihr das Elend und den Aberglauben der Bauern und das eintönige Leben an der Front, das nur hin und wieder von militärischen Aktionen unterbrochen werde. Als sie sich darüber wunderte, meinte er, die Genossen in Paris hätten anscheinend von Heldentum einen falschen Eindruck. Helden seien nicht pausenlos heldisch, Kämpfer kämpften nicht unentwegt. Das Heldische liege im Gegenteil darin, dass sie zwischen zwei militärischen Handlungen viel Zeit hatten zum Nachdenken und ihnen dabei unablässig die Bilder der von Kugeln zerfetzten oder toten Kameraden im Kopf herumgingen und sie dennoch nicht davonliefen. Er war männlicher geworden, das Kleinliche war von ihm abgefallen. Ruhig und mit Bedacht teilte er ihr seine Gedanken zur neuen Situation in ihrer Beziehung mit, immer sorgte er sich um ihre Gesundheit und das Kind, bat um Verständnis, weil die Gesetze den Interbrigadisten nicht erlaubten, den Sold (sieben Peseten am Tag) ins Ausland zu schicken, und gab ihr Hinweise, wo die Frauen der Kameraden in Paris Unterstützung erhielten. Er drängte sie, ihm zu schreiben, was sie brauche, Kleider, Unterwäsche, Babysachen. Im Januar erläuterte er ihr den Zwist zwischen den Kommunisten und einer trotzkistischen Gruppe, POUM. Sie lag gerade mit einer Grippe im Bett, Arzneimittel hatte sie auf Anraten des Arztes nicht genommen. Sie versuchte, Hans' Brief mit den Zeitungsberichten aus Moskau in Zusammenhang zu bringen, wo gerade ein zweiter öffentlicher Prozess stattfand. Den Angeklagten Pjatakow, Radek, Sokolnikow, Serebrjakow und weiteren einstigen Mitkämpfern Lenins wurden zersetzende Tätigkeit, Spionage, Schädlingsarbeit und Vaterlandsverrat vorgeworfen, außerdem Vorbereitung von und Organisation eines, Untergrabung der, Verübung von, Hilfeleistung an, Maßnahmen zur Ermordung von, Sturz der sowie Wiederherstellung des. Ihr heißer Kopf vermochte die seitenlangen Perioden des Anklägers nicht zu fassen, obwohl ihr die Juristensprache vertraut war. Immerhin verstand sie, dass die Angeklagten von Trotzki zu ihren Verbrechen angestiftet worden waren, der, wie es schien, auch hinter dem Verrat der kleinen spanischen Partei stand. POUM. Ein treffender Name für eine Gruppe, die Terroranschläge ausführte. Bumm? Peng? Sie tauchte den Lappen in die Schüssel mit kaltem Wasser, die neben dem Bett stand, und legte ihn sich auf die heiße Stirn. Wie konnte Trotzki vom fernen Mexiko aus spanische Terroristen anleiten, wo doch schon ihre Briefe an Hans mehr als eine Woche brauchten? Sie maß das Fieber, das Thermometer zeigte mehr als achtunddreißig Grad. Sie beschloss, über diese Dinge nachzudenken, wenn sie einen klareren Kopf hatte.

Im Frühjahr war Feuchtwangers Broschüre über seine Moskaureise erschienen. Sie hatte den Bericht mit großer Aufmerksamkeit gelesen. Der kluge Schriftsteller, dessen Roman über eine hässliche Herzogin sie schon früh für ihn eingenommen hatte, war im vergangenen Dezember in die Sowjetunion gereist. Klatschgeschichten zufolge war er von zweien seiner Haremsdamen sowie von Maria Osten begleitet worden, andere zählten Maria Osten ebenfalls zu den Haremsdamen. Wenige Wochen nach seiner Rückkehr hatte er bei Querido in Amsterdam seine Aufzeichnungen über die Reise veröffentlicht. Darin hatte er die Moskauer Prozesse gegen jene verteidigt, denen sie ungeheuerlich erschienen, die nicht glauben konnten, dass Revolutionäre wie Radek, Pjatakow oder Sokolnikow die Sowjetunion sabotiert hatten, die fragten, warum keine Zeugen auftraten, und die weder begriffen, warum die Indizien, Dokumente und Zeugenaussagen in den Schubladen blieben, noch, warum man sich mit den Geständnissen der Angeklagten begnügte, wenn eine Verurteilung die Todesstrafe bedeuten konnte. Feuchtwanger schrieb, man müsse in Moskau gewesen sein, um diese Vorgänge angemessen zu verstehen (so hatte auch Kantorowicz damals im Café in der Rue Monsieur le Prince argumentiert). Hintertreppenhypothesen, wie man sie im Westen mitunter höre, die Angeklagten seien bedroht, erpresst oder gefoltert worden, erschienen dem Besucher der Sowjetunion absurd angesichts des Nächstliegenden, dass nämlich die Angeklagten die Wahrheit sprachen. Auf Alkibiades hinweisend, Sokrates und Shakespeares *Coriolan* zitierend, wies Feuchtwanger die Ansicht zurück, Stalin habe diese Prozesse inszeniert aus Despotie, aus Freude am Terror, aus Minderwertigkeitsgefühlen, aus Herrschsucht und maßloser Rachgier. Eine so plumpe Komödie könne Stalin unmöglich aufführen. Ruth Rewald fand ihre eigenen Mutmaßungen bestätigt, dazu noch von einem bürgerlichen Schriftsteller, der sich in jeder Zeile seiner Werke um vernüftige Erklärungen für den Zustand der Welt bemühte. Betroffen gemacht hatte sie dagegen Feuchtwangers Meinung, der Krieg gegen die Nazis stehe unmittelbar bevor. Es war eine Sache, die eigene Angst im Innern zu verschließen, eine andere, sie von einem Intellektuellen von Feuchtwangers Format öffentlich bestätigt zu finden. Sie hatte auf Anja geblickt, die ruhig in ihrem Körbchen schlief, und ihre Gedanken hatten sich verdüstert.

Mit jedem Kilometer, den sie sich von Paris entfernte, ließ der Druck nach, der in den vergangenen Monaten auf ihr gelastet hatte. Seit dem Halt in Toulouse fuhr der Zug nicht mehr nach Südwesten, sondern folgte dem Canal du midi in südöstlicher Richtung. Einmal überquerte der Kanal zu ihrem Erstaunen auf einer hohen Brücke die Eisenbahntrasse. Eine Motorbarkasse glitt über ihren Kopf hinweg, vollbesetzt mit winkenden Sonntagsausflüglern. Dann fuhren sie wieder am Kanalufer entlang, vorbei an Schleusen, vor denen Schiffe warteten. Die Menschen blickten auf, wenn der Zug vorüberdonnerte, Kinder winkten. Eine Genossin hatte ihr ein Umstandskleid geschenkt, das sie für sich selbst angefertigt hatte, es hing wie ein Sack an ihr herunter. Das gebe sich, hatte die Genossin gesagt, wenn sie erst im siebten oder achten Monat sei. Jeden Tag machte sie ihre Turnübungen, der Bauch wurde dicker, sie rechnete mit Zwillingen. Anfang April war Hans' Brigade in eine entfernte Provinz verlegt worden, an die Front von Córdoba. Sie erhielt optimistische Briefe aus Peñarroya und Pozoblanco, die republikanische Sache komme voran. Ihre Hochstimmung hielt an, als Hans wenig später von einem entscheidenden Einschnitt in seinem Leben berichtete, er war Mitglied der Kommunistischen Partei geworden, er schlafe mit dem Mitgliedsbuch unter dem Kopfkissen. Sie freute sich mit ihm und hoffte, dass auch sie nun bald das Mitgliedsbuch erhalte. Als Hans ihr mitteilte, dass er nicht zur Niederkunft kommen könne, war die gute

Stimmung dahin. Er solle ihr wenigstens einen triftigen Grund nennen für sein Fernbleiben. Einmal waren es die Gesetze, die ausreisenden Freiwilligen die Rückkehr nach Spanien verboten, ein andermal sollten politische Funktionäre wie er nicht ausreisen dürfen, weil das bei der Truppe nach Bevorzugung aussah. Das seien doch nur Vorwände, schrieb sie aufgebracht. Hans erinnerte sie daran, dass sie als Kommunisten für den von ihnen gewählten Weg Opfer zu bringen hätten. Da wurde sie wütend, daran brauchte sie keiner zu erinnern, das besorgte das Leben selbst. Sie zerknüllte den Brief von Hans. Dann brach sie in Schluchzen aus, weil sie Hans, der so unbeirrt zu ihr hielt, unrecht getan hatte. Darauf musste sie lachen, denn er konnte ja von ihrer Wut gar nichts wissen. Sie war froh, als in den letzten Wochen vor der Entbindung eine kleine, rundliche Genossin aus Stuttgart zu ihr zog und mit ihrem Mutterwitz etwas Ordnung in ihre Gefühle brachte. Am zehnten Mai, das Krankenhausköfferchen war gepackt, hatte die Stuttgarterin in Ruth Rewalds Wohnung ein kleines Fest organisiert. Der Schutzverband deutscher Schriftsteller veranstaltete an diesem Abend eine Feier zur Verleihung des Heinrich-Heine-Preises an Exilschriftsteller. Preisträger war Herz Wolff Katz, ein junger Schriftsteller aus Galizien (als Henry William Katz würde er neunzehnhundertzweiundneunzig in Florida sterben). Die Jury hatte außerdem mehrere lobende Erwähnungen ausgesprochen, eine davon für *Tsao und Jing Ling* von der Jugendbuchautorin Ruth Rewald. Als die kleine Stuttgarterin bei ihrem Toast auf Ruth Rewald sagte, sie sollten sich vorstellen, Ruth klettere auf allen vieren auf die Bühne, um sich für die Auszeichnung zu bedanken, hatten Käthe Hirsch, Claire Tarr, Leni Leopold, Luise Pollnow und die anderen Freundinnen laut gelacht, und Ruth Rewald am allerlautesten.

Es war eine schwere Geburt gewesen. Im Wochenbett hatte sie auch noch eine Brustentzündung bekommen. Später konnte sie sich an die Schmerzen bei der Entbindung und an die Tage im Krankenzimmer nur undeutlich erinnern. Leni Leopold hatte sie und Anja im Spital abgeholt, sie sorgte, abwechselnd mit der kleinen Stuttgarterin, für das Essen, badete das Baby. Sie wisse aus eigener Erfahrung, sagte sie, wie nötig man das in der ersten Zeit brauche. Anja werde ein besonderes Kind, meinte Käthe Hirsch, der sechzehnte Mai sei ja nicht irgendein Sonntag gewesen, sondern der Pfingstsonntag, besser wäre da nur noch der erste Mai. Claire Tarr fragte, ab wann mit Anja für die Frauenbewegung zu rechnen sei. Ruth Rewald meinte, das hänge davon ab, ob sie früh frech sei. Olga Benario fiel ihr ein, von der sie und Maria Osten einst Frechheit hatten lernen wollen. Grauen erfüllte sie bei dem Gedanken, dass diese Olga jetzt in den Händen der Nazis war. Im April hatte sie sich mit ihrem dicken Bauch noch zu einer Solidaritätsveranstaltung für Luiz Carlos Prestes und Olga Benario geschleppt. Eine würdige Greisin, klein hinter dem Mikrophon, hatte vor Tausenden in melodischem Portugiesisch die Zustände geschildert, unter denen ihr Sohn und ihre Schwiegertochter von den faschistischen Regierungen Brasiliens und Deutschlands gefangen gehalten wurden. Sie erfuhr, dass Olga Benario im Gefängnis ein Mädchen geboren hatte, das Anita hieß. Daran musste sie oft denken, wenn sie Anja anschaute. Durch einen der Briefe von Hans wurde sie ein weiteres Mal auf Olga Benario verwiesen. Der Kommandant des Bataillons von Hans war ein Schweizer, Otto Brunner. Hans hatte mehrmals voller Bewunderung über ihn geschrieben, ein großartiger Bursche, eine Partisanennatur von hundertprozentiger Männlichkeit. Zwei Wochen nach der Niederkunft schrieb Hans, sie hätten die Geburt des Töchterchens im Bataillonsstab gefeiert, auch Kantorowicz sei dabei gewesen, er war vor kurzem der XIII. Brigade zugeteilt worden, Brunner höchstpersönlich habe die Feier organisiert. Es folgte eine Passage über den Bataillonskommandeur. Brunner ist furchtlos, schrieb Hans. Damit Du Dir ein Bild von ihm machen kannst: er ist ein untersetzter Kerl von etwa vierzig Jahren, der laut redet, mit der Faust auf den Tisch haut und dazu in seinem schweizerischen Dialekt flucht: Gopfertammi nomal! (Gott verdamm mich nochmals) oder Gopferteckel huere Siech! (keine Ahnung, was das heißt). Auf seinem Arm ist der Kopf eines Indianermädchens tätowiert. Er hat schon ein abenteuerliches Leben hinter sich. Als Siebzehnjähriger war er vor Beginn des Weltkriegs mit seiner Familie nach Brasilien ausgewandert, aber man hatte sie betrogen, der Boden im Innern Brasiliens gab nichts her. In den folgenden Jahren fuhr er zur See, im Krieg wurde er zur Marine der Vereinigten Staaten zwangsverpflichtet. Als sein Schiff in Murmansk einlief und sich herausstellte, dass es gegen die Flotte der bolschewistischen Regierung ging, desertierte er, der sich bis dahin kaum für Politik interessiert hatte. Mitte der zwanziger Jahre ging er erneut nach Brasilien. Am Rio Paraná, dem Grenzfluss zwischen Brasilien und Paraguay, gründete er mit anderen Auswanderern eine Kolonie. Nun komme ich zu dem, was Dich interessiert. Damals hatten sich fortschrittliche Militärs gegen die Regierung erhoben. Unter der Führung eines jungen Offiziers namens Luiz Carlos Prestes – ja, dieser Prestes! – zogen sie, verfolgt von Regierungstruppen, den Paraná hinauf, durch die Gegend, wo sich Brunners Kolonie befand. In einer seiner spontanen Gesten der Solidarität, wie ich sie hier täglich an ihm erlebe, versteckte Brunner ein paar Rebellensoldaten, die von der Haupttruppe getrennt worden waren. Die bringen ihn zu Prestes, der ihm die Lage erläutert und fragt, ob Brunner so lange ein Ablenkungsmanöver durchführen könne, bis seine Kolonne an das paraguayische Ufer übergesetzt habe. In der Nacht veranstaltet Brunner mit einem Dutzend Kameraden einen Scheinangriff auf die Regierungstruppen. Sie schießen in die Luft und lärmen wie die Teufel, worauf die müden, vom Zuckerrohrschnaps betrunkenen Regierungssoldaten schreiend davonlaufen. Prestes kann mit seiner Kolonne ungehindert den Paraná überqueren. Brunner, um Dir noch sein weiteres Schicksal zu berichten, musste jene Gegend verlassen, da sich herumsprach, dass er die Aktion gegen die Regierungstruppen angeführt hatte. Er ging zurück in die Schweiz. Dort arbeitete er als Spengler. Als Mitglied des Metall- und Uhrenarbeiterverbands organisierte er einen Streik. Die Streikenden wurden von der Polizei zusammengeschlagen, Schüsse fielen, es gab zwei Tote. Das waren die sogenannten Zürcher Unruhen von neunzehnhundertzweiunddreißig. Darauf trat Brunner in die Partei ein, als Kommunist wurde er in den Zürcher Gemeinderat und später in den Kantonsrat gewählt. Er nahm an Aktionen gegen die Fröntler, die Schweizer Nazis, teil. Als in Spanien der Krieg ausbracht, kam er hierher, gegen den Willen der schweizerischen Partei, die ihren Vertreter im Kantonsrat nicht verlieren wollte. Sein Leben, schloss Hans, macht den Anschein, als sei er ein Abenteurer und Hasardeur. Aber ich habe oft Gelegenheit, ihn im Bataillonsstab zu beobachten. Er ist einer unserer besten Truppenführer, von seinem Mut gar nicht zu reden. Und jetzt weißt du auch, warum auf seinen Oberarm der Kopf eines Indianermädchens tätowiert ist.

Unablässig hämmerten die Waggonräder gegen die Schienenfugen. Der Zug fuhr am Fuß der Pyrenäen dahin, deren Ausläufer dann und wann in der Ferne sichtbar wurden, ohne näher zu kommen. Der Aufenthalt in Carcassonne hatte nur wenige Minuten gedauert, auf dem Bahnsteig hatte sie eine Limonade gekauft und zwei Äpfel. Von Zeit zu Zeit, wenn der Zug gegen Süden abdrehte, schien die Herbstsonne ins Abteil. Einmal hatte sie das Fenster geöffnet, sie glaubte, schon Meeresluft zu atmen. Während sie in den Wochen nach der Niederkunft wieder zu Kräften kam, erledigte sie liegengebliebene Korrespondenz. Der Tiden Norsk Forlag in Oslo, der *Janko* herausgebracht hatte, erkundigte sich nach den Rechten für *Müllerstraße*. Im April hatte ein Literaturagent aus New York angefragt, ob die Rechte an *Janko* für die Vereinigten Staaten noch frei seien. Im Mai und Juni erschien *Tsao und Jing Ling* als Fortsetzungsroman in Zürich. Mit der Pflege des Säuglings und der eigenen Gesundung beschäftigt, hatte sie noch keine Muße gehabt, über ihr nächstes Projekt nachzudenken. Mitte Juni hatte Hans einen lustigen Zwischenfall an der Front erwähnt: Vier spanische Jungen waren bei Peñarroya aus dem von den Faschisten besetzten Gebiet zum Bataillon Tschapajew übergelaufen, sie wollten gegen die Faschisten kämpfen. Einige Tage später schrieb er, er werde ihr seine Aufnahmen von den vier Jungen schicken und biographische Angaben. Und wiederum einige Zeit später dann die Aufforderung, sie müsse sofort bestätigen, dass sie das Buch über die jugendlichen Überläufer schreiben werde, da sonst das Material an eine Kollegin gehe. Ende Juni war die XIII. Brigade in einer zwanzigstündigen Eisenbahnfahrt von der Córdoba-Front nach Madrid verlegt worden. Hans teilte ihr mit, Kantorowicz arbeite an einem Zeitungsartikel über die vier Jungen und werde ihr das Manuskript schicken; er riet ihr außerdem, mit Münzenberg über das Projekt zu sprechen. Sie schrieb zurück, das sei sinnlos, da Münzenberg keine Kinderbücher mehr mache, er habe schon *Tsao und Jing Ling* nicht bringen können. Im Juli war Hans vor Madrid mit Heiner Rau zusammengetroffen, gemeinsam hatten sie ihr die übermütigen Väterbriefe geschrieben. Und gemeinsam hatten sie die verrückte Idee ausgeheckt, Ruth Rewald solle nach Spanien kommen, um für das Buch zu recherchieren. Sie hatte nachgefragt, ob die beiden Landsknechte überhaupt eine Vorstellung von der Verantwortung einer Mutter hätten, doch bevor sie eine Antwort erhielt, begann die Offensive bei Brunete. Die Republik, an deren Spitze Juan Negrín inzwischen Largo Caballero abgelöst hatte, zog einen gewaltigen Teil ihrer Streitkräfte im Westen der Hauptstadt zusammen, darunter auch die Internationalen Brigaden. Der Angriff der republikanischen Truppen kam in den ersten Tagen gut voran, dann hatten die Faschisten die Gegenwehr organisiert, die Heinkel- und Junkersmaschinen der Legion Condor begannen ihr Werk. Der Angriff kam zum Stehen, die Angreifer kamen zum Fallen und Liegen, die republikanische Armee und die Internationalen Brigaden erlitten schreckliche Verluste. Die XIII. Internationale Brigade wurde weitgehend aufgerieben. Bataillonskommandeur Brunner erlitt so schwere Verletzungen, dass mit seinem Tod gerechnet wurde, Kantor war verschüttet worden, er werde aber genesen, schrieb Hans, Heiner sei unverletzt und ihm selbst gehe es gut. Immer wieder las sie den Brief, auf den sie in den letzten Junitagen und schlaflosen Nächten, die Zeitungsberichte und Bilder von Brunete vor Augen, kaum mehr zu hoffen gewagt hatte.

Die XIII. Brigade war aufgelöst worden. Brunner schwebte weiterhin zwischen Leben und Tod. Hans kam zur XI. Brigade, die fast nur aus Deutschen bestand. Er wurde stellvertretender Politkommissar, Heiner war nun sein direkter Vorgesetzter, die beiden freuten sich darüber wie über einen gelungenen Streich. Sie hatte angenommen, dass Hans und Heiner nach der Schlacht von Brunete niemanden mehr finden würden, der sich für die Reisepläne einer Jugendbuchautorin interessierte. Wie hätte sie wissen sollen, dass Heiner als Politkommissar einer der drei höchsten Offiziere der Brigade war? Er setzte die Sache durch. Ende August erhielt sie ein offizielles Schreiben. República Española – Brigada Internacional – Comisaría Política. Le 30 août 1937. Chère Madame, wir informieren sie und so weiter. Da wir Ihr besonderes Interesse für Kinder kennen und so weiter. Wir laden Sie herzlich ein, ein paar Monate bei uns zu verbringen. Gezeichnet: Heiner, Commissaire de guerre, Stempel drauf. Gestern nachmittag hatte sie Anja zu Luise Pollnow gebracht, mit allen Babysachen. Das fünf Monate alte Kindchen war bei Luise gleich wieder eingeschlafen. Sie hätte keine bessere Pflegemutter finden können.

Ruth Rewald gähnte, rieb sich die von Schlafmangel brennenden Augen. Die Abteiltür wurde aufgestoßen, der Schaffner meldete Narbonne. Die vergangene Nacht war kurz gewesen. Sie hatte die Karte für das Brecht-Stück lange im voraus besorgt, sie wollte den Abend vor der Abreise nicht allein in der Wohnung verbringen. Die Salle Adyar, in der Nähe des Eiffelturms, war bis auf den letzten Platz gefüllt. Sie sah viele bekannte Gesichter, Brecht selbst saß in einer der vorderen Reihen neben Anna Seghers. Breitenbach stand bei der Bühne und fotografierte. Hinter dem Vorhang wurde mehrmals laut geklopft, dann wurde es dunkel im Saal, und das Stück von der spanischen Fischersfrau Theresa Carrar, die ihren Sohn durch die Faschisten verliert und darauf selbst zum Gewehr greift, lief vor ihr ab. Sei es, weil sie sich vor wenigen Stunden von dem Kind getrennt hatte, sei es, weil sie das von einem Brecht-Stück zuallerletzt erwartete, sie hatte sich mehrmals Tränen wegwischen müssen. Das erste Mal, als Frau Carrar sagt: Wir haben es nicht so gut, und es ist nicht so leicht, dieses Leben zu ertragen. Ein weiteres Mal, als der Bruder von Frau Carrar die Flüchtlinge erwähnt, die auf der Straße von Málaga nach Almería von den Faschisten niedergemacht worden waren, und der schleimige Padre antwortet: Das könnte eine Greuelnachricht sein. Und noch einmal, als der tote Sohn zur Mutter gebracht wird, worauf sie nur sagt: Könnt ihr ihn mir auf die Bank legen? Der Applaus wollte nicht enden, als sich die Hauptdarstellerin verneigte, nahm er noch zu. Unvergleichlich war ihr das Spiel von Helene Weigel erschienen, die aus Dänemark hergereist war, um die Hauptrolle zu spielen. Mit gemessener Stimme hatte sie jedes Wort gleichmäßig stark betont, keine Silbe, kein Buchstabe gingen verloren. Ihre Bewegungen waren knapp, wie gegen einen Widerstand ausgeführt, als müsse die Fischersfrau sogar noch an den Gesten sparen. Als sie den toten Sohn erblickte, stand sie reglos, den Kopf leicht vorgeneigt, die Hände auf den Oberschenkeln, die Finger gespreizt, sie schien sich an sich selber festzuhalten. Nachdem der Applaus verklungen war, hatte Breitenbach, der die Vorstellung im Auftrag von Brecht fotografierte, Ruth Rewald hinter die Bühne mitgenommen und Helene Weigel vorgestellt. Die enge Garderobe war mit Gratulantinnen und Gratulanten überfüllt, auch Brecht war da, er hielt sich im Hintergrund. Der Blick, mit dem er seine Frau betrachtete, hatte, wie Ruth Rewald sich mehrmals mit heimlichen Blicken vergewisserte, etwas Ehrfürchtiges.

Hinter Narbonne führte der Bahndamm an Buchten und Meeresarmen vorbei, dann war die Küste erreicht. Die Strände lagen verlassen, die Badesaison war zu Ende. Gelegentlich Spaziergänger einmal sah sie ein älteres Paar, das im Sand etwas zu suchen schien, dahinter versank die Sonne im Meer, ein Anblick, der sie, sooft sie ihn noch sehen mochte, nie langweilen würde. Gerda und Friedmann sind da, hatte Hans im Juni von der Córdoba-Front gemeldet, wenige Tage nachdem die vier Jungen übergelaufen waren. Er hatte den Eindruck beschrieben, den die zierliche junge Frau im blauen Mono, die Baskenmütze auf dem rotblonden Haar, den Fotoapparat um den Hals und eine Pistole an der Hüfte, auf die Mannschaft gemacht hatte. So sauber rasiert wie am nächsten Morgen habe er seine Kameraden schon lange nicht mehr gesehen. Sie bezweifelte nicht, dass auch Hans zu den Rasierten gehörte. Da an der Front wieder einmal nichts los war, hatten Gerda und Bob mit den Interbrigadisten einen Angriff simuliert, den sie mit einer Filmkamera festhielten. Sie ließen sich von Brunner beraten, damit das Ganze wirklichkeitsgetreu aussah. Am Abend hatte Brunner die beiden an den Stabssitz eingeladen, zusammen mit Hans, Kantor und weiteren Offizieren. Gerda und Bob hatten Hans übermütig an die Zeit erinnert, als sie sich in seiner Dunkelkammer in der Rue Daguerre die Nächte um die Ohren schlugen. Wenige Wochen nachdem sie diesen Brief erhalten hatte, stand sie vor einem Kiosk plötzlich still. Die Frontseite von *Ce soir* zeigte in Großaufnahme das strahlende Gesicht Gerda Taros, darüber die Schlagzeile *Notre Reporter Photographe Mlle. Taro a été tuée près de Brunete.* Im Chaos des Rückzugs von Villanueva de la Cañada war die Fotografin von einem Panzer der Eigenen überrollt worden, sie starb im Frontlazarett der 35. Division in Escorial. In den nächsten Tagen brachten die Zeitungen Nachrufe von Maria Ostens Lebensgefährten Kolzow, von Kisch und Saint-Exupéry, der spanische Dichter José Bergamin nannte die Tote eine Jägerin des Lichts. Sie las die Nachrufe mit gemischten Gefühlen. Eine junge Frau war im Krieg gefallen, sie hatte Talent, sie war frech, mutig und anmutig, nun zogen die Genossen alle Register, das war verständlich. Seit Kriegsbeginn waren in Spanien Zehntausende von Frauen umgekommen, von den meisten wurde kein Aufhebens gemacht. Nicht nur die Parteizeitungen, auch die bürgerlichen Blätter feierten die Fotoreporterin als gefallene Heldin. Ruth Rewald aber dachte an all das Verpasste, an die Zukunft, die Gerda Taro, zusammen mit ihrem Fotoapparat, aus den Händen geschlagen worden war. Ende Juli war der Sarg in der Gare d'Austerlitz eingetroffen, zahlreiche Prominente und ein Blumenmeer erwarteten ihn. Gerdas Vater sprach neben dem geschlossenen Sarg das Kaddisch, später wurde der Leichnam in der Maison de la Culture in der Rue d'Anjou aufgebahrt. Am folgenden Tag hatte Ruth Rewald sich unter die hunderttausend gemischt, die die Straßen säumten, als sich der Trauerzug zum Père-Lachaise bewegte. Breitenbach hatte ihr Zutritt zum Friedhof verschaffen wollen, aber sie hatte abgewinkt. Im Trauerzug sah sie viele bekannte Gesichter, Pablo Neruda und Tristan Tzara gingen vorüber, Léon Moussinac, Georges Auric, Louis Aragon, neben ihm, von Freunden halb getragen, Bob Capa, in seiner Nähe ein alter Mann, der ebenfalls dem Zusammenbruch nahe schien. Es folgte der Sarg, er barg schon keine freche junge Frau mehr, sondern einen Mythos, der an diesem Sonntag vormittag hunderttausend Menschen zusammenschweißte und ihnen Mut machte, sie hatten ihn nötig. Zehn Tage nach der Beerdigung erschienen in *Ce soir* Bilder von der Schlacht bei Villanueva de la Cañada, die man in Gerdas Fotoapparat gefunden hatte.

Die Dämmerung ging in die Nacht über, als der Zug in Perpignan einfuhr. Den Mantel um die Schultern, in der einen Hand den Koffer, in der anderen die Reisetasche, überquerte sie die von Straßenlampen beleuchtete Place de la Gare. Im Hotel Terminus hatte sie ein Zimmer reserviert. Nach drei Tagen des Wartens kam Nachricht von Hans und Heiner, wenige Stunden später überquerte sie im Nachtzug die spanische Grenze.

22

I

Der Autobus war zu hören, bevor er zu sehen war. Pass drüben auf dich auf, sagte die Zeichnerin. Mach dir keine Sorgen, antwortete Maria Osten, Moskau ist nicht Spanien. Schade, dass du nicht mitkommst, du warst eine gute Reisegefährtin. Eva Herrmann schüttelte den Kopf, fast ein Jahr ist das her. Der Morgen dämmerte hinter den Dächern des Fischerdorfs, es war kühl. Grüß den kleinen spanischen Russen oder russischen Spanier von mir. Mach ich, sagte Maria Osten, falls er sich noch an dich erinnert – oder an mich. Beim Dorfeingang erschien der Autobus, fuhr den Quai Victor Hugo herunter, am Café de la Marine vorbei, und hielt, eine Staubwolke aufwirbelnd, wenige Meter von ihnen entfernt. Maria Osten blickte auf den kleinen Hafen von Sanary, auf der Mole waren Netze ausgebreitet, an denen sich Fischerfrauen in Wollzeug zu schaffen machten. Ein paar streunende Katzen strichen ihnen um die Beine. Die Strahlen der aufgehenden Sonne streiften die Masten der Fischerboote. Genau wie vor einem Jahr. Sie zog den Geruch von Meerwasser und faulendem Seetang ein. Besuch mich mal drüben, wenn dir das Paradies der Exilierten hier verleidet ist. Ich soll die Côte d'Azur mit Moskau vertauschen? fragte

Eva Herrmann. Diese Frage, sagte Maria Osten, ist konterrevolutionär. Der Autobusmotor heulte auf, die beiden Frauen umarmten sich. Maria Osten stieg mit der schweren Reisetasche ein, die Schultertasche reichte ihr Eva Herrmann durchs Fenster. Außerdem, sagte die Zeichnerin, als der Bus anfuhr, ziehst du ja schon bald nach Paris, da werden wir uns öfter sehen. Maria Osten rief, grüß die Feuchtwangers und Brecht, dann winkten sie einander zu.

Die staubige Straße führte an der Küste entlang. Die Sommergäste waren bereits aus den Fischerdörfern verschwunden, die kühleren Tage hatten die Maler und Dichter, die Künstler und Musen und Schwätzer, die Schönen und die Reichen in die Cafés der europäischen Hauptstädte und bis nach Übersee zurückgetrieben. Den Glanz hatten sie mitgenommen, zusammen mit dem Talmi. Gegen das Talmi hatte Maria Osten nichts einzuwenden, Hochstapelei und Künstlertum ließen sich nicht sauber trennen, manch einer hat sich geirrt, der zwischen falschem und echtem Gold wählen sollte. Vor zwei Tagen, als sie während einer Gesprächspause mit Brecht in Feuchtwangers Garten spazierte, hatte sie zu ihm gesagt, der Erfolg der *Dreigroschenoper* beruhe darauf, dass die Grenze zwischen hohem lyrischem Ton und Kitsch kaum auszumachen sei. Er hatte sie mit einem pfiffigem Ausdruck angesehen und an seiner Zigarre gezogen.

Nach einer Weile hielt der Bus in Bandol, später in La Ciotat. Die Gespräche mit Feuchtwanger und Brecht über die Zeitschrift waren nützlich gewesen. Die häufigste Klage, die sie von Autorinnen und Autoren zu hören bekomme, hatte sie zu den beiden Herausgebern gesagt, betreffe den geringen Umfang der Beiträge. Vor allem die Epiker beschwerten sich, weil Kapitel aus Romanen entweder stark gekürzt erschienen oder als zu lang abgelehnt wurden. Sogar Anna Seghers habe es getroffen, sie sei verärgert gewesen, weil ihr Hörspiel über Jeanne d'Arc im *Wort* nicht gebracht wurde, es war dann in der *Internationalen Literatur* erschienen. Feuchtwanger schlug vor, die Zeitschrift nur noch zweimonatlich erscheinen zu lassen, dafür mit erweitertem Umfang. Maria Osten sagte, das sehe nach Reduzierung aus und könne die Autorinnen und Autoren abschrecken. Falls die monatliche Erscheinungsweise bleiben solle, meinte Brecht, müsse man den Umfang der Hefte vergrößern, trotz der Papierknappheit in der Union. Das größte Problem, hatte Feuchtwanger später am Tag gesagt, bleibe die Geographie. Die Redaktion in Moskau, einer der Herausgeber, Bredel, in Spanien, die Kommunikation zwischen Sanary und Brechts dänischem Nest sei auch nicht einfach. Der Wirrwarr wäre zu beseitigen, wenn in Westeuropa eine Zwischenredaktion eingerichtet würde, mit einem Redakteur, der die literarischen Verhältnisse im Westen kenne und auch die persönliche Situation der Schriftsteller. Seine Aufgabe wäre es, die Beiträge der Exilanten zu sammeln und zu redigieren. Auch das Finanzielle könnte über die Zwischenredaktion abgewickelt werden. Als Sitz schlug er Paris oder Kopenhagen vor, in Nähe zu ihm oder zu Brecht. Sie fand die Idee ausgezeichnet, der Postweg nach Moskau war umständlich, die Autorinnen und Autoren beklagten sich, weil Honorare nicht rechtzeitig eingingen, mit denen sie rechneten. Ob es schon Vorschläge für einen Redakteur gebe? Brecht sagte, er und Feuchtwanger wünschten, dass sie das machte. Sie schwieg überrascht. Feuchtwanger verstand das als Ablehnung und sagte, es müsse ihr doch möglich sein, den spuckenden spanischen Revolutionär in den Westen mitzunehmen, sein ebenfalls spuckender sowjetischer Adoptivvater sei ohnehin viel im Ausland, könne den Kleinen und dessen Ziehmutter also oft besuchen. Sie lachte, sie sei keineswegs gegen das Angebot, es habe sie überrumpelt, sie brauche Zeit. Brecht erklärte sich bereit, auf Kopenhagen als Standort zu verzichten, falls ihr das den Entscheid erleichtere. Sie wies darauf hin, dass Bredel und Erpenbeck ebenfalls ein Wörtchen mitzureden hätten, Kolzow als Verlagsleiter ohnehin, im übrigen spucke er nicht, er habe einen abgebrochenen Schneidezahn. Bredel und Erpenbeck überlassen Sie uns, hatte Brecht geantwortet, wir überlassen Ihnen dafür Kolzow.

Hinter Cassis bog die Straße von der Küste ab und führte in zahlreichen Windungen nach Marseille hinein. Vor dem Bahnhof das übliche Gedränge, Fußgänger, Fahrräder, Autobusse, Camions, Automobile, Pferdefuhrwerke, Droschken. Eine Wolke von Auspuffgas und Pferdemist hing über dem Platz. An

Kolporteuren vorbei, die am Bahnhofseingang ihre Schlagzeilen skandierten, eilte sie zum Bahnsteig. Sie hatte ihre Taschen noch nicht im Gepäcknetz verstaut, als der Zug sich in Bewegung setzte. Ein letzter Blick auf den alten Hafen, hoch darüber das Filigran der Schwebebrücke, dann eine große Kurve und der Zug fuhr nach Norden auf seiner siebenstündigen Fahrt nach Paris.

Die Wochen mit Feuchtwanger in Moskau am Ende des vergangenen Jahres hatten sie in Trab gehalten. Der Romancier wurde wie ein Staatsmann behandelt. Auf den triumphalen Empfang am Belorussischen Bahnhof folgte eine endlose Reihe von Veranstaltungen, Empfängen und Besuchen. Auf seinen Wunsch hatte sie ihn fast täglich begleitet. Meistens holte sie ihn schon am Morgen im Hotel Metropol ab. Durch das Vestibül betrat sie die säulenverzierte Empfangshalle mit dem glänzenden Marmorboden, in dem sich kristallene Leuchter spiegelten, zur Linken Seite die Rezeption, auch hier Marmor und Kristall. Ein mit edlem Furnier verkleideter Torbogen formte den Eingang zum Hotelrestaurant, wo Feuchtwanger sich beim Frühstück meist schon mit Besuchern unterhielt, mit Journalisten und Vertretern von Betrieben, Organisationen, Literatursektionen und Verlagen, die Stellungnahmen und Interviews von ihm wollten. Sie besuchte mit ihm Schulen und Universitäten, Lesungen und Literaturgespräche. Wenn keine Übersetzerin dabei war, übersetzte sie selbst. Sie begleitete ihn zum Feuchtwanger-Abend im Polytechnischen Museum, wo Sergej Tretjakow in seiner Einführung die Werke des Gastes Waffen gegen den Faschismus nannte, deren prägendstes Element der Versuch sei, das Problem des Judentums für die gegenwärtige Epoche zu lösen. Sie ging mit ihm zur Redaktion der *Prawda* und verbrachte mit ihm Stunden beim Jourgaz-Verlag in Gesprächen über die neue Zeitschrift. Sie begleitete ihn zu den Stalin-Werken, zu den Ordshonikidse-Werken und in andere Fabriken. Er machte alles begeistert mit, oft war er am Abend erschöpft, mitunter wurden seine Augen glasig, wenn beim Essen Trinkspruch auf Trinkspruch folgte, während die Speisen kalt wurden. Aber seine Begeisterung war echt, mehr als einmal sagte er zu ihr, in diesem Land liege die Zukunft, gerade auch für Schriftsteller. Sie hörte es mit Stolz, es war ihr Land, seine Zukunft war ihre Zukunft. Dennoch bat sie schließlich um Nachsicht, der kleine Spanier habe noch kaum Gelegenheit gehabt, sich an seine Mutter zu gewöhnen oder an seinen neuen Namen Jusik.

Sie hatte nun mehr Zeit für den Kleinen, ihre Bindung an ihn wuchs mit jeder Stunde, die sie mit ihm verbrachte. Sie beschloss, nicht mehr zu rauchen, weil ihm das schaden konnte, die Camels schenkte sie einer Genossin, ein paar Päckchen behielt sie für Notfälle. Hin und wieder fiel ihr La Pasionarias Mahnung ein, Spanien solle seine Kinder nicht hergeben, sie sollten im Land bleiben. Das leuchtete ihr ein, aber wenn sie Jusik lächeln sah, wusste sie, ihr Entscheid war richtig gewesen. An den Abenden begleitete sie Feuchtwanger weiterhin zu allen möglichen Anlässen, oft kamen noch andere Schriftsteller mit, Friedrich Wolf oder Willi Bredel oder Hans Becher, auch Eva Herrmann war gelegentlich dabei, sie schien sich mit ihrem früheren Geliebten so gut zu verstehen wie mit ihrem jetzigen. Ein Höhepunkt war der Abend im Bolschoi-Theater, sie sahen Boris Assafjews Ballett *Die Fontäne von Bachtschissarai*, eine romantische Schauermär um zwei schöne Frauen und einen wüsten Tatarenhäuptling. Einige Tage später saß sie in festlicher Stimmung in der vordersten Reihe des hell beleuchteten Säulensaals im Haus der Gewerkschaften. Zu ihrer Linken Feuchtwanger, zur Rechten Wilhelm Pieck, daneben Becher, Eva Herrmann, Wolf, Alfred Kurella und Weinert. Vor dem Vorhang die hohe, hagere Gestalt Tretjakows, die Lichter des Kronleuchters spiegelten sich in seinem mönchisch kahlgeschorenen Schädel und in den kreisrunden Brillengläsern. Er führte Ernst Busch ein. Im Westen werde er spöttisch Barrikaden-Tauber genannt, diesem Namen mache er alle Ehre. Gelächter im Saal. Dann hob sich der Vorhang vor dem Chor der Karl-Liebknecht-Schule. Grigori Schneerson und Busch betraten gemeinsam die Bühne. Als der Applaus sich gelegt hatte, spielte Schneerson ein paar Takte. Busch trat ans Mikrophon. Unter dem offenen Jackett trug er das rote Wollhemd, blonde Haarsträhnen fielen ihm in die Augen, er ballte die Fäuste und beugte den Körper leicht vor. In der trotzigen Haltung eines Barrikadenkämpfers setzte er ein:

Links, links, links, links!
Die Trommeln werden gerührt!
Links, links, links, links!
Der Rote Wedding marschiert!

Jedesmal, wenn er, vom Chor begleitet, den Refrain sang, klatschte das Publikum den Marschrhythmus mit, am Schluss gab es anhaltenden Applaus. Das nächste Lied trug er in einem verhaltenen Parlando vor, nur vom Klavier begleitet. *Sie sprechen wieder von großen Zeiten / (Anna, weine nicht) / Sie sprechen wieder von Siegen / (Anna, weine nicht).* Als er geendet hatte, sagte er in die Stille hinein, Text von Bertolt Brecht, Musik von Hanns Eisler. Während das Publikum applaudierte, zog er mit der ihr vertrauten Geste die Jacke aus und legte sie auf den Flügel. Er tat, als wischte er sich den Schweiß von der Stirn, ein Grinsen in seinem Gesicht eines deutschen Arbeiterjungen. Die Zuschauer lachten, sie folgten jeder seiner Bewegungen. Er kündigte das nächste Lied an: Von Johann Esser und Wolfgang Langhoff, *Die Moorsoldaten.* Langsam sackte er in sich zusammen, die Arme fielen kraftlos an seinem Körper herab, die Füße deuteten den schleppenden Gang eines müde Marschierenden an, mit schwermütiger Stimme begann er: *Wir sind die Moorsoldaten / Und ziehen mit dem Spaten / Ins Moor.* Das Publikum saß reglos. Allmählich straffte sich seine Haltung. Am Schluss schmetterte er, begleitet vom Chor, den Refrain hinaus, *Dann ziehn die Moorsoldaten / Nicht mehr mit dem Spaten / Ins Moor.* Begeisterter Beifall. Die meisten Lieder, die er an diesem Abend vortrug, waren von Brecht und Eisler. Er sang das *Lied vom SA-Mann* und die *Ballade vom Baum und den Ästen* und das *Lied gegen den Krieg (Dreck, euer Krieg! So macht ihn doch allein!),* er sang das *Solidaritätslied* und *Keiner oder alle.* Zuletzt stimmte er das *Einheitsfrontlied* an: *Und weil der Mensch ein Mensch ist.* Beim Refrain erhoben sich die Zuschauerinnen und Zuschauer und sangen mit geballten Fäusten den Refrain: *Drum links, zwei, drei! Drum links, zwei, drei! / Wo dein Platz, Genosse, ist!* Der Applaus wollte nicht enden. Schließlich machte er eine dämpfende Geste.

Das Publikum setzte sich. Er kündigte eine kleine Dreingabe an, dabei schaute er auf Maria Osten. Sie wusste, was kam. Sie war verärgert, weil er während des Vortrags schon mehrmals zu ihr hingeschaut hatte, da konnte er ihre Beziehung, ihre längst beendete Beziehung, gleich am Mikrophon bekanntgeben. Aber dann ließ sie sich von dem bösen Liedchen hinreißen:

Als ich ein Junggeselle war,
Nahm ich ein steinalt Weib.
Ich hatt' sie kaum drei Tage – Ti-Ta-Tage,
Da hat's mich schon gereut.

Da hat's mich schon gereut Da hat's mich schon gereut, sangen die Waggonräder im Rhythmus der Schienenfugen. Sie blickte auf das südliche Frankreich, das vor dem Abteilfenster vorüberzog. In Avignon hatte der Zug die Rhône angetroffen, seither fuhr er neben ihr her. Der Aufenthalt in Montélimar dauerte nur wenige Minuten. Von einem Verkäufer, der seinen Wagen unter dem Abteilfenster vorbeischob, hatte sie eine Tüte mit Nougat gekauft, nun war sie damit beschäftigt, das süße Zeug zwischen den Zähnen herauszukratzen, während der Zug flussaufwärts Lyon zustrebte.

Es gab noch andere Begegnungen mit Feuchtwanger. Wenige Tage vor Weihnachten begleitete sie ihn an einem Abend zu Dimitroff. Feuchtwanger hatte ausdrücklich gewünscht, dass nur sie mitkomme, eine Übersetzerin sei nicht nötig, da Dimitroff Deutsch spreche, überdies kenne sie den Generalsekretär der Komintern. Das war übertrieben. Als Dimitroff das Vorwort für ihr Buch über Hubert geschrieben hatte, war sie ihm von Kolzow vorgestellt worden. Es wurde ein freundlicher, aber schwieriger Abend. Dimitroff empfing sie im Kreis seiner kleinen Familie, seine Frau Rosa servierte Tee und Gebäck, zu ihren Füßen kroch ein kaum einjähriges Büblein herum, kletterte auf die Knie der Besucher. Nein, Mitja störe nicht, erwiderte sie auf die Frage der Mutter, sie habe einen Kleinen im gleichen Alter. Feuchtwanger hatte ihr im voraus gesagt, er werde mit Dimitroff über den Prozess vom vorigen Sommer sprechen. Dennoch war sie erstaunt, als er, der von dem Land so begeistert war, Dimitroff bohrende Fragen stellte. Es sei ihm auch nach Lektüre der Prozessprotokolle unverständlich, wie die Angeklagten derartige Verbrechen hatten begehen können. Wie war es möglich, dass alle Angeklagten alles gestanden, wo sie doch wussten, dass es sie das Leben kosten würde? Warum wurden, außer den Geständnissen der Angeklagten, keine Beweise vorgelegt? Mussten wirklich sämtliche Angeklagten zur Höchststrafe verurteilt und erschossen werden? Dimitroff strich sich die Haare aus der mächtigen Stirn. Er antwortete ruhig und zurückhaltend. Der Besucher sei wenig mehr als zwei Wochen im Land. Alles sei für ihn neu und manches schwer zu verstehen. Wie er höre, sei Feuchtwanger von der Sowjetunion begeistert, das sei für das Land eine Ehre. Er habe nicht im Sinn, ihn mit simplen Antworten abzuspeisen. Er sei überzeugt, der Verfasser so vieler kluger Werke, der immer wieder zeige, wie er sich in die Menschen der verschiedensten Kulturen und Epochen einfühlen könne, werde in den kommenden Wochen Antworten auf seine Fragen erhalten. Beim Abschied lud er Feuchtwanger ein, ihn vor der Abreise nochmals zu besuchen. Selbstverständlich wieder mit Maria Osten, die er nach Kolzows Befinden in Spanien fragte und bat, Grüße auszurichten. Als sie gegen Mitternacht wieder ins Freie traten, schneite es. Der Gehsteig und die Straße waren weiß, der Schnee glitzerte im Schein der matten Straßenlaternen. Mit raschen Schritten, weiße Wölkchen ausstoßend, traten sie zur wartenden Limousine.

Weit mehr als der Besuch bei Dimitroff hatte sie ein Gerücht beschäftigt, das sie in jenen Tagen erreichte. Ernst Ottwalt war verhaftet worden. Einer der Anklagepunkte, so wurde geraunt, laute auf Spitzeltätigkeit gegen deutsche Arbeiter, zu einer Zeit, als Ottwalt noch als Gymnasiast beim Freikorps war. Gespräche an den runden Marmortischen im Josty fielen ihr ein, wo sie und ihr westpreußischer Landsmann einander begeistert von ihren ersten schriftstellerischen Versuchen berichteten. Hatte sie ihn nicht davor gewarnt, in seinem Roman *Ruhe und Ordnung* die Grenze zwischen Tatsachen und Fiktion, zwischen Leben und Literatur zu verwischen? Wurden Ottwalt Vergehen vorgeworfen, die seine Romanfigur begangen hatte? Seine Begeisterung für die neue Gesellschaft lag offen zu Tage, es war undenkbar, dass er die Sowjetunion verraten hatte. Sie würde nie erfahren, dass Ottwalt auch sie in den Strudel der Verdächtigungen und Denunziationen hineingezogen und sich selbst dabei um Kopf und Kragen geredet hatte. Mehrere Jahre würde er in Untersuchungshaft bleiben. Aus der Partei ausgeschlossen, würde er bei Kriegsausbruch wegen Agitation gegen den sowjetischen Staat zu fünf Jahren Arbeitslager verurteilt werden. In einem Lager bei Archangelsk würde er zugrunde gehen.

Die Verhaftung Ottwalts beschäftigte sie noch, als sie im Januar den heftig erkälteten Feuchtwanger zu Stalin begleitete. Sie, die nie die Nähe zu den Mächtigen gesucht hatte, fand sich im Zentrum der Macht. Sie hatte sich Stalin überlebensgroß vorgestellt, stattdessen trat ihnen in den weiten Räumen des Kremls ein kleiner, schmächtiger Mann entgegen. Er sprach langsam, mit leiser, etwas dumpfer Stimme, seine Ausführungen waren langwierig, seine Sätze druckreif, die Argumente schlicht, der einfachste Genosse hätte sie verstehen können. Die Vorstellung, seine Suada mit einer Frage zu unterbrechen, kam nicht auf. Sie hörte zu, Feuchtwanger, Julia Annenkowa und der Übersetzer ebenfalls, auch der Saal hörte zu, er wuchs unmerklich, dehnte sich aus. Als Stalin eine Pause machte, dauerte es noch einmal so lange, bis der Übersetzer geendet hatte. Stalin ging beim Sprechen auf und ab, von Zeit zu Zeit nahm er einen Zug aus der Pfeife. Ein angenehm männliches Tabakaroma füllte den Raum, schwebte gegen die Wände, die vor den Rauchwölkchen zurückglitten. Manchmal erhob er beim Sprechen wie ein Lehrer den Finger seiner schön geformten Hand. Ein Gefühl von Dauer, von zähfließender Zeit ging von seiner Rede aus, die nur von seinem eigenen dumpfen, verschlagenen Lachen unterbrochen wurde, das mit einem leichten Klirren auf dem Fußboden zerbarst. Dem Augenblick wohnte etwas Unabwendbares inne, Geschichte, die sich ereignete, und sie, Maria Osten aus Neugolz, Landkreis Deutsch Krone, war dabei. Sie war die Fliege an der Wand, die Motte, sie kreiste ums Licht, um die Sonne. Obacht! nicht die Flügel verbrennen. Ottwalt war verhaftet worden. Der Gedanke in seiner Niedrigkeit störte hier, er lenkte ab von der überwirklichen Gegenwart, von dieser Audienz in einem Saal, der nicht stillhalten wollte. Konzentrier dich. Die Gegenwart ist konkret. Oder die Wahrheit ist konkret. Lenin. Oder Hegel? Sie befand sich in der Gegenwart des Genossen Stalin, den sie bewunderte, den Kolzow bewunderte, den Hunderte bewunderten, den hundert mal hundert mal Hunderte bewunderten. Sollte sie ihn nach Ottwalt fragen? Stalin, der nicht wissen konnte, wie man mit dem ihm ergebenen Genossen Ottwalt umsprang. Er würde das Missverständnis aufklären. Ottwalt würde freigelassen werden, seine Wunden würden verbunden werden, die wunden Wunden verbunden, die Genossen vom NKWD würden sich bei ihm entschuldigen, eine Limousine würde vor der Butyrka, vor der Lubjanka auf ihn warten, der Gefängnisdirektor würde sich, um Verzeihung bittend, von ihm verabschieden, zusammen mit ihr und Feuchtwanger würde Ottwalt durch die verschneiten Straßen Moskaus fahren, die Massen am Straßenrand würden ihm zujubeln.

Später war alles wie weggewischt. Nur ein Satz Stalins war ihr im Gedächtnis geblieben. Ihr Juden, hatte er irgendwann im Verlauf des Gesprächs zu Feuchtwanger gesagt, habt eine ewig wahre Legende geschaffen, die von Judas. Sie sei sicher, schrieb sie Kolzow, dass diese Bemerkung im Zusammenhang mit Feuchtwangers Kritik am Prozess gegen Sinowjew und Kamenew gefallen sei, allerdings seien auch die Worte des heftig erkälteten Feuchtwanger nicht leicht zu verstehen gewesen, der sich beim Reden mehrmals die Nase geschneuzt habe. An die übrigen Ausführungen Stalins könne sie sich beim besten Willen nicht erinnern, sie komme sich blöd vor. Kolzow hatte in einem Brief aus Spanien geantwortet, das gehe vielen so, die dem Parteisekretär zum erstenmal begegneten.

Es blieb ihr nicht mehr viel Zeit. Kurz nach dem Besuch bei Stalin erhielt sie den Auftrag, erneut nach Spanien zu reisen. Ernst Busch werde die Fronten besuchen und vor den Freiwilligen auftreten. Sie solle ihm assistieren, wie sie es während der erfolgreichen Tournee bei den Wolgadeutschen getan habe, daneben solle sie weiter Beiträge für die *Deutsche Zentral-Zeitung* schreiben. Einmal mehr empfand sie das Chaotische ihres Lebens. Sie hatte sich danach gesehnt, Kolzow wiederzusehen, jetzt kam sie ausgerechnet mit Busch. Unerträglich war ihr die Vorstellung, Jusik zurückzulassen. Bei der Genossin Pintschukowa würde er es gut haben, aber er war ihr Kind, ihr Sohn. Er brauchte sie, sie brauchte ihn. Wie sollte sie leben ohne den Druck seines Händchens, wenn er ihren Finger umklammerte, ohne den Geruch seiner Haut, während sie Smetana in ihn hineinlöffelte? Die alten Schuldgefühle bedrängten sie. Mit Jusik, das hatte sie sich in Madrid geschworen, würde sich die Geschichte mit Hubert nicht wiederholen. Ein einziges Mal hatte sie Hubert in diesen Wochen im Kinderheim besucht. Der Vierzehnjährige erzählte, vier seiner Lehrer an der Karl-Liebknecht-Schule seien verhaftet worden, sie seien Trotzkistenlumpen, ihnen geschehe recht, ihm selbst gehe es gut. Seine Worte bedrückten sie, obwohl sie sich darüber hätte freuen sollen. Sie war ein Ausbund an Verantwortungslosigkeit! Kinder von ihren Eltern, von ihrer Heimat wegnehmen, durch die Weltgeschichte schleppen, nur um sie zu verlassen, wie man ein nutzlos gewordenes Ding zurücklässt. Sie fügte sich Verletzungen zu, um ihren Schmerz zu betäuben. Kolzow schrieb aus Spanien, natürlich verstehe er es, wenn sie wegen der Kinder in Moskau bleiben wolle, es liege ihm fern, sie zur Reise zu überreden. Aber er mahnte sie, sich nicht zu bestrafen für Dinge, über die sie keine Kontrolle hatte. Als Kolzows Brief sie erreichte, war ihr Entschluss bereits gefasst.

Und nun lag auch der zweite Aufenthalt in Spanien hinter ihr. Sie öffnete die Abteiltür, trat in den Gang und steckte sich eine Camel an. In Spanien hatte sie wieder angefangen zu rauchen, sie brauchte ja auf Jusik keine Rücksicht zu nehmen. Wie würde es sein, wenn sie ihn in drei Tagen wiedersah? Den Gedanken an das Wiedersehen hatte sie weggedrängt während der vergangenen Monate, in denen sie nicht wusste, wie lange sie in Spanien bleiben würde. Sie schaute aus dem Fenster, ohne viel zu sehen. Hinter Lyon hatte sie eine Weile gedöst, inzwischen näherte sich der Zug Nevers, dann waren es noch zweieinhalb Stunden bis Paris.

Die Moskwa war zugefroren, als sie in den letzten Januartagen die zweite Spanienreise vorbereitete. Im Saal des Gewerkschaftshauses hatte ein weiterer Prozess gegen ehemalige

Kampfgefährten Lenins begonnen. Feuchtwanger, von höchster Stelle eingeladen, war mehrmals hingegangen, sie hatte sich entschuldigt, sie wolle ihre Zeit mit Jusik verbringen. Den Prozess und die Geständnisse der Angeklagten, die die Zeitungen füllten, nahm sie kaum war. Unruhe erfasste sie aber bei den zahlreichen Zeitungsberichten über das Treiben der trotzkistischen Opposition und über den Widerstand der Kulaken gegen die Kollektivierung. Was ging da vor? War das Land in Gefahr? Es sollte zu Massenhinrichtungen von Kulaken gekommen sein. Was hatte sie sich darunter vorzustellen? Waren hundert hingerichtet worden? Tausend? Mit den Feinden des Sozialismus wurde unnachgiebig verfahren, das war richtig. Das Land hatte keine Wahl, wem konnte das klarer sein als ihr, die vor den Nazis geflohen war und in ihren Artikeln Zeugnis ablegte vom faschistischen Terror in Spanien? Zehntausend? Überrascht war sie, als sie feststellte, dass Bekannte sie zu meiden begannen, auch jene, die sie einst gebeten hatten, in dieser oder jener Angelegenheit bei Kolzow ein Wort für sie einzulegen. Aus Vorsicht? Aus Misstrauen? Wegen ihrer Nähe zur Macht? Ein toter Raum war um sie entstanden, durch den kaum noch Stimmen drangen. Sie sagte sich, dass allseitiger Argwohn unvermeidlich sei, da doch so viele Verräter unter ihnen weilten. Hunderttausend? Millionen? Der getäfelte Saal im Kreml dehnte sich aus.

Es hat alles seine Richtigkeit, sagte Feuchtwanger. Wie vereinbart, waren sie zwei Tage vor Maria Ostens Abreise nach Spanien erneut bei Dimitroff zu Besuch. Er habe seine Meinung geändert, fuhr Feuchtwanger fort, seine Skepsis sei unbegründet gewesen. Die Anklage gegen Radek und Konsorten, wie schon die Anklagen im vorigen Prozess, halte er nun für bewiesen. Ebenso, dass Trotzki hinter allem steckte. Die Angeklagten verdienten es, vernichtet zu werden. Unnötig scheine ihm allerdings, dass sie vom Staatsanwalt beschimpft wurden. Was versprach Ulrich sich davon, wenn er die Geständigen Schufte, Feiglinge und Reptilien nannte? Im Grunde frage er sich, wieso um die Prozesse so viel Lärm gemacht werde. In der sowjetischen Bevölkerung habe das, soweit er feststellen könne, zu Unruhe geführt, zu einer Atmosphäre gegenseitiger Verdächtigungen und Denunziationen. Falls er nach seiner Rückkehr nach Frankreich den Plan verwirkliche, eine kleine Broschüre über seine Reise zu schreiben, werde er die Mängel des Sowjetsystems, die Schwierigkeiten des Alltags, die Knappheit, das Schlangestehen nicht verschweigen. Die Errungenschaften würden jedoch überwiegen. Unvorstellbar seien die Opfer, unter denen eine ganze Generation dieses gewaltige Land aus feudalistischer Stagnation in die moderne Zeit gerissen hätte. Im Vergleich dazu seien die Prozesse eine Nebenerscheinung. Dimitroff hörte aufmerksam zu und machte Notizen.

Kurz vor sechs Uhr abends fuhr der Zug in der Gare d'Austerlitz ein. Sie verbrachte die Nacht in einem nahen Hotel.

II

Am anderen Morgen war sie um sieben Uhr früh auf dem Flugfeld in Le Bourget. Im Morgenlicht bauschte sich die französische Flagge vor dem langgestreckten Flughafengebäude, als die zehn Passagiere über den Rasen zum Flugzeug geführt wurden. Ein geflügeltes Fabelwesen erwartete sie, halb Seegetier, halb Pferd, ein Seepferdchen vielleicht, es hieß F-AMYE und begann, sobald die Flugreisenden sich in der Kabine eingerichtet und das Gepäck im Netz verstaut hatten, zu knattern und schwarze Rauchwolken auszustoßen. Unter heftigem Rütteln schwamm es über den grünen Rasen, dann wendete es, das Knattern ging in ein Röhren über, es galoppierte immer schneller über die Graspiste und hob sich auf zierlichen Schwingen in die Lüfte. Die Erde wollte das sonderbare Tierlein nicht hergeben, aber allmählich riss es sich los und entschwebte in den Äther. Das sei ein Hippocampe, sagte der Steward, nachdem das Fabeltier seine Flughöhe erreicht hatte, nein, er habe keine Ahnung, warum die Air France gerade dieses Emblem gewählt habe. Er brachte ihr eine Serviette, auf der das Wesen abgebildet war, sie steckte sie ein, für Jusik.

Als sie und Busch ihm Februar in Paris eintrafen, wollten sie gleich nach Spanien weiterreisen. Stattdessen mussten sie zwei Wochen auf neue Pässe warten, während am Jarama gekämpft wurde. Sie nahmen die Bahn nach Toulouse und flogen von dort nach Valencia. In Albacete, dem Stammquartier der Internationalen Brigaden, gab Busch, zwei Tage nach der Ankunft, vor mehr als zweitausend Interbrigadisten sein erstes Konzert. In den folgenden Tagen fuhr sie mit ihm an die Front, wo er mit den Brigadisten Lieder einübte und sie um ihre eigenen Lieder bat. Sie hatte die deutschen, spanischen, englischen, italienischen und französischen Texte in die Maschine getippt, gemeinsam hatten sie sie korrigiert, bearbeitet, übersetzt und zwanzig davon zu einem Büchlein zusammengestellt. Dann war sie allein nach Madrid weitergereist.

Sie hatte die Hauptstadt nicht wiedererkannt. Zerschossene, ausgebrannte, eingestürzte Häuser, rußgeschwärzte Fassaden, herausgebrochene Hauswände, der Blick ging durch die Häuser hindurch. Die Telefónica, der Protzbau, eine Ruine. Die Regierung war bereits im November nach Valencia verlegt worden. Die in Madrid zurückgebliebenen Milizionärinnen und Milizionäre und das Fünfte Regiment hatten die Faschisten nach wochenlangen Kämpfen zum Stehen gebracht. Aus den Vorstädten, aus dem Universitätsviertel, wo um jedes Haus gekämpft wurde, hatten sie sie hinausgeworfen. Auch Las Rozas konnten die Faschisten nicht halten, die Straße nach El Escorial war offen geblieben. Aber ihre Tanks und Bombenflugzeuge hatten Tausende von Frauen und Kindern und Zehntausende von Kämpferinnen und Kämpfern hingemacht. Auch die Faschisten hatten in der Schlacht um Madrid viele Soldaten verloren, ihre Leichen hatten die Straßen und Plätze der Vorstädte bedeckt. Dann hatten sie es am Jarama erneut versucht, und auch dort waren sie gescheitert. Aber sie gaben nicht auf. Ihre Führer wollten Madrid, ohne die Hauptstadt war ihr Putsch nichts wert. Die Divisionen Mussolinis, die schon Málaga verwüstet und jenen riesigen Flüchtlingsstrom vor sich her über die Küstenstraße nach Almería getrieben hatten, wurden nach Guadalajara im Nordosten der Hauptstadt verlegt.

Jetzt, eine Woche nach dem Sieg am Jarama, war die Stimmung in Madrid zuversichtlich, obwohl die Bombardierungen nie ganz aufhörten. Durch die Gran Via patrouillierten Soldaten der neuen republikanischen Armee. Die Milizionäre in ihren blauen Monos und, was Maria Osten besonders auffiel, die Milizionärinnen waren aus den Straßen verschwunden. In der neuen Armee gab es keine Frauen mehr, Berichte über Kämpferinnen wie Lina Odena würde sie nicht mehr schreiben. Auch die Atmosphäre im Hotel Florida hatte sich verändert, sie war ernster geworden und unernster zugleich. Das Florida hatte mehrere Treffer abbekommen; es brauchte Verwegenheit, um hier wohnen zu bleiben. Das Treiben in der Hotelhalle und an der Bar erinnerte sie an die Atmosphäre in den französischen Fischerdörfern während der Hochsaison. Wie die Riviera schien auch der spanische Krieg eine Halbwelt aus Whiskystrategen, Barschwätzern und Maulhelden anzuziehen, allerdings auch großartige Frauen und Männer, die in Artikeln und mit ihren Fotografien die Schrecken des Kriegs vor der Welt bezeugten. Oft waren Barschwätzertum und mutige Zeugenschaft in derselben Person vereinigt. Kolzow und die übrigen sowjetischen Genossen hatten sich dem mondänen Treiben entzogen und waren ins Hotel Gaylord gezogen, das ebenfalls Spuren von Einschüssen aufwies. Das Wiedersehen mit ihm war schwierig gewesen. Gleich als sie die Hotelhalle betrat, hatte sie die hagere Gestalt Jelisaweta Ratmanowas erblickt. Dass sich Kolzows Frau weiterhin in Spanien aufhielt, wunderte sie nicht. Jelisaweta Ratmanowa war Berufsrevolutionärin, sie hatte Aufträge zu erfüllen, warum sollte sie nicht mit den sowjetischen Genossinnen und Genossen im selben Hotel wohnen? Als die Distanz zwischen ihr und Kolzow nach mehreren Tagen nicht schwinden wollte, war Maria Osten verwirrt. Kolzow war angespannt, abgelenkt, er hatte kaum Zeit und sie selbst auch nicht. Er erkundigte sich nach ihrer Arbeit und nach Buschs Auftritten, ließ ihm Grüße ausrichten, Busch solle sich melden, falls er ihm beim Organisieren von Konzerten oder von Reisen an die Front behilflich sein solle. Über ihre Beziehung zu Busch sagte er nichts, sie hatte es nicht anders erwartet. Sie schätzte seinen Takt, auf Fragen hätte sie ohnehin keine Antwort gewusst. Es war eine dieser Dreiecksgeschichten, die angeblich nicht funktionieren konnten, diese aber funktionierte, jedenfalls für den Augenblick, das genügte ihr. Es war nicht die Zeit, um viele Gedanken an die Zukunft zu verschwenden.

Sie besuchte Organisationen und Institutionen, sprach mit hohen und niederen Funktionären über das Leben in der zerbombten Stadt. Im Zustand zerstreuter Aufmerksamkeit, mit dem sie sich für alle Eindrücke offenhielt, ging sie durch die Straßen, setzte sich in Cafés, besuchte Spitäler, wo sie, halb benommen vom Karbolgeruch, mit Verwundeten sprach, während Stöhnen und Schreie an ihre Ohren drangen. Es gab nicht genug Schmerzmittel, und es war kalt in den Krankensälen, auch hier fehlte es an Heizmaterial. Abends tippte sie ihre Eindrücke und Notizen in die Maschine, sie unterbrach die Arbeit nur, wenn irgendwo in der Stadt Bomben fielen. War der Angriff vorüber, arbeitete sie weiter, die Konzentration lenkte ab von der Angst. Eine spanische Genossin, die im Gaylord als Übersetzerin tätig war, hatte ihr alte Dokumente gebracht, vielleicht interessiere das ihre Leserinnen und Leser? Es waren Erinnerungen deutscher Offiziere, die vor mehr als hundert Jahren mit der napoleonischen Armee in Spanien eingebrochen und vom Volk wieder aus dem Land geworfen worden waren. Da war eine Parallele. Sie formulierte erste Abschnitte für einen Artikel. Nach der Arbeit ging sie oft noch zu Kolzow, doch er war selten allein. Schriftsteller, Journalisten, Offiziere und Freiwillige aller Einheiten gingen in seinem Zimmer ein und aus, sie sah bekannte und unbekannte Gesichter, in vielen Sprachen wurde diskutiert, gelacht, getrunken. Kolzow war übermüdet, aber er blieb stets aufmerksam. Als sie in der zweiten Märzwoche einmal abends zu ihm kam, stellte er ihr einen großen, stattlichen Kerl vor, Ernest Hemingway. Sie hatte *Fiesta* gelesen, als das Buch bei Rowohlt erschienen war, es war gut, sogar großartig, aber es war ihr fremd geblieben. Kaputte Figuren, die ihrem Leben keinen Sinn geben konnten. Auch Hemingway blieb ihr fremd, obwohl sie ihn noch öfter sah, er hatte an Kolzow einen Narren gefressen, unterhielt sich stundenlang mit ihm über militärische Fragen. Joe Losey fiel ihr ein, der Naturbursche aus Wisconsin, den sie in Moskau gekannt hatte. Aber Losey hatte sie bewundert, bei Hemingway dagegen hatte sie den Eindruck, dass er sie für eine dumme Gans hielt, obwohl er ihr den Hof machte. Er war lieber in Gesellschaft von Männern, besonders von Kriegern. Mit Kolzow, El Campesino, Líster, Modesto und

Hans Kahle, dem Kommandeur der XI. Brigade, konnte er stundenlang über Strategie diskutieren. Oft unterhielt er sich auch mit Máté Zalka, einem Schriftstellerkollegen, kurz vor der Jahrhundertwende als Sohn eines jüdischen Schankwirts in einem ungarischen Nest geboren und hier in Spanien Kommandeur der XII. Brigade. Noch vor Ende des ersten Kriegsjahres würde er in der Nähe von Huesca fallen, bei seinem Begräbnis würde Hemingway hemmungslos heulen. Sie sah Hemingway anders als seine männlichen Bewunderer, das war ihr klar. Vielleicht tat sie ihm unrecht, er war kein Schwätzer, und er setzte sich mit Berichten, die in seinem Heimatland viel Beachtung fanden, für die Spanische Republik ein.

Niedrig über dem Wasser schwebte das geflügelte Seetier auf das Flugfeld von Amsterdam ein. Sie legte sich den Mantel um die Schultern und vertrat sich im Freien die Beine, während die Motoren aufgetankt wurden. Kurz vor zehn Uhr vormittags ging die Reise weiter. Nach einer Weile begann das Flugzeug heftig zu rütteln. Turbulenzen kämen auch bei blauem Himmel vor, beruhigte der Steward, der eine Zwischenverpflegung servierte. Auf ihre Frage antwortete er, sie befänden sich in der Nähe der deutschen Küste, aber, fügte er beiläufig hinzu, es bestehe keine Gefahr, die Schüttelei könne dem Flugzeug nichts anhaben. Sie blickte aus dem Fenster. Dort drüben, im Dunst unterhalb des Flügels, lag Deutschland, dort zerschlugen sie alle, die in das Grölen des Packs nicht einstimmten. Übelkeit überkam sie. Zwei Sitze vor ihr hatte sich ein Passagier übergeben, der Steward brachte ihm Papiertüten, ein säuerlicher Geruch breitete sich in der Kabine aus. Die Übelkeit wurde stärker, sie versuchte, das Saure hinunterzuschlucken, wehrlos gegen den unerträglichen Geruch, der sich immer wahrnehmbarer in die Benzindämpfe mischte. Ihr Magen verkrampfte sich in der unablässigen Schüttelei, obwohl der Fahrer sich bemühte, den mit Wasser gefüllten Schlaglöchern auszuweichen. In den Straßengräben die Umrisse von zerstörtem, verbogenem, ausgebranntem Kriegsgerät, von dem das Wasser rann, dazwischen dunklere Klumpen. Es regnete in Strömen. Sie fuhren über die verschlammte Straße, den Tajuña entlang, in Richtung Brihuega. Die erste Morgendämmerung enthüllte, was sie geahnt hatte: Die Klumpen waren Leichen italienischer Soldaten. Kolzow und die beiden skandinavischen Journalisten blickten wortlos aus den Wagenfenstern. Eigentlich hatte sie nur bis Guadalajara mitfahren wollen. Hier gab es genug zu berichten, und die Gefahr war keineswegs geringer als an der Front. Sie hatte mit italienischen Gefangenen gesprochen, auch italienische Verwundete im Lazarett besucht. Nichts war in diesem Moment dringlicher, als vor der Welt den Einsatz italienischer Truppen zu dokumentieren, dem Völkerbund zu beweisen, dass die Faschisten sich nicht um das Nichteinmischungsabkommen scherten. Stellvertretend für ihre Leserinnen und Leser hatte sie die Gefangenen ausgefragt. Für wen kämpfen Sie? Für Italien. In Spanien? Schweigen. Gegen wen kämpfen Sie? Gegen den Marxismus. Was ist das? Etwas Schlimmes. Woher wissen Sie das? Schweigen. Es waren einfache Bauern- und Handwerksburschen, die kaum bis drei zählen konnten. Die meisten waren Mitglieder der faschistischen Partei Italiens, viele besaßen außerdem ein Mitgliedsbuch der spanischen Faschisten. Unbegreiflich war ihr, warum manche von ihnen Fotos vom Abessinienfeldzug bei sich trugen, die sie ohne weiteres herzeigten. Vertrocknete Leichen von Abessiniern hängen an einem Baum, daneben eine italienische Offiziersgruppe beim Picknick. Ein toter Abessinier, das Geschlechtsteil haben sie ihm abgeschnitten und auf den Schenkel gelegt. Die Täter, Fotoapparate um den Hals, sind zum Erinnerungsfoto um das Opfer gruppiert, sie lachen. Ein abessinisches Mädchen, nackt, mit gesenktem Kopf, auf dem zweiten Foto liegt es tot am Boden. Schlimmer als das Töten war das Fotografieren. Schlimmer als das Fotografieren aber war das Fotografieren der Fotografen, die nicht nur von ihrer Tat, sondern auch noch vom Bezeugen ihrer Tat ein Zeugnis mit nach Hause bringen wollten. Immer wieder fragte sie sich, wie über diese Dinge zu berichten sei. Überwältigt von Hass, Ekel und Scham, verzichtete sie auf jede Emotion. Kein Einfühlen, kein Ausmalen, keine Adjektive. Genaue, kalte Sprache. Inventur. Noch in derselben Nacht kabelte sie den Beitrag nach Moskau, zwei Tage später erschien er auf der Frontseite der *Deutschen Zentral-Zeitung*. Es war ihr erster Beitrag auf der Frontseite. Beim Wiederlesen war sie unzufrieden. Der Ton zu kalt. Sie war in der Verweigerung von Emotionen zu weit gegangen. Es gab keine Tricks. Es gab nur diese unermüdliche Arbeit, bis sie zu jedem einzelnen Wort stehen konnte.

Während sie sich in Guadalajara aufhielten, hatten die republikanischen Truppen und Flieger die Angreifer aus Trijueque und Brihuega zurückgedrängt. So hatte sie sich schließlich doch entschieden, mit Kolzow und den beiden Skandinaviern nach Brihuega weiterzufahren. Inzwischen war ein fahler Tag angebrochen. Als sie die Anhöhe über der Stadt erreichten, hatte der Regen aufgehört. Sie stiegen aus, Maria Osten zog tief die Luft ein, die endlich frei war von Benzindämpfen und jenem anderen Geruch. Mehrere zivile und militärische Fahrzeuge hielten hier, Offiziere und Journalisten standen herum und blickten auf Brihuega hinunter, das vor ihnen in einem engen Talkessel lag. Die Klosterbauten schienen unbeschädigt, darum herum ausgebrannte Häuser, aus denen Rauch aufstieg, Bombenkrater, Kriegsgerät, schwarzgekleidete Frauen, die in den noch rauchenden Trümmern herumgingen. Hallo, Maria, sagte jemand neben ihr. Sie blickte auf die zierliche Gestalt im blauen Mono, die Rolleiflex und die Leica um den Hals, die Baskenmütze auf dem kastanienbraunen Haar. Mit ihren rotgeschminkten Lippen, den sorgfältig gezogenen Brauenstrichen, die dem Gesicht einen hochnäsigen Ausdruck verliehen, schien Gerda Taro sich über den Schlamm und die Verwüstung zu mokieren, die sie umgaben. Aber ihr Gesicht war bleich, und als sie Maria Osten umarmte, war es, als müsse sie sich an ihr festhalten. Sie begrüßte auch Kolzow, sie bedauerte, dass Bob Capa nicht hier war, er sei vor zwei Wochen nach Paris gereist. In zwanzig Minuten landen wir in Kopenhagen, sagte der Steward. Als sie ihn verständnislos anblickte, entschuldigte er sich, dass er sie geweckt habe. Während des Landeanflugs begannen ihre Ohren zu schmerzen. Der Steward empfahl Madame, die Nase zuzuhalten und mit sanftem Druck Luft durch die Eustachische Röhre zu pressen. Der Druck ließ nach.

In Kopenhagen hatten sie vierzig Minuten Aufenthalt. Im Flughafengebäude kaufte sie für Jusik eine Tafel Schokolade, auf der Verpackung war das Matterhorn abgebildet. Als sie die Kabine wieder betrat, waren drei Sitze leer, die übrigen sieben

Passagiere nickten einander zu wie alte Bekannte. Höhe gewinnend, überquerte das Flugzeug den Sund, dann trug es sie über Schonens Seen und Flüsse dahin wie einst die Graugänse Nils Holgersson auf seiner wundersamen Reise, wann hatte sie das schon einmal gedacht? Es musste vor fünf Jahren gewesen sein, als sie nach Moskau geflogen war, um ihr Leben als Maria Osten zu beginnen. Eine Maschine der Deruluft hatte sie damals in die Sowjetunion gebracht, und auch jetzt trugen sie keine Graugänse, sondern ein geflügeltes Seepferdchen.

Am Abend hatte sie Gerda Taro im einzigen noch bewohnbaren Hotel des Felsennests Torija wiedergetroffen. Nach dem Essen machten sie es sich in Gerda Taros Hotelzimmer so bequem wie möglich, die Öfen im Hotel waren unbenutzbar, weil das oberste Stockwerk samt den Kaminen einen Treffer abbekommen hatte. Sie hatten sich in ihre Mäntel gehüllt, Gerda Taro saß mit untergeschlagenen Beinen auf dem Bett. Auf Maria Ostens Frage sagte sie, ja, wir arbeiten noch immer im Kollektiv. Die Fotos gehen mit dem Vermerk *Foto Capa et Taro* an die Journale. Das Geld wird geteilt. Aber es sei nicht mehr so einfach. Seit der Fotografie von dem fallenden Milizionär sei Capa ein Star, die Redaktionen wollten seine Bilder, die Redakteure schrieben alle guten Fotos ihm zu. Natürlich freue es sie, sie habe seinen Erfolg vorausgesagt. Aber sie fühle sich manchmal in die zweite Reihe gedrängt. Eine Hierarchie sei entstanden, die die kollektive Arbeitsweise störe. Ihre eigenen Bilder seien gut, sonst würden *Vu* und *Regards* und *Ce soir* und die *Schweizer Illustrierte* sie nicht bringen. Aber Capa sei auf dem Weg der Selbstverwirklichung, während der ihre durch seinen Erfolg blockiert scheine. Darüber habe sie lange mit ihm gesprochen, auf eine Lösung seien sie nicht gekommen. Sie hätten erkennen müssen, dass die künstlerische Arbeit im Kollektiv eine Utopie sei, die sich vielleicht nur im Sozialismus verwirklichen lasse. In letzter Zeit benutze sie deshalb wieder den Vermerk *Foto Taro*. Sie brach plötzlich ab, das Brummen von Flugzeugmotoren war zu hören. Sie lauschten. Was machen wir? fragte Maria Osten. Keine Ahnung, sagte Gerda Taro. Sie traten ans Fenster und blickten in den schwarzen Himmel. Nach einer Weile entfernte sich das Brummen. Die Unsrigen, sagte Maria Osten. Sie machten es sich wieder bequem. Der treffendste Ausdruck für die Arbeitsweise von ihr, Capa und Chim, sagte Gerda Taro, sei eingreifendes Fotografieren. Sie hätten auch Begriffe wie Tendenz, Propaganda, Parteilichkeit und Engagement erwogen. Aber all diese Bezeichnungen konnten dazu benutzt werden, sozialistische Künstlerinnen und Künstler zu denunzieren. Dahinter die Überzeugung bürgerlicher Intellektueller, die Sozialisten hätten ideologische Vorurteile, sie selber nicht. Diese Leute glaubten, die Wahrheit stelle sich von selbst dar, die Fotografen hätten sich nicht einzumischen. Das gelte vielleicht für ihre Wahrheit, aber nicht für die Wahrheit ihrer Opfer und nicht für die Wahrheit über den Faschismus. In Paris habe sie einmal einen Vortrag gehört, von einem Exilanten, Walter Benjamin, einem klugen, etwas verschrobenen Menschen. Fotografien, habe er gesagt, hätten die Eigenart, die abgebildeten Objekte zu verklären, Mietskasernen ebenso wie Stauwerke, Kabelfabriken oder Müllhaufen. Fotografien, so sein Fazit, seien nicht imstande, etwas über die gesellschaftlichen Verhältnisse auszusagen, sie machten noch das Elend zum Genuss. Dagegen, sagte Gerda Taro, wende sich das eingreifende Fotografieren, wie sie und ihre Freunde es betrieben. Es sei der parteiische Versuch, die Wahrheit der Opfer sichtbar zu machen, auch die Bildunterschriften dienten diesem Ziel.

Maria Osten bot Gerda Taro eine Camel an und steckte sich ebenfalls eine an, sie hielt die Hände wärmend um die Glut. Hier in Spanien, nahm Gerda Taro den Faden wieder auf, verlangt unsere Parteilichkeit, dass wir ganz nahe an die Front herangehen. Darüber freuen sich natürlich die Zeitschriftenredaktionen, sie wollen sensationelle Bilder. Aber ich riskiere mein Leben nicht für Redakteure, ich bin keine Draufgängerin. Sie zögerte, lachte, oder doch. Du hast heute die Verheerungen auf der Straße nach Brihuega gesehen, die Sterbenden, die Toten. Ich muss da ganz nahe ran. Capa sagt, wenn ein Bild schlecht ist, warst du nicht nahe genug dran. Das ist meine Form von Draufgängertum. Beim Arbeiten vergesse ich, dass ich Schiss habe. Manchmal geht mir in all dem Grauen der Gedanke durch den Kopf, dass es unfair ist, wenn ich noch lebe. Sie verfiel in Schweigen. Ihre Worte passten nicht zu ihrem hochmütigen Gesichtsausdruck. Oft genug, sagte sie, kommen wir zu spät, sind am falschen Ort, die Sicht ist schlecht, es ist zu dunkel, der Film ist nass geworden oder der Apparat eingefroren. Gelegentlich stellen wir Szenen. Ein Kommandeur sagt, gestern geschah das und das, die Männer rannten hier entlang, gingen dort in Stellung. Wir stellen es nach. Darauf kommt es nicht an. Am Schluss muss die fotografische Abbildung wahr sein. Authentizität allein garantiert noch nicht Wahrheit, die Augenzeugen haben die Wahrheit nicht gepachtet. Das Geschehen plus die Reflexion darüber, damit kommst du der Wahrheit am nächsten. Sie zog an der Zigarette. Schau dir die Filme von Ivens oder Roman Karmen an, oder von Flaherty. Alles gestellt. Glaubt jemand, Nanuk habe nicht gemerkt, dass Flaherty ihn im Iglu filmte oder wenn er mit seinem Schlitten über das Eis zog? Und doch ist es das Wahrste, was wir über die Lebensweise der Eskimos haben. Eine objektive Wahrheit gibt es also nicht? fragte Maria Osten. Doch, die gibt es. Der Milizionär, der tot auf der Erde liegt, das ist wahr, unter allen Umständen. Aber was der tote Milizionär zu bedeuten hat, das kommt in keiner Objektivität unter. Und Capas Bild vom fallenden Milizionär, ist das nun gestellt oder nicht? Das musst du ihn fragen, antwortete Gerda Taro mit einem Lächeln. Nun war sie tot. Aus der Selbstverwirklichung war nichts geworden.

Auf dem Flughafen Bromma bei Stockholm endete der Flug der Air France. Zusammen mit zwei weiteren Passagieren wurde sie über das Flugfeld zu dem finnischen Flugzeug geführt, das sie nach Helsinki bringen sollte. Der Atem stockte ihr, als sie die Maschine sah. Da war keine Verwechslung möglich, es war eine Junkers, die Silhouette der Flugzeuge der Legion Condor hatte sich ihr ins Gehirn gebrannt. Auf dem Leitwerk kein Hakenkreuz, sondern die Aufschrift Aero O/Y. Sie mussten im Freien warten, bis das Gepäck verladen war. Um vier Uhr nachmittags startete sie zum letzten Abschnitt des Flugs. Kurz nach dem Start verteilte der finnische Steward Schwimmwesten. Unter ihr die Ostsee, eine dunkle Fläche, in der sich weiße Striemen auftaten. Sie lehnte sich in den Sessel zurück. Nachdem sie von der Guadalajara-Front nach Madrid zurückgekehrt war, hatte sie den Artikel über die Deutschen in der napoleonischen Armee abgeschlossen. Sie hatte einen Abschnitt über den Sieg bei Brihuega eingefügt, damit hatte sie sich selbst Mut gemacht. Die Bombardierungen der Hauptstadt nahmen zu, immer öfter geriet sie an Szenen des Grauens. Darüber musste sie nun schreiben, das duldete keinen Aufschub. Sie versuchte nicht länger, ihre Gefühle aus der Schilderung herauszuhalten. Sie arbeitete tagelang, bis sie die Formulierungen fand, die ihrer Leserschaft vorstellbar machten, was hier geschah. Es ist keine Anklage, begann ihr Artikel. Es ist kein Aufruf. Beides hielte die Feder aus. Sätze wie zwischen Schluchzen herausgepresst. An der Ecke, schrieb sie, hält dir ein Mann ein kleines Bündel, etwas Baumelndes, Rotbeflecktes entgegen. Sie hatte nicht hinsehen wollen, aber, schrieb sie, du siehst hin, es sind zwei Kinderbeine in Söckchen und Sandalen. Der kleine Körper ist tot. Er ist tot, Jusik, ich muss es schreiben. Denn, fuhr sie fort, es ist ja nicht der Tote, der seinen Tod erlebt, nein, das bist du. Ich bin das, Maria Osten, aber sie schrieb du, sie wählte die zweite Person, sie brauchte diese Schwebe zwischen Selbstgespräch und vertraulicher Anrede an die Leserinnen und Leser. Und es ist nicht der Schuster, schrieb sie, nicht das Kind, nicht die Mutter mit der Einkaufstasche, die in dieser großen Lache Blut tot vor dem Haus liegen, auch das bist wieder du. Auch das bin wieder ich, die das hat anschauen müssen, die den Kopf nicht hat abwenden dürfen. Capa hat recht, wenn ein Artikel schlecht ist, warst du nicht nahe genug dran. Die Münder der Toten, schrieb sie, stehen offen. Sie wollen alle das gleiche schreien. Du musst jetzt für sie schreien. Aber nicht zu laut, ermahnte sie sich, ich muss das kontrollieren, ich brauche die Einfühlung, aber ich brauche auch die Vernunft. Wenn ich zu laut schreie, können die Leserinnen und Leser nicht mehr schreien. Ich brauche das Pathos, aber ich brauche auch die Gleichgültigkeit des Alltags, der weitergeht. Und schon, schrieb sie, sind die kleinen Mädchen mit dem Seil wieder da, zwei drehen und das dritte springt ein. Die Glassplitter werden zusammengefegt. Ein zerstörtes Auto wird abgeschleppt, dann geht alles wieder seinen gewohnten Gang.

Das ist dein bester Artikel, sagte Kolzow. Du arbeitest ohne Netz. Nur gerade der Titel, *Frühling in Madrid*, enthält eine Spur von Ironie. Du gehst schutzlos bis an die Grenze heran, wo du dich den Lesern auslieferst. Aber du verlierst nie deine Integrität. Er lachte sein spöttisches Lachen, jetzt werde ich geschwollen, ich meine ja nur, das ist stark.

Am nächsten Tag war er, einer Anweisung aus Moskau folgend, in die sowjetische Hauptstadt zurückgereist. Sie solle auf sich aufpassen, hatte er beim Abschied gesagt, der Sieg bei Brihuega sei nur ein Anfang, es stehe noch viel bevor, Gutes und Schlimmes.

Die Dämmerung ging in Nacht über, als die Maschine in Malmi landete. Sie fuhr ins Stadtzentrum von Helsinki und nahm sich ein Zimmer nahe beim Bahnhof. Sie ging noch einmal aus, um eine Kleinigkeit zu essen und Aspirin zu kaufen. Zurück im Hotel, wusch sie, während das Bad einlief, im Waschbecken ihre Bluse und die Unterwäsche und hängte sie zum Trocknen auf. Sie döste eine halbe Stunde im sich abkühlenden Badewasser, bis das Dröhnen im Kopf aufhörte. Dann ging sie zu Bett.

III

Die vier nordischen Recken würdigten sie keines Blickes. Die Augen unter den mächtigen Stirnen ins Weite gerichtet, die kantigen Kinnladen vorgeschoben, mit ihren Pranken behutsam die an Montgolfieren erinnernden Lampen umfassend, ragten sie vor dem Kopfbahnhof von Helsinki empor, empfindungslos gegen die Schicksale der Reisenden, die täglich an ihnen vorbeiströmten. Und wieder richtete sie sich in einem Eisenbahnabteil ein, atmete den Geruch von verbrauchten Polstern und verrauchter Luft. Sie liebte lange Bahnfahrten. Wer mit der Eisenbahn reise, war in Gesellschaft aller, die je mit der Eisenbahn gereist waren, Berühmte und Unbekannte, Kinder, Mütter, Verbrecher, Geistliche und Schwindsüchtige, Aristokraten und Financiers in ihren Privatwaggons, Börsengewinnler und Bankrotteure, Proleten, Filmschauspielerinnen, Soldaten und Liebende. Aber ob sie bereits an der nächsten Station wieder ausstiegen oder ganze Erdteile durchquerten, immer war das Ende der Reise, so fern es auch sein mochte, im Vorüberhasten der Masten und Signalstangen, im Schlagen der Waggonräder gegen die Schienenfugen allmählich näher gerückt. Dagegen war Fliegen eine abstrakte, unsinnige Art des Reisens. Land und Wasser, der Grund, die Materie, von der alles ausgeht, sind eskamotiert, die Geographie aufgelöst, Paris liegt neben Amsterdam, dazwischen ist nichts, das sich fassen ließe. Die Karte sagt, du befindest dich über dieser oder jener Stadt, Guernica zum Beispiel, du kannst, wenn du willst, auf einen Knopf drücken, dann ist die Stadt hin, Rauchschwaden zeigen es an, das ist alles.

Guernica war Ende April zerstört worden. Das hatte alles überschattet, was bisher in diesem Krieg geschehen war, auch Kriegshandlungen, bei denen weit mehr Menschen ums Leben gekommen waren. Hier begann etwas Neues, der Krieg hatte die nächste Stufe erreicht auf der nach oben unbegrenzten Skala der Vernichtung. Sie war das ganze Frühjahr hindurch und bis in den Sommer hinein in Madrid geblieben und hatte gearbeitet. Sie schrieb an ihren Artikeln für die *Deutsche Zentral-Zeitung*, daneben sammelte und redigierte sie Beiträge für *Das Wort*, die sie an Brecht und Feuchtwanger oder nach Moskau weiterleitete. Sie hatte viel für Busch zu tun. Er war Anfang April von Valencia heraufgekommen, mit Heiner Rau, den sie von Moskau her kannte. Busch hatte weiteres Material mitgebracht, gemeinsam arbeiteten sie an einer Neuauflage des Liederbüchleins. In diesen Wochen hatte sie ihre Beziehung zu ihm wieder aufgenommen. Er war immer noch der Hallodri, der das Leben nicht ernst nahm, sein Publikum zu Begeisterungsstürmen hinriss, wie besessen an seinen Liedersammlungen arbeitete und sie zum Lachen brachte. Sie bereitete mit ihm die Auswahl der Lieder für die Thälmann-Feier in Moraleja vor, die Mitte April stattfand. Zwei Stunden lang hatte er die in dem alten Schloss einquartierten Interbrigadisten mit alten und neuen Liedern begeistert. Er sang Dessaus Lied von der Thälmann-Kolonne, *Spaniens Himmel breitet seine Sterne / Über unsre Schützengräben aus*, und Weinerts Lied der Internationalen Brigaden: *Wir, im fernen Vaterland geboren, / Nahmen nichts als Hass im Herzen mit*. Er sang Uhlands altes Kriegslied *Ich hatt' einen Kameraden*, den Text hatte er umgedichtet, der gute Kamerad trug jetzt einen Namen, Hans Beimler, er hieß nach dem Genossen, der im Dezember vor Madrid gefallen war. Als sie Ende Mai die neueste Nummer des *Worts* mit einem Kapitel aus ihrem noch immer unvollendeten Roman erhielt, waren ihre Gefühle gemischt. Die Erzählung war gut, die miese Landschaft, die viehischen Menschen, die Darstellung von Ekel und Gewalt, das war ihr gelungen, sie war erstaunt, dass diese abscheuerregenden Schilderungen von ihr stammten. Aber die Arbeit ragte wie aus einer anderen Zeit in ihr jetziges Leben. Die Aufgaben, die ihr in Moskau und Spanien übertragen worden waren, hatten sie von dem Romanprojekt weit abgedrängt. Lange hatte sie sich gewünscht, mit einer belletristischen Arbeit in der Zeitschrift zu erscheinen, zu deren Entstehen sie so viel beigetragen hatte, nun las sie den Beitrag wie einen Abgesang.

Im Mai kam ein Brief von Kolzow aus Moskau, der sie beunruhigte. Sie hatte, als sie in Madrid angekommen war, ausführlich mit ihm über die Prozesse in Moskau gesprochen und ihm Feuchtwangers Reaktion geschildert. Er hatte Feuchtwanger gelobt. An der Schuld der Angeklagten bestehe kein Zweifel, ihr Zynismus sei unbegreiflich. Stalins Handlungen von unerschütterlicher Klarheit, angesichts der wachsenden Bedrohung durch den Faschismus. Und nun dieser Brief. Ich denke, denke – und kann nichts verstehen, schrieb er. Was geht vor? Ich fühle, dass mir der Verstand schwindet. Als einflussreicher Journalist sollte ich anderen den Sinn dieser Vorgänge erklären, aber ich verstehe absolut nichts, ich habe den Kopf verloren, ich habe die Fassung verloren, ich tappe im Dunkeln. Es war ein Hilfeschrei. Welche Hilfe erwartete er von ihr? Was konnte sie ihm sagen, dem klügsten Menschen, dem sie je begegnet war? Warum ging er nicht zu Stalin, der ihm alles erklären würde? Dass dieser Brief nur für sie bestimmt war, hätte er ihr nicht zu schreiben brauchen. Sie brannte darauf, mit ihm zu sprechen, aber im folgenden Brief, bereits wieder aus Perpignan, teilte er ihr mit, er werde vorläufig nicht nach Madrid heraufkommen, er gehe nach Bayonne und wolle versuchen, von dort aus Bilbao zu erreichen, wo die Bombenflugzeuge der Legion Condor ihre Spielchen trieben. Sie war enttäuscht gewesen, aber auch erleichtert. Drei Wochen später war er von Bilbao über Frankreich nach Valencia gereist. Sie hatte den Eindruck, dass er ihre Nähe mied. An seinen Brief über die Prozesse dachte sie nicht mehr, die Bombardierungen von Madrid hielten sie in ständiger Anspannung, außerdem war sie mit den Vorbereitungen für den neuen großen Schriftstellerkongress beschäftigt. Es sollte eine Art Wanderdemonstration gegen den Faschismus werden, die Eröffnung sollte in Valencia stattfinden, dann würde der Kongress nach Madrid reisen, die Abschlussveranstaltung würde in Paris stattfinden. Jetzt um die Mittagszeit, während sie an der finnischen Grenze auf die Abfahrt des sowjetischen Zugs wartete, fiel ihr Kolzows verzweifelter Brief wieder ein. Die Angeklagten waren schuldig, die Gescheitesten sagten es, Feuchtwanger und Bloch, auch Kolzow wiederholte es in seinen folgenden Briefen, den hilflosen Brief vom Mai erwähnte er nie mehr. Die Partei hatte die Urteile gesprochen, die Partei wusste mehr, als der Einzelne wissen konnte, das sagte einem die Vernunft, da gab es nichts zu rütteln. Mit einem Ruck wurde sie aus ihren Gedanken aufgerüttelt, dunkle Rauchschwaden zogen am Abteilfenster vorüber, die finnische Grenzstation blieb zurück, der sowjetische Zug hatte seine Fahrt nach Leningrad begonnen.

Das Undurchschaubare der fernen Vorgänge hatte auch auf Spanien übergegriffen. Unter den kommunistischen Parteien, den verschiedenen Gruppen und Gewerkschaften brach der Wahnsinn aus. Während an den Fronten die Genossen im Kampf gegen den Faschismus fielen, brachten sie sich in Barcelona gegenseitig um. Es gab fünfhundert Tote. Sie waren toll geworden, die Anarchisten und linken Phantasten, die Revoluzzer der POUM, die von der proletarischen Revolution träumten, statt den Kampf gegen die Faschisten zu gewinnen. Aber, hatte Maria Osten in einer Debatte mit Genossen eingewendet, sie wollen doch ebenso wie wir die proletarische Revolution. Revolution in einem Land, wurde ihr geantwortet, alles andere sei Trotzkismus. Sie hatte sich auf die Zunge gebissen. Wenige Wochen später war die POUM liquidiert. Ihre Anführer wurden der Zusammenarbeit mit Trotzki beschuldigt, der faschistischen Erhebung, der Verbindung mit der Gestapo, der Verleumdung eines befreundeten Volks, der Spionage, des Waffenhandels, des

Terrorismus, des Umsturzversuchs, des Schmuggels mit Wertgegenständen, der Geldverschiebung und des Betretens des Rasens. José Díaz, der Sekretär der spanischen Partei, über den sie einen bewundernden Artikel geschrieben hatte, verlangte, dass die Hinrichtungskompanie in Aktion trete. Irgend jemand musste dann in Aktion getreten sein – nicht nur Nin, Gorkin, Andrade, Bonet, Gironella und Arquer, die Führer der POUM, verschwanden, sondern auch viele ihrer ausländischen Anhänger, die nach Spanien gekommen waren, um ihr Leben im Kampf gegen den Faschismus einzusetzen. Die Zerschlagung der POUM hatte die Wachsamkeit unter den Genossen noch verstärkt. Die Säuberungen in den Parteizellen, die Kritik an sich und anderen, das Offenlegen von Irrtümern und Abweichungen gehörten nun auch in Spanien zur selbstverständlichen revolutionären Tätigkeit. Beunruhigend aber war das Unwägbare, ein flüchtiger Gruß, eine vage Geste, ein verstohlener Blick, die ins Gesicht gezogene Mütze, Getuschel hinter dem Rücken. Dagegen kam die Vernunft nicht an. Zu Busch hatte sie unbedingtes Vertrauen, ihn kümmerte das alles nicht, er ließ sich in seinem Enthusiasmus nicht beirren. Als er aus Moskau erfuhr, dass es auch um seinen Namen Gerüchte gebe, hatte er zu ihr gesagt, er scheiße auf die Meinung von Feiglingen und Arschlöchern. Und Kolzow? Sie sagte sich, dass sie, was immer er auch unternahm, zu ihm stehen würde.

In den ersten Julitagen hatte der Schriftstellerkongress begonnen. Davon war ihr eine unordentliche Folge von Gesprächsfetzen in Erinnerung geblieben, von Gesichtern und Gesten vor ständig wechselnder Kulisse, der Saal des Teatro Principal, die Trottoirs und Straßen von Valencia, Cafés, Restaurants, Hotelhallen und Hotelbars. Alles von Zigarettenrauch verschleiert und flirrend in der Julihitze, die auch nachts kaum nachließ. Der Chor der Stimmen überlagert vom Heulen der Sirenen, dem donnernden Zerbersten von Bomben und dem Knattern der Flak, dazu die Bilder von aus unruhigem Schlaf aufgeschreckten Kongressteilnehmerinnen und -teilnehmern, die in Luftschutzräume geführt wurden, wo sie, dösend oder in Gespräche vertieft, auf die Entwarnung warteten. Und wieder waren sie gekommen, Malraux, André Chamson, Stephen

Spender, Tristan Tzara, Rafael Alberti, Regler, Anna Seghers, Ludwig Renn, aus der Schweiz war Hans Mühlestein angereist und aus Norwegen Nordahl Grieg, Weinert war da, der siebzigjährige Julien Benda, der argentinische Lyriker Raúl González Tuñón und sein chilenischer Kollege Pablo Neruda, Hans Marchwitza, Léon Moussignac, Andersen Nexö, aus den Vereinigten Staaten Malcolm Cowley und die schwarze Aktivistin Louise Thompson, aus England die Lyrikerinnen Sylvia Townsend Warner und ihre Lebensgefährtin Mary Ackland, sie waren schon vor dem Kongress hergereist, um mit der Waffe zu kämpfen, als es ihnen verweigert wurde, blieben sie als Krankenpflegerinnen. Aus Kuba kam der schwarze Lyriker Nicolás Guillén, Álvarez del Vayo und José Bergamin vertraten Spanien, Bredel war da, Kisch, Bodo Uhse, der Mexikaner José Mancisidor und aus der Sowjetunion Agnia Barto, aber wer kennt diese mittelmäßige Schmiedin von Kinderversen schon, schimpfte Kolzow, gottseidank hatten die Genossen auch Ehrenburg, Fadejew, Alexej Tolstoi und Wsewolod Wischnewski geschickt. Ein paar deutsche Genossen waren sauer, weil weder Feuchtwanger noch Heinrich Mann oder Brecht gekommen waren, es hieß, sie hätten die Einladungen zu spät erhalten, andere sagten, sie hätten Schiss. Ministerpräsident Negrín hielt die Eröffnungsrede, ein Konzert von Pablo Casals fand statt und eine Aufführung von Federico García Lorcas Stück über die junge Freiheitskämpferin Mariana Pineda, die vor hundert Jahren hingerichtet worden war. Irgendwann war der Kongress nach Madrid weitergezogen, auch hier nachts Sirenen, Bomben, Fliegerabwehrkanonen. Oder war das bereits wieder in Valencia oder danach, in Barcelona, wo schlägt der Wanderzirkus der Antifaschisten heute sein Zelt auf? Während in der Ferne der Geschützdonner der Schlacht bei Brunete zu hören ist, folgt Redner auf Redner, das Publikum lauscht gebannt oder gelangweilt, in den Pausen werden Meinungen feilgeboten, die Beiträge zerpflückt und das Programm kritisiert. Alles in allem eine so konfuse wie eindrucksvolle Veranstaltung, Nachdenkliches neben Platitüden, Eitelkeiten vermischt mit Heroischem, das Gedächtnis daran aufbewahrt in Memoiren, Autobiographien, vergilbten Tagebüchern und Briefen derer, die damals teilgenommen haben.

Am achten Juli sprach Maria Osten. Der Saal in Madrid war voll, Kolzow war da, Busch, Anna Seghers, lauter vertraute Gesichter, sie sah keines, vergaß die Hitze. Sie las ihre Rede konzentriert, Schweißtropfen liefen ihr unter der Bluse das Rückgrat hinunter. Ich schäme mich als Deutsche, sagte sie in das Meer von Gesichtern, weil die deutsche Kultur in Madrid dieses Jahr durch die Junkers und Heinkels vertreten ist. Unsere Feder, sagte sie, muss die Kultur verteidigen, das heißt, sie muss den Menschen verteidigen. Es war ein großer Augenblick. Sie würde eine Spur hinterlassen. Wenn die Späteren einmal nachforschten, wer sich damals dem Gang der Dinge widersetzt hatte, würden sie auch auf ihren Namen stoßen. Sie war noch immer erfüllt von dem Augenblick, als sie in der Pause ins Freie trat. Im Gedränge vor dem Eingang zum Auditorium traf sie auf Gerda Taro. Die Fotografin trug die Blitzlichtkamera um den Hals, sie fotografierte für *Ce soir*. Du hast ausgezeichnet gesprochen, sie umarmte Maria Osten. Ich habe nichts besonders Neues gesagt. Du hast es auf deine Weise gesagt, und so war es doch neu. Maria Osten freute sich über das Lob. Sie war immer noch in Hochstimmung, als Anna Seghers mit einer etwa fünfzigjährigen Frau in einfachem schwarzem Kleid, wie es die Spanierinnen trugen, zu ihnen trat. Die beiden schienen Gerda Taro zu kennen. Anna Seghers begrüßte Maria Osten und stellte ihre Begleiterin als Maria Ruiz vom Socorro Rojo vor. Anna Seghers lobte Maria Osten, sie habe einen sehr anständigen Vortrag gehalten, sie war freundlich und korrekt wie stets, aber Maria Osten hörte nur halb zu, sie konnte ihren Blick nicht von Anna Seghers' Begleiterin wenden. Dann fiel ihr ein, wo sie sie schon einmal gesehen hatte. Als sie im vergangenen Herbst mit Kolzow den Genossen Contreras im ehemaligen Salesianerkloster in der Arbeitervorstadt Cuatro Caminos besuchte, hatte diese Frau bei ihrem Eintritt das Büro verlassen. Für ungefähr vierzig Jahre alt hatte sie sie damals gehalten, jetzt, neun Monate später, schien ihr Gesicht gealtert, und doch hatte es nichts von seiner Schönheit verloren. Nachdem sie im Gedränge wieder getrennt worden waren, sagte sie zu Gerda Taro, das sei schon das zweite Mal, dass sie dieser Frau begegne, ohne auch nur ein Wort mit ihr zu wechseln, beide Male habe sie nur ihre Schönheit bewundert. Du bist nicht die einzige, sagte Gerda Taro, sie war Filmschauspielerin. Als Maria Osten sie ungläubig anblickte, fügte sie hinzu, in Hollywood. Außerdem gibt es Aktfotos von ihr, die der amerikanische Fotograf Edward Weston gemacht hat. Auch die mexikanischen Wandmaler haben sie gezeichnet und gemalt, Diego Rivera und Alfaro Siqueiros, José Orozco und Xavier Guerrero. Sie ist mit Alexandra Kollontai befreundet und hat Majakowski gekannt und Augusto Sandino und Agustin Farabundo Marti. Sie war Fotografin. Ihre Arbeiten sind in Mexiko, in den Vereinigten Staaten und in der Sowjetunion erschienen und in Deutschland in der *Arbeiter Illustrierten* und im *Arbeiterfotograf*. Wieso war? fragte Maria Osten. Sie hat mit der Fotografie aufgehört, sagte Gerda Taro, sie arbeitet nur noch für die Revolution. Sie ist eine Italienerin, aus Udine, ihr richtiger Name ist Tina Modotti.

Sie will nicht, dass man es weiß, sagte Gerda Taro, als sie nach dem Ende der Nachmittagsveranstaltung über die Gran Via spazierten. Fotografie bedeutet ihr nichts mehr, dabei war sie besser als wir alle. Sie sprach mit Begeisterung, die Strahlen der tiefstehenden Sonne streiften ihr Gesicht und gaben ihrem Haar einen rötlichen Glanz. Sie hatten sich in ein Straßencafé gesetzt, auf dem Boulevard flanierten die Menschen und kiebitzten über Sandsackwälle und durch Drahtnetze auf die Auslagen. Woher weißt du das alles? fragte Maria Osten. Manches habe ich aus Fotojournalen, anderes hat sie mir selbst erzählt. Als ich sie vor ein paar Wochen hier in Madrid zum erstenmal sah, habe ich sie gleich erkannt. Ich hatte ihre Arbeiten gesammelt, besaß auch das Buch über Diego Rivera mit ihren Fotos von den Wandmalereien, das in Deutschland erschienen ist. Sie bat mich, ihr Geheimnis für mich zu behalten. Ich versprach es, aber ich handelte ein Gegengeschäft aus. Sie sollte mir eine Frage beantworten, die mich bedrängte. Ich wollte wissen, weshalb sie die Fotografie aufgegeben hatte. Zuerst zögerte sie, aber als ich ihr Zeitschriften mit meinen Fotos brachte, willigte sie ein.

Es war das alte Dilemma des engagierten Künstlers zwischen Kunst und Politik, hatte Tina Modotti wenige Tage später zu

Gerda Taro gesagt, als sie sich beim Socorro Rojo trafen. Bei mir kam hinzu, dass ich in eine Arbeiterfamilie geboren wurde. Die Eltern rackerten sich ab, meine fünf Geschwister und ich hatten oft Hunger. Als junges Mädchen habe sie zwölf Stunden am Tag in einer Seidenfabrik gearbeitet. Diese Erfahrungen hätten es mit sich gebracht, dass sie später oft ein schlechtes Gewissen hatte, wenn sie sich mit Kunst beschäftigte. Als Sechzehnjährige war sie von Udine zum Vater nach San Francisco gezogen, die Mutter und die Geschwister kamen später nach. Die Sache mit Hollywood war ein Zwischenspiel, die Filmarbeit verlor bald ihren Glanz. Sie fühlte sich ausgenutzt, eine Zierpuppe, die sich auf Anweisung ausstellt. Mit Weston war das anders. Auch für ihn war sie ein Objekt, aber ein geliebtes, unvergleichliches. Er war ein Künstler, seine Porträts zeigten ihr etwas, das ihr bisher nicht bewusst gewesen war. Die Aktbilder waren von großer Sinnlichkeit. Sie war nur das Modell, Gegenstand der Darstellung war der weibliche Körper. Die Bilder waren abstrakt, es störte sie nicht, dass ihr Geschlecht zu sehen war. Auch in Riveras Bildern und Fresken war ihr nackter Körper zu sehen (sie lebte inzwischen in Mexiko), und auch hier war nicht sie, Tina Modotti, gemeint. Diese Werke waren nicht abstrakt, sie zeigten erkennbar gesellschaftliche Zustände, wenn auch mit den Mitteln der Kunst. Auf den Wandbildern sah sie sich eingereiht in eine solidarische Gemeinschaft, durch Rivera selbst wurde sie eingeführt in den politischen Kampf. Von Weston hatte sie die Anfänge der Fotografie gelernt, in ihren Fotografien versuchte sie, seine formale Strenge mit Riveras politischer Allegorik zu verbinden. Von einem Objekt vor der Kamera war sie zu einem Subjekt hinter der Kamera geworden. Nun gab sie den Blick, der so oft auf sie gerichtet war, zurück. Sie fotografierte die Männer, die sie fotografiert und gemalt hatten. Nein, hatte sie auf Gerda Taros Frage geantwortet, spontane Aufnahmen, Fotoreportagen habe sie nicht oft gemacht, mit der unhandlichen Graflex sei das schwierig, eine Leica habe ihr nicht zur Verfügung gestanden, außerdem sei sie nicht dreist genug. Die meisten Bilder seien gestellt, oft in stundenlanger Arbeit sorgfältig komponiert, auch das Bild der jungen Mexikanerin mit der Fahne, das die Genossin Gerda kenne. Aber, hatte sie hinzugefügt, sie habe nichts gegen die Schnappschusstechnik der Fotoreporter, die mit ihrer Arbeit einen maßgeblichen Beitrag leisteten beim Verbreiten der Wahrheit über Spanien. Sie war freundlich, sagte Gerda Taro auf der Gran Via zu Maria Osten, aber sie war auf der Hut, ihre Rede hatte etwas Unpersönliches, oder war es ihre Bescheidenheit, die Persönliches nicht zuließ?

Tina Modottis Erfolg wuchs, es gab erste Ausstellungen, gleichzeitig nahm auch ihr politisches Engagement zu. Sie arbeitete in der neugegründeten Roten Hilfe Mexikos, sie sprach auf Demonstrationen gegen Mussolini und den italienischen Faschismus, sie beteiligte sich an der Arbeit des Komitees Hände weg von Nicaragua und marschierte in Protestzügen für Sacco und Vanzetti. Sie wurde Kommunistin. Als sie eines Abends mit einem kubanischen Revolutionär durch die Straßen ging, wurde er von einem Meuchelmörder im Auftrag des kubanischen Diktators Machado erschossen. Er starb in ihren Armen. Der ermordete Genosse sei ein enger Freund gewesen, mehr sagte sie nicht dazu. Wenige Wochen später wurden im mexikanischen Bundesstaat Durango Genossen hingerichtet, mit denen sie befreundet war. Die Hatz auf die Peonen, die ihr Elend nicht länger hinnehmen wollten, auf Gewerkschafter und Genossen wurde immer blutiger. Ausländische Kommunisten wurden ausgewiesen, sie stand zuoberst auf den Abschiebungslisten. Über Berlin, wo sie sich mehrere Monate aufhielt, reiste sie zu Beginn der dreißiger Jahre in die Sowjetunion. In diesen Monaten, wo ihrem ohnehin nomadischen Leben alles Beständige abhanden kam, beschloss sie, die Fotografie aufzugeben und ihr Leben der kommunistischen Bewegung zu widmen. In Moskau arbeitete sie wieder bei der Roten Hilfe, sie verfasste Aufrufe und Broschüren, machte Übersetzungen (sie sprach Italienisch, Deutsch, Englisch und Spanisch) und was die Partei sonst von ihr brauchte. Anfang neunzehnhundertsechsunddreißig wurde sie von der Roten Hilfe nach Madrid geschickt. Als ein halbes Jahr später der Krieg ausbrach, organisierte sie für den Socorro Rojo Spitäler und Lazarette und kümmerte sich um die Pflege der Verwundeten. Sie verband selber Wunden, pflegte Sterbende, beschaffte Verbandszeug, Betten, Essen. Ihre besondere Sorge galt den Kindern, sie leitete die Evakuation von Kriegswaisen bis nach Mexiko und Moskau.

Tina Modotti schwieg, als sei damit Gerda Taros Frage beantwortet. Gerda Taro reagierte vorsichtig, es kam auf jedes Wort an. Ich brauche dir nicht zu sagen, wie sehr ich deine Tätigkeit bei der Roten Hilfe bewundere. Ich gehöre nicht zu denen, die die Pflege der Verwundeten, die Arbeit mit Kindern für eine Nebensache halten, bei weitem nicht. Aber, nimm es mir nicht übel, was du tust, können viele andere auch tun. Du bist eine Künstlerin. Deine Kunst begnügt sich nicht mit abstraktem Ästhetentum, sie verbindet auf unvergleichliche Weise formale Schönheit und politisches Engagement. Würdest du unserem Kampf nicht mehr nützen als Fotografin, deren Arbeit niemand anders tun kann? Tina Modotti lächelte, du bist nicht die erste, die mir diese Frage stellt. Du wirst von mir keine bedeutenden Gegenargumente hören. Was ich dir über mein Leben erzählt habe, sollte meinen Entschluss erklären. Für mich war ein Riss entstanden zwischen Kunst und politischem Kampf, der wurde immer tiefer. Das begann in Mexiko, unter dem Eindruck einer Gewalt, die keine Grenzen kannte. Später, während des Sommers in Berlin, als sich auf den Straßen die Nazis austobten, stellte sich mein Entscheid fast von selbst ein. Sie überlegte. Ich bin ja nicht die erste, die in diesen Widerspruch gerät. Du kennst die Bewegungen, die Kunst und Revolution vereinigen wollten, das Agitproptheater, Kunst als Waffe. Hier in Spanien haben mehr als ein Schriftsteller, dem die Literatur nicht mehr genügte, zur Waffe gegriffen, Máté Zalka zum Beispiel, der vor kurzem gefallen ist, und unter den deutschen Genossen Ludwig Renn, Gustav Regler und Willi Bredel. Andere versuchen, ihr Schreiben mit militärischen Handlungen zu verbinden, wie Kolzow und Malraux. Für mich kam die Waffe nicht in Frage. Sie schwieg erneut. Gerda Taro war nicht sicher, ob sie mit ihren Erklärungen zu Ende war. Es schien ihr, als sei das Wichtigste noch nicht gesagt. Sie versuchte es auf andere Weise. Hat die Partei es von dir verlangt? Ich habe es für die Partei getan, sagte Tina Modotti, aber sie haben es nicht von mir verlangt. Hätte ich die Genossen gefragt, hätten sie vermutlich so reagiert wie du und mich gebeten, bei der Fotografie zu bleiben. Sie blickte Gerda Taro forschend an, du bist mit meinen Erklärungen nicht zufrieden? Du hast dir eine klare Antwort erhofft? Gerda Taro ließ sich darauf nicht ein. Du warst an der Schwelle zum Ruhm, sagte sie, gerade du durftest nicht aufhören. Als Frau? Tina Modotti lächelte abermals. Ja, sagte Gerda Taro, als Frau. Ich bin ein ehemaliges Aktmodell, sagte Tina Modotti, die wenigsten können das vergessen. Wenn sie meine Bilder betrachten, sehen sie immer auch meinen nackten Körper. Sie sehen nicht nur Fotografien, die von einer Frau stammen, sie sehen auch die Frau, die die Bilder gemacht hat. Es ist, als ob meine Bilder von zuviel Weiblichkeit bestimmt seien. Ich bezweifle, dass meine Arbeiten diese Festlegungen je überwinden werden. Gerda Taro fragte, ob sie auch ihr raten würde, die Fotografie aufzugeben, um unmittelbar am Kampf teilzunehmen. Keineswegs, sagte Tina Modotti, ich habe meinen Entscheid nicht als Beispiel für andere gemeint. Ich erinnere mich, dass ein mexikanischer Senator vorschlug, Rivera solle als sein Nachfolger für das Parlament kandidieren. Ich habe damals heftig dagegen argumentiert und den Politiker gefragt, ob er wolle, dass Mexiko einen großen Künstler verliere. Mein Entscheid ist von meinen eigenen Lebenserfahrungen bestimmt. Aber, fügte sie hinzu, meine Erfahrungen sind nicht nur privat, ich teile sie mit vielen.

Tadägg tadagg hämmerten die Räder, tadägg tadagg. Die sowjetische Grenze lag seit Stunden hinter ihr, jetzt durchfuhr der Zug flaches Land, in den Seen und Sümpfen spiegelte sich die tiefstehende Sonne. Ihre Strahlen tauchten das Abteil in einen letzten Glanz. Endlich häuften sich Weiler und Dörfer, wurden zu Vororten, der Zug verringerte die Geschwindigkeit, sie fuhren in den Finnischen Bahnhof in Leningrad ein. Maria Osten trug ihre Reisetaschen durch das Gedränge in der Bahnhofshalle zur Autobusstation. Es dauerte eine Weile, bis der Autobus kam, sie knöpfte den Mantel zu, die Luft war frostig und feucht. Der Bus war überfüllt, sie musste stehen, sie war erschöpft, sie sehnte sich nach einem heißen Bad. Im Moskauer Bahnhof verbrachte sie eine Stunde auf dem Postamt, endlich kam die Verbindung mit Moskau zustande. Jusik gehe es gut, er sei gesund, jeden Tag lerne er neue Wörter, er freue sich auf seine Mutter. Falls er sich noch an mich erinnert. An einem Kiosk kaufte sie zwei Piroggen, dann machte sie es sich, eine Stunde vor der Abfahrt, im Schlafwagenabteil bequem. Sie aß von dem Gebäck, später trat sie in den Gang und steckte sich eine Camel an, es war die letzte. Nun, da sie bald wieder mit dem Kind zusammen sein würde, wollte sie endgültig mit dem Rauchen aufhören. Um elf Uhr nachts ruckte der Zug an, der letzte Teil der Reise hatte begonnen.

Zwei Wochen nachdem sie mit Gerda Taro auf der Gran Via gesessen hatte, war die Fotoreporterin tot. Sie war eben doch eine Draufgängerin gewesen, sie hatte die besseren Bilder machen wollen, sie war zu nahe herangegangen. Ein Panzer hatte ihr den Körper zerquetscht. Als Kolzow Maria Osten fragte, ob sie einen Nachruf schreiben wolle, hatte sie den Kopf geschüttelt. Auf ihre Bitte hin hatte er es getan. In den Wochen, die ihr bis zur Abreise aus Spanien noch blieben, sah sie Gerda Taro immer wieder vor sich, wie sie sie zuletzt im Straßencafé gesehen hatte: sorgfältig gezogene Brauenstriche über leuchtenden Augen, rot geschminkte Lippen, die honigfarbene Bluse mit den weißen Punkten, ihre Eleganz eine freche Herausforderung, inmitten all der Zerstörung.

In den Wochen vor der Abreise aus Spanien war Maria Osten nicht mehr zum Schreiben gekommen, die Arbeit mit Busch ließ ihr keine Zeit dazu. Ende Juli hatten sie gemeinsam eine neue Ausgabe der Spanienlieder herausgebracht. Sie sammelten weiterhin Lieder, die sie ins Reine schrieb, übersetzte und nach Moskau schickte, wo sie im Verlag der *Deutschen Zentral-Zeitung* erschienen. Gemeinsam bereiteten sie das Material für Buschs Konzerte und für die Auftritte in den deutschsprachigen Sendungen von Radio Barcelona vor. In den ersten Septembertagen – die Schlacht von Belchite war gewonnen, ohne dass der Republik daraus ein Vorteil erwachsen wäre – gingen sie von Madrid hinunter nach Barcelona. Sie wohnten im Hotel Victoria und bereiteten Schallplattenaufnahmen vor. Die Schallplattenfabriken hatten auf Kriegsproduktion umgestellt, es brauchte langwierige Verhandlungen, bis die Gramola Española sich bereit erklärte, die Platten herzustellen, das Graphit dafür mussten sie selber auftreiben. Abends, während Busch in einem Militärlazarett aus Rekonvaleszenten einen Chor zusammenstellte und Lieder einübte, flickte sie im Hotelzimmer seine Anzüge für die Auftritte. Als die Schallplattenaufnahmen endlich stattfinden konnten, war sie bereits abgereist. Mehr als zweieinhalb Jahrzehnte später würde Busch diese Aufnahmen in der Deutschen Demokratischen Republik erneut herausbringen, im Begleittext würde er seine toten Freunde Maria Osten und Michail Kolzow grüßen, ohne die diese Aufnahmen nicht zustande gekommen wären. Das war zu Beginn der sechziger Jahre des vergangenen Jahrhunderts in einem sozialistischen Land nicht selbstverständlich, auch nach Chrustschows Geheimrede von neunzehnhundertsechsundfünfzig wurden die Namen der Opfer des Terrors noch lange Jahre nicht genannt.

Den ganzen Sommer hindurch gab Busch Konzerte bei den Brigaden, in Lazaretten, Kindergärten und Schulen. Sie begleitete ihn, oft half sie vor den Auftritten, den Saal herzurichten, die Stühle zu ordnen, wenn möglich, besorgte sie Blumen für die Bühne. In Torija sang er an einem sonnigen Nachmittag auf dem Marktplatz vor brandgeschwärzten Fassaden, mehrere tausend Interbrigadisten saßen oder lagen erschöpft auf der Erde. Er sang das Lied vom Lincoln-Bataillon, *In dem Tal dort am Rio Jarama / Schlugen wir unsre blutigste Schlacht. / Doch wir haben auf Tod und Verderben / Die Faschisten zum Stehen gebracht.* Wenige Tage später sang er im Teatro del Conservatorio in Valencia vor spanischen Soldaten das Lied *Las Compañias de Acero* zur Musik von Carlos Palacio. Zur Begeisterung des Publikums sang er den Text auf spanisch: *Las Compañías de Acero, / cantando a la muerte van! Las Compañías de Acero / forjadas de Acero están / y triunfarán!* Im Militärlazarett von Mataró, an der Küstenstraße nördlich von Barcelona, auf einem improvisierten Podium inmitten verwundeter und verstümmelter Brigadisten, sogar Sterbende hatten sie hereingeschoben, Krankenschwestern fächelten ihnen Kühlung zu, sang er *Mamita mia: Vier noble Generale / haben uns verraten / i Mamita mia!* Zum Abschluss der Vorstellung, es war die letzte vor Maria Ostens Rückkehr nach Moskau, kündigte er eine besondere Dreingabe an, für jemanden, der im Saal anwesend sei, ein altes Volkslied, es heiße *Der Tod von Basel*:

Als ich ein Junggeselle war,
Nahm ich ein steinalt Weib.
Ich hatt' sie kaum drei Tage – Ti-Ta-Tage,
Da hat's mich schon gereut.

Gelächter begrüßte das Liedchen, übertönte das gelegentliche Stöhnen. Als er die letzte Strophe wiederholte, sangen viele mit, wer nicht Deutsch konnte, summte die Melodie.

Ende September war sie von Barcelona nach Paris geflogen. Dort hatte sie Brecht getroffen und war mit ihm nach Sanary zu Feuchtwanger gereist. Nun war sie schon wieder seit mehr als drei Tagen unterwegs. Würden die Späteren diese Rastlosigkeit einmal verstehen? Nie Zeit haben. Nie irgendwo bleiben. Nie eine Sache vom Anfang bis zum Ende führen, nie eine Situation in aller Ruhe durchdenken können. Keine Atempause, auch nicht in den Beziehungen. Das Leben lief ab unter dem Druck einer unerbittlich sich beschleunigenden Zeit. Tick macht die Uhr, tick tick tick, immer lauter, oder ist es ein Klopfen? Jemand klopfte an die Abteiltür, die Stimme des Schaffners kündigte die Ankunft in Moskau an.

Als der Zug im Leningrader Bahnhof zum Stehen kam, war sie als erste an der Waggontür. Auf dem Bahnsteig wartete die Genossin Pintschukowa mit Jusik.

23

Der Bahnsteig war leer. Sie blieb heftig atmend stehen. Außerhalb des Bahnhofs verschwand das rote Schlusslicht des Schnellzugs in der Abenddämmerung. Nachdem sich ihr Atem beruhigt hatte, ging sie mit dem Koffer und der Tasche zum Fahrkartenschalter zurück. Der nächste Zug nach Paris fuhr kurz vor elf Uhr nachts, Schlafwagenabteile gab es keine mehr, außerdem würde die Fahrt eineinhalb Stunden länger dauern. Der Wartesaal dritter Klasse war verlassen bis auf zwei kaum zwanzigjährige Burschen mit kahlgeschorenen Schädeln, kräftigen Nacken und blöden Gesichtern, die sie beim Eintreten anstierten. Ruth Rewald zögerte kurz, setzte sich dann in eine entfernte Ecke und zog den Mantel um sich. Der Raum war schlecht geheizt, die Luft schal von Zigarettenrauch. Ihr Zug fuhr in fünf Stunden. Die beiden Burschen unterhielten sich laut, ohne den Blick von ihr zu wenden. Sie grinsten zu ihr her und stießen mit ihren Bierflaschen an, als hätten sie einen Sieg zu feiern. Sie gab vor, zu schlafen. Nach den Monaten in Spanien befand sie sich in einem Zustand der Erschöpfung bis zur Gleichgültigkeit. Beim Grenzübertritt hatte sie ihre letzten Kräfte zusammennehmen müssen. Die Angst, dass mit den Papieren etwas nicht in Ordnung sein und die französischen Grenzbeamten ihr die Einreise verweigern könnten, so dass sie Anja nicht wiedersehen würde, hatte sie beinahe überwältigt. Ihr Herzklopfen ließ erst nach, als der Zug hinter Port Bou in den Tunnel rollte. Vollends beruhigt hatte sie sich, als sie in den französischen Grenzort Cerbère einfuhren, das Hecheln des Höllenhundes war ihr willkommen. Der Zug blieb mehr als eine halbe Stunde stehen, so hatte sie in Perpignan den Anschluss verpasst. Die beiden Burschen waren auf der gegenüberliegenden Bank näher gerückt. Vous êtes seule, mademoiselle? Zu einer dreißigjährigen Mutter! Sie wurde wütend, foutez-moi la paix! Die Burschen wiederholten den Satz, äfften dabei ihren fremdländischen Akzent nach. Sie griff nach der Tasche, da öffnete sich die Tür, drei Männer in schäbigen Kleidern und mit abgewetzten kleinen Koffern traten herein. Der eine humpelte an einer Krücke, beim zweiten war im Ärmel ein verbundener Armstumpf zu sehen. Sie setzten sich schweigend in eine Ecke. Der Dritte begann heftig zu husten, verließ den Wartesaal. Die Burschen gafften die beiden Verwundeten an, lachten laut, Chiens foutus, sales communistes, qu'est-ce que vous foutez en France? Retournez chez vous! Sie merkten nicht, dass der Dritte zurückgekommen war. Als er zu husten begann, drehten sie sich um, er hatte ein Stellmesser in der Hand. Dehors, sagte er, sein Kamerad hatte die Krücke mit beiden Händen gepackt. Die beiden erhoben sich und schlichen hinaus. Der Hustende klappte das Messer zu und setzte sich zu seinen Kameraden. Ruth Rewald lächelte ihnen zu, sie war zu müde, um sich auf ein Gespräch einzulassen. Sie kramte den Pullover aus dem Koffer und zog ihn über, dann hüllte sie sich wieder in den Mantel und legte sich auf die Bank, die Tasche unter dem Kopf. Sie wachte auf, als die drei Interbrigadisten den Wartesaal verließen. Mit ihrem Gepäck begab sie sich zum Bahnhofsbuffet. Es war kurz vor zehn Uhr nachts, man bedeutete ihr, sie solle sich beeilen, das Restaurant schließe bald. Sie ließ sich ein Omelett mit Kräutern bringen und einen Tee. Zwei Kellner stellten Stühle auf die Tische. Später wartete sie auf dem spärlich erleuchteten Bahnsteig, bis der Zug einfuhr. Das Abteil war kalt. Sie verstaute das Gepäck im Netz, streifte die Schuhe ab, streckte die Beine auf das gegenüberliegende Polster und breitete den Mantel über sich. Kurz vor der Abfahrt betrat ein Paar mit einem etwa zehnjährigen Knaben das Abteil und richtete sich umständlich ein. Dann das rhythmische Zischen und der Ruck, mit dem jede Eisenbahnfahrt begann. Nach wenigen Minuten lag Perpignan hinter ihnen. Vor dem Abteilfenster Finsternis, nur der Bahndamm war von den Lichtern des Zugs matt erleuchtet. Allmählich wurde es im Abteil warm. Sie schlief ein.

Als sie vier Monate zuvor in Barcelona angekommen war, hatte niemand sie erwartet. Es gab keine Nachrichten, weder von Hans noch von Heiner, sie fragte sich, wie sie nach Madrid gelangen sollte. Sie blieb drei Wochen in Barcelona. Über diese Zeit geben die Quellen keine Auskunft. Sie sind ohnehin voller Lücken, die hier mit Phantasie gefüllt werden, mit sogenannter Tatsachenphantasie. Erzählt wird, wie es aufgrund der Quellen gewesen sein könnte oder müsste, Möglichkeiten und Wahrscheinlichkeiten werden abgewogen, die Darstellung bleibt subjektiv, andere sähen es anders. In der zweiten Novemberwoche fuhr sie über Huesca in das bei Tardienta gelegene Städtchen Torralba, wo die XI. Brigade nach den schweren Kämpfen an der Aragón-Front in Ruhestellung lag. Hans war unerwartet abkommandiert worden, sie hatte ihn um wenige

Stunden verpasst. Das Wiedersehen mit Heiner verlief nicht so, wie sie erwartet hatte. Als Stabschef war er der dritthöchste Offizier einer Brigade von dreitausend Mann, das war ihr zuvor nicht klar gewesen. Seine Stellung war keinen Augenblick zu übersehen, obwohl er sie herunterspielte. Er war mager geworden, die kantige Nase trat scharf hervor, die Geheimratsecken hatten sich vertieft. Die Uniform stand ihm gut, dem Major Rau, zugleich machte sie ihn fremd. Wie geht es dir? Und dir? Wie geht es Anja? Sie erzählte von dem Kind, zeigte ihm die Fotos, er freute sich, erkundigte sich nach Einzelheiten, gab Ratschläge, versuchte die Distanz mit Scherzen zu mindern. Die wichtigen Dinge, über die sie mit ihm hatte sprechen wollen, blieben ungesagt. Im nachhinein hatte sie das nur wenig bedauert. Sie hatte sich gefreut, ihn zu sehen, nun drängte es sie, an ihren Bestimmungsort zu kommen. Am folgenden Nachmittag verließ sie Torralba in einem leeren Camion, der in die Hauptstadt fuhr, um Wäsche für die Front zu laden. Die Fahrt auf mäandernden Schotterstraßen kam ihr endlos vor. Meist saß sie neben dem Fahrer, die Straße führte durch Schluchten und an Felswänden vorbei. Trotz der langsamen Fahrt gelang es dem Fahrer nicht, den vielen Schlaglöchern auszuweichen, sie wurde unablässig durchgerüttelt. Mit der Zeit waren ihre Knie und Ellbogen blau geschlagen, der Rücken schmerzte. Gelegentlich nahm der Fahrer Soldaten mit oder Bauern oder schwarzgekleidete Frauen mit Kindern und schweren Marktkörben, die irgendwohin mussten oder von irgendwoher zurückkehrten. Sie saßen schweigend hinten auf der Ladefläche. Während der Nacht durfte sie sich auf die Schlafstelle legen, die der Fahrer für sich selbst aus Latten und Segeltuch auf der Ladefläche hergerichtet hatte. Jedesmal, wenn er den Gang wechselte, dröhnte der Motor, sie stieß gegen die Latten, von Schlaf konnte keine Rede sein.

Am Abend nach der Ankunft in Madrid war sie früh zu Bett gegangen. Es war kalt, die Heizung funktionierte nicht, sie hatte den Mantel über die Bettdecke gebreitet. Gegen Mitternacht krachte es ganz in der Nähe, das Hotel erzitterte, Staub rieselte von den Wänden. Sie hastete hinunter in die Hotelhalle. Hier standen die wenigen Gäste ruhig beisammen. Artillerie, sagte der Concierge zu ihr, weniger schlimm als Bomben. Sie musste sich setzen, sie hatte weiche Knie. Wie nahe waren die Faschisten, dass ihre Artillerie das Stadtzentrum erreichte? Beunruhigen Sie sich nicht, sagte der Concierge, die Unsrigen halten stand. Nach einer halben Stunde hörte die Beschießung auf. Sie ging in ihr Zimmer zurück. Obwohl sie von der Fahrt mit dem Camion ganz zerschlagen war, schlief sie kaum. Am anderen Morgen begab sie sich in die Calle Velasquez. In der Nähe des Hotels da und dort rauchende Trümmer, die Aufräumarbeiten waren im Gang. Verstört sah sie die Verwüstungen, die die monatelangen Bombardierungen in der Hauptstadt angerichtet hatten. Darauf hatten die optimistischen Briefe von Hans und Heiner sie nicht vorbereitet. Das Haus der Internationalen Brigaden war unbeschädigt, an der mit Säulen und Bögen verzierten Fassade hingen Spruchbänder, von den Balkonen wehten die Flaggen vieler Länder. Sie wurde in ein Büro geführt, wo ein etwa dreißigjähriger Mann auf sie wartete. Ludwig Habermann war der Leiter des Kinderheims von Moraleja, wo sie die nächsten Monate verbringen sollte. Er begrüßte sie freundlich, ohne aufzustehen, seine Augen hatten einen auffälligen Glanz. An der Hand, mit der er ihre Hand ergriff, fehlte ein Finger. Nach kurzem Gespräch entschuldigte er sich, er habe noch einiges zu erledigen, er werde sie am Nachmittag im Hotel abholen. Er fischte neben dem Sessel nach seinen Krücken, erhob sich mühsam, das eine Hosenbein war unterhalb des Knies abgenäht. Sie konnte ihr Entsetzen nicht verbergen. Tut mir leid, sagte er mit einem schiefen Lächeln, die Haxe liegt seit März auf den Höhen von Alcarria. Ein berühmter Aussichtspunkt über dem Tal der Badiel, von jedem Touristenführer empfohlen. Sein Sarkasmus half ihr über den Augenblick hinweg.

Während der Fahrt erfuhr sie die Geschichte von Moraleja. Sie hatte sich mit dem Gepäck auf dem Rücksitz des Wagens eingerichtet, zwischen Dosen mit Kakao und Büchsen mit Kondensmilch, die Habermann für die Kinder aufgetrieben hatte. Der Heimleiter saß neben dem Fahrer, er hatte sich ihr zugewandt, er sprach laut über dem Dröhnen des Motors. Das Schloss liegt in einem fünfzehn Quadratkilometer großen Park. Lange hausten dort adelige Jagdgesellschaften, knallten das Wild ab und dann und wann einen Kleinbauern, der auf den brachliegenden Feldern Nahrung für sich anzupflanzen wagte. Zuletzt hat die Marquesa de Cubas-Herice das Schloss als Sommerresidenz benutzt, umschwänzelt von mehreren Dutzend Bediensteten. Sie soll Mietshäuser in Madrid besessen haben, dazu ein paar weitere Schlösser bei Malaga. Als der Krieg ausbrach, verduftete die alte Dame zu den Faschisten, die Wertsachen nahm sie mit, die Bediensteten ließ sie zurück. Im vergangenen Dezember, während der Kämpfe um Madrid, wurde das Schloss dem Bataillon Thälmann der XI. Brigade als Ruhequartier zugeteilt. Vier Tage Front, vierundzwanzig Stunden in Moraleja, dann wieder vier Tage Front. Bei jedem Aufenthalt in Moraleja waren ein paar Kameraden weniger dabei. Als die XI. Brigade an eine weiter entfernte Front verlegt wurde, richtete die XII. Brigade vorübergehend ein Feldlazarett im Schloss ein. Unvergessen die Maifeier mit Musik, Gesang und Tanz, Regler und Kantorowicz waren gekommen, sogar Hemingway, den Whisky hatte er selbst mitgebracht. Aber die Kameraden vom Thälmann-Bataillon, sagte Habermann, hatten andere Pläne für das Schloss. Es sollte ein Heim für Kriegswaisen werden, das Geld für das Essen und den Unterhalt der Gebäude wollten sie von ihrem Sold abzweigen. Im August war die Eröffnungsfeier. Die XI. Brigade lag damals in Villalba, nur eine Wegstunde von Moraleja entfernt, die Brigadeführung und alle vier Bataillone schickten Delegationen. Mehr als fünfzig aufgeregte Kinder erwarteten sie, über dem Eingang hing ein Spruchband: Hogar de niños Ernst Thälmann. Die Festansprache hielt der Politkommissar der Brigade, Heiner Rau. Auch Habermann, dem die Heimleitung übertragen worden war, nahm an der Feier teil, es war das erste Mal, seit sie ihm das Bein amputiert hatten, dass er unter so vielen Menschen weilte. Major Rau hatte ihn vorgestellt und seine Tapferkeit vor den Anwesenden gelobt. Über dem Dröhnen des Motors hörte sie die Sympathie in Habermanns Stimme, als er von Heiner sprach.

Nach einer halben Stunde erreichten sie Moraleja. Sie fuhren mehrere Kilometer durch einen herbstlichen Park mit Pinien, Platanen und Zedern, an den Wegen grün gekachelte Bänke, ein Marmorbrunnen zeigte sein Wasserspiel. Hinter einem Hügel der Gutshof. Hier wohnten die ehemaligen Bediensteten der Marquesa. Die Bauern der Gnädigen, sagte Habermann, haben ein Kollektiv gegründet, sie sind jetzt die Herren. Er zeigte auf einen Taubenturm und sagte grinsend, auch die Tauben sind hiergeblieben, aus Klassensolidarität. Das Schloss am Ende eines Eukalyptushains wirkte zierlich vor den mächtigen Schneegipfeln der Sierra de Guadarrama, die in der Ferne in die Wolken ragten. Der einstöckige Adelssitz war von zwei Ecktürmen eingerahmt, die sich beim Näherkommen keineswegs als zierlich erwiesen. Gusseiserne Adler flankierten das Barockportal, in den Schnäbeln trugen sie Portallampen. Ein Mädchen und zwei Jungen saßen auf der steinernen Treppe und blickten ihnen neugierig entgegen. Als Habermann die Autotür öffnete, eilten sie herbei und halfen ihm beim Aussteigen. Er begrüßte sie herzlich, seine Zuneigung zu den Kindern war offensichtlich. Er würde sich während der gesamten Dauer des Krieges um die Waisenkinder von Moraleja kümmern, auch nach der Niederlage der Republik würde er sie vor der Vergeltung der Faschisten bewahren, auf dem Seeweg würde er sie in die Sowjetunion bringen, und auch dort würde er noch lange mit ihnen zusammenbleiben.

In den Gängen des Schlosses war es still. Als Habermann die Tür zum Speisesaal öffnete, schlugen ihnen jäher Lärm und Hitze entgegen. Mehrere Dutzend Kinder und drei Erwachsene saßen an einem langen Tisch beim Abendessen, durch eine offene Tür waren im Nebenraum die Kleineren mit ihrer Pflegerin zu sehen. Über dem Tisch brannte ein birnenförmiger Leuchter. Der Saal war mehrere Meter hoch, die Wände bis über Kopfhöhe mit gediegenen Kacheln ausgelegt. Durch die mit Samtvorhängen drapierten Fenster sickerte Abendlicht. Ein Feuer loderte im Kamin, der so groß war, dass ein Automobil hätte hineinfahren können. Auf der Kaminwand verblich ein verschnörkeltes Wappen mit allerlei Symbolen und Buchstaben, das von der Wichtigkeit der einstigen Besitzer zeugte. Salud, riefen die Kinder, als sie eintraten. Der Heimleiter stellte die Genossin Ruth als Mitarbeiterin der Internationalen Brigaden vor, sie werde eine Weile unter ihnen bleiben. Er machte sie mit den übrigen Mitgliedern der Heimleitung bekannt, mit Concha, die die Wirtschaft besorgte (ihr Mann war bei den Kämpfen im Madrider Vorort Carabanchel gefallen), mit dem Lehrer Navarro und mit der noch nicht achtzehnjährigen Lehrerin Consuelo, sie hatte die kleine Lehrerin für eines der älteren Kinder gehalten. Nach dem Essen sprach sie auf französisch zu den Kindern, die kleine Lehrerin übersetzte. Die Kinder in Frankreich, sagte sie, von wo ich komme, wollen etwas über das Schicksal der spanischen Kinder erfahren. Die Kinder dort haben Angst vor dem Faschismus, sie möchten von den spanischen Kindern lernen, wie sie sich wehren können. Sie werde mit vielen von ihnen sprechen, sie bat sie, ihr möglichst viel über sich selbst zu erzählen, über ihre Eltern und Kameraden. Sie könnten es auch aufschreiben oder Zeichnungen machen. Die Kinder hörten ernst zu, dann setzte das lebhafte Gewirr ihrer Stimmen wieder ein.

Mit dem Leben in Heimen war sie seit der Jugendarbeit in Berlin vertraut. Sie ging zum Schulunterricht und zu den Fußballspielen, sie setzte sich zu den Mädchen, die für die Interbrigadisten Halstücher strickten, sie schaute zu, wenn die Kinder, von der kleinen Lehrerin am Klavier begleitet, Volkstänze übten und Lieder sangen. Dann und wann stellte sie Fragen, mit ihrem Spanisch brachte sie die Kinder zum Lachen. Sie freundete sich mit dem kinderfreundlichen Köter Gasolina an, der im Schloss der Rattenjagd nachging. Sie ließ sich Zeit, es gab keine Tricks, mit denen das Vertrauen der Kinder zu gewinnen war. Sie studierte die Bataillons- und Brigadezeitungen, die Heiner ihr in Torralba mitgegeben hatte, und die von Hans redigierte Zeitung des Bataillons Tschapajew, die er in der Calle Velasquez für sie hinterlegt hatte, zusammen mit neuen Aufnahmen von den vier Jungen, die in Peñarroya zur Brigade übergelaufen waren. Von Zeit zu Zeit, wenn sich die Gelegenheit bot, fuhr sie für ein oder zwei Tage nach Madrid hinein. In der Zentrale der Internationalen Brigaden besorgte sie sich Bücher und Broschüren über die Geschichte Spaniens, über seine Wirtschaft und Kultur, und unterhielt sich mit Brigadisten, die zur Erledigung irgendeines Auftrags von der Front gekommen waren. Mit der Straßenbahn fuhr sie in entlegene Vororte, gelegentlich fand sie sich in unmittelbarer Nähe der Front. Mehrmals besuchte sie Tetuán, das Proletarierviertel, auf das es die Bombenflugzeuge besonders abgesehen hatten. Stets galt ihre Aufmerksamkeit dem Leben der Kinder. Beim ersten Besuch in Tetuán hatte es geschneit, dicke Flocken, die die Schutthalden neben einer Gasfabrik zudeckten. Sie hatte einer Bande von Kindern zugeschaut, die in löchrigen Kleidern, die kleinen Gesichter schwarz von Kohlestaub, auf dem Schutt Carbonillas sammelten, Kohlestücke, die sie in Taschen und Säcken nach Hause schleppten, damit die Mutter kochen konnte und die Familie in diesem strengen Winter nicht erfror. Zurück in Moraleja, machte sie Notizen, formulierte probeweise einzelne Sätze und ganze Abschnitte. Wenn ihr Einzelheiten fehlten, ergänzte sie ihr Wissen bei der nächsten Gelegenheit.

Bei einer dieser Fahrten in die Stadt hatte sie ein junger deutscher Interbrigadist am Sitz der Internationalen Brigaden in ein Gespräch verwickelt. Er hatte sich zu ihr gesetzt, als sie in der Eingangshalle auf Papiere wartete, die sie Habermann nach Moraleja bringen sollte. Er war kaum zwanzig Jahre alt, ein schlanker Junge mit schwarzen Haaren, die ihm in die dunklen Augen fielen. Er sprach schnell und heftig, wie wenn er seine Geschichte gerade jetzt und hier erzählen müsste. Er war ein Arbeiter aus Berlin, schon früh hatte er sich dem Jugendverband der Partei angeschlossen. Bevor die Nazis an die Macht kamen, besuchte er mit einem Stipendium der Partei die Scharfenbergschule, nach dem Januar neunzehnhundertdreiunddreißig arbeitete er in einer Fabrik. Über die Stimmung an seinem Arbeitsplatz unterrichtete er die im Untergrund operierenden Genossen, hin und wieder führte er illegale Botengänge aus, die Hauptaufgabe für ihn und seine Kameraden sei es gewesen, zu überleben und nicht auf sich aufmerksam zu machen. Als ihn die Nachrichten über das Geschehen in Spanien erreichten, hatte er eine Möglichkeit gesehen, aus der Machtlosigkeit und Isolation herauszukommen. Vor zwei Monaten war er über die Tschechoslowakei nach Spanien gereist, seither arbeitete er als Krankenpfleger in einem Militärlazarett in der Nähe von Albacete, das von dem Berliner Arzt Max Hodann geleitet wurde. Der Name war ihr vertraut, sie hatte das Aufklärungsbuch *Geschlecht und Liebe* gelesen, beeindruckt von der Vernunft, mit der Hodann Fragen über Geschlechtsverkehr, Geburtenregelung, Abtreibung und Schwangerschaft für Arbeiterinnen und Arbeiter beantwortete. Wenige Monate nach Erscheinen des Buches hatten die Nazis Hodann aus dem Land gejagt. Ob er nicht lieber mit der Waffe an der Front kämpfen würde, fragte sie den jungen Arbeiter. Mit dieser Erwartung, antwortete er, sei er nach Spanien gekommen. Aber er sei mit seiner Tätigkeit im Lazarett zufrieden, auch wenn ihr das Heroische abgehe. Hodann habe ihm die Stelle angeboten, weil er in Nazideutschland einen Sanitätskurs absolviert hatte. Der Arzt sei schon in Berlin sein Freund und Förderer gewesen, der Umgang mit ihm sei ungemein anregend, stundenlang sprächen sie über Politik, Psychologie, Literatur und Kunst. Unter dem Andrang dieses Wortschwalls hatte sie sich zurückgelehnt, aber sie wollte den mit eigenartiger Dringlichkeit auf sie einredenden jungen Mann nicht unterbrechen. Das Künstlerische schien sein Bereich zu sein, besonders die Malerei, er sprach begeistert über die Großen des neunzehnten Jahrhunderts, über Courbet und Millet, schlug den Bogen zum sozialistischen Realismus der Gegenwart, dem er den Dadaismus und Surrealismus entgegensetzte, verwies auf die Höhlenmalereien von Altamira und Lascaux, brachte Dürers Blatt vom verlorenen Sohn ins Gespräch, um schließlich auf Klee und Picasso zu kommen. Als er eine Atempause machte, fragte sie ihn, ob er Maler werden wolle. Die Literatur, antwortete er, interessiere ihn ebenfalls, Goethe, Stendhal, Kafka, Hesse, er kam auf Neukrantz und Brecht zu sprechen, von der *Heiligen Johanna der Schlachthöfe* ging er zurück zu Dantes *Göttlicher Komödie* und bis zum Pergamonaltar, ihre ungläubigen Blicke schien er nicht zu bemerken. Nahm der Junge sie auf den Arm? Ein Kunstlexikon auswendig gelernt, hielt er das für Bildung? Wollte er Eindruck bei ihr schinden? Das schien ihr um so wahrscheinlicher, als sie zu bemerken glaubte, dass er ihr schöne Augen machte. Er hatte auch wirklich schöne Augen. Sie erhob sich, wollen wir etwas trinken gehen, Ihre Erzählung hat mich durstig gemacht. Er blickte sie verwirrt an, rede ich zuviel? Habe ich Sie gelangweilt? Nein, im Gegenteil, sagte sie. Im Freien herrschte Frost, sie zog den Mantel an, er hatte nur seine Jacke. In der Calle

Velasquez fanden sie ein Restaurant. Sie bestellte einen Kaffee, nötigte ihn, ein Essen zu bestellen, er hatte Hunger, trotzdem musste sie ihn mehrmals mahnen, die Speisen würden kalt, so sehr war er in seine Gedankengänge vertieft. Der Pergamonaltar, sagte er, und besonders die Figur des Herakles, hätten ihm und seinen Kameraden in diesen Jahren der Naziherrschaft Mut gemacht. Ob sie den Fries auf der Museumsinsel kenne? Sie nickte. Dann wisse sie, dass die Figur des Herakles fehle, des größten Helden aller Zeiten. Im Lauf der Jahrhunderte sei sie zerbröckelt und zu Staub zerfallen. Es möge ihr paradox erscheinen, dass die Abwesenheit des Heroen ermutigend auf ihn gewirkt habe, aber so sei es gewesen. Die Leerstelle sei eine Aufforderung, nicht länger, wie die Menschen der Frühzeit und jetzt wieder die heutigen, auf einen mythischen Retter oder Führer zu zählen, sondern ihr Schicksal selbst in die Hand zu nehmen. Sie blickte ihn aufmerksam an. Der zweitausend Jahre alte Fries, fuhr er fort, sei eine Ruine, das dargestellte Geschehen undeutlich geworden. Das werde im allgemeinen bedauert, für ihn und seine Kameraden aber ergebe sich gerade daraus der Sinn des Frieses. Aus dem Zufälligen des heutigen Zustands, sagte er, schufen wir einen neuen Sinn, manchmal waren wir wie von Sinnen. Abermals hatte sie das Gefühl, sie müsse sich dem Ansturm seiner Worte entziehen, aber sie rührte sich nicht. Haben Sie gewusst, fuhr der junge Brigadist ohne Pause fort, dass der Fries im alten Pergamon die vier Außenwände des Tempels bedeckte? Beim Wiederaufbau in Berlin wurden die einstigen Außenwände so aufgestellt, dass sie einen rechteckigen Innenhof bilden, der die Besucher umschließt. Die Begriffe innen und außen haben sich verkehrt, was wir heute sehen, ist zwar der wirkliche Pergamonaltar, jedenfalls das, was davon übrig geblieben ist, aber alles ist verkehrt, eine Sinnestäuschung, wie in einer Camera obscura, wo oben und unten und links und rechts sich vertauscht haben. Er blickte sie an, als wollte er sie an den Schultern packen und schütteln. Sie fürchtete, dass auch ihr die Sinne schwinden könnten, sie nahm einen Schluck Kaffee, er war kalt geworden. Sie wusste nicht, was sie von dem jungen Mann halten sollte. Zweifellos hatte er sich ein riesiges Wissen angeeignet. Sie gehörte nicht zu denen, die über Autodidakten die Nase rümpften. Wie viele Arbeiterinnen und Arbeiter konnten sich schon die Bildung leisten, die ihre bürgerlichen Eltern ihr ermöglicht hatten? Die Argumente des Jungen mochten spitzfindig sein oder wirkliche Einsichten in die Relativität von Überlieferung und Sinneswahrnehmung. Keinen Zweifel aber konnte es geben an der Leidenschaftlichkeit seines Denkens. Vielleicht, dachte sie auf der Rückfahrt ins Kinderheim, würde er einmal ein Schriftstellerkollege von ihr werden, falls er den Krieg überlebte.

Die Kinder von Moraleja sprachen mit ihr über alles mögliche, nur nicht über den Krieg. Dabei sei der Krieg ihr Hauptthema, sagte die kleine Lehrerin, unter sich sprächen sie fast nur über Bomben, Luftangriffe, einsturzsichere Keller und die Unterschiede zwischen Junkers, Heinkels, Fiats und Capronis. Die Kinder führten sie auf verschlungenen Pfaden durch den Park, zeigten ihr die zugefrorenen Teiche und eine Tropfsteinhöhle. Viele der Kriegswaisen konnten kaum lesen und schreiben, sie gingen hier zum erstenmal regelmäßig zur Schule. Wenn sie sie fragte, was sie werden wollten, antworteten sie, Kampfflieger, oder Panzerfahrer, oder Dinamitero, auch die Mädchen sagten das. Ich meine, wenn der Krieg einmal zu Ende ist. Die Kinder sahen sie verständnislos an. An einem Nachmittag sammelte sie die Kleinsten um sich und schlug ihnen vor, ein Bild nach ihrer Phantasie zu zeichnen. Als sie später die Zeichnungen betrachtete, bekam sie eine Ahnung von den Verheerungen, die der Krieg in ihrem Wesen angerichtet hatte. Einige Tage danach, während eines Fußballspiels der Jungen von Moraleja gegen Jungen aus dem Dorf, riefen plötzlich mehrere Kinder: Aviación! Sie nahm ein schwaches Dröhnen wahr. Junkers, rief ein Junge aus der Mannschaft von Moraleja, die sind noch fern, weiterspielen! Nach einer Weile erschienen drei Junkers am Himmel, die Kinder stoben auseinander, stellten sich unter Bäume. Die Bomber verschwanden, dann waren Explosionen zu hören, aus dem Nachbardorf stieg Rauch auf. Das Spiel wurde abgebrochen, die Dorfkinder rannten nach Hause. Am Abend sagte sie zu den Fußballspielern, sie verstehe nicht, wie sie, nur nach dem Motorenlärm, Flugzeugtypen unterscheiden konnten. Wir können noch viel mehr, sagte einer der Jungen.

Die Kinder erklärten ihr den Unterschied zwischen dem Heulen von Artilleriegeschossen und Bomben, zwischen den Einschlagbildern von Kugeln, Schrapnells und Granaten in den Hausfassaden, zwischen den Motorengeräuschen von Bombern und Jagdflugzeugen. Von da an redeten die Kinder auch in ihrer Gegenwart über den Krieg und über ihr Leben und beantworteten ihre Fragen, es störte sie nicht, wenn sie Notizen machte.

Sie legte eine Sammlung von Zeichnungen und Aufsätzen der Kinder an. Abends überlas sie sie immer wieder. Sie hatte die Geschichten der Kinder als Hintergrundmaterial für ihr Buch über die vier Jungen benutzen wollen. Nun erkannte sie, dass diese Geschichten einen eigenen Wert hatten und an die Öffentlichkeit gebracht werden mussten. Sie machte Notizen zu den Erzählungen der Kinder, sie suchte nach einer angemessenen Form.

Amalia, elf. Aus einem kleinen Dorf, heute faschistisches Gebiet, Vater Landarbeiter. Bei Kriegsausbruch ist Amalia in Madrid bei einer Tante, sie kann nicht mehr nach Hause. Die Tante arbeitet in der Fabrik, Amalia kümmert sich um die sechsjährige Kusine. Einmal, als sie der Kleinen die Haare wäscht, überhört Amalia den Lärm herannahender Flugzeuge. Eine Bombe schlägt in das Nebenhaus ein. Amalia irrt mit der Kusine durch die Straße. (Das Verkehrteste! Faschistische Tiefflieger schießen mit Maschinengewehren auf Passanten!) Am nächsten Tag zieht die Tante mit Amalia und der Kusine in ein anderes Stadtviertel. Auch hier Bombardements. Amalia sagt: Jedesmal, wenn bombardiert wurde und die Tante war nicht da, sind wir unters Bett gekrochen. Wir haben die ganze Zeit geweint. Als die Tante von Moraleja erfährt, gibt sie Amalia dorthin.

Negro, knapp elf. Der Kleinste unter den großen Kindern. Schauspielerische Begabung, er führt in Moraleja Clownsszenen auf. Er hat sechs Geschwister. Der Vater meldet sich bei Kriegsausbruch zu den Milizen, die Mutter arbeitet in einer Autoreparaturwerkstatt und versorgt die Kinder. Negro sammelt alte Autoteile und Metallreste, für die er etwas Geld bekommt. Eine Frau, von der er sagt, sie habe es weniger nötig als seine Familie, ist meist noch vor ihm da. Kampf um die Autoteile. Er steht immer früher auf, oft mitten in der Nacht, um vor der bösen Frau dort zu sein. Nach zehn Monaten, krank und unterernährt, kommt er nach Moraleja.

Gabriel, vierzehn, einer der Anführer der Kinder. Aus Tetuán. Vater Kommunist, meldet sich am Tag des Kriegsausbruchs bei der Miliz. Wird einige Wochen später schwer verwundet nach Hause gebracht. Gabriel geht zur Alerta, der vormilitärischen Organisation für Jugendliche von vierzehn bis zwanzig Jahren. Lernt den Umgang mit Waffen. Ich kann jedes Gewehr, sogar ein Maschinengewehr, auseinandernehmen und wieder zusammensetzen. Sammelt mit einer Kinderbande Carbonillas. Einmal werden sie von zwei Polizisten weggejagt, als die Junkers kommen. Der Graben, in dem sie sich verstecken, ist nicht tief genug für Erwachsene, beide Polizisten werden getötet. Einmal wird Gabriel auf dem Nachhauseweg von einer tieffliegenden Junkers getroffen. Er zeigt mir eine mehrere Zentimeter lange Narbe an der Wade. Im Krankenhaus wird er für Moraleja ausgewählt.

Luisa, dreizehn, groß, schwarzhaarig. Vor dem Krieg mit Eltern und Geschwistern in Tetuán. Vater Lastwagenchauffeur, nimmt am Kampf um die Montaña-Kaserne teil. Als die Bombardements zunehmen, bringt er die Familie aufs Dorf. Auch dort heftige Kämpfe. Luisa sagt: Wir waren so nahe an der Front, dass wir den Lichtschein der Mündungsfeuer sehen konnten. Die Dorfbevölkerung flieht in einen Eisenbahntunnel. Kälte, Feuchtigkeit, die Flüchtlinge ohne Decken, ohne Nahrung, die Kleinen weinen vor Hunger. Mehrere Frauen holen, trotz ihrer Angst vor den Junkers, aus nahen Häusern Essen. Eine weitere Nacht im Tunnel. Draußen Explosionen von Artillerie und Bomben. Luisa sagt: Ich schämte mich, weil ich weinte, ich schlich mich ein paar Schritte davon. Am dritten Tag wird der Angriff abgeschlagen. Der Vater bringt die Familie ins Dorf zurück. Sie hungern, ernähren sich von Ziegenmilch. Nach einem Monat werden sie nach Madrid evakuiert. Luisa gehört zu den ersten Kindern, die nach Moraleja kommen. Sie hat jede Nacht Alpträume. – Nachtrag. Wenige Tage nachdem Luisa mir ihre Geschichte erzählt hat, treffe ich sie schluchzend vor dem Kamin im Speisesaal. Ihr Vater ist gefallen. Consuelo, die kleine Lehrerin, nur wenige Jahre älter als Luisa, hält das Mädchen umschlungen und redet ihr leise zu.

Kreischender Lärm, ein heftiger Ruck, Dunkelheit. Was ist? Wo bin ich? Der Tunnel! Die Bomben! Der Mann und die Frau blickten sie neugierig an. Vous vous étiez endormi, madame, sagte die Frau, le train s'est arrêté. Sie sah den schwach erleuchteten Bahndamm, der vor dem Abteilfenster zum Stillstand gekommen war. Neben ihr schlief der Knabe. Sie schüttelte verwirrt den Kopf. Nach wenigen Minuten fuhr der Zug wieder an, kurz darauf erreichten sie Cahors. Die Bahnhofsuhr zeigte drei Uhr früh. Auf der Hinreise, vor vier Monaten, hatte der Zug hier über Mittag eine Stunde Aufenthalt gehabt. Sie war zum Lot spaziert, auf der Brücke hatte sie einem alten Mann beim Fischen zugeschaut und einem kleinen Mädchen im Sonntagskleid, das zwischen Himmel und Hölle hin- und herhüpfte. Ihre Beine waren steif, die Knie durchgedrückt. Sie verließ das Abteil und ging im Gang auf und ab. Durch ein offenes Fenster strömte kalte, nach Eisen und Kohle riechende Luft. Helle Hammerschläge, die sich entfernten. Nach einer Weile ließ das Surren in den Gelenken nach. Als der Zug anruckte, ging sie ins Abteil zurück.

Kurz vor Weihnachten hatte sie bei einem Besuch in der Calle Velasquez ihre alten Freunde Kantorowicz und Friedel getroffen. Die beiden hatten sich nach dem Kinderheim erkundigt, was Habermann treibe und die kleine Lehrerin, sie kannten viele Kinder beim Namen und fragten nach Gasolina, der Rattenfängerin. Friedel war im Sommer von Paris hergekommen, als die Nachricht von Kantors Verschüttung sie erreichte. In Madrid hatte sie erfahren, dass er sich im Kinderheim Moraleja erhole und an einem Buch arbeite. Sie hatten den Sommer gemeinsam in Moraleja verbracht, erst im Oktober waren sie nach Madrid zurückgekommen. Kantor war weiter mit seinem Buch beschäftigt, Friedel hatte im Sekretariat der Interbrigaden Büroarbeiten erledigt. Sie hatte im Sinn gehabt, nach Kantors Genesung wieder nach Paris zu gehen, aber die Genossen baten sie, die deutschsprachigen Nachrichten von Radio Madrid zu lesen, sie sei doch Schauspielerin. Sie wurde die deutsche Stimme aus Madrid. Die Sendungen konnten in mehreren Ländern

Europas und bis nach Deutschland abgehört werden, falls es sich dort jemand getraute. Das Aufnahmestudio befand sich in der Telefónica, wegen der ständigen Beschießung war es in den Keller verlegt worden. Jeden Abend, sobald es dunkel wurde, ging Friedel durch die unbeleuchteten Straßen zur Arbeit. Fielen in der Nähe Bomben, eilte sie in den nächsten Unterstand. Sie war stolz auf ihre Arbeit, auch wenn die Arbeitsbedingungen nicht so seien, wie sie es sich in der Schauspielschule ausgemalt habe. Das Buch, an dem Kantorowicz arbeitete, war eine Geschichte des Bataillons Tschapajew, er nannte es *Das Bataillon der 21 Nationen*. Er kam von einer Reise an die Front zurück, wo er die Erinnerungen ehemaliger Kameraden gesammelt hatte, die nach der Auflösung der XIII. Brigade anderen Einheiten zugeteilt worden waren. Ausführlich habe er mit Hans gesprochen, als ehemaliger Herausgeber der Bataillonszeitung wisse der besonders gut Bescheid. Er lasse sie grüßen und ihr mitteilen, es gehe ihm gut, ein Brief an sie sei unterwegs. Er werde über Neujahr ein paar Tage in Barcelona sein, er hoffe, dass sie sich dann endlich sehen könnten.

Kantorowicz hatte sich gefreut, als sie ihm mitteilte, die Vorarbeiten für das Buch über die vier übergelaufenen Jungen kämen voran. Sie erwähnte auch ihre Absicht, die Geschichten der Kinder von Moraleja separat zu veröffentlichen. Da erhalte sie Konkurrenz, meinte Kantor, sein Freund Hemingway habe ebenfalls die Absicht, über das Kinderheim zu schreiben. Zwei Monate zuvor hatte Kantor zusammen mit Hemingway Moraleja besucht, wo er den Amerikaner im Frühjahr bei der Maifeier kennengelernt hatte. Hemingway habe die Kinder viel gefragt, erzählte Kantor, er sei beeindruckt gewesen von ihren Geschichten. Auf der Rückfahrt habe er gesagt, in einer seiner nächsten Reportagen werde er von diesen Kindern berichten. Die Leserinnen und Leser, sagte Ruth Rewald, werden die Qual der Wahl haben zwischen einer Reportage von Hemingway und einer von Rewald. Sie hatte Kantor nach seiner Verwundung gefragt. Das sei nicht der Rede wert, sagte er leichthin, ein Schock nach der Verschüttung, ein paar Wochen Kopfschmerzen und Übelkeit plus ein paar Löcher von den Splittern, das sei alles. Sie blickte in sein bleiches, hageres Gesicht. Ob er ihr nicht etwas mehr erzählen wolle? Es sei in dem Städtchen Villanueva de la Cañada passiert, nahe bei Brunete, sagte Kantor, die Leichtigkeit war aus seiner Stimme verschwunden. Eine Sprengbombe habe wenige Meter hinter ihm in einen Baum eingeschlagen. Er sei wie in Trance gewesen. Als er sich aus dem Dreck herausgewühlt habe, ohne jede Ahnung, wie es um ihn stehe, habe er in der Nähe den Stabsoffizier Teichmann gefunden, er wälzte sich auf dem Boden mit aufgerissenem Mund, aber Kantor hörte keinen Laut. Eine Kugel hatte Teichmann das Knie durchschlagen, die Sehnen traten hervor wie Saiten an einer Bassgeige. Neben Teichmann lag der spanische Kamerad Juan, er hatte kein Gesicht mehr, seine Hände fuhren am Boden herum. Ein paar Schritte weiter Kindler, der Meldegänger, mit aufgerissenem Bauch, Schaum vor dem Mund. Der einzige, der noch stehen konnte, war der Kamerad Quaeck, ein Zeichner, der mit Hans an der Bataillonszeitung arbeitete, das Blut rann ihm in Bächen über das Gesicht. Noch immer schossen entlang der Frontlinie Dreckfontänen von den Einschlägen der Artillerie empor, in völliger Stille, Kantors Gehör hatte aufgehört zu funktionieren. Als die Sanitäter kamen, war Juan tot. Kantor war im Feldlazarett von Torrelodones wieder aufgewacht. Im Nebenbett Kindler. Allmählich begann Kantors Gehör wieder zu funktionieren, er hörte Kindler stöhnen, Tag und Nacht. Der Kamerad flehte um Wasser, schließlich gab der Arzt ihm eine Morphiumspritze. Kantor wurde ins Feldhospital Nr. 6 gebracht, wo ein argentinischer Arzt ihn gesund pflegte. Das sei alles. Das Exil hatte aus Kantorowicz einen Nörgler gemacht, in Paris hatte er über alle gestänkert, über die Genossen, über die Schriftstellerkollegen, über die Juden. Jetzt sprach er ruhig, zurückhaltend, das eigene Leiden blieb am Rande seines Berichts. Sie sei von ihm beidruckt, hatte Ruth Rewald später zu Friedel gesagt. In dieser Nacht konnte sie nicht schlafen, sie sehnte sich nach Hans, der sie in den Nächten, in denen die Schreckensbilder sie überwältigten, in die Arme nahm.

Das Wiedersehen mit Hans über Neujahr in Barcelona war gut gewesen. Sie hatte ein wenig geweint, als sie ihn in den Armen hielt. Erst in diesem Augenblick wurde ihr bewusst, wieviel Angst sie um ihn ausgestanden hatte, seit den Tagen an der Front bei Brunete und erneut im Oktober, als sie erfahren hatte, dass in der Brigade eine Typhusepidemie ausgebrochen war. Mehr als ein Jahr hatte sie ihn nicht gesehen. Er war immer noch der schmächtige, zarte Hans, aber das Zarte war gehärtet bis zur Fremdheit. Auf den Fotos war ihr seine Uniform wie eine Verkleidung erschienen. Jetzt stellte sie überrascht fest, wie gut er darin aussah. Sie hatte darüber nachgedacht, warum ihr das Soldatische an Hans und Heiner gefiel, warum auch Kantorowicz sich in Spanien zum Besseren verändert hatte. Es widersprach der Vernunft, dass der Krieg die Menschen besser machte. Aber sie hielt wenig von dem Argument, Krieg sei gleich Krieg. Das spanische Volk hatte diesen Krieg nicht gewollt und nicht begonnen. Es hatte recht, dass es sich wehrte, und es war richtig, dass die Freiwilligen ihm dabei halfen. Sie war keine Pazifistin, sie hielt nicht die andere Wange hin, den Faschisten und Nazis schon gar nicht. Sie hoffte, auch das deutsche Volk würde sich endlich mit der Waffe wehren, auch die Juden, denen allzulange eingeredet worden war, sie könnten sich aus den Kämpfen heraushalten, wenn sie sich nur duckten und anpassten wie ihr Vater. Wie ein Opfer zur Schlachtbank gehen, das fehlte noch! Und doch blieb, wenn sie über Hans und Heiner und Kantor nachdachte, ein Gefühl der Beunruhigung. Zweifellos hatten sie hier in Spanien Dinge gesehen und getan, über die sie nicht sprachen. Die Folgen in ihrem Wesen würden sich erst in der Zukunft zeigen.

Hans sprach von Heiner in Worten tiefer Freundschaft. Das Witzelnde, das sie im vergangenen Frühjahr an den übermütigen Briefen der beiden gestört hatte, war verschwunden. Ihre Vorstellung, Männer müssten sich wie Platzhirsche um den Besitz einer Frau streiten, hatte sich als Klischee erwiesen. Oder war Hans eine Ausnahme? Und Heiner ebenso? Über die Beziehungen zwischen Frauen und Männern gab es fast nur Klischees. Im wirklichen Leben liefen die Dinge anders. Die Tage mit Hans in Barcelona waren geprägt von der kleinen Abwesenden. Hans konnte nicht genug nach Anja fragen, und sie wurde nicht müde, ihm in allen Einzelheiten zu beschreiben, wie sie spielte, wie sie lachte und weinte, wie sie schlief, wie sie badete, wie sie aß, wie sie ihr Geschäftchen machte. Sie zeigte ihm die Fotos, aber, sagte sie, die Bilder und alles, was ich dir erzählen kann, reichen nicht aus. Du müsstest sie in den Armen halten, ihren kleinen Körper an deiner Haut spüren, den Geruch ihres Haarflaums einatmen. Die Gespräche über Anja, die nicht seine Tochter war, ließen sie auf neue Weise die alte Nähe wiederfinden. Auch Hans spürte das, nachts im Hotelbett, wenn sie sich umarmten und er sich an ihrem Gesicht nicht sattsehen konnte, das immer noch kindlich war und weich, mit dem Grübchen im Kinn.

Aber das Grauen war nie fern. Etwas bedrängte Hans. Nachdem sie ihn mehrmals danach gefragt hatte, gestand er, er werde die Bilder von seinem verletzten Bataillonskommandeur nicht los, obwohl Brunner inzwischen genesen sei. Es war Neujahrstag, sie schlenderten in ihre Mäntel gehüllt durch die Ramblas zum Hafen. Sie hatte Hans' bewundernde Berichte über den Schweizer Haudegen im Kopf, der einst im fernen Brasilien Luiz Carlos Prestes und dessen Rebellenkolonne zu Hilfe gekommen und auf dessen Oberarm der Kopf eines Indianermädchens tätowiert war. Sie hatten sich in ein verrauchtes Café gesetzt, abseits von den wenigen anderen Gästen. Sie drang sanft in Hans, bis er zu reden begann. Im August hatte er den Bataillonskommandeur im ehemaligen Palace Hotel besucht, das in ein Lazarett umgewandelt worden war. Er hatte Brunner zuerst nicht erkannt, war noch mal in den Gang getreten, um sich der Zimmernummer zu vergewissern. Der Äthergeruch machte ihn benommen, Schweiß lief ihm über das Gesicht, das Krankenzimmer glühte vor Hitze. In einem Lehnstuhl beim Fenster saß eine Gestalt, in der kaum mehr Leben war. Das Gesicht eingefallen, wächsern, die Augen blicklos. Um den Hals ein Verband, aus dem Eiter sickerte, der Verwundete hatte nicht die Kraft, ihn wegzuwischen. Sein nackter, schweißnasser Oberkörper war auf Brust und Rücken von Granatsplittern zerfetzt. Eine Kugel hatte das Schulterblatt zertrümmert. Als Hans näher trat, zeigten die Augen des Verwundeten eine Spur von Leben. Er röchelte, konnte nicht sprechen, eine Kugel hatte ihm den Kiefer durchschlagen. Ich habe diesen Anblick nicht ertragen, sagte Hans. Er war weiß im Gesicht. Sie legte die Hand auf seinen Arm. Als Hans seinen Kommandeur nach ein paar Tagen erneut besuchte, ging es ihm etwas besser, aber er war zum Sprechen immer noch zu schwach. Kurz danach hatte Hans am Sitz der Internationalen Brigaden Kantor getroffen. Sie sprachen über Brunner. Kantorowicz vereinbarte ein Treffen mit dem Bataillonskommissar Ewald Fischer, der bei der Verwundung Brunners dabei gewesen sei. Sie trafen sich mit Fischer im Haus der Brigaden. Er habe während Fischers Bericht hingehört und nicht hingehört, sagte Hans. Später habe Kantor ihm seine Aufzeichnungen von Fischers Schilderung zu lesen gegeben, und dieser eindrückliche Bericht sei ihm stärker im Gedächtnis geblieben als Fischers Worte. Er schaute sie an. Willst du wirklich, dass ich dir das erzähle? Sie nickte. Laut Fischer lag das Bataillon an jenem Tag, Ende Juli, am Ufer des Guadarrama, in der Nähe von Romanillos, in einer Mulde, auf die sich mindestens zehn feindliche Batterien eingeschossen hatten. Ein Granatsplitter hatte Brunner den Rücken aufgerissen, er hatte sich die Wunde verbinden lassen und war wieder nach vorn gekommen. Er war blass, er versuchte, sich nichts anmerken zu lassen. Zu Beginn des Gegenangriffs sprang er als erster aus der Mulde und wurde sofort von einer Maschinengewehrgarbe niedergeschleudert. Sie schleppten ihn in den Graben zurück. Er verlor unablässig Blut, aber er blieb bei Besinnung. Die Sanität konnte nicht nach vorn kommen, so trugen vier Kameraden ihn an Armen und Beinen durch das Feuer. Immer wieder spuckte er Blutklumpen aus, er musste bei Besinnung bleiben, sonst wäre er am eigenen Blut erstickt. Unterwegs fanden sie eine Tragbahre. Sie hatten ihn kaum hundert Meter getragen, als sie von Tieffliegern beschossen wurden. Sie legten ihn auf die Erde, deckten ihn zu und pressten sich neben ihm an den Boden. Dann trugen sie ihn weiter durch das Feuer. Er spuckte Blut, es war klar, dass er nicht mehr lange aushalten würde. Sie hasteten am Rande des Zusammenbruchs weiter nach hinten. Nach einer Weile stießen sie auf einen kleinen Camion, auf den sie ihren Kommandeur luden. Der Fahrer war von den unablässigen Explosionen halb von Sinnen, er fuhr den Camion nach wenigen Metern gegen einen Baum. Erneut mussten sie Brunner tragen, die Beine brannten, ihre Lungen barsten. Niemand konnte ihnen in dem Durcheinander sagen, wo sich die Sanitätsstelle befand. Endlich, nach einem Kilometer, hatten sie das Feuer hinter sich. Sie fanden eine Ambulanz. Als sie im Feldlazarett ankamen, war viel Zeit verstrichen, es ging zu Ende mit Brunner. Sie gaben ihm zwei Liter Blut und operierten ihn. Als es möglich war, wurde er in ein Spital im Hinterland gebracht. Die Helden dieser Geschichte, sagte Hans, sind jene vier Kameraden, die Brunner aus dem Feuer geschleppt haben. Ewald Fischer, der uns die Geschichte erzählt hat, war einer von ihnen.

Als Brunner einigermaßen genesen war, wollte er zurück an die Front. Man übertrug ihm, der noch lange nicht bei Kräften war, die Führung eines Ausbildungslagers. Später, als der Krieg bereits verloren war, würde er mit ein paar Kameraden einen Eisenbahnzug mit Verwundeten von Valencia über den Ebro nach Barcelona begleiten, ständig dem Beschuss durch die Junkers und Heinkels ausgesetzt. Gegen Ende des Spanienkriegs würde er mit anderen Schweizern nach Zürich zurückkehren, wo sie im Hauptbahnhof von einer jubelnden Menge empfangen würden. In Uster bei Zürich würde er wegen fremden Kriegsdienstes mehrere Monate im Gefängnis sitzen. Im Zweiten Weltkrieg würde er sich abermals zum Kampf gegen die Faschisten melden. Mit vierzig Jahren zu alt für die Rekrutenschule, würde er stattdessen in einer Hilfseinheit in Basel Dienst tun. In den Kriegsjahren würde er zum zweiten Mal ins Zürcher Gemeinde- und Kantonsparlament gewählt werden. Nie würde er den Mund halten können, auch in der eigenen Partei nicht. Zu Beginn der fünfziger Jahre würden ihn die Genossen aus der Partei ausschließen. Nach dem Ende seiner politischen Laufbahn würde er wieder in seinen Beruf als Spengler zurückkehren. Als Truppen des Warschauer Paktes neunzehnhundertachtundsechzig in die Tschechoslowakei einmarschierten, glaubte er, ihn treffe der Schlag. In der kleinen Wohnung am Zürcher Letzigraben würden er und seine zweite Frau von Zeit zu Zeit Besuch von Kameraden aus der Zeit des Spanienkriegs erhalten. Fast achtzig Jahre alt würde er werden, ohne je die Hoffnung auf eine bessere Ordnung unter den Menschen aufzugeben.

Zurück in Moraleja begann sie, ihre Notizen in Artikel umzuarbeiten. Sie schrieb über den Kriegsalltag in Madrid, über eine Metrostation, in der die Menschen nachts vor Bomben Schutz suchten, über die Bemühungen, Frauen und Mädchen Lesen und Schreiben zu lehren, über Säuglingsheime für Kriegswaisen und ein Kinderhilfswerk in Katalonien. Die fertigen Aufsätze schickte sie an Hans, der sie in den Zeitungen der Internationalen Brigaden unterzubringen versprach. Danach wandte sie sich wieder den Geschichten der Kinder von Moraleja zu. Ausgehend von ihren Notizen, verfasste sie kurze Biographien in der dritten Person, Negro widerfuhr dies und das, Luisa empfand bei den Bombardierungen so und so. Das Resultat ließ sie unbefriedigt. Beim Wiederlesen, einige Zeit später, wurde ihr klar, dass hier eine Erwachsenenstimme erzählte, die alles über die Kinder zu wissen schien. Am überzeugendsten waren die Passagen, in denen die Kinder selbst zu Wort kamen. Sie schrieb die Geschichten um, setzte sie in die erste Person, sie gab den Kindern ihre Stimmen zurück. Noch fehlte ein Gesamtkonzept, ein Geschehen, das die einzelnen Lebensgeschichten zusammenhielt. Ihr fiel ein, wie sie mit Consuelo, der kleinen Lehrerin, und mehreren Kindern in einem Camion nach Madrid gefahren war, wo sie im Krankenhaus zwei verwundete Mädchen aus dem Nachbardorf besucht hatten. Auf der Rückfahrt, unter dem Eindruck dieses Besuchs, hatte eines der Kinder ihr und den anderen Kindern seine Geschichte erzählt. Sie kam auf den Gedanken, eine solche Autofahrt als Rahmensituation zu verwenden. Während der Fahrt würden verschiedene Kinder aus ihrem Leben erzählen. Fünf oder sechs Geschichten. Die gemeinsame Fahrt würde eine Ebene der Reflexion bilden, auf der die Vergangenheit mit der Gegenwart verknüpft werden konnte. In der Gegenwart würde deutlich werden, wie die Kinder gelernt hatten, mit ihren schweren Erfahrungen umzugehen. Das Vorankommen des Camions würde für die Hoffnung stehen, dass auf den schweren Kampf eine bessere Zukunft folgte. Das Konzept erwies sich als tragfähig. Einzig die Lebensgeschichte der kleinen Lehrerin ließ sich nicht unterbringen. Sie war Consuelos Erzählung bisher ausgewichen, aus politischen Überlegungen. Nicht alle Genossen würden es verstehen, wenn sie in ihre Sammlung die Geschichte eines Mädchens aus dem Bürgertum aufnahm. Sie würden kritisieren, dass nur eine geringe Minderheit von Bürgerlichen die Republik unterstützten und dass die Aufgabe der Genossin Ruth darin bestehe, dem Proletariat, das in diesem Krieg die größten Opfer bringe, von seinesgleichen zu erzählen. Der Einwand schien ihr berechtigt. Dennoch wollte sie auf die Geschichte Consuelos nicht verzichten. Sie konnte den Volksfrontgedanken sinnfällig machen. Außerdem hatte sie die kleine Lehrerin, die sie an sie selbst erinnerte, liebgewonnen.

Consuelo, siebzehnjährig, Lehrerin. Neben den üblichen Schulfächern lehrt sie die Kinder Volksballaden und asturische Tänze, den Mädchen gibt sie Nähunterricht. Sie ist trotz ihres Ernstes selbst noch ein Kind. (Schneeballschlacht!) Der Vater ist Chemiker. Die Eltern sprechen fließend Französisch, der Vater auch Deutsch, neben seinem Beruf arbeitet er als Übersetzer. Die Eltern waren schon vor dem Krieg antifaschistisch. Bei Kriegsausbruch gehen der Vater und der ältere Bruder zu den Volksmilizen, die Mutter meldet sich bei der Roten Hilfe. Consuelo arbeitet als Zuschneiderin für die Kriegswirtschaft. Wegen der anhaltenden Bombardements wird sie zusammen mit ihrer jüngeren Schwester nach Barcelona evakuiert, in ein überfülltes Kinderheim. Das Essen ist knapp, die Kinder hungern. Es gibt nur eine Erzieherin für beinahe zweihundert Kinder. Consuelo übernimmt Verantwortung für das Aufstehen, Waschen, für die Spiele und bald auch für den Unterricht bei den Kleinsten. Da die Leiterin ihrer Aufgabe immer weniger gewachsen ist, leitet Consuelo de facto das Kinderheim, sie ist sechzehn. Sie sagt, schwerer zu ertragen als der eigene Hunger waren die Gesichter der hungernden Kinder. Ein Jahr verbringt sie in dem Heim, dann kommt sie nach Madrid zurück und wird nach Moraleja geholt.

Nachtrag. Einige Zeit nach meinem Gespräch mit Consuelo nimmt Habermann sie mit nach Madrid, damit sie ihre Eltern besuchen kann. Am Abend sitzt sie still neben dem Kaminfeuer im Speisesaal. Auf meine Frage sagt sie, ja, sie habe ihre Eltern gesehen. Ob ihr der Abschied so schwergefallen sei? Es sei nicht nur das. In diesem Jahr war es erst das zweite Mal, dass sie ihren Vater sah. Er sei ständig in Gespräche mit Mitarbeitern vertieft gewesen, ununterbrochen habe das Telefon geklingelt, Meldungen seien eingegangen, darüber habe er ganz vergessen, dass sie da war. Danach habe sie die Mutter besucht, im Büro bei der Roten Hilfe. Es sei das gleiche gewesen. Sie habe eine Stunde gewartet, dann habe sie die Mutter gebeten, ein paar Minuten mit ihr spazieren zu gehen. Die Mutter habe sie umarmt, es tue ihr leid, sie habe keine Zeit. Consuelo sagt, sie habe keine Eltern mehr, sie sagt, der Krieg frisst alles auf.

Als die vier Monate um waren, hatte Heiner ihr ein Dokument zukommen lassen, worin er ihren Aufenthalt auf ein Jahr verlängerte. Während einer schlaflosen Nacht hatte sie dieses Angebot erwogen. Am anderen Morgen war nichts klarer, als dass sie unverzüglich nach Paris zurückkehren würde. Die Sehnsucht nach Anja hatte den Punkt erreicht, an dem alles andere bedeutungslos geworden war. Für das Buch hatte sie genug Material, sie war ungeduldig, sie wollte mit der Arbeit beginnen.

Sie verließ Spanien mit einem Gefühl der Beunruhigung. Beim letzten Gespräch mit Kantor, am Tag vor der Abreise, hatte er gesagt, Madrid beginne sich von den Internationalen Brigaden zu leeren. Das war ihr während der langen Eisenbahnfahrt wieder eingefallen. Was hatte das zu bedeuten? Warum sagte niemand geradeheraus, wie es mit dem Krieg stand? War es bei dem unübersichtlichen Frontverlauf überhaupt möglich, sich ein Bild von der Lage zu machen? Auf den Karten erinnerten die Gebiete, die der Feind besetzt hielt, an Tropfen einer öligen Flüssigkeit, die ineinanderliefen. Allmählich bedeckten sie den größten Teil Spaniens, nur gegen die Küste hin war noch ein Teil offen. Immer neue Tropfen formten sich hinter ihren Augenlidern, schillerten bunt, rannen ineinander, lösten sich auf und formten sich neu, während der Zug in der Morgendämmerung Paris entgegenraste.

24

Ein gellender Pfiff, der unter dem Dach der Bahnhofshalle ver-
hallte, ein heftiger Ruck, der den Körper der alten Frau ins
Polster presste, der Zug fuhr an. Ihre Augen waren geschlossen, der Kopf knickte vornüber, die Hände fielen in den Schoss.
Vielleicht starb sie jetzt. Das war in Ordnung. Sie hatte keine
Kraft mehr, sie war leer, sie hatte den großen Kampf gekämpft.
Wann hatte es das je gegeben, dass eine Großmutter gezwungen
war, der Schwiegertochter das Kind wegzunehmen? Was wollte
das Leben noch von ihr? Was stand ihr noch bevor außer ein
paar Jahren des Grauens? Sie hatte diesen Männern ins Gesicht
geschaut, bei der Gestapo, ihr brauchte niemand zu sagen, was
die Schwiegertochter erwartete. Auch der Sohn, der geliebte
Sohn, war in den Händen des Packs. Auf dem Morro Santo
Antônio, am Sitz der Tomatenköpfe, von wo es diesen unvergleichlichen Blick gab auf die Buchten von Rio, hatte sie mit
Filinto Müller gesprochen, dem Schergen, dem Henker. Wann
war das gewesen? Vor einem Jahr, vor zwei Jahren? Der gleiche
Ton, hier wie dort, dieselbe gleichgültige Korrektheit, die gleichen Gesten, sogar der gleiche Haarschnitt. Einzelhaft, Schutzhaft, Gestapo, Tomatenköpfe, eine neue Sprache hatte sie lernen
müssen, sie, die Sprachlehrerin, die Portugiesisch, Französisch
und Russisch sprach, aber diese neue Sprache war ihr im Hals
steckengeblieben. Ihr Leben lang hatte sie sich dem Zustand
der Welt widersetzt, den Sohn und die vier Töchter hatte sie
zum Widerspruch erzogen. Wir geben die Hoffnung nicht auf.
Wie oft hatte sie diesen Satz geschrieben in den vergangenen
Monaten und Jahren, in wie vielen Briefen in die Casa da Correção in Rio und ins Frauengefängnis in der Barnimstraße. Die
Hoffnung war aufgebraucht. Sie hatte den Nazis das Teuerste
entrissen, sie hatte gesiegt, sie war vernichtet. Die Räder schlugen gegen die Schienenfugen, tadägg tadagg, tadägg tadagg.
      Nach einer Weile öffnete sie zögernd, widerwillig die Augen.
Im fahlen Lichtkegel der Abteilbeleuchtung schlief das Kind in
Lygias Schoss, das Köpfchen hing über ihren Arm, das Ärmchen
war herabgefallen. Lygia wandte keinen Blick von dem Kind. In

der Ecke des Abteils döste der Anwalt, auch er war erschöpft, er hatte das Mögliche getan. Hätte er mehr tun können? Die Gestapo hatte mit ihr ein Spielchen gespielt. Wir geben die Enkelin heraus, wir lassen uns von den Tränen einer alten Frau erweichen (sie hatte nicht geweint), wir zeigen der Welt, dass wir keine Unmenschen sind. Aber wir behalten Ihre Schwiegertochter. Die Welt wird verstehen, dass wir eine notorische Kommunistin (eine Jüdin?) nicht herausgeben können, andere Länder halten es ebenso. Hatte sie sich für die Nazipropaganda ausnutzen lassen? Vor ein paar Wochen hatte die Gestapo sie durch das Rote Kreuz informieren lassen, dass das Kind der Mutter nach dem Abstillen weggenommen werde. Falls sie Anita nicht abhole, komme sie in ein Kinderheim. Der Gedanke daran, was die Nazis aus dem Kind machen würden, hatte ihr das Herz zusammengepresst. Ja, sie hatten mit ihr ein Spiel getrieben. Sie betrachtete das Kind, das in den Armen ihrer Tochter schlief. Ein Teufelsbraten. Gegen ihren Willen musste sie lächeln. Noch ein neues Wort, dieses hatte sie mit Vergnügen gelernt. Dazu gebe es im Portugiesischen keine Entsprechung, hatte die Übersetzerin in Paris gesagt, die Olga Benarios Briefe für sie aus dem Deutschen übersetzte, sie habe sich gewundert, dass der Zensor das Wort habe durchgehen lassen, vielleicht habe er es für ein Kosewort gehalten. Sie hatte Dona Leocádia die Bedeutung erklärt. Ich verstehe, sagte Dona Leocádia, Olga lässt uns wissen, sie wolle ihr Töchterlein frech und widerborstig, es solle den Herren der Welt dereinst die Hölle heiß machen. Sie blickte auf die Kleine, die in Lygias Armen schlief. Teufelsbraten, sagte sie halblaut, es tönte wunderlich in ihrer portugiesischen Aussprache.

Fröhlich war es zugegangen in der Rua Dos Andradas, im Kontor des Handelshauses Felizardo in Porto Alegre, im südlichsten Zipfel Brasiliens, sogar die Sklaven waren fröhlich gewesen. Dona Leocádias Vater hatte sie anständig behandelt, er fand es beschämend, dass in Brasilien noch immer Sklaverei herrschte, das passe nicht in die neue Zeit, in das wissenschaftliche Denken und den bürgerlichen Kapitalismus, in das heraufkommende zwanzigste Jahrhundert. Er hatte seine Sklaven freigelassen, hatte sogar Sklaven gekauft, um sie freizulassen.

Vater der Neger hatten ihn die Kaufleute von Porto Alegre verhöhnt. Als wenige Jahre später die Sklaverei abgeschafft und die Republik ausgerufen wurde, galt er als vorausschauender Mann. Die Mutter, Dona Ermelinda, war mit dem Vater einverstanden, sie war eine Patrizierin mit liberalen Ansichten, die sie sich auch im Greisenalter bewahrte. Trotzdem hatten die Eltern sich entrüstet, als die Tochter sie wissen ließ, sie wolle Lehrerin werden. Das war etwas für Mädchen aus den unteren Schichten, die ihren Lebensunterhalt verdienen mussten. Leocádia dagegen würde eine gute Partie machen, wozu sonst hatten sie sie Französisch lernen lassen und Klavierspielen. Sie wurde Lehrerin und heiratete den jungen, wenig bemittelten Leutnant Antonio Prestes, einen Anhänger der Republik und Schüler von Benjamin Constant, dessen Positivismus er sich zu eigen gemacht hatte. Jahre später schrieb der Sohn im Gefängnis, der Positivismus sei ein fortschrittliches Gedankensystem gewesen, auch der historische Materialismus habe davon manches mitgenommen. Sie verstand, er wollte damit seinen Vater ehren. Er hatte ihn kaum gekannt, Antonio Prestes starb, als Luiz Carlos zehn Jahre alt war, Leocádia blieb mit dem Sohn und den beiden Töchtern Clotilde und Eloíza allein. Sie hatte drei Kinder zu ernähren, wenige Jahre nach dem Tod ihres Ehemannes kamen noch zwei Töchter dazu, Lúcia und Lygia, über deren Vater äußerte sie sich nicht, das ging niemanden etwas an. Sie arbeitete als Lehrerin, daneben gab sie den Kindern der Reichen Privatstunden, abends verdiente sie mit Näharbeiten noch etwas dazu. Sie hätte nicht sagen können, wie es kam, dass sich das Leben der Familie von nun an um den Sohn drehte. Sie hatte sich Mühe gegeben, ihn nicht anders zu behandeln als die vier Töchter, aber die hätschelten und verwöhnten den älteren Bruder. Was würde aus dem Knaben werden, der ohne Vater oder Brüder aufwuchs? Wie sollte er seine Männlichkeit entwickeln? Ihre Sorgen schienen sich zu bestätigen, als er nie eine Freundin nach Hause brachte, sich außerhalb der Familie nicht für Frauen interessierte. Sie, die vom Militärischen nichts hielt, war beinahe erleichtert, als er sich für eine Laufbahn in der Armee entschied, die das Männliche in seinem Wesen festigen würde. Auf die Offiziersschule in Realengo folgten die Jahre des Marsches der Kolonne, das Exil in Bolivien und Argentinien. Dass er in diesen bewegten und harten Jahren keine Zeit gefunden hatte, das richtige Mädchen kennenzulernen, lag auf der Hand. Aber insgeheim fragte sie sich, ob die militärische Zucht und der männlich-heroische Marsch jenes Weiche in seinem Wesen zum Verschwinden gebracht hatten, das ihm im Umgang mit ihr und den vier Schwestern eigen gewesen war.

Es war nicht blinde Ergebenheit, die sie und ihre Töchter dem Sohn ins argentinische Exil und drei Jahre später in die Sowjetunion folgen ließ. Sie hatte ihre Kinder zu selbständigen Menschen erzogen, die Töchter hatten Berufe erlernt wie sie selbst. Aber Luiz Carlos gehörte inzwischen der Öffentlichkeit, auch für die Familie war er der Ritter der Hoffnung, sie waren seine Mitarbeiterinnen, die seine Ziele teilten. Als er in Buenos Aires Frühschriften von Marx studierte und Lenins *Staat und Revolution*, lasen auch die Töchter, wenn sie von der Arbeit kamen, diese Broschüren und diskutierten mit ihm darüber. Sie halfen der Mutter beim Kochen, Waschen und Sockenstopfen, auch Luiz Carlos beteiligte sich an diesen Arbeiten, die er, wie alle seine Kameraden, auf dem Marsch der Kolonne hatte lernen müssen. Das war, bei aller Bitternis des Exils, eine fröhliche Zeit. Dona Leocádia, die Lehrerin, hatte daran festgehalten, das Lernen sei eine heitere Sache, erst recht ein Lernen, das der Gemeinschaft zugute kam.

Vor dem Abteilfenster Finsternis. Dann und wann zogen in der Ferne ein paar Lichter vorüber, das Land selbst blieb im Dunkeln, die Wälder, die fruchtbaren Felder, die Menschen, die sie bearbeiteten. Was war das für ein Land? Was waren das für Menschen? Wie konnten sie dem Gesindel zujubeln, das ihnen doch Furcht einflößen musste? Woher die Wut auf alles und jeden, der nicht war wie sie? Warum hassten die Massen am meisten die, die auf ihrer Seite standen, und jubelten denen zu, die sie verachteten? Hatten sie nichts gelernt von ihren großen Künstlern und Dichtern, von Goethe, dessen Gedichte der Sohn im Gefängnis las und Olga schickte, um sie aufzuheitern. *Sah ein Knab' ein Röslein stehn, / Röslein auf der Heiden.* Zu Zehntausenden hatten sie ihresgleichen in Konzentrationslager gesteckt, hatten sie gequält und getötet. Eine alte Frau hatten sie gezwungen, der Schwiegertochter das Kindlein wegzunehmen, das eben die ersten Wörter in ihrer Sprache lernte. Was war das für ein Land? Was waren das für Menschen? Tadägg tadagg, hämmerten die Räder, tadägg tadagg. Nur ein einziges Mal hatte sie die Schwiegertochter gesehen, vor drei Jahren, in Moskau. Der Sohn hatte eine deutsche Genossin in die Pankratjewski-Gasse mitgebracht, die ihn als Leibwächterin auf der gefährlichen Reise nach Brasilien begleiten sollte. Konnte sie sich überhaupt an die junge Frau erinnern, die ihr damals zwei Stunden lang gegenübergesessen hatte? Wie hätte sie wissen sollen, dass ausgerechnet diese Olga die Askese des Sohnes beenden würde? Sie besaß ein Porträt von ihr, das sie aus einer brasilianischen Zeitung ausgeschnitten hatte. Dieses Porträt kannte sie, an dieses Porträt dachte sie, wenn sie an die Schwiegertochter dachte, um dieses Porträt kämpfte sie, wenn sie um die Schwiegertochter kämpfte. Du warst von ihr beeindruckt, hatte Lygia sie mehr als einmal erinnert, du hast nicht daran gezweifelt, dass sie ihr Leben hingeben würde, um Luiz Carlos zu schützen. Als die Tomatenköpfe den Sohn fünfzehn Monate später in der Arbeitervorstadt Méier erschießen wollten, hatte Olga sich im Nachthemd vor ihn geworfen, das stand in den Zeitungen. Die Tomatenköpfe hatten gezögert, der kommandierende Offizier hatte den Befehl geben müssen, die Waffen zu sichern. Damals nahm sie sich vor, alles zu tun, um die Frau, die den Sohn mit ihrem Körper verteidigt hatte, zu retten. Später kam ein anderer Gedanke dazu. Das ungeborene Kind im Leib der Mutter hatte mit seinem Leib den Vater geschützt. Dies war eine Vorstellung am Rande des Wahnsinns, die alte Frau behielt sie für sich.

Wenige Tage nachdem die Nachricht von der Verhaftung des Sohnes und Olgas sie in Moskau erreicht hatte, war sie mit der jüngsten Tochter Lygia im Nachtzug nach Paris gereist. Die anderen Töchter, Clotilde und Eloíza, waren bei ihren jungen Familien geblieben, auch Lúcia war in Moskau geblieben, sie sollte ihr Studium abschließen. Die Wochen und Monate nach der Ankunft in Paris zerfielen in eine endlosen Abfolge von Gesprächen und Beratungen mit Genossinnen und Genossen, mit Anwälten, Politikern, Journalisten und Konsularbeamten, mit kirchlichen Kreisen, Vertreterinnen von Frauenbewegungen, mit antifaschistischen Vereinigungen und Menschenrechtsorganisationen. Ein Komitee war gegründet worden, in dem Malraux, Heinrich Mann und Romain Rolland mitarbeiteten. Alle wollten dem Ritter der Hoffnung helfen, alle wünschten Auskünfte, erteilten Ratschläge und baten Dona Leocádia, auf Veranstaltungen zu sprechen. Sie erwarten zuviel von mir, hatte sie zu Lygia gesagt, ich weiß nicht, wie man zu Zehntausenden spricht, ich bin eine Schulmeisterin aus der brasilianischen Provinz. Nie habe ich gewollt, dass meine Kinder berühmt werden, ich habe gefürchtet, dass der Preis zu hoch sein wird. Nach dem Marsch der Kolonne habe ich gehofft, dass Luiz Carlos sich irgendwo niederlassen, als Ingenieur arbeiten und eine Familie gründen wird, man kann auch als Ingenieur für eine bessere Welt kämpfen. Du hast uns zu den Menschen erzogen, die wir sind, hatte Lygia geantwortet, da gibt es nichts zu bedauern. Dona Leocádia war durch die Städte Frankreichs und Spaniens gereist, mehrmals hatte sie London besucht und andere europäische Metropolen. In Spanien hatte Tina Modotti sie begleitet, die treue Freundin aus Moskauer Tagen, die ihr einst ihre wunderbaren Fotografien aus Mexiko gezeigt hatte und die hier in Spanien für die Rote Hilfe arbeitete. Überall hatte Dona Leocádia gesprochen, in Sälen und auf Theaterbühnen, in Parteilokalen und Kirchen, in Bilbao hatten Tausende die Stierkampfarena gefüllt, um die Mutter des brasilianischen Volkshelden zu sehen. Auf dem Podium, umringt und überragt von Würdenträgern, Genossen und berühmten Künstlern, stand eine kleine Frau mit streng aus der Stirn gekämmtem grauem Haar und klaren Gesichtszügen. Meist trug sie das schwarze Kleid und das schwarze Hütchen, am Hals war der Kragen der weißen Bluse zu sehen, sie sprach mit leiser Stimme, der melodische Klang ihrer Sprache stand im Widerspruch zu dem Aufwühlenden, von dem sie berichtete.

Als sie erfuhr, dass der Sohn nach der Verhaftung auf den Morro Santo Antônio gebracht worden war, zu den Tomatenköpfen, den Folterern, hatte das Grauen sie überwältigt. Es war der schönste Tag ihres Lebens gewesen, als der Pflichtverteidiger ihr mitteilte, dass sie es nicht gewagt hatten, den Ritter der

Hoffnung zu quälen, allerdings bleibe er in ihren Händen, sie konnten ihr Verhalten jederzeit ändern. Dieser Gedanke peinigte sie Tag und Nacht, seit sie von den Folterungen seiner Gefährten Arthur Ewert und Sabo erfahren hatte. Als bekannt wurde, dass Olga nach Deutschland ausgeliefert würde, fühlte sie sich wie vernichtet. Welche Freude, trotz allem, als sich herausstellte, dass Olga schwanger war, dass sie Luiz Carlos' Kind, ihr Enkelkind, unter dem Herzen trug. Als man ihr darlegte, die Mutter eines brasilianischen Kindes könne von Gesetzes wegen nicht ausgewiesen werden, war die Erleichterung grenzenlos. Sie verlor den Boden unter den Füßen, als sie Ende September Gewissheit erhielt, dass Olga und Sabo sich auf einem Schiff nach Deutschland befanden. Nun half kein Hoffen mehr. Der Sohn in den Händen der Tomatenköpfe, die Schwiegertochter in den Händen der Gestapo, auch das ungeborene Enkelkind in den Händen der Nazis. Sie befand sich in einem Zustand der Umnachtung. Jeden Morgen stand sie auf, brachte einen weiteren Tag in der fremden Stadt Paris hinter sich und ging zu Bett. Schließlich konnte Lygia den Zustand der Mutter nicht länger ertragen. Luiz Carlos hat wenigstens einen Anwalt, sagte sie zu Dona Leocádia, die Großen der Welt nehmen Anteil an seinem Schicksal. Olga und ihr Kind haben nur uns. Wenn wir aufgeben … Sie brach ab. Hätte ich wenigstens ein Lebenszeichen von ihnen, sagte Dona Leocádia, einen Brief oder eine Postkarte, ich habe nichts, weder von Luiz Carlos noch von Olga. Allmählich kehrte ihre Vernunft zurück. Sie ging wieder mit Lygia in den Tuilerien spazieren. An warmen Herbstnachmittagen setzten sie sich auf eine der Parkbänke im Schatten der hohen Bäume, sie fütterten die Tauben, die so zahm waren, dass sie ihnen die Brotkrumen aus den Händen pickten. Und sie machten einen Plan. Kurz vor Jahresende reisten sie, begleitet von mehreren englischen Gesellschaftsdamen, die sich dazu anerboten hatten, nach Berlin, um die schwangere Schwiegertochter den Nazis zu entreißen. Es war lachhaft. Niemand empfing sie, niemand sprach mit ihnen, keine Zeitung erwähnte ihre Anwesenheit. Sie fuhren zum Frauengefängnis, sie standen an der Kreuzung Weinstraße und Barnimstraße, vor sich den dumpfen zweistöckigen Bau. Die Fenster im Erdgeschoss entlang der

Barnimstraße waren vergittert, an der Weinstraße liefen sie in barocke Spitzbögen aus, Zinnen und Krönchen schmückten die Fassade. Im Ersten Weltkrieg hatte Rosa Luxemburg hier ihre Gefängnisbriefe geschrieben und in Broschüren die Kriegstreiberei der Regierung gegeißelt. Jetzt saß die Schwiegertochter hier, nur ein paar Meter von der alten Frau entfernt. Wenige Tage später waren sie nach Paris zurückgekehrt. Zu ihrem Erstaunen hatte die Reise sie keineswegs mutlos gemacht. Sie war der Schwiegertochter nahe gewesen, es musste möglich sein, mehr zu erreichen. Sie schrieb weiterhin jede Woche einen Brief an Olga und einen an den Sohn. Die Briefe verschwanden, als hätte es sie nie gegeben. Von Zeit zu Zeit kam ein Schreiben aus Rio, von Dr. Sobral Pinto, dem Pflichtverteidiger, der sie über den Zustand des Sohnes informierte. Von Olga kam nichts.

Anfang Februar erhielt sie vom Roten Kreuz eine Nachricht. Die Gefangene Olga Benario, einsitzend im Frauengefängnis an der Barnimstraße zehn in Berlin, habe am siebenundzwanzigsten November neunzehnhundertsechsunddreißig ein Mädchen geboren, Mutter und Kind seien gesund. Der Nachricht lag ein Brief von Olga bei, die der Schwiegermutter mitteilte, sie sei Mutter eines Mädchens, Anita Leocádia, geworden, die Geburt sei schwer und sie danach längere Zeit krank gewesen, sie habe sich inzwischen erholt, sie stille das Kind, sie habe bisher zwei Briefe von Dona Leocádia erhalten, sie dürfe, da sie sich in Schutzhaft befinde, nur alle zehn Tage einen Brief von ihr erhalten, sie sei seit dem vergangenen September, als sie aus Brasilien ausgewiesen worden war, ohne Nachricht von Carlos und bitte die Schwiegermutter, ihr ein Bild von ihm zu schicken. Dona Leocádia und Lygia hatten den auf deutsch verfassten, von der Gestapo abgestempelten Brief nicht lesen können. Wie besessen hatten sie eine Übersetzerin gesucht, schließlich fanden sie eine deutsche Emigrantin, die den Brief aus Sympathie für das Schicksal von Dona Leocádia und ihren Kindern für wenig Geld ins Portugiesische übertrug. Die alte Frau war tief bewegt, als sie las, dass Olga ihrer Tochter den zweiten Vornamen Leocádia gegeben hatte. Den ersten Vornamen, Anita, verstand Dona Leocádia als Kassiber. Jedes junge Mädchen in Brasilien kannte die Geschichte der Mulattin Ana Maria de Jesus Ribeiro, genannt Anita, aus Laguna im Bundesstaat Santa Catarina. Mit dem Gewehr in der Hand hatte die unvergleichlich mutige junge Brasilianerin, zusammen mit ihrem italienischen Gatten Giuseppe Garibaldi, auf zwei Kontinenten für die Freiheit gekämpft.

Und wieder ein Freudentag, als sie Ende März zum erstenmal einen Brief des Sohnes in der Hand hielt. Er schrieb, er habe ihre Nachricht von der Geburt der Tochter erhalten und die Neuigkeit habe ihn überwältigt, er sei ihr dankbar dafür, dass sie mit Olga korrespondiere, die so viel leiden müsse, Dona Leocádia müsse gerade jetzt, wo sie so sehr gebraucht werde, auf ihre Gesundheit achten, es gehe ihm, der, wie sie wisse, keine großen Bedürfnisse habe, den Umständen entsprechend, er dürfe weder arbeiten noch lesen und verbringe die endlosen Tage in völliger Untätigkeit, man erlaube ihm aber, seine Verteidigung vorzubereiten. Er bat sie, die beigefügten Zeilen an Olga weiterzuleiten. Sie hatte nun Briefe von beiden Kindern, ihr Glück war vollständig. In den folgenden Wochen kamen weitere Briefe von Luiz Carlos, auch von Olga kam ein Brief, er war wiederum durch die Hände der Nazizensur gegangen und von da an das Rote Kreuz in Genf geschickt worden. Dort hatte man ihn an Dona Leocádia nach Paris weitergeleitet, wo er übersetzt und an Sobral Pinto in Rio geschickt wurde, der ihn Luiz Carlos ins Gefängnis brachte. Der Rhythmus der aus Rio und Berlin eintreffenden Briefe gab dem Leben, nach den Monaten der Hoffnungslosigkeit, wieder einen Sinn. Die Sinne schwanden ihr erneut, als sie Ende Mai erfuhr, dass Luiz Carlos vom Sondergericht wegen Desertion (er hatte sieben Jahre zuvor nicht in Vargas' Armee dienen wollen) zu sechzehn Jahren und acht Monaten Gefängnis verurteilt worden war. Nein, sie brauchten ihn nicht zu foltern, sie konnten ihn in eine Zelle einschließen, bis die Welt ihn vergaß. Was war das für eine Gerechtigkeit? Was war das für ein Land, das solche Urteile zuließ? Was waren das für Menschen? Alles wurde wieder dunkel um sie herum. Nun tauchten auch die Gerüchte über die junge Elvira Cupelo Colônio, genannt das Mädchen, wieder auf. Brasilianische Genossen sollten die Freundin von Parteisekretär Miranda nach der Zerschlagung des Aufstands umgebracht haben, weil sie für die Polizei gespitzelt habe. Auch dafür sollte ihr Sohn verantwortlich sein (zusammen mit seiner deutschen Spießgesellin). Sie machten vor nichts Halt, vielleicht war er auch noch schuld daran, dass der Regen von oben nach unten fiel? Was glaubten die eigentlich? Wer nannte da ihren Sohn einen Mörder? Sie selbst waren es, die folterten und töteten, es gab keine Grausamkeit, vor der sie zurückschreckten, um ihre Macht über die Welt und alles, was auf ihr war, zu vergrößern. Bei jedem Krieg, mit dem sie neue Märkte, neue Ernten, neue Ölquellen in ihren Besitz brachten, redeten sie ihren Soldaten ein, das Töten sei gerechtfertigt. Wer sich ihrem System widersetzte, den nannten sie Fanatiker, Partisan, Terrorist. Luiz Carlos hatte sein Leben dem Kampf für die Unterdrückten und Ausgebeuteten gewidmet, unausdenkliche Strapazen hatte er auf sich genommen, es gab nichts, was er nicht tun, kein Opfer, das er der gerechten Sache nicht bringen würde. Sie hielt inne. Wo geriet sie da hin? Glaubte sie, den Sohn wegen des Mordes an dem Mädchen verteidigen zu müssen? Nein, diese Tat hatte er nicht begangen, das war ausgeschlossen. Allerdings, was wusste sie schon über das Leben des Sohnes in der Illegalität? Die Kameraden verhaftet, gefoltert, getötet, überall Spitzel, Verräter, Tausende von Polizisten und Soldaten durchsuchen jeden Stadtteil, die Schlinge zieht sich zu, jede Entscheidung kann Leben oder Tod bedeuten, bis das Denken dem Druck nicht länger standhält.

Sie schreckte auf. Es war dunkel. Zögernd gewöhnten sich die müden Augen an das matte Licht der Abteilbeleuchtung. Lygia hatte sich auf dem Polster ausgestreckt, sie schlief mit Anita in den Armen, ihre Brille baumelte vom Gepäcknetz. Der Anwalt saß zurückgelehnt in der Ecke und schnarchte leise. Die Waggonräder klopften beruhigend gegen die Schienenfugen. Sie blickte auf die Enkelin in ihrem Wämschen, das die Mutter im Gefängnis gestrickt hatte. Was für ein Glück war doch dieses Kind. Vor wenigen Stunden hatte sie es zum erstenmal gesehen, aber seit der Geburt war sie mit der geringsten seiner Regungen vertraut. Das verdankte sie der Schwiegertochter. Mit einem Wörterbuch hatten sie und Lygia Olgas Briefe entziffert, noch bevor sie zur Übersetzerin gebracht wurden, sie hatten Bedeutungen ausprobiert, die sie durch neue Bedeutungen ersetzten, bis sich ein Sinn ergab, der sie, obwohl lückenhaft, in Tränen ausbrechen ließ. War je ein Kind aus innigerer Nähe beschrieben worden? In der engen Zelle blieb der Blick der Schwiegertochter von früh bis spät auf das Kindchen gerichtet, das sie geboren hatte. Alles an diesem Körperchen war Gegenstand der mütterlichen Neugier, von der Form der winzigen Zehen bis zu den Löckchen im Nacken. Jede Körperhaltung, der Geruch der Haut, die Szenen des Säugens, die kleinen Geräusche, mit denen Mutter und Kind sich verständigten, ihre Blicke, jede Berührung erstanden vor Dona Leocádia. Mit der Zeit kamen neue Szenen hinzu, das Bad, das die Zelle in ein Überschwemmungsgebiet verwandelte, das Spiel mit Zehen und Fingern, ein Zorn, der das Gesichtchen dunkelrot färbte, die Tröstungsversuche, das erste Lachen, die ersten Schritte, die ersten Zähnchen, die Gymnastik, die Olga, selbst als sie noch in Freiheit lebte, so wichtig gewesen war. Bitterkeit erfüllte Dona Leocádia, wenn sie daran dachte, dass sie diese wunderbaren Berichte dem Zensor zu verdanken hatte, der die Schwiegertochter daran hinderte, über anderes zu schreiben.

Und noch eine große Freude, vermischt mit Düsternis, erlebte sie in dieser Zeit. Auf Umwegen erhielt sie die Abschrift eines Briefes, den Sabo aus dem Gefängnis an Minna Ewert, die Schwester Arthurs, geschrieben hatte, die von London aus um den Bruder und Sabo kämpfte. An Sabo dachte Dona Leocádia täglich wie an jemanden, an den sie nicht denken durfte. Sie musste sich ihre Kraft bewahren für die vor ihr liegenden Aufgaben, jeder Gedanke an Sabo schwächte sie bis zur Apathie. Sie habe, schrieb Sabo an Minna, endlich die Erlaubnis erhalten, Olga Benario in ihrer Zelle zu besuchen. Olga sei ob ihres Aussehens erschrocken, das habe sie im voraus nicht bedacht, da sie, seit sie wieder in Deutschland sei, noch nie in einen Spiegel habe sehen dürfen. Olga dagegen sehe geradezu schön aus, obwohl die letzten Monate der Schwangerschaft und die Geburt sie mitgenommen hätten. Zwar sei ihr Gesicht schmal, aber die Figur sei fülliger geworden, da sie das Kind noch nähre. Mit dem gescheitelten glatten Haar und den klaren blauen Augen erinnere ihr Gesicht an Madonnenbilder. Dona Leocádias Blick trübte sich, die Schrift verschwamm. Ungeduldig rieb sie sich die Augen. Sabo beschrieb das Aussehen des Kindes, erwähnte veilchenblaue Augen, eine widerspenstige Locke, das braune Gesichtchen. Jeden Tag verbringe die Kleine drei Stunden im Gefängnishof. Manchmal weine das Kind, das höre Olga von ihrer Zelle aus, aber sie dürfe natürlich nicht zu ihm. Aufgefallen sei ihr, dass das Kind noch nicht aufrecht sitzen könne. Die Knochenbildung sei zurückgeblieben, wahrscheinlich wegen der Gefängniskost. Olga gebe Anita alles Obst und Gemüse, statt einen Teil selbst zu essen, was für die Muttermilch wichtig wäre. Dona Leocádia war zutiefst erschrocken. Freundinnen begleiteten sie zu Gesprächen mit Kinderärzten. Erst als die Schwiegertochter schrieb, die Kleine erhalte Calzan, das Aufsitzen gehe inzwischen gut, sie krieche bereits in der Zelle umher, stellte sich Dona Leocádias inneres Gleichgewicht wieder ein.

Die alte Frau lebte von Brief zu Brief. Unzählige Male rechnete sie aus, wann die nächste Nachricht von Olga oder Luiz Carlos eintreffen könnte. Kam ein Brief nicht am erwarteten Tag, verdüsterte sich ihr Gemüt. Sie fragte bei den Kindern nach den Daten ihrer letzten Briefe und mahnte sie, regelmäßig zu schreiben. Trafen endlich ein oder gar mehrere Briefe ein, konnte das die Rechnung durcheinanderbringen. Die Briefeschreiber verwiesen auf Briefe, die Dona Leocádia noch nicht erhalten hatte, oder die Briefe waren von der Übersetzerin nicht in der richtigen Reihenfolge übersetzt worden, so dass sie nicht mehr wusste, welche Briefe sie schon beantwortet hatte, welche von Olgas Briefen sie an Luiz Carlos weitergeleitet hatte, welche von seinen Briefen an Olga, ob sich seine Fragen auf ihren letzten oder vorletzten Brief bezogen, ob das Paket, für das die Schwiegertochter sich bedankte, Esswaren enthalten hatte oder Kleider. In manchen Briefen waren einzelne Wörter oder ganze Passagen von der Zensur ausgemerzt, dann zermarterte sie sich den Kopf darüber, was da gestanden haben könnte, hielt den Brief gegen das Licht oder tastete die ausgelöschte Stelle mit dem Finger ab, in der vergeblichen Hoffnung, sie doch noch entziffern zu können. War einer ihrer Briefe zum Abschicken bereit, so waren die Übersetzungen noch nicht fertig, oder Lygia, die alle Briefe von Hand kopierte, damit auch die Schwestern in Moskau sie lesen konnten, bevor sie sie an Luiz Carlos oder Olga weiterleitete, war noch nicht so weit. Die Buchführung kam immer mehr durcheinander, Eingänge gerieten in Verzug, Ausgänge ebenfalls, nie stimmte die Bilanz, sie machte Gegenrechnungen auf, brachte falsch Datiertes in Abzug, ließ durch Lygia sanfte Mahnungen formulieren, wies auf Rückstände hin und vertröstete auf den nächsten Brief. Als es möglich wurde, Briefe per Luftpost zu schicken, war das eine große Erleichterung. Allerdings geriet dadurch die Buchführung noch mehr durcheinander, frühere Briefe kamen später an als spätere, Luiz Carlos erkundigte sich nach dem Verbleib von Zeitschriften und Büchern, um die er sie noch gar nicht gebeten hatte. Kam über das errechnete Datum hinaus kein Brief von ihm, sorgte sie sich, dass er misshandelt würde oder, wenn kein Brief von Olga kam, dass mit der Gesundheit der Schwiegertochter oder des Kindchens etwas nicht in Ordnung sei. Dann wieder kamen drei Briefe gleichzeitig, die Übersetzerin war nicht da, die Briefe blieben liegen, Olga und Luiz Carlos fragten, warum sie vom anderen nichts hörten, das war für Dona Leocádia eine besondere Qual. Oder sie beklagten sich, dass sie lange keine Nachricht von ihr erhalten hatten, obwohl sie jede Woche schrieb. Es stellte sich heraus, dass Luiz Carlos' Anschrift gewechselt hatte, er war vom Morro Santo Antônio in die Casa de Correção verlegt worden. Das war für ihn eine Erleichterung, er hatte es ihr geschrieben, sie hatte den Brief nicht erhalten, weil die Maschine auf dem Flug von Südamerika nach Frankreich über dem Atlantik verschollen war. In jedem ihrer Briefe erklärte sie den Kindern ausführlich, welche Briefe angekommen waren, auf welche sie bereits geantwortet hatte, welche Pakete mit Zeitschriften, Esswaren oder Kleidern und welche Geldsendungen unterwegs seien und welche Wünsche sie bisher nicht habe erfüllen können, weil Luiz Carlos vergessen hatte, den Verlag des gewünschten Buches anzugeben oder Olga die Schuhgröße nicht mitgeteilt hatte. War alles erklärt, hatte sie den größten Teil des Blattes gefüllt und nicht mehr die Kraft, den beiden all das zu schreiben, was sie bedrängte. Sie hätte tot sein wollen, aber die Kinder brauchten sie.

Im Juli kamen die ersten Andeutungen aus Berlin, dass Anita der Mutter weggenommen und einem Waisenhaus übergeben werden würde. Abermals war Dona Leocádia mit Lygia nach Berlin gereist, diesmal begleitet von zwei englischen Anwältinnen. Als die Nazis erneut keine Anstalten machten, ihre Anwesenheit zur Kenntnis zu nehmen, drohten die beiden Engländerinnen mit der Öffentlichkeit. Sie wurden im Hauptquartier der Gestapo empfangen, wo man ihnen klarmachte, dass sie weder Olga noch Anita sehen könnten. Dieses Recht stehe nur der Familie zu, also Olga Benarios Mutter Eugenie Gutmann Benario, die sich jedoch von ihrer Tochter losgesagt habe. Dona Leocádia gelte nicht als Verwandte, da die Gefangene kein Heiratszeugnis beigebracht habe. Zurück im Hotel, wollte Lygia ihrer Mutter ein Glas Schnaps einschenken, aber Dona Leocádia winkte ab. Sie zittere nicht aus Schwäche, sondern vor Wut. Wie das Gesindel sich das vorstelle. Ihre Kinder hatten illegal und unter falschen Namen in Rio gelebt, ständig der Gefahr ausgesetzt, entdeckt zu werden. Wie hätten sie da heiraten sollen, und erst noch unter ihren richtigen Namen? Um in dieser Angelegenheit voranzukommen, sagten die Anwältinnen, sei es ratsam, Olga Benario und Anita als zwei getrennte Fälle zu betrachten, so schwer das falle. Zur Zeit sähen sie die besseren Chancen für das Kind. Wenn Dona Leocádia eine Vaterschaftserklärung des Sohnes vorlege, werde die Gestapo möglicherweise einlenken, sie habe ja gesehen, wie sie auf die Drohung mit der Öffentlichkeit reagierten. Am folgenden Tag gingen die beiden Anwältinnen noch einmal zur Gestapo, sie kamen mit der Zusage zurück, das Kind werde der Großmutter ausgehändigt, wenn die Vaterschaftserklärung vorliege, womit nicht mehr allzulange gewartet werden dürfe, das Kind sei bereits acht Monate alt und werde nach dem Abstillen so oder so der Mutter weggenommen. Bis dahin dürften sie das Kind nicht sehen, ein Besuch bei der Mutter sei ohnehin ausgeschlossen. Sie verweigern mir die elementaren Gebote des Rechts und der Menschlichkeit, sagte Dona Leocádia, aber diesen Kampf werden sie verlieren. Und wenn wir Anita haben, werden wir auch Olga herausholen. Lygia und die beiden Anwältinnen blickten auf die kleine Frau mit der hohen Stirn und den straff zurückgekämmten Haaren. In diesem Augenblick, im Hotelzimmer in Berlin, im Zentrum des Terrors, schien es möglich, dass sie, entgegen aller Wahrscheinlichkeit, recht behalten könnte.

Im nächsten Brief schrieb Olga, das Kind werde ihr nach dem zehnten Lebensmonat weggenommen. Sie könne sich nicht vorstellen, wie sie das ertragen werde, und doch hoffe sie nichts sehnlicher, als dass es Dona Leocádia gelinge, Anita rechtzeitig aus Deutschland herauszuholen. Dona Leocádia schrieb dem Sohn, er dürfe mit der Vaterschaftsanerkennung keinen Tag länger warten, das Original sei beim deutschen Konsulat in Rio zu hinterlegen, mit dem Hinweis, dass es umgehend an die Gestapo weiterzuleiten sei, sie selbst brauche eine Kopie für die bevorstehende Reise nach Deutschland. Statt des Dokuments erhielt sie einen langen Brief von Dr. Sobral Pinto. Der Pflichtverteidiger teilte ihr mit, dass der von Vargas ernannte neue Justizminister und seine Kabinettschefin alles täten, um die Unterzeichnung des Dokuments zu verhindern, dass er bis jetzt keinen Notar gefunden habe, der mutig genug sei, ihn ins Gefängnis zu begleiten, und dass ihm vorgeworfen werde, im Dienst Stalins zu stehen, obwohl er nur ein bescheidener Schüler Jesu Christi sei und seiner religiösen Überzeugung folge, wenn er ihren Sohn verteidige. Er hoffe trotz allem, ihr das gewünschte Dokument in den nächsten Tagen zugehen lassen zu können. Sie hatte die Vaterschaftserklärung kaum in den Händen, als Olga meldete, der Gefängnisarzt habe vorderhand von der Trennung abgeraten, da die Mutter weiterhin in der Lage sei, das Kind zu säugen. Die Schwiegertochter fügte hinzu, sie habe Frau Ewert endlich sehen können, ihr Haar sei weiß geworden, sie leide an einer Nervenkrankheit und sei sehr beunruhigt, weil sie keine Nachricht von ihrem Mann habe. Es war klar, dass sie nur in allgemeinen Andeutungen über Sabo schreiben konnte, deren Zustand schlecht sein musste. Anfang November teilte die Schwiegertochter mit, sie sei gezwungen worden, das Kind abzustillen, sie habe schwere Wochen vor sich und nur der Gedanke tröste sie, dass es der Kleinen bei der Großmutter an nichts fehlen werde.

Anita blieb noch mehr als zwei Monate bei ihrer Mutter. In

dieser Zeit erhielten Dona Leocádia, Lygia und Luiz Carlos Berichte über die ersten Schritte, die Schmerzen beim Zahnen, die komplizierter werdenden Spiele, die ersten Anzeichen von entstehender Unabhängigkeit, über die Weihnachtsfeier im Gefängnis, bei der die schönen deutschen Weihnachtslieder gesungen worden seien, und über den Gefängnishund, mit dem Anita sich anfreundete, wie sie sich, schrieb Olga, auch mit dem kleinen Hund angefreundet haben würde, den Carlos ihr in Rio geschenkt hatte. Mitte Januar meldete das Rote Kreuz, das Kind werde in den nächsten Tagen von der Mutter getrennt. Mit Lygia und dem Anwalt reiste Dona Leocádia zum dritten Mal nach Berlin. Während sie bei der Gestapo warteten, übersetzte sie sich mit Hilfe Lygias und des Anwalts das anstaltsärztliche Zeugnis, das man ihr ausgehändigt hatte. Es handelt sich um ein nicht ganz vierzehn Monate altes Mädchen, welches eine besonders gute körperliche Entwicklung zeigt. Sie ist 78 cm lang und hat ein Körpergewicht von 11,9 kg. Seit dem 13. Monat läuft sie frei herum. Sämtliche Schneidezähne (oben und unten) sind vorhanden. Die sichtbaren Schleimhäute sind gut durchblutet. Die inneren Organe sind gesund, die körperlichen Funktionen normal. Es bestehen keine Hautkrankheiten. Berlin, 19. Januar 1938. Sie hatte sich kaum aufrecht halten können, als das Kind gebracht wurde, Lygia hatte es entgegennehmen müssen. Man hatte ihnen noch einmal klargemacht, dass keine Aussicht bestehe, Olga Benario zu sehen, dann waren sie ins Hotel zurückgefahren und hatten die bereitstehenden Koffer abgeholt. Am Bahnhof hatten sie drei Stunden auf den Zug warten müssen, der jetzt seine Fahrt verlangsamte, da er sich im Morgengrauen der französischen Grenze näherte.

Dona Leocádia und Lygia würden noch mehrere Monate mit Anita in Paris bleiben. Auch nachdem Olga Benario in das Konzentrationslager im Schloss Lichtenburg in Prettin überführt worden war, würden sie ihr Pakete mit Nahrung und Geld schicken. Sie würden die Briefe von Olga und Luiz Carlos übersetzen lassen und weiterleiten, begleitet von ihren eigenen Briefen, in denen sie ihre Sorgen um die Lieben ausdrückten und ihnen Mut zusprachen. Gute Freunde würden sie beraten, und allmählich würden sie einsehen, dass sie Olga nicht helfen konnten, dass der Krieg immer wahrscheinlicher wurde und dass sie unter allen Umständen Anita in Sicherheit bringen mussten. Trauer würde alles verdüstern von dem Tag an, als Dona Leocádia beschloss, aus Europa abzureisen und die Schwiegertochter, die mit ihrem schwangeren Leib den Sohn vor dem Tod bewahrt hatte, ihrem Schicksal zu überlassen. Nicht einmal dem Sohn würde sie ihren Entschluss mitteilen können, da sie fürchten musste, Vargas' Schergen könnten die Reise vereiteln. Viele Wochen später würde sie von Mexiko-Stadt aus die Verbindungen zum Sohn und zur Schwiegertochter wieder herstellen, aber sie würden unter den Schlägen der Ereignisse immer wieder zerreißen. Im Dezember des ersten Kriegsjahres würde noch einmal die Hoffnung aufkommen, Olga könnte freigelassen werden, nur um sich erneut zu zerschlagen. Manchmal würde die Gram über das Schicksal der Kinder die alte Frau überwältigen, sie würde den Sohn fragen, welche menschenmöglichen Motive seine Feinde dazu bewegen mochten, das Herz einer Mutter so zu quälen, warum sie noch dem schlimmsten Verbrecher erlaubten, an seine Mutter zu schreiben, aber nicht ihrem Sohn, was sie von ihm befürchteten, der nun schon das dritte Jahr in der Isolation verbringe. Sie würde ihm weiterhin jede Woche schreiben, und die Ankunft jedes seiner Briefe, die Lygia ihr vorlas, würde ein Freudentag sein. Auch der Schwiegertochter würde sie jede Woche schreiben, sie würde ihr Pakete und Geld schicken, obwohl sie kaum noch Antwort erhielt, seit Olga wiederum an einen neuen Ort mit dem fremdartigen Namen Ravensbrück verbracht worden war. Schließlich würden die Briefe der Schwiegertochter ausbleiben. Dona Leocádia aber würde nicht aufhören zu schreiben, in ihrer schönen, regelmäßigen Lehrerinnenhandschrift, mit den grazilen Bögen der Großbuchstaben und den energischen Strichen durch das kleine t, die ihren Briefen das Aussehen von für die Menschheit wichtigen Dokumenten verliehen. Aus ihrem Leid würde sie Kraft ziehen, und weder der Ausbruch des neuen Weltkriegs noch der Angriff der deutschen Armeen auf die Sowjetunion, wo drei ihrer Töchter mit ihren Familien lebten, würden ihr die Hoffnung auf eine bessere Zukunft nehmen.

Sie würde erneut die Freundschaft Tina Modottis erfahren, auf Dona Leocádias Wunsch würden sie, während Anita auf Tina Modottis Schoß spielte, wieder die Fotografien anschauen, und Dona Leocádia würde einmal mehr sagen, Tina Modotti hätte mit dem Fotografieren nicht aufhören dürfen, sie hätte auch als Fotografin für eine bessere Welt kämpfen können, diese Bilder seien der Beweis. Der plötzliche Tod Tina Modottis, die ihr in Mexiko noch einmal eine Stütze gewesen war, würde Dona Leocádias ohnehin schwachen Kräfte weiter vermindern. Bei der Trauerfeier würde sie den Vorsitz übernehmen. Im schwarzen Kleid mit der weißen Bluse, umstanden von Simone Téry, Mario Montagnana, Pablo Neruda und Anna Seghers, würde sie die tote Freundin ehren, und Neruda würde seine Verse sprechen, *Tina Modotti, Schwester, du schläfst nicht, nein, du schläfst nicht*, und Anna Seghers ihr ins Grab nachrufen: *Ja, wenn die Stummen sprechen werden, ja, wenn die Blinden sehen werden, ja, wenn die Letzten einst die Ersten sind, ja, wenn unsere Toten auferstehen, wird Tinas kleiner, schweigsamer und treuer Schatten von ihrem Volk begeistert begrüßt werden.* Immer weiter würde Dona Leocádia ihre Briefe schreiben, von Olga würde keine Antwort mehr kommen, schließlich würde Dona Leocádia sich an das Internationale Rote Kreuz in Genf wenden, wo man ihr mitteilen würde, dass es nicht länger möglich sei, mit der erwähnten Frau Olga Benario Prestes Verbindung zu halten. Mitten im Krieg würde sie noch eine große Freude erleben, wenn Jorge Amado ihr sein mit einer handschriftlichen Widmung versehenes Buch über den Ritter der Hoffnung schicken würde, beim Lesen würde sie nicht vergessen, dass der Verfasser ein Romancier war, sie würde das Überschwängliche seines Hohelieds auf ihren Sohn heiter hinnehmen. Die ersten Siege der Sowjetunion und die Wende des Kriegs würde sie noch erleben und Mut daraus schöpfen. Sie würde Anitas sechsten Geburtstag feiern und den ersten Schultag, sie hatte die Gewissheit, dass Lygia die Enkelin liebevoll erziehen und aus ihr den Menschen machen würde, den die Schwiegertochter sich in ihren unvergleichlichen Briefen gewünscht hatte – einen Teufelsbraten. Aber die Trennung von ihren Lieben würde immer schwerer wiegen, und schließlich würde ihr Herz zu schlagen aufhören. Die Totenwache zu ihren Ehren in Mexico-Stadt würde vier Tage dauern. Die erste Wache würde Lázaro Cárdenas übernehmen, der ehemalige Staatspräsident, auf dem Foto steht neben ihm, den Kopf leicht vorgeneigt, mit herabhängenden Armen, die stille Figur Lygias, und auf der anderen Seite des weißen, blumenbedeckten Sargs der Gewerkschaftsführer Vicente Lombardo Toledano. Tausende würden dem Sarg folgen auf seinem Weg zum Friedhof Panteon Civil de Dolores, wo schon Tina Modotti begraben lag. Gewerkschaftsfahnen, rote Fahnen mit Hammer und Sichel und die Fahnen vieler Nationen würden im Trauerzug mitgetragen werden. Vielleicht hätte Dona Leocádia diese gewaltige Demonstration nicht gewollt, aber die Lebenden haben auch ihre Rechte.

Am Grab würde Pablo Neruda das Gedicht lesen, das er für sie geschrieben hatte:

Señora, groß, größer hast du unser Amerika gemacht.
Du hast ihm einen reinen Fluss gigantischer Wasser
                             geschenkt:
hast ihm einen großen Baum mit unendlichen Wurzeln
                             geschenkt:
einen Sohn, seines tiefen Vaterlands würdig.

Eine Mutter läuft durch das Haus des Tyrannen,
eine Mutter aus Jammern, aus Rache, aus Blumen,
eine Mutter aus Trauer, aus Bronze, aus Sieg.

25

I

Reisen Sie nicht, hatte Feuchtwanger gesagt, bleiben Sie in Paris. Was können Sie drüben ausrichten? Mit wem wollen Sie sprechen? Sie bringen sich selbst in Gefahr und den kleinen Spanier ebenfalls. Auch andere Freunde hatten sie gewarnt, Malraux, Aragon, den sie und Kolzow bei ihren Aufenthalten in Paris so oft besucht hatten, sogar Bredel, aber Feuchtwangers Rat wog am schwersten. Schon bei den ersten Gerüchten hatten Genossinnen und Genossen begonnen, sie zu meiden. Am meisten schmerzte sie das bei Willi Bredel. Er war ein geradliniger Genosse, sie hatte gut mit ihm zusammengearbeitet. In der Redaktion hatte er sie vor Erpenbecks Schulmeistereien abgeschirmt, er hatte ihr den Freiraum bewahrt, den sie für die redaktionelle Arbeit brauchte. Von Kolzow hatte er stets mit Achtung gesprochen. Als sich aber in den Tagen vor Weihnachten das Gerücht bestätigte, als ihre Welt zusammenbrach und sie in einem Zustand der Panik tagelang von einem Genossen zum anderen lief, um Rat und Hilfe zu finden, hatte zuletzt auch er zu denen gehört, die hilflos mit den Achseln zuckten oder sie mit abgewandtem Gesicht aufforderten, die Angelegenheit auf sich beruhen zu lassen, bis die Untersuchung abgeschlossen wäre. Dann und wann hatte er sie noch vorsichtig seine Anteilnahme spüren lassen. Einmal sagte er, die Redaktion in Moskau habe sie nicht gut behandelt, das tue ihm leid, ein andermal, sie solle mehr essen, sie sei mager wie ein Strich. Den Genossen gegenüber signalisierte er Distanz zu ihr, sie vermerkte es mit Bitterkeit, dennoch war sie ihm dankbar, er hatte selbst Angst. Feuchtwanger hielt zu ihr. Wenn er von Sanary nach Paris heraufkam, ließ er sich von ihr zu Lesungen und Exilveranstaltungen begleiten, jeder sollte sehen, was er, der sich öffentlich zur Sowjetunion bekannte, von den Verdächtigungen gegen Kolzow hielt. Mit der Broschüre über die Moskaureise hatte er sich den Zorn von nicht Wenigen zugezogen, aber er blieb dabei, der Kampf gegen den Faschismus könne nur mit

Hilfe der Union gewonnen werden. Nun hatte er ihr geraten, nicht dorthin zurückzukehren. Der Rat hatte ihr das Ausweglose ihrer Lage deutlich gemacht. Verzweifelt blickte sie auf den Sekundenzeiger der Bahnhofsuhr, der vorrückte, während Reisende mit Koffern und Taschen in der nächtlichen Halle am Abteilfenster vorüberhasteten. Sie krampfte die Hände ineinander, öffnete sie wieder, verschränkte die Arme, sie brauchte eine Camel. Sie blickte auf Jusik, der in der unteren Koje des Schlafwagenabteils eingeschlafen war, warm zugedeckt, das Köpfchen zur Seite gedreht, das fahle Licht der Abteilbeleuchtung schimmerte auf seiner Wange. Was tat sie ihm an? Was tat sie sich selbst an? Panik ergriff sie, sie hatte falsch entschieden. Noch war es nicht zu spät. Sie konnte das Kind wecken, die Sachen zusammenpacken, aussteigen. Noch war der gellende Pfiff des Zugführers nicht ertönt oder das erste Zischen der Lokomotive, noch hatte sie nicht den Ruck gespürt, mit dem jede Eisenbahnfahrt anfing. Immer hatte sie das Reisen geliebt, das Gefühl, herausgelöst zu sein aus aller Verantwortung, die Ortlosigkeit, die freudige Erwartung des Neuen am Ende der Fahrt. Sie wollte den Sekundenzeiger anhalten, der sich der dritten Minute nach elf Uhr näherte. Noch zehn Sekunden. Was war das? Verlangsamte der Zeiger seine Bewegung? Noch fünf, jetzt langsamer, noch vier Sekunden, noch drei, immer langsamer, noch zwei, ein langes Zögern, noch eine, der Zeiger stand still. Sie hielt den Atem an. Der Zeiger regte sich nicht, er war festgefroren. Sie öffnete den Mund, sie wollte etwas sagen, schreien, lachen, sie hatte die Zeit besiegt, sie hatte die Bewegung angehalten, sie wollte sich bewegen, tanzen, sie überhörte den gellenden Pfiff und das laute Zischen, verpasste auch den heftigen Ruck, verständnislos blickte sie auf den Bahnsteig, der im Schritttempo vor dem Abteilfenster vorüberglitt. Rauchschwaden verdeckten die Sicht, dann war die Lichterstadt Paris da, sie erhaschte einen Blick auf den hell erleuchteten Eiffelturm, der Zug fuhr in einen Tunnel.

Der Aufenthalt in Moskau eineinhalb Jahre zuvor war kurz gewesen. Die Aussicht darauf, in Paris eine Außenredaktion des *Wort* zu leiten, lag all ihren Handlungen zugrunde. Aber sie kannte die Moskauer Bürokratie, sie richtete sich auf eine längere Wartezeit ein. Sie war keineswegs sicher, ob gerade sie diesen Auftrag erhalten würde. Dieser und jener Genosse betrachtete ihre Nähe zum Zentrum der Macht mit Argwohn, sie sahen in allem, was sie als Schriftstellerin und Journalistin erreicht hatte, den Einfluss Kolzows. Damit fand sie sich ab, es war der Preis für die Privilegien. Was hätte sie auch dagegen tun können? Den Genossen sagen, sie habe die Nähe zur Macht nie gewünscht und selten genug in Anspruch genommen, meist auf Bitten eines Genossen, der ihre Hilfe brauchte? Oder öffentlich bekanntgeben, sie habe sich von Kolzow getrennt? Hatte sie sich überhaupt von ihm getrennt, konnte sie sich von ihm trennen? Es gab Gerüchte über ihr Liebesleben, wie es Gerüchte über das Liebesleben von Brecht und Feuchtwanger und Becher gab, nur dass die Gerüchte über die Männer meist mit einem leicht neidischen Unterton weitergegeben wurden. Die Herren Genossen konnten ihr in die Schuhe blasen. Die Zeitschrift war ein Erfolg, und ihre Arbeiten konnte jeder lesen, mehr war dazu nicht zu sagen. Kolzow, von Feuchtwanger und Brecht avisiert, hatte die notwendigen Schritte noch vor ihrer Ankunft eingeleitet. Nach kurzer Zeit erhielt sie Bescheid, sie werde Anfang Januar nach Frankreich zurückkehren.

Während der Wochen in Moskau saß sie von morgens bis spät in die Nacht im Redaktionsbüro am Strastnoj Boulevard. Sie bereitete sich auf ihre Aufgabe vor, schrieb Briefe nach Paris und an die über ganz Europa verstreuten Autorinnen und Autoren, die sie über die geplante Außenredaktion des *Wort* informierte, sie sprach mit Mitarbeiterinnen und Mitarbeitern im Jourgaz-Verlag und ließ sich die schwierige finanzielle Lage der Zeitschrift erklären. Mit Erpenbeck, der, seit Bredel in Spanien weilte, die Redaktionsgeschäfte der Zeitschrift führte, verstand sie sich nicht. Als er sie bei der ersten Begegnung in der Redaktion gleich mit Du angesprochen hatte, war sie schroff geworden, sie war das unter sowjetischen Genossen übliche Sie gewohnt. Er hatte sich entschuldigt, sie hatte eingelenkt, sie könnten es beim Du bewenden lassen. Er arbeitete Tag und Nacht, oft konnte er sich vor Erschöpfung kaum auf den Beinen halten. Aber er hatte wenig Gespür für den Umgang mit Schriftstellerinnen und Schriftstellern, und auch mit ihr fand er den richtigen Ton nicht. Wenn sie sich über einen Punkt nicht einig wurden, gingen sie gelegentlich zu Kolzow, der die Angelegenheit mit ein paar Worten ins Reine brachte, ohne den empfindlichen Erpenbeck zu verletzen. Die freien Stunden verbrachte sie mit Jusik. Die Genossin Pintschukowa war ihm eine gute Pflegemutter gewesen, er hatte sie liebgewonnen; als Maria Osten ihn beim Wiedersehen auf dem Bahnsteig in die Arme genommen und geherzt hatte, weinte er. Es dauerte eine Weile, bis er sich wieder an sie gewöhnte, sie brauchte Geduld, in den ersten Tagen war sie manchmal am Verzweifeln. Diesmal, hatte sie zu Kolzow gesagt, werde ich mich nicht mehr von ihm trennen. Wenn er nicht mitkommen darf, bleibe ich hier, und du weißt, wie gern ich die Redaktion in Paris machen möchte. Sie hatte erwartet, dass er sie abermals überreden würde, das Kind in Moskau zu lassen, sie war überrascht, als er ohne weiteres zustimmte, und dankbar für sein Feingefühl. Allerdings, meinte er, gehe das nicht so schnell, sie werde ohne Jusik reisen müssen, er verspreche, das Kind mit in den Westen reisenden Genossen nachzuschicken, sobald der Papierkram erledigt sei. Als sie später über dieses Gespräch nachdachte, schien ihr, dass da neben dem Feingefühl noch etwas anderes gewesen war. Er wollte sie aus Moskau weghaben. Oder bildete sie sich das nur ein? Moskau war gründlich verändert. Die mitreißende Stimmung eines Aufbruchs, einer gemeinsamen Anstrengung für das große Ziel, hatte sich verflüchtigt. Stattdessen Vorsicht, Misstrauen, Distanz. Dieser oder jener Freund oder Bekannte war nicht mehr auffindbar; wenn sie nach ihnen fragte, trafen sie warnende oder feindselige Blicke. Sie fragte immer seltener. Manchmal, wenn sie durch die Straßen der Hauptstadt ging, schien ihr, sie bilde sich die Veränderungen nur ein. Das Leben ging den gewohnten Gang, die Menschen waren wie immer. Auch die Zusammenarbeit mit den Kolleginnen und Kollegen war weiterhin gut. Aber nach der Arbeit verschwanden sie, vom Zusammensitzen bei einem Glas Wodka war nicht mehr die Rede. Eine Revolution war keine Sonntagsschule, das brauchte ihr keiner zu sagen. Aber was war mit Ottwalt geschehen? Und was mit anderen Freunden und Bekannten, für die sie die Hand ins Feuer gelegt hätte? Missverständnisse, sogar Fehler waren unvermeidlich. Bei so vielen Schuldigen konnte es geschehen, dass ein Unschuldiger verhaftet wurde. Oder mehrere. Wusste Stalin, was vorging? Der getäfelte Saal im Kreml dehnte sich aus.

In den letzten Nummern des *Wort* war ein Streit um den Expressionismus ausgebrochen. Seine Kritiker, vor allem in Moskau, sahen im Expressionismus einen Beweis für den Niedergang der bürgerlichen Kunst, nicht zufällig habe diese Bewegung in den Faschismus geführt, das zeige beispielhaft die Entwicklung von Gottfried Benn. Andere widersprachen, indem sie auf ihre eigenen Biographien hinwiesen, sie waren Expressionisten gewesen, jetzt lebten sie im Exil und kämpften unter schwierigen Umständen gegen den Faschismus. Erpenbeck hatte sie aufgefordert, in Paris weitere Autoren für die Teilnahme an der Debatte zu gewinnen. Sie hatte entgegnet, sie verstehe nicht, was dieser Streit gerade jetzt solle. Der Expressionismus war längst Geschichte, wieso einen Disput entfachen, der besonders die bürgerlichen Schriftstellerinnen und Schriftsteller vor den Kopf stoßen musste, mit denen sie in der Volksfront zusammenarbeiteten? Niemand solle vor den Kopf gestoßen werden, hatte Erpenbeck entgegnet, es gehe darum, Positionen zu klären, woraus alle Beteiligten Gewinn ziehen könnten. Sie war nicht überzeugt.

Mehrmals ging sie ins Kinderheim in der Kalaschny-Gasse. Hubert war jetzt vierzehn. Er besuchte weiterhin die Karl-Liebknecht-Schule, es gefiel ihm da. Allerdings seien die Lehrer im Kunstunterricht in einem bürgerlichen Formalismus steckengeblieben. Er habe die großen Meister mit ihnen durchgekämmt, von einem wie Rembrandt sei dabei nicht viel übrig geblieben. Als sie beim Mittagessen die frische Butter lobte, schaute er sie ernst an und fragte, ob sie vielleicht glaube, die sei vom schwarzen Markt? So etwas komme hier im Heim nicht vor, er sei Pionier, er schimpfte auf Profiteure und trotzkistische Wühlmäuse. Sie beschwichtigte ihn, sie habe nur das gute Essen im Heim loben wollen. Nachher sagte sie sich, es sei gut, dass der Junge so scharf war, ganz sicher war solche Wachsamkeit gut. Wenn die Zeiten sich einmal änderten, würde er sich von selbst mäßigen.

In den ersten Januartagen war sie zurück in Paris. Sie hatte kaum Zeit, sich in dem kleinen Zimmer im Hotel Dinard, in der Nähe des Jardin du Luxembourg, einzurichten. In den Redaktionsräumen, die die Genossen für sie gefunden hatten, warteten Anfragen, Manuskripte, Honorarforderungen und Notizen von Telefonanrufen. Zuoberst lag ein Brief von Erpenbeck, den er ihr am Tag nach ihrer Abreise nachgeschickt hatte. Er erinnerte sie daran, dass sie, solange in Moskau der endgültige Entscheid über den Status der Außenredaktion nicht gefallen sei, nur zudienende Arbeiten zu leisten habe. In erster Linie sei Feuchtwanger von Korrespondenz, Reklamationen, Finanzsachen und anderem Kleinkram zu entlasten. Daneben habe sie Manuskripte zu sichten, die unmöglichen seien mit ein paar höflichen Worten zu retournieren, ausgenommen die wichtigen Autoren, denen er die Absage selbst mitteilen werde. Außerdem benötige er Berichte über die Stimmung unter den Exilschriftstellern. Der Brief erinnerte sie daran, dass sie bisher Glück gehabt hatte. Sie war nie als Tippfräulein behandelt worden, auch nicht als Anfängerin im Malik-Verlag. Sie wollte Erpenbeck eine Antwort schicken, die sich gewaschen hatte. Aber als sie den Brief nach ein paar Tagen wieder las, bedachte sie, dass er in Moskau die ganze Redaktionsarbeit mit nur einer Hilfskraft erledigte, dass er sie um ihren Aufenthalt in Paris und um ihre Freundschaft zu den ihm vorgesetzten Redakteuren Feuchtwanger und Brecht beneidete und um ihren direkten Zugang zu Kolzow. Sie beschloss, den herablassenden Ton zu ignorieren.

Schwierig zu erfüllen war Erpenbecks Wunsch, ihn über die Stimmung in der Emigration zu informieren. In Paris war alles im Fluss. Parteien und Gruppen, die bisher zusammengearbeitet hatten, drifteten auseinander, die mit so viel Mühe aufrechterhaltene Volksfront teilte sich in Strömungen auf. Dahinter standen die Vorgänge in Moskau. Nach Gides öffentlicher Absage an die Sowjetunion hatten einzelne Exilierte begonnen, die Moskauer Prozesse in aller Öffentlichkeit zu kritisieren. Feuchtwangers Reisebericht war als von Moskau gesteuerte Antwort an Gide denunziert worden. Am lautesten ereiferte sich Schwarzschild, der Herausgeber des *Neuen Tage-Buchs*, der so weit ging, Faschismus und Bolschewismus gleichzusetzen. Sein fanatischer Antikommunismus erinnerte manchen Emigranten an die Sozialistenhetze der Nazis und entzweite das Exil. So weit war sie mit Erpenbeck einig. Aber sie hielt es für falsch, mit Kolleginnen und Kollegen zu brechen, nur weil sie weiterhin im *Neuen Tage-Buch* veröffentlichten. Die meisten brauchtes das Geld, schrieb sie Erpenbeck, sie konnten es sich nicht leisten, wählerisch zu sein. Nützlicher sei es, mit den Schwankenden zu reden und sie durch Arbeit und, wo nötig, durch Vorschüsse an die eigene Seite zu binden. Von dem Brief versprach sie sich wenig, es war ihr klar, dass Erpenbeck nicht seine private Meinung äußerte. Sie erkannte, dass die für das Exil notwendigen Strategien sich mit der Entwicklung in der Sowjetunion immer weniger vereinbaren ließen.

Tadägg tadagg, hämmerten die Waggonräder, tadägg tadagg. Der Zug raste durch die Nacht in Richtung Le Havre. Sie konnte nicht einschlafen. Von ihrer Schlafwagenkoje aus sah sie das Abteilfenster, dahinter Dunkelheit, nur das unablässige Schlagen der Räder deutete auf Bewegung hin. Sie neigte sich über den Bettrand. Im Dunkel war der kleine Körper in der unteren Koje kaum auszumachen. Eine Signallampe schoss vorüber und ließ Jusiks Gesicht rot aufblitzen. Sie erschrak. Es musste sich um ein Missverständnis handeln. Irrtümer kamen vor bei so vielen Schuldigen, das war unvermeidlich. Das NKWD hatte einen Fehler gemacht, der ließ sich korrigieren. Den wirklichen Verrätern war recht geschehen, den Trotzkisten und Volksfeinden. Sinowjew, Kamenew, Pjatakow, Radek und all die anderen einstmals vorbildlichen Genossen waren schuldig, auch wenn jetzt vielleicht irgendwo eine Frau oder ein Kind schlaflos im Bett lagen und sich grämten, weil sie sie für unschuldig hielten. Die Prozesse waren öffentlich geführt worden, jeder hatte sich überzeugen können, dass den Angeklagten recht geschehen war. Jeder, der nicht so borniert war wie Schwarzschild und Konsorten. Kolzow hingegen war unschuldig. Er war angeschwärzt worden, das war es. Marty, der finstere Quartiermeister der Internationalen Brigaden in Albacete, habe Kolzow bei Stalin angeschwärzt, so ging das Gerücht. Stalin war einem Lügner auf den Leim gegangen. Sie brauchte nur Dimitroff zu bitten,

Stalin anzurufen. Dimitroff würde Stalin daran erinnern, dass Kolzow sein Bewunderer war. Stalin würde die Sache erledigen, tadägg tadagg, tadägg tadagg.

Eine knabenhafte Erscheinung in Männerkleidung. Schmale Hüften, blasse Schläfen, das schmale Gesicht war mager geworden. Über unnatürlich glänzenden dunklen Augen der Schopf brauner Haare, jungenhaft gescheitelt, wie damals in Moskau. Die Erscheinung eine Herausforderung an die Männerwelt, aber auch an die Frauenwelt. Die feingliedrigen Finger, gewohnt, die zweiäugige Rolleiflex und die Zigarette zugleich zu halten, waren an den Spitzen gelb von Nikotin. Der aufmerksame Blick, als er auf Maria Osten fiel, zeigte erfreutes Wiedererkennen. Feuchtwanger hatte ihr nicht gesagt, dass Annemarie Schwarzenbach anwesend sein würde. Kommen Sie heute abend gegen acht ins Plaza Athénée, hatte er sie per Rohrpost eingeladen, Klaus Mann ist aus den Vereinigten Staaten zurück und kommt zum Abendessen. Bringen Sie Ihren Hunger mit, wir werden Sie auffüttern. Es war ein lebhafter Abend geworden. Klaus Mann hatte von seiner Lesereise berichtet. Er hatte vor Studentenorganisationen, schöngeistigen Zirkeln, religiösen Sekten, Frauenorganisationen und Rotariern gesprochen, je nach Publikumsgeschmack hatte er die deutsche Gefahr beschworen oder die deutsche Tragödie oder das deutsche Rätsel oder die deutsche Zukunft. Einmal habe er sein Thema als Tatsachenbericht gebracht, dann wieder als analytischen Kommentar, als gedrechselte Rede oder als intimen Bericht, Deutschland, wie ich es sehe. In Richmond, im Bundesstaat Virginia, hatte er über Hitler gesprochen, vor Juden in Philadelphia und in Kansas City über Antisemitismus, er habe, sagte er, während der Garçon dezent die Speisekarte vor ihn hinlegte, seinen Zuhörern bestätigt, was sie ohnehin wussten, um ihnen dann, gleichsam hinter ihrem Rücken, ein paar Wahrheiten über die Nazis zu stecken. Manchmal war er nicht mehr sicher, ob sein Gastgeber Smith oder Brown hieß, ob er gerade in Boston war oder in Omaha oder in Salt Lake City. Ständig war er unterwegs, ein Wanderredner, ein Nomade im Pullmanwagen, immer in Bewegung, die ihm zunehmend wie Stagnation vorkam. Klaus Mann war ein Causeur, er erzählte mit Witz und Ironie, er spottete über andere und über sich selbst, er ahmte seine amerikanischen Gastgeber nach, wie sie ihn als Sohn eines berühmten Vaters einführten. Er gab sich alle Mühe, den Zweck seiner Rundreise, die Amerikaner vor den Nazis zu warnen, herunterzuspielen. Maria Osten saß in dem hohen, weißen, prunkvollen Speisesaal, um sie herum noble Gäste, elegant Geschnittenes neben tief Ausgeschnittenem, Stimmen, die sich Bedeutendes und Unbedeutendes zuraunten, das Gemurmel verlor sich unter der mit goldenem Stuck verzierten Saaldecke, wo Kronleuchter ihr schmeichelndes Licht verbreiteten. Als Klaus Mann sich mit Annemarie Schwarzenbach über die Speisekarte beugte, flüsterte Maria Osten Feuchtwanger zu, wenn er nicht für sie zwischen Araignée de mer décortiquée und Sole de petit bateau à la riche entscheide, werde sie Eisbein mit Sauerkraut und Kartoffeln bestellen.

Während des Essens erzählte Annemarie Schwarzenbach von ihrer eigenen Reportagereise durch den Süden und den Mittleren Westen der Vereinigten Staaten. Zur Vorbereitung hatten sie und die Fotografin Barbara Hamilton-Wright sich in Washington mit Roy Stryker von der Farm Security Administration besprochen. Stryker schilderte ihnen die Lage. Die ländliche Bevölkerung in diesen Landstrichen war mit einer zweifachen Plage geschlagen. Bedenkenlose Ausbeutung des Bodens und die seit Jahren anhaltende Trockenheit hatten weite Gebiete in eine Staubwüste verwandelt. Als nach dem großen Börsenzusammenbruch auch noch zahllose Banken schlossen, konnten die Bauern den Kredit für Saat und Düngemittel nicht mehr auftreiben. Die Farm Security Administration, eines der Programme von Roosevelts New Deal, gab ihnen Darlehen und half Tausenden, die ihr Land verlassen mussten, bei der Suche nach günstigeren Landstrichen. Stryker war ein untersetzter Mann von vierzig Jahren mit einem dichten Schopf weißer Haare. In seinem gutsitzenden Anzug sah er aus, wie Bürokraten eben aussahen. Aber, sagte Annemarie Schwarzenbach, er sprach mit Leidenschaft, er war durchdrungen von der Aufgabe, die Menschen in den Metropolen auf die Not der ländlichen Bevölkerung aufmerksam zu machen. Zu diesem Zweck beschäftigte er mehrere Dutzend Fotografinnen und Fotografen. Mit seinen Instruktionen versehen, reisten sie in die verheerten Gebiete, dokumentierten das Elend der Landbevölkerung und die Verbesserungen, die Roosevelts Programme brachten. In Strykers Archiv studierten Annemarie Schwarzenbach und Barbara Hamilton-Wright die Fotografien von Dorothea Lange, Arthur Rothstein, Walker Evans, Marion Post, Ben Shan, Louise Rosskam und Gordon Parks, die in der Fotoreportage einen neuen Stil eingeführt hätten. Sie verzichteten auf Schnappschüsse und Spontaneität, ihre Bilder waren arrangiert, sie enthielten deutliche Gesten des Herzeigens und Ausstellens. Was sie ausstellten, war eine objektiv existierende Wirklichkeit, aber gesehen von einem Subjekt, das seine Präsenz nicht verschleierte, sondern die Verantwortung für das Gezeigte übernahm. Sie sprach mit der selbstbewussten Gelehrtheit der promovierten Historikerin. Manchmal fiel eine Haarsträhne über ihr rechtes Auge, die sie mit einer achtlosen Bewegung hinters Ohr verwies. Das schmale Gesicht war nicht eindeutig weiblich, noch weniger männlich. Es gehörte, fand Maria Osten, einem neuen Geschlecht an, das mit Annemarie Schwarzenbach zum erstenmal auftrat und das sich herkömmlichen Unterscheidungen zwischen männlich und weiblich auf erregende Weise entzog.

Als die beiden Fotografinnen sich von Stryker verabschiedeten, ermahnte er sie, sich unauffällig zu kleiden und den Ford nicht zu oft zu waschen. Die Menschen in den ländlichen Gegenden seien die Gegenwart Fremder nicht gewohnt, darunter fielen besonders alleinreisende Frauen, die sich emanzipiert gaben, auf Belästigungen müssten sie gefasst sein. Schwierig sei es, wenn weiße Frauen Neger interviewten oder fotografierten, sie konnten die Neger dadurch in eine heikle Lage bringen. Diese Anweisungen, im Tonfall eines Oberlehrers vorgebracht, erwiesen sich als gut. Sie habe es sich auf der Fahrt durch Kentucky, Georgia, Alabama, Mississippi und Tennessee angewöhnt, die Menschen zu fragen, ob sie sie fotografieren dürfe. Schon dadurch hätte sich ihre Arbeitsweise dem Stil der neuen Dokumentarfotografen angenähert. Für das, was dabei herausgekommen war, hatte sie ein paar Beispiele mitgebracht. Sie blätterte in ihrer Mappe und reichte Maria Osten und Feuchtwanger ein Foto, auf dem zwei Neger in eleganten An-

zügen und steifen Hüten abgebildet waren, die auf dem Trittbrett eines Wagens saßen. Der eine war im Profil zu sehen, der
andere blickte in die Kamera. Feuchtwanger studierte das Bild,
dann sagte er, es vermittle die Würde der beiden Neger, wobei
entscheidend sei, dass einer in die Kamera schaue, also die Fotografin anblicke, es entstehe eine dialogische Situation, worin
das in der Fotografie übliche Gefälle zwischen Subjekt und Objekt aufgehoben sei. Der Eindruck eines Dialogs von gleich zu
gleich, sagte Maria Osten, werde noch dadurch verstärkt, dass
der Schatten der Fotografin zu sehen sei, was als verpönt gelte.
Sie verstehe das als eine dieser Gesten einer unverschleierten
Anwesenheit, von der Annemarie Schwarzenbach gesprochen
habe. Die Fotografin blickte sie aus dunklen Augen an, mit einem leichten Lächeln sagte sie, solche Betrachter wünsche sie
sich für ihre Bilder. Auf Feuchtwangers Frage, wo die Fotos
veröffentlicht würden, antwortete sie, einiges sei bereits in der
National-Zeitung, in der *Weltwoche* und in anderen Schweizer Zeitungen erschienen, zusammen mit ihren Aufsätzen, einen Bericht für die *Zürcher Illustrierte* bereite sie vor. Maria
Osten sagte, sie würde die Aufsätze gern lesen, die Schweizerin
versprach, sie ihr zu schicken, sie lägen in ihrem Haus im Engadin, wohin sie morgen abend reise. Nachdem Feuchtwanger für
alle zum Nachtisch Fraise de Plougastel en allumette bestellt
hatte, berichtete Annemarie Schwarzenbach von einem Streik
der Bergarbeiter in Pennsylvanien, sie verglich deren Löhne
mit dem Wochenlohn einer Textilarbeiterin in South Carolina,
analysierte den Niedergang der alten Plantagen angesichts der
unaufhaltsamen Mechanisierung der Landwirtschaft, fasste die
Argumente von Agrarökonomen und die Standpunkte von Gewerkschaftsführern zusammen, und während der Kellner das
luftige Erdbeerfruchtgebäck servierte, erläuterte sie das System
der Sharecroppers, das die Nachkommen der Sklaven in einem
Kreislauf aus Profit und verrotteter sozialer Ordnung festhalte.
Dazu passe die Begeisterung der weißen Oberschicht für die
Musik der Neger, die Ästhetik der zerfallenden Herrenhäuser
und die Bauweise der schäbigen Hütten der Baumwollpflücker.
Die Kronleuchter tauchten den Speisesaal des Plaza Athénée in
ein mildes Licht, das Annemarie Schwarzenbachs knabenhaf-

ten Gesichtszügen schmeichelte, während sie mit Leidenschaft und Wissen von der Armut der Welt erzählte.

In der Eingangshalle gab Annemarie Schwarzenbach der Garderobenfrau, die ihr in den Mantel half, ein Trinkgeld. Die müde alte Frau murmelte, Merci, monsieur. Maria Osten wollte etwas sagen, aber Annemarie Schwarzenbach zwinkerte ihr zu. Nachdem sie sich von Feuchtwanger verabschiedet hatten, luden Annemarie Schwarzenbach und Klaus Mann sie noch zu einem Schlummertrunk in ihr Hotel ein. Mit raschen Schritten gingen sie die Avenue Montaigne hinauf. Der Vollmond warf ihre Schatten auf den Gehsteig, ihr Atem formte weiße Wölkchen in der kalten Februarnacht. In der Nähe der Champs-Elysées fanden sie ein Taxi, das sie ans linke Seineufer zurückbrachte. Vor dem Hotel vertrat sich ein Livrierter die Füße und legte die Hand an die Schirmmütze, als sie auf die Drehtür zugingen. In der Bar herrschte Samstagabendbetrieb. Sie setzten sich in eine Ecke und bestellten Cognac, sie konnten sich in dem Lärm nur schwer unterhalten. Nach einer Weile ging Klaus Mann zu Bett. Annemarie Schwarzenbach schlug vor, das Gespräch auf ihrem Zimmer fortzusetzen. Mit Vergnügen, sagte Maria Osten, aber ich bin beschwipst, wenn auch nur leicht, jedenfalls nicht ernsthaft. Das hast du schon einmal gesagt, meinte Annemarie Schwarzenbach, vor vier Jahren in Moskau, als wir bei Gorki eingeladen waren, während des Kongresses. Stimmt, da war ich auch beschwipst. Damals hast du deine runden, lustigen Augen genauso verdreht wie jetzt, wie kleine Weltkugeln, die sich den Sternen zuwenden. Nein, sagte Maria Osten. Doch, erwiderte Annemarie Schwarzenbach, während sie die Zimmertür aufschloss, das ist ein Zitat, ich habe das damals so aufgeschrieben. Maria Osten trat vor den großen Spiegel an der Tür des Wandschranks, der gegenüber dem mit einer roten Tagesdecke überzogenen Bett in die Täfelung eingelassen war, und betrachtete ihre Augen. Rot, sagte sie, vom Schlafmangel, nicht vom Schnaps. Annemarie Schwarzenbach nahm ein Cognacfläschchen aus dem Nachttisch und schenkte ein. Sie streifte die Schuhe ab und setzte sich mit untergeschlagenen Beinen auf das Bett. Maria Osten machte es sich in dem weichen Sessel bequem. Sie schwiegen eine Weile, dann fragte Maria Osten, hast du Gerda Taro gekannt? Annemarie Schwarzenbach schüttelte den Kopf, ihre Bilder habe ich natürlich studiert, in der *Humanité*, in *Vu* und *Regards*, mein Gott. Drei Monate vor ihrem Tod, sagte Maria Osten, haben wir in ihrem Hotelzimmer in einem spanischen Nest die Nacht verschwatzt, so wie jetzt. Ihre Bilder waren gut, sagte Annemarie Schwarzenbach, sie war nicht auf das Große aus, sie hat das Nächste gesehen, Frauen, Kinder, den Alltag inmitten der Katastrophe. Das ist meinem eigenen Konzept verwandt. Sie schüttelte erneut den Kopf, sie war erst am Anfang, sie war ja noch jung. Sechsundzwanzig, sagte Maria Osten, wie alt bist du? Im Mai werde ich dreißig, und du? Ich im März, wir sind gleich alt, wir sind alle gleich alt. Wer alle? Wir alle, wiederholte Maria Osten, du und ich und Olga Benario und Grete, alle. Welche Grete? Meine Freundin Grete, Brechts Freundin Grete, mein Zwilling. Aha, sagte Annemarie Schwarzenbach, und Olga Benario ist ebenfalls gleich alt? Maria Osten nickte. Hast du sie gekannt? Nein, das heißt, ja, sie war frech, eine freche Frau, das meinte ich mit Kennen. Eine freche Frau? fragte Annemarie Schwarzenbach. Maria Osten betrachtete eine Weile ihr Cognacglas, dann sagte sie, der kann niemand mehr helfen, aber das Kind ist raus. Ja, das Kind ist gerettet, sagte Annemarie Schwarzenbach. Sie erhob ihr Glas, auf die Geretteten. Auf uns Gerettete, sagte Maria Osten, in wenigen Wochen können wir gemeinsam unsere beiden Geburtstage feiern. Wer weiß, sagte die Schweizerin, wo ich im März sein werde oder im Mai.

Immer war sie unterwegs, sie kannte Beirut, Jerusalem und Bagdad, die Türkei und Syrien, in Teheran hatte sie gelebt und in Berlin, zwischen Sils, London, Paris, Mallorca und Horgen am Zürichsee reiste sie hin und her, das Nomadische war ihre Lebensform. Sie war nicht ins Exil getrieben worden wie manche ihrer Freundinnen und Freunde, sie war keine Staatenlose, die in der Fremde ein Auskommen suchen musste. Auch mit ihrer Arbeit als Reiseschriftstellerin war diese Rastlosigkeit nicht genügend erklärt. Vielleicht war sie auf dem Weg nach Hause, aber es gab für sie kein Zuhause, schon gar nicht auf dem Landgut in Horgen, dem Wohnsitz ihres grenzenlos reichen Vaters, Herr über die bedeutendsten Textilfabriken der Schweiz, und ihrer Mutter Renée, Tochter des deutschtümelnden Schweizer Generals Wille mit den Schmissen im Gesicht, der auf dem Landgut Mariafeld in Feldmeilen herrschte, auf der gegenüberliegenden Seeseite, und sich von dreckigen fremdländischen Juden nichts bieten ließ, der Choleriker. Die ganze Sippe bewunderte die Nazis, verkehrte mit Hitler und seinen Satrapen, und hielt Kontakt zu den Schweizer Fröntlern. Besonders Renée war eine stramme Nationalsozialistin, auch ihre Tochter Annemarie wollte sie stramm. Deren Doktortitel, die frühreifen Romane mit zwielichtigem Inhalt, die offene Liebe zu Frauen, die Freundschaft zu Erika und Klaus Mann, die Sympathien für die Linken und die Berichte über die Armen und Gedrückten in aller Welt, die sie in Schweizer Zeitungen einrücken ließ, waren für die Mutter ebenso viele Schläge. Die ironischen Aufsätze der Tochter über das neue Deutschland, über die Nazis in Danzig und den Antisemitismus in den baltischen Staaten waren einfach eine Frechheit. Um den Vorhaltungen ihrer Familie zu entgehen, hatte Annemarie Schwarzenbach in Persien einen französischen Diplomaten geheiratet, zur Aussöhnung mit dem Familienclan reichte das nicht, das Manöver war zu durchsichtig. Auch Persien war kein Zuhause geworden. In Frage kam nur das Haus in Sils-Baselgia, im Engadin, aber da hielt sie sich viel zu selten auf, oft zu Entziehungskuren, wenn die Morphiumsucht wieder einmal außer Kontrolle geraten war. Dann schrieb sie aus der Klinik in Samedan an Klaus Mann, der sich vielleicht ebenfalls gerade in einer Entziehungsklinik befand. Drogen, Entziehungserscheinungen, Depressionen und ein Selbstmordversuch ließen die Augenblicke des Glücks im Engadin, beim Schreiben oder Skilaufen, immer seltener und die Schweiz als Zuhause immer fremder werden.

Annemarie Schwarzenbach zog an ihrer Zigarette. Ich erzähle dir das alles nur, weil ich morgen abreise. Und wenn wir uns wiedersehen? Die Schweizerin zuckte die Schultern. Vorhin, im Plaza Athénée, sagte Maria Osten nach einer Weile, hast du den schäbigen Wochenlohn einer Textilarbeiterin in Tennessee erwähnt. Dein Vater besitzt die größten Textilfabriken der Schweiz. Wie bringst du das zusammen? Im Plaza Athénée, entgegnete Annemarie Schwarzenbach, hast du, wenn ich mich nicht irre, Sole de petit bateau à la riche gegessen. Davon können die Textilarbeiterinnen in Tennessee oder am Zürichsee nur träumen. Wie vereinbarst du das mit deinem Kommunismus? Verzeih, sagte Maria Osten, ich wollte dich nicht schulmeistern. Sie fügte hinzu, die Wahrheit ist, dass ich mich in einer Umgebung wie dem Plaza Athénée nicht wohl fühle. Aber, sie begann zu kichern, das Essen hat mir hervorragend geschmeckt. Und ich, sagte Annemarie Schwarzenbach, ich fühle mich in der Gegenwart von Kommunisten nie ganz wohl, aber ich teile ihre Ziele. Außerdem fühle ich mich unter Männern nie ganz wohl, auch nicht unter Heterosexuellen, Nationalisten, Offizieren, Industriellen, Antisemiten und so weiter, ganz zu schweigen von meiner eigenen Familie.

Von der Straße herauf klang Gelächter, dann sang eine melodische Männerstimme den Refrain eines neuen Chansons:

Un doux parfum qu'on respire
C'est fleur bleue
Un regard qui vous attire
C'est fleur bleue
Des mots difficiles à dire
C'est fleur bleue.

Die beiden Frauen lauschten, Annemarie Schwarzenbach summte den Schmachtfetzen leise mit. Nicht schlecht, sagte sie, als der Gesang zu Ende war, für einen Besoffenen. Zwei Besoffene, korrigierte Maria Osten. Annemarie Schwarzenbach lachte. Ob sie nun Fotografin sei oder Schriftstellerin, fragte Maria Osten. Soweit sie sich erinnern könne, sagte die Schweizerin, habe immer nur das Schreiben gezählt, der Klang der Wörter, die Eleganz einer Formulierung. Während der Studienzeit hatte sie begonnen, Romane zu schreiben. Es war eine Sucht, ihre erste, sie sagte es ohne Ironie. Für die Familie waren diese Werke ein Skandal, sie lasen alles autobiographisch, vor allem die erotischen Passagen. Dabei, sagte Annemarie Schwarzenbach, lerne jeder Student der Germanistik im ersten Semester den Unterschied zwischen dem Autor und der Erzählstimme. Mit der Frage nach dem Ich, das eine Geschichte erzähle, fange jede Interpretation an. Und doch sei jedes Schreiben eine Preisgabe, der Autor schreibe sich selber mit, Maria Osten wisse das so gut wie sie. Dass ihre Sachen, wie immer sie sich als Erzählerin maskiere, autobiographisch gerieten, störe sie selbst. Dieses Gefühl, außer ihr existiere nichts. Ihr Sinn für Realität sei wenig entwickelt. Die Reiseberichte und der Fotojournalismus hatten sie allmählich von diesem Solipsismus abgezogen. Es war ein Training in Richtung auf die Wirklichkeit. Zwang, sich auf die niedrige Materie einzulassen, auf die Geographie, das Klima, die Menschen in ihren konkreten Verhältnissen, wie sie sich ernährten, wie sie arbeiteten, das Land bebauten. Mit der Zeit lernte sie, dass das Bemühen, über den Zustand der Welt die Wahrheit zu sagen, die sprachliche Schönheit eines literarischen Werks oder die geglückte Komposition einer Fotografie nicht beeinträchtigte, im Gegenteil. Deine Arbeiten zeigen das, sagte Maria Osten, das schöne Buch über die Reise nach Vorderasien, das du mir in Moskau geschenkt hast. Annemarie Schwarzenbach schaute sie an, du gefällst mir. Maria Osten fühlte sich erröten. Annemarie Schwarzenbach glitt vom Bett herunter und ließ sich neben ihrem Sessel auf die Knie. Sie legte die Arme um Maria Osten, und Maria Osten legte die Arme um sie. Unter der Bluse spürte sie Annemarie Schwarzenbachs schmalen Rücken und das harte, zerbrechliche Rückgrat. Sie küssten sich. Maria Osten zog scharf die Luft ein. Du gefällst mir auch. Annemarie Schwarzenbach erhob sich, ich bin gleich zurück, sie verschwand im Badezimmer.

Widerwillig öffnete sie die Augen. Schattenhafte Umrisse, die sich allmählich verfestigten. Der in die Wand eingelassene Schrank mit dem Spiegel, in dem sich das Bett spiegelte. Im zerdrückten Kissen ein verschlafenes Gesicht, ihr Gesicht, die kurzen Haare zerzaust, über nackten Schultern die Träger des Unterrocks, sie war mit der roten Decke zugedeckt. Sie drehte den Kopf auf die andere Seite. Neben ihr lag Annemarie Schwarzenbach in einem matt glänzenden Nachthemd in tiefem Schlaf, von Zeit zu Zeit röchelte sie sanft. Was war gewesen? Hatten sie sich geliebt? Daran müsste sie sich doch erinnern. War sie zu müde gewesen? Zu beschwipst? Oder gerade beschwipst genug? Warum war sie nicht nackt? War sie nachher nochmals aufgestanden und hatte den Unterrock angezogen? Daran müsste sie sich erinnern, das war doch lächerlich. Sollte sie warten, bis Annemarie Schwarzenbach aufwachte? Ihre Armbanduhr zeigte halb acht. Wieso hatte sie die Armbanduhr vor dem Zubettgehen nicht abgelegt? Wie wichtig war es überhaupt, dass sie sich Klarheit verschaffte? Minutenlang lag sie, ohne sich zu bewegen. Schließlich erhob sie sich behutsam und ging ins Badezimmer. Mit dem Finger rieb sie sich Zahnpasta auf die Zähne. In den Augen eine Spur von Frechheit. Sie spülte den Mund. Im Zimmer zog sie das Kleid an und die Schuhe und schlüpfte in den Mantel. Annemarie Schwarzenbach rührte sich nicht. Der Schlaf hatte das Abgründige aus ihrem Gesicht gelöscht. Eine dreißigjährige Frau, die schlief. Maria Osten stand unschlüssig vor dem Bett. Annemarie Schwarzenbach würde noch an diesem Abend in die Schweiz zurückkehren. Wenige Wochen später würde sie nach Wien weiterreisen, um über den Anschluss Österreichs zu berichten, aber von Drogensucht und weiteren Entziehungskuren geschwächt, würde sie nicht in der Lage sein, diesen Arbeiten eine endgültige Form zu geben. Dennoch würde sie sich mit der Fotojournalistin Ella Maillart noch einmal auf eine große Reise begeben. In einem Ford würden sie von der Schweiz bis nach Afghanistan gelangen, auf der Suche nach neuen Erfahrungen und einem anderen Leben, eine Flucht vor privaten Dämonen, aber auch vor einer politischen Entwicklung, die nicht mehr aufzuhalten war. In Kabul von der Nachricht ereilt, dass in Europa Krieg ausgebrochen war, würde Annemarie Schwarzenbach nach Europa zurückkehren, um sich erneut einzumischen in den Kampf gegen den Faschismus. Im Chaos der Zeit würde sich ihr Leben zusehends verwirren. Alte Freundschaften würden zerbrechen, der Versuch, in den Vereinigten Staaten eine englisch schreibende Schriftstellerin zu werden, würde nach einem Selbstmordversuch in einer psychiatrischen Klinik enden. Eine Flucht ohne Ende würde sie mitten im Krieg aus den Vereinigten Staaten zurück in die Schweiz und von da nach Brazzaville in Französisch-Äquatorialafrika führen, wo sie, in der Zentrale des von de Gaulle geführten außereuropäischen französischen Widerstands, doch noch am Kampf gegen den Faschismus teilhaben wollte. Aber auch diese

Hoffnung würde sich zerschlagen, als Gerüchte über die Beziehungen ihres mächtigen Familienclans zu Nazideutschland bis nach Brazzaville drangen. Rastlos würde sie Afrika durchstreifen, eine Nomadin auf dem Weg nach nirgendwohin, ihre Reiseberichte würden weiter in Schweizer Zeitungen erscheinen. Über Spanisch-Marokko würde sie im Sommer neunzehnhundertzweiundvierzig in die Schweiz zurückkehren, in der Nähe ihres Hauses in Sils würde sie mit dem Fahrrad stürzen, wenige Wochen später würde sie den Verletzungen erliegen, im selben Jahr, in dem auch Maria Osten, die sie einst in Moskau und Paris gekannt hatte, zugrunde gehen würde.

Leise zog Maria Osten die Türe des Hotelzimmers hinter sich zu. Im Freien war es kalt, der Morgen dämmerte. Sie setzte das kecke Hütchen auf und ging die wenigen Schritte zum Boulevard Saint-Germain. Hier wandte sie sich nach links, in fünf Minuten war sie beim Café Flore. Sie bestellte eine heiße Schokolade und ein Croissant. Nachdem sie gefrühstückt hatte, ging sie direkt zur Redaktion.

Durchdringendes Kreischen weckte sie, der Zug fuhr in den spärlich beleuchteten Bahnhof von Le Havre ein. Es war kurz nach fünf Uhr, die Morgendämmerung hatte noch nicht eingesetzt. Sie öffnete das Abteilfenster. Kühle, rußige Luft schlug ihr entgegen, mischte sich mit der abgestandenen Luft im Abteil. Sie war übermüdet. Mechanisch räumte sie ihre Sachen zusammen. Als sie Jusik aufhob, begann er zu wimmern. Sie versuchte, ihn zu beschwichtigen. Als er sich nicht beruhigte, wurde sie ungeduldig, herrschte ihn an, nun weinte er. Sie strich ihm über die vom Schlaf warmen Wangen und glättete seine Haare, sagte, nun werde er endlich das große Schiff sehen, von dem sie ihm erzählt habe. Sie zog ihn an, dann winkte sie aus dem Abteilfenster einen Gepäckträger herbei. Ein Taxi brachte sie zum Hafen. Während sie im Zollgebäude warteten, schlief Jusik wieder ein. Durch die kahlen Fenster des Wartesaals blickte sie auf den am nahen Kai vertäuten Ozeandampfer, dessen Name *Wladimir I. Schkiriatow* in kyrillischen Lettern in den Strahlen der aufgehenden Sonne allmählich zu erkennen war.

In der schmalen Lücke, tief unten, zwischen Schiffswand und Kai, schwappte öliges Wasser. Solange sie den Blick nicht abwandte, würde die Lücke nicht wachsen. Wann fahren wir endlich? Jusik zerrte ungeduldig an ihrer Hand. Ohne den Blick von der Lücke zu wenden, sagte sie, bald. Um sie herum ausgezehrte, bleiche Männer in fadenscheinigen Monos oder Uniformteilen der regulären spanischen Armee, die Füße in Leinensandalen mit geflickten Bändeln. Viele trugen Verbände, hielten sich an Krücken, da und dort ein abgebundenes Hosenbein oder ein leerer Ärmel. Arbeitergesichter, die meisten noch jung, aber es gab auch zerfurchte Gesichter und graue Haare. Sie standen ruhig da, unterhielten sich halblaut in mehreren Sprachen, blickten auf den Kai hinunter, wo Wartende, darunter mehrere Krankenschwestern, in kleinen Gruppen herumstanden. Sie hatten gelitten, in Frontspitälern und in Lazaretten im spanischen Hinterland waren sie operiert, amputiert und zusammengeflickt worden. Es war ihnen gelungen, vor der Rache der Sieger nach Frankreich zu entkommen. Aber Frankreich wollte nichts von ihnen wissen, so fuhren sie nun in die Sowjetunion. Sie waren etwa zweihundert, für die der sowjetische Passagierdampfer als Lazarettschiff hergerichtet worden war. Jetzt standen sie in der lauen Mailuft auf dem Oberdeck der *Wladimir I. Schkiriatow* und ließen sich von der Mittagssonne wärmen. Über die Zukunft machten sie sich wenig Gedanken, das hatten sie in den Monaten des Leidens verlernt. Sie waren das Fußvolk der Geschichte, von ihnen war in den Geschichtsbüchern kaum die Rede. Und doch waren sie es, die die Geschichte machten, seit jeher, sie und ihresgleichen, in Frieden und Krieg, an jeder Front, auf jeder Seite. Aber sie machten sie nicht aus freien Stücken, sondern unter unmittelbar vorgefundenen, gegebenen und überlieferten Umständen. So stand es bei Marx, und das galt auch für Maria Osten, die sich die Umstände nicht ausgesucht hatte und die zum erstenmal nicht aus freien Stücken und erwartungsfroh in die Sowjetunion zurückkehrte, sondern weil sie keine Wahl hatte, weil es undenkbar war, dass sie Kolzow seinem Schicksal überließ. Immer wieder sagte sie sich, dass die Volksfeinde zu Recht liquidiert worden seien, auch wenn sie einst große Verdienste um das Land gehabt hatten. Aber Kolzow war kein Volksfeind. Ihr Anruf bei Dimitroff würde genügen. Dimitroff, der das Vorwort zu ihrem Buch über Hubert geschrieben hatte. Dimitroff würde zu Stalin sagen, Genosse Stalin, ich kenne Kolzow, er ist ein ehrlicher Mann. Stalin würde dem NKWD befehlen, seinen Bewunderer Kolzow freizulassen. Ende gut, alles gut.

Die Lücke zwischen der Bordwand und dem Kai hatte sich verbreitert, Abfälle und tote Fische wurden im Brackwasser hochgewirbelt. Sie biss sich auf die Lippen, sie hatte nicht aufgepasst, hatte sich ablenken lassen, einen Herzschlag lang. Das Brausen der Schiffssirene verknotete ihre Eingeweide. Sie hielt Jusik die Ohren zu. Es dauerte mehr als eine halbe Stunde, bis die *Wladimir I. Schkiriatow* an den Hafenanlagen vorbei auf das offene Meer geschleppt und die Taue gelöst waren. Die Schlepper drehten bei, weiße Wölkchen stiegen aus ihren Schloten, dann ertönte der durchdringende Ton ihrer Dampfpfeifen. Die *Wladimir I. Schkiriatow* antwortete mit dem Brausen ihrer Schiffssirene, das nicht mehr aufhören wollte. Am Heck bildete sich eine Welle und breitete sich mächtig aus. Die Fahrt nach Leningrad hatte begonnen.

Ihre Erleichterung, als Ende März ein Brief von Busch in der Pariser Redaktion eintraf. Er benötige ihre Hilfe, sie solle möglichst bald wieder nach Spanien kommen. Ahnte er, wie sehr sie diese Reise gerade jetzt brauchte? In Paris hatte der Boden zu schwanken begonnen. Das Exil wurde erschüttert von Meldungen aus Moskau, die, während sie sich im Westen verbreiteten, immer schon überholt waren. Ein dritter Schauprozess war im Gang, die letzten von Lenins Gefährten, Bucharin, Rykow, Krestinski, Rosengolz und andere wurden des Trotzkismus überführt und bekannten sich schuldig. Sogar Jagoda, der Tschekist, der Leiter des NKWD, war unter den Angeklagten, er hatte gestanden, dass er das Land seit Jahren an die Nazis verriet. Hatte er es also auch verraten, als er Lenins Kampfgefährten des Verrats überführte? Dann wären sie zu Unrecht verurteilt worden? Aber sie waren schuldig, sie hatten gestanden, wie konnte Jagoda, der sie überführt hatte, ein Verräter sein? Ich bekenne mich schuldig, hatte er dieser Tage vor der Weltöffentlichkeit gesagt. Gesetzt, dies war die Wahrheit, konnte es sich dann nicht eines Tages herausstellen, dass auch sein Nachfolger Jeshow oder der Gerichtsvorsitzende Ulrich oder der Staatliche Ankläger Wyschinski Verräter waren? Dann wären Bucharin, Rykow und die anderen Angeklagten und selbst Jagoda doch nicht schuldig? Ihr wurde schwindlig von der Anstrengung, dem Geschehen eine Logik zu geben. Schreckliche Verschwörer, entsetzliche Fratzen hatte Kolzow im letzten Brief die Angeklagten genannt. Der gescheite Mischa. Sah er die Widersprüche nicht, die Unglaubwürdigkeiten? Oder deutete sie die Vorgänge falsch? Die Wochen in Paris mussten ihr Denken verwirrt haben, in Moskau würde sie die Dinge klarer sehen. Aber nichts war klar. Mehrere Kollegen von der *Deutschen Zentral-Zeitung* waren verhaftet worden. Das war ihr Blatt, mit diesen Genossen hatte sie in Moskau gearbeitet, auch ihre Berichte aus Spanien hatte sie dort veröffentlicht. Machte die Seuche des Verrats vor niemandem Halt? Was sollte sie den Schriftstellerinnen und Schriftstellern antworten, die aufgebracht hier in der Pariser Redaktion anriefen oder in Briefen fragten, warum im *Wort* ausgerechnet jetzt über den Expressionismus gestritten werde, ob es keine dringlicheren Themen gebe? Erpenbecks Meinung, die Autoren könnten aus dieser Debatte Gewinn ziehen, zeigte, wie wenig er und die Moskauer Genossen die Stimmung in der westlichen Emigration verstanden. Dazu kam, dass sie sich persönlich gemeint fühlte, wenn die Moskauer den Expressionismus und die Avantgardebewegungen, zu denen Herzfelde und sein Freundeskreis gehört hatten, als dekadent bezeichneten. Buschs Brief war ein Rettungsring, sie ergriff ihn. Sie brauchte die Gesellschaft des Publikumslieblings, des unbekümmerten Arbeiterjungen aus Kiel.

Barcelona glich einer belagerten Stadt. Tagsüber Gewimmel in den Straßen, Militär zu Fuß und auf Camions, Lastwagen mit angehängten Kanonen auf Lafetten, Panzerwagen, Personenwagen mit Offizieren, Motorräder, dazwischen Flüchtlingsfamilien, die Habe auf Ochsenkarren getürmt und mit Strikken festgebunden, zuoberst eine Alte oder ein kleines Kind. Es war das Bild dieser Zeit. An den Hauswänden Plakate, Aufrufe, Namenslisten. Marschmusik plärrte noch immer aus den öffentlichen Lautsprechern, von Zeit zu Zeit wurden Nachrichten verlesen. Nachts Verdunkelung, die Boulevards schwarz, die Ramblas, deren Treiben sie einst überwältigt hatte, lagen verlassen. Gegen Mitternacht oft das Dröhnen von Flugzeugmotoren, Bombenexplosionen, Scheinwerfer suchten den Himmel ab, erfassten feindliche Flugzeuge, Maschinengewehre und Fliegerabwehrkanonen zeichneten Reihen von Explosionen mit Leuchtspurmunition an den Nachthimmel. Ein halbes Jahr war es her, seit sie Barcelona zuletzt gesehen hatte. Noch immer sagten die Menschen: Wir werden gewinnen, wir kämpfen für die gute Sache, NO PASARÁN! Damals hatte sie nicht daran gezweifelt. Jetzt hörte sie aus der Parole einen Unterton von Verzweiflung: Wir haben keine andere Wahl.

Sie hatte keine Zeit, sich den Gefühlen der Mutlosigkeit hinzugeben. Busch arbeitete an der fünften Auflage des Liederbüchleins. Liedertexte mussten abgeschrieben, übersetzt, korrigiert werden, die Schallplatten, deren Aufnahmen sie mit ihm vorbereitet hatte, sollten in diesen Tagen erscheinen, er bereitete weitere Aufnahmen vor, drängte auf schnelle Termine. Ein Gefühl der Beschleunigung hatte alles erfasst, eine schwer durchschaubare Hektik, weiter, machen wir weiter. Mehrmals reisten sie an die Front, die näher rückte, trafen Regler, Kisch und andere Freunde, auch Weinert war nach Spanien gekommen, er trat mit Busch auf, wie einst in den winterlich weißen Städtchen an der unteren Wolga. In Barcelona lief Traubergs Film *Sohn der Mongolei*, ein Heldenlied auf einen mongolischen Schafhirten, der Kinosaal war überfüllt. Anschließend sprachen sie und Busch über das Leben in der Sowjetunion, da überkam sie auch wieder Heimweh nach Moskau. Busch gab sich unbeschwert, er war in sie verliebt, er benahm sich, als sei alles wie zuvor, aber sie fand ihn verändert, er war reizbar, hatte viel Krach, sogar mit der Grammophonfirma hatte er sich angelegt. Es war eine Spannung in ihm. Als sie ihn danach fragte, sagte er unwirsch, sie solle bei der Sache bleiben. Das war für ihn selbst nicht leicht. Er zeigte ihr aufgeregte Briefe aus Moskau von Grischa Schneerson, dem Freund, dem Komponisten, in denen er Busch dunkel vor ungenannten Genossen warnte. Busch sagte, die Schwätzer könnten ihm den Buckel hinunterrutschen, Sorgen mache er sich nur um Grischa, der ihm so verworrenes Zeug schreibe.

Stärker als die Nachrichten aus Moskau beschäftigte sie das Geschehen in Österreich. Der Jubel beim Einmarsch der deutschen Truppen war bis nach Spanien zu hören gewesen. Mehr als neunundneunzig Prozent der Österreicher stimmten für den Anschluss. Darauf hatte der deutsche Gauleiter im Radio von Hitler als dem Meldegänger des Herrgotts schwadroniert. Es war eine Schmierenkomödie. Du musst ein paar Tage auf meine Mitarbeit verzichten, sagte sie zu Busch, ich will etwas über die Vorgänge in Österreich schreiben. Er sagte, die Auslandspresse und die Exilzeitschriften hätten die Lüge von den neunundneunzig Prozent bereits nach Strich und Faden widerlegt, was es da noch zu sagen gebe? Ich denke nicht an eine journalistische Analyse, antwortete sie, sondern an eine belletristische Arbeit. Sie entwarf zwei Arbeitertypen aus dem Wiener Stadtbezirk Floridsdorf, die inmitten von scheinbaren Jublern auf ihrem Nein zum Anschluss beharren und schließlich feststellen, dass ihre Kameraden ebenfalls mit Nein gestimmt haben. In knappen Dialogen, die das, worum es ging, aussparten, machte sie die Stimmung in der Arbeiterschaft spürbar, das gegenseitige Misstrauen, die Verachtung für die Lügen der Nazis und die Solidarität, als sie feststellen, dass sie keineswegs so wenige sind. Während der Niederschrift lag ihr eine Frage auf dem Magen. Wohin sollte sie diese Arbeit geben? Wie würde das aussehen, wenn sie weiterhin in der *Deutschen Zentral-Zeitung* veröffentlichte, nachdem dort Mitarbeiter als Volksfeinde festgenommen worden waren? Andererseits war es schäbig, jene Redaktionskolleginnen und -kollegen im Stich zu lassen, die ehrlich geblieben waren und jetzt eine schwere Zeit durchmachten. Nachdem sie das Für und Wider erwogen hatte, schickte sie den Beitrag nach Paris an die *Deutsche Volkszeitung*, die vor wenigen Monaten von Genossen gegründet worden war. Er erschien unter dem Titel *Der Meldegänger des Herrgotts*.

Sie wusste nicht, was sie von Buschs neuestem Einfall halten sollte. Einerseits die sich verschlechternde Lage in Spanien und in ganz Europa, wodurch das Reisen bald unmöglich würde; andererseits die Franzosen, die nach dem Zwischenspiel der zweiten Regierung Blum nun unter Daladier ins Lager der Reaktion einschwenkten. Spanienkämpfer wie er selbst würden in Frankreich keine Aufenthaltsbewilligung mehr erhalten. Worauf willst du hinaus? Hier in Spanien, sagte er, ist meine Arbeit demnächst beendet. Nach Frankreich kann ich nicht, und durch ganz Europa in die Union zu reisen ist ein beinahe aussichtsloses Unterfangen, abgesehen von der Aussicht, von den Deutschen erwischt zu werden. Und? Ich denke daran, nach Amerika zu gehen und von dort mit dem Schiff über den Stillen Ozean nach Wladiwostok, dann mit der Eisenbahn weiter bis Moskau. Als sie nichts sagte, fuhr er fort, es solle eine gemächliche Reise von ein bis zwei Jahren werden, er möchte, dass sie ihn begleite. Einen Moment lang, am Arbeitstisch, im nächtlichen Zimmer des Hotels Majestic in Barcelona, hinter zugezogenen Vorhängen, während Busch zwischen Tisch und Bett auf und ab ging, war sie hingerissen von dem Vorschlag. Das Abenteuer der Reise, das verwegene Leben mit Busch, weit weg von diesem Europa, das von Kriegsgeschrei erfüllt war, aber auch (der Gedanke dürfte ihm sowenig entgangen sein wie ihr selbst) weit weg von der Sowjetunion. Natürlich war das unmöglich, aber das sagte sie ihm nicht während der wenigen Tage, die ihr in Spanien noch blieben. Sie klammerte sich an die Aussicht auf diese Reise, wie sie sich als Kind an Wünsche geklammert hatte, nachdem ihr die Erwachsenen längst deren Unerfüllbarkeit nachgewiesen hatten. Als sie abreiste, vertröstete sie ihn, sie werde ihm ihre Antwort aus Paris schreiben. Mehr als zwei Monate später sah sie ihn noch einmal, sein Aufenthalt in Paris dauerte nur ein paar Stunden, er war auf dem Weg nach Belgien, die versprochene Antwort hatte sie ihm nie geschrieben, er fragte nicht danach. Sie ahnte, dass sie ihn nicht wiedersehen würde, sie hatte ihm ein Gedicht geschrieben, sie gab es ihm beim Abschied auf dem Bahnhof, es begann mit den Zeilen *Wie kam es nur, / Dass ich Dich / mit mir verwechseln konnte.*

Auch Busch würde die Reise um die Welt nicht antreten. Den Kriegsbeginn würde er in Belgien erleben. Nach dem Einmarsch der Wehrmacht in Holland, Belgien und Frankreich würde er mit Tausenden von Exilanten nach Südfrankreich ins Lager Saint-Cyprien und später ins Lager Gurs gebracht werden. Von dort würde ihm die Flucht gelingen, direkt an der Schweizer Grenze würde er erneut erwischt und von der Gestapo nach Berlin verschleppt werden. Er würde angeklagt werden, auf linken Bühnen und im Moskauer Rundfunk das Solidaritätslied (*Vorwärts! und nie vergessen, / Worin unsre Stärke besteht*), das Einheitsfrontlied (*Und weil der Mensch ein Mensch ist*) und das Lied der Moorsoldaten (*Wir sind die Moorsoldaten / Und ziehen mit dem Spaten / Ins Moor*) gesungen und mit diesen Liedern den Kommunismus verbreitet zu haben, auch in Rotspanien habe er kommunistische Lieder gesungen und als Herausgeber kommunistischer Liederbücher und aufrührerischer Schallplatten dem verjudeten Bolschewismus gedient. Bei einem Bombentreffer auf das Gefängnis Moabit würde er schwer verletzt werden, den Krieg würde er in Nazigefängnissen und -zuchthäusern überleben. Nach dem Krieg würde er in der sowjetischen Besatzungszone und später in der Deutschen Demokratischen Republik noch unzählige Male auftreten. Er würde wieder mit Brecht zusammenarbeiten, in dessen *Dreigroschenoper* er einst die *Moritat von Mackie Messer* gesungen hatte, den Azdak und den Galilei würde er spielen, ein großer Schauspieler, wenn auch nicht länger der schöne Kieler Arbeiterjunge, die linke Gesichtshälfte seit der Bombardierung gelähmt, in Goethes *Faust* nicht mehr Titelheld, sondern Mephisto. In dieser Zeit, in der er weit über die Deutsche Demokratische Republik hinaus zu Ansehen und Ehre kam, würde er seine spanischen Schallplatten neu herausbringen mit dem Gruß an die in der Stalinzeit getöteten Freunde Maria Osten und Michail Kolzow. Solche Aufsässigkeit würde ihm in seinem Land noch manche Schikane eintragen, es würde ihn nicht beeindrucken, die Schwätzer konnten ihm den Buckel runterrutschen, seit jeher, mit achtzig Jahren würde er neunzehnhundertachtzig sterben.

In der ersten Nacht hatte sie das Stampfen der Schiffsmotoren zunächst wach gehalten, dann in den Schlaf gewiegt. Die winzige Kabine hatte kein Bullauge, aber sie war froh, dass sie und das Kind eine Kabine für sich allein bekommen hatten. Von den Mitreisenden hielt sie sich fern, sie war vom Leben an Bord wie abgetrennt. Jusik hatte sich schon in den ersten Stunden mit den Spanienkämpfern angefreundet, auch die Krankenstation hatte er besucht, eifrig, in einem Gemisch aus Russisch und Deutsch, redete er auf die stillen Männer ein, er brachte sie zum Lachen. Einer, der auf Deck neben einer Gruppe von Kameraden auf einer Liege ruhte, die Krücken neben sich auf dem Boden, hatte begonnen, für ihn einen kleinen Esel zu schnitzen. Sie hatte einen Schmerz empfunden, als Jusik ihr das noch unfertige Spielzeug zeigte, es erinnerte sie an jenes Holzauto, von dem sich das Kind auf seiner ersten Reise in die Union nicht hatte trennen können. Den ganzen Tag fuhren sie weit draußen auf der Nordsee in Richtung Dänemark, Deutschland blieb unterhalb des Horizonts. Gegen zehn Uhr nachts waren steuerbord die Lichter der dänischen Küste aufgetaucht. Als die *Wladimir I. Schkiriatow* in das Skagerrak einfuhr, war sie zu Bett gegangen. Fahren Sie nicht nach Moskau, hatte auch Louis Aragon gesagt, Sie werden Michel nicht helfen können. Er benutzte die französische Form von Kolzows Vornamen. Sie wissen, dass ich Michel liebe wie einen Bruder, aber man kann nichts machen. Sehen Sie nicht, was dort vorgeht? Sie hatte geantwortet, es liegt ein Irrtum vor. Stalin kennt Mischa. Ich werde mich direkt an Stalin wenden, er wird sich an mich erinnern, ich habe ihn einmal besucht, in dem hohen Saal im Kreml mit den getäfelten Wänden. Mischa ist ein guter Kommunist. Jeshow hat ihn auf seine Datsche eingeladen, und Wyschinski hat ihn gebeten, über den Prozess zu berichten. Ein Wort von Stalin genügt. Die Wände der Kabine zogen sich um sie zusammen, sie bekam keine Luft. Sie stand auf, kleidete sich an, ohne Jusik zu wecken, und ging an Deck.

Nach den hektischen Wochen in Barcelona gab es im Pariser Büro wenig zu tun. Über die Zukunft der Pariser Redaktion des *Wort* war noch immer nicht entschieden. Erpenbeck schrieb, Bredel werde demnächst aus Spanien nach Paris kommen und seine Arbeit als Redakteur wieder aufnehmen, er zähle auf ihre gute Zusammenarbeit, bis dahin solle sie den Kontakt zwischen der westlichen Emigration und Moskau aufrechterhalten. Sie antwortete unwirsch, sie habe wenig Lust, den Briefkasten zu spielen. Da sie viel Zeit zur Verfügung hatte, holte sie nun doch wieder ihr altes Romanprojekt hervor und verbrachte darüber den größten Teil ihrer Tage. Daneben arbeitete sie stundenweise bei der Internationalen Schriftstellervereinigung zur Verteidigung der Kultur, die von Aragon und Tristan Tzara geleitet wurde. Sie ging zu Parteitreffen, Autorenlesungen, Protestkundgebungen und Gedenkveranstaltungen. An einem der zahlreichen Spanienabende sprach sie zusammen mit einer norwegischen Kollegin über das Thema Kriegsberichterstattung. In der anschließenden Diskussion wurde sie gefragt, ob Frauen anders über den Krieg berichteten als Männer. Sie hatte das verneint, sie habe die gleiche Haltung zu diesem Krieg wie ihre männlichen Kollegen, sie sehe das gleiche, sie gehe an dieselben Fronten wie ihre männlichen Kollegen, sie schreibe für dieselbe Leserschaft. Ob es nicht stimme, wurde nachgefragt, dass Frauen dem Geschehen hinter der Front, dem Leiden der Frauen und Kinder, mehr Aufmerksamkeit schenkten als Männer. Doch, hatte sie geantwortet, und sie hatte Gelächter geerntet, als sie hinzufügte, das wirkliche Problem sei, dass Männer anders schrieben als Frauen. Am einundzwanzigsten Mai, einem Samstag, saß sie abends in der überfüllten Salle d'Iéna, wo mehrere Einakter von Brecht aufgeführt wurden. Sie war umgeben von bekannten Gesichtern, die Großen des Exils waren gekommen und wer sonst sich die fünf oder zehn Francs für eine Karte leisten konnte. Sie sah eine Folge von kurzen, stenographisch verknappten Szenen aus dem Alltag in Nazideutschland, die Brecht unter dem Titel *Furcht und Elend des III. Reiches* zu einem Stück montiert hatte. Es war ein bedeutender Abend geworden, das Publikum war begeistert, es wurde viel gelacht. Das hatte sie zuerst gestört, die Zuschauer schienen den Ernst des Gezeigten nicht zu erfassen. Dann war sie dahintergekommen, dass sich in dem Gelächter ein Erkennen zeigte. Das Publikum lachte, weil die Szenen ihm halfen, das Funktionieren des lügenhaften Systems zu durchschauen. Und doch blieb ihr das Lachen im Hals stecken, je mehr sie auf die Gesten der Schauspieler achtete, Gesten des Verstummens, des Sichumblickens und Erschreckens, Gesten der Vorsicht, der Blick eines Verfolgten zurück über die Schulter, die Hand, die sich vor den Mund legt, der beinahe zuviel gesagt hätte, die Hand, die sich auf die Schulter eines Ertappten legt. Von Brecht selbst wusste sie, wie wichtig ihm das Spiel der Gesten war. In den Szenen dieses Stücks bildete es eine Art Code, mit dem sich das Leben im Hitlersystem entziffern ließ. Aber da war noch etwas anderes, das sie sich nicht eingestehen wollte. Die Gesten erinnerten sie an die Atmosphäre in Moskau. Sie musste sich irren, das konnte Brecht nicht gemeint haben. Aber wer konnte wissen, was Brecht gemeint hatte? Eine der Szenen zeigte ein Ehepaar, das sich aus nichtigem Anlass immer tiefer in die Vorstellung steigert, es werde vom eigenen Sohn bespitzelt und an die Gestapo verraten. Warum fiel ihr Hubert dabei ein? Sie hatte keinen Grund, ihm zu misstrauen. Er war ein scharfer junger Pionier, darüber sollte sie sich freuen. Dass die Regierung der Union ihre Mitbürger zur Wachsamkeit gegenüber feindlichen Agenten aufforderte, war selbstverständlich. Sie konzentrierte sich auf das Bühnengeschehen, aber ihre Gedanken schweiften immer wieder ab zur Atmosphäre in Moskau. Nach der Vorstellung unterhielt sie sich mit Freundinnen und Bekannten, alle waren begeistert von dem Abend. Sie vergaß ihre Beunruhigung vollends, als sie in der Menge Ruth Rewald entdeckte, sie umarmten sich, tauschten ihre Adressen aus und versprachen, sich bald zu treffen.

Ihre Beunruhigung kehrte zurück, als Erpenbeck ihr schrieb, der Jourgaz-Verlag werde liquidiert und das *Wort* einem anderen Verlag angegliedert. Bredel, der wenig später aus Spanien eintraf, meinte, die Liquidation des Verlags bedeute trotz wachsender Schwierigkeiten keineswegs das Aus für die Zeitschrift. Sie hörte nur mit halbem Ohr hin, sie war nicht wegen der Zeitschrift beunruhigt, sondern wegen Kolzow. Jourgaz war sein Unternehmen, der Erfolg des Verlags und sein persönlicher Erfolg waren eins. Als er ihr schrieb, dass er auch nach dem Verlagswechsel verantwortlicher Leiter der Zeitschrift bleibe und obendrein in den Obersten Sowjet gewählt werden solle, war sie erleichtert. Aber ihr Eindruck, dass die Vorgänge sich der rationalen Analyse entzogen, hielt an. Zur gedrückten Stimmung trug die Debatte über den Expressionismus bei, die an kein Ende kommen wollte. In der Juninummer des *Wort* waren noch einmal weit ausholende, einander heftig widersprechende Aufsätze von Bloch und Lukács erschienen. In einer redaktionellen Notiz verkündete Erpenbeck endlich den Abschluss der Debatte.

Die *Wladimir I. Schkiriatow* hatte das Kattegat durchschifft und fuhr zwischen Helsingborg und Helsingör hindurch, als sie nach dem Frühstück mit Jusik das Oberdeck betrat. Der Knabe sprang zu seinem Freund Erich, dem jungen deutschen Schreiner, dem man den linken Fuß abgenommen hatte und der für ihn den kleinen Esel schnitzte. Sie blieb an der Reling stehen und blickte auf den Horizont, wo sich Kopenhagen im milden Morgenlicht abzeichnete. Die Debatte im *Wort* hatte das Exil entzweit, das war auch durch die Abschlusserklärung der Redaktion nicht aus der Welt zu schaffen. Bredel hatte in dem Disput nach einer festen Position gesucht. Der Arbeiterschriftsteller und gelernte Dreher, der zuverlässige Genosse, den die Nazis in Fuhlsbüttel gequält hatten, bevor er ihnen entkommen war, stand der Haltung von Brecht und Bloch nahe, aber er hatte so viel Respekt vor Lukács, dass er nicht wagte, ihm öffentlich entgegenzutreten. Vor Maria Osten probierte er Formulierungen aus, der Brief, den er schließlich an Erpenbeck schrieb, bezog sich dann aber mehr auf den Stil und die Strategie der Moskauer Redaktion als auf den Inhalt der Debatte. Es gehe nicht an, schrieb Bredel, Literaturpolitik nach persönlichen Sympathien und Antipathien zu machen, Literaturpäpste – sie hatte ihn gehänselt, weil er Lukács nicht beim Namen nannte – seien im Westen nicht gefragt, die aus Moskau kommenden Richtersprüche widersprächen dem Geist der Volksfront. Er fühlte sich zunehmend gegängelt. Da er länger als sie nicht mehr in Moskau gewesen war, mahnte sie ihn, in Erpenbecks Briefen zwischen den Zeilen zu lesen. Formulierungen wie, Bredel und Maria Osten würden die Verhältnisse in Moskau nicht kennen, da herrsche neuerdings eine strengere Disziplin und sie irrten sich, wenn sie glaubten, dass er hier selbstherrliche Entscheidungen fälle, seien Chiffren für Vorgänge, über die Erpenbeck nicht mehr offen schreiben könne.

Im Herbst begann sie sich aus der Arbeit an der Zeitschrift zurückzuziehen. Sie wusste, dass sie damit ihr Gehalt riskierte, sie hatte die tausend Francs im Monat bitter nötig. Aber der Streit mit Erpenbeck um jeden Beitrag, wenn irgendeine Formulierung den Genossen in Moskau nicht passte, hatte ihr die Lust genommen. Solange die Zeitschrift auch bürgerliche Schriftsteller bringe, hatte sie ihm geschrieben, müsse sie es denen überlassen, wie sie die historischen Ereignisse interpretierten. Ihr Zorn darüber, dass Erpenbeck eine Novelle, an der sie den ganzen Sommer geschrieben hatte, und mehrere ihrer Balladen unter fadenscheinigen Vorwänden ablehnte, hielt nicht an. Zu deutlich sah sie, dass die Gegensätze unüberbrückbar geworden waren. Die Dialektik funktionierte nicht mehr. Ihr Glücksgefühl, als ein mit Kolzow befreundetes Architektenpaar Jusik nach Paris brachte, konnte die Einsicht nicht verdrängen, dass das Leben immer unlebbarer wurde.

Auch Bredel verbrachte jetzt weniger Zeit mit Verlagsarbeiten. Neben den Reibereien mit Moskau setzte ihm der zunehmend mürrische Ton in den Briefen der Schriftstellerkollegen zu. Unausgesprochen blieb, dass es zwischen der Entwicklung in der Sowjetunion und dem wachsenden Missmut der Kollegen einen Zusammenhang gab. Einmal zeigte er Maria Osten einen Brief von Anna Seghers. Ob er sich das gefallen lassen müsse, nur weil er sich erlaubt habe, einen Beitrag anzumahnen? Anna Seghers hatte geschrieben, sie sei noch nicht zu der versprochenen Arbeit gekommen, und hinzugefügt: Du bekommst, weil Du ein bekannter Mann bist, Deine Knöpfe von weiblichen Personen angenäht, Deine Kinder ernährt, gekleidet und erzogen und Deine Briefe getippt. Das sind keine Bagatellen, für mich macht das niemand. Maria Osten hatte laut gelacht, schließlich hatte Bredel eingestimmt. Er verbrachte die meiste Zeit über seinen Aufzeichnungen zur Geschichte der XI. Brigade. Aber seine Arbeit geriet ins Stocken, als Kolzow ihnen im August sein *Spanisches Tagebuch* schickte, das soeben in Moskau erschienen war. Großartig, sagte Bredel ohne Neid, im Vergleich dazu erscheine ihm sein eigenes Spanienmanuskript schulbuchhaft. Bei Kolzow seien die Dinge brutal wahr, er scheue sich nicht, auch die Unzulänglichkeiten und Böswilligkeiten der eigenen Seite zu zeigen. Er, Bredel, werde sein Manuskript von Grund auf überarbeiten müssen, dabei sei ihm klar, dass er die Kraft von Kolzows Schilderungen nicht erreichen werde. Sie hatte sich über das Lob für Kolzow gefreut, zu Bredel hatte sie gesagt, lass dich nicht beirren, ich schreibe selbst im Schatten des großen Michail, manchmal wünsche ich ihn dahin, wo der Pfeffer wächst. Es gibt, fügte sie nach kurzem Schweigen hinzu, viele Arten, die Wahrheit über Spanien zu sagen, auch dein Buch wird einmal Zeugnis ablegen über das, was wir da unten getan haben. Die Sonne stand tief am Nachmittagshimmel, die *Wladimir I. Schkiriatow* fuhr in die Ostsee ein.

Anfang Oktober erhielt sie einen Telefonanruf von Kolzow. Sie lag bereits im Bett, als der Nachtportier an die Türe klopfte. Sie hatte Jusik beschwichtigt, der aufgewacht war, dann legte sie sich hastig den Mantel um die Schultern und eilte mit bloßen Füßen die Treppe hinunter zum Telefon bei der Rezeption. Die Verbindung war schlecht, Kolzows Stimme klang verzerrt, in seinen Mitteilungen war keine Ordnung, das war sonst nicht seine Art. Er sagte, er sei in Prag, er werde sie in Paris besuchen, sobald sein Auftrag hier erfüllt sei, er habe mit Dimitroff gesprochen, ob Jusik gut angekommen sei, wie es mit dem neuen Verlag stehe, den sie mit Bredel vorbereite, er werde Geld zur Verfügung stellen, er sei bei Stalin im Kreml gewesen, Stalin habe das *Spanische Tagebuch* gelobt, das gleichzeitig mit Stalins eigenem *Kurzem Lehrgang* zur Geschichte der russischen Partei erschienen sei. Mitten im Satz wurde die Verbindung unterbrochen. Ein Schwindelgefühl ergriff sie, während sie, sich am Geländer festhaltend, die Treppe wieder hinaufstieg, ihr war übel, sie hatte sich übergeben müssen, mehrmals war sie auf das Deck hinausgetreten, trotz des heftigen Seegangs und der Regenschauer, die im Gesicht schmerzten. Es war Nachmittag, sie rechnete nach, Sonntag nachmittag. Drei Tage dauerte die Schiffsreise bereits. Als sie am Morgen mit Jusik bei blauem Himmel das Deck betreten hatte, lag Gotland längst hinter ihnen. Seither hatte sich das Wetter stetig verschlechtert. Heftiger Wind war aufgekommen, der Seegang ließ das Schiff schlingern und machte sie seekrank, dazu dieser undurchdringliche Nebel. Immer wieder krampfte das Brausen der Schiffssirene ihre Eingeweide zusammen. Als der Nebel sich für kurze Zeit lichtete, glaubte sie, vorn am Bug eine Gestalt zu sehen, die nach irgend etwas Ausschau hielt. Ein Matrose stand plötzlich neben ihr und ermahnte sie, sich bei diesem Wetter nicht auf Deck aufzuhalten. Da vorn, sie deutete auf den Bug, da steht einer. Der Matrose nickte, bei dichtem Nebel stellen wir eine Bugwache auf, Befehl des Kapitäns.

Kolzow war nicht nach Paris gekommen. In einem knappen Brief hatte er sie wissen lassen, er sei von Prag nach Moskau zurückbeordert worden. Während in Deutschland die Synagogen brannten, schrieb sie an einer Besprechung des Buches von Kantorowicz über das Bataillon Tschapajew, dem er in Spanien angehört hatte. Diese Arbeit ließ sie nun doch wieder im *Wort* erscheinen. Im November las sie noch bei der Jubiläumsfeier des Schutzverbandes Deutscher Schriftsteller ihre Erzählung *Die Reise nach Spanien.* Anfang Dezember korrespondierte sie noch mit Brecht, der sich darüber beschwerte, dass Erpenbeck die Zeitschrift nicht im Sinne der Herausgeber führe. Gemeinsam mit Bredel bat sie noch in Moskau um Unterstützung für hungernde Kollegen wie Kantorowicz, Uhse, Marchwitza und Ernst Weiß. Und mit Bredel schrieb sie noch einen Brief an Kolzow, um wegen der Finanzierung des neuen Verlags nachzufragen, der der linken Emigration nach dem Parteiausschluss Münzenbergs wieder eine Veröffentlichungsmöglichkeit geben sollte und dem Bredel den Namen Verlag 10. Mai gegeben hatte. Dann kam der dreizehnte Dezember, an dem sie erfuhr, dass Kolzow nach einem Vortrag über Stalins *Kurzen Lehrgang* verhaftet worden war.

Der Morgen graute bei ruhigem Wetter. Sie und Jusik und die übrigen Passagiere hatten bereits um sechs Uhr gefrühstückt, nun standen sie an der Reling und sahen dem Anlegemanöver im Hafen von Leningrad zu. Es sollte noch mehrere Stunden dauern, bis sie den Boden der Sowjetunion betraten.

III

Im Moskauer Bahnhof in Leningrad hatte sich nichts verändert, seit sie vor anderthalb Jahren hier durchgekommen war. Das Gedränge auf den Bahnsteigen, die Stände mit Kwass, die

Piroggenverkäufer und die Kolporteure, die Schlagzeilen skandierten, die Gepäckmänner, die sich mit Wagen voller Koffer und Schachteln einen Weg durch die Menge bahnten, dazu die russige Luft und das rhythmische Zischen der Dampflokomotiven. Der Bahnhof war wie alle Bahnhöfe, die sie je gesehen hatte, und auch die Menschen, die sich auf den Bahnsteigen drängten, waren wie andere Reisende. Die Bahnhöfe mit ihrer modernen Technik gaben dem Unsteten, Unsesshaften, das zunahm in der Welt, den Anschein von etwas Neuem, Zukunftsweisendem, aber was waren sie anderes als Oasen, wo die Nomaden sich seit jeher ausruhten und verpflegten auf ihren Wegen von irgendwoher nach irgendwohin. Sie hatte Jusik die Schuhe ausgezogen. Er stand auf der Sitzbank und presste das Gesicht gegen das Abteilfenster. Den Holzesel, den der fußamputierte Erich ihm beim Abschied übergeben hatte, ließ er nicht aus der Hand. Als eine Krankenschwester den humpelnden Spanienkämpfer wegführte, hatte der Knabe geweint, er war übermüdet von der endlosen Reise und dem frühen Aufstehen, aber nachdem er eine Weile auf ihrem Schoß geschlafen hatte, war er wieder guter Dinge. Die Bahnhofsuhr zeigte kurz vor ein Uhr mittags. Sie war über den Wahn hinweg, sie könnte die Uhrzeit anhalten. Unbeteiligt sah sie den Sekundenzeiger Minute um Minute vollenden, hörte den gellenden Pfiff des Zugführers, spürte den ersten Ruck und sah Rauchschwaden am Abteilfenster vorbeiziehen. Im Schrittempo fuhr der Zug aus der Bahnhofshalle und begann bei strahlendem Maiwetter seine Fahrt nach Moskau.

Ihre Zeilen haben mich sehr erschreckt, hatte Brecht ihr in den letzten Tagen des alten Jahres geschrieben, er könne sich nicht denken, was Kolzow getan habe. Da befand sie sich bereits in einem Zustand des Abgetrenntseins. Die Wirklichkeit, die allem Tun zugrunde lag, hatte ihre ankernde Kraft verloren. Sie hatte die Mitarbeit beim *Wort* aufgekündigt. Bredel war verwirrt, er wollte die Kündigung nicht annehmen, sie sei eine verdiente Mitarbeiterin. Wenig später musste er Andeutungen aus Moskau erhalten haben, er kam auf ihre Kündigung nicht mehr zurück. Die Neujahrsnacht verbrachte sie allein mit Jusik im Hotelzimmer, sie, die alle Großen des Exils kannte, die mit

Brecht, Feuchtwanger, Aragon, Malraux und Tzara befreundet war, die gern unter Menschen war, die Feste feiern konnte, die sich auch mal einen Schwips leistete (und diesem und jenem schöne Augen machte). Auf dem kleinen Tisch lagen noch immer die Tannenzweige, die sie zu Weihnachten ausgebreitet hatte, auch Baumnüsse waren noch da und Haselnüsse, sie hatte ein paar Äpfel und Clementinen dazugelegt und die zur Hälfte niedergebrannte Kerze angezündet. Die Tannenzweige waren dürr geworden, sie musste aufpassen, dass nichts Feuer fing. Sie hatte Jusik die deutschen Weihnachtslieder vorgesungen und *Der Mond ist aufgegangen*, was hätte er mit *Auld Lang Syne* anfangen sollen? Er war auf ihren Schoß geklettert, bald darauf war er eingeschlafen. Sie hielt seinen kleinen Körper fest umschlungen. Nach einer Weile bettete sie ihn zum Schlafen. Sie setzte sich wieder auf den Stuhl, unschlüssig, was zu tun sei, zu erschöpft, um einen Gedanken zu fassen. Sie war am tiefsten Punkt ihres Lebens. Die Kerze war so tief heruntergebrannt, dass sie sie ausblasen musste. Das Licht der Straßenlampe warf ein verzerrtes Fensterkreuz an die Decke. Von Zeit zu Zeit waren von der Straße Stimmen und Lachen zu hören. Während sie wartete, dass es Mitternacht schlug, fiel ihr das Märchen vom toten Mann ein, das Anna Seghers ihr einmal im Bistro neben der Redaktion erzählt hatte. Der Mann wartet, was der Herr über ihn beschließt. Er wartet und wartet, ein Jahr, zehn Jahre, hundert Jahre. Dann bittet er flehentlich um sein Urteil, er kann das Warten nicht mehr ertragen. Man erwidert ihm: Worauf wartest du eigentlich? Du bist doch längst in der Hölle. Denn was konnte höllischer sein als dieses Warten? Verstehst du, hatte Anna Seghers eindringlich wiederholt, als müsste sie Maria Osten diesen Gedanken einprägen, die Hölle, das ist dieses Warten. Als sie sich ihrer Umgebung wieder bewusst wurde, war Mitternacht vorbei, sie hatte den Augenblick verpasst, in dem das neue Jahr begann. Nein! Sie würde nicht tatenlos warten. Sie würde handeln, es gab Möglichkeiten, gleich morgen würde sie damit anfangen.

In den ersten Januartagen erhielt sie einen Anruf von Ruth Rewald. Sie hatte die Freundin in der Rue Daguerre besucht. Die Freundlichkeit und Wärme Ruth Rewalds hatten ihre mühsam zur Schau getragene Haltung zusammenbrechen lassen. Sie brauchte mehrere Tage, um ihr Gleichgewicht wiederzufinden. Die Erinnerung an jenen Abend hatte sie aus ihrem Gedächtnis verbannt, ein solcher Schwächeanfall durfte ihr nicht noch einmal passieren. Den ganzen Januar arbeitete sie im neuen Verlag 10. Mai und, soweit die Zeit reichte, mit Tzara und Aragon bei der Schriftstellervereinigung. Noch gab es keine Gewissheit über Kolzows Schicksal. Dass sie nichts von ihm hörte, sein Name nirgendwo genannt wurde, verhieß nichts Gutes, aber vielleicht auch nichts Schlimmes. Sie zwang sich zur Geduld, sie beobachtete, wie die Dinge sich entwickelten, und versuchte herausfinden, wer noch zu ihr hielt. Mitte Januar war Kantorowicz beim Verlag erschienen und hatte, als Bredel gerade am Telefon sprach, halblaut zu ihr gesagt, sie solle sich mit ihm im Bistro an der Ecke treffen. Als sie, in ihre Mäntel gehüllt, in dem schlechtgeheizten Café saßen, sagte er, er habe zu danken für ihre freundliche Rezension im *Wort*. Die meisten Kollegen fänden es nicht nötig, seine Arbeit zu beachten, er sei von Ehrgeizlingen umgeben, die nur an die eigene Karriere dachten. Dann neigte er sich vor und sagte, es gehe um Kolzow. Er unterbrach sich, während der Garçon zwei Tässchen vor sie hinstellte. Schweigend tranken sie den bitteren Espresso. Er kenne ihn gut, fuhr Kantorowicz fort, er habe hier und in Spanien mit ihm zu tun gehabt. Er sei oft engstirnig, ihm fehle die letzte innere Freiheit, es mangle ihm an Zivilcourage, trotz allen militärischen Schneids. Sie lehnte sich zurück. Kantorowicz hatte nie zu ihren engen Freunden gehört, er galt als schwierig, dennoch war sie überrumpelt von dieser ungehobelten Eröffnung. Er trage es Kolzow nicht nach, fuhr Kantorowicz fort, dass statt seiner der Beziehungsmeier Bredel Redakteur des *Wort* geworden sei. Kolzow sei ein harter Bursche, seinen Freund Bucharin habe er, noch bevor das Urteil gefällt war, rücksichtslos angegriffen. Sie wollte sich erheben. Eines aber, sagte Kantorowicz, stehe fest, Kolzow sei kein Verräter. Der Genosse Michail würde sein Leben hingeben für die gemeinsame Sache, wer etwas anderes behaupte, sei ein Schwein. So war das nun. Sie fand Zuspruch, wo sie es am wenigsten erwartete.

Ende Januar, als die spanische Regierung Barcelona räumte

und ein endloser Flüchtlingsstrom der französischen Grenze zustrebte, fuhr sie nach Sanary, um sich mit Feuchtwanger zu besprechen. Das idyllische Fischerdorf lag ausgestorben unter dem Winterhimmel, die Palmen hatten ihren südlichen Glanz verloren, der kleine Platz am Hafen, wo die Frauen die Netze flickten und die Männer nach Feierabend Pétanque spielten, war von Blättern bedeckt. Reisen Sie nicht, hatte Feuchtwanger gesagt, bleiben Sie in Paris. Sie hatte geantwortet, ich warte noch einen Monat oder zwei. Wenn ich bis dahin keine Nachricht von Mischa habe, fahre ich hin. Sie wissen, was Sie dort erwartet? Nein, antwortete sie, und Sie wissen es auch nicht, niemand weiß es. Ein Fehler ist gemacht worden, er wird sich aufklären. Er sah sie zweifelnd an. Haben Sie Geld? Sie schüttelte den Kopf. Schicken Sie mir Ihre Anschrift, sobald Sie drüben sind. Ich werde Ihnen von meinem Moskauer Konto Geld überweisen lassen. Da hatte sie weinen müssen. Er hatte ihr sein Taschentuch gereicht, Gefühlsausbrüche brachten ihn in Verlegenheit, den Chronisten der Vernunft. Meine Bücher, sagte er, als müsse er das erklären, bringen mir mehr Rubel ein, als ich ausgeben kann, und noch mal rüberzufahren, habe ich nicht im Sinn. Schreiben Sie mir, falls Sie zusätzlich Geld brauchen.

Sie arbeitete kaum noch für den neuen Verlag und für die Schriftstellervereinigung. Zum ersten Mal hatte sie viel Zeit, aber ihre eigenen literarischen Arbeiten hatten alle Dringlichkeit verloren. Mitte Februar erhielt sie für sich und Jusik die sowjetischen Visa. Wenig später wurden Kolzows Konten gesperrt, das Geld für den neuen Verlag blieb aus, die geplanten Buchveröffentlichungen kamen nicht mehr zustande. Als im März deutsche Bataillone in Prag einmarschierten und Böhmen und Mähren besetzten, erschien die letzte Nummer des *Wort*, das ging sie schon nichts mehr an. Ende März fielen Madrid, Valencia, Almería, Murcia und Cartagena, der Spanische Krieg war zu Ende. Im April marschierten italienische Truppen ein, und Ungarn trat aus, und Großbritannien und Frankreich gaben Garantieerklärungen ab. Der italienische König Vittorio Emanuele III. übernahm, und Frankreich und England lehnten ab, Stalin wurde ersucht und lehnte ebenfalls ab. Deutschland kündigte an und das Exekutivkomitee der Kommunistischen

Internationale rief auf, und Anfang Mai verließ ein Zug mit einer einunddreißigjährigen deutschen Schriftstellerin und ihrem jungen Adoptivsohn Paris in Richtung Le Havre. Ein sowjetisches Lazarettschiff brachte die beiden, zusammen mit zweihundert verwundeten Spanienkämpfern, nach Leningrad, wo sie den Zug nach Moskau bestiegen. Am Montag, den achten Mai neunzehnhundertneununddreißig, um elf Uhr nachts fuhr der Zug in Moskaus Leningrader Bahnhof ein. Die Bremsen kreischten laut und lange, dann hörte jede Bewegung auf.

ANLAGE

Liste der bei Michail Kolzow (Friedland) konfiszierten
Gegenstände.

1 Privatarchiv, insgesamt 248 Mappen, davon 18 Mappen mit fotografischen Abbildungen, enthaltend 60 fotografische Abbildungen von Kolzow (Friedland) mit anderen Individuen, worunter, gemäß den Beschriftungen:
A. Lunatscharski, D. Ibarruri, J. Dias, A. Malraux, L. Feuchtwanger, M. Gorki, D. Bedny, M. Tuchatschewski, J. Jakir, J. Gamarnik, R. Rolland, A. Barbusse, A. Jegorow, A. Saint-Exupéry, B. Brecht, E. Líster, A. Tolstoi, N. Saz, M. Ulianowa, A. Tupolew, M. Osten, N. Krupskaia, M. Zalka, G. Dimitroff, E. Busch, A. Tairow, L. Renn, E. Weinert, W. Majakowski, D. Schostakowitsch, R. Karmen, E. Hemingway sowie weiteren nichtidentifizierten Individuen in Pilotenuniformen, Panzerbesatzungen und Kommandeuren der Roten Armee

12 Kartonschachteln mit Briefen von verschiedenen Individuen

16 verschiedene Identitätskarten, darunter Vollmachten von 1917 und 1920, unterzeichnet von Podwojski und Antonow-Owsejenko, sowie ein Diplom der Akademie der Wissenschaften und ein Zertifikat als Pilot der Luftwaffe

Bücher, 2000 Stück

2 Schreibmaschinen, 1 tragbar, 1 Büro
Fotoapparate, 2 Stück
1 Luftwaffenjacke, weiß
1 Paar Hosen
1 Feldbluse mit Achselstücken und Ärmelabzeichen
1 schwarze Lederjacke, angeheftet 1 Rotbannerorden und 1 Roter Stern
1 dunkler Abendanzug, eingenähtes französisches Etikett
1 Paar Kommandeurstiefel, Leder
1 Kommandeurgurt, Leder, mit sternförmiger Schnalle, sowie
1 abgewetzter blauer Leinenoverall mit spanischem Etikett

26

I

Engel mit offenen Flügeln blickten auf sie herab. Sie gingen sie heute so wenig an wie die blütenstreuenden Jungfrauen, die würdigen Häupter mit Walrossschnauzern und Vollbärten, die Recken in wehenden Uniformmänteln, oder die Löwen und Adler, die ihre Pranken und Klauen in Grabsteine und Grabplatten krallten. Wie oft war sie in den vergangenen Jahren hierhergekommen, wenn sie mit den Nerven herunter war, wenn das Gefühl sie überwältigte, das Leben sei unlebbar geworden. Die versteinerte Gegenwart der Grabmäler hatte ihrer Existenz einen Anschein von Dauer verliehen. Heute wollte sich das Gefühl der Gleichgültigkeit gegen alles, was die Lebenden erregte, nicht einstellen. Sie hatte sich in den Schatten der Linde gesetzt, dem Grab von Alfred Dreyfus gegenüber, das längst von einer Grabplatte bedeckt war. Anja saß wenige

Schritte von ihr entfernt auf der trockenen Erde, die Puppe lag achtlos neben ihr. Mit dem Löffel, mit dem sie sonst der Puppe zu essen gab, grub sie den Boden auf. Vielleicht hob sie ein Grab für die Puppe aus. Ruth Rewald blickte auf den Gehweg. Zigarettenstummel lagen auf einem Haufen, entwertete Metrokarten, vergilbte Zeitungen, Tannzapfen, ein Taschentuch, eine zerknüllte Packung Gauloises bleues, ein Briefumschlag, die Adresse vom Regen verwaschen, zwei Handschuhe, die nicht zusammenpassten, und eine kleine Bronzefigur mit großer Nase. Jemand hatte den Müll zusammengekehrt, aber vergessen, ihn aufzunehmen. Es war ein warmer Frühlingstag Ende Mai, ein Vorschein von Sommer lag über der Stadt. Von den großen Boulevards drang Verkehrslärm herüber, er störte niemanden, der sich an diesem Tag auf oder unter dem Boden des Cimetière du Montparnasse aufhielt. Von den Krisen, die sie durchlebt hatte, seit die Nazis sie vor sechs Jahren aus Deutschland vertrieben hatten, war dies nicht die schlimmste, genaugenommen betraf sie sie gar nicht, trotzdem wollte das Entsetzen nicht nachlassen. Sie sagte sich, Moskau liege zweitausend Kilometer weit weg, was dort geschehe, geschehe den Dortigen. Aber sie hatte ihr Leben an die Sowjetunion gebunden, gerade jetzt konnte sie nicht so tun, als wäre das nicht der Fall. Die Schuld der verhafteten und zum Tode verurteilten Volksfeinde stand außer Frage. Die Prozesse waren öffentlich gewesen, die Protokolle in vielen Ländern erschienen. Zuerst hatte sie bei jedem neuen Namen gestaunt: Der auch, und der auch, und sogar der. Sie hatte zu begreifen versucht, wie einstmals vorbildliche Kommunisten zu Verrätern werden konnten. Aber es wurden ihrer immer mehr, und irgendwann war ihr die Fähigkeit, sich zu wundern, abhanden gekommen. Stumpf hatte sie Name um Name registriert, schließlich hatte sie auch damit aufgehört. Hier war nichts, was eine einzelne Genossin oder ein einzelner Genosse hätte verstehen können. Auch in der Parteizelle wurde über die Vorgänge in der Sowjetunion immer weniger gesprochen, je bedrängender sie wurden. Es war wie im Märchen von des Kaisers neuen Kleidern: jeder sieht, dass etwas Unerhörtes geschieht, aber keiner sagt etwas. Keiner will dumm scheinen, keiner will die Übereinkunft des Schweigens durchbrechen und sich in einen Gegensatz zu Freunden und Genossen bringen. Das Schweigen machte die Vorgänge unwirklich, sie gehörten immer weniger der fassbaren Gegenwart an, in der sich das tägliche Leben und der Kampf gegen den Faschismus abspielten. So lagen die Dinge, als sie vor wenigen Tagen von der Verhaftung Babels erfahren hatte. Die Nachricht traf sie wie ein Unglück von unabsehbarem Ausmaß. Es hatte nichts geholfen, nicht das geringste, dass Hans, als sie nicht aufhören wollte zu schluchzen, sie mit der Bemerkung zu trösten suchte, sie habe Babel ja kaum gekannt. Ein Abendessen lang hatte sie ihm gegenübergesessen. Sie hatten sich lebhaft unterhalten, Babel hatte sie mit seinen von den dicken Brillengläsern geweiteten Augen angeblickt. Seine Freundlichkeit war ihr noch in bester Erinnerung, als sie ein Jahr später die Kiste mit den Lebensmitteln erhalten hatte. Nachdem alle Köstlichkeiten verzehrt waren, hatte sie es nicht über sich gebracht, die Kiste zu zerhacken, obwohl sie das Brennholz hätte brauchen können. Während der Arbeit an *Tsao und Jing Ling* stand die roh gezimmerte kleine Kiste mit den kyrillischen Lettern unter dem Fenster, wo sie vom Arbeitstisch aus zu sehen war. Auch im vergangenen Jahr, während der Niederschrift der Geschichte von den vier spanischen Jungen, hatte sie die Kiste bei der Arbeit stets vor Augen gehabt. Und wenn auch der Abend mit Babel in ihrem Gedächtnis allmählich verblasst war – nicht verblasst, weil unauslöschlich in ihr Gehirn eingeschrieben, waren die Erzählungen von Budjonnys Reiterarmee. Es war ihr nicht vorstellbar, dass seine, ihre eigenen Genossen sich an dem vergriffen, der dieses Buch geschrieben hatte. Das darf nicht wahr sein, schluchzte sie einmal übers andere. Wieso? sagte Hans, sind Schriftsteller bessere Menschen? Stehen sie über dem Gesetz? Können sie nicht die falsche Seite wählen, sogar die gescheitesten, Benn, Heidegger, Céline? Darauf hatte sie keine Antwort gewusst, sie presste Anja an sich, die, vom Weinen der Mutter verstört, ebenfalls weinte. Er wolle damit nicht sagen, fügte Hans hinzu, Babel sei schuldig, das werde der Prozess entscheiden. Schließlich hatte sie aufgehört zu weinen, und in den folgenden Tagen hatte sie die Verhaftung Babels nur noch selten erwähnt. Aber sie blieb untröstlich, und auch hier auf dem Friedhof fand sie keinen Trost, nur eine zeitweilige Linderung ihres Schmerzes.

Dabei war sie vor etwas mehr als einem Jahr mit so viel Schwung aus Spanien zurückgekehrt. Bereits am Tag nach der Ankunft, nachdem sie die Kleine immer von neuem geherzt und Luise Pollnow gedankt hatte, die Anja eine gute Pflegemutter gewesen war, hatte sie mit der Niederschrift des neuen Buches begonnen. Das Konzept lag in ihrem Kopf bereit. Schon während des Aufenthalts im Kinderheim in Moraleja war ihr klar geworden, dass die Geschichte von den vier spanischen Jungen, die zu den Internationalen Brigaden überlaufen, für ein ganzes Buch zuwenig hergab. Sie hätte die Anekdote strecken und ausschmücken müssen, es wäre eine reißerische Geschichte geworden, Krieg als das große Abenteuer. Das war der Ton der Kinderbücher im neuen Deutschland, die das Soldatische zur Grundlage des Lebens machten. Dagegen würde sie ihr Buch abdichten. Sie würde die Ursachen des Spanischen Krieges zeigen, die Armut des Landproletariats der Estremadura, die Ausbeutung der Arbeiter in den Kohlebergwerken, das Analphabetentum, den Kinderreichtum, der ein falscher Reichtum war, Frauen, die sich ihr Leben lang abrackerten, während die Grundbesitzer und Grubenherren fern von jener gottverlassenen Gegend das Leben in den Städten oder am Meer genossen. Zu erzählen waren nicht die Geschichten Einzelner, wie die bürgerliche Literatur es liebte, sondern die Erfahrungen eines Kollektivs, einer ganzen Stadt im Auf und Ab des Kriegsgeschehens. Kunst und Literatur seien nicht länger eine Privatangelegenheit, hörte sie in den Exilveranstaltungen. Damit war sie einverstanden, wenn auch nicht ohne Bedauern, denn es schien ihr, als müsse sie von einem lange gehegten Traum Abschied nehmen. Von den Künsten wurde verlangt, dass sie Partei ergriffen, dass sie die Wahrheit sagten, und das war eine Forderung, gegen die es nichts einzuwenden gab. Spätere würden es leicht haben, ihnen Einseitigkeit nachzuweisen, Unausgereiftheit, Vereinfachungen. Aber erregender als der Gedanke an die Nachwelt war die Vorstellung, für die Jetzigen zu schreiben, teilzunehmen am Kampf, sich der Opferrolle zu widersetzen, in die die Nazis sie drängten.

Das Überlaufen der vier spanischen Jungen aus dem von den Faschisten besetzten Peñarroya würde die Erzählung als Höhepunkt abschließen. Den Hauptteil des Buches aber würde die Vorgeschichte bilden, das Geschehen in dem Städtchen während der ersten Kriegsmonate, das Warten auf die heranrückenden Franco-Truppen, das Organisieren des Widerstands, Kampf und Niederlage, der Einmarsch der feindlichen Truppen und das Leben unter der Besatzung. Dieses Geschehen war zu weit für die Erfahrung von Kindern. Um es in seiner Gesamtheit zu gestalten, würde sie auch den Handlungen der Erwachsenen viel Platz einzuräumen müssen, besonders in den Passagen, die von militärischen Aktionen handelten. Wieviel konnte sie ihren jungen Leserinnen und Lesern zumuten von den Schrecken des Krieges? Es war einfach, zu verlangen, dass die Literatur die Wahrheit sagen solle. Von Brecht war ein Aufsatz über die Schwierigkeiten beim Schreiben der Wahrheit erschienen, den sie aufbewahrt hatte und der vom Lesen zerfleddert war. Zu den fünf Schwierigkeiten, die er beschrieb, trat für die Verfasserin von Jugendbüchern eine sechste: wieviel Wahrheit konnten Kinder und Jugendliche ertragen? Die Antwort, so viel war klar, konnte nicht die Literatur geben, sondern nur die Wirklichkeit. Während der Monate in Moraleja hatte sie erlebt, wie tief Krieg und Tod in das Leben der spanischen Kinder hineingriffen. Sie träumten davon, als Kampfflieger oder Panzerfahrerin oder Dinamitero den Feind zu vernichten. Die Schilderungen der Grausamkeit des Krieges durften den jugendlichen Leserinnen und Lesern nicht vorenthalten werden, da ihnen die Grausamkeit des Krieges zugemutet wurde. Die Erzählung würde abwechseln zwischen den Handlungen der Kinder und den Handlungen der Erwachsenen, aber die beiden Ebenen würden ineinandergreifen. Der Graben, der in vielen Jugendbüchern, auch in ihren eigenen, die Welt der Erwachsenen von der Welt der Kinder trennte, war einzuebnen. Der Krieg traf Kinder und Erwachsene gleichermaßen, und gemeinsam mussten sie sich dagegen wehren.

Die Arbeit am Buch kam voran in diesem Frühjahr, in dem in Moskau ein dritter großer Prozess stattfand und die Bevölkerung Österreichs den einmarschierenden deutschen Truppen zujubelte, in dem die Franco-Truppen, nach einer Großoffensive an der Aragón-Front, das Mittelmeer erreichten und in Frankreich Léon Blum zum zweiten Mal an die Regierung kam und schon drei Wochen später von Daladier abgelöst wurde. Was waren das für Zeiten, wo eine unmaßgebliche Verfasserin von Jugendbüchern bei jedem weltpolitischen Ereignis zu Tode erschrak, weil es unmittelbar in ihr Leben und in das Leben ihres Töchterleins, ihres Ehemannes und ihres Geliebten eingriff. Sie fand keine Arbeit, sie hatte kein Geld, sie wusste kaum mehr, wie sie sich und Anja über die Runden bringen sollte. In Spanien sprach Hans mit Heiner, beide wandten sich an Kurt und Fritz und Richard und August, Hilfe war unterwegs, sie traf nicht ein. In der Hoffnung, damit etwas Geld zu verdienen, schickte sie mehrere der in Spanien entstandenen Artikel an Zeitschriften in der Schweiz. Auf Wunsch eines norwegischen Verlags bat sie die Zürcher Gewerkschaftszeitung, wo *Tsao und Jing Ling* als Fortsetzungsroman erschienen war, um Belegexemplare. Dem norwegischen und ihrem schwedischen Verlag kündigte sie das neue Spanienbuch an. Schließlich entwarf sie einen Bittbrief, den sie immer wieder abschrieb und an Adressen in Paris verschickte, ich mache alles, ich gebe Unterricht, erledige Maschinenarbeiten, hüte Kinder. Nachdem sie mehrere dieser Briefe abgeschickt hatte, merkte sie, dass sie nicht gesagt hatte, welche Maschine sie beherrschte, vielleicht dachten die Empfänger an eine Nähmaschine, das war ihr auch recht. Sie tat, was sie tun musste. Anjas Väter waren weit weg, in einem Krieg, den sie vielleicht nicht überlebten. Von Hans erhielt sie liebevolle Briefe, immer sorgte er sich um sie, sprach ihr Mut zu für die Arbeit am Buch und gab väterliche Ratschläge für das Kind, das nicht seines war. Der andere, Heiner, war Kommandeur der XI. Brigade, einer der höchsten Offiziere auf der republikanischen Seite. Er schrieb, dass er Distanz zu ihr gewinnen wolle, das hatte ihr noch gefehlt. Hörte bei Offizieren von einem gewissen Dienstgrad an der Verstand auf? Erbost schrieb sie zurück, sie bedaure, dass Anja ihrem Vater, den die Mutter ins Pfefferland wünsche, immer ähnlicher werde. Er antwortete gelassen, sie solle ihm Fotos von Anja schicken, damit er die Frage der Ähnlichkeit prüfen könne, außerdem erwarte er, dass sie ihm weiterhin von dem Kind berichte und es von ihm küsse. Sie solle darauf achten, dass die Kleine nicht Eigenschaften ihrer Mutter wie Aufbrausen, Heftigwerden bis zur Starrköpfigkeit und Ungerechtigkeit entwickle. Das saß. Heftig aufbrausend hatte sie den Brief in den Papierkorb geworfen. Was erwartete der Herr über mehrere tausend Mann von ihr? Sie diente nicht in seiner Brigade, sie hatte nicht vor ihm strammzustehen, sie war die Mutter seines Kindes, das schaffte kein Versuch, Distanz zu gewinnen, aus der Welt. Was meinte er überhaupt mit heftig und ungerecht? Gerecht waren nur die Toten, hier auf dem Cimetière du Montparnasse, gerecht und gleichgültig gegen alle Gerechtigkeit. Anja war in ihren Armen eingeschlafen, die Puppe hielt sie in den schmutzigen Händchen, sie hatte sie nicht beerdigt. Die Sonne stand am wolkenlosen Nachmittagshimmel, es war immer noch warm. Sie vernahm ein knirschendes Geräusch. Ein Arbeiter mit nacktem Oberkörper schob gemächlich einen Schubkarren den Gehweg entlang. Auf ihrer Höhe blieb er sinnend stehen. Nach einer Weile ergriff er Schaufel und Besen, kehrte den kleinen Abfallhaufen zusammen und leerte ihn in den Karren. Er nickte ihr zu und sagte ein paar Worte, ohne den Zigarettenstummel aus dem Mund zu nehmen. Sie nickte höflich.

Sie war wieder zu den Exilveranstaltungen gegangen, zu Autorenlesungen, Protestkundgebungen, Gedenkreden und Spanienabenden. Sie hörte einen Vortrag von Rudolf Leonhard über Heinrich Heine und eine Diskussion über die Kultur der Sowjetunion. Joseph Roth sprach zum Anschluss Österreichs an Nazideutschland, der kleine Herr war elegant gekleidet, wie immer, er wirkte aufgedunsen, seine Schritte zum Rednerpult waren unsicher, aber seine Rede war feurig, auch wenn die wenigsten im Saal Roths politische Haltung akzeptierten. Sie hörte Kantorowicz, Ludwig Renn und Bodo Uhse über den Spanienkrieg und besuchte Vorlesungen von Anna Seghers über die Geschichte der deutschen Literatur. Seit den chaotischen ersten Monaten in Paris hatte sie an solchen Veranstaltungen teilgenommen. Im Verlauf des Exils, das war ihr nach der Rückkehr aus Spanien deutlich geworden, hatten sich die Veranstaltungen zu Ritualen gewandelt, mit allem Tröstlichen, aber auch mit dem Anschein des ewig Gleichen, das Ritualen anhaftete.

Das galt nicht für die Theaterveranstaltung in der überfüllten Salle d'Iéna, wo Ende Mai mehrere Einakter von Brecht aufgeführt wurden. Die Szenen zeigten das Leben unter der Nazidiktatur und gehörten, wie das Programmheft mitteilte, zu einer Sammlung von Einaktern mit dem Titel *Furcht und Elend des III. Reiches.* Wie immer bei Brecht ging es unterhaltend zu, listig und komisch, im Zuschauerraum wurde viel gelacht, aber das Grauen war nie fern. Die Szenen waren kurz, bis zum Äußersten komprimiert, eine Art Stenogramme, in denen fast alles weggelassen war und von den Zuschauerinnen und Zuschauern ergänzt werden musste. Mehrere Szenen spielten unter Arbeitern, eine Szene zeigte ein bürgerliches Ehepaar, das sich in die Vermutung hineinredet, es werde vom eigenen Sohn bespitzelt. Den Höhepunkt bildete eine Szene um eine jüdische Frau aus besseren Kreisen. Die Frau hat beschlossen, Deutschland und ihren arischen Ehemann zu verlassen, einen Arzt, den sie immer noch liebt und der sich dem Regime angepasst hat. Wie schon im vergangenen Herbst, als sie die Frau Carrar gegeben hatte, war Helene Weigel aus Dänemark hergereist, um die jüdische Frau zu spielen. Ihr Auftritt verschlug Ruth Rewald den Atem. Sie war als großbürgerliche jüdische Dame hergerichtet, trug ein elegantes schwarzes Kleid mit weißen Rüschen und Dauerwellen. Ihr Gesicht zeigte eine unvergleichliche Mischung aus Arroganz, Scham und Trauer. Im großbürgerlichen Wohnzimmer probiert sie vor dem leeren Sessel, in dem der Gatte nach Feierabend zu sitzen pflegt, wie sie ihm ihren Entschluss mitteilen wird. Sie spielt Möglichkeiten durch, wie eine Schauspielerin, die eine Rolle probiert. Während des Spiels wandelt sich ihre Haltung, an die Stelle von Selbstvorwürfen und der Bitte um Vergebung treten Selbstbewusstsein und bittere Kritik am Verhalten des Gatten. Als er schließlich nach Hause kommt, teilt sie ihm in wenigen Sätzen, kalt und distanziert, ihren Entschluss mit. Aber in der Kälte sind Zuneigung und Nähe und all die widersprüchlichen Gefühle und Gedanken aufbewahrt, welche die jüdische Ehefrau zuvor ausprobiert hat. Als der Vorhang fiel, war es sekundenlang still, bevor anhaltender Applaus einsetzte. Das unvergleichliche Spiel von Helene Weigel war entschwunden, wie ein Traum oder eine Erinnerung. Es konnte nicht aufbewahrt werden wie Brechts Worte. Die Späteren würden nicht wissen, was für eine große Stunde die Zuschauerinnen und Zuschauer an diesem Abend in der Salle d'Iéna erlebt hatten.

Die Beunruhigung, die von der Szene mit der jüdischen Frau ausging, hielt in den Tagen nach der Aufführung an. Erst allmählich gestand Ruth Rewald sich den Grund ein: Das Jüdische an Helene Weigels Darstellung hatte sie verstört. War die Frau zu jüdisch? Was hieß das? Wie konnte eine jüdische Frau dargestellt werden, ohne dass sie jüdisch war? Oder war jüdisch immer schon zu jüdisch? Das Nachdenken über diese Dinge war von allem Anfang an vergiftet. Das Jüdische war eine Erfindung der Antisemiten, sie hatte damit nichts zu schaffen. Schön und recht, aber warum hatte sie sich in der Salle d'Iéna für die jüdische Frau geschämt? Denn das gestand sie sich endlich ein. Schämte sie sich ihres eigenen Judentums? Sie hatte diese Frage nach einigem Zögern mit Nein beantwortet. Sie schämte sich, weil sie sich, als es im Saal hell wurde, verstohlen gemustert fühlte. Aber wie hätten ihre Sitznachbarn wissen sollen, dass sie Jüdin war? Die Nazis hatten sie zu einem Objekt gemacht, nun machte auch der Nazigegner Brecht sie zu einem Objekt. Wer den Rassismus bekämpfte, war gezwungen, die Argumente der Rassisten zu wiederholen. Gerade dadurch erhielten sie jenen Anschein von Legitimität, der widerlegt werden sollte. Sie wünschte, über Juden und Jüdisches würde nicht mehr gesprochen. Sollten also die Hetzereien des Gesindels ohne Antwort bleiben? Es war ein heilloses Thema, sie kam damit an kein Ende.

Nach der Veranstaltung, im Gedränge in der Eingangshalle, hatte sie Breitenbach getroffen, der die Inszenierung im Auftrag von Brecht fotografierte. Er hatte sich nach Anja und Hans erkundigt und beide grüßen lassen. Dann hörte sie ihren Namen rufen, Maria Osten umarmte sie, sie hatte die Kollegin fast drei Jahre nicht gesehen. Sie sprachen begeistert über den Abend, tauschten ihre Adressen aus und vereinbarten, sich demnächst zu treffen. Als sie sich auf den Heimweg machen wollte, stieß sie in der Menge auf Walter Benjamin, der sie mit ihrem Namen ansprach und fragte, wie es dem Ehemann und dem Töchterlein gehe. Sie freute sich über die Begegnung, sie mochte den etwas linkischen, stets höflichen Mann. Er lud sie in das gedrängt volle Café neben dem Theatersaal ein, in der Ecke der Bar fanden sie zwei freie Barhocker. Das Theater der Emigration, hob er an, als sie ihn nach seinem Eindruck von der Vorstellung fragte, könne nur ein politisches Theater sein. Als solches müsse es von vorn beginnen, und das heiße, mit neuen dramatischen Formen beginnen. Brecht nun sei ein Spezialist des Von-vorn-Anfangens, das habe der Abend vor Augen geführt. Ohne diese Feststellung weiter zu erläutern, fuhr er fort, die kurzen Szenen funktionierten nach dem Prinzip des Schocks, der die Situationen voneinander trenne. Dabei entstünden Intervalle, die dem Publikum einen Raum für die Kritik der Bühnenvorgänge eröffneten. Als Beispiel nannte er den Satz der jüdischen Frau: Reden wir nicht von Unglück, reden wir von Schande. Nach diesen Worten, sagte er, entstehe eine Unterbrechung, die Szene werde wie von einem Magnesiumblitz eingefroren. Solche Unterbrechungen seien ein wesentliches Element von Brechts Theater. Er blickte sie durch seine Drahtbrille zerstreut an, ganz auf seine sich formenden Gedanken konzentriert. Brechts Zyklus stelle für das Theater der deutschen Emigration nicht nur eine politische, sondern auch eine artistische Chance dar. Über das Artistische hätten er und Brecht oft gesprochen, als er bei ihm in Dänemark gewohnt habe. In wenigen Wochen fahre er übrigens wieder hin, er zuckte die Schultern, das Leben in Paris sei zu teuer. Das Artistische habe heute abend seinen stärksten Ausdruck im Spiel der Frau Weigel gefunden, das einen europäischen Standard setze. Aufs Ganze gesehen verwirkliche Brechts Szenenfolge eine Grundforderung des politischen Dramas der Emigration: Auf die Ästhetisierung der Politik im Faschismus antworte es mit der Politisierung der Kunst. Er schwieg. Sie war unsicher, was sie sagen sollte. Wie jedesmal, wenn sie ihm zuhörte, seit den Tagen im Roten Block am Laubenheimer Platz, fand sie manches, was er sagte, dunkel und schwer verständlich. Aber seine bildhaften Formulierungen waren stark und gingen in die Tiefe. Er war ein Außenseiter, sie hatte den Eindruck, er vereinsame in Paris. Sein Mittagessen nahm er noch immer an Freitischen ein. Außer Brecht interessierten sich nur wenige für Benjamin, dessen abweichendes Denken bestimmt diesem oder jenem Anregungen hätte geben können. Als er einen Augenblick abgelenkt war, bezahlte sie für beide. In der Metro gingen ihr die Worte der jüdischen Frau durch den Kopf, die Benjamin zitiert hatte: Reden wir nicht von Unglück, reden wir von Schande.

Die Arbeit am Manuskript kam voran, trotz Unterbrechungen, wenn sie wieder einmal für ein paar Tage oder auch nur für Stunden Arbeit gefunden hatte. Ende August näherte sich die Niederschrift bereits dem Abschluss. Sie war froh darüber, denn inzwischen hatte sich eine unerwartete Schwierigkeit ergeben. Ihr Buch handelte vom ersten Kriegsjahr, es war erfüllt von Optimismus und vom Glauben an den Sieg. Jetzt aber ging der Krieg immer schlechter. Vor ein paar Wochen hatte die republikanische Armee zusammen mit den Internationalen Brigaden am Ebro eine Offensive begonnen, die die Entscheidung bringen sollte. Die Faschisten waren überrascht worden und hatten Boden verloren. Dann war es ihnen gelungen, ihre besser ausgerüsteten Streitkräfte zusammenzuziehen, der Gegenangriff war im Gang, republikanische Soldaten fielen zu Tausenden, die Zivilbevölkerung wurde hingemacht, die Zeitungen berichteten von Massengräbern. Noch war die Schlacht am Ebro nicht entschieden, aber die Wahrscheinlichkeit wuchs, dass sie und der ganze Krieg verlorengingen. Die Geschichte ging über ihr Manuskript hinweg, noch bevor es abgeschlossen war. Auch die Passagen, in denen sie den jugendlichen Leserinnen und Lesern den Volksfrontgedanken anschaulich zu machen suchte, waren fragwürdig geworden, seit die Volksfront, unter dem Eindruck der Prozesse in Moskau, zu zersplittern begann. Sie fand sich in der unhaltbaren Lage, über Hoffnungen schreiben zu müssen, von denen sich abzeichnete, dass sie sich zerschlagen würden. Zur Menschheitskatastrophe des verlorenen Kriegs kam die private Katastrophe ihrer Arbeit. Mehrere Tage rührte sie das Manuskript nicht an. Sollte sie das Projekt aufgeben? Sollte sie weiterschreiben und dabei so tun, als wüsste sie den Ausgang nicht? Oder sollte sie die Geschichte, im Gegenteil, von ihrem

Ausgang her erzählen? Würde dadurch nicht alles falsch? Die Niederlage würde als unvermeidlich erscheinen und die Handlungen derer, die sich gewehrt hatten, als lächerlich oder absurd. Wie hatten sie nicht sehen können, würden Leserinnen und Leser fragen, was doch ein Blinder sehen musste? Wer das Ende kannte, war immer der Klügere. Sie war verzweifelt. Das, was die Menschen von Tag zu Tag erlebten, und das, was die Späteren dann Geschichte nennen würden, war nicht zur Deckung zu bringen. Schließlich beschloss sie, das Manuskript so zu Ende zu schreiben, wie sie es begonnen hatte, ohne Hinweis darauf, dass der Krieg verlorengehen würde. Die Späteren würden wissen, wie alles gekommen war, ihr Buch aber würde die Erinnerung daran wachhalten, dass es nicht so hatte kommen müssen und dass es auch in Zukunft anders kommen könnte.

Am schwersten zu ertragen war die Sorge um Hans. Im Mai hatte er, weitab von der Front, mit Fieber in einem Militärlazarett gelegen. Sie hatte Angst gehabt, dass es Typhus sei und er es ihr verschwieg. Aus dem Lazarett hatte er Anja zum ersten Geburtstag gratuliert. Er war ein guter Vater, er war für Anja der richtige, der andere hatte zuviel Verantwortung und zuwenig Zeit, er war zu ironisch oder zu distanziert, obwohl er auch seine guten Seiten hatte, jedenfalls erkundigte auch er sich stets nach Anja und war deren Mutter, die er für aufbrausend hielt, weiterhin gewogen. Im Juni war Hans wieder bei der Truppe, das Leben hier, meldete er, bestehe aus Langeweile. Dann hatte die Schlacht am Ebro begonnen, die Brigade mit Hans und Heiner kam an die Front, da fingen ihre schlaflosen Nächte an. Von Zeit zu Zeit kam ein Brief von Hans, er sagte nie, wo er sich aufhielt, meistens schrieb Heiner noch einen Gruß dazu. Hans arbeitete bei der Brigadezeitung, sie klammerte sich an die Vorstellung, dass er sich nicht in den vordersten Linien aufhalte und dass auch ein hoher Offizier wie Heiner sein Leben nicht in den Schützengräben riskieren dürfe. Hans erwähnte die Möglichkeit, dass die spanische Regierung die Internationalen Brigaden auflöse, er selbst glaube allerdings nicht daran, ohnehin wolle keiner der Interbrigadisten Spanien verlassen, alle wollten nach vorn, an die Front. Ende September, als die Niederlage absehbar war, sagte der spanische Ministerpräsident

Negrín vor dem Völkerbund in Genf, die Internationalen Brigaden würden zurückgezogen. Eine Woche später erklärten die Außenminister von England und Frankreich in München ihre Bereitschaft, dem Nazireich nach Österreich auch noch Teile der Tschechoslowakei zu überlassen, und noch einmal eine Woche später stand Hans vor der Tür. Ihre Beine hatten nachgegeben, sie hatte sich setzen müssen, sie hatte ihn angeschrien, warum er nicht geschrieben habe. Er sagte, er habe geschrieben, ob sie den Brief nicht erhalten habe? Er hatte sich zu ihr gesetzt, sie hatten sich in die Arme genommen, nach Minuten hatte er sich aus der Umarmung gelöst und sich dem Kind zugewandt, das auf seinen Schoß klettern wollte, dann hatte er geweint. Sie waren endlich wieder zusammen, mehr wussten sie in diesem Moment nicht.

II

Wenige Tage nach seiner Ankunft wurde Hans auf Grund einer Maßnahme gegen ehemalige Spanienkämpfer aus Frankreich ausgewiesen. Dem ersten Schreck folgten endlose Stunden auf Ämtern und in Büros. Sie trugen ihr bestes Zeug, die Beamten händigten ihnen Formulare aus, mitunter wurde ein Antrag zurückgewiesen, weil das Passfoto nicht den Vorschriften entsprach, oder es fehlte eine Anlage, die nur beigebracht werden konnte, nachdem weitere Formulare ausgefüllt und von irgendeinem Amt abgestempelt worden waren. Manchmal kamen sie am Morgen zu früh, dann mussten sie warten, bis das Büro geöffnet wurde, oder sie kamen zu spät, und es war schon Mittagspause. Dann vergeudeten sie zwei Stunden in einem überfüllten und verrauchten Café, und am Nachmittag war die Schlange der Wartenden so lang, dass das Amt schloss, bevor die Reihe an ihnen war. Jeden Abend machten sie einen Schlachtplan für den nächsten Tag. Zeitweilig gingen sie getrennt vor, mit hängenden Schultern kamen sie zurück, Hans, weil ihm der Mädchenname ihrer Mutter nicht eingefallen war, und sie, weil der Antragsteller für die Unterschrift persönlich anwesend sein musste. Für die Beamten waren sie Luft oder dumpfe Ausländer, mit denen man langsam sprechen musste (sie sprach längst fließend Französisch) und die von der französischen Mentalität keine Ahnung hatten. Anja verbrachte die meiste Zeit bei Luise Pollnow, sie kam erst wieder zurück, als Hans einen zweiwöchigen Aufschub erhielt, der alle zwei Wochen erneuert werden konnte.

Das Buchmanuskript, dem sie den Titel *Vier spanische Jungen* gegeben hatte, war abgeschlossen. In Frankreich bestand keine Möglichkeit mehr, es zu veröffentlichen. Auch die Verlage in Schweden und Norwegen winkten nun ab, aus der Schweiz hörte sie nichts. Sie legte das Manuskript in die unterste Schublade der Kommode, zu den übrigen unveröffentlichten Arbeiten. Vier Jahre später würde es, ebenso wie seine Verfasserin, französischen Gendarmen in die Hände fallen. Zusammen mit der Habe anderer in Frankreich verhafteter Jüdinnen und Juden würde es nach Berlin, in die Keller des Reichssicherheitshauptamts auf dem Prinz-Albrecht-Gelände verbracht werden, wo die antijüdischen Aktivitäten des Regimes im Referat IV D 4, später IV B 4, unter der Leitung von Adolf Eichmann zusammengefasst wurden. Im Mai neunzehnhundertfünfundvierzig, als Deutschland zerschlagen war, würden im Reichssicherheitshauptamt gestapelte Hinterlassenschaften in die Sowjetunion überführt werden, darunter eine Kartonschachtel mit der Aufschrift Beschlagnahmung Ruth Rewald Schaul, Les Rosiers-sur-Loire, 17. Juli 1942. Mehr als zehn Jahre würden vergehen, dann würde das beschlagnahmte Material den zuständigen Stellen der Deutschen Demokratischen Republik übergeben und im Zentralen Staatsarchiv in Potsdam eingelagert werden. In den siebziger Jahren würde die DDR-Literaturwissenschaftlerin Silvia Schlenstedt bei Forschungsarbeiten auf den Karton stoßen, der nun die Bezeichnung 90 Re 1, Nachl. R. Rewald Schaul 1932–1939 trug. Sie würde das Manuskript in einer Fußnote ihres Buches über das Exil in Spanien erwähnen, und der westdeutsche Germanist Dirk Krüger, der an einer Dissertation über Kinder- und Jugendliteratur im Exil arbeitete, würde darauf aufmerksam werden. Im Jahr neunzehnhundertsiebenundachtzig würde er, nachdem er in Berlin die Grenze zwischen der Bundesrepublik Deutschland und der Deutschen

Demokratischen Republik überschritten hatte, das Manuskript im Lesesaal des Zentralen Staatsarchivs einsehen können. Noch im selben Jahr würde er es veröffentlichen, auf dem Einband jene Fotos, die Hans Schaul von den vier spanischen Jungen gemacht hatte. Silvia Schlenstedt und Dirk Krüger würden zu den Gerechten gehören, an denen die Absicht der Nazis, selbst noch die Erinnerung an die Opfer aus dem Gedächtnis der Menschheit auszulöschen, scheiterte.

Hans ging täglich auf Arbeitssuche, aber ohne dauerhafte Aufenthaltserlaubnis waren die Möglichkeiten beschränkt. Die Genossen übertrugen ihm die Redaktion von Berichten und Broschüren, in den Nächten arbeitete er, wann immer sich die Möglichkeit ergab, in einem Fotolabor, der Lohn war gering. Immer öfter blieb er zu Hause, er spielte stundenlang mit Anja, bereitete ihre Mahlzeiten zu, in den ersten Monaten wechselte er noch Windeln. Er, der sich so lange der niedrigen Alltagsarbeit entzogen hatte, der lieber hungerte, als Schuhe zu verkaufen oder als Garçon in einem Bistro zu arbeiten, besorgte nun den Haushalt, und mit der Zeit war er damit ganz zufrieden. Sie selbst erhielt von der Partei regelmäßig Büroarbeiten, so ging es ihnen allmählich wieder etwas besser in diesem Herbst, in dem die Sowjetunion, alleingelassen in ihrer Gegnerschaft zu den Franco-Faschisten, von der Spanischen Republik abzurücken begann, in dem in Barcelona die Internationalen Brigaden verabschiedet wurden und die Schlacht am Ebro, in der siebzigtausend republikanische Soldaten und Interbrigadisten gefallen waren, mit der Niederlage der republikanischen Seite zu Ende ging.

Ihre Erleichterung war noch einmal grenzenlos, als im Oktober auch Heiner in Paris eintraf. Er hatte von der Partei den Auftrag erhalten, sich um die Spanienkämpfer zu kümmern, die seit der Auflösung der Brigaden illegal nach Frankreich strömten. Er fing sofort mit der Arbeit an. An der Rue des Vinaigriers, unmittelbar neben dem Sitz der Partei, richtete er ein Büro ein und holte Ruth Rewald als Mitarbeiterin. Während die Interbrigadisten aus Holland, Belgien, der Schweiz und den skandinavischen Ländern, denen der Übertritt nach Frankreich gelungen war, meist nach wenigen Tagen in ihre Heimat weiterreisten, war die Lage für die Genossen aus Deutschland, Österreich, Italien und für die Sudetendeutschen kompliziert. Frankreich wollte sie nicht, und in ihre alte Heimat konnten sie nicht zurück. Sie brauchten eine Unterkunft, gefälschte Dokumente und Geld, nichts davon war vorhanden. Niemand wusste, wie groß die Zahl derer war, die täglich illegal die Grenze nach Frankreich überschritten und auf die Evakuierung in ein Drittland warteten. Die Zeit drängte, die Regierung Daladier verschärfte die Grenzüberwachung, wer nicht nach Frankreich entkam, saß in der Falle. Da Paris von der Fremdenpolizei scharf kontrolliert wurde, mussten die Brigadisten in der Provinz untergebracht werden. Heiner reiste in die Departements, wo er mit französischen und emigrierten Genossen Hilfskomitees aufstellte, die bei der Bevölkerung Wäsche, Kleidungsstücke und Geld sammelten. Er fuhr in die Pyrenäen und leitete Aktionen, bei denen Interbrigadisten über die Grenzen geschleust wurden. Immer war er unterwegs. Mitunter traf sie ihn am Morgen im Büro an, er hatte zwei Stühle zusammengeschoben und schlief. Auch sie arbeitete bis zur Erschöpfung. Sie schrieb Briefe, in denen sie um Geld, Aufrufe und jede mögliche Unterstützung bat. Sie verhandelte mit der Roten Hilfe und mit den verschiedenen Spanienkomitees, die von politischen Parteien und religiösen Organisationen geleitet wurden. Sie legte eine Kartei an mit den Namen der illegalen Spanienkämpfer. Zu vielen von ihnen hatte sie persönlichen Kontakt. Es kam vor, dass ein Interbrigadist in ihrem Büro erschien, dann gab sie ihm etwas Geld, wenn es vorhanden war, oder wenn er nicht Französisch konnte, lud sie ihn zum Essen ein oder ging mit ihm Socken kaufen oder ein Hemd und gab ihm eine Anlaufadresse. Gelegentlich brachte sie einen Brigadisten nach Hause mit, wie sie vor Jahren in Berlin manchmal einen arbeitslosen oder im Straßenkampf verwundeten Genossen nach Hause mitgenommen hatte, er schlief auf dem Sofa, nachdem er sich von Anja ihre Spielsachen hatte zeigen lassen. Jeden Morgen fuhr sie mit der Metro in Richtung Clignancourt. An der Gare de l'Est stieg sie aus und ging den Boulevard de Magenta hinunter zur Rue des Vinaigriers. Meist brachte sie vom Bistro an der Ecke eine Tasse Kaffee und ein paar Croissants mit, für den Fall, dass Heiner die Nacht im Büro verbracht hatte. In den ersten Wochen hatte sie noch einmal mit ihm geschlafen, aber die frühere Leidenschaft hatte sich nicht eingestellt, sie waren beide zu beschäftigt oder zu erschöpft und die Situation zu verwikkelt. Die Zusammenarbeit wurde dadurch erleichtert. Sie und Hans freuten sich, wenn Heiner zu Besuch kam und mit Anja spielte, Hans spielte mit, dann fand sie, das Kind habe nicht die schlechtesten Väter. Es war, trotz des Schweren, eine gute Zeit. Sie fühlte sich als Teil weitgespannter Bemühungen, sie erfüllte eine Aufgabe, deren Nützlichkeit ihr unmittelbar vor Augen stand.

Immer seltener besuchte sie Exilveranstaltungen oder Parteitreffen. Sie nahm an der Gründungsversammlung der Freien Deutschen Frauengruppe teil, zu der Lisa Kirbach und Martha Berg-André ins Café Mephisto eingeladen hatten. Und als Anna Blanc vom Comité Mondial des Femmes sie bat, einen Beitrag über das Familienleben in Nazideutschland zu schreiben, sagte sie zu, obwohl sie nicht wusste, wann sie Zeit dazu finden würde. Einmal, nach einer Aussprache in der Schriftstellergruppe der Partei, hatte sie mit Anna Seghers zusammengesessen. Die Kollegin war verärgert, weil die Genossen an der Unterscheidung zwischen politischen und wirtschaftlichen Flüchtlingen festhielten. In den ersten Jahren des Exils, sagte sie, nachdem der Garçon zwei Gläser Wein vor sie hingestellt hatte, habe sie solche Unterscheidungen ebenfalls gemacht. Eine Einladung Kestens, bei einer Anthologie mit Beiträgen von jüdischen Autoren mitzumachen, deren Bücher die Nazis verbrannt hatten, habe sie seinerzeit abgelehnt. Der Entscheid scheine ihr auch heute nicht falsch. Da aber die Verfolgung der Juden immer hemmungsloser werde, müssten die Genossen sich vor Dogmatismus hüten. In manchen Köpfen geistere Marx' Schrift *Zur Judenfrage* herum, die in einem sehr anderen historischen Augenblick entstanden sei. Juden gleich Kapitalisten, jüdische Emigration gleich Wirtschaftsemigration. Humbug. Nicht weniger einfältig sei die Formel, Juden gleich Kommunisten. Beides höre man von dem Nazigesindel, von den Genossen erwarte sie etwas anderes. Die Exilierten, alle Exilierten, ob arm oder reich, ob Juden oder nicht, hatten Deutschland verlassen, weil ihnen das Leben dort zu sauer und zu gefährlich geworden war. Sie in Gruppen zu unterteilen und die eine Gruppe über die andere zu stellen widerspreche dem Geist der Volksfront. Sie zündete sich eine Zigarette an, beim Ausblasen des Rauchs kniff sie das rechte Auge zusammen. Ruth Rewald betrachtete ihr Gesicht. Klare, ebenmäßige Züge, große Augen, ein ruhiger Blick. Das Haar, aus der hohen Stirn gekämmt und im Nakken zu einem Dutt gefasst, der von einer Spange aus dunklem Schildpatt zusammengehalten wurde, begann weiß zu werden. Sie war noch keine vierzig Jahre alt. Ruth Rewald wusste wenig über sie, Anna Seghers behielt ihr Privatleben für sich. Mit dem Mann und den Kindern lebte sie abseits vom Betrieb in einem Vorort. Neben der Arbeit an Romanen und Erzählungen verfasste sie Artikel und Aufrufe und hielt Vorträge, daneben besorgte sie den Haushalt. Sie trug ein dunkelblaues Kleid mit weißen Punkten und einem breiten weißen Kragen, das ihr, zusammen mit dem Dutt, etwas Matronenhaftes und Altmodisches verlieh. Fast konnte es scheinen, als ob sie sich angesichts der Radikalität ihres Schreibens tarne. Unterscheidungen zwischen Exilanten, sagte Anna Seghers, sofern sie wirklich notwendig seien, sollten nicht bei den Motiven der Emigration ansetzen, sondern bei der Frage, wo der Exilierte im Kampf gegen den Faschismus heute stehe. Die Gründe, warum einer das Exil wähle, seien ohnehin nicht sauber auseinanderzuhalten. Ruth Rewald und sie selbst seien als Kommunistinnen ins Exil gegangen, aber wenn sie keine Kommunistinnen wären, säßen sie wohl ebenfalls hier. Es sei ein Fehler, die antisemitische Energie der Nazis zu unterschätzen. Ruth Rewald war überrascht. Sie hatte Anna Seghers noch nie von ihrem Judentum sprechen hören, auch in ihren Büchern fand sich kein Hinweis darauf. Es gehe um die Klassenfrage, nicht um die Rassenfrage, pflegten die Genossen zu sagen. Aber die Einsicht, dass die sogenannte Rassenfrage mehr war als eine Finte, mit der die Nazis von ihrer Verfolgung der Sozialisten und Kommunisten ablenken wollten, drängte sich ihr immer mehr auf. Seit sie Brechts Szene mit der jüdischen Frau gesehen hatte, verfolgte sie die antijüdischen Aktionen der Nazis noch aufmerksamer. Da bahnte sich etwas an, auch wenn das Ziel im vagen blieb. Dass die Juden nach Afrika verschickt oder ausgerottet werden sollten, gehörte ins Reich antisemitischer Phantasien.

Sie hatten über die Arbeit gesprochen. Anna Seghers steckte tief in der Niederschrift eines Romans, der den Ausbruch eines Häftlings aus einem Konzentrationslager zum Thema hatte und davon handelte, wie es ihm auf der Flucht durch Nazideutschland erging. Wo sie das veröffentlichen werde, meinte sie, sei ihr schleierhaft, bald bleibe nur noch die Sowjetunion, und auch da könne das Buch wohl nur in der Übersetzung erscheinen. Sie erkundigte sich nach Ruth Rewalds Spanienbuch. Es ist abgeschlossen, sagte Ruth Rewald, aber ich habe keine Aussicht, es zu veröffentlichen. Sie beschrieb ihre Schwierigkeiten mit einem Kriegsbuch für Jugendliche. Das sei für sie kein abstraktes Problem, immer habe sie an ihre kleine Tochter denken müssen bei der Frage, was Kindern und Jugendlichen zugemutet werden könne. Anna Seghers sagte, das beschäftige auch sie, ihr Sohn sei zwölf, die Tochter zehn, sie läsen, was ihnen in die Finger gerate. Nach all dem Schweren, das die Kinder im Exil schon durchgemacht hatten, fände sie es falsch, sie mit zeitlosen, harmonischen Geschichten abzufüttern. Die Wahrheit über die Welt, in die sie hineinwuchsen, sei ihnen zumutbar, Emigrantenkinder seien keine schwächlichen Pflanzen, die in fremder Erde nicht Wurzeln fassen könnten. Ruth Rewalds Argument, über das, was Jugendlichen zugemutet werden könne, entscheide nicht die Literatur, sondern die Wirklichkeit, treffe das Problem. Sie zähle darauf, die Geschichte von den vier spanischen Jungen eines Tages ihren Kindern zu lesen geben zu können.

Wenige Tage nach diesem Gespräch meldeten die Zeitungen, ein siebzehnjähriger jüdischer Exilant aus Hannover habe auf einen Beamten der deutschen Botschaft in Paris geschossen. Herschel Grynszpan, so hieß der Attentäter, war, nachdem er von den deutschen Behörden kein Ausreisevisum für Palästina erhalten hatte und die erhoffte Spenglerlehre nur den sogenannten Ariern offenstand, illegal nach Frankreich ausgewandert. Im August wurde er angewiesen, das Land zu verlassen. Ende Oktober, er hielt sich noch immer in Frankreich auf, erfuhr er, dass seine aus Polen stammenden Eltern und die Geschwister auf Grund eines polnischen Erlasses nach Polen zurückzukehren hatten. An der Grenze verweigerten ihnen die polnischen Behörden die Einreise ins eigene Land. Polen wollte nicht die Juden zurückhaben, sondern nur deren Geld. Der angeschossene Beamte starb zwei Tage nach dem Attentat. Noch in derselben Nacht wurden in Deutschland Synagogen angezündet, jüdische Läden und Wohnungen zertrümmert, jüdische Frauen und Männer zusammengeschlagen und in Konzentrationslager gebracht. Reichskristallnacht nannten die Nazis ihre Aktion. Das Wort Kristall ließ Ruth Rewald an Festliches denken, an Leuchter, an erlesenes Gedeck. In der Wortfügung der Nazis bedeutete es Dreck. Die westlichen Zeitungen, sagte Kantorowicz, als er Ruth Rewald in jenen Tagen im Büro in der Rue des Vinaigriers besuchte, berichteten voller Abscheu über den Judenpogrom in Deutschland, zu den Kommunistenpogromen hatten sie geschwiegen. Immerhin sei nun selbst in Deutschland der Abscheu vor einem solchen Umgang mit den Juden allgemein. Von anderen Genossen allerdings hörte sie, der größte Teil der Bevölkerung habe zugeschaut oder der Zerstörung applaudiert.

Noch ein anderes Gespräch hatte sich ihr ins Gedächtnis gegraben. Ende Dezember war unter den Genossinnen und Genossen bekannt geworden, dass Kolzow in Moskau verhaftet worden war. Da fiel ihr ein, dass sie am Brecht-Abend in der Salle d'Iéna mit Maria Osten die Adressen ausgetauscht hatte. Sie rief die Kollegin an, und in den ersten Januartagen war Maria Osten mit ihrem Jungen in die Rue Daguerre gekommen. Der Knabe hatte Anja eine Babuschka mitgebracht und zeigte ihr, was es damit auf sich hatte. Dabei plapperte er russisch und französisch durcheinander, Anja antwortete in einem Gemisch aus deutsch und französisch. Unsere Kinder haben keine Muttersprache, sagte Maria Osten leise, nachdem Ruth Rewald Tee aufgesetzt und sie es sich in der Wohnecke bequem gemacht hatten. Als ich Jusik im Kinderheim in Madrid abholte, begann er gerade zu sprechen. In den beiden Jahren in Moskau hat er nur russisch gesprochen. Sie stockte, blickte unruhig hierhin und dorthin. Jetzt ist er drei Monate in Paris und lernt im Kinderhort Französisch, sein Spanisch hat er längst vergessen, er ist noch nicht vier. Sie zog ein Päckchen Gauloises bleues hervor. Camel kann ich mir nicht mehr leisten, sagte sie mit einem zerfahrenen Lächeln. Sie zog den Rauch in die Lungen. Eine Weile saßen sie schweigend. Maria Ostens Gesicht war bleich, ihre Augen ohne Glanz. Sie nahm ihren Gedankengang wieder auf. Auch uns haben sie die Sprache genommen, das Wichtigste, was uns von unserer deutschen Identität geblieben ist. Erneutes Schweigen, sie zog an der Zigarette, dann sagte sie so leise, dass Ruth Rewald sie kaum verstand: Mutter und Kind sollten die gleiche Sprache sprechen, das ist doch nicht zuviel verlangt. Ruth Rewald erhob sich und machte sich in der Kochnische zu schaffen. Sie suchte ihre Bestürzung vor Maria Osten zu verbergen. Erst jetzt wurde ihr klar, wie furchtbar die Verhaftung Kolzows die Freundin getroffen hatte. Die Vorgänge in der Sowjetunion, die für sie immer unwirklicher geworden waren, reichten plötzlich bis in die Wohnung in der Rue Daguerre, wo Anja neben ihren Spielsachen eingeschlafen war und Jusik beim Spielen halblaut vor sich hin summte. Sie nahm sich mit dem Teefilter Zeit. Nimmst du Cognac in den Tee? Maria Osten nickte, zündete sich an der abgerauchten Zigarette eine neue an. Sie versanken in Schweigen. Nach einer Weile begann Maria Osten über Kolzows Verhaftung zu sprechen. Sie sagte, sie werde nicht tatenlos warten, der erste Schock sei vorüber. Ein Irrtum liege vor, der werde sich aufklären. Fehler kämen vor. Ein Mann von der Bedeutung Kolzows, einer der Großen der Epoche. Die Genossen, bis hinauf zu Stalin, wüssten, was sie an ihm hätten. Bei so vielen Schuldigen sei es nicht zu vermeiden, dass auch einmal ein Unschuldiger verdächtigt werde. Sie nahm einen Schluck Tee. Ihre Stimme war müde und bitter, die Sätze klangen wie auswendig gelernt. Vielleicht rufe sie Dimitroff an oder Stalin, sie kenne ihn ja. Sie fügte etwas von einem getäfelten Saal im Kreml hinzu. Hast du gewusst, Maria Osten blickte auf einen Punkt an der Wand, dass Kolzows wirklicher Name Friedland ist? Bevor Ruth Rewald antworten konnte, brach sie in Schluchzen aus, ihr Gesicht war grau. Als sie sich gefasst hatte, sagte sie, das Schwerste sei, dass sie nicht wisse, mit wem sie über diese Angelegenheit sprechen könne. Vielleicht habe sie Ruth Rewald mit ihrer Geschichte zuviel zugemutet, als Kommunistin würde sie es begreifen, wenn sie ihr misstraute. Ruth Rewald schüttelte den Kopf, ich habe es aufgegeben zu verstehen, was drüben vorgeht. Nach einer Weile legte sie die Hand auf Maria Ostens Arm, es war eine hilflose Geste angesichts der Bodenlosigkeit der Situation.

Später hatten sie das Teegeschirr in die Kochnische getragen. Während sie die Tassen spülten und abtrockneten, sagte Maria Osten, tausendmal habe ich mich in den vergangenen Wochen gefragt, wie es dahin hat kommen können. Erinnerst du dich an Olga Benario? Weißt du noch, wie begeistert wir waren von ihrer Unverschämtheit? Wir wollten sein wie sie. Freche Frauen. Einen Verein wollten wir gründen. Ruth Rewald musste sich anstrengen, um die kaum hörbaren Worte zu verstehen. Ich war eine freche Frau. Ich habe ein freches Leben geführt. Maria Osten stockte. Ich habe mir Dinge angemaßt. Ich habe die Rolle nicht gespielt, die von mir erwartet wurde. Ruth Rewald sagte sanft, du sprichst in der Vergangenheit. Maria Osten schien sie nicht zu hören. Ich habe gelebt, wie es mir richtig schien. Wem es nicht passte, der konnte mir in die Schuhe blasen. Außer Kolzow. Sie brach ab. Nach einer Weile sagte sie tonlos, was haben sie mit Olga Benario gemacht. Das Kind haben sie ihr weggenommen, ins Konzentrationslager haben sie sie gebracht. Sie haben ihr die Wildheit ausgetrieben. Ruth Rewald sagte, das Kind ist gerettet, die brasilianische Großmutter hat es aus Deutschland herausgeholt. Maria Osten nickte, ihre Hand umklammerte den Wasserhahn, die Finger waren gelb vom Nikotin. Ich habe die alte Frau sprechen hören, sagte Ruth Rewald, hier in Paris sprach sie vor Tausenden, ich hatte damals meinen dicken Bauch. Sie ist eine freche Frau, auch wenn sie nicht so aussieht. Maria Osten blickte auf ihre Hand, die den Wasserhahn umklammert hielt. Es ist nicht unsere Schuld, sagte Ruth Rewald hilflos, wenn wir wenig erreicht haben. Die Zeit stand nicht dafür. Sie hatte etwas ganz anderes sagen wollen, aber die Worte, die jetzt nötig gewesen wären, stellten sich nicht ein. Maria Osten zog den Mantel an. Zum Abschied hatten sie sich umarmt, dann hatte Maria Osten Jusik, der auf dem Bett eingeschlafen war, auf die Arme genommen und war mit ihm die Stiege hinuntergegangen.

Du weißt, dass es gefährlich sein kann, weiter mit Maria Osten zu verkehren, hatte Hans am anderen Morgen beim Frühstück gesagt. Sie hatte aufbrausen wollen, ob er vielleicht glaube, Kolzow sei ein Agent der Nazis. Aber sie hatte nichts gesagt, sie verstand, dass Hans aus Sorge um sie sprach. Außerdem hätte er sie fragen können, woher sie wisse, dass Kolzow unschuldig sei. Sie achtete nicht auf seine weiteren Worte, ihr war Maria Ostens Bemerkung eingefallen, dass Kolzows Name Friedland sei. Was hatte sie damit sagen wollen? Viele Genossen hatten in den Jahren der Revolution ihre Namen geändert, Trotzki und Kamenew, Sinowjew und Radek, das war bekannt. Der *Stürmer*, das Hetzblatt, höhnte oft genug über den verjudeten Bolschewismus, nannte auch Bucharin, Rykow, Tomski und andere. Nicht aber Stalin. Pech gehabt. Stalin war kein Jude, sondern ein Georgier. Rasserein. Warum stockte sie? Was wollte sie nicht denken? Dass auch Stalin keinen verjudeten Bolschewismus wollte? Der Boden schwankte unter ihren Füßen. Wenn die Vorgänge nicht mehr fassbar scheinen, gerade dann muss unsere Vernunft einsetzen. Wo hatte sie das nur gelesen? An diesen Gedanken klammerte sie sich. Die Sowjetunion entledigt sich ihrer Feinde, ob Juden oder Nichtjuden. Wie viele Juden, wie viele Nichtjuden? Welches Verhältnis ist akzeptabel? Eins zu zehn? Eins zu fünf? Das sowjetische Gericht, sagte Hans, werde entscheiden, ob Kolzow schuldig sei oder nicht. Eins zu drei? Oder, sagte er, Babel? Ob Babel schuldig sei oder nicht. Aber Babel, der *Budjonnys Reiterarmee* geschrieben hatte, war unschuldig. Und auch Kolzow war unschuldig. Beide Juden. Nein, es gab keinen Trost. Der Ort, der ihren Gram hätte lindern sollen, hatte versagt. Die Schatten der Statuen wurden länger. Verkehrslärm drang an ihr Ohr, der Abendverkehr hatte eingesetzt. Das war ihr recht. Die heilende Wirkung der Stille auf ein wundes Gemüt wurde überschätzt. Sie erhob sich und glättete den vom Sitzen im Gras zerknüllten Rock. Die Bluse war von Anjas Händchen verdreckt, die würde sie später noch waschen müssen. Viens, ma petite. Sie nahm das Kind bei der Hand und spazierte, den Kinderwagen vor sich herschiebend, an den Gräbern vorüber. Der Kies knirschte unter den Rädern des Kinderwagens.

Im Dezember mehrten sich die erregten Briefe ihres Vaters. Er hatte sich endlich doch entschlossen, Deutschland zu verlassen. Dauernd ersann er neue Pläne, schickte ihr verschlungene Anweisungen, verbunden mit Fragen, Adressen und Hinweisen auf Freunde und Bekannte, die vielleicht helfen konnten. Er wollte sich das Visum für Frankreich besorgen, die Affidavits für die Vereinigten Staaten hatte er bereits, davon werde er ihr Kopien und die dazugehörigen Begleitbriefe schicken, damit sie seine Angelegenheit in Paris voranbringe. Er bat sie, sich bei Onkel Bruno zu melden, der ebenfalls in Paris weile und manches in Bewegung setzen könne (Telefon Jasmin 4848). Sie solle ihm erläutern, dass er beabsichtige, während der Zeit, in der er in Paris auf die Weiterreise warte, für einen Kompagnon ein Geschäft einzurichten. Falls Onkel Bruno einwende, dazu sei die finanzielle Basis zu schmal, solle sie sagen, das Büro könne sich rasch zum Sitz für den Gesamtexport aus Europa entwickeln. Dem folgenden Brief lag eine Steuerbestätigung des Finanzamts bei, ein Brief der Chase National Bank, eine Erklärung von einem Mr. Spiegel, dass die Anwesenheit des Vaters in den Vereinigten Staaten aus Geschäftsgründen dringend notwendig sei, sowie ein Formular, worin Mr. Spiegel sich verpflichtete, die finanzielle Verantwortung für den Vater zu übernehmen. Obendrein teilte der Vater ihr mit, seine polnische Schwägerin werde mit ihm reisen, Ruth solle sich erkundigen, ob das Transferabkommen zwischen Polen und Frankreich es erlaube, größere Beträge aus Polen nach Frankreich zu überweisen, wenn ja, bitte er sie, die notwendigen Anträge zu stellen und die Formulare auszufüllen und an ihn zu schicken. Von Hand stand unter dem Brief: Innigste Grüße an euch beide und Anja, Prost 1939.

Wie Papa sich das vorstelle, hatte sie in der Neujahrsnacht zu Hans gesagt, während sie darauf warteten, dass es Mitternacht schlug. Ich weiß nicht, wie ich uns drei durchbringe, da soll ich mich auch noch um Schwägerinnen, Tanten und Onkel kümmern. Die Sache mit dem Kompagnon ist hirnrissig, keine Minute werde ich darauf verschwenden. Sie putzte sich die Nase. Papa gibt sich wie ein großer Herr, der eine Geschäftsreise plant, statt wie ein Flüchtling, der seine Haut retten will. Nichts hat er begriffen, sie wischte mit der Hand die Brotkrümel zusammen. Ich möchte ihm helfen, aber ich weiß nicht, wie.

Warum er so lange nichts von ihr höre, schrieb der Vater im Januar. Falls sie für seine Angelegenheiten keine Zeit finde, solle sie es ihm sagen, er wisse, dass sie ihre eigenen Sorgen habe. Nein, das weiß er nicht, sagte sie, er denkt nur an sich. Sie schrieb ihm einen langen Brief, worin sie ihm mitteilte, dass sie erstens mit Onkel Bruno telefoniert habe und von Tante Paula am Telefon wie Dreck behandelt worden sei; dass sie zweitens den Kompagnon in drei Tagen sechsmal angerufen habe, wobei sie, weil das Telefon bei der Concierge nicht funktionierte, jedesmal zur Post gehen und dort auf eine freie Telefonkabine habe warten müssen, und als sie ihn endlich erreichte, sei er gerade verreist; dass er drittens die Informationen über den französisch-polnischen Devisenverkehr leichter in Wien erhalten könne; dass sie viertens bei der Préfecture den von ihm gewünschten Antrag gestellt habe und auf Bescheid vom Commissariat de Police warte, was, wie sie von anderen Emigrantinnen wisse, Monate dauern könne, und dass sie fünftens außer sich sei, weil Anja, als sie sie bei der Arbeit auf den Schoß genommen habe, einen Teil der Unterlagen zerrissen und sogar ein paar Fetzchen verschluckt habe. Der Vater antwortete umgehend, der Zusammenstoß mit Tante Paula tue ihm leid, dem Kompagnon solle sie klarmachen, dass von ihm kein Kapital erforderlich sei, da alle Kunden Akkreditive stellten, die Frage des französisch-polnischen Devisenverkehrs ließe sich in Wien nicht klären und er habe Tränen darüber gelacht, dass Anja die Formulare zerrissen habe. Die Pläne des Vaters änderten sich von Woche zu Woche. Papiere, die sie endlich erhalten hatte, wurden nicht mehr benötigt, oder sie mussten erneuert werden, weil sich ein Datum geändert hatte oder eine neue Bestimmung erlassen worden war, oder sie hatte übersehen, dass ein Dokument abgelaufen war, und die ganze Mühe begann von vorn.

Im März erlebte sie einen Schrecken. Als sie mit dem Kind von einem Spaziergang nach Hause kam, hatte es glühend heiße Wangen, das Fieberthermometer zeigte fast vierzig Grad. Was für eine Rabenmutter war sie, die nicht merkte, dass das Kind krank war und auf dem Spaziergang, wie sie sich jetzt zu erinnern glaubte, zeitweise mehr getorkelt als gegangen war. Pourquoi ne m'as-tu pas dit que tu te sens mal? Das Kind hatte nur gelacht. Die Tage im Bett, bis die Grippe abgeklungen war, ertrug es mit Geduld. Quengelig wurde es erst, als es fieberfrei war und der Arzt, ein Exilant ohne Arbeitsbewilligung, der Mitexilanten illegal betreute, entschied, dass es erst am nächsten Tag aufstehen dürfe. Als sie dem Arzt das Wintermäntelchen zeigte, das sie für das Kind gekauft hatte, sagte er, es sei für diesen kalten Winter zu dünn. Nachdem er gegangen war, starrte sie eine Weile am Tisch vor sich hin, weil nicht genug Geld da war, um ein wärmeres Mäntelchen zu kaufen. Es gab auch leichte Momente. Das Kind sei zu dick, hatte sie Hans schon mehrmals geklagt, es habe Pausbacken, das sei keineswegs niedlich, sondern ungesund, wer als Kind dick sei, bleibe es als Erwachsener. Hans hatte sie ausgelacht. Sie fühlte sich unverstanden, klagte dem Vater ihre Sorge. Der schrieb zurück, er sei als Kind ebenfalls klein und plump gewesen, habe aber später doch das Gardemaß erreicht. Anjas Rundlichkeit werde sich zu einer schönen Figur auswachsen, sie sei schließlich eine Rewald. Als eine entfernte Verwandte ihr empfahl, sich in den Angelegenheiten des Vaters an einen bekannten Preisringer zu wenden, hatte sie lachen müssen, aber es war kein frohes Lachen gewesen, sie wusste, dass sie es sich nicht leisten konnte, irgendeine Möglichkeit, und sei es die verrückteste, ungenutzt zu lassen. Mehr Erfolg versprach der Kontakt zu Georg Bernhard, dem ehemalige Chefredakteur der *Vossischen Zeitung*, dessen Arbeiten die Nazis als demokratisch-jüdisch (was war für die eigentlich nicht jüdisch?) auf den Scheiterhaufen geworfen hatten. Er war ein Freund des Vaters, er gehörte im Exil zur Prominenz, gab das *Pariser Tageblatt* heraus und arbeitete im Vorbereitungsausschuss der deutschen Volksfront mit. Auf ihren Bittbrief erhielt sie von Bernhards Sekretär einen Termin, aber als sie vorsprechen wollte, war der wichtige Herr nicht da. Sie schrieb ihm nochmals, sie wartete noch immer auf Antwort. Den Vater bat sie, nicht ungeduldig zu werden, sie wisse, wie schwer dieses Warten für ihn sei.

Ende Januar, als die Franco-Truppen Barcelona besetzten, öffnete Frankreich endlich die Grenzen. Mit den hunderttausend katalanischen Flüchtlingen waren auch Reste der republikanischen Armee und der Internationalen Brigaden nach Frankreich gekommen. Die Arbeit im Spanienbüro an der Rue des Vinaigriers hatte noch einmal zugenommen. Aber schon zwei Wochen später hatten die Franco-Truppen die französische Grenze erreicht, und alles war zu Ende. Seither ging die Arbeit zurück, sie nahm einmal mehr, was sie fand, auch Hans lief viel herum, sie sah ihn tagelang kaum. Sie lebten von der Hand in den Mund. Mitte März marschierte die Wehrmacht in Prag ein, wenig später wurde das Memelgebiet besetzt, und am Ende des Monats fiel Madrid. In den ersten Apriltagen, während italienische Truppen Albanien einnahmen, hatte sie einen Zuschneidekurs besucht. Papier, Zentimetermaß und Schere hatte sie mitgebracht, zwei Schneiderinnen zeigten, wie ein Sommerrock geschneidert wurde. Die sowjetischen Genossen stellten Schiffe zur Verfügung, um die aus Frankreich abgeschobenen Spanienkämpfer in die Sowjetunion zu bringen. Noch einmal hatte sie Listen geschrieben und ihre Kartei durchforscht, um sich mit den über ganz Frankreich verstreuten Interbrigadisten in Verbindung zu setzten. Oft stimmten die Adressen nicht mehr, dann begann ein verzweifeltes Suchen, das häufig im Misserfolg endete. Als Heiner ihr die Liste mit den Namen für die *Wladimir I. Schkiriatow* gab, die am dritten Mai Le Havre verlassen sollte, stockte ihr der Atem. Unter den Passagieren waren Maria Osten und Jusik. Ich rufe sie an, sagte sie. Überleg dir das, hatte Heiner geantwortet, was weißt du über diese Angelegenheit? Warum fährt sie überhaupt hin? Was will sie dort? Seit der Verhaftung hat niemand etwas von Kolzow gehört. Sie wird in seine Sache hineingezogen werden, ob er schuldig ist oder nicht, begreift sie das nicht? Sie glaubt, dass sie ihm helfen kann, sagte Ruth Rewald, sie kennt dort viele. Ich wüsste nicht, sagte Heiner halb zu sich selbst, wer dem noch helfen kann.

Heiner hatte gesprochen wie jemand, der das Verhängnis kommen sieht und keine Miene macht, sich davor zu bewahren. Dass jede und jeder unter die Verdächtigen geraten konnte, war ihr klar. Was ihr Grauen einjagte, war der Fatalismus, mit dem die Genossen dieser Möglichkeit entgegensahen. Und was hätten sie anderes tun können? Aus der Partei austreten, gerade jetzt, wo der Feind, von keiner Macht an seinen Unternehmungen gehindert, sich auf den großen Schlag vorbereitete, dessen erste Opfer, wie immer der Krieg verlaufen mochte, sie sein würden, die Linken, die Juden und Exilanten? Das war undenkbar. Die Partei war ihr letzter Halt, und wenn die Partei sie vernichtete, so war das nur eine andere Form der Vernichtung, die sie ohnehin erwartete. Sie trat durch das Friedhofstor auf die Rue Froidevaux, wo das Leben seinen alltäglichen Gang ging. Ihre Lage war ausweglos. Die Abenddämmerung hatte eingesetzt, und es war kühler geworden. Anja war im Kinderwagen eingeschlafen. Sie überquerte die Straße, ging die Rue Gassendi hinauf und bog bei der Kreuzung in die Rue Daguerre ein.

27

Unterdessen weilte der österreichische Bundeskanzler Schuschnigg bei Hitler in Berchtesgaden, und die Truppen des Generalissimo Franco eroberten Teruel, und in einem Pariser Krankenhaus starb unter ungeklärten Umständen der älteste Sohn von Leo Trotzki. Die Wehrmacht marschierte in Österreich ein, DuPont stellte eine Zahnbürste aus einem synthetischen Polymer (Nylon) her, und Olga Benario im Weibergefängnis an der Barnimstraße schrieb dem in Rio in Einzelhaft verwahrten Luiz Carlos Prestes, man habe ihr das Kind weggenommen und Dona Leocádia übergeben. In dieser Situation habe sie die Wahl zwischen Zerbrechen und Sichverhärten. Er wisse, dass für sie nur das Letztere in Frage komme. Den nächsten Brief erhielt Prestes aus der alten Festung Lichtenburg in Prettin, Kreis Torgau, einst Witwensitz sächsischer Kurfürsten, im Laufe der Jahrhunderte immer von neuem Gefängnis, Strafanstalt, Zuchthaus, jetzt Frauenkonzentrationslager, im Krieg Standort für SS-Verbände, Jahre nach dem Krieg würde im Bunker des ehemaligen Konzentrationslagers eine Mahn- und Gedenkstätte eingerichtet werden, um deren Erhalt ab Mitte der neunziger Jahre gerungen werden würde. Die ersten Wochen verbrachte Olga Benario in einer der fensterlosen Strafzellen im Kellergewölbe. In ihren Briefen findet sich kein Hinweis darauf, auch die Prügelstrafe, die bei dieser sogenannten Bunkerhaft üblich war, ist mit keinem Wort erwähnt, was angesichts der Briefzensur nicht verwundert. In dieser Zeit wurde Lord Halifax britischer Außenminister, die Sowjetunion kündigte den dritten Schauprozess gegen den Block der Rechten und Trotzkisten an, und Otto Hahn und Lise Meitner versuchten, durch Beschießung mit langsamen Neutronen den Kern des Urans zu spalten. Der mexikanische Präsident Lázaro Cárdenas verstaatlichte die Erdölindustrie, die japanische Besatzungsarmee rief im chinesischen Nanking eine ihr ergebene Regierung aus, Willi Münzenberg löste seine Verbindung zur kommunistischen Partei, und Luiz Carlos Prestes schrieb Olga Benario, Anita solle nach dem Vorbild ihrer Mutter erzogen werden. Olga Benario widersprach. Für den Teufelsbraten sei es jetzt wichtig, dass er dem Beispiel des Vaters folge, in dessen Nähe er nun leben werde. Sie setzte hinzu, es koste sie große Anstrengung, sowenig wie möglich an das Kind zu denken, aber das sei die einzige Möglichkeit, den Schmerz zu ertragen. Anfang Mai starb Carl von Ossietzky an den Folgen der in Sonnenburg und Papenburg-Esterwegen erlittenen Torturen, der Vatikan erkannte das Franco-Regime an, und die brasilianischen Integralisten zogen, Hitlers Marsch auf die Münchner Feldherrnhalle vor Augen, zum Präsidentenpalast von Rio, wo sie festgenommen wurden. Olga Benario, die das aus dem *Völkischen Beobachter* erfahren hatte, der einzigen Zeitung, die sie lesen durfte, erkundigte sich bei Prestes, ob dieses Geschehen für ihn Folgen habe. Sie verbringe, schrieb sie weiter, viele Stunden mit Strickarbeiten für ihn und das Töchterlein und habe den Roman O *guarani* von José de Alencar gelesen, auf portugiesisch, wobei sie das Wörterbuch immer seltener benutzt habe. Der sowjetische Außenminister Litwinow versprach der Tschechoslowakei Unterstützung im Fall eines deutschen Angriffs, in Marseille fand der Weltkongress der Frauen für Frieden und Demokratie statt, und in Paris wurden Szenen aus Brechts *Furcht und Elend des III. Reiches* aufgeführt. Ödön von Horváth, als er die Champs-Élysées überquerte, wurde auf der Höhe der Avenue Marigny von einem Ast erschlagen, den der Sturm losgerissen hatte, und auf Jamaika streikten die Hafenarbeiter. Olga Benario schrieb an Prestes, ihre Sehnsucht nach dem Kind sei so groß, dass sie manchmal voller Hass auf ihre nutzlosen Arme blicke, dazu geschaffen, Anita zu tragen, und auf ihre Hände, dazu bestimmt, das Kind zu liebkosen. In der Exilzeitschrift *Das Wort* wurde die Debatte über den Expressionismus abgeschlossen, im Fernen Osten der Sowjetunion, im Grenzgebiet von Mandschukuo, begannen Kämpfe zwischen sowjetischen und japanischen Truppen, Jean Brusselmans malte eine große Winterlandschaft, Paul Klee sein *Liebeslied bei Neumond* und Marc Chagall *Die Liebenden mit dem Eiffelturm*. Heinrich Himmler besuchte die Lichtenburg, und nach seiner Abreise schrieb Sabo, die zu diesem Zeitpunkt ebenfalls hier verwahrt wurde, an ihre Schwägerin Minna Ewert in London, der Besuch des Herrn Reichsführers habe in das Leben der Gefangenen große Freude gebracht. Der Herr Reichsführer habe mit jeder Einzelnen gesprochen und einigen die Freiheit versprochen, sie selbst gehöre allerdings nicht zu den Glücklichen. Hingegen habe der Herr Reichsführer ihr sehr ernst aufgetragen, ihre Verwandten in London davon in Kenntnis zu setzen, dass die Regierung des Deutschen Reichs es nicht gern sehe, wenn vom Ausland her Druck ausgeübt werde, um die Entlassung einer Inhaftierten herbeizuführen. Sie habe, fuhr Sabo fort, keine Ahnung, was in der Welt vorgehe, und könne sich nicht vorstellen, dass Minna mit diesen Dingen etwas zu tun habe. Sollten in den Zeitungen des Auslands Aufrufe zu ihrer Befreiung erschienen sein, so sei das wohl auf die Ereignisse in Brasilien zurückzuführen. Eine unwichtige Person wie Minna könne die Presse kaum dazu bringen oder daran hindern, sich mit diesen Dingen zu beschäftigen, wenn sie es auch noch so eifrig versuche. Daraufhin unternahm Minna Ewert noch eifrigere Anstrengungen, um die Zeitungen dazu zu bringen, sich mit dem Martyrium ihrer Schwägerin und ihres Bruders zu beschäftigen. Unterdessen löste Franz Dahlem in Paris Walter Ulbricht an der Spitze der

Kommunistischen Partei Deutschlands ab, und in Spanien begann die Ebroschlacht, Pjatnitzki, der einst in Manuilskis Büro Olga Benario für ihren Brasilienauftrag instruiert hatte, wurde vom sowjetischen Geheimdienst erschossen, Ernst Ludwig Kirchner erschoss sich selbst, und Karl Kautsky starb auch. Olga Benario erhielt von Dona Leocádia Fotos ihrer kleinen Tochter und schrieb Prestes, bestimmt vergleiche er Anitas Gesicht mit ihrem, so wie sie Anitas Gesicht mit seinem vergleiche. Sie sei in den jüdischen Zellenblock verlegt worden, den sogenannten Judenbau, wo sie Saalälteste geworden sei und französische und englische Sprachkurse leite. Manfred von Brauchitsch gewann auf Mercedes-Benz den Grand Prix von Reims (sein Erzrivale Bernd Rosemeyer war im Januar bei einer Testfahrt ums Leben gekommen), im Deutschen Reich wurde für Frauen unter fünfundzwanzig das Pflichtjahr in der Land- oder Hauswirtschaft eingeführt. Chamberlain traf sich mit Hitler, Großbritannien und Frankreich überzeugten die tschechoslowakische Regierung, Demonstranten forderten in Prag, und der Schutzverband deutscher Schriftsteller gab eine Solidaritätserklärung ab. Chamberlain unterredete sich erneut, die Tschechoslowakei gab bekannt, die Sowjetunion erklärte, Hitler verschob, und in München wurde unterzeichnet. Olga Benario schrieb an Prestes, beim Lesen seiner Briefe taue die Eiskruste auf, die sie um ihr Herz errichtet habe. Sie fügte hinzu, ihre Situation könne noch lange dauern, das sei eine Tatsache und sie sei gewohnt, mit Tatsachen zu rechnen. Die westafrikanische Eisenbahnergewerkschaft führte einen Generalstreik durch, die deutsche Wehrmacht besetzte das Sudetenland, japanische Truppen eroberten Kanton, der Arzt Salvador Allende wurde chilenischer Gesundheitsminister, und an der Ostküste der Vereinigten Staaten verbreitete ein Radioprogramm von Orson Welles Furcht und Schrecken. Olga Benario war am Rande der Umnachtung, als sie nach Wochen ohne jede Nachricht endlich erfuhr, Dona Leocádia habe mit Anita und Lygia den Atlantik überquert und in Mexiko-Stadt Asyl gefunden (Luftlinie bis Prettin: zehntausend Kilometer). In dieser Zeit mehrten sich in Deutschland antijüdische Pogrome, und in Spanien begann der Abzug der Internationalen Brigaden, und Sartre schrieb *Der*

Ekel, und in der Sowjetunion übernahm Berija als Nachfolger von Jeshow die Leitung des NKWD. Vor der Küste von Südafrika wurde ein Quastenflosser (Coelacanth) gefangen, und in einem kleinen Dorf in der Nähe von Fürstenberg, nördlich von Berlin, bauten Sträflinge an einem neuen Konzentrationslager. Olga Benario erhielt von Mithäftlingen Geschenke zu Anitas Geburtstag, darunter soll ein aus blauem Leinen geschneidertes Hütlein für Anitas Puppe gewesen sein. In Deutschland stiegen die Rüstungsausgaben, und die Arbeitslosenrate fiel, bald würden auch die ehemals Arbeitslosen fallen. Stalin genehmigte die Folterung von Häftlingen, die Faschisten eroberten Barcelona, William Butler Yeats und Papst Pius XI. starben, und in London erhielt Minna Ewert Briefe von Sabo, die sie mit Grauen erfüllten. Die Schwägerin, las sie da, habe den festen Willen, ein loyales Mitglied der deutschen Volksgemeinschaft zu werden. Während Minna Ewert es bislang verstanden hatte, Sabos Briefe gegen den Strich zu lesen, blieb ihr nun der übertragene Sinn der Sätze verborgen. Sie fragte sich zitternd, ob sie wörtlich gemeint sein könnten. Deutsche Truppen besetzten die Tschechoslowakei, Danzig und das Memelgebiet, Spanien trat in den Antikominternpakt ein und Ungarn aus dem Völkerbund aus. Die kommunistische Partei Tunesiens führte ihren ersten Parteikongress durch, in der Sowjetunion wurde über Fragen der Entwicklung der Landwirtschaft diskutiert, Deutschland und Italien schlossen den sogenannten Stahlpakt, und in Mexiko verübte der Wandmaler und Kommunist David Alfaro Siqueiros ein Attentat auf Trotzki, das fehlschlug. Olga Benario und Sabo wurden zusammen mit mehreren hundert weiblichen Gefangenen aus der Lichtenburg in das neue Konzentrationslager bei Fürstenberg gebracht, es trug den Namen Ravensbrück.

28

Ein durch Mark und Bein schneidender Pfiff, ein giftiges Zischen, ein Ausspeien von Rauchschwaden, ein Knallen und Kreischen von Puffern und Rädern, dann ein Aufstampfen, das den Bahnsteig erzittern ließ. Maria Osten hob die Arme wie zur Abwehr. Der Zug setzte sich in Bewegung. Winkende gingen, die Schritte beschleunigend, an ihr vorbei, sie blieb zurück. Die Bahnsteignummer stimmte, auch die Ankunftszeit. Hatte sie sich im Tag geirrt? Gestern war Freitag gewesen, das wusste sie bestimmt, den ganzen Tag hatte sie daran gedacht, dass morgen die Freundin ankam. Morgen war heute, also war heute Samstag. Ankomme Moskau Sonnabend, 17. Mai 1941, hatte die Depesche gesagt. Mit schleppenden Schritten, den Oberkörper vorgebeugt, ging sie zum Ausgang des Bahnsteigs. Als sie den Uniformierten erblickte, nahm sie Haltung an und sagte mit fester Stimme, Genosse Schaffner, was ist mit dem Zug aus Leningrad? Verspätung, zwei Stunden, er spuckte aus. In der Bahnhofshalle herrschte ein undurchschaubares Kommen und Gehen, Herumstehende sperrten sich gegen den Menschenstrom, harte Stimmen hallten durch den Raum. Auf einem Gepäckhaufen lag, wie hingeworfen, ein kleiner Junge, seine Glieder zuckten im Schlaf, ein kleines Mädchen las etwas vom Boden auf, bekam einen Klaps und ließ es weinend wieder fallen. Kolporteure skandierten schnarrend Schlagzeilen, Männer in abgewetzten Tuchjacken, mit zerbissenen Zigarettenstummeln im Mundwinkel, wuchteten fluchend Gepäckwagen durch die Menge, Kwassverkäufer lehnten an ihren Fässern und blickten ihr höhnisch nach. Sie wusste, dass sie beobachtet wurde, aber sie durfte sich nicht anmerken lassen, dass sie es wusste. Verdächtigte wurden beobachtet, das war klar, auch zu Unrecht Verdächtigte. Schwerfällig, als watete sie durch eine träge Flüssigkeit, ging sie zum Wartesaal. Sie ließ sich in einer Ecke nieder und tat, als wäre sie in die mitgebrachte *Prawda* vertieft. Sie wartete. Mit jedem Atemzug sog sie den Geruch von abgestandenem Rauch ein, begierig auf die Erinnerungen, die sich einzustellen pflegten, an andere Wartesäle, an Reisen, an vergangene Orte und Namen. Die Erinnerungen waren ein Museum, in dem sie sich verlieren konnte. Als Kind hatte sie mit der Mutter mehrmals das Museum für Naturkunde besucht. Zum Ostflügel hatte es sie gedrängt, wo jene Schätze zu besichtigen waren, die bedeutende Forscher, deren Namen sie in der Schule auswendig lernen musste, von Expeditionen nach Deutsch-Ostafrika zurückgebracht hatten. Sie konnte sich nicht sattsehen an den Tieren, an den ausgestopften und an den nachgemachten, die lauernd, zum Sprung bereit, auf sie blickten. Jahre später war sie nochmals hingegangen. Die ausgestopften Tiere kamen ihr trostlos vor, das Fell war matt, da und dort fehlten Haarbüschel, die Augen der Löwen und Gazellen starrten glanzlos und glasig. Die Erinnerungen waren ein Museum, aber heute schien ihr alles, was da aufbewahrt war, glanzlos und schäbig. Nein, es lohnte sich nicht, Zeit an das Vergangene zu verschwenden. Die Hände, mit denen sie die Zeitung hielt, zitterten, seit sie wieder mit dem Rauchen aufgehört hatte. Nicht dass sie erwartet hätte, in der *Prawda* einen Beitrag von Kolzow zu finden, das nicht. Und doch, wer konnte es wissen? Kolzow hatte Glück gehabt. Fünfzehn Jahre. Es hätte schlimmer kommen können. Sie hatten es ihr nicht gesagt, warum auch, sie war nicht Kolzows Frau, sie war nur seine Geliebte (beschreiben Sie ihre Beziehung zu dem Verhafteten). Aber das war nicht wenig, weshalb sonst war sie verdächtig und wurde beobachtet? Das war die Nähe zur Macht. Boris Jefimow, Kolzows Bruder, waren die Tränen über die Wangen gelaufen, vor einem Jahr, als er ihr das Urteil mitgeteilt hatte. Sie selbst hatte nicht geweint. Sie hatte Schlimmeres erwartet. Seit sie in Moskau zurück war, erwartete sie Schlimmeres, nur in der allerersten Stunde nach der Rückkehr hatte es sie unvorbereitet getroffen. Der Flur hatte sich um sie gedreht, sie hatte sich an die Wand lehnen müssen. Jusik war auf der obersten Treppenstufe vor Müdigkeit eingeschlafen, sein Köpfchen ruhte auf dem Gepäck, das neben ihm im Flur stand. Hubert, mit seinen beinahe achtzehn Jahren ein stattlicher Bursche, füllte den Türrahmen der Wohnung, eine junge Frau blickte über seine Schulter auf sie und Jusik. Sie nahm alle Kraft zusammen. Es ist meine Wohnung, hörte sie sich sagen. Hubert schwieg. Wir sind seit fünf Tagen unterwegs. Lass uns herein, wir brauchen ein Bett. Als er nicht antwortete, fügte sie hinzu, wenigstens für eine Nacht, wir sind todmüde. Er hatte den Kopf geschüttelt, ich bin Komsomolze, es gibt gesellschaftliche Interessen. Deine Beziehung zu Kolzow ... er brach ab. Als sie nichts sagte, führte er seinen Satz zu Ende: ... ist unerwünscht. Ins Treppenhaus blickend, sagte er laut: Wir halten unerschütterlich zur Partei. Ich auch, sagte sie, Kolzow ist unschuldig. Er blickte sie ungläubig an. Du kennst die Wahrheit, und alle andern irren sich? Du meinst, eine Einzelne könnte klüger sein als das Volk? Das NKWD, sagte sie, ist nicht das Volk. Stalin ist nicht das Volk? fragte er. Als sie nicht antwortete, sagte er, sie könne auf keinen Fall hier wohnen, sie müsse sich eine andere Wohnung suchen. Eine Wohnung, in Moskau? Solange du deine Beziehung zu Kolzow nicht abbrichst, kannst du hier nicht wohnen, wiederholte er. Die junge Frau schob ihn zur Seite und trat unter die Tür. Wir respektieren Sie, Genossin Maria, sagte sie mit leiser Stimme, glauben Sie mir. Aber wir möchten eine Familie gründen, sie machte eine hilflose Bewegung, wir haben erst angefangen zu leben. Maria Osten hatte eine Weile still dagestanden, dann hatte sie den schlafenden Jusik auf den Arm genommen. Die junge Frau half ihr, die Koffer wieder hinunterzutragen.

Zwei Tage später besuchte Hubert sie im Hotel Metropol, wo sie ein Zimmer unter dem Dach bekommen hatte. Er warf ihr vor, sie habe sich nie um ihn gekümmert. Wieso sie ihn damals überhaupt nach Moskau mitgenommen habe. Kolzow habe sich mehr mit ihm abgegeben als sie. Ja, er sei berühmt gewesen, mit Budjonny habe er geschmust, seine Ferien am Schwarzen Meer verbracht, ein Musterpionier, von dem ihr Buch und unzählige Zeitungsartikel berichteten und den die Mitschüler beneideten und hassten. Mit niemandem habe er sprechen können, am allerwenigsten mit ihr, sie sei nie dagewesen, mit allem habe er allein fertig werden müssen. Der Komsomol sei seine Heimat geworden, die setze er nicht aufs Spiel. Solange sie einem Volksfeind die Stange halte, könne er nicht mit ihr verkehren. Er schwieg eine Weile, dann fragte er sie, was sie sich dabei gedacht habe, als sie mit einem weiteren Kind hergekommen sei. Er selbst habe bei ihr nie gezählt, das mache nichts, aber er sei überrascht, wie leicht sie ihn durch ein anderes Kind ersetzt habe. Als er die Tür hinter sich geschlossen hatte, saß sie reglos da. Kolzow hätte jetzt die richtigen Worte gefunden, er hätte gesagt, das sei die Zeit, sie lebten in einer Zeit großer Unordnung, in der die Hoffnungen des Einzelnen zuschanden würden. Während sie dasaß, hatte sie das Gefühl, als sähe sie sich von außen. Das Gefühl hielt in den folgenden Tagen und Wochen an, in denen sie Kolzows mächtige Freunde anrief, zu Bekannten lief, Ämter und Büros aufsuchte, in Vorzimmern auf Gespräche wartete, die nicht stattfanden, Briefe schrieb, Formulare ausfüllte und Eingaben machte. Nach sechs Wochen hatte sie noch immer keine Wohnung gefunden, sie hatte keine Arbeit, sie hatte sich nicht eingelebt, die Freunde waren ihr ausgewichen, zu den Mächtigen war sie nicht vorgedrungen, sie hatte nichts erreicht. Nur auf Grigori Schneerson, den Komponisten, Buschs Klavierbegleiter, konnte sie noch zählen und auf Boris Jefimow. Eine oder zwei frühere Bekannte hatten ihr unterderhand Liebes getan. Sie sah ein, dass sie hier überflüssig war, sie vereinsamte, und allmählich gestand sie sich ein, dass der Entscheid falsch gewesen war und sie Kolzow nicht helfen konnte. Sie schrieb Fadejew, dem Sekretär des Schriftstellerverbandes, dass sie abzureisen wünsche, da ihr in Moskau jede Basis fehle, während sie in Paris für sich und ihren kleinen Sohn eine Wohnung zur Verfügung habe und ihre Arbeit bei der Internationalen Schriftstellervereinigung wieder aufnehmen könne.

Im Juni hatte die Kleine Kommission der deutschen Partei beschlossen, ihre Mitgliedschaft in der Partei, ihr Verhältnis zu Kolzow und ihre Tätigkeit in Paris zu überprüfen. In den Wochen danach war es zu einer Aussprache zwischen ihr und den Genossen Dengel, Ulbricht und Wehner gekommen. Die drei redeten, sie hörte zu, mehrmals hob sie wie zur Abwehr die Arme. Sie habe die Teilnahme an der Parteiarbeit verweigert. Sie habe sich weder mit der Politik der Partei noch mit der Theorie des Marxismus-Leninismus vertraut gemacht. In Berlin habe sie im Kreis der Mitarbeiter des Malik-Verlags und der Versöhnler Herzfelde, Ottwalt, Heartfield und Ewert verkehrt und sich mit ihnen im Café Josty getroffen. In allem werde sie von Kolzow protegiert. Ihre literarische Laufbahn wie auch ihre Tätigkeit bei der Zeitschrift *Das Wort* verdanke sie allein dieser Protektionswirtschaft, ebenso ihre Mitarbeit bei der *Deutschen Zentral-Zeitung*. Dort habe sie Umgang mit dem Halunken Frischbutter und mit der Trotzkistin Annenkowa gehabt. Auch bei der Neher sei sie ein und aus gegangen, als andere ihre Verbindung zu dieser Abenteurerin längst gelöst hatten. Als die drei schwiegen, schwieg sie ebenfalls, sie hatte nichts zu sagen, vielleicht ging der Augenblick vorüber, ohne dass sie zu antworteten brauchte. Als sie nicht länger schweigen konnte, bestätigte sie ihre Beziehung zu Herzfelde und zum Malik-Verlag, ebenso die Treffen im Josty mit Heartfield, Ewert und Ottwalt, verneinte jedoch, an gegen die Partei gerichteten Zusammenkünften teilgenommen zu haben. Zu ihrer Bekanntschaft mit Annenkowa sagte sie, als Chefredakteurin der *Deutschen Zentral-Zeitung* sei die Genossin Julia ihre Vorgesetzte gewesen. Weiterhin bestätigte sie, dass sie für Carola Neher die Zimmermiete im Savoy bezahlt und ihr gelegentlich kleine Dienste erwiesen habe. Sie schloss aus, dass Kolzow sich irgendwelche Verfehlungen gegenüber der Sowjetunion habe zuschulden kommen lassen. Zu dem Vorwurf, sie verdanke ihm ihre Karriere, äußerte sie sich nicht. Bald darauf hatte die Kleine Kommission zum zweitenmal getagt. Es wurde entschieden, ihre Parteimitgliedschaft ruhenzulassen, bis Klarheit über ihre Beziehung zu Kolzow gewonnen sei.

Sie wandte sich abermals an Fadejew. Sie verstehe nicht, schrieb sie, warum ihre Sache nicht vorankomme. Von deutschen Genossen höre sie, dass über ein Ausreisevisum allein die sowjetischen Genossen zu bestimmen hätten, von den sowjetischen Genossen erhalte sie auf ihre Briefe keine Antwort, ihre Nerven seien nicht die besten, obwohl sie glücklich sei, fügte sie hinzu, dass sie wieder einige Zeit in Moskau habe leben können. Jetzt aber wünsche sie, ihre Arbeit mit vollem Eifer in Paris fortzusetzen. Sie erhielt den Brief zurück, Fadejew hatte von Hand an den Rand geschrieben, wieso die Genossin Osten glaube, in der Frage ihrer Abreise habe der Schriftstellerverband zu entscheiden, das sei ihre private Angelegenheit. Sie sah sich vor einer Tür stehen, die ins Freie führte, die Tür war offen, aber sie konnte die Schwelle nicht überschreiten.

Die Dinge kamen nicht länger an sie heran. Die Sowjetunion hatte mit Deutschland einen Nichtangriffspakt unterzeichnet. Ihr Gehirn konnte dieses Geschehen fassen, aber es kam nicht an sie heran. Die Wehrmacht marschierte in Polen ein, darauf erklärten Frankreich und England Deutschland den Krieg, aber nichts geschah. Sie hatte noch immer keine Arbeit. Sie hob von Feuchtwangers Konto Geld ab. Gelegentlich ging sie ins Theater oder ins Ballett. Einmal war sie mit Jusik im Zirkus. Durow, ein glitzernder Clown mit einem mächtigen Wanst, führte dressierte Tiere vor. Ein steifbeiniger Wolf, von Durow an der Leine geführt, legte sich neben ein Lamm, ein Huhn flatterte auf ein Podest zu einem Fuchs. Am Ende der Nummer ergriff Durow eine Flinte. Auf sein Kommando flogen Tauben herbei und setzten sich auf den Gewehrlauf. Durow hob die Flinte an die Wange, zielte in die Zirkuskuppel und knallte dreimal los. Die Tauben blieben ruhig auf dem Flintenlauf sitzen. Mit einer Verneigung zeigte Durow dem Publikum die Flinte mit den Tauben. Jusik, vom Knallen erschreckt, weinte. Die Zuschauer um sie herum lachten. Sie wischte dem Kind die Tränen weg und sagte, du brauchst keine Angst zu haben, schau, die Tauben haben auch keine Angst. Und das Huhn hat keine Angst vor dem Fuchs und das Lamm keine Angst vor dem Wolf, schau nur.

Im Oktober wurde sie aus der Partei ausgeschlossen, da erfasste sie endlich doch ein grenzenloses Grauen. Auf jede Strafe war sie vorbereitet gewesen, aber nicht auf den Parteiausschluss. Das lag jenseits von allem Vorstellbaren. Es gab Dinge, die nicht gedacht werden konnten, wer wusste das besser als sie, in deren Mädchenjahren es ein Ereignis gegeben hatte, das nicht gedacht werden konnte. Wurde sie geprüft? Ging es gar nicht um ihre Mitgliedschaft in der Partei, sondern um ihre Vorstellungskraft? Eine Schriftstellerin muss alles denken können. Zeigen Sie uns, dass Sie eine Schriftstellerin sind, Genossin Maria. Denken Sie, was Ihnen einst in Neugolz, Landkreis Deutsch Krone, widerfahren ist. Benutzen Sie ihre Phantasie. Haben Sie es? Sie brauchen nicht zu weinen. Ihnen als Schriftstellerin sollte der Unterschied zwischen Maria Greßhöner und Maria Osten vertraut sein. Die eine ist wirklich, die andere eine Romanfigur. Aber welche? So, und jetzt denken Sie, Sie wären aus der Partei ausgeschlossen worden. Haben Sie es? Wieso soll das nicht gehen? Die Partei gibt Ihnen einen Auftrag, und Sie verweigern ihn? Wieso wollen ausgerechnet Sie in der Partei bleiben?

Brecht, der weiterhin zu ihr hielt, hatte ihr seine *Svendborger Gedichte* geschickt, die vor kurzem in Kopenhagen erschienen waren. Die Gedichte gaben Kunde von gewaltigen Kämpfen, die unter den Menschen ausgebrochen waren. Sie hatte sie langsam gelesen, jedes Wort sorgfältig hin und her wendend, nicht mehr als zwei oder drei Gedichte am Tag. Zuerst die Gedichte aus der Kriegsfibel, dann die Balladen, die Chroniken und Satiren, all die Berichte von Verfolgten und Verjagten, die sich auf der Suche nach einer Zufluchtsstätte befanden oder nach einem Ort, von dem aus sie Widerstand leisten konnten. Die Kämpfe, von denen die Gedichte berichteten, fanden in der Gegenwart statt, aber die Gedichte sprachen davon wie von einer längst vergangenen Epoche. Das letzte Gedicht begann mit dem Vers: *Wirklich, ich lebe in finsteren Zeiten!* Da hatte ihr der Atem gestockt. Sie hatte sich zwingen müssen, weiterzulesen: *Das arglose Wort ist töricht. Eine glatte Stirn / Deutet auf Unempfindlichkeit hin. Der Lachende / Hat die furchtbare Nachricht / Nur noch nicht empfangen.* Zum erstenmal seit ihrer Rückkehr nach Moskau war sie wieder ganz bei sich. Für die Dauer des Gedichts war alles in eine Helligkeit getaucht, die das Grauen bannte. Das Gedicht endete mit einer kurzen Strophe, vier Verse, ein Satz, die Wörter alltäglich: *Ihr aber, wenn es soweit sein wird, / Dass der Mensch dem Menschen ein Helfer ist, / Gedenkt unsrer / Mit Nachsicht.* Sie schloss das Buch behutsam. Nachsicht. Das war es, was sie sich im günstigsten Fall von den Späteren erhoffen konnte. Ein schwaches Gefühl der Hoffnung breitete sich in ihr aus.

Sie hatte wieder angefangen zu rauchen. Schneerson hatte ihr mehrere Päckchen Camel gebracht, die seien von Busch, der sie grüßen lasse. Sie hörte sich fragen, wie es Busch gehe. Er sei in Belgien, schlage sich durch. Sie hatte sich über den Gruß aus der Ferne gefreut, beim ersten Zug an der Zigarette dachte sie an eine Reise um die Welt, die nicht stattgefunden hatte. In Jusiks Gegenwart rührte sie die Zigaretten nicht an. Hin und wieder nahm Schneerson den Jungen auf die Datsche seiner Eltern mit. Ein-, zweimal hatte sie die beiden begleitet, aber meistens blieb sie an den Wochenenden in Moskau. Sie machte lange Spaziergänge. Einmal fand sie sich unvermittelt am Ufer der Moskwa, am gegenüberliegenden Ufer das Dom Prawitelstwa. Sie hielt es für unglaubhaft, dass sie und Kolzow einst in diesem Haus ein und aus gegangen waren. Das freundliche Nicken der NKWD-Agenten, die beim Eingang herumlungerten, wenn sie das Haus betrat, hatte es das wirklich einmal gegeben? An einem der Wochenenden ohne Jusik hatte sie ihr altes Romanmanuskript hervorgeholt. Sie hatte darin geblättert, da und dort einen Abschnitt gelesen, dann hatte sie es wieder weggelegt. Nach ein paar Tagen las sie erneut darin. Sie notierte ein paar Gedanken, am folgenden Tag schrieb sie einen Abschnitt neu, mit der Zeit arbeitete sie jeden Tag mehrere Stunden an dem Manuskript. Sie weitete das Konzept zu einer Epochendarstellung aus, entwarf eine Trilogie, der erste Band sollte *Kartoffelschnaps* heißen, der zweite *Hungerharke*, mehrere Erzählungen, die sie bereits in russischer Übersetzung veröffentlicht hatte, würde sie hier zu Kapiteln umformen, der dritte *Wirken der Zeit*. Es sollte um den Alltag kleiner Leute gehen, in eine Zeit hineingeboren, der sie nicht gewachsen waren. An einer Fülle von Figuren, vor allem weiblichen, denen sie ihre eigenen Erfahrungen zugrunde legen würde, wollte sie die Sehnsüchte und Hoffnungen, die Erfolge, die Irrtümer und Niederlagen zeigen, die ganze Vielfalt sich durchquerender Kräfte und Interessen, an denen sie und ihre Zeitgenossinnen sich aufrieben. Die Niederschrift würde Jahre in Anspruch nehmen. Manchmal brachte ihr Hubert, der in der Lenin-Bibliothek arbeitete, Bücher, die sie für ihre Arbeit brauchte. Er versprach, ihr eine Ausleihkarte zu beschaffen. Vielleicht benutzte er die Bücher als Vorwand, um sie zu besuchen. Sie nahm seine Freundlichkeit an, ohne viel zu erwarten. Von ihren einstigen Freunden und Arbeitskollegen hörte sie nichts.

Im Dezember wandte sie sich zum dritten Mal an Fadejew. Sie befinde sich in einer ausweglosen Situation, schrieb sie, sie brauche Arbeit und Geld, die Hotelrechnung sei auf zweitausend Rubel angewachsen. Sie wolle nicht länger von Feuchtwangers Konto Geld abheben, sie habe Anspruch auf Unterstützung durch den Literaturfonds, wie andere Schriftstellerinnen und Schriftsteller auch. In seiner Antwort empfahl ihr Fadejew, aus dem Metropol auszuziehen. Der Schriftstellerverband werde ihr helfen, eine billigere Unterkunft und Arbeit zu finden. Je länger sich allerdings ihre Abreise aus Moskau verzögere, desto schlimmer für sie. Erneut ergriff sie der Schwindel. Die Tür war offen, die Schwelle lag vor ihr, sie konnte sie nicht überschreiten.

Schneerson hatte Jusik zu seinen Eltern gebracht. Da meldete sich ganz unerwartet das Lenfilm-Studio, sie erhielt Arbeit. Sie zog in das billige Hotel Baltschug und nahm Jusik wieder zu sich. Ihrem seit Jahren ersehnten Antrag, Bürgerin der Sowjetunion zu werden, wurde jetzt endlich entsprochen. Sie bekam einen Pass auf den Namen Maria Genrichowna Gressgener. Damit war ihr die letzte Möglichkeit genommen, das Land zu verlassen.

Am ersten Februar neunzehnhundertvierzig war Kolzow zum letzten Mal verhört worden. Mehr als ein Jahr hatte er in der Lubjanka verbracht. In der ersten Zeit war er während Wochen geprügelt worden. Mit Stöcken hatten sie ihn ins Gesicht geschlagen, die Zähne (seine schlechten Zähne) waren ihm herausgebrochen, den ganze Körper hatten sie ihm zerschlagen, die Arme ausgekugelt, das Bein gebrochen, er humpelte (keiner ging wie er). Endlich hatten sie ihn soweit. Er gab alles zu, was sie verlangten. Als sie nicht aufhörten, ihn nach ihr zu fragen und, wenn er den Kopf schüttelte (er konnte nichts sehen, die Brille war zerbrochen, die Augen zugeschwollen), ihn mit Stöcken und mit den Fäusten ins Gesicht und auf den ganzen Körper zu schlagen, nannte er zuletzt auch Maria Osten. Wollen Sie noch etwas hinzufügen, fragte Wassili Ulrich an diesem ersten Februar im Gerichtssaal der Lubjanka. Es ist alles gelogen, ich nehme es zurück. Hier wird nichts zurückgenommen, sagte Ulrich, ist das Ihre Unterschrift, ja oder nein? Ich wurde gefoltert. Wollen Sie die staatlichen Organe verleumden? Ich bin Kommunist und habe mein ganzes Leben … Sonst noch was? Dann ist die Verhandlung geschlossen. Am nächsten Morgen wurde er erschossen. Boris Jefimow erhielt den Bescheid, sein Bruder sei zu fünfzehn Jahren Gefängnis verurteilt worden, und gab ihn an Maria Osten weiter.

Auch heute war kein Artikel von Kolzow in der *Prawda*, das überraschte sie nicht. Mit fahrigen Bewegungen faltete sie die Zeitung zusammen und verließ den Wartesaal. Der Bahnhof war ein vertrauter Ort; seit Kolzows Verurteilung kam sie oft hierher, auf den Bahnsteigen blickte sie den abfahrenden Zügen nach, die acht Stunden später in Leningrad ankommen würden. Sie und ihresgleichen waren viel unterwegs gewesen, die Länder halb Europas und der Sowjetunion hatten sie durchmessen, freiwillig und unfreiwillig, Stunden ohne Zahl hatten sie in der Eisenbahn, im Flugzeug und auf Schiffen verbracht. Das Nomadische ferner Zeiten und Landstriche war in diesem modernen Europa noch einmal zur Lebensform Unzähliger geworden. Nun war es damit zu Ende, nun begann die Zeit des Verharrens. Und wohin hätte sie auch reisen sollen, wo doch der Krieg ganz Europa überzog? Sie hatte noch eine Stunde Zeit, bis der Zug aus Leningrad eintraf. Sie verließ die Bahnhofshalle. Im Freien blickte sie an der Fassade empor. Dann war sie in Leningrad, sie stand vor dem Moskauer Bahnhof und blickte auf die Fassade. Die Verwirrung jedesmal, wenn sie die Fassaden anschaute, die Konstantin Thon vor mehr als achtzig Jahren an beiden Enden der Eisenbahnstrecke hatte erbauen lassen. Was mochte der sich dabei gedacht haben? War das ein Scherz? Identische Fassaden. Wie sollten da die Reisenden wissen, ob sie sich am Ziel der Reise befanden oder erst an ihrem Anfang? Wie bedrückend war es, nach einer Fahrt von vielen Stunden festzustellen, dass man über den Anfang nicht hinausgekommen war. Oder waren Anfang und Ende identisch? Nein, es war nicht gut, die Reisenden in dieser Weise zu narren. Unauffällig einen Fuß vor den anderen setzend, um den Beobachtern keinen Hinweis zu geben, mit hängenden Schultern und müden Schritten, ihre Haltung für eine Einunddreißigjährige wider die Natur, ging sie zum Jaroslawler Bahnhof nebenan. Durch ein Nomadenzelt aus der mongolischen Steppe, von Fjodor Schechtel vierzig Jahre zuvor entworfen, gelangte sie zu den Bahnsteigen. Hier wartete die Transsibirische Eisenbahn auf sie, sie brauchte nur einzusteigen. Eine Fahrt von einer Woche, vielleicht auch mehr, dann wäre sie bei ihm. Aber das durfte sie nicht denken. Sie hatte Boris Jefimow versprochen, das nicht zu denken, er hatte sie mit unerwarteter Heftigkeit beschworen, sich die Idee, Kolzow nach Sibirien zu folgen, aus dem Kopf zu schlagen. Aus dem mongolischen Zelt trat sie wieder in den klaren Maitag. Sie überquerte den Komsomolplatz. Der Kasaner Bahnhof mit seinen Giebeln und Zinnen und Türmen war ein alter Freund. Sie nickte ihm zu, gedachte auch Alexej Stschusews, des Städteplaners, der diese von barocken Fenster- und Torbögen durchbrochene Fassade entworfen hatte. Sie hätte Fremdenführerin sein können, so gut kannte sie diesen Platz mit seinen drei Bahnhöfen. Vom Kasaner Bahnhof fuhren die Züge nach dem siebenhundert Kilometer entfernten Saratow, wo Pferdeschlitten die Reisenden über die zugefrorene Wolga nach Engels brachten, warm unter den schweren Decken, die Pferde dampften, ihre Atemwolken hingen weiß und leicht in der konturlosen Landschaft, damals, in einem anderen Leben.

Und wie eine Flaschenpost aus einem anderen Leben hatte sie das Gedicht erreicht. Sie hatte in ihren alten Manuskripten gewühlt, da war sie auf die Verse gestoßen. Die Jahreszahl stand in ihrer Handschrift über dem mit der Maschine geschriebenen Manuskript mit dem Titel *Ballade der Kindheit*. Was war neunzehnhundertdreißig gewesen? Sie war zweiundzwanzig Jahre alt, sie hatte sich von Stscherbjakow scheiden lassen und war nach Berlin zurückgekehrt, wo sie ihre Arbeit bei Malik wieder aufnahm. Ihr freches Katzengesicht auf dem Einband von Ehrenburgs *Die Liebe der Jeanne Ney* in den Schaufenstern Berlins. Sie war im Zentrum der Welt gewesen. Damals hatte sie die Ballade geschrieben.

Ich wusste nicht,
dass Menschen sterben.
Ich glaubte,
die Großen würden wieder klein,
wenn ich erwachsen wär.

Das Kind, das in diesen Versen spricht, legt die Mutter, wenn sie wieder klein geworden ist, ins Kinderbett. Den Vater verbannt die kindliche Rachephantasie in den Stall, wo er Rüben schälen muss, dabei gerät ihm der Finger in die Schälmaschine und wird abgeschnitten. Die Mutter hebt die Hand, um das böse Kind zu schlagen, und schreit, dass auch das Kind einmal erwachsen werde und sterben müsse. Da hört das Kind zum erstenmal von seinem Tod. In jedem Vers spürte sie das Grauen ihrer Kindheit. Ekel, Hass, stumpfe, verrohte Menschen. In den weiteren Strophen wird der Tod des alten Knechts August im Kuhstall geschildert. Das Kind schaut ihm beim Sterben zu. Es beschließt, nicht groß zu werden.

> Da trug ich eine kleine Kiste in mein Zimmer
> und abends kroch ich da hinein.
> Ich glaubte doch,
> man wächst nur nachts,
> und in der Kiste
> gibt es dafür keinen Platz.
> Denn größer wollte ich nicht werden
> und so wie August sterben.

Sie las die Ballade ein zweites Mal, eine Erkenntnis blitzte auf. Sie hatte ihr eigenes Gedicht falsch gelesen, sie war ihm auf den Leim gegangen wie eine Anfängerin. Die Verse handelten nur an der Oberfläche von den Rachephantasien eines Kindes. Das kleine Mädchen, das von seiner Kindheit erzählt, war eine Maske, die die Verfasserin sich angelegt hatte. Der Verfasserin ging es weniger um Autobiographie als um Literatur. Die Ballade setzte sich mit der schlimmen Tradition deutscher Kindergeschichten auseinander, von Struwwelpeter bis Max und Moritz. Der Anlass des Gedichts fiel ihr wieder ein. Einige Zeit bevor es entstanden war, hatte Ruth Rewald ein Jugendbuch in den Verlag gebracht. Herzfelde hatte es mit Bedauern abgelehnt, Malik habe keine Kinderbücher im Programm. Einige Zeit später hatte er Maria Greßhöner gebeten, die Kinderbücher des Bürgertums wiederzulesen, vielleicht lasse sich eine proletarische Gegentradition begründen. Unter dem Einfluss jener Lektüren war die Ballade entstanden. Es vergingen mehrere Tage, bis sie merkte, dass sie sich auch in den Adressaten des Gedichts geirrt hatte. Die Flaschenpost war nicht für sie bestimmt, dafür kam sie zu spät. Die List mit der Kiste hatte nichts genützt, das kleine Mädchen war groß geworden und musste nun dem alten August nachsterben. Die Ballade, das erkannte sie jetzt, kündigte nicht nur ihren eigenen Tod an. Die Genossinnen und Genossen hier in Moskau, wenn sie die Verse lesen könnten, würden in dem angekündigten Tod auch ihr eigenes Schicksal erkennen. Natürlich war das eine Interpretation im nachhinein, dieser Sinn war nicht zu erahnen gewesen, als sie das Gedicht geschrieben hatte. Aber die Zeit öffnete das Geschriebene für Bedeutungen, die die Autorin sich nicht hatte träumen lassen. Sie war Kassandra, sie hatte die Zukunft vorausgesehen. Kassandra, die mit dem Fluch geschlagen war, dass die Mitmenschen ihr nicht glaubten. Ihr eigener Fluch war schlimmer: die Mitmenschen würden ihr glauben, aber sie würden ihr Schicksal dennoch nicht abwenden können. Sie beschloss, die Ballade der *Internationalen Literatur* zur Veröffentlichung anzubieten. Sie fiel aus allen Wolken, als das Gedicht angenommen wurde. Es erschien in der Julinummer.

Sie wartete. Monate verstrichen. Sie wunderte sich, dass sie noch immer frei umherging. Wenn sie nachts im Gang Schritte hörte, schlug ihr das Herz im Hals. Jeden Morgen fuhr sie zur Arbeit, am Abend kam sie zurück, nachdem sie Jusik in der Schule abgeholt hatte. Der Sechsjährige war verängstigt, er hatte keine Freunde, er verkümmerte. Sie sprach mit Grigori Schneerson und Boris Jefimow. Wenn gewisse Umstände eintreten sollten, würden die beiden dafür sorgen, dass der Knabe in ein Kinderheim käme. Sie wartete. Ende des Jahres hatte sie der *Internationalen Literatur* ein Kapitel aus ihrem Buchmanuskript geschickt. Es war noch einmal die Schilderung vom Sterben eines alten Mannes auf dem Land, eine bodenlose Geschichte. Im nachhinein, in einem Moment der Klarheit, hatte sie sich gefragt, welchen menschenmöglichen Zweck sie mit dem Wunsch nach Veröffentlichung verfolgt haben könnte. Wie zum Hohn war auch diese Arbeit angenommen worden, sie erschien in der Januarnummer, über einem Aufsatz Lenins. Sie wartete noch immer.

Der Krieg nahm seinen Lauf. Sie erfuhr darüber aus den Zeitungen, wie über ein fernes Verhängnis. Für sie gab es nur noch das Warten. Das Märchen vom toten Mann fiel ihr ein, das

Anna Seghers ihr einst erzählt hatte. Die Hölle, das war das Warten.

Und nun hatte sie unverhofft diese Depesche erhalten, Ankomme Moskau Sonnabend, 17. Mai 1941. Langsam ging sie über den Komsomolplatz zurück zum Leningrader Bahnhof. Beim Eingang zum Perron traf sie auf eine Gruppe von Wartenden, sie erkannte Fadejew und Apletin und andere Funktionäre des Schriftstellerverbands. Die Schritte beschleunigend, ging sie an ihnen vorbei. Fadejew schien sie nicht zu bemerken, aber Apletin erkannte sie und grüßte freundlich. Im Schrittempo fuhr der Zug ein und hielt mit kreischenden Bremsen. Als erste sprangen die Kinder, ein etwa fünfzehnjähriger Junge und ein kleines Mädchen, auf den Perron hinunter. Hinter ihnen stieg Helene Weigel aus, dann folgte Brecht. Er blieb auf dem Bahnsteig stehen und blickte zur Waggontür hinauf. Nach einer Weile erschien eine Frau in ihrem Alter, das musste Ruth Berlau sein. Grete Steffin hielt sich an ihren Arm geklammert, ihr Gesicht war weiß, die blonden Haare klebten ihr an der Stirn. Ruth Berlau half ihr sanft die Stufen hinunter. Auf dem Bahnsteig blieben beide stehen, Grete Steffin schien ihre Kräfte zu sammeln. Die Funktionäre waren zu Brecht getreten und begrüßten ihn und seine Familie. Grete Steffin hatte Maria Osten erblickt. Sie löste sich von Ruth Berlau und ging mit unsicheren Schritten auf sie zu. Sie fielen sich um den Hals.

29

Ein Ruck, das kleine Bahnhofsgebäude von Ste. Anne glitt vor dem Abteilfenster vorbei. Die Eisenbahnfahrt würde nicht lange dauern, verglichen mit den Reisen, die sie in den vergangenen Jahren unternommen hatte. Noch die Herfahrt, vor einem halben Jahr, war endlos gewesen. Eine unabsehbare Menschenmenge hatte sich im Morgengrauen durch die Straßen von Paris gewälzt, gebeugt unter Koffern und Taschen, Kinder und Alte mitschleppend, gehüllt in eine Dunstglocke aus Angst. Eine seltsame Stille lastete über den hastenden Menschenmassen und ließ sie ihre Panik um so stärker spüren. Im Flüsterton verbreitete sich das Gerücht, demnächst würden die Bahnhöfe geschlossen. Eine sture Entschlossenheit ergriff die Flüchtenden. Vor der Gare de Montparnasse, unter einem heller werdenden Himmel, der einen freundlichen Junitag ankündigte, umarmten und küssten sich verzweifelt Schluchzende jeden Alters. Die Bahnhofshalle war erfüllt von Ruß und Lärm, von hellen Hammerschlägen, vom Knallen von Puffern, von schrillem Trillern und dem Zischen von stoßweise in die Bahnhofskuppel entweichendem Dampf. Das Kind auf der Hüfte, die Reisetasche um den Hals, die Hand um den Koffergriff geklammert, drängte Ruth Rewald sich durch die Menge. Die Waggons waren überfüllt, Menschentrauben drängten sich auf den Trittbrettern. Eingeschlossen in eine Menschenmenge, aus der es kein Entkommen gab, wurde sie zum Bahnsteig geschoben, sie war dem Zusammenbruch nahe. Jemand musste sich ihrer erbarmt haben, jemand musste ihr den Koffer abgenommen und Anja gepackt haben, jemand musste sie auf das Trittbrett gezogen haben. Sie war noch nicht im Wageninnern, als der Zug sich in Bewegung setzte. Eine halbe Stunde später stand er, von der aufgehenden Sonne in blendendes Licht getaucht, auf offenem Feld still. Die Strecke sei von Zügen verstopft, sagte der Schaffner, der auf dem Bahndamm an ihrem Waggon vorbeikam. Welcher Trottel entschieden habe, dass der Zug auf offener Strecke angehalten werde, rief jemand aus dem Fenster. Der Schaffner zuckte die Schultern. Nach einer Weile setzte der Zug sich wieder in Bewegung. Auf der nächsten Station blieben sie erneut stehen. So ging das den ganzen Tag. Meist hielten sie in einem Wald oder in einem Tunnel, manchmal fuhren sie rückwärts wieder in die Station zurück, von der sie gerade gekommen waren. Schlimmer als das Warten, schlimmer als Hunger und Durst, schlimmer als der übelriechende Abort war die Angst. Gerüchte wechselten sich ab (woher kamen sie nur?). Die Deutschen stünden vor Paris. Nein, die Deutschen wären zurückgeworfen worden. Wie sollten, wurde gefragt, zweitrangige französische Einheiten hundertvierzig deutsche Divisionen und Panzerdivisionen zurückwerfen? Die Engländer werden den Unsern zu Hilfe kommen, rief eine Frauenstimme. Welche Engländer? kam die Antwort, vielleicht die Hunderttausende, die aus Dünkirchen evakuiert wurden? Was das schon für eine Rolle spiele, fragte einer, wo doch die deutsche Luftwaffe ihnen nach Belieben einheizen könne. Eine Stimme grölte, wer nennt hier die Grande Armée zweitrangig? Unsere besten Truppen, wurde geantwortet, sind in Belgien und Nordfrankreich geschlagen worden, wir haben nur noch Rekrutenverbände, angeführt von diesen vergreisten Schlappschwänzen, Gamelin, Pétain, Weygand. Darüber kam es zu einer heftigen Debatte. Kurz bevor der Zug in Orléans einfuhr, tauchte in der Ferne eine endlose Fahrzeugkolonne auf. Im Waggon brach Hysterie aus. Les boches! Anhalten! Wir sind erledigt! Beruhigt euch, es sind Franzosen. Die Straße war verstopft von Automobilen, Camions, Fuhrwerken, Kutschen und Fahrzeugen jeder Art, die, überfüllt mit Flüchtlingen und ihren Habseligkeiten, in dem Chaos nicht mehr vor noch zurück konnten. So war einst die Küstenstraße von Málaga verstopft gewesen, der gleiche unermessliche Strom, beschossen von den gleichen deutschen Tieffliegern. Was jetzt in Frankreich geschah, war nichts anderes als die Wiederholung. Und das würde sich immer von neuem wiederholen, auf allen Straßen, auf allen Kontinenten, bis in alle Ewigkeit. Damals, vor drei Jahren, war sie nach Spanien gereist wie so viele, die die Faschisten aufhalten wollten. Aber die Faschisten hatten gesiegt, und sie waren mit dem Siegen noch lange nicht am Ende.

Sie würden an diesem Tag noch viele Flüchtlingszüge sehen, auf Straßen, die von ausgebrannten Fuhrwerken und Autowracks verstopft waren, an den Straßenrändern Verletzte und Tote, Bilder des Schreckens, vor denen sie Anja nicht bewahren konnte während der endlosen, immer wieder von Aufenthalten unterbrochenen Stunden, in denen sich irgendwann auch das Gerücht bestätigte, dass in Paris die Bahnhöfe geschlossen worden waren.

Und nun lag die ruhige Zeit in Ste. Anne bereits hinter ihnen. Sechs Monate nachdem sie hergekommen waren, fuhren sie und Anja wieder zurück ins Landesinnere. Gestern hatten sie den neuen Evakuierungsbefehl erhalten. Er kam nicht überraschend, seit Wochen war in den Zeitungen zu lesen, dass mit der Besetzung der Hafenanlagen an der Atlantikküste, darunter auch denen von Saint-Nazaire, gerechnet werden müsse. Die Sachen waren schnell gepackt, viel war es nicht. Mme. Renaud hatte geweint beim Abschied, ihr Mann hatte Anja mit seiner verschrundeten Hand über die Haare gestrichen. Die beiden Alten waren gut zu ihnen gewesen, sie hatten dafür gesorgt, dass sie auch von den übrigen Einwohnern des Dorfes freundlich aufgenommen wurden. Sie gehörten zu den Warmherzigen in diesem Land, das sich immer mehr als feindselig und feige erwies. Der Zug verlangsamte seine Fahrt. Wir sind in Nantes, sagte sie zu Anja. Nantes, tante, tante Nantes, sang das Kind. Während des kurzen Aufenthalts aßen sie von dem Proviant, den Mme. Renaud ihnen mitgegeben hatte, er reichte für zwei Tage. Sogar zwei Äpfel waren dabei, einen packte sie wieder ein, den anderen gab sie Anja. Ein junges Paar in Mänteln und Hüten stand reglos unter dem Vordach des Stationsgebäudes, sonst war der Bahnhof von Nantes verlassen. Auch das Land unter dem grauen Himmel, durch das sie anschließend fuhren, am rechten Ufer der Loire flussaufwärts, war menschenleer. Die Menschen konnten doch nicht alle weggegangen sein, obwohl es ihr so vorkam. Hast Du schon gehört, wer weggegangen ist? Wohin? In die Vereinigten Staaten. In die Sowjetunion. Nach Mexiko, auf die Antillen, nach Südamerika, nach Hongkong. Um wenig anderes drehte sich im Frühjahr neunzehnhundertneununddreißig in Paris das Emigrantengeschwätz. Kein Zweifel, die Stadt leerte sich. Wir hätten eben doch weggehen sollen, sagte Hans. Sie hatte entgegnet, viele seien noch da, Anna Seghers mit ihrer Familie, Ernst Weiß, Walter Benjamin, Joseph Roth, von Heiner gar nicht zu reden. Lass uns wenigstens in den Süden gehen, hatte Hans gesagt, in die Gegend von Feuchtwanger und Werfel und Heinrich Mann. Erstens, sagte sie, können wir uns das nicht leisten, zweitens … Kantor und Friedel sind da unten, unterbrach er sie, die können sich auch nichts leisten. Zweitens, fuhr sie fort, sollten wir in der Nähe von Genossinnen und Genossen bleiben, die uns helfen können. Wie denkst du dir das, die sind nicht besser dran als wir. Sie wisse so gut wie er, dass Krieg bevorstehe. Sie antwortete nicht, sie war es müde, immer wieder das gleiche Gespräch zu führen. Natürlich stimmte, was er sagte. Hatten sie nicht alles versucht, um nach Palästina zu gelangen oder in die Vereinigten Staaten? Dass es ihnen nicht gelungen war, blieb ihr unfassbar. Erzogen in den Gewohnheiten des Bürgertums, war sie aufgewachsen in der Gewissheit, durch Besitz und Bildung vor den größten Härten des Lebens geschützt zu sein. Sie hatte die Universität besucht, sie beherrschte mehrere Sprachen, sie war eingebunden in ein Netz von keineswegs unbemittelten oder machtlosen Verwandten und Bekannten in mehreren Ländern. Wenigstens ihr musste es möglich sein, sich zu retten, das stand ihr zu, das war das Leben ihr schuldig. Sie schämte sich dieser Gedanken, deren sie sich nicht erwehren konnte. Dass sie sich gerade jetzt daran klammerte, bestätigte ihr nur ihre Armut und Machtlosigkeit. Sie, die sich an die Seite der Arbeiterbewegung gestellt hatte, war nun selbst ins Proletariat hinabgedrückt. Und was versprach sie sich von einer weiteren Flucht? Dass sie sich und Hans und Anja das nackte Leben erhalten konnte? Vor zwei Wochen hatte sich Toller in New York erhängt. Er war ein gefeierter Schriftsteller, ihm war es gelungen, aus Europa zu fliehen, aber das Exilschicksal hatte ihn noch in Übersee ereilt wie eine unheilbare Krankheit. Wenige Tage danach hatte sich Joseph Roth hier in Paris zu Tode gesoffen. Sie musste endlich aufhören zu glauben, es gebe auf der Erde einen Ort, der den Asylsuchenden Unversehrtheit garantierte.

Hans hatte sich zur französischen Armee gemeldet. Man hatte ihm und anderen Exilanten zu verstehen gegeben, dass man keine Deutschen wolle, er solle sich zur Fremdenlegion melden. Ich bin kein Landsknecht, hatte er geantwortet, ich will gegen die Faschisten kämpfen. Zu Hause war er bitter wie nie. Die Auffanglager, sagte er, die die Franzosen für die Spanienkämpfer gebaut haben, stehen für uns bereit.

Ende August unterzeichneten Ribbentrop und Molotow in Moskau einen Nichtangriffspakt. Da verlor sie den Boden unter den Füßen. Wir sind aus Deutschland geflohen vor dem Gelichter, schrie sie, seit sechs Jahren denken wir Tag und Nacht an nichts anderes als daran, wie wir unser Land von ihnen befreien können. In Spanien haben wir gegen sie gekämpft. Nie haben wir aufgehört zu hoffen, auch nach der Niederlage in Spanien nicht, weil die Sowjetunion hinter uns stand, der unnachgiebigste Feind der Nazis. Noch vor wenigen Tagen haben Genossen geschrieben, wer eine Verständigung zwischen der Union und Deutschland auch nur für denkbar halte, sei ein Trotzkist. Und jetzt das. Sollen wir vielleicht unseren Antifaschismus aufgeben? Ist das Nazipack etwa bereit, auf seinen Antikommunismus und seinen Antisemitismus zu verzichten? Sie zerknüllte die *Humanité*. Wir sind im Stich gelassen, unsere Lage ist lächerlich. Was hätten die Sowjets anderes tun können, sagte Hans ruhig, was blieb ihnen nach München übrig. Die Franzosen und Engländer haben sich mit Hitler arrangiert, sie werden mit den Händen im Schoß zuschauen, falls es gegen die Sowjetunion geht. Noch im April haben die Moskauer mit Frankreich und England verhandelt, nichts ist herausgekommen. Chamberlain und Daladier und Flandin haben die Sowjetunion verraten und verkauft, jetzt erhalten sie die Rechnung dafür. Und darüber soll ich mich freuen? Sie versuchte, ruhig zu bleiben. Was geschieht mit uns? Was geschieht mit der Partei? Wie erklären wir den Franzosen den Pakt? Die ganzen Jahre waren wir ihnen als Deutsche verdächtig, obwohl uns die Nazis aus Deutschland verjagt haben. Jetzt werden sie sagen, dass sie schon immer recht hatten, dass wir eine fünfte Kolonne sind, mit der aufgeräumt werden muss. Stalin denkt strategisch, sagte Hans, er plant auf lange Sicht. Brutal und rücksichtslos ist er gegen die Gegner im Innern vorgegangen. Nichts anderes können wir uns wünschen, als dass er auch jetzt brutal und rücksichtslos handelt. Wie sonst sollen die Nazis zu besiegen sein? Im andern Fall, fügte er hinzu, haben du und ich und Anja keine Chance, wir auf jeden Fall nicht. Als in den folgenden Tagen der Ton zwischen Deutschland und der Sowjetunion zunehmend freundlicher wurde, sagte sie bitter, wo bleibt Stalins Brutalität? Muss er dem Pack auch noch um den Hals fallen? Die deutschen Genossen heißen den Pakt gut, die französischen verwerfen ihn und bekennen sich zur Verteidigung Frankreichs. *L'Humanité* und *Ce Soir* dürfen nicht mehr erscheinen. Die französische Partei soll verboten werden, für ausländische Kommunisten stehen Internierungslager bereit, das sagst du selbst. Stalins Politik spaltet die Komintern, was soll das für eine Strategie sein? Du rühmst seine Rücksichtslosigkeit, sie schrie jetzt, wir werden ihre ersten Opfer sein. Hans erhob sich, er war blass. Du weißt nicht, was du sagst. Doch, schrie sie, das weiß ich. So kannst du nicht über Stalin sprechen, sagte er. Was soll das heißen? sie schrie immer noch. Müssen wir denn jede neue Ungeheuerlichkeit hinnehmen? Welche anderen Ungeheuerlichkeiten Stalins meinst du? fragte Hans leise. Sie ging nicht darauf ein, schrie, lässt du dir von Stalin das Denken abnehmen? Lässt du dich entmündigen, ist das dein Kommunismus? Ob er sie daran erinnern müsse, sagte er kaum hörbar, dass er Parteimitglied sei. Ihre Wut verflog, sie spürte sich ebenfalls erbleichen. Tonlos sagte sie, soll das eine Drohung sein? Er blickte sie ungläubig an. Was, sagte sie, geschieht mit Genossen, die an Stalin zweifeln? Er hielt sich an der Stuhllehne fest. Sie habe ihn missverstanden, niemals werde er wählen zwischen ihr und der Partei, das könne keiner von ihm verlangen. In der Union, sagte sie, haben das viele tun müssen. Er nickte, fuhr sich mit der Hand über das Gesicht. Was ist das für eine Zeit? sagte er, was ist das für ein Gespräch? Was bleibt, wenn jede Entscheidung falsch ist? Durch das offene Fenster drang Verkehrslärm, die Luft hatte sich auch nach Sonnenuntergang kaum abgekühlt. Nach einer Weile sagte sie etwas fester, ich kann selbst kaum glauben, was ich gesagt habe. Nie hätte ich für möglich gehalten, dass ich an dir zweifeln könnte oder, sie zögerte, an der Sowjetunion. Aber sollen wir hier zugrunde gehen, ohne auch nur zu versuchen, uns zu wehren? Wir beide waren uns immer einig, dass wir uns nicht zu Opfern machen lassen, das bleibt für mich gültig. Niemand kann uns hindern, weiterhin gegen die Nazis zu schreiben und zu reden, nicht einmal die Sowjetunion. Nach einer kurzen Pause sagte sie mit einem schwachen Lächeln, wo habe ich nur diese heroischen Töne her? Schau mich an, so sieht eine Heldin aus. Er setzte sich zu ihr aufs Sofa. Überwältigt von der Heillosigkeit ihrer Lage, hielten sie sich aneinander fest.

Eine Woche später begann der Krieg und brachte den Bruch

mit allem Bisherigen. Tage und Stunden, Ereignisse, Orte, Namen und Zahlen, Handlungen, Wörter und Bilder fielen auseinander. Der Zusammenhang zwischen den Dingen war zerrissen, Wirkungen traten ein, bevor Ursachen erkennbar wurden, die Vorgänge folgten beziehungslos aufeinander. Die Menschen waren wie gelähmt, mit aufgerissenen Augen und offenen Mündern starrten sie auf den Scherbenhaufen, der vor ihren Füßen in den Himmel wuchs. Alles Denken zielte auf Handlungen, aber jede Handlung war sinnlos. Die Katastrophe zeigte sich zuerst im Kleinen. Schon in den Morgenstunden des ersten September wurden Verkehrspolizisten gesehen, die feldgraue Blechbehälter mit Gasmasken umgehängt hatten. Im Laufe des Tages führten immer mehr Straßenpassanten diese Behälter mit, schließlich auch Kinder, sogar Hunde. Die Generalmobilmachung wurde ausgerufen, zahlreiche Genossen kamen in Haft, aus Notre-Dame wurden die alten Fenster entfernt und an einen sicheren Ort gebracht. England und Frankreich erklärten Deutschland den Krieg, die Wehrmacht marschierte ungehindert in Polen ein. Im Radio waren Explosionen zu hören, abwechselnd mit den Stimmen von Göring und Goebbels und Hitler, und in der Rue Daguerre erschienen um sechs Uhr früh drei Männer und begannen, ihre Wohnung zu durchsuchen. Warum hier so viele deutsche Bücher herumständen, fragte einer. Sie hatte die Frage zuerst nicht begriffen, sie zog sich den Regenmantel über das Nachthemd, rieb sich die Augen. Anja war erwacht und begann zu plappern, sie nahm sie auf den Arm. Nous sommes des allemands antifascistes, sagte sie, während Hans sich im Badezimmer ankleidete. Und das hier? Einer hatte einen Band mit Schriften von Marx aus dem Regal gezogen. Sie sind Kommunistin? Stalin und Hitler sind Freunde, sagte der dritte, wissen Sie das nicht? Wir sind Antifaschisten, wiederholte sie. Der erste hatte Kantors Buch über das Bataillon Tschapajew entdeckt und fragte, ob sie oder ihr Mann am Spanischen Bürgerkrieg teilgenommen hätten. Sie wiederholte zum dritten Mal, dass sie und Hans Feinde der Nazis seien, die drei schienen nicht zuzuhören. Ich komme wieder, sagte Hans unter der Tür, nachdem er sie und Anja geküsst hatte, vom Fenster aus sah sie, wie er zu einem Autobus geführt wurde, zusammen mit weiteren

Männern. Sie setzte sich an den Küchentisch und starrte auf das Papier, das die drei Zivilbeamten zurückgelassen hatten: Gouvernement militaire de Paris, 2ième bureau, État-Major. Ordre d'incarcération. Um acht Uhr war sie mit Anja an der Hand auf der Präfektur, wo schon viele Frauen warteten, manche ebenfalls mit Kindern. Das Durcheinander war unbeschreiblich, ein Beamter versuchte, ein paar Worte zu sagen, wurde niedergeschrien von den Frauen, die riefen, ihr Mann sei Antifaschist und Jude. Nach ein paar Stunden war sie wieder nach Hause gegangen. Eine Woche verging, dann erhielt sie die Mitteilung, Hans und Heiner würden in der Santé festgehalten. Sie durfte ihnen schreiben, sie schickte Esswaren und Bücher und etwas Geld. Neben der Angst um die beiden hielt die Empörung sie nachts wach. Wie verkommen war dieses Frankreich, das zu allen Schandtaten bereit war, um diesen unheiligen Frieden zu erhalten. Die französische Kriegserklärung an Deutschland war Schaumschlägerei, vor einem Jahr waren die Franzosen wegen der Tschechoslowakei nicht in den Krieg gezogen, sie würden es auch jetzt wegen Polen nicht tun.

Alles wiederholte sich. Anfang Oktober, Polen war gefallen, standen abermals um sechs Uhr früh drei Zivile in der Wohnung. Sie hatten Hans dabei, er packte den kleinen Koffer. Sie war noch nicht richtig wach, sie hatte ihn gefragt, ob er eine Tasse Kaffee wolle, einer der drei hatte gesagt, dafür sei keine Zeit. Hans hatte sie und Anja umarmt, er komme ins Lager Le Vernet am Fuß der Pyrenäen, dann hörte sie seine Tritte und die Tritte der Polizisten auf der Stiege.

Der Vormittag war vergangen, bis sie sich soweit gefasst hatte, dass sie mit dem Kind zum Friedhof spazieren konnte. Vielleicht schien die Sonne, vielleicht war der Himmel bedeckt oder es nieselte. Wahrscheinlich waren auch noch andere Friedhofsbesucher da, außer es hätte geregnet, aber selbst bei Regen war der Friedhof selten ganz verlassen. Abends war eine Genossin zu Besuch gekommen, deren Mann ebenfalls an diesem Morgen nach Le Vernet verschickt worden war. Sie hatten sich gegenseitig getröstet, dann hatten sie eine kleine Liste zusammengestellt und eine Genossin nach der anderen angerufen, um ein Treffen zu vereinbaren. In dieser Nacht dauerte es lange, bis sie endlich einschlief. Plötzlich wurde sie aus dem Schlaf gerissen. Etwas bewegte sich im Zimmer. Die Gendarmen waren zurückgekommen! Sie fuhr auf, Bewegung auf dem Bett, ein Tier, eine Ratte! Der Vorhang vor dem offenen Fenster bewegte sich leicht. Im schwachen Licht der Straßenlaterne machte sie am Fußende des Bettes die Silhouette einer Katze aus. Sie hielt sich still, während ihr Atem sich beruhigte. Die Katze musste über die Traufe hereingekommen sein. Sie leckte sich ausgiebig die Pfoten und fuhr sich damit über die Ohren. Dann ließ sie sich langsam auf der Bettdecke nieder und begann zu schnurren. Sie wollte die Katze streicheln, fühlte unter dem Fell magere Rippen wie Fischgräten. Die Katze fauchte, sie zog ihre Hand zurück. Die Katze rollte sich ein und schnurrte weiter. Anja schlief in ihrem Bettchen. Sie legte sich vorsichtig ins Kissen zurück, um die Katze nicht zu verscheuchen. Am anderen Morgen war die Katze immer noch da. Sie sah dürftig aus in ihrer Magerkeit und mit ihrem matten Fell. Anja war entzückt und schnatterte Minouminouminou. Minou war schwarz mit einem weißen Kragen, der Bauch und drei ihrer Läufe waren ebenfalls weiß und auch die Pfoten. Sie strich ihr um die Beine und miaute, bis sie einen kleinen Teller mit Milch erhielt. Nachdem sie alles aufgeleckt hatte, putzte sie sich. Dann sprang sie auf den Fenstersims und verschwand. Von da an kam Minou fast jede Nacht. Sie rückte etwas zur Seite, um der Katze auf dem Bett Platz zu machen. Bei jeder Gelegenheit strich Minou ihr um die Beine und schnurrte, aber streicheln ließ sie sich nicht, das widersprach ihrer Erfahrung, dass die meisten Lebewesen mehr Liebe brauchten, als sie gaben.

Monate vergingen, der Krieg breitete sich im Osten und Norden Europas aus, Frankreich wartete auf den deutschen Angriff, der ausblieb. Drôle de guerre, sagten die Franzosen. Sie schrieb Hans regelmäßig. Nach Wochen traf ein Brief von ihm ein, er schrieb, er komme mit den Umständen im Lager zurecht, dafür habe er sich in Spanien die nötige Härte geholt. Über Heiner wusste er nichts, sie war in großer Sorge. Kurz vor Jahresende erreichte sie der erste Brief von Heiner, er war seit kurzem ebenfalls in Le Vernet. Damals, als die in Paris verhafteten Exilanten in Lager verschleppt wurden, war er in der Santé geblieben. Die Franzosen hatten ihn als führendes Mitglied einer Partei, die mit Nazideutschland gemeinsame Sache mache, vor ein Kriegsgericht gestellt. Nach Wochen wurde er von der Anklage des Verrats freigesprochen und nach Le Vernet verschickt. Nun waren die beiden Väter Anjas wieder vereint, das war eine Erleichterung inmitten der Schrecken. Im Februar hatte das Gerücht sie erreicht, Isaak Babel sei als Verräter erschossen worden. An jenem Abend saß sie an ihrem Arbeitsplatz in der Wohnung und starrte auf die kleine Kiste, die der Verfasser der Geschichten von Budjonnys Reiterarmee ihr geschickt hatte und die nun schäbig und ausgetrocknet unter dem Fenster stand. Niemals, auch nicht im August, als die Sowjetunion und Deutschland den Nichtangriffspakt unterzeichneten, hatte sie es für möglich gehalten, dass sie sich von Stalin und der Sowjetunion lossagen könnte. Jetzt war der Gedanke gedacht. Ein Schauder überkam sie, wie einst in der Kindheit, als sie, weil irgendein Wunsch nicht in Erfüllung gegangen war, böse zu Gott gesagt hatte, es gebe ihn nicht. Siehst du, Gott, es gibt dich nicht! Wenn es dich gäbe, würde mich in diesem Moment ein Blitz treffen. Aber es gibt dich eben nicht. Darauf war sie jedesmal bis ins Innerste erschrocken, sie erwartete, dass der Boden sich auftun und sie verschlucken würde. So war es mit der Treue zu Stalin und zur Union. Unerträglicher als alle Abscheu vor den Handlungen der Partei und ihrem Sekretär war der Gedanke an ein Leben außerhalb der Bewegung. Wo wäre da für sie auch nur ein Funke Hoffnung? Ausländerin. Jüdin. Kommunistin. Mutterseelenallein mit dem Kind in einem Land, das sie als Angehörige des Feindes behandelte, während ihr Heimatland ihr nach dem Leben trachtete. Die Naziarmeen würden an der Grenze zu Frankreich nicht mehr lange Halt machen. Nein, sie hatte keine Wahl. Mit dem Austritt aus der Partei hätte sie sich einer Obdachlosigkeit ausgesetzt, die absolut war wie die Kälte des Weltalls.

Am zehnten Mai war es mit der Drôle de guerre vorbei. Luxemburg, Belgien und die Niederlande wurden zerschlagen, die Wehrmacht marschierte in Frankreich ein. Die Frauen und Kinder der Internierten mussten sich nun ebenfalls zu den Sammelstellen begeben und wurden in Lager verschickt. Davon ausgenommen waren, zu ihrer Bestürzung, Mütter mit Kleinkindern. In einem Lager im Süden des Landes hätte sie sich sicherer gefühlt als hier in Paris, wo die Menschen auf das Ende warteten. Im Juni wurde die Stadt zum erstenmal bombardiert, vom Fenster aus konnte sie den Feuerschein sehen, am anderen Morgen erfuhr sie, dass Fabriken in den südlichen Vororten zerstört worden waren. Monatelang hatte das Land Zeit gehabt, sich auf den Angriff vorzubereiten, aber die herrschenden Kreise hatten wenig Lust gezeigt, sich zu wehren. Frankreich wurde überrannt. Sie hatte es kommen sehen, sie hatte sich den Kopf zermartert, aber sie hatte keine Möglichkeit gefunden, sich und Anja zu retten. Jetzt war es zu spät. Als die Wehrmacht nur noch zwei oder drei Tagesmärsche von Paris entfernt war, erhielt sie den Befehl. Résidence forcée in Ste. Anne bei Saint-Nazaire, Abfahrt am nächsten Morgen von der Gare de Montparnasse, es darf nur Handgepäck mitgenommen werden. Anja verstand nicht, warum sie Minou zurücklassen mussten. Sie hatte der Kleinen vorgemacht, wie man die Lippen zusammenbeißt, die Dreijährige hatte es ihr nachgetan, sie presste das Mündchen zusammen, während Tränen über ihr Gesicht liefen.

In Ste. Anne war der Krieg weit weg gewesen, wenig hatte sie daran erinnert, dass sie sich in der von den Deutschen besetzten Zone aufhielt. Nur bei den gelegentlichen Fahrten ans Meer, beim Blick auf die unüberwindliche Wasserfläche, wurde sie von der Vorstellung bedrängt, dass sie und Anja und Hans auf der anderen Seite des Atlantiks hätten sein sollen, dass ihr Leben hier in Frankreich ein Aufenthalt auf Zeit war und die Zeit ablief. Für Ernst Weiß, das hatte sie bald nach der Ankunft in Ste. Anne den vermischten Nachrichten der Journale entnommen, war die Zeit abgelaufen. Als die Naziarmeen in Paris einmarschierten, hatte auch er seinem Leben ein Ende gemacht. Sie sah sein melancholisches Gesicht vor sich, die weiße, fast durchsichtige Haut, die ihn im Leben vor nichts hatte schützen können. Und doch war es kein Schwacher gewesen, der dieses grauenerregende Buch über einen Arzt und Mörder geschrieben hatte. Freitod galt als ein Zeichen von Schwachheit, aber ließ sich nicht auch das Gegenteil denken? Als der Feind ihm jede Möglichkeit zum Handeln nehmen wollte, hatte er selbstbestimmt die letzte ihm noch mögliche Handlung vollzogen. Aber was war das für eine Handlung, die allem Handeln ein Ende setzte?

Kurz bevor der Aufenthalt in Ste. Anne zu Ende ging, hatte sie einen weiteren heftigen Schmerz erlitten. Sie saß in einem kleinen, fast leeren Café, in das sie sich vor dem kalten Herbstregen geflüchtet hatte, als ihr Blick auf eine bereits vergilbende Zeitung fiel. Auf der Frontseite ein Bericht über deutsche Exilanten, die illegal über die Grenze nach Spanien flüchteten, getrieben von der Hoffnung, in Lissabon noch eine Fahrkarte nach Übersee zu ergattern. Einer dieser Unglücklichen, hieß es in dem Bericht, ein deutscher Schriftsteller, habe auf der Flucht vor der anrückenden Wehrmacht auf der spanischen Seite Selbstmord begangen. Er habe geglaubt, die spanischen Behörden würden ihn nach Frankreich zurückschaffen. Dabei sei er bereits in Sicherheit gewesen, seine Fluchtgefährten hätten ihre Reise ungehindert fortgesetzt. Sein Name war Walter Benjamin. Sie ließ die Zeitung sinken. Was hatte er da getan. Welche unermesslichen Hoffnungen hatte er an sein Reiseziel geknüpft? Als was für eine Hölle musste ihm dieses Frankreich, in dem sie immer noch saß, erschienen sein, dass er den Tod der Rückkehr vorzog? Kauzig war er gewesen, weltfremd. Er hatte sich im Exil nicht zurechtgefunden, er, der Frankreich liebte und fließend Französisch sprach. Sie sah ihn vor sich, wie er im Café neben der Salle d'Iéna an ihrem Gesicht vorbei auf einen Punkt blickte, während er sich seine Gedanken zu Brechts Theater zurechtlegte. Er hatte nicht zu den Großen des Exils gehört, aber er war einer der Gescheitesten gewesen und einer der Höflichsten. Jedesmal, wenn sie ihn traf, hatte er sich nach Hans und später auch nach dem Kind erkundigt. Ein Gefühl der Hoffnungslosigkeit überkam sie, das sie bis zur Abreise aus Ste. Anne nicht mehr verließ.

Der Abschied von den Renauds war schwer gewesen. Sie gehörten zu den Gerechten in diesem nun so verhassten Land, dessen Regierung sich vor den Deutschen nach Bordeaux verdrückt hatte. Pétain, der neue Staatschef, der widerliche Greis, handelte mit seinen deutschen Gesinnungsgenossen einen Waffenstillstand aus und richtete sich in Vichy ein, von wo er de

Gaulle zum Tode verurteilte, Ausnahmegesetze gegen Kommunisten und Juden erließ und zur Bildung antibolschewistischer Legionen aufrief, die die Wehrmacht unterstützen sollten für den Fall, dass es gegen die Sowjetunion ging. Freiheit, Gleichheit, Brüderlichkeit, mit diesem Firlefanz wurde nun aufgeräumt, stattdessen schwafelten sie von Arbeit, Familie, Vaterland, diese Vernichter von Arbeit, Familie und Vaterland. Aber es gab die Renauds und ihresgleichen, die sich nicht dumm machen ließen, die ihr beistanden und sie in der Hoffnung hielten, dass sie sich und Anja durchbringen werde.

In Angers waren sie und Anja in einen Bummelzug umgestiegen, der über Trélazé nach Saint Mathurin und von dort aus immer weiter flussaufwärts an der Loire entlangratterte, in der sich der graue Novemberhimmel spiegelte. Nach einem Halt in La Ménitré erreichten sie schließlich Les Rosiers-sur-Loire.

30

Die Quellen versiegen. Jene, von denen hier die Rede war, verschwinden wieder in der Geschichte, an der sie mitgewirkt haben und die über sie hinweggeht. Sie haben die Geschichte gemacht, sie und niemand anders. Aber ihre Kräfte haben nicht ausgereicht. Das Resultat ihrer Anstrengungen ist, wie so oft in der Geschichte, ein anderes, als das von ihnen gewollte.

I

Das Dorf gehört zu den relativ jungen Orten der Gegend.

Für das dreizehnte Jahrhundert ist die Existenz eines Slawendorfs, Garlin, nachgewiesen, das 1299 dem Kloster Himmelpfort angegliedert wurde.

Von 1348 bis 1350 wütet die Pest. An ihrem Ende ist das Dorf verschwunden.

Im vierzehnten und fünfzehnten Jahrhundert herrschen Grenzkriege, Raubrittertum und Fehdewesen.

Mitte des sechzehnten Jahrhunderts erscheint zum erstenmal der Name Raves brucke, er bezeichnet die Brücke über den Hegensteinbach.

In der zweiten Hälfte des siebzehnten Jahrhunderts – das Land erholt sich nur langsam vom Dreißigjährigen Krieg – kommt etwas Leben in die Gegend. Schäferei und Fischerei sind bezeugt, auch eine Teerbrennerwiese, in den Teeröfen werden kienhaltige Kiefernstubben zu Teer und Pech verarbeitet.

Seit 1770 ist der Ortsname Ravensbrück gebräuchlich.

Der Bildungsstand der Einwohner kann als niedrig angesehen werden.

Nach der Niederlage von Jena und Auerstedt kommt Feldmarschall Blücher, auf der Flucht vor Napoleon, durch das nahe Fürstenberg.

Zu Beginn des achtzehnten Jahrhunderts sind Meiereien und Vorwerke vorhanden.

Mitte des achtzehnten Jahrhunderts finden vermehrt Rodungen statt. Die von Friedrich II. geförderte Kolonisierung kommt nur langsam voran.

Gegen Ende des achtzehnten Jahrhunderts ist die Aufbauphase des Ortes abgeschlossen.

Einen Fischer hat es hier immer gegeben.

In den ersten Jahrzehnten des neunzehnten Jahrhunderts sind ein Töpfer, ein Drechsler, ein Pfeifenmacher, ein Stellmacher, ein Nagelschmied, zwei Schlosser und ein Schlachter verbürgt. Der am meisten verbreitete Beruf ist Schiffer.

Die alte Schule, 1844 am Ende der Dorfstraße erbaut, ist immer eine Einklassenschule gewesen.

In der zweiten Hälfte des neunzehnten Jahrhunderts gibt es einen Laden mit Hökerwaren und eine Schenke. Leinenweberei wird nur noch in bescheidenem Maße betrieben.

1872 wird der erste Kalkofen gebaut. Das Kalksteinwerk an der Hegensteinbachmündung ist bis 1915 in Betrieb.

Ein Schifferdorf ist Ravensbrück immer gewesen.

In den siebziger und neunziger Jahren des neunzehnten Jahrhunderts finden die männlichen Einwohner beim Bau der Eisenbahnlinien Fürstenberg–Neustrelitz und Fürstenberg–Templin Arbeit.

Einige kleine Häuser an der Straße Unter den Linden lassen noch heute die alte Lehmkaten-Fachwerkstruktur erkennen.

Die mecklenburgisch-preußische Grenze verläuft durch den Schwedtsee.

Am Ende des neunzehnten Jahrhunderts beträgt die Einwohnerzahl fünfhundertfünfundachtzig Personen.

Die Kirche ist 1908 eingeweiht worden.

Bis 1914 gibt es im nahen Fürstenberg eine selbständige jüdische Gemeinde.

Im Ersten Weltkrieg fallen einunddreißig Ravensbrücker.

An einer Veranstaltung des Schutz- und Trutzbundes im Gasthof Zur Hütte ist von der Verschleuderung deutschen Volksvermögens zugunsten jüdischer Firmen die Rede.

Pogrome gegen jüdische Mitbürger hat es nicht gegeben.

Im November 1923 beträgt das Schulgeld pro Schüler fünf Milliarden Mark.

Im Frühjahr 1933 werden im nahen Fürstenberg Kommunistinnen und Kommunisten verhaftet.

1934 gibt es erste Verhandlungen zwischen der Gemeinde und Vertretern des Deutschen Reichs, der NSDAP und der SS über einen Landankauf.

Im Herbst 1938 wird am Ufer des Schwedtsees, gegenüber Fürstenberg, mit dem Bau eines Konzentrationslagers für Frauen begonnen.

II

Das Areal ist von einer vier Meter hohen Mauer umgeben.

Der Stacheldraht oben auf der Mauer ist mit Starkstrom geladen.

Der Parkplatz, auf dem die Transporte ankommen, liegt am Seeufer.

Der erste Häftlingstransport aus der Lichtenburg trifft am

fünfzehnten Mai 1939 ein. Auf den Transportlisten werden auch die Namen Olga Benario-Prestes und Elisabeth (Sabo) Ewert geführt.

Der Appellplatz befindet sich hinter der Kommandantur.

Die Wohnbaracken befinden sich beiderseits der sogenannten Lagerstraße.

Der Strafblock ist durch einen Drahtzaun vom Lager abgetrennt.

Viele Frauen empfinden den Verlust des Kopfhaars als besonders beschämend.

Der Häftlingskrankenbau wird Revier genannt.

Der erste Hinweis auf minderjährige Häftlinge findet sich im Juni.

Für den neunundzwanzigsten Juni ist ein Zugang von vierhundertvierzig Romafrauen und -kindern nachgewiesen.

Der Bunkerblock genannte Zellenbau wird Ende 1939 fertiggestellt.

Im ersten Jahr wird jede Woche ein Löffel Schmalz und etwas Marmelade ausgegeben.

Die größte Gruppe unter den Häftlingen bilden die Polinnen.

Bis 1941 werden die Häftlinge zur Entbindung ins Krankenhaus nach Templin gebracht. Die Häftlinge kommen ohne ihre Kinder zurück.

Bis zum Februar 1942 finden keine systematischen Tötungen statt.

Die Zahl der jüdischen Häftlinge schwankt zwischen zehn und fünfzehn Prozent.

Häftlinge, die wegen Abtreibung eingewiesen werden, tragen einen schwarzen Winkel.

Im Sommer gehen die Häftlinge barfuß.

Medizinische Experimente hat es vor 1942 nicht gegeben.

Das Hin- und Herschaufeln von Sand ist eine häufige Beschäftigung.

Dass die aus politischen Gründen Verhafteten sich gegenseitig helfen, ist bezeugt.

Für den zwanzigsten Juli sind der Neuzugang von zehn Frauen sowie die Verbringung von Olga Benario-Prestes nach Berlin zu verzeichnen.

Über die zweimonatige Vernehmung von Olga Benario-Prestes durch die Gestapo in Berlin ist nichts bekannt.

Die Rückkehr von Olga Benario-Prestes ins Lager ist auf den sechzehnten September datiert.

Seit Ende Dezember 1939 gibt es eine Schneiderei und eine Strickerei.

Die Holzpantinen, die die Häftlinge im Winter tragen, verursachen Hautabschürfungen.

Die Weigerung von Bibelforscherinnen, Weihnachtsgaben für die Wehrmacht zu verpacken, ist verbürgt.

Am vierten Januar 1940 besucht Himmler das Lager.

Vergewaltigung jüdischer Häftlinge ist erlaubt.

Stundenlanges Strafestehen ist üblich. Häftlingen, die ihre Regel haben, fließt das Blut die Schenkel hinunter.

Der *Völkische Beobachter* darf gelesen werden.

Der Name Elisabeth (Sabo) Ewert ist auf den Totenlisten des Winters 1939 verzeichnet. (Arthur Ewert, im Kerker in Rio de Janeiro, würde den Tod Sabos nicht mehr zur Kenntnis nehmen. Anfang der vierziger Jahre würde er mit Anzeichen von Schizophrenie und Paranoia und unter Hinweis auf Symptome wie Selbstgespräche, Autismus und Delirium in eine Anstalt für Geisteskranke überführt werden. Seine Schwester Minna Ewert würde sich weiterhin für seine Befreiung einsetzen. Zwei Jahre nach Kriegsende würde er, vor sich hin murmelnd und in sichtlicher Erregung um sich blickend, von der gebrechlichen, grauhaarigen Minna auf den im Hafen von Rio ankernden sowjetischen Frachter *Alexander Krybdojew* geleitet werden. In Rostock würde er zum erstenmal wieder deutschen Boden betreten. Psychiater würden feststellen, dass sein Zustand unumkehrbar war. In der Charité in Berlin, später in einer Anstalt in Eberswalde, würde er noch zwölf Jahre dahinleben. Bei seiner Beerdigung im Jahr 1959 würde der Stellvertreter des Vorsitzenden des Staatlichen Rundfunkkomitees der DDR, Gerhart Eisler, vor den wenigen Trauergästen die Grabrede halten.)

Es gibt Fälle von Sabotage.

Erfrierungen sind häufig.

Prügelstrafen auf das unbekleidete Gesäß, die sogenannte

verschärfte Prügelstrafe, hat es vor dem April 1942 nicht gegeben.

Ab Spätsommer 1941 bilden die politischen Häftlinge die größte Gruppe.

Auf der tiefsten Stufe der Lagerhierarchie stehen Häftlinge aus der Sowjetunion, Sinti und Roma, zuunterst Jüdinnen.

Jüdische Kommunistinnen werden als Jüdinnen behandelt.

Im ersten Jahr liegen die Sterbefälle bei vier bis acht Toten pro Monat.

Für Bauarbeiten werden Bibelforscherinnen eingesetzt, bei denen keine Fluchtgefahr besteht.

Die Zahl der Sinti und Roma liegt unter fünf Prozent.

Mit der Zucht von Angorakaninchen wird im Herbst 1940 begonnen.

Die im Lager tätigen Aufseherinnen werden nach der Tarifordnung für Angestellte besoldet.

Die Ausgabe von Frauenbinden, Bindenhaltern oder Büstenhaltern für Frauen, die ihre Menstruation behalten, ist nicht nachweisbar.

Bei den meisten Frauen bleibt die Menstruation aus.

Es sind nicht genügend Waschbecken vorhanden.

Bis 1942 ist Bettwäsche vorhanden.

Läuse übertragen den Typhus.

In den ersten Jahren wird kein Geburtenbuch geführt.

Fluchtversuche kommen vor.

Dass nach einem Fluchtversuch alle Häftlinge von zwölf Uhr mittags bis sieben Uhr abends Appell stehen müssen, ist bezeugt.

Mit der Fertigung von Häftlingskleidern erfüllen die Häftlinge eine traditionelle Geschlechterrolle.

Die Häftlinge sind machtlos.

Die Häftlinge sind heroisch.

Französische Gefangene hat es vor dem März 1943 nicht gegeben.

Auch im Winter ist stundenlanges Appellstehen üblich.

Häftlinge, die zur Prostitution in andere Lager verbracht werden, kommen geschlechtskrank oder auch schwanger zurück.

Es sind Fälle bekannt, wo polnische und tschechische Häftlinge Brot in den Judenblock geschmuggelt haben.

Bis 1943 liegt keine Sterblichkeitsstatistik vor.

Zur Einsparung von Bewachungskräften werden Hunde eingesetzt.

Es hat Formen von offenem Widerstand gegeben.

Bei vielen Häftlingen führt das Ausbleiben der Menstruation zu Angst vor dauerhafter Unfruchtbarkeit.

Bei Häftlingen, die aufgrund eines Verhältnisses mit einem Kriegsgefangenen oder Zwangsarbeiter schwanger werden, wird die Schwangerschaft abgebrochen. Die Neugeborenen werden nach der Geburt getötet.

Prostitution zum Zweck der Nahrungsmittelbeschaffung kommt vor.

Starke können das Kranksein überleben.

Die Wundverbände sind aus Papier.

Dass weibliche Häftlinge auf Grund ihres Geschlechts oder ihrer Sozialisierung widerstandsfähiger waren als männliche, ist möglich, aber nicht erwiesen.

Dass die Blockälteste im Judenblock, Olga Benario-Prestes, nachdem sie einen bunten Abend organisiert hat, für sechs Wochen in eine Dunkelzelle im Zellenbau kommt, ist verbürgt.

Der Prügelbock befindet sich im Untergeschoss des Zellenbaus.

Die Fälle von Selbstmord am elektrisch geladenen Zaun nehmen zu.

Beim weiblichen Lagerpersonal sind die Möglichkeiten für den beruflichen Aufstieg in der Regel geringer als beim männlichen.

Nach drei Wochen Dunkelarrest verlieren viele Häftlinge den Verstand.

Am Geburtstag des Führers wird ein Häftling entlassen.

Prügelstrafen finden dienstags und freitags statt.

Häftlinge, die durch ihre Arbeit in der Küche, in der Kleiderkammer oder in den Büros mit der SS in Berührung kommen, dürfen öfter duschen und die Wäsche wechseln.

Das Glitzern der niedergehenden Sonne im Schwedtsee ist unvergleichlich selbst im Winter.

Am vierzehnten Januar 1941 besucht Himmler wiederum das Lager.

Fleckfieber wird in den ersten Jahren nicht gemeldet.

Größere Transporte jüdischer Häftlinge von Ravensbrück nach Auschwitz hat es vor dem Herbst 1942 nicht gegeben.

Ein handtellergroßer mehrseitiger Weltatlas, den Olga Benario-Prestes, unter Verwendung von im *Völkischen Beobachter* abgedruckten Karten, heimlich anfertigt, um ihren Mitgefangenen das Kriegsgeschehen zu erläutern, ist erhalten geblieben.

Die einstündigen Märsche auf der Lagerstraße, jeden Sonntag nach dem Appell, werden 1941 wegen Überfüllung des Lagers eingestellt.

Erschießungen finden auf einer sandigen, mit Kiefern bewachsenen Anhöhe außerhalb des Lagers statt.

Die SS-eigene Gesellschaft für Textil- und Lederverwertung mbH besteht seit Juli 1941.

Mit Beginn des Kriegs gegen die Sowjetunion ist eine Verschlechterung der Ernährungssituation festzustellen.

Mit Beginn des Kriegs gegen die Sowjetunion ist eine allgemeine Verschlechterung der Situation der Häftlinge festzustellen.

Die Existenz einer eigenen Gaskammer ist erst für den Januar 1945 bezeugt.

Der letzte erhaltene Brief von Olga Benario-Prestes an Luiz Carlos Prestes stammt vom fünften November 1941. (Prestes würde ihr weiterhin schreiben. Neunzehnhundertdreiundvierzig würde er, noch immer im Gefängnis, zum Generalsekretär der Kommunistischen Partei Brasiliens gewählt werden. Kurz vor Kriegsende amnestiert, würde der einstige Ritter der Hoffnung im Fußballstadion Pacaembú in São Paulo von einer gewaltigen Menschenmenge begrüßt werden, und Pablo Neruda würde vor den Zehntausenden sein Gedicht sprechen: *So viele Dinge möchte ich heute erzählen, Brasilianer.* Mit der Begründung, die nationale Einheit sei wichtiger als seine privaten Gefühle, würde Prestes sich für die Wiederwahl von Getúlio Vargas einsetzen, der Olga Benario an die Nazis ausgeliefert hatte. Monate später würde er vom Ende Olga Benarios erfahren. Im Oktober neunzehnhundertfünfundvierzig würde er, auf dem Flughafen Santos Dumont in Rio, endlich seine Tochter

Anita in die Arme schließen. Als erster Kommunist würde er ins Parlament gewählt werden. Nach dem Verbot der Partei würde er erneut in die Illegalität gehen, und Lygia würde mit der zehnjährigen Anita in die Sowjetunion zurückkehren, wo das Mädchen sieben Jahre lang die Schulen besuchen würde. Nach der Rückkehr aus dem sowjetischen Exil würde Anita in Brasilien Chemie studieren und Mitglied der Kommunistischen Partei werden. Ihr Vater würde Maria do Carmen Ribeiro heiraten und mit ihr noch sieben Kinder haben. Der Militärputsch von neunzehnhundertvierundsechzig würde Prestes und seine Familie erneut ins sowjetische Exil zwingen. Anita würde in diesem zweiten Exil politische Ökonomie studieren. Seinen achtzigsten Geburtstag würde Prestes in Moskau feiern, bevor er mit seiner Familie nach Brasilien zurückkehren würde. In einem langen Brief würde er der brasilianischen Parteiführung Unfähigkeit, Opportunismus und Mangel an Demokratie vorwerfen. Zu Beginn der achtziger Jahre würden er und Anita aus der Partei austreten. In der einfachen Wohnung, die ihm sein Freund Oscar Niemeyer zur Verfügung gestellt hatte, würde er immer öfter Bücher und Aufsätze über sich lesen können, er würde sich selbst historisch werden. Anita würde noch einmal ein Studium beginnen. Bei ihrer Promotion als Historikerin, mit einer Arbeit über den Marsch der Kolonne Prestes, würde der greise Vater anwesend sein. Schon zu Lebzeiten zusammen mit seiner Gefährtin Olga Benario eingereiht unter die mythischen Helden Brasiliens, ein Nachfahr von Zumbí, Tiradentes, Antônio Conselheiro und Lampião, würde der Ritter der Hoffnung neunzehnhundertneunzig im Alter von zweiundneunzig Jahren sterben. Nach seinem Tod würde Anita Leocádia Prestes die Erinnerung an ihre Eltern und den Gedanken an Widerstand in Büchern und Aufsätzen wachhalten. An ihr würde sich die Hoffnung ihrer Mutter erfüllen, einen Teufelsbraten in die Welt gesetzt zu haben.)

Über die im November und Dezember 1941 und im Januar 1942 im Rahmen der Sonderbehandlung 14f13 im Lager durchgeführten Selektionen von vorwiegend jüdischen Häftlingen geben die Briefe des selektierenden Arztes an seine Frau Auskunft.

Dass die Häftlinge reihenweise nackt an der Ärztekommission vorbeimarschieren mussten, ist bezeugt. Diagnosen wie jüdische Dirne, marxistische Funktionärin, üble Deutschenhasserin, Hetzjude, Rassenschande und so weiter sind üblich.

Der erste Transport mit selektierten Häftlingen, der das Lager in Richtung Bernburg verlässt, ist auf den vierten Februar 1942 datiert.

Dass der Transport, in dem sich Olga Benario-Prestes befindet, wegen schlechter Witterung mehrmals verschoben werden muss, ist bezeugt.

III (Bernburg)

Die Heil- und Pflegeanstalt Bernburg bei Dessau gilt bei der Eröffnung 1875 als modernste Irrenanstalt ihrer Zeit.

In den zwanziger Jahren wird der durch die Versorgungsnotstände im Ersten Weltkrieg erlittene Rückgang der Patientenzahl mehr als wettgemacht.

Seit 1934 werden Zwangssterilisationen von Patientinnen und Patienten durchgeführt.

Im Oktober 1940 treffen in Bernburg Handwerker ein.

Die baulichen Veränderungen, im Keller des ehemaligen Männerhauses II, sind gering.

Die als Duschraum getarnte Kammer von knapp vierzehn Quadratmetern (entspricht Zimmergröße) enthält ein Sichtfenster.

Die beiden Türen schließen luftdicht ab.

Der Sektionsraum mit den beiden Seziertischen befindet sich nebenan.

Die Verbrennungsöfen sind für Koksbefeuerung eingerichtet.

Die Leichenbrenner werden als Desinfektoren bezeichnet.

Von November 1940 bis August 1941 werden in Bernburg Geisteskranke und Behinderte vergast.

Dass wegen der zahlreichen Pannen bei der Vernichtung Geisteskranker und Behinderter in der Bevölkerung Unruhe entsteht, ist verbürgt.

Am 24. August 1941 wird die Euthanasie Geisteskranker und Behinderter abgebrochen.

Der Übergang von der Euthanasie Geisteskranker und Behinderter zur Sonderbehandlung 14f13 (Tötung Asozialer, Tötung von Ballastexistenzen, Tötung arbeitsunfähiger Häftlinge, Tötung politischer Häftlinge, Tötung von jüdischen Häftlingen) erfolgt 1941. Der Übergang vom individuellen Tod zum anonymen Sterben erfolgt 1941.

Die Sonderbehandlung 14f13 beginnt mit der Selektion von Häftlingen in den Lagern.

Die ersten Häftlinge aus Ravensbrück treffen am vierten Februar 1942 ein.

Dass die Häftlinge bei der Ankunft gestreifte Häftlingskleider tragen, ist nicht erwiesen.

Die Lastkraftwagen, auf denen die Häftlinge vom Bahnhof zur Heil- und Pflegeanstalt gebracht werden, sind mit Planen abgedeckt. Dass der Transport der Häftlinge bei der Bevölkerung Erregung auslöst, ist bezeugt.

Mit dem Bau einer gedeckten Rampe an der südlichen Giebelseite des ehemaligen Männerhauses II sind die ankommenden Häftlinge den Blicken der Bernburger Bevölkerung entzogen.

Der letzte Blick von der gedeckten Rampe.

Die Einteilung in Gruppen von sechzig bis fünfundsiebzig Häftlingen.

Die durch die Anwesenheit von Pflegern und Schwestern vorgetäuschte Normalität.

Die beiden Türen, dahinter die dicht aneinandergedrängten nackten Menschen.

Das Umlegen des Hebels, das zum Einströmen von Kohlenmonoxydgas führt.

Das Einsetzen von Hör- und Sehstörungen, Herzrasen, Schwindelgefühl und Muskelschwäche.

Andere wehren sich, schreien und schlagen gegen die Türen.

Nach drei bis fünf Minuten ist die tödliche Konzentration erreicht.

Das Sichtfenster, durch das das Personal die Wirkung des Gases beobachtet.

Die Entlüftungsanlage, die nach einer Stunde das Gas absaugt.

Die geschlossenen Fenster in den darüberliegenden Büroräumen.

Die Arbeit der Leichenbrenner. Gasmasken sind nicht notwendig.

Anschließend in den Leichenraum, bevor im Krematorium die Verbrennung erfolgt.

31

Zeit. Die Zeit lief einlinig vorwärts. Das Ineinander von Gegenwärtigem, Vergangenem und Zukünftigem, das dem Leben Sinn und Halt gab, war einem sturen Nacheinander gewichen. Die Hektik der beiden Wochen, seit Brecht in Moskau angekommen war, das Zielgerichtete aller Einzelhandlungen, ließen die Sinnlosigkeit des Ganzen nur um so deutlicher hervortreten. Brecht fuhr hierhin und dorthin, er besorgte Fahrkarten für die Transsibirische Eisenbahn und kämpfte um die versprochenen Passagierscheine für das schwedische Schiff, das ihn und seine Begleitung von Wladiwostok nach Los Angeles bringen sollte. Er besprach sich mit deutschen und sowjetischen Schriftstellerinnen und Schriftstellern, mit Zeitschriftenredakteuren und Leitern von Buchverlagen und nahm im Schriftstellerklub an der Geburtstagsfeier für Hans Becher teil. Zu Fuß oder mit dem Taxi durchquerte er Moskau, er schaute sich nichts an, er kannte die Stadt, sie interessierte ihn jetzt nicht. Er verkehrte mit Freunden und mied seine Gegner aus der Zeit der Expressionismusdebatte. In seinem Zimmer im dritten Stock des Hotels Metropol empfing er Besucher zwischen Koffern und Bündeln, klein saß er in der Ecke des Sofas, der Sohn Steff wippte in einem alten Schaukelstuhl auf und ab, Helene Weigel kam aus dem Nebenzimmer, suchte etwas im Gepäck, verschwand wieder, in einer Ecke spielte Barbara. Sie waren eine Flüchtlingsfamilie auf der Durchreise, sie machten Pläne, die sich zerschlugen, wie andere Flüchtlingsfamilien auch, sie lebten von Gerücht zu Gerücht. Ohne die Freunde, die ihnen auf der Flucht von einem Land zum anderen halfen, waren sie verloren.

Maria Osten verbrachte die meiste Zeit bei Grete Steffin. Auf Einladung Brechts war sie aus dem billigen Hotel Baltschug wieder ins Metropol gezogen, Jusik lebte in dieser Zeit bei Boris Jefimow. Grete Steffin ging es etwas besser, sie erledigte Schreibarbeiten für Brecht und übersetzte bei Gesprächen mit sowjetischen Besuchern. Aber die Kavernen der Lungen waren zerstört, das hatte Maria Osten von Brecht schon in den ersten Stunden nach der Ankunft erfahren, er hatte sie gebeten, es Grete zu verschweigen. Alte Freunde kamen vorbei, Bernhard Reich, Gregor Gog und seine Frau, Hugo Huppert. Oft wurde in verhaltenem Tonfall und sachlich über Verhaftete und Verschwundene gesprochen, über Carola Neher und Ottwalt und Asja Lacis und Herwarth Walden. Brecht versprach mit leiser Stimme, zu tun, was ihm möglich sei. Die Besucher nickten, für die Dauer des Gesprächs fühlten sie sich etwas besser, aber sie wussten, dass kaum jemand helfen konnte und Brecht vielleicht am allerwenigsten. Seine Werke waren in der Sowjetunion kaum bekannt, Tairows Inszenierung der *Dreigroschenoper* war ein Reinfall gewesen, Ochlopkows Theater wurde geschlossen, während die *Heilige Johanna der Schlachthöfe* lief. Den Kulturfunktionären galt Brecht als Formalist, ein Vorwurf, gegen den man sich nicht wehren konnte, weil er so vage war. Seit der Verhaftung Tretjakows gab es keine neuen Übersetzungen von Brechts Werken mehr, die alten waren längst aus den Buchläden verschwunden. Brecht war nicht in der Partei, und die Leute, an die er sich hätte wenden können, Lukács zum Beispiel oder Kurella zählten nicht zu seinen Freunden und waren selbst gefährdet.

Manchmal schaute Ruth Berlau herein, sie war in diesen Tagen ebenfalls viel unterwegs, besuchte Freunde, die sie noch aus der Zeit kannte, als sie, eine freche junge Frau, mit dem Fahrrad von Kopenhagen nach Moskau geradelt war. Apletin, stets freundlich und hilfreich, bot seine Dienste an. Bei allen übrigen sowjetischen Besuchern zog sich Maria Osten unter Anzeichen von Erregung ins Nebenzimmer zu Helene Weigel zurück. Sie half ihr mit den Kindern und bei der Lebensmittelbeschaffung, ging mit ihr zu Behörden und Verlagen, wo über Tantiemen und Devisen verhandelt wurde. Bei diesen nützlichen Verrichtungen fühlte sie, wie Klarheit in ihren armen Kopf zurückkehrte. Zum erstenmal nahm sie die gespannte Atmosphäre in der Stadt richtig wahr. Überall Militär, Lastwagen mit Soldaten auf den Ladeflächen, gepanzerte Fahrzeuge mit angehängten Lafetten, endlose Soldatenkolonnen, die im Gleichschritt über die Boulevards marschierten. Als sie darüber eine Bemerkung machte, sagte Helene Weigel, damit lebten sie schon lange. Seit sie Dänemark verlassen hätten, seien sie dem Krieg immer nur um eine Nasenlänge voraus gewesen, die Hitler-Truppen waren ihnen nach Schweden und Finnland gefolgt, als hätten sie es auf die Brecht-Familie persönlich abgesehen. Wenn sie nicht bald von hier wegkämen, würden die ihr Ziel noch erreichen.

Grete Steffins Zustand hatte sich wieder verschlechtert. Wegen der Ansteckungsgefahr für die Kinder erhielt sie ein Zimmer in einem anderen Stockwerk. Maria Osten besorgte ihr das Essen und was sie sonst brauchte, leistete ihr Gesellschaft, sie sprachen miteinander oder saßen schweigend beisammen. Grete konzentrierte sich auf das Atmen. Manchmal sagte sie verzweifelt, Brecht werde ohne sie weiterreisen, oder sie bestand im Gegenteil darauf, dass er es tue. Wenn er hereinschaute, wurde sie ruhig, wünschte, über seine Gespräche informiert zu werden, und gab ihm Ratschläge für den Umgang mit den Genossen. Gelegentlich bat Brecht Maria Osten, zu ihm in den dritten Stock zu kommen, um an Gretes Stelle zu übersetzen, dann bezwang sie ihre Verstörung in der Gegenwart sowjetischer Genossen. Die übrige Zeit pflegte sie die Freundin. Dass sie sich anstecken konnte, erschien ihr wie ein Hohn.

Beim Packen, am Tag vor der Weiterreise Brechts und seiner Familie nach Wladiwostock, brach Grete Steffin zusammen. Brecht stieg zu ihr in den Krankenwagen, er bat Maria Osten mitzukommen. Während der Fahrt ergriff Grete Steffin Brechts Hand. Er blickte auf sie, auf Maria Osten, er starrte aus dem

Seitenfenster des Krankenwagens, dann blickte er wieder auf Grete Steffin. Seine Gefühle schienen in seinem schlaffen Körper keinen Halt zu finden. Im Sanatorium des Tuberkulose-Instituts erhielt die Kranke Sauerstoff. Maria Osten wollte bei ihr bleiben, aber Brecht, grau im Gesicht, bat sie, ihn zu begleiten. Er wolle versuchen, die Schiffskarten umzutauschen gegen die für ein späteres Schiff. Es war ein sinnloses Unterfangen. Als sie ins Sanatorium zurückkamen, schlief Grete Steffin. Ihr Gesicht war spitz, der Mund offen, die Hände zu Fäusten verkrampft. Die Krankenschwester sagte, sie habe ihr eine Kampferspritze gegeben. Maria Osten tupfte der Schlafenden den Schweiß von der Stirn. Nach einer Weile löste sich die Verkrampfung, die Fäuste öffneten sich, der Atem ging leichter. Später, zurück im Hotel, goss Maria Osten Tee auf. Mit der heißen Tasse setzte sie sich in den abgewetzten Sessel. Sie streifte die Schuhe ab und legte die Füße auf den Stuhl. Jedesmal, wenn im Gang Schritte zu hören waren, spannte sich ihr Körper.

Am nächsten Tag fühlte sich Grete Steffin wieder besser. Stunden vor der Abreise kam Brecht, um sich von ihr zu verabschieden. Er brachte ihr einen kleinen elfenbeinernen Elefanten. Ihre Hände umklammerten den Glücksbringer, während sie leise mit Brecht schimpfte, weil er wegen ihr die Weiterreise hatte aufs Spiel setzen wollen. Sie versprach nachzukommen, sobald sie sich besser fühle. Maria Osten verließ das Krankenzimmer. Grete starb. Grete, die Schwester, der Zwilling. Abermals begann der Boden unter ihren Füßen zu schwanken.

Sie werden sagen, ich sei ein armes, hilfloses, ausgebeutetes Geschöpf gewesen, sagte Grete am anderen Morgen. Ihre Augen glänzten, aber ihre Stimme war fest. Maria Osten hatte ihr ein zweites Kissen unter den Kopf geschoben. Ihre blonden Haare waren sauber gekämmt, Schweißtropfen standen auf der Stirn. Sie prostete Maria Osten zu und nahm einen Schluck aus dem Sektglas. Eines von diesen Weibchen, die sich von Brecht vögeln ließen und ihm dafür seine Sachen tippten. Maria Osten lächelte. Ja, vögeln werden sie sagen, oder jedenfalls denken. Erinnerst du dich an unser Gespräch in London, über die obszönen Gedichte, die Brecht und ich einander schrieben? Du weißt, ich mag die vulgären Wörter nicht. Brecht sagt, mit ihnen würde der klebrige Ton, in welchem die Bürger über das Sexuelle redeten, in die Alltagssprache zurückübersetzt. Aber er verwendet sie heute selbst nicht mehr. Sie nahm einen Schluck Sekt, machte einen kleinen Rülpser. Entschuldige, sagte sie, ich bin das Zeug nicht gewohnt. Schmeckt gut, könnte ich jeden Tag trinken. Über meine Sachen, fuhr sie fort, werden sie nicht sprechen, der einzige, der sie wichtig nimmt, ist Brecht, auch der arme Benjamin hat sie gelobt, da werden sie nicht ganz unbedeutend sein. Sie schwieg, konzentrierte sich auf das Atmen. Nach einer Weile sagte sie, ich rede, als wäre es mit mir zu Ende. So weit sind wir aber noch nicht, ich kenne mich da aus. Sie schloss die Augen. Es dauerte mehrere Minuten, bis sie ihren Gedankengang wieder aufnahm. Vielleicht stimmt es, dass Brecht meine Arbeit ausnutzt, dass er mich ausbeutet. Aber nicht als Weibchen, bei Männern macht er es genauso. Er nimmt, wo er was bekommt. Es ist seine Art, die Leistung anderer anzuerkennen. Ich habe ja auch viel von ihm bekommen, Wissen und Spaß und noch ein paar andere Dinge. Und Geld? fragte Maria Osten. Grete reagierte unwirsch, danach habe sie nie gefragt, Kunst sei für sie keine Ware. Und für Brecht? Das ist etwas anderes, er hat eine Familie. Maria Osten schwieg. In seinen Stücken, sagte Grete, nennt er die Namen der Mitarbeiterinnen und Mitarbeiter. Wer unter den schreibenden Herrschaften tut das schon? Eigentlich müssten doch alle ihre Frau oder Geliebte als Mitarbeiterin nennen. Was meinst du, wie viele Meisterwerke nie geschrieben worden wären, wenn da nicht eine gewesen wäre fürs Kochen, Bügeln und Sockenstopfen und sonst noch dies und das? Maria Osten lächelte. Ich habe Brechts Arbeitsweise damals in London miterlebt, sagte sie, es war aufregend. Er gibt dir das Gefühl, dass dein Beitrag gebraucht wird. Nur vergisst er gelegentlich, meinte Grete, dass er in einer Gesellschaft lebt, in der es die Gleichberechtigung noch nicht gibt. Da ist immer ein Gefälle. Die Männer können sich Dinge herausnehmen ... Sie brach ab. Als sie nichts weiter sagte, fragte Maria Osten, darunter leidest du? Grete nickte, dann schüttelte sie den Kopf, Schwamm drüber.

Die Schwester brachte das Fieberthermometer. Grete streifte das Spitalhemd von der Schulter und schob das Thermometer unter die Achsel. Maria Osten blickte auf ihre magere Schulter, die Haut wie durchsichtig. Sie wandte sich ab und ging hinunter und rauchte im Freien eine Zigarette. Zwei deutsche Schriftstellerinnen treffen sich mitten im Krieg, Tausende Kilometer von der Heimat entfernt, in einem Sanatorium in Moskau, zwei junge Frauen, Freundinnen, gleich alt (gleich jung), denen jetzt nur noch wenig Zeit bleibt. Hunderttausende, Millionen starben in diesem dritten Kriegsjahr, darunter eine unbekannte Anzahl Frauen des Jahrgangs neunzehnhundertacht. Das war keine Angelegenheit des Schicksals, das gehörte in den Bereich der Statistik.

Ein Krankenwagen fuhr vor den Eingang, eine in Laken gehüllte Gestalt wurde von Weißgekleideten auf einer Trage weggebracht. Ein alter Mann kletterte aus dem Krankenwagen und folgte der Gruppe ins Innere. Als Maria Osten wieder hinaufging, begegnete sie auf dem Gang der Krankenschwester. Sie blickte sie fragend an. Die Krankenschwester zuckte die Schultern. Vor der Zimmertür stand sie einen Moment still, dann trat sie ein. Sie könne sie jetzt allein lassen, sagte Grete, sie müsse bestimmt zur Arbeit. Mach dir keine Gedanken, sie haben mir beim Lenfilm-Studio frei gegeben. Sie hatte niemanden gefragt, war einfach weggeblieben. Das ist schön, sagte Grete, aber ich bin müde, oder beschwipst, ich werde etwas schlafen. Ich bleibe, sagte Maria Osten, bis du eingeschlafen bist, ich habe etwas zum Lesen dabei, und ich kann dein Gesicht betrachten. Grete blickte sie verdutzt an. Du hast ein schönes Gesicht, sagte Maria Osten, hab ich dir das nicht schon mal gesagt? Ein schönes deutsches Gesicht. Du bist eine deutsche Schönheit. Und du bist nicht recht bei Trost, sagte Grete, oder du bist auf ihren Rassenwahn hereingefallen. Maria Osten lachte. Außerdem, sagte Grete, habe ich dich immer um dein Gesicht beneidet. Ein apartes Gesicht, das finden auch andere, wie ich höre. Ich habe das Gesicht eines preußischen Lausbuben, sagte Maria Osten, schau mich an.

Nachdem Grete Steffin eingeschlafen war, stand Maria Osten behutsam auf. Sie legte den Band mit Erzählungen von Anna Seghers, in dem sie gelesen hatte, auf den Stuhl neben dem Bett. Eine Weile blickte sie in Gretes schlafendes Gesicht, dann ging sie weg. Am anderen Morgen um halb neun kam der Anruf. Als sie im Sanatorium eintraf, war Grete seit wenigen Minuten tot. Sie lag ruhig da, die Hände auf der Decke, die linke geschlossen, die rechte geöffnet. Hinter dem Bett stand die Sauerstofflasche, auf dem Stuhl neben dem Bett lag das Buch von Anna Seghers, aufgeschlagen. Später am Tag wurde auf Brechts Wunsch die Totenmaske genommen. Sie schickte ihm das vereinbarte Telegramm in den Zug, der irgendwo in Sibirien dahinfuhr. Dann zog sie der Toten das schwarze Kleid an, das sie im Hotel Metropol getragen hatte. Am folgenden Tag wurde der Leichnam verbrannt.

Zwei Wochen später marschierten die deutschen Armeen in die Sowjetunion ein. Am übernächsten Tag wurde Maria Osten verhaftet. Sie war erleichtert. Das Warten hatte ein Ende. Sie verbrachte zwei Nächte in der Lubjanka, dann wurde sie mit anderen Gefangenen zu ihrem vertrauten Komsomolplatz gefahren. Einen Moment lang dachte sie, sie würde zum Leningrader Bahnhof gebracht und in einen Zug nach Leningrad gesetzt, von wo sie ausreisen konnte – aber wohin? Oder brachten die sie zum Jaroslawler Bahnhof, von wo die Züge nach Sibirien fuhren? Sibirien, in dessen Weiten Kolzow verschwunden war. Sie würde ihn finden, das stand fest, wie lange sie auch suchen musste. Als der Gefängniswagen hielt, fand sie sich vor den Giebeln und Zinnen des Kasaner Bahnhofs. Saratow also, die zugefrorene Wolga, Schnee, jubelnde Menschen, die Blumen auf die Bühne warfen, während einer sein freches Liebesliedchen sang.

In Saratow musste sie tagelang warten, bevor sie zum erstenmal verhört wurde. Eine Aufseherin führte sie in einen mit Machorkarauch gefüllten Raum, in dem sich vier Männer halblaut unterhielten, ohne ihren Eintritt zu beachten. Sie wurde angewiesen, sich auf ein heruntergekommenes Sofa zu setzen, unter einer Fotografie von Stalin. Sie wartete. Nach einer Weile wurde sie von einem der Männer aufgefordert, Angaben zur Person zu machen und über ihre Aktivitäten in der Partei Auskunft zu geben. Die anderen sprachen weiter, stießen Zigarettenrauch aus, verließen den Raum und kamen wieder zurück. Einmal wurde sie eine halbe Stunde allein gelassen. Als die Befragung beendet war, legte man ihr das Protokoll zum Unterzeichnen vor. Am folgenden Tag wurde sie erneut in den Untersuchungsraum gebracht. Einer hielt ihr eine alte Nummer der *Internationalen Literatur* vors Gesicht. Ob diese Zeilen hier, ein Finger tippte auf die Anfangsverse der *Ballade der Kindheit*, ob die Worte *Ich wusste nicht, dass Menschen sterben* eine Anspielung sein sollten? Eine Anspielung auf was? Die Männer, die sich im Hintergrund unterhalten hatten, unterbrachen ihr Gespräch. Wir stellen hier die Fragen, sagte der Untersucher nicht unhöflich. Sie sagte, das sei eine Kindheitserinnerung, Kinder wüssten nichts vom eigenen Tod. Ob sie noch mehrere solcher Gedichte geschrieben habe? Sie nickte. War sie vielleicht verhaftet worden, weil sie dieses Gedicht geschrieben hatte? Berichten Sie über Ihre Arbeit. Sie erzählte der Reihe nach, von der Zeit, als sie, achtzehnjährig, beim Malik-Verlag angefangen hatte, bis zu ihrer Arbeit mit Kolzow in Spanien und danach. Am nächsten Tag musste sie berichten, wie und wo und wann sie Kolzow kennengelernt hatte. Während sie sprach, setzte sich ein weiterer Mann dazu. Nach wenigen Sätzen fiel er ihr ins Wort, sie solle die Phrasen lassen und klar sagen, welcher Art ihre Beziehungen zu Kolzow gewesen seien. Wir hatten eheliche Beziehungen, bis Ende neunzehnhundertsechsunddreißig. Und dann? Ich verließ ihn. Warum? Es gab einen anderen. Wie hieß er? Ernst Busch. Der deutsche Sänger? Sie nickte. Antworten Sie mit Ja oder Nein. Ja. Wie waren Ihre Beziehungen zu Kolzow von da an? Wir haben weiter zusammengearbeitet, andere Beziehungen bestanden nicht, schon gar keine antisowjetischen. Danach hat niemand gefragt. Was können Sie über Kolzow noch sagen? Er war sanft. Werden Sie nicht frech! Maria Osten zuckte zusammen. Nein, sagte sie.

Zwei Tage später wurde sie nach Julia Annenkowa und Carola Neher gefragt. Sie sagte, was sie wusste. Beschreiben Sie Ihre Beziehungen zu – der Frager kramte in seinen Unterlagen und las vor –, Feuchtwanger, Brecht, Malraux, Busch, Heinrich Mann, Aragon, Anna Seghers, Pasternak. Sie verstand nicht, warum sie das gefragt wurde. Die Genannten waren Freunde der Sowjetunion, das war bekannt, einige waren Genossen. Wurden diese Beziehungen zu ihrer Entlastung festgestellt? Als Mitarbeiterin bei der Redaktion des *Worts*, sagte sie, habe sie mit vielen Schriftstellern und Schriftstellerinnen zu tun gehabt. Weitere Namen wurden genannt, jedesmal nickte sie. Am nächsten Tag wurde sie gefragt, wie sie von der Verhaftung Kolzows erfahren habe. Sie sagte, Bredel habe ihr in Paris Ende neunzehnhundertachtunddreißig einen Brief von Becher zu lesen gegeben, worin das stand. Darauf habe sie sich entschieden, nach Moskau zurückzukehren, um die Situation zu klären. Was wollten Sie klären? Als Parteimitglied ... Sie sind nicht Parteimitglied. Damals war ich es. Als Parteimitglied wollte ich mich rechtfertigen und vor den Genossen rehabilitieren. Warum wollten Sie sich rehabilitieren? Warum sind Sie zurückgekommen? Wer hat Ihnen die Einreisevisa gegeben? Wer hat Ihnen die Ausreisevisa gegeben? Woher ist Ihnen bekannt? Seit wann wussten Sie? Wann trafen Sie? Von welchen Organisationen wurden Sie? Wann? Warum? Wieso? Sie widersprechen sich.

Mehrere Wochen vergingen. Ende September wurde sie erneut verhört. Haben Sie Litauer gekannt? Wen? Der Untersucher blätterte in den Papieren. Emilia Emanuilowna Litauer. Ich kenne niemanden namens Litauer. Drei Tage später wurde sie in einen Kellerraum gebracht. Zwei Männer, die sie bisher nicht gesehen hatte, setzten sich ihr gegenüber. Haben Sie Roland Malraux gekannt? Ich habe André Malraux gekannt. Roland habe ich ein- oder zweimal bei ihm getroffen. Die beiden sind verwandt? Halbbrüder. Haben Sie gewusst, dass beide für Deutschland spionierten? Nein. Haben Sie Voschel gekannt? Wen? Voschel. Nein. Oder doch, Lucien Vogel. Haben Sie gewusst, dass er ein deutscher Spion ist? Er hat in Paris die antifaschistische Zeitschrift *Vu* herausgegeben. Haben Sie Vian Couterier gekannt? Vian Couterier? Ich habe den Genossen Vaillant-Couturier gekannt, er war Herausgeber der *Humanité*. Herausgeber von was? Der Zeitung der französischen Partei. Haben Sie Maria Klot gekannt? Marie-Claude ist die Tochter von Vogel und die Frau von Vaillant-Couturier. Was wissen sie über die Verbindung von Voschel und seiner Tochter zu den

Nazis? Sie sind Juden. Beantworten Sie die Frage. Darüber ist mir nichts bekannt. Haben Sie Emilia Litauer gekannt? Nein. Haben Sie Boleslawa Boleslawskaja-Wulfson gekannt? Ich habe sie ein paarmal getroffen. Wo? Bei André Malraux. Haben Sie für Deutschland spioniert? Ob Malraux und Boleslawskaja-Wulfson für Deutschland spioniert haben? Nein, Sie, ob Sie für den deutschen Nachrichtendienst spioniert haben. Nein. Einer der beiden Männer gab ihr eine Ohrfeige. Denken Sie nach.

Sie verstand nicht, warum das Verhör diese Wendung genommen hatte. Dass man sie über Kolzow und Busch und Brecht und Ottwalt befragen würde, hatte sie erwartet, vielleicht auch über Joe Losey, den amerikanischen Naturburschen. Aber Roland Malraux, Vogel, Vaillant-Couturier, Boleslawskaja-Wulfson? Genossinnen und Genossen, die sie kaum kannte und die in ihrem Leben keine Rolle gespielt hatten. Da musste eine Verwechslung vorliegen, sie würde das gleich morgen aufklären. Es dauerte dann aber drei Wochen, bis sie abermals in den Keller geführt wurde. Zwei Männer blätterten in Papieren. Boleslawskaja-Wulfson hat zu Protokoll gegeben, André Malraux und Kolzow seien deutsche Spione. Äußern Sie sich. Kolzow war kein deutscher Spion. Boleslawskaja-Wulfson hat gesagt, Sie hätten zu ihr gesagt, Roland Malraux habe Ihnen gesagt, sie spioniere mit André Malraux für Deutschland. Können Sie den Satz bitte wiederholen? Sie erhielt einen leichten Schlag ins Gesicht. Roland Malraux kann das nicht gesagt haben, ich habe ihn kaum gekannt. Ich möchte erklären, dass ich die hier genannten Genossen kaum … Diesmal erhielt sie eine heftige Orfeige. Sie klammerte sich an die Tischplatte, um nicht vom Stuhl zu fallen. Wischen Sie sich das Blut ab. Boleslawskaja-Wulfson hat zu Protokoll gegeben – der Frager las vor: Osten hatte einen Hass auf die Sowjetregierung. Boleslawskaja-Wulfson sagte ferner, Sie hätten mit dem deutschen Geheimdienst zusammengearbeitet und hätten auch Boleslawskaja-Wulfson zum Mitmachen aufgefordert. Ich habe nie für Deutschland spioniert und habe so etwas auch nie zu Boleslawskaja-Wulfson gesagt, ich habe sie ja kaum … Sie erhielt einen Schlag ins Gesicht. Der Raum drehte sich um sie. Das Nasenbein war gebrochen. Laut Boleslawskaja-Wulfson haben Sie Informationen über die Sowjetunion an die westlichen Nachrichtendienste weitergegeben. Maria Osten sagte etwas. Sprechen Sie deutlicher. Ich bestreite Boleslawskaja-Wulfsons Aussagen, ich habe weder ... Ich verstehe Sie nicht, sprechen Sie lauter. Ich habe weder mit ihr noch ohne sie Spionage betrieben. Wir können diese Ermittlung nur abschließen, wenn Sie eine Erklärung abgeben, dass Sie spioniert haben. Ich habe nicht spioniert. Sie sprechen wieder undeutlich. Ich habe nicht spioniert. Sie erhielt eine Ohrfeige. Sie hörte Papierrascheln, sie konnte nur Schemen erkennen, ihre Augen waren zugeschwollen. Emilia Litauer hat gesagt, Voschel habe ihr gesagt, Boleslawskaja-Wulfson habe auf Drängen von Maria Osten mit der Spionage begonnen und auch er, Voschel, sei durch Maria Osten zum Spion geworden. Ich verstehe nicht. Was verstehen Sie nicht? Ich verstehe die Chronologie nicht. Sie müssen wirklich lauter sprechen. Ich verstehe nicht, wie ich Boleslawskaja-Wulfson zu einer Zeit, als ich bereits zurück in Moskau war, zum Spionieren veranlasst haben könnte, während sie ... während sie ... Sie stockte, erhielt einen Schlag ins Gesicht. Während sie laut Litauer bereits für Deutschland spionierte, als ich Roland Malraux noch gar nicht kannte. Die beiden begannen auf sie einzuschlagen, der eine benutzte seinen Pistolenknauf. Hören und Sehen verging ihr. Sie konnte immer nur diesen einen Satz denken, ich habe die Sowjetunion so geliebt. Als sie zu sich kam, lag sie auf dem Boden des Kellerraums. Der Gefängnisarzt beugte sich über sie und sagte etwas. Sie hörte nichts außer einem hohen Pfeifton. Nach einer Weile richtete der Arzt sie auf und führte sie durch das Kellergewölbe. Sie kamen an einer Zelle vorbei, deren Tür offen stand. Durch geschwollene Augen erhaschte sie einen Blick auf eine Gestalt, deren Kopf von einer Kapuze verhüllt war. Sie hielt die Arme wie zu einer segnenden Geste ausgebreitet. Dahinter fiel fahles Licht durch ein vergittertes Fenster. Sie schüttelte den Kopf, um die Halluzination loszuwerden. Die Erscheinung blieb ein paar Sekunden auf ihrer Netzhaut stehen, dann verschwamm sie und löste sich in Farbflecken auf, die, begleitet vom Pfeifton in ihren Ohren, langsam ineinanderflossen.

In den folgenden Wochen wurde sie noch mehrmals in den Keller gebracht. Jedesmal wurde sie geschlagen, mit Fäusten, mit Gummiknüppeln, manchmal mit dem Telefonbuch, wenn es gerade da lag. Warum schlugen sie sie immer ins Gesicht? Was hatte ihr Gesicht ihnen angetan? Warum mussten sie ihr die Nase brechen, es war keine hässliche Nase. Die Prügeleien liefen mechanisch ab, die Prügler erfüllten ihre Pflicht. Fragen wurden kaum noch gestellt. Nach der letzten Prügelei gab sich der Arzt besondere Mühe, um ihr Gesicht wieder herzurichten. Zwei Tage später führten sie sie in einen Raum, in dem sie noch nie gewesen war. Sie wurde auf einen Stuhl gesetzt und blickte in einen Fotoapparat. Die fotografierten sie. Sie dachte nach, was das für einen Sinn haben könnte. Dass sie geschlagen wurde, hatte seine Logik. Aber fotografiert? Ihr Gesicht war nicht mehr schön, das war klar. Früher einmal, wann war das nur gewesen, hatte sie ein lustiges Gesicht gehabt, Heartfield hatte es in ein Katzengesicht verwandelt, auf dem Einband von Ehrenburgs Roman. Sie fragte sich, ob Emilia Litauer und Boleslawa Boleslawskaja-Wulfson ebenfalls fotografiert worden waren, bevor sie sie erschossen. Sie blickte in das zerstörte Gesicht, das sich in der Linse des Fotoapparats spiegelte. Das Gesicht stand auf dem Kopf. Woher kam das nur? Die weit aufgerissenen Augen schienen ihr übertrieben, wie bei einer Schmierendarstellerin. Waren die Prügler stolz auf ihre Arbeit? Wollten sie den Genossen Vorgesetzten zeigen, dass sie den Auftrag vorschriftsgemäß ausgeführt hatten? Gehörte das Fotografieren zur Arbeit des Folterns? War dies ein Fortschritt der Technik? Sie versuchte, in ihrem sich auflösenden Wesen eine Erinnerung festzuhalten. Im Spanischen Krieg, auf der Fahrt an die Front, hatte sie in Guadalajara mit gefangenen italienischen Soldaten gesprochen. Die hatten Fotografien von Abessiniern bei sich getragen, die sie getötet hatten. Mit den von ihnen Getöteten hatten sie sich fotografieren lassen. Das Töten hatte ihnen nicht genügt, sie wollten auch noch die Erinnerung daran. Als sie die Fotos machten, hatten sie wohl nie und nimmer daran gedacht, dass sie eines Tages gefunden und veröffentlicht werden würden. Oder doch? Wollten die Folterer und Töter insgeheim, dass die Sache ans Licht kam, dass die Welt sich empörte, dass an ihnen ein Exempel statuiert wurde? Gefehlt. Die Fotografien waren Müll auf dem Müllhaufen der Geschichte. Sie kamen zu spät, sie zeugten von Untaten, die bereits geschehen waren und nicht mehr zurückgenommen werden konnten. Von den meisten Opfern gab es ohnehin keine Fotos. Unbekannt gequält, unbekannt getötet. Und auch die Fotografien, die sie jetzt von ihr machten, würden nie bekannt werden, das war in Ordnung, sie wollte nicht mit diesem Gesicht erinnert werden. (Die Fotografien würden neunzehnhundertsiebenundneunzig in einem Buch von Vladimir Koljazin veröffentlicht werden.)

Im Dezember wurde sie zum letzten Mal gefragt, ob sie sich im Sinne der Anklage schuldig bekenne. Was sagen Sie? Sprechen Sie lauter. Nicht schuldig. Der Untersuchungsbeamte trug es gleichgültig in ihre Akte ein. Die Prügeleien hörten auf, die Untersuchung des Falls 2862 war abgeschlossen. Entscheid auf Höchststrafe, Tod durch Erschießen, sowie Beschlagnahme und Vernichtung des Besitzes gemäß beiliegender Liste. Saratow, den 8. Dez. 1941. Monate verstrichen, sie lebte immer noch. Die eisige Kälte in der Zelle ließ nach. Sie dachte an wenig. Manchmal ging ihr die Frage durch den Kopf, warum sie jetzt noch erschossen werden sollte. Die Jahre des Terrors waren vorbei, die Sowjetunion kämpfte ums Überleben. Wurden jetzt nicht alle gebraucht im Krieg gegen Deutschland? Sie musste gefährlich sein, einer der Hauptfeinde des Landes, dass sie jetzt noch hingerichtet werden sollte. Was war besser, von den eigenen Landsleuten umgebracht zu werden oder von den eigenen Genossen? Im Ablauf der Wochen wurde es allmählich heiß in der Zelle, der Sommer war da. Sie hatten sie vergessen, wie sie sich selbst allmählich vergaß. Am achten August neunzehnhundertzweiundvierzig wurde sie beim Morgengrauen aus der Zelle geholt und im Gefängnishof an die Wand gestellt. Eine Salve krachte, ihr Kopf schlug gegen die Wand, dann sackte ihr Körper auf den Boden.

32

Im Mai regnete es unablässig, die Loire drohte über die Ufer zu treten. Die Erde war durchnässt, das Wasser floss kaum mehr ab, das junge Gemüse und die Früchte faulten, am meisten litten die Erdbeeren. Wenn das Wetter schön gewesen wäre, hätte sie jetzt Erdbeeren geerntet, drei Kilo pro Korb. Fünf Francs erhielt sie für einen Korb, dreißig bis fünfzig Francs am Tag hätte sie verdient. Aber nun regnete es seit mehr als einer Woche. Was von den Erdbeeren nicht verdorben war, würde sie einmachen für den Winter, es würde bereits der dritte Winter werden in diesem Nest und, so hoffte sie, der letzte. An Anjas Geburtstag, vor zwei Wochen, schien noch die Sonne. Es war ein harmonischer Tag gewesen, viele Kinder waren da, auch ein paar Erwachsene, die der Evakuierten und ihrer Tochter nicht feindselig gesinnt waren. Besonders gefreut hatte sie sich über das Gespräch mit Mlle. Le Moine, während die Kinder im Garten spielten. Die Meinung der fortschrittlichen Lehrerin über Anja beschäftigte sie noch während Tagen. Das Kind sei alles andere als gehemmt, da müsse Mme. Schaul sich keine Sorgen machen, eher schon sei sie wild. Die Lehrerin hatte es mit einem verständnisvollen Lächeln gesagt. Ruth Rewald konnte ein Gefühl des Triumphs nicht unterdrücken. Das Töchterlein besaß eine Eigenschaft, die sie selbst gern gehabt hätte, die sie sich in einer längst vergangenen Zeit einmal hatte erwerben wollen. Anja würde eine freche junge Frau werden. Natürlich konnte sie das niemandem sagen, auch der freundlichen Lehrerin nicht, und vielleicht musste sie diese Eigenschaft in ihrem Kind etwas zügeln, aber insgeheim freute sie sich. Am Sonntag, beim Schulfest, würde die Kleine in einem Theaterstück mitspielen, sie konnte es kaum erwarten, süß sah sie aus in ihrem Kostüm, in dem sie eine Tulpe darstellte. Nach dem Geburtstag hatte das Kind Hans auf einer Karte für seine guten Wünsche gedankt. Mon cher petit papa, hatte es in kindlichen Buchstaben geschrieben, du bist sehr sehr lieb. (Sie hatte der Kleinen nicht gesagt, dass genaugenommen ein anderer ihr Vater war. Dazu würde später noch genug Zeit sein. Vielleicht würde sie ihr dann sagen, dass sie ein Glückskind sei, weil sie nicht nur einen Vater hatte, der sie vor den Unbillen des Lebens bewahrte, sondern sogar zwei.) Unter Anjas Kartengruß hatte sie hinzugefügt, sie habe sich gefreut, dass Hans das kleine Paket mit den Esswaren bekommen habe. Sie hoffe, der Sommer werde dort unten in diesem Jahr nicht wieder so heiß und er bewahre sich seine Gesundheit. Auch Heiner habe sie ein Päcklein geschickt. Sorge mache ihr aber der Doktor, dessen Zustand sich, nach Monaten der Genesung, rapide verschlechtere, Michel setze ihm wieder sehr zu. Dennoch hoffte sie, dass sie und Hans sich in einer nicht allzufernen Zeit wiedersehen würden. Beim Überlesen war sie zufrieden mit dem unpersönlichen Ton ihrer Zeilen. Unauffälliges Alltagsgeschwätz, nichts, was einem Zensor auffallen könnte. Dass die Zensur sie zwang, ihre Gefühle zu verstecken, hatte auch sein Gutes.

Die ersten Wochen in Les Rosiers waren schwer gewesen. Die Unterkunft, die man ihnen zugewiesen hatte, erwies sich als eine baufällige Hausruine an der Uferstraße, deren Wände von Schimmel bedeckt waren und die, wie zum Hohn, das Schloss genannt wurde. Hinter der Ruine ein verkommener Park, in dem sie noch am ersten Abend Reisig sammelte, das schnell verbrannte, so dass sie und Anja die kalte Novembernacht schlotternd aneinandergeschmiegt verbrachten. Am nächsten Tag hatte sie Holz gekauft und mit einem Leiterwagen in mehreren Fuhren ins Schloss geschafft. Das Reisig benutzte sie fortan nur noch zum Anfeuern. Zum Park gehörte ein Gemüsegarten, in den sie sich mit vier Flüchtlingsfamilien teilte, die mit ihnen in der Ruine wohnten und endlos um ein paar herabgefallene Äpfel oder ein paar Quadratzentimeter Garten miteinander haderten. Schwerer zu ertragen als diese täglichen Reibereien war das Verhalten der Einwohner des Städtchens. In Ste. Anne waren ihr die Menschen unter dem Einfluss der Renauds mit Sympathie begegnet. In Les Rosiers wurde den Asylanten misstraut, sie waren Menschen zweiter Klasse, man machte einen Bogen um sie. Da hatte es nichts geholfen, dass sie zusammen mit einem älteren jüdischen Flüchtlingspaar hier angekommen war, das sie nicht ausstehen konnte. Die beiden waren egoistisch und feige und spekulierten auf ölige Weise darauf, dass sie bemitleidet würden. Es schien ihr, das Verhalten des Paars färbe auf sie ab und man begegne auch ihr mit Verachtung. Während Monaten hatte sie sich über die beiden geärgert, dann war der Mann eines Tages abgeholt worden, von da an ließ die Frau sie in Ruhe.

Wie in Ste. Anne bezog sie auch hier von der Gemeinde eine kleine Rente, die im ersten Winter kaum ausreichte. Sie verbrachte Wochen damit, die Räume in dem zerfallenen Haus bewohnbar zu machen, wusch die Wände ab und die abgenutzten Möbel, daneben besorgte sie den Haushalt, schneiderte und flickte Kleider. Sorge machte ihr, dass Anja nur den dünnen roten Mantel hatte, sie zog ihr mehrere Jäckchen darunter an, bevor sie mit ihr die täglichen drei Kilometer zu dem Bauern spazierte, wo sie die Milch billiger kaufen konnte. Um sich die Zeit zu vertreiben und die Kleine von der Kälte abzulenken, erzählte sie ihr unterwegs Geschichten, es waren jene Kindergeschichten, die sie als Fünfundzwanzigjährige veröffentlicht hatte, von Rudi und seinem Radio, von dem Mann mit der grünen Brille und manche andere. Gedanken an Hans und Heiner waren nie fern. Von Hans hatte sie zuletzt gehört, dass er aus Le Vernet in eine Prestataire-Kompanie gekommen war. Bestimmt waren ihm diese Hilfseinheiten verhasst, aber zur regulären Armee hatte er sich vergeblich gemeldet, die nahmen keine Ausländer, und das Leben bei den Prestataires war besser als im Lager. Wochen verstrichen, Gerüchte über das Schicksal der Internierten erreichten sie und wurden bestätigt, als sie Anfang April endlich eine Karte von Hans erhielt, aus einem Ort namens Djelfa in der algerischen Sahara. Auf mehreren Karten, zum Teil in verschlüsselter Sprache, teilte er ihr mit, was sich mit ihm zugetragen hatte. Anfang März war er von der Prestataire-Kompanie nach Le Vernet zurückgeschickt worden, wo er Heiner wiedergesehen hatte. Einige Wochen später wurde er mit anderen Genossen mitten in der Nacht abgeholt. Im Hafen von Port-Vendres an der spanischen Grenze wurden sie auf die *Djebl d'Amour* gebracht, einen Rosthaufen von einem Frachter. Sie verbrachten mehrere Tage und Nächte im Laderaum, wo es nach dem Kot und Urin der Hammel stank, die das Schiff vom Departement Algerien nach Frankreich zu transportieren pflegte. An der spanischen Küste entlang, um den englischen Kriegsschiffen zu entgehen, die auf dem offenen Meer kreuzten, gelangten sie auf die Höhe von Almería, dann ging es in der Nacht über das Mittelmeer nach Oran. Von dort mit der Eisenbahn über Sidi Bel Abbès hinaus. Am Ende der Bahnlinie wurden sie ausgeladen. Nach mehreren Tagesmärschen war die Oase Djelfa erreicht, auf halber Höhe das Atlasgebirge hinauf. Hier erwartete sie ein von Stacheldraht umzäuntes Zeltlager, das von versoffenen Vichy-Soldaten bewacht wurde. In sechzig Kilometern Umkreis gab es kein Wasser, eine Flucht wäre töricht gewesen. Die Tage vergingen in Langeweile, in einer trostlosen Landschaft, wo die Temperaturen am Tag auf über dreißig Grad stiegen und nachts, was schlimmer war, gegen null Grad fielen. Das Klima setzte Hans zu, sie entnahm es seinen Karten, Einzelheiten erfuhr sie nicht.

Als das Wetter es zuließ, begann sie, ihren Teil des Gemüsegartens zu jäten und Früchte und Gemüse anzupflanzen. Mlle. Le Moine hatte ihr Ratschläge gegeben, der Bauer, bei dem sie die Milch holte, ein paar Setzlinge, das übrige Saatgut hatte sie gekauft. Sie pflanzte Karotten und Tomaten, rote Rüben, Rosenkohl und Weißkohl, Salat, Spinat und die Erdbeeren, von denen die Lehrerin sagte, sie ließen sich gut verkaufen. Mit der Zeit arbeitete sie mehrere Stunden am Tag im Garten, sie war geschickt, und die Arbeit, mit der sie sich und Anja das Leben erhielt, erfüllte sie mit Befriedigung. Abends war sie müde, sie und Anja gingen früh zu Bett, wie die meisten Einwohner des Städtchens, oft schlief sie zehn Stunden, am Morgen war das Kind meist vor ihr auf und spielte still in der Küche. Abermals war ihnen eine Katze zugelaufen, eine junge, sie war umgänglich, ließ sich von Anja herzen und in der Wohnung herumschleppen. Auch ein Kaninchen, das ihnen der Bauer für ein paar Francs überlassen hatte, gehörte bald zum Haushalt und erhielt den Namen Bébert. Im Lauf der Zeit wurden einige ihrer französischen Nachbarinnen umgänglicher, zu Anjas viertem Geburtstag waren mehrere Mütter mit ihren Kindern gekommen und hatten Esswaren mitgebracht. Das Leben wurde erträglicher. Eines Tages meldete Hans in der Tarnsprache, er habe Nachricht von Heiner. In ihre Freude mischte sich Besorgnis, als sie zu verstehen glaubte, dass Heiner aus Le Vernet fliehen werde. Von Henris Reise halte sie nichts, ließ sie Hans wissen, sie befürchte, dass sie seiner Gesundheit schaden werde. Sie schrieb auf einer der offiziellen Postkarten, die sie für Mitteilungen an Familienangehörige zu benutzen hatte und die den Vermerk enthielten: Il est indispensable d'écrire lisiblement pour faciliter le contrôle des autorités allemandes. Sie fürchte, schrieb sie gut leserlich, dass Henris Vorgesetzte über seine Reise nicht erfreut sein würden, sie habe gehört, Freunde von Henri, die die gleiche Reise unternehmen wollten, seien gezwungen worden, in ihre Heimat zurückzukehren, was ihrer Gesundheit nicht bekommen sei.

Im Juni wuchs eine neue Gefahr. Am einundzwanzigsten schrieb sie verzweifelt an Hans, warum der Doktor nicht härter mit Michel umgehe, ob er nicht zu geduldig sei, ob er nicht sehe, dass Michel ihm da eine böse Sache einbrocke? Schon am nächsten Tag hatten sich ihre Befürchtungen bestätigt, die deutschen Divisionen marschierten in die Sowjetunion ein. Sie stießen auf wenig Widerstand, sie kamen rasch ins Landesinnere voran, sie machten Zehntausende, bald Hunderttausende von Gefangenen. Der Doktor werde sich auf die Dauer zu heilen wissen, schrieb sie in der folgenden Woche, aber sie und Hans werde er unter diesen Umständen nicht mehr in seine Klinik aufnehmen können. Hans wisse, fügte sie hinzu, dass sie den Doktor liebe wie ihren eigenen Vater. Eineinhalb Jahre war es her, da war sie nahe daran gewesen, sich von Stalin und der Union loszusagen. Nichts lag ihr jetzt ferner. Die unaufhörlichen Siegesmeldungen des Packs und ihre eigene zerbrechliche Existenz in einem von den Nazis besetzten Land hatten sie wieder auf die Sowjetunion als ihre einzige Hoffnung verwiesen. Zunehmend hatte sie sich an die Vorstellung geklammert, dass es ihr und Hans gelingen müsse, mit dem Kind dorthin zu gelangen. Nun verdüsterte sich alles unter den Schlägen, die Deutschland in diesem Sommer und Herbst gegen die Union führte. Schon in den ersten Tagen war Minsk gefallen, Ende Juli erreichten die deutschen Armeen Smolensk, unaufhaltsam stießen sie in Richtung Leningrad, Moskau und Kiew vor. Ob Maria Osten mit dem Jungen in Moskau war? Ein leichter Sommerabend in Paris fiel ihr ein, ein fröhlicher Tratsch in einem Bistro in der Rue Mouffetard, wo sie und Maria Osten den Kongress verschwänzt hatten, während die Großen in der Maison de la Mutualité die Kultur vor dem Faschismus retteten. Fische und Meeresgetier und Früchte von den karibischen Inseln. Wer den Pastis nicht kannte, konnte die Franzosen nicht verstehen. Und noch ein Gespräch fiel ihr ein, in ihrer alten Wohnung in der Rue Daguerre, Anja war neben ihren Spielsachen eingeschlafen, der kleine Jusik summte im Spiel vor sich hin. Maria Osten, grau im Gesicht, bestand darauf, dass Stalin auf sie hören und seinen getreuen Kolzow nicht verkommen lassen würde. Verwirrte Gedanken. Von einem getäfelten Saal im Kreml hatte sie gesprochen. Jetzt war sie dort. Auch Ruth Rewald hatte dort sein wollen, hätte dort sein wollen, denn nun marschierten die Deutschen dorthin, während im Kreml der Retter saß (in einem getäfelten Saal?), von dem allein nun ihr Leben abhing. Einmal mehr wurde ihr klar, dass es keinen sicheren Ort mehr gab für sie und ihresgleichen. Die unlösbare Aufgabe bestand darin, dennoch nicht aufzugeben.

Ihre Sorge um Heiner wuchs. Es gab Gerüchte, dass die deutschen Besatzer die französischen Behörden drängten, die deutschen Kommunisten auszuliefern. Kein Zweifel, Heiner befand sich in Gefahr. Immer wieder las sie die Karten von Hans, den Tränen nahe vor Verzweiflung, wenn sie die durch die Tarnsprache verstümmelten Hinweise nicht verstand. Heiner war aus Le Vernet ins Gefängnis nach Montauban verlegt worden, das bedeutete eine Verschlimmerung seiner Situation. Sie fragte Hans, ob er nicht über illegale Genossen in Frankreich etwas für Heiner tun könne. Das war lächerlich. Hans machte selbst Schweres durch, seit Wochen hatte er Fieber, man hatte ihm gesagt, es werde erst vergehen, wenn im Atlas der Winter einsetze. Bis dahin musste er die zu heißen Tage und zu kalten Nächte in seinem fiebrigen Zustand ertragen. Sie hatte ein schlechtes Gewissen, weil sie die Karten an Hans mit Sorgen um Heiner füllte. Hans beklagte sich nicht, er hätte alles getan, um Heiner zu helfen. Sie sagte sich, sie liebe Hans nicht weniger als Heiner, und nur die große Gefahr, in der Anjas Vater schwebe, veranlasse sie zu dieser Bevorzugung. Doch dann fragte sie sich auch wieder, ob sie sich das einrede, ob die Vorstellung von einer glückenden Dreierbeziehung mehr sei als ein Wunschtraum, der in dieser Welt nicht zu verwirklichen war.

Das Leben ging irgendwie weiter, mit Gartenarbeit, Haushalt, Wäschewaschen und Kleiderflicken, mit dem täglichen Gang nach Milch, den Reibereien mit den Hausbewohnern und den gelegentlichen Unterhaltungen mit der freundlichen Lehrerin oder einer Nachbarin. Sie verbrachte viel Zeit mit Anja, sie bemutterte sie, manchmal dachte sie, sie brauche das Kind mehr, als für es gut sei. Sie sorgte sich noch immer, weil die Kleine rundlich war, sie schrieb es Hans, der sich stets nach Anja erkundigte und sie beruhigte, in dieser Zeit sei ein kleiner Notvorrat an Speck keine schlechte Sache, maßgeblicher sei, dass Anja im Kindergarten bereits die ersten Buchstaben lerne. Im September durfte das Kind zu den Renauds nach Ste. Anne reisen, die Behörden hatten zur Bedingung gemacht, dass sie selbst in Les Rosiers blieb. Sie willigte ein, es würde der Kleinen guttun, ein paar Tage von der gluckenden Mutterhenne wegzukommen. Während Anja in Ste. Anne war, kaufte sie Holz für den Winter, die großen Stücke zersägte sie selbst, sie wusch Gemüse und machte Früchte ein, fütterte das Kaninchen Bébert und spielte abends mit der jungen Katze, der sie Anja ersetzen musste. Einmal, im Bett, vor dem Einschlafen, fiel ihr ein, dass sie die Schriftstellerei wieder aufnehmen könnte, aber das erschien ihr so unwirklich, dass sie keinen weiteren Gedanken daran verschwendete. Nach einer Woche riefen die beiden Alten bei Mlle. Le Moine an und baten, Mme. Schaul davon zu unterrichten, das Kind habe den Keuchhusten, es werde bestens gepflegt und sei bereits auf dem Weg der Besserung. Als sie Anja zwei Wochen später am Bahnhof abholte, hatte sie noch auf dem Perron die vielen Geschenke bewundern müssen, die das Kind von den Renauds erhalten hatte. Beim Anblick des dicken Wintermantels, der Anja besser schützen würde als der dünne rote, kamen ihr die Tränen.

Mitte September schrieb sie Hans, der Doktor scheine sich von seiner schweren Krankheit zu erholen, aber am Ende des Monats fürchtete sie bereits wieder, dass er einen Rückfall erleide, das heiße Wetter bekomme ihm nicht (die ausgetrocknete Erde erleichterte das Vorankommen der deutschen Panzer).

Anfang Oktober kreiste die Wehrmacht zwischen Wjasma und Brjansk zwei sowjetische Armeen ein und machte mehr als eine halbe Million Gefangene, in wenigen Tagen fielen Orel, Kaluga und Kalinin. Moskau war vom Westen abgeschnitten, die sowjetische Regierung wurde nach Kuibyschew evakuiert. Wenig später fielen Odessa und Charkow, und die Belagerung von Moskau begann. Sie befürchtete das Schlimmste. In ihrer Mutlosigkeit mochte sie Hans nicht mehr schreiben. Bei dem schönen Herbstwetter wuchs und reifte das Gemüse im Garten und wollte eingebracht werden. Sie erntete einen Zentner Karotten und so viele Tomaten, dass sie den größten Teil einmachen musste, dazu mehr als einen halben Zentner grüne Bohnen. Im Oktober aßen sie und Anja jeden Tag Erbsen, rote Rüben, Rosenkohl und Weißkohl, Salat, Rettich, und Spinat, alles aus dem eigenen Garten. Als im fünf Kilometer entfernten Nachbardorf Äpfel billig zu haben waren, ging sie mit dem Kind hin, auf dem Hinweg durfte es eine Weile im Leiterwagen fahren, den Rückweg schaffte es zu Fuß. Sie war zufrieden mit ihrer Arbeit, sie schilderte Hans ihre Ernte in allen Einzelheiten, das würde ihn freuen, er hatte noch immer Fieber. Sie schickte ihm warme Unterwäsche, die sie von der Mutter einer Mitschülerin Anjas erhalten hatte, sie war es inzwischen gewohnt, Almosen entgegenzunehmen. Anfang November, der russische Winter hatte endlich eingesetzt, fiel Kursk an die Deutschen, wenig später Rostow. Zehn Tage verstrichen, dann hatten die sowjetischen Truppen Rostow zurückerobert, es war die erste gute Nachricht in diesem Krieg. Anfang Dezember brachen die deutschen Armeen, die für einen Winter, wie er nun herrschte, nicht gerüstet waren, die Belagerung von Moskau ab und zogen sich zurück. Auf der anderen Seite des Globus, auf Hawaii, griffen japanische Bombenflugzeuge die amerikanische Flotte an. Der leichtsinnige Nachbar des Doktors, schrieb sie Hans, habe Ambroise aufgeweckt, dieser werde dem Krankheitsanfall mit allen Mitteln widerstehen, was auch für die Krankheit des Doktors nur gut sein könne.

Zu Weihnachten hatte sie den Tisch mit Tannenzweigen bedeckt, Äpfel und Nüsse darüber verteilt und mehrere Kerzen angezündet. Als Anja hereinkommen durfte, fand sie auf dem weihnachtlichen Tisch ein Springseil, eine Puppe und einen Ball. Nach dem ersten Entzücken wollte sie gleich im Zimmer Fußball spielen, das Kätzchen machte sich unterdessen mit seinen Krallen an der Puppe zu schaffen, sie musste vor ihm gerettet werden. Später hatten Mutter und Tochter sich nebeneinander in den Sessel gesetzt, Anja hatte die Anfangssätze von *Rudi und sein Radio* entziffert, es ging gut, aber sie kannte viele Wörter nicht, verfiel immer wieder ins Französische.

Die ersten Monate des neuen Jahres vergingen ruhig. Von der Ostfront kamen kaum mehr Meldungen, der Krieg stand still. Sie und Anja lebten weiterhin von der reichlichen Ernte. Der Winter war kalt, aber sie hatten genug Holz, und das Reisig, das sie im Park hinter dem Schloss sammelte, brannte gut, wenn es einige Tage im warmen Wohnzimmer trocknen konnte. Auch von Hans kamen gute Neuigkeiten, er war, seit im Atlasgebirge der Winter eingezogen war, endlich fieberfrei. Nur die Nachrichten von Heiner hielten sie in Sorge. Anfang des Jahres meldete Hans, dass Heiner in ein anderes Gefängnis verlegt worden sei, diesmal in Castres, von wo schon mehrmals Genossen nach Deutschland ausgeliefert worden waren. Ihre Stimmung besserte sich nicht, als in Hans' Karten Floskeln auftauchten. Für den Augenblick. Man wisse nie. Frankreich sei nicht Deutschland. Wovon sprach er? Was wusste er? Warum diese verstärkte Sorge um sie und Anja? Als sie auf ihre Fragen keine klare Antwort erhielt, wurde sie zornig. Für ihn war es einfach, ihr vage Warnungen an den Kopf zu werfen, er saß irgendwo in der Wüste, weitab von der Gefahr, sie aber hatte das Kind, es war ihre Verantwortung, sie hatte sie allein zu tragen. Sie beschäftigte sich viel mit Anja, suchte und fand in ihrem Wesen eigene Charakterzüge, aber auch Eigenschaften, die ihr fremd waren. Die Kleine reagierte auf Belehrungen beleidigt, wollte weder gerügt noch korrigiert werden und verbesserte Fehler erst, wenn sie glaubte, die Mutter hätte die Angelegenheit vergessen. Natürlich war ihr klar, von wem das Kind diese Eigenart hatte, dennoch überraschte es sie, dass ihre Tochter nicht einfach ihr Abbild war, dass sie Züge eines anderen Menschen trug, von denen sie bisher nichts geahnt hatte. Es fiel ihr nicht leicht, dieses Fremde an ihrem Kind zu akzeptieren, aber die Neugier darauf überwog, was die Mischung aus ihren und Heiners Anlagen in ihrer Tochter hervorbringen würde.

Als die Engländer Ende März die Hafenanlagen von Saint-Nazaire bombardierten, war sie in Unruhe, bis die Renauds durch Mlle. Le Moine ausrichten ließen, sie seien wohlauf. Sie pflanzte Erbsen, Zwiebeln, Paprika, Salat, Radieschen, Spinat, rote Rüben, Rosenkohl und Weißkohl an. Die Gartenarbeit war eine Befreiung nach dem langen Winter. Aus den Zeitungen, die ihr die Lehrerin überließ, erfuhr sie, dass in Großbritannien und sogar in Übersee Solidaritätsaktionen für deutsche Kommunisten in französischen Lagern angelaufen waren; unter den besonders Gefährdeten wurde, neben Dahlem und Rädel, auch Heiner Rau genannt. Die Aktion kam zu spät. Heiner und weitere Genossen wurden an Deutschland ausgeliefert, sie würde es nicht mehr erfahren. Heiner würde Monate im Gestapogefängnis in Berlin verbringen, bevor er ins Konzentrationslager Mauthausen im Oberösterreichischen überführt wurde (Häftlingsnummer 25084). Hier würde er sich, auch unter der Folter, seinen Widerstandswillen bewahren und sich in den Tagen vor der Befreiung des Lagers – Gaskammer und Genickschussvorrichtung hatten den Betrieb bereits eingestellt – am Aufstand gegen das Lagerpersonal beteiligen. Nach dem Krieg würde er, der Bauernsohn, der nie ein Gymnasium besucht hatte, der Aktivist, dem die Handlungen wichtiger waren als die Analysen und der gern auf freiem Feld mit Landwirten, Pächtern und Siedlern diskutierte, in der Deutschen Demokratischen Republik bis zum Minister für Planung und Stellvertreter des Vorsitzenden des Ministerrats aufsteigen. Er würde sich an sein Kind und dessen Mutter erinnern und, zusammen mit seinem Freund Hans Schaul, Erkundungen über das Schicksal der beiden einziehen. Seine Briefe nach Frankreich würden schließlich die Lehrerin Mlle. Le Moine erreichen, und er würde die Wahrheit erfahren und mit ihr leben müssen. Ausgezeichnet mit zahlreichen Orden, darunter dem Vaterländischen Verdienstorden in Gold, würde er neunzehnhunderteinundsechzig in Ostberlin sterben, wenige Monate vor dem Bau der Mauer.

Im Mai, eine Woche nachdem sie Anjas fünften Geburtstag so fröhlich gefeiert und sich über die Meinung der Lehrerin, sie habe ein dreistes Kind, heimlich gefreut hatte, meldeten die Zeitungen, die Straßen Russlands seien abgetrocknet, die Wehrmacht habe ihren Vormarsch wieder aufgenommen. Abermals lebte sie in Angst, aber die Angst war nicht mehr so scharf wie im vergangenen Herbst. Die Hitler-Armeen waren an eine Grenze ihrer Macht gestoßen, und es wurde vorstellbar, dass der Russlandfeldzug die Wende brachte. Ein neues Geschehen beherrschte ihr Denken. Ende Mai war sie zur städtischen Behörde befohlen worden. Dort teilte man ihr mit, dass ab sofort in der deutschen Besatzungszone der Judenstern zu tragen sei. Man händigte ihr mehrere gelbe Sterne mit schmutzigen schwarzen Konturen aus und mit der Aufschrift Juif in kruden Lettern, die an die hebräische Schrift erinnern sollten. Sie wurde angewiesen, sich ohne dieses Zeichen nicht mehr auf der Straße zu zeigen. Sie trage jetzt das Emblem ihrer Rasse, schrieb sie Hans, aber er wisse, dass ihr das egal sei. Zu ihrer Überraschung habe es ihr sogar Sympathie eingetragen und ein Paar Schuhe in brauchbarem Zustand sowie für ihn ein paar Hosen und zwei Hemden, die sie ihm schicken werde. Der leichte Ton war vorgetäuscht, sie war verstört, sie fühlte sich gedemütigt, wie einst, als sie in Berlin an den jüdischen Fratzen vorbeiging, die das Gesindel an die Litfaßsäulen geklebt hatte. Tag und Nacht dachte sie darüber nach, was zu tun sei, sie dachte um ihr Leben. Wie viele Möglichkeiten hatte es in den Jahren des Exils gegeben, aus Europa zu entkommen. Warum waren sie nicht nach Palästina gegangen? Warum hatten sie es nicht zu Schiffskarten nach Übersee gebracht oder wenigstens nach England? Nicht einmal ihre Hoffnung, nach Südfrankreich evakuiert zu werden, hatte sich erfüllt. Mit ihrem guten Französisch hätte sie auch jetzt noch untertauchen und illegal die Demarkationslinie zum unbesetzten Teil Frankreichs überschreiten können. Aber nicht mit dem Kind. Sie saß in der Falle. War es am Ende möglich, dass sie sich dem Unheil, das sie all die Jahre hatte kommen sehen, nicht würde entziehen können?

Sie verstand nicht, warum die Nazis jetzt noch solche Maßnahmen ergriffen. In Russland war eine kriegsentscheidende

Kampagne im Gange, und die hatten nichts Besseres zu tun, als in Frankreich an Frauen und Kinder gelbe Sterne zu verteilen? Die Floskeln von Hans fielen ihr ein. Steckte mehr darin, als sie angenommen hatte? Hatte er sie vor einer greifbaren Gefahr warnen wollen? Was waren das für Meldungen gewesen, die sie in den vergangenen Monaten auf den hinteren Seiten der Zeitungen gelesen hatte? Beim Roten Kreuz in Genf und London hatten sich polnische Juden gemeldet, die behaupteten, im Osten würden Juden zu Tausenden erschossen, Männer, Frauen, Kinder, Alte. Er habe die Erschießung von viertausend Juden nur deshalb überlebt, wurde einer dieser Zeugen zitiert, weil er, leicht verwundet, weiter oben auf dem Leichenberg gelegen habe und sich nachts habe herausgraben können. In London hatte ein Flüchtling sogar behauptet, die Juden würden auf fahrenden Lastwagen und in den Konzentrationslagern in kleinen, luftdichten Kammern mit Autoabgas getötet. Die Deutschen hätten die Absicht, alle Juden zu töten. Von den deutschen Zeitungen wurden diese Nachrichten als Greuelpropaganda abgetan. Ausnahmsweise glaubte sie den Nazis. Natürlich töteten sie Juden, jeder Vorwand war ihnen recht. In den Ländern, die sie eroberten, starben Zehntausende, Hunderttausende, darunter zahllose Juden. So war das im Krieg. Sie zweifelte nicht, dass Hitler und seine Gefolgschaft alle Juden hätten töten wollen, aber das waren Phantastereien. Ihre Großmutter in Wien pflegte zu sagen, wenn ich Räder hätte, wär ich ein Omnibus. Genauso war es mit den Drohungen des Packs, sie würden Europa judenfrei machen. Die einfachste Rechnung zeigte, dass das unmöglich war. Wie lange dauert es, um, sagen wir, tausend Menschen zu erschießen und zu begraben? Wieviel Planung, wie viele Soldaten, wieviel Gerät sind dazu nötig? Und nun die Erschießung von Zehntausenden oder gar Hunderttausenden, von acht oder neun Millionen gar nicht zu reden? Jahre würde es dauern, eine gewaltige Organisation wäre dazu nötig, die sich vor der Weltöffentlichkeit nicht verheimlichen ließe. Die Welt würde es nicht zulassen, es gab eine Grenze, die nicht überschritten werden konnte, das war auch den Nazis klar. So weit war sie in ihren Erwägungen gekommen, sie war einigermaßen beruhigt. Dann fiel ihr Blick auf das leichte Sommerkleid mit dem Judenstern. Seit den ersten Kriegsmonaten hatte sie gewusst, dass die polnischen Juden, dann auch die Juden anderer Länder das Zeichen tragen mussten, zuletzt auch die deutschen Juden. Hatte sie das zuwenig beachtet? Anna Seghers' Wort von der antisemitischen Energie der Nazis fiel ihr ein. Nein, sie hatte keinen Grund zur Beruhigung, und es gab niemanden, mit dem sie über ihre Ängste hätte sprechen können.

Am dreizehnten Juli begannen die Sommerferien. Den ganzen Tag hatte sie Kinder im Haus, die mit Anja herumtollten, es wurde gelacht und gesungen, immer wieder unterbrach sie die Gartenarbeit, um nach dem Treiben zu sehen. Den folgenden Abend verbrachten sie und Anja bei der Lehrerin. Es gab kein Feuerwerk, die Besatzungsmacht hatte es verboten, aber sie und Mlle. Le Moine sangen gemeinsam die *Marseillaise*, und Anja sang mit. Als das Kind auf dem Sofa eingeschlafen war, bat sie die Lehrerin leise, mit ihr in die Küche zu gehen. Dort sagte sie, sie habe Angst, sei auf das Schlimmste gefasst. Als die Lehrerin sie beschwichtigen wollte, unterbrach sie sie mit der Bitte, ob sie Anja zu sich nehmen könne, falls ihr etwas zustoßen sollte. Die Lehrerin nickte wortlos. Ruth Rewald gab ihr eine an Hans adressierte Karte und bat, Mlle. Le Moine möge sie ihm schikken, falls die Situation eintrete, dann gab sie ihr die Hand. Die Lehrerin umarmte sie. Sie nahm das schlafende Kind behutsam in die Arme und trug es nach Hause. Auf den letzten Metern erlahmten ihre Arme, das Kind war schwerer, als sie gedacht hatte, es war schnell gewachsen, eigentlich war es schon kein Kleinkind mehr, sondern ein junges Mädchen.

Zwei Tage später begann in Frankreich die Judenhatz. Ruth Rewald wurde von französischen Gendarmen abgeholt und nach Angers gebracht. Noch am selben Tag setzte Mlle. Le Moine das Datum auf die Karte, die Ruth Rewald ihr gegeben hatte, und schickte sie an Hans Schaul. In Angers musste sie mit Hunderten von Mitgefangenen vier Tage warten, während die Deportationslisten erstellt wurden. Die Liste des achten Transports enthielt, unter der Nummer achtundsechzig, den Namen Schaul, Gustava Ruth, geb. Rewald. Ein inniger Name. Ruth. Wo du hingehst, will auch ich hingehn. Rewald. Reh. Wald. Was konnte deutscher sein? Am zwanzigsten Juli, um

21.35 Uhr verließ ein Transportzug den Bahnhof von Angers-St.-Laud in Richtung Auschwitz, tadägg tadagg, tadägg tadagg, tadägg tadagg.

O dass dieses Kapitel zu Ende wäre. O dass die Sprache sich dem Bericht verweigerte.

Die Sprache kann sich nicht verweigern, die Feder, mit der die Früheren schrieben, hat sich nie gesträubt. Das sind nur Bilder für bis dahin unbekannte Untaten. Es gibt nichts Unsagbares. Was getan wurde, kann auch gesagt werden. Wäre es unsagbar, hätte es nicht getan werden können. Wie alle Werke von Menschenhand brauchen auch die Untaten Organisation, Kommunikation – Sprache eben.

Anja kam, trotz des Einspruchs der Lehrerin, zu Mme. Tessier, einer die Kleine theatralisch umsorgenden Nachbarin, die von einer heiligen Mission an dem Kind schwadronierte und für ihren Großmut bewundert werden wollte. Aber die Pflegearbeit verlor schon bald ihren Glanz, und als der Holzvorrat aufgebraucht war und sie auch sonst nichts Brauchbares mehr in Ruth Rewalds Wohnung fand, bat Mme. Tessier Mlle. Le Moine, das Kind zu sich zu nehmen. So erschien Anja Ende Oktober mit dem kleinen Koffer bei ihrer freundlichen Lehrerin. Mlle. Le Moine forderte von Mme. Tessier die gestohlenen Gegenstände zurück, aber nach dem Gespräch fürchtete sie, die Frau könnte das Kind, das sie so weithin sichtbar gerettet hatte, bei den Deutschen anzeigen. Die Lehrerin sagte sich, dass Krieg sei und schäbiges Verhalten nicht eben selten, und ließ die Sache auf sich beruhen. Es gab auch anderes. Die Renauds aus Ste. Anne schickten Geld und Esswaren. Die Frau des Bürgermeisters gab getragene Kleidchen und Wäsche von ihrer Tochter. Gefangene französische Widerstandskämpfer, die in einer Schreinerei in La Rochelle Zwangsarbeit verrichteten, zimmerten, als sie Anjas Geschichte erfuhren, ein Kinderbett und Puppenmöbel, ein Internierter aus dem nahen Saumur verschaffte ihr ein kleines blaues Dreirad. Sogar die Behörden von Les Rosiers zeigten sich großzügig, sie kamen für das Mittagessen in der Schule auf, und die Kleine durfte kostenlos zum Arzt. Hans hatte während Wochen in höchster Erregung Karten an die Stadtverwaltung geschrieben. Der Bürgermeister versuchte, ihn zu beruhigen, seine Tochter sei wohlauf. Endlich schrieb ihm auch die Lehrerin. Sie habe, teilte sie ihm mit, seine hübsche kleine Tochter zu sich genommen und hoffe, sie ihm zu bewahren. Sie werde Anja vorläufig, obwohl sie schon gut lesen und schreiben könne, in ihrer eigenen Klasse behalten, wo die Arbeit frei und fröhlich vor sich gehe. Ende Jahr versuchten die Renauds, mit dem Einverständnis von Mlle. Le Moine, das Kind nach Ste. Anne zu holen. Zu diesem Zweck reiste Mme. Renaud zur deutschen Kommandantur nach Angers, wo man ihr bedeutete, dass solche Bemühungen zwecklos seien.

Am achten November landeten die Alliierten in Marokko und Algerien, darauf besetzte die deutsche Armee den Süden Frankreichs. Im Januar durchbrachen sowjetische Einheiten die Belagerung von Leningrad, und im Februar schlugen sie die Wehrmacht in Stalingrad. Im März besiegten Truppen der Vereinigten Staaten die Japaner auf mehreren Inseln im westlichen Pazifik, und im Mai ergab sich das deutsche Afrikakorps. Eine Folge davon war, dass die Gefangenen aus dem Lager Djelfa im Atlasgebirge freigelassen wurden. Hans Schaul würde auf verschlungenen Wegen aus der algerischen Sahara in die Sowjetunion gelangen, wo der gelernte Jurist an verschiedenen Hochschulen Lehraufträge erhalten würde. Wenige Jahre nach Kriegsende würde er nach Deutschland zurückkehren und in der Deutschen Demokratischen Republik als Herausgeber der *Einheit* und Prorektor der Hochschule für Ökonomie zu Amt und Würden gelangen. Er würde noch einmal heiraten und mit seiner zweiten Frau Dora den Spuren seiner Verschwundenen nachforschen, und auch er würde die Wahrheit wissen und mit sich tragen, bis er neunzehnhundertachtundachtzig, im Alter von zweiundachtzig Jahren, sterben würde.

Im Sommer neunzehnhundertdreiundvierzig erhielt Ruth Rewalds Vater in London die Adresse von Hans Schaul und schrieb ihm in die Sowjetunion. Er habe, teilte er mit, durch Vermittlung des Roten Kreuzes aus Les Rosiers die Nachricht erhalten, dass das Kind wohlauf sei und bei seiner Lehrerin lebe. Mit Hilfe des Roten Kreuzes habe er Anja nach England bringen wollen, aber man habe ihm geraten, vorläufig in dieser Hinsicht nichts zu unternehmen, dem Kind auch nicht zu schreiben, da es dadurch die Aufmerksamkeit der Besatzungsmacht auf sich ziehen könnte, und auch Hans empfehle er, Anja nicht zu schreiben, auch wenn ihm das schwer werde. Von Ruth habe er seit mehr als einem Jahr nichts gehört, weder das Rote Kreuz noch der Bürgermeister von Les Rosiers hätten seine diesbezüglichen Fragen beantwortet. Er klammere sich an die Hoffnung, dass sie sich irgendwo verberge und niemand ihren Namen nennen wolle, um sie nicht zu gefährden. Im Juli landeten die Alliierten in Sizilien, im September ergab sich Italien. Die sowjetischen Armeen drängten die Wehrmacht in zahlreichen Schlachten immer weiter nach Westen zurück. In Italien rückten die Alliierten, gegen den heftigen Widerstand deutscher Truppen, langsam nach Norden vor. Am vierten Januar neunzehnhundertvierundvierzig begann die Schlacht von Monte Cassino, am zweiundzwanzigsten der Angriff auf Anzio, und am Morgen des fünfundzwanzigsten holten französische Gendarmen ein sechsjähriges, etwas rundliches Mädchen aus der Schulklasse von Mme. Le Moine heraus und setzten es in einen Zug in Richtung Paris. Gegen solche Gründlichkeit ist kein Kraut gewachsen. Im Sammellager Drancy, wo das Mädchen die Nummer 1201 erhielt, verlor es sich unter Hunderten von eingefangenen jüdischen Kindern. Wenige Tage darauf verließ ein Zug mit jüdischen Kindern und Erwachsenen Drancy in Richtung Auschwitz.

Überfahrt

Ende März neunzehnhunderteinundvierzig, etwas mehr als ein Jahr bevor Olga Benario, Ruth Rewald und Maria Osten hingemacht wurden, liegt ein Dampfer der Compagnie des Transports Maritimes im Hafen von Marseille. Es dauert lange, bis alle Güter verstaut, die Transportluken dicht gemacht, die letzten Vorbereitungen zur Ausfahrt getroffen sind. Endlich werden die Passagiere an Bord gelassen. Zwischen einem Spalier von mit Helmen und Maschinenpistolen ausgerüsteten Gendarmen hindurch, die sie schmähen und zur Eile antreiben, drängen sich an die dreihundert erbarmungswürdige Menschen mit billigen, notdürftig verschnürten Gepäckstücken zur Gangway der *Capitaine Paul Lemerle*. Sie sind die Glücklichen. Vertrieben aus vielen Ländern, weil den Herrschenden ihre Ansichten nicht passten oder ihr Angesicht, wollen sie nichts als weg aus diesem Europa, wo keiner sie vermisst, an einen Ort, wo keiner sie erwartet, und fragte man sie, ob es nicht schwer sei, so weit fortzugehen, stellten sie die Gegenfrage, weit von wo? Sie sprechen viele Sprachen, alle schlecht, auch ihre Papiere sind schlecht, sie haben kein Geld, um bessere zu kaufen, sie haben nichts als die dürftigen Kleider am Leib und das armselige Gepäck. Verbannte sind sie, sie bieten der Welt ein Schauspiel, sie sind der Abschaum der Menschheit. Im Gedränge hat sie Ruth, die sich ängstlich an die Mutter drängt, an die Hand genommen, mit der anderen Hand schleppt sie den Koffer, die Tasche hängt ihr über der Schulter. Hinter ihnen folgt Rodi mit dem schweren Gepäck, Peter neben ihm hat sich die beiden Rucksäcke umgehängt, der Fünfzehnjährige blickt steif geradeaus. Nur als Rodi, der für einen Augenblick die Koffer abgestellt hat, weil die Arme schmerzen, mit dem Gewehrkolben einen Stoß in den Rücken erhält, wirft der Junge einen Blick auf den französischen Polizisten, der den Vater geschlagen hat, dann blickt er wieder geradeaus, weiß im Gesicht, die jugendlichen Züge treten scharf hervor. Auf dem Schiff werden die Passagiere in stickige, luft- und lichtlose Frachträume eingewiesen, in denen lange Reihen von zweistöckigen Holzverschlägen stehen, Strohsäcke liegen darauf. Sie nimmt Ruth mit sich zum Frauenabteil, Peter geht mit Rodi. Später treffen sie sich auf Deck und schauen dem Ablegemanöver zu. Pfui, sagt Ruth und hält sich die Nase zu vor den Gerüchen von fauligem Wasser, Maschinenöl, von Rost und Teer und Tang. Du musst ganz fest auf den Abstand zwischen der Bordwand und der Kaimauer blicken, sagt Peter zu der kleinen Schwester, wir dürfen den

Augenblick nicht verpassen, wo die Reise beginnt. Er ist noch immer weiß im Gesicht. Um sie herum Gedränge, Unterhaltungen in vielen Sprachen, unterbrochen von lauten Zurufen, wenn jemand auf dem Kai einen der Winkenden erkennt, die zu allen Zeiten die Reisenden auf ihre Fahrt schicken, ohne zu wissen, ob sie sich einmal wiedersehen werden hüben oder drüben. Ja, die Passagiere der *Capitaine Paul Lemerle* gehören zu den Glücklichen. Rücksichtslos, mit Händen und Füßen und Ellenbogen haben sie während Monaten gegen ihresgleichen gekämpft. Sie sind Sieger geblieben. Durch Bestechung, unter Weinen und Flehen und Fluchen haben sie, Unwahrscheinlichkeit aller Unwahrscheinlichkeiten, zu den Reisepapieren und Transitscheinen auch noch Schiffskarten ergattert. Nun liegen die Gefahren des Bleibens hinter ihnen, vor ihnen liegen die Gefahren der Reise. Gerüchte umschwirren sie, die *Montreal* soll untergegangen sein, zwischen Dakar und Martinique. Jemand fragt, was die Schiffsgesellschaft dazu sage. Sie gebe keine Auskunft. Dann ist es vielleicht nicht wahr? Kann sein, kann auch nicht sein. Oder die *Montreal* ist von den Engländern gekapert worden oder nach Dakar zurückgekehrt. Alles besser, als hier zu versauern, sagt jemand. Mist, sagt Ruth, das Schiff bewegt sich, ich habe den Augenblick verpasst. Ich nicht, sagt Peter. Schon beträgt der Abstand zwischen Schiffswand und Kaimauer mehrere Meter, in der Lücke werden Abfälle, Öllachen und tote Fische herumgewirbelt, Taue klatschen ins Wasser, aus dem Schornstein der *Capitaine Paul Lemerle* steigt dunkler Rauch und vermischt sich mit der kleinen weißen Wolke der Schiffssirene. Das Deck erzittert unter einem Brausen, das nicht aufhören will. Die Kinder und Rodi halten sich die Ohren zu, und auch Anna Seghers presst die Hände gegen die Ohren.

Bei der Hafenausfahrt begegnen ihnen mehrere Fischerboote, die in den Hafen zurückkehren. Die Decks glitzern von den schweren Leibern toter Fische. Die kommen zurück. Die gehen nicht weg, die bleiben hier, was auch kommen mag. Die lassen niemanden im Stich, der Gedanke ist gedacht, bevor Anna Seghers sich seiner erwehren kann. Thunfische, sagt Peter zu der Schwester und zeigt auf die Fischleiber. Woher weißt du das? Thunfische, wiederholt Peter befriedigt, das sieht jeder.

Auf dem letzten Boot steht, hoch aufgerichtet vor der niedergehenden Sonne, eine dunkle Figur am Bug, die einen langen Stab in der Hand hält. Charon, durchfährt es Anna Seghers, der Fährmann, der die Seelen der Verstorbenen über den Strom ins Totenreich bringt. Es ist ein Zeichen. Die Erinnyen haben sich an ihre Fersen geheftet, die Parzen schneiden ihnen den Lebensfaden ab. Die *Montreal* ist untergegangen, und auch die *Capitaine Paul Lemerle* wird zusammengeschossen und versenkt werden. Besser als dableiben und den Deutschen in die Hände fallen, mit Rodi und den Kindern. In den vergangenen Monaten, in Marseille, eingespannt in den Kampf um Reisepapiere und Fahrkarten, wartend auf Ämtern und Konsulaten und in den Büros der Schiffsgesellschaften, wo sie aus jedem Blick einer vorüberhuschenden Büroangestellten ihr Schicksal zu lesen versuchte, hatte sie allmählich das Gefühl bekommen, tot und außerhalb der Welt zu sein. Nein, der Acheron kann sie nicht schrecken. Ruth und Peter winken zu den Fischerbooten hinunter. Der Mann mit dem langen Stab, es ist ein Schiffshaken, blickt auf und winkt freundlich zurück. Sie lacht über sich selbst. Sie hat sich foppen lassen. Seit sie sich mit ihrem neuen Buch beschäftigt, das von Flüchtlingen wie ihnen selbst handelt, die in Marseille verzweifelt um einen Schiffsplatz nach Übersee kämpfen, hat sie sich wieder mit den alten Legenden beschäftigt. Die banalen Überlebensversuche der vor den Nazis Geflüchteten sollen in ihrer Geschichte eine zeitlose, heroische Dimension erhalten und zugleich der historischen Epoche verhaftet bleiben, die sie durchleben. Ein Unterfangen, von dem sie keineswegs sicher ist, dass es gelingen wird. Aber die Literatur ist die Literatur, und dies hier ist die Wirklichkeit, hier gibt es keine Erinnyen, um deren Stirnen Schlangen flattern, und statt auf den finsteren Charon blickt sie auf einen Thunfischer aus dem Midi, der ihre Kinder freundlich grüßt.

Die *Capitaine Paul Lemerle* bleibt in Sichtweite der Küste, denn auf dem offenen Meer kreuzen englische Kriegsschiffe, die einen Vichy-Frachter glatt versenken würden. In Sichtweite von Port Bou, dem Städtchen, fahren sie in die spanischen Küstengewässer ein. Stunden später kommt Barcelona in Sicht, hier hat sie sich während des Schriftstellerkongresses aufgehalten, damals, als die Hoffnung für Spanien noch nicht aufgebraucht war. Dann, bei nächtlicher Dunkelheit, die Positionslichter sind ausgeschaltet, es darf nicht geraucht werden, geht es über das Mittelmeer. Am frühen Morgen steigen die weißen Kuben der Häuser von Oran vor ihnen auf. Der kleine Konvoi, zu dem noch zwei weitere Frachter gehören und als Begleitschutz ein umgebauter Fischkutter, an dessen Bug eine Kanone aufgestellt ist (um wem Angst zu machen?), drückt sich an der algerischen Küste entlang. Bevor die Atlantiküberquerung beginnen kann, kreuzen die vier Schiffe mehrere Tage vor Nordafrika, laufen diesen und jenen Hafen an, kehren in einen früheren Hafen zurück oder liegen stundenlang in Küstennähe vor Anker. Schließlich kommt der Moment, Ceuta ist erreicht, da drüben, im Dunst kaum auszumachen, das ist der Felsen von Gibraltar. Wenig später gleitet backbord Tanger vorbei, Stunden später liegen auch Rabat und Casablanca auf Backbord. Sie fühlt sich allmählich sicherer.

Seit sie die Meerenge von Gibraltar durchfahren haben, steigt die Hitze mit jedem Tag. Unter Deck, in den Schlafsälen, ist es nachts nicht auszuhalten, viele Passagieren ziehen mit ihren Strohsäcken auf Deck, wo sie auch die Tage verbringen, der Hitze und der Sonne ausgeliefert. Sie essen an Zwölfertischen, der ungenießbare Fraß wird hinter der Brücke ausgeteilt, jeder Tisch bestimmt jemanden zum Essenholen. Matrosen, denen die Unglücklichen leid tun, spannen ein großes Tuch über das Heck. Im Schatten dieses Sonnensegels spielt sich das Leben auf engem Raum und in aller Öffentlichkeit ab. Streit, Kinderweinen, Essen, Körperpflege, Wäsche waschen, sich anbahnende Freund- und Feindschaften und die unübersehbaren Fälle von Seekrankheit werden von den Mitreisenden kommentiert. Vor den roh gezimmerten Verschlägen, in denen morgens und abends aus Duschhähnen ein lauwarmes Rinnsal fließt, bilden sich Schlangen; ebenso vor jenen anderen Verschlägen, die auf beiden Seiten des Decks als Latrinen dienen, aus dem Abfluss pladdert es direkt ins Meer. Immer aufs neue, wie unter Zwang, schildern sie einander die Gefahren, denen sie entronnen sind, einiges behalten sie für sich, sie sind auf der Hut, denn selbst auf dem Schiff soll es Spitzel geben, und solange sie Dakar nicht hinter sich haben, kann es ihnen geschehen, dass sie vom Schiff geholt und nach Frankreich ausgeliefert werden. Sie und Rodi verbringen viel Zeit mit Kantorowicz und Friedel. Während der Exiljahre in Paris sind sie sich häufig begegnet, ohne sich näherzukommen, jetzt sind alle vier froh um die Gesellschaft der andern. Erst recht, als sich herausstellt, dass sich auf dem Schiff eine feindliche Gruppe befindet. Rodi hat als erster André Breton mit Frau und Tochter entdeckt, den Trotzkisten, der vor Jahren, beim Schriftstellerkongress in Paris, Ehrenburg geohrfeigt hat und deswegen vom Kongress ausgeschlossen wurde. Wenig später macht Kantor in der Gruppe um Breton auch noch Victor Serge aus. Es ist schlimm genug, dass sie den engen Raum auf der *Capitaine Paul Lemerle* während Wochen mit diesen Abtrünnigen teilen müssen, noch unangenehmer ist, dass die Feindschaft eine persönliche ist. Breton weiß natürlich, dass Anna Seghers damals gegen ihn und Serge gesprochen hat, er wird es Serge gesagt haben. Sie geht den beiden aus dem Weg. Breton ignoriert sie, von Serge erhält sie dann und wann einen Blick, von dem sie nicht sicher ist, ob er böse oder neugierig ist.

Es ist unvermeidlich, dass die Passagiere einander auf der langen Reise näherkommen. Sie spricht mit vielen, erfährt Schicksale, komische und ernste, von Menschen, die viel erlebt und in ihrem Leben manches gelernt haben. Ein Passagier zieht ihre Aufmerksamkeit auf sich. Auf dem Oberdeck befindet sich vor dem Steuerhaus ein Aufbau mit mehreren Kabinen, in denen ein halbes Dutzend bevorzugte Reisende untergebracht sind. Einer von ihnen, ein langer Mensch von etwa fünfunddreißig Jahren mit einer Professorenbrille, mischt sich gelegentlich unter die schwitzende, dösende Menge auf dem Hauptdeck, obwohl er sich auf dem luftigen Oberdeck ergehen könnte. Auch er scheint an den Schicksalen der Mitreisenden interessiert. Als sich die Gelegenheit ergibt, fragt sie ihn danach. Er sagt, sein Interesse sei ein berufliches, obwohl sich bei seiner Tätigkeit Beruf und Privates nicht sauber trennen ließen. Das interessiert sie, sie erfährt, dass er Professor für Soziologe ist, sich aber mit Anthropologie und Ethnographie beschäftigt. Er stellt sich vor, er ist Franzose, Claude Lévi-Strauss. Er erzählt ihr von

Forschungsreisen, die er in den vergangenen Jahren ins Innere Brasiliens unternommen hat, zu den Caduveo und Bororo und Nambikwara. Er erzählt ungemein lebendig, da kennt sie sich aus, selten hat sie so bildhafte und zugleich so genaue Schilderungen gehört. Als sie ihm das sagt, blickt er sie aufmerksam an und meint, wichtiger als die Feldforschung sei ihm das Formulieren seiner Erkenntnisse, das Schreiben, dieses mühselige und mit keiner anderen Tätigkeit zu vergleichende Aneinanderreihen von Wörtern und Sätzen, das den idealen Text, den er im Kopf habe, nie erreiche, falls sie wisse, was er meine. Sie nickt. Er fragt sie nach ihrer Arbeit. Sie sagt, sie sei Schriftstellerin, nennt ihren Namen; als er sie um Verzeihung bittet, weil er nichts von ihr kennt, lächelt sie und sagt, ihre Arbeiten seien bisher noch kaum ins Französische übersetzt worden. Sie fragt ihn, wie er zu dem begehrten Kabinenplatz auf dem Oberdeck gekommen sei. Er antwortet leicht betreten, er habe mehrmals auf Schiffen der Compagnie des Transports Maritimes den Südatlantik überquert, seither kenne er da ein paar Leute, die hätten nicht zulassen wollen, dass ein französischer Professor mit dem Abschaum auf dem Hauptdeck reise.

Am nächsten Tag sucht er sie auf dem Hauptdeck auf und sagt, er habe auf seiner Reise zu den brasilianischen Ureinwohnern ausführliche Aufzeichnungen gemacht, diese Notizen bildeten die Grundlage für ein großangelegtes Werk, an dem er nach seiner Ankunft in den Vereinigten Staaten arbeiten werde, falls die deutschen U-Boote das nicht verhinderten. Gegenstand des geplanten Buches sei das Ende der indianischen Kultur Brasiliens, das er ohne Jargon und professorale Formeln in einer literarischen Sprache zu gestalten hoffe. Ob er ihr aus dem Tagebuch vorlesen dürfe? Er lädt sie auf das Oberdeck ein.

Abgetrennt von den Gerüchen und Klagen der schwitzenden unglücklichen Menge unten, setzen sie sich auf dem Oberdeck in Liegestühle, die, vor der Tropensonne geschützt, im Schatten der Aufbauten herumstehen. Sie zündet sich eine Zigarette an. Zum erstenmal genießt sie ungestört den Blick aufs Meer, das in der Ferne im Himmel verschwimmt. Die *Capitaine Paul Lemerle* reißt eine weiße Schaumspur ins Meer. So haben alle möglichen Schiffe unter allen möglichen Breitengraden Schaumritzen in die Meere gezeichnet. Lévi-Strauss liest eine Passage vor, in der beschrieben wird, wie die Nambikwara nachts, beim Schein eines Feuers, auf der nackten Erde schlafen, in gegenseitigen Umarmungen, die ebenso Ausdruck von Angst vor den Geheimnissen der Nacht wie Suche nach Wärme und Liebe sind. Sie besitzen nichts mehr, nicht einmal Hängematten, die doch, wie er von seinen Notizen aufblickend erläutert, von den eingeborenen Völkern Brasiliens erfunden worden seien. Sie haben dem Vordringen der Europäer in ihr Land auf die Dauer nicht standhalten können, sie sind am Ende ihrer Geschichte angelangt. Seine Schilderung bildet einen Nachruf zu Lebzeiten auf ein Volk im letzten Stadium der Verelendung, das seinem Untergang entgegenlebt. Ein Bericht von bodenloser Traurigkeit, wie er nur selten gelingt. Sie sagt es ihm. Schreiben Sie Ihr Buch, sagt sie, aber wenn Sie an diese Stelle kommen, dürfen Sie kein Wort ändern. Sie hat den Eindruck, dass er bei dem Lob errötet. In den folgenden Tagen erzählt er ihr noch öfter von Brasilien, immer hört sie seinen Schilderungen gebannt zu, mit jener Aufmerksamkeit, mit der sie als Kind alten Märchen und Sagen gelauscht hat. Einmal berichtet er von einem lebhaften Abend in Rio. Er war bei einem jungen brasilianischen Schriftsteller zu Besuch, Jorge Amado, der von den Kakaoplantagen im Süden von Bahia erzählt habe, vom Leben in den Herrenhäusern und Sklavenhütten, von denen seine Bücher handelten. Noch ein anderer junger Mann sei dabei gewesen, ein Architekt, der noch nichts gebaut hatte, ein auffallend schöner junger Mensch, Oscar Niemeyer. Sie hätten über Brasilien gesprochen, über ihre Arbeit und ihre Pläne, drei junge Männer am Anfang ihrer Laufbahn. Aufregend sei das gewesen, jeder habe bei den beiden anderen gespürt, dass sie Großes vorhatten. Am deutlichsten in Erinnerung geblieben sei ihm allerdings eine junge Frau, eine Deutsche mit einem schmalen Gesicht, das ihn an Modigliani erinnert habe. Sie habe den ganzen Abend nur wenig gesagt und nicht einmal ihren Namen genannt, doch sei von ihr etwas ausgegangen, das sich schwer beschreiben lasse, eine Art Aura, die derjenigen der drei jungen Männer an Intensität nicht nachgestanden habe. Er habe mit ihr darüber gesprochen, wie fremd ihm Brasilien sei. Sie habe gesagt, daran erinnere er sich wörtlich, man lerne das Land besser verstehen, wenn man es sich fremd halte, statt es sich vorschnell und in plumper Vertraulichkeit zu eigen zu machen. Dieser Gedanke sei ihm durch seine Prägnanz im Gedächtnis geblieben und, fügt er mit einem Lächeln hinzu, außerdem ihre langen Beine. Später, als ihr Bild auf allen Titelseiten zu sehen gewesen sei, weil sie von der Vargas-Regierung verhaftet und schwanger über den Atlantik an die Nazis ausgeliefert worden war, habe er ihren Namen erfahren, Olga Benario. Anna Seghers habe wohl von ihr gehört. Im Gefängnis in Berlin, sagt sie, habe Olga Benario ein Mädchen geboren, das der brasilianischen Großmutter übergeben worden sei. Er fragt sie, was aus dem kleinen Mädchen geworden sei. Es ist in Mexiko, Olga Benario haben sie in ein Konzentrationslager für Frauen gebracht, Ravensbrück, da kommt sie nicht mehr heraus. Lévi-Strauss nickt und schweigt. Mit den übrigen Passagieren würde er die Überfahrt auf der *Capitaine Paul Lemerle* überleben. Nach Jahren des Exils in den Vereinigten Staaten würde er bei Kriegsende nach Frankreich zurückkehren. Er würde umfangreiche wissenschaftliche Arbeiten verfassen, unter Anwendung einer Theorie, die er Strukturalismus nennen würde. In den fünfziger Jahren würde er diese Arbeiten unterbrechen und, jene alten Notizblätter hervorholend, aus denen er einst Anna Seghers vorgelesen hatte, sein Buch über die Expeditionen zu den Ureinwohnern Brasiliens schreiben, zu dem sie ihn ermutigt hatte. Es würde zu jenen unverlierbaren Werken gehören, die die Wahrheit aufbewahren über die Menschen und die Welt. Ein Exemplar würde er in die Deutsche Demokratische Republik schicken, mit einer Widmung an die Schriftstellerin, die er auf der *Capitaine Paul Lemerle* kennengelernt hatte. Als Professor für strukturale Anthropologie würde er weiter wissenschaftliche Bücher schreiben, er würde die höchsten Auszeichnungen Frankreichs und manche internationale Ehrung erhalten. Beinahe hundertjährig würde er seine eigene Theorie überleben, wie er das Jahrhundert überleben würde, und je mehr die Gegenwart sich von ihm entfernte, desto unstillbarer würde seine Sehnsucht werden nach dem riesigen südamerikanischen Land, das er vor so vielen Jahrzehnten zum erstenmal betreten hatte.

Auch jener junge Schriftsteller, Jorge Amado, in dessen Wohnung in Rio die drei jungen Männer zusammengekommen waren, würde mit beinahe neunzig Jahren das Jahrhundert überleben. Nach Romanen, in denen er voller Empörung auf die brasilianischen Zustände gezeigt hatte, würde er immer mehr seiner überbordenden Lust am Geschichtenerzählen nachgeben, er würde zum meistgelesenen Schriftsteller Südamerikas werden. In seinem Leben würde er manche politische Wende mitmachen, Anfang der fünfziger Jahre würde er Stalin bewundern, später würde er sich von dieser Periode seines Lebens lossagen, aber auch im Alter würde er nicht davon ablassen, sich für die Niedrigen und Landlosen einzusetzen. Oscar Niemeyer, der schöne junge Architekt, an dessen Gesichtszügen Olga Benario sich nicht hatte sattsehen können, während er hinreißend von Le Corbusiers Entwürfen für eine futurische Neuerfindung Rio de Janeiros sprach, würde Ende der fünfziger Jahre im Hinterland Brasiliens eine futuristische Stadt erbauen, die auf der Welt ihresgleichen nicht haben würde. Kritisiert von vielen in den westlichen Hauptstädten, die glaubten, sie wüssten am besten, welche Architektur für die sogenannte Dritte Welt die richtige sei, würde Brasilia seine Kritiker überdauern. In seiner Kühnheit wie in seiner Heroik den Pyramiden von Gizeh vergleichbar, ein Zeugnis für das Beste, was dieses schlimme Jahrhundert hervorgebracht hat. Noch zahllose Bauten und Monumente würde Oscar Niemeyer auf der ganzen Welt errichten. Wie seine Weggefährten Luiz Carlos Prestes und Jorge Amado würde auch er im Alter aus der Kommunistischen Partei Brasiliens austreten, die sich zunehmend bei den herrschenden Kreisen anbiederte, aber auch er würde nicht aufhören, seine Stimme für die Hinterwäldler und Sertão-Bewohner zu erheben, die noch immer vom Besitz des Bodens ausgeschlossen waren. Auch nach der Zeitenwende würde er, seinerseits an die hundert Jahre alt, das Experimentieren nicht lassen, die Meinung jener nicht achtend, die glaubten, mit dem Bau von Brasilia habe sich sein Lebenswerk erfüllt.

Am Abend, nachdem die Sonne zischend im Ozean versunken ist und die Hitze auf dem Hauptdeck etwas nachlässt, erzählt Anna Seghers Rodi, Kantor, Friedel und den Kindern von dem französischen Professor, der in Brasilien Olga Benario kennengelernt hat. Sie fragt, wie viele mutige junge Frauen in diesem Krieg zugrunde gehen müssten, ohne ihre Gaben entfalten zu können. Kantor sagt, ihm falle eine Schriftstellerkollegin ein, die er aus Berliner Zeiten gekannt habe, durch ihren Mann, den Genossen Schaul, mit dem zusammen er Jura studiert habe. Das Paar habe nach dreiunddreißig in Paris schlecht und recht gelebt. Anna Seghers denkt nach. Sie kennt keine Schriftstellerin namens Schaul. Sie benutzt, sagt Friedel, ihren Mädchennamen, Ruth Rewald. Sie war in Spanien, wir hatten in Madrid lange Gespräche mit ihr. Sie wollte ein Jugendbuch über den Bürgerkrieg schreiben. Anna Seghers nickt. Sie hat es geschrieben, sagt sie, es trägt den Titel *Vier spanische Jungen*. Ist es erschienen? fragt Rodi. Nein, sie hat keinen Verlag mehr gefunden, obwohl vorher noch Bücher von ihr in Frankreich und in der Schweiz erschienen sind. Was ist aus ihr geworden? Schaul ist im Lager von Le Vernet, sagt Kantor, durch ihn haben wir zuletzt gehört, dass Ruth Rewald an die Atlantikküste, in die Gegend von Saint-Nazaire, evakuiert wurde. Das ist nun schon Monate her. Sie haben ein Kind, sagt Friedel, ein Töchterchen, es heißt Anja. Rodi sagt, Saint-Nazaire liege in der deutschen Besatzungszone. Kantor sagt, man müsse das Beste hoffen.

Jeden Tag sieht sie Victor Serge mit seinem Sohn Vlady auf dem Deck spazieren, ins Gespräch vertieft. Das Zusammentreffen lässt sich auf die Dauer nicht vermeiden. Einmal, als sie gegen Abend allein an der Reling steht und sich vom Fahrtwind kühlen lässt, tritt er zu ihr. Sie will weggehen, aber er macht eine höfliche, etwas steife Verbeugung, mit der randlosen Brille und den schmalen Lippen sieht er aus wie ein Buchhalter. In akzentfreiem Französisch sagt er zu ihr, er hege keinen Hass, weder auf sie noch auf die übrigen Schriftsteller, die ihn, immerhin einen Kollegen, in sowjetischen Gefängnissen hatten schmoren lassen und ihn noch dazu beschimpften. Sie antwortet ebenso steif, falls er auf die Konferenz in Paris anspiele, so habe sie ihn damals nicht beschimpft, sondern die Hetze gegen die Sowjetunion, in die sich die Debatte über ihn zu verwandeln drohte, als objektiv konterrevolutionär bezeichnet. Er sagt, es gehe zwischen ihnen nicht um Persönliches, sondern um eine angemessene Beurteilung der historischen Vorgänge, wie Marx es gefordert habe. Ja, sagt sie, darum geht es. Davon, dass Trotzki, dem er anhänge, die Vorgänge angemessen beurteilt habe, könne keine Rede sein. Verteidigt Stalin, entgegnet er, vielleicht die Interessen des Proletariats, indem er mit Deutschland einen Freundschaftspakt schließt? Das werde sich erweisen, sagt sie. Ihre Leute, sagt er, haben Trotzki ermordet, ich hoffe, Sie sind zufrieden. Das waren nicht meine Leute, erwidert sie scharf. Sie schauen einander unschlüssig an. Gut, sagt Victor Serge, wir bleiben Gegner, es ist nichts Persönliches. Sie nickt. Nur eins noch, sagt er, ob sie als Schriftstellerin sich damit abfinden könne, dass Stalin Berufskollegen ermorde, Tretjakow, Babel, Mandelstam, Kolzow und, wie man vermuten könne, bald auch noch dessen deutsche Freundin, deren Name ihm entfallen sei, die aber ebenfalls schreibe? Er nickt kurz und geht weg.

Nein, damit kann sie sich nicht abfinden, das kann niemand von ihr verlangen. Und am allerwenigsten mit dem Schicksal von Maria Osten. Hört das niemals auf? Die Jahre des Terrors sind vorbei, die Union ist in ihrer Existenz bedroht, muss jetzt wirklich an dieser Kollegin noch einmal ein Exempel statuiert werden? Sie sieht sie vor sich, wie sie in Madrid hinter dem Mikrophon steht, in der weißen Bluse und dem hellen Rock. Unter den knabenhaft kurzen Haaren rinnen ihr Schweißtropfen über die Stirn, die Julihitze lastet auf der Stadt. Sie wirkt zierlich, aber nicht scheu, etwas Festes, Unzerstörbares geht von ihr aus, während sie zu den Kolleginnen und Kollegen spricht, die, wie sie selbst, nach Spanien gekommen sind, um von dem Grauen, mit dem die Faschisten das Land überziehen, Zeugnis abzulegen. In einer der vorderen Reihen sitzen nebeneinander Busch und Kolzow, die beiden Geliebten Maria Ostens, jeder weiß das. Das hat etwas Unordentliches. Anna Seghers liebt Ordnung, ihre Beziehung zu Rodi ist ordentlich, sie lieben sich, aber die Erinnerung an Maria Ostens zwei Geliebte, in der vordersten Reihe, erfüllt sie mit einer Spur von Neid. In den folgenden Jahren hat sie die Kollegin gelegentlich in Paris gesehen, im Redaktionsbüro des *Wort*. Ein gemeinsames Gespräch in einem Bistro fällt ihr ein, sie hat Maria Osten die Geschichte vom toten Mann erzählt, der bis in alle Ewigkeit wartet, die will sie in ihrem neuen Roman verwenden. Jetzt sitzt Maria Osten in Moskau und wartet. Was haben die Genossen mit ihr vor? Hier darf sie nicht weiterdenken, sie lässt sich ihre Gedanken von einem Victor Serge nicht vergiften. An der Sowjetunion kann sie nicht zweifeln, in diesem Moment schon gar nicht. Was bleibt ihr sonst? Welche Hoffnung für sich selbst und ihre Familie? Welche Hoffnung, dass Europa nicht untergeht? Dass es zum Krieg zwischen Deutschland und der Sowjetunion kommen wird, daran zweifelt sie keinen Augenblick. Einen Weltkrieg hat sie durchlebt, da ging sie noch aufs Gymnasium. Es folgten die blutigen Straßenkämpfe der Nachkriegszeit und der Aufstieg des Packs und abermals blutige Straßenschlachten und die Übergabe der Macht an die Nazis. Sie hat sich mit ihrer Familie ins Exil retten können, während so viele Genossinnen und Genossen in Lagern verkamen. Die spanischen Greuel hat sie mit eigenen Augen gesehen, und nun durchlebt sie einen neuen Weltkrieg, der den ersten mit Leichtigkeit in den Schatten stellen wird. Sie ist gleich alt wie das Jahrhundert. Dies ist eine Epoche, wie die Weltgeschichte noch keine gekannt hat. Auf sie muss der Sozialismus folgen, der wirkliche, zu dem die Sowjetunion der große Schritt ist. Das ist ihre Überzeugung, und nichts und niemand kann sie davon abbringen.

Die *Capitaine Paul Lemerle* würde das Schicksal der *Montreal* nicht teilen. Sie würde Martinique erreichen und im palmenbestandenen Hafen von Fort-de-France vor Anker gehen. Für Anna Seghers und die Ihren würden weitere Wochen der Irrfahrt folgen, auf manchen Schiffen, zu dieser und jener Karibik-Insel und bis hinauf nach New York, bevor sie schließlich in Veracruz, im Golf von Mexiko, endgültig von Bord gehen würden. In Mexiko-Stadt würden sie eine Bleibe finden und alte Freunde und neue. Ein halbes Jahr nach der Ankunft, auf dem Friedhof Panteón Civil de Dolores, am Grab von Tina Modotti, würde sie Leocádia Prestes kennenlernen, die brasilianische Schwiegermutter von Olga Benario. Ein weiteres Jahr und ein paar Monate würden vergehen, dann würde sie am Grab der alten Frau stehen. Sie würde sich auferlegen, dereinst an das Schicksal Olga Benarios zu erinnern und an eine brasilianische Großmutter, der es, entgegen aller Wahrscheinlichkeit, gelungen war, ihre kleine Enkelin aus Nazideutschland herauszuholen. Sechs Jahre würde sie in Mexiko verbringen, später würde sie an diese Zeit als eine der besten in ihrem Leben denken. Ihr Roman über den Ausbruch eines Häftlings aus einem Konzentrationslager, den sie in Pariser Emigrantencafés geschrieben hatte, umschwirrt von Tratsch und Exilgeschwätz, würde von vielen Menschen gelesen und in Hollywood verfilmt werden, und bei ihrer Rückkehr in die zertrümmerte Heimat würde sie eine berühmte Schriftstellerin sein. Sie würde sich in der Deutschen Demokratischen Republik niederlassen und weiterhin Romane und Erzählungen schreiben, die in viele Sprachen übersetzt werden würden. Im Lauf der Jahre würde sie zu hohen Ehren gelangen, sie würde die Rolle einer öffentlichen Person annehmen, zu manchem Kompromiss bereit, um die Hoffnung auf den entstehenden Sozialismus nicht zu gefährden. Nur in Briefen an enge Freunde würde sie gelegentlich von der Eiszeit sprechen, in die sie geraten war. Sie würde sich nach der Sonne Mexikos sehnen und nach den Freunden aus wärmeren Zonen. In diesen Freundschaften würde sie ein paralleles Leben leben, wo die Schwere des Kampfes gegen die Auspresser der Menschen und der Natur und die Heftigkeit ideologischer Debatten sich verbanden mit der Leichtigkeit des Lebens. Eingeladen von Jorge Amado, dem Freund, dessen Namen sie zum erstenmal auf der *Capitaine Paul Lemerle* gehört hatte, würde sie mit mehr als sechzig Jahren nach Brasilien reisen. In Salvador, im Garten seines Hauses im Stadtteil Rio Vermelho, von wo der Blick auf den südlichen Atlantik geht, würde sie mit ihm über Luiz Carlos Prestes und Olga Benario sprechen. Umrankt von wuchernden Tropengewächsen, den betörenden Geruch der Blüten und faulenden Blätter einsaugend, während ihr die feuchte Hitze in die Poren drang und der nach Limonen schmeckende Cachaça in der Kehle brannte, würde sie sich an die jungen Frauen erinnern, die sie gekannt hatte, als sie selbst noch jung gewesen war, und denen nicht genug Zeit geblieben war, um zu sich selber zu kommen. Sie aber hatte überlebt, sie würde weiter Zeugnis ablegen für all die Toten, die in ihrer Erinnerung jung bleiben würden. Ihre Werke, die von den Niederlagen handelten, in die zu deren Lebenszeit die Kämpfe mündeten, würden die Hoffnung nicht preisgeben, dass die Menschheit jene große Sache einst verwirklichen werde, von der sie längst den Traum besaß. Und allmählich würden die Wunden, die all die Untergegangenen in ihr hinterlassen hatten, aufhören zu schmerzen, und wenn sie weiterhin Schmerzen zu ertragen hatte, so waren es nun die milderen Schmerzen der Narben. Darin lag ein, wenn auch schwacher, Trost.

Den Tag, an dem die Gesellschaft, der sie so lange die Treue gehalten hatte, in sich zusammenfiel, würde sie nicht mehr erleben, und vielleicht hätte sie es zuletzt so wenig bedauert, wie viele, die darein einst so große Erwartungen gesetzt hatten. Über diesem gewaltigen Zusammenbruch, mit dem das Jahrhundert, das Jahrtausend endete, würde ein Mutmaßen und Deuten anheben, und das Ende der Geschichte würde verkündet werden. Die Lebenden aber machen immer weiter ihre Geschichte. Sie machen sie nicht aus freien Stücken, sondern unter Umständen, die sie sich nicht ausgesucht haben und die ihnen oft nicht mehr Raum zum Handeln lassen als jenen, von denen hier berichtet wurde.

Dieses Werk, für das ich allein verantwortlich bin, beruht auf dem Denken und Wissen vieler.

Für Unterstützung und Ermutigung danke ich Helmut Peitsch (Berlin), Silvia und Dieter Schlenstedt (Berlin), Steffen Mensching (Berlin), Dirk Krüger (Wuppertal), Simone Barck (Berlin) †, Heidrun Loeper (Berlin), Sibylle Farner (Zürich) und Almut Giesecke (Berlin).

Bedankt seien auch Anita Overwien-Neuhaus (Köln), Cornelia Uhlenhaut (New York), Inge Plettenberg (Saarländischer Rundfunk), Dieter Schiller (Berlin), Anita Leocádia Prestes (Rio de Janeiro), Nadja Klinger (Berlin), Monika Herzog und die Mitarbeiterinnen der Mahn- und Gedenkstätte Ravensbrück, Ute Hoffmann von der Gedenkstätte Bernburg, Marcia Vieira (New York/Salvador, Brasilien), Irme Schaber (Schondorf) und die Bobst Library der New York University.

Ein besonderer Dank an meinen Lektor Günther Drommer. Dieses Buch ist Jenna Osiason gewidmet.

Robert Cohen   New York, im November 2008